D1929867

ganz wien

das wienbuch von a bis y*

*z ist natürlich auch dabei

Dank an

Hildegund Amanshauser, David Ellensohn, Eki Latzer, Martin „Mätschke" Vögl, Gundi Dick, Jitka Brozak, Eva Pabst, Gabi Stauffer, Romana „Rom" Huber, Rätus Wetter, Hutti „Wenn's dann gar nicht geht, spring ich ein" Huttar, René Köchel, Café Tiffany, Silvia Petz, Beate „Nur keine Ananas" Wagner, Stefan Freytag, Alex Seppelt, Christa Zauner, Klaus Lerch, Patrick Klopfer, Michael Amann, Margarete Gugler, alle Botendienste, Christina Buder, Mike „Mr. Apple" Eisenriegler, Gina „Beste Fotografin der Welt" Baschant, M. Winterer, Greiner Senior, Chris Duller, Petra Lackner, Amira Bibawy & die Lomographen, Christian Petz, Ramona Kasher, Heini Heinritz, Wolli „the Kirni" Walek, Josef „Joe" Knoll, Sonja Gangl,Manuela Bayer, Claudia Rohnefeld, Julia Kospach, Adela & Roman & Magdalena Szyma, Wolfi Hetzl, Mama & Papa

Andy Teltscher: many special thanks and all my love to: néla, Emily, Pancho & Lola

Herausgeber: Andreas Teltscher, Diethold Schaar, Gerold Ecker

Chefredaktion: Andreas Teltscher

Chef vom Dienst: Andreas Liebminger

Redaktion: Frank Placke (Koordination), Andrea Eder, Sandra Achleitner, Dietmar Kuss, Christoph Gilly, Judith Reitstätter, Lothar Ruttner, Eva Leuprecht, Gudrun Krieger

Korrektur: billythekid

Fotoredaktion: Frank Placke

Grafik: Wolfgang Greiner

Layout & Produktion: Anna D. Szyma

Datenbank: Siegfried L. Lipphart, ITLOGIC und Andreas Liebminger

Druck: Druckerei Holzhausen, Wien

ISBN 3-9500828-7-5
© 2003 KDM Verlag GmbH, Stiftgasse 6, 1070 Wien
© headroom – media & communications,
1020 Wien, Obere Donaustraße 97–99/3/3
Tel.: 01/513 07 44
Fax: 01/513 07 44-14
E-Mail: office@headroom.org

Alle Informationen in diesem Buch wurden nach bestem Wissen geprüft.
Trotzdem können wir eventuelle Fehler nicht vollkommen ausschließen.
Wir können daher keine Haftung für die Inhalte übernehmen.
Das Buch erhebt keinen Anspruch auf Vollständigkeit. Alle Rechte vorbehalten.

Editorial

Großstadt oder doch nur kleines Dorf? Was ist Wien nun? Das größte Dorf, die größte Stadt von Österreich – was man ja schnell mal ist –, oder europäische Metropole? Eigentlich ist Wien beides: Vielleicht macht gerade diese Kombination den Charme aus, für den Wien berühmt ist.

Auf jeden Fall ist der großstädtische Teil an Wien, das vielfältige und spannende Angebot an Kultur, Kunst, Service, Gastronomie, Entertainment und Shopping, schon so reich vertreten und breit gefächert, dass auch die aktivsten StadtbenützerInnen nicht mehr den vollen Durchblick haben. Und hier kommt „Ganz Wien" ins Spiel – oder genauer gesagt in Ihr Leben. „Ganz Wien" ist das einzige Buch, das Ihnen den Durch- und Überblick in sämtlichen Bereichen des Stadtlebens verschafft. In vielen Fällen wird Ihnen „Ganz Wien" auch völlig neue Einblicke in die Stadt geben können.

Von „Abtanzen" bis „Zoo", von „Blattgoldschläger" bis zur „Kinderdrehscheibe", von „0–24 Uhr Glasreparaturservice" bis zu den Lokalen der Kategorie „Patina de Luxe" finden Sie alles, was nützlich und wichtig ist, um sich in Wien zu orientieren.

Besonders hervorheben wollen wir, dass „Ganz Wien" Ihnen als einziger Sadtführer einen umfassenden und kompetenten Überblick über alle Geschäfte in Wien gibt. Wir beschränken uns dabei nicht nur auf Mode, Schuhe, Buchhandlungen, Tonträger, Möbel, Papierwaren, sondern bieten Ihnen auch Basteln, Nähzubehör, Zauberei, Eisenwarenhandlungen, Werkzeug und was Sie sonst noch zur Bewältigung des täglichen Lebens brauchen.

Mehr als 4.000 – in Worten: VIERTAUSEND – Tipps wurden zusammengetragen, ausgegraben, recherchiert und beschrieben.
„Ganz Wien. Das Wienbuch von A bis Y ... und Z ist natürlich auch dabei"

Viel Spaß wünschen
Andreas Teltscher, Diethold Schaar, Gerold Ecker

P.S.: Diesem Buch ist ein besonderes Lesezeichen beigelegt. Sie finden auf dem Lesezeichen das Alphabet in der für Blinde ertastbaren Brailleschrift. Weil 2003 von der Europäischen Union zum Jahr der Menschen mit Behinderungen erklärt wurde, wollten wir mit diesem speziellen „Lese-Zeichen" ein – wenn auch zugegebenermaßen nur ein kleines – Zeichen setzen.

INHALTSVERZEICHNIS

Drücken

Foto: Gina Baschant

A

ABTANZEN

DISKOTHEKEN

▸ Camera
7., Neubaugasse 2
Tel.: 523 32 18
Fax: 523 30 63
www.camera-club.at
Café: tgl. 11–21.30
Disco: tgl. 21–4
Disco, die es schon immer gegeben hat. Seit ewigen Zeiten. Hier gibt's noch eine Jimy Hendrix Tribute Night. Und ein kleiner Auszug aus dem Chat der Camera Homepage: „hi, kann man in der camera noch immer drogen kaufen??" „ha … ne is ja keine Drogerie."

▸ Club Atrium
4., Schwarzenbergplatz 10
Tel.: 505 03 11 od. 505 35 94
Fax: 505 03 11-22
E-Mail: info@clubatrium.at
www.clubatrium.at
dance.club: Fr, Sa 22–4, dinner.club: tgl. 18–3, ZuGaBe: Di–Sa ab 20.30
Das Atrium hat wohl jede Generation anders in Erinnerung. Heute bietet es einen dance.club (Party- & Discohits), einen dinner.club mit mediterraner Küche, einen cocktail.club sowie die ZuGaBe für Jazz-, Blues- & Pop-Live-Konzerte.

▸ Club Massiv
3., Untere Weißgerberstraße 37
E-Mail: office@massiv.at
www.massiv.at
Feiner cooler Club im 3. Bezirk. Hier gibt es Homoriental und den Women Club.

▸ Monastery
3., Landstraßer Hauptstraße 38
E-Mail: admin@monastery.at
www.monastery.at
Alternative, Independent und Wave Musik wird aufgelegt. Und sonst noch einiges mehr. Zum Beispiel 80er-Kultfilme bei „Just can't get enough". Seit Neuestem steht jeden Donnerstag auch ein gratis Wuzler bereit.

▸ Nachtschicht Wien Donauplex
22., Wagramer Straße 69
Tel.: 203 45 72
Fax: 204 31 13
E-Mail: wien@nachtschicht.at
www.nachtschicht.at
Di 21–2, Mi–Sa 21–5, So 14tgig. Kinderdisco
Große Disco, gemischte Musik (Donnerstag „La Noche del Baile" mit „Latin Music"). Mittwochs mit Duschkabine, die auf der Tanzfläche steht und in der man mehr oder weniger nackt duschen kann. Saubere Sache.

▸ Nachtwerk
23., Dr.-Gonda-Gasse 9
Tel.: 616 88 80
Fax: 616 88 81
www.nachtwerk.at

▸ P1
1., Rotgasse 9
Tel.: 532 64 88
Fax: 532 64 88
E-Mail: office@club-p1.at
www.club-p1.at
tgl. 21–4
Legendäre Diskothek in der Innenstadt. Junges Publikum.

Abtanzen bis zum Umfallen. Die Clubs und Diskotheken bieten etwas für jeden Geschmack. (Foto: Lomographen)

▸ Roxy
4., Operngasse 26 (Eingang: Faulmanngasse)
www.sunshine.at/roxy/index.html
Do–So ab 22
Cooler, kleiner, mit viel Plüsch ausgestatteter Club, in dem neben Soul, Rhythm 'n' Blues auch House gespielt wird. Gehört zu den etablierten Clubs der Stadt.

▸ Take Five
1., Annagasse 3a
Tel.: 512 92 77
Do ab 22, Fr, Sa ab 23
Schicke Innenstadt-Disco mit noch schickeren Menschen.

▸ Titanic
6., Theobaldgasse 11
Tel.: 587 47 58
E-Mail: music@titanicbar.at
www.titanicbar.at
Zwei Dancefloors, die von Do bis Sa mit unterschiedlichen Musikstilen (Rock, Ibiza Party, Latin, Orientalisch ...) bespielt werden.

Tanzen, tanzen, tanzen, ...
so heißt die Devise im U4. (Foto: Archiv)

▸ U4
12., Schönbrunner Straße 222
Tel.: 815 83 07-0
www.u4club.at
Das U4 hat über die Jahre allen Modernisierungsströmungen standgehalten – so bekommt man dort, was man von einer Disco wirklich erwartet: gute Musik, Tanzflächen, Drinks und die unverwechselbare Atmosphäre, die nicht zuletzt durch das Publikum bestimmt wird. Die Woche im U4 ist thematisch eingeteilt. Legendär sind nicht nur die „Heaven – Gay Night Vienna" am Donnerstag und „Speak Easy" am Sonntag. Wirklich.

▸ Volksgarten Clubdisco
1., Burgring 1
Tel.: 532 42 41
www.volksgarten.at
tgl. 21–6
Leiwande Disco gleich angrenzend an den Volksgarten, mit großem Open-Air-Bereich. Afterworxs, the Garden Club, Soul Sugar oder The Real Audience sind die aktuellen Clubs.

▸ Wirr-Untergrund
7., Burggasse 70
Tel.: 929 40 50
www.wirr.at
Was Feines zum Essen, was Nettes zum Trinken und jede Menge Musik zum Abtanzen. Gleich nach der Arbeit oder später.

TANZCAFÉS

▸ Club U
1., Karlsplatz / Künstlerhauspassage
Tel.: 505 99 04
E-Mail: info@otto-wagner-pavillon.at
www.club-u.at
Oben am Karlsplatz ist es ein ganz nettes Café zum Sitzen und Plaudern, und unten auf der Höhe der Künstlerhauspassage geht die Post ab. Das buntgemischte Publikum besorgt sich's jeden Abend.

▸ Gerard Tanzbar
8., Lederergasse 11
Tel.: 402 07 86
www.orient.at/gerard/
Mi–Sa 20–4
Discorarität im pseudoeleganten Seventies-Styling mit schwarzen Lederbezügen und bunten Wänden. Tanzkurse für AnfängerInnen und Fortgeschrittene (Salsa, Merengue, Latin Pop, HipHop u. a.), DJ-Lines. Cocktailbar.

▸ Tanzcafé Jenseits
6., Nelkengasse 3
Tel.: 587 12 33
Mo–Sa 21–4
Sehr nette kleine Bar (eingehüllt in Purpur-Brokat), wo man zu später Stunde immer irgendwelche skurrilen Nachtschwärmer antrifft. Die feine Musik (täglich eine andere DJ-Line) sorgt immer wieder dafür, dass es die Menschen auf die Tanzfläche treibt. Für diejenigen, die zu später Stunde noch der Hunger plagt, gibt's allerlei Snacks zu kaufen. Meistens tolle Stimmung.

Coole Musik in plüschiger Atmosphäre. (Foto: Archiv)

ADOPTION

▸ Eltern für Kinder
16., Ottakringer Straße 217–221/2/R2
Tel.: 368 71 91-0 od. 408 60 06
Fax: 368 71 91-15
E-Mail: office@efk.at
www.efk.at
Mo–Fr 8–14 u. nach tel. Vereinbarung
Beratung und Information für Pflege- bzw. Adoptiveltern, Familienplanung und Schwangerenberatung, Vermittlung und Weiterbildung von Tagesmüttern; der Verein bietet auch eine ausführliche Darstellung der Familiensituation, die für Auslandsadoptionen benötigt wird.

▸ Family 4 you
12., Hoffingergasse 16
Tel.: 804 48 28
Fax: 804 48 39
E-Mail: office@family4you.at
www.family4you.at
Mo–Fr 9.30–13
Beratung und Unterstützung bei Auslandsadoptionen von Kindern aus Asien und Afrika; zu den weiteren Aktivitäten des Vereins zählen neben monatlichen Informationsabenden, Familientreffen und Vorbereitungskursen auch kulturelle Veranstaltungen, wo Eltern und Kinder mehr über das jeweilige Herkunftsland des Kindes erfahren können.

▸ Referat für Adoptiv- und Pflegekinder (RAP)
9., Lustkandlgasse 50
Tel.: 4000-907 70
E-Mail: kanzlei-rap@m11.magwien.gv.at
Mo–Fr 7.30–15.30 u. nach Vereinbarung
Sowohl für Menschen, die ein Kind adoptieren wollen, als auch für jene, die ein Kind zur Adoption freigeben wollen, ist das RAP unumgänglich. Bereits im Anfangsstadium der Schwangerschaft bietet das Referat unverbindliche Beratungsgespräche. Für zukünftige Adoptiveltern finden Bewilligungsverfahren sowie die Vermittlung von Vorbereitungskursen statt.

AIDSHILFE

Mehr als 1.300 Menschen sind seit 1983 allein in Österreich an den Folgen der Immunschwächekrankheit Aids gestorben, über 2.200 Menschen sind an ihr erkrankt. Die Zahl der HIV-Infektionen liegt irgendwo zwischen 12.000 und 15.000, mehr als die Hälfte davon entfallen auf Wien, wobei Männer mit etwa zwei Drittel den größeren Teil einnehmen. Täglich kommen ein bis zwei Neuinfektionen dazu, doch noch immer ist kein durchschlagendes Mittel gegen den HI-Virus gefunden; was bleibt und Hoffnung gibt, ist ein gut ausgebautes Netz von (Selbst-)Hilfe-, Informations- und Betreuungseinrichtungen. PS: Eine weltweit bekannte Initiative zur Unterstützung der Aidshilfe ist der Life Ball (Seite 33).

BERATUNG UND BETREUUNG

▸ Aids Hilfe Haus
6., Mariahilfer Gürtel 4
Tel.: 599 37
Fax: 599 37-16
E-Mail: wien@aids.at
www.aids.at
Beratung, Tests: Mo, Mi 16–20, Do 9–13, Fr 14–18
Tageszentrum: Mo 10–20, Di, Mi 11–17, Do 16–22, Fr 14–20, Bibliothek: Mo–Fr 11–17
Die Aids Hilfe Wien vereint mit dem Aids Hilfe Haus Beratung, Betreuung, Information und Prävention unter einem Dach. Der HIV-Antikörpertest wird kostenlos und anonym durchgeführt.

HILFE & SELBSTHILFE

▸ Buddy Verein
7., Lindengasse 45/4
Tel.: 524 65 64
Fax: 524 65 64
E-Mail: buddy-verein@gmx.at
www.buddy-verein.org
Di, Do 10–13
Der Buddy Verein hat sich einerseits mit dem Buddy-Projekt die emotionale Begleitung von Menschen mit HIV/Aids zum Ziel gesetzt, andererseits will er mit seinem Helferzellen-Projekt praktische Unterstützung bei Alltagstätigkeiten und gleichzeitig Sozialberatung bieten.

▸ H.I.V. (Hoffnung – Information – Vertrauen)
6., Mariahilfer Gürtel 4 (Aids Hilfe Haus)
Tel.: 0699/11 40 34 26
E-Mail: verein-h.i.v@chello.at
H.I.V. ist ein Verein zur Unterstützung von HIV-positiven und an Aids erkrankten Frauen und bietet Beratung und Betreuung. Jeden 2. und 4. Fr im Monat Vereinstreffen.

▸ HIVmobil
6., Mariahilfer Gürtel 4/2. Stock (Aids Hilfe Haus)
Tel.: 595 37 51
Wie der Name erraten lässt, bietet HIVmobil mobile Pflege, Beratung und Sozialbegleitung für an Aids erkrankte Menschen. Der mobile Hilfsdienst ist im Aids Hilfe Haus untergebracht.

▸ Menschen und Aids – Club Plus
9., Sporkenbühelgasse 3/27
Tel.: 315 55 55
Fax: 315 55 55
E-Mail: clubplus@aon.at
Mo–Fr 8–12 (Betreuung), 10–14 (Büro)
Selbsthilfeverein für Menschen mit HIV und Aids, für deren Angehörige und solidarische Menschen.

Stop Aids! (Foto: Archiv)

▸ Positiv leben – Günter Tolar
3., Aspangstraße 53/44
Tel.: 208 01 48
Fax: 208 01 48
E-Mail: guenter@tolar.at
www.tolar.at
Günter Tolar bietet unbürokratisch Soforthilfe für HIV-Infizierte und an Aids Erkrankte.

▸ Positiver Dialog
6., Mariahilfer Gürtel 4 (Aids Hilfe Haus)
Tel.: 595 47 20 (Fr 10–14)
Fax: 595 47 20-762
E-Mail: verein.positiver.dialog@gmx.at
www.positiverdialog.gay.or.at
Treffen: Mo 20–22 im Tageszentrum, 3. Stock
Die Selbsthilfegruppe wendet sich mit positivem Denken an Betroffene und deren Angehörige und tritt in der Öffentlichkeit für mehr Akzeptanz von HIV-positiven Menschen auf.

SONSTIGES

▸ Names Project Wien
2., c/o HOSI Wien, Novaragasse 40
Tel.: 216 66 04
www.namesproject.at
Das Names Project ist eine Arbeitsgruppe der Homosexuellen Initiative (HOSI) Wien, die Gedenktücher für an Aids Gestorbene herstellt.

AKTIEN & WERTPAPIERE

▸ Aktienforum
3., Lothringerstraße 12
Tel.: 711 35-27 61
Fax: 711 35-27 62
www.aktienforum.at
Mo–Fr 8–17
Kundenbetreuer nach tel. Vereinbarung
Der Österreichische Verband für Aktien-Emittenten und -Investoren fungiert als Interessenvertretung österreichischer börsennotierter Unternehmen. Er betreibt Lobbying für seine Mitglieder und ist Plattform für den Meinungsaustausch von Führungskräften.

▸ Kapitalmarkt Österreich
1., Opernring 1/E/123
Tel.: 586 66 67-11
Fax: 586 66 67-13
E-Mail: welcome@kmoe.at
www.kmoe.at
Kapitalmarkt Österreich ist eine Informationsagentur, die sich u. a. die verbesserte Nutzung des Kapitalmarkts durch Unternehmen und Investoren zum Ziel gesetzt hat. Zu diesem Zweck publiziert sie jährlich ihre „Factbooks“ zu Finanzthemen wie Beteiligungskapital oder Vermögensveranlagung.

▸ Wiener Börse AG
1., Wallnerstraße 8 / Postfach 192
Tel.: 531 65-0
Fax: 532 97 40
E-Mail: info@wienerboerse.at
www.wienerboerse.at

ALARMANLAGEN

Diverse Alarmprodukte werden angeboten, um die Sicherheit in und außerhalb der eigenen vier Wände zu erhöhen. Diebstahlsicherung, Einbruchsicherung, Videoüberwachung und Feuerschutz sind nur einige Stichworte zum Thema Alarmsysteme.

▸ Elektro-Gorgo
12., Rotenmühlgasse 38
Tel.: 815 71 09
Fax: 813 39 37
E-Mail: office@elektro-gorgo.at
www.elektro-gorgo.at
Alarmanlagen, Sicherheits-, Einbruchmelde-, Brandmelde- und Videoüberwachungsanlagen, aber auch Blitzschutz und Entstörungsdienste.

▸ Fuchs
23., Büttnergasse 2
Tel.: 616 99 98
Fax: 616 99 98
E-Mail: fuchs-alarm@aon.at
www.fuchs-alarm.com
Einbruchschutz, Diebstahlsicherungen, Balkenriegelalarmschlösser.

▸ Group 4 Falck
9., Kolingasse 4
Tel.: 313 15-0
Fax :313 15-777
E-Mail: info.wien@group4.at
www.group4.at/frameset.htm
Alarmsysteme und Erstellen von Sicherheitskonzepten, Streifendienste.

▸ Jandrisovits
11., Simmeringer Hauptstraße 37
Tel.: 749 22 09
Fax: 749 32 25
E-Mail: office@tresor.at
www.tresor.at
Alarmsysteme, Tresore und Schlüsseldienst.

▸ Maly
2., Praterstraße 1–7
Tel.: 216 07 01-0
Fax: 216 07 03
E-Mail: office@maly-alarm.at
www.maly-alarm.at
Funkalarmsysteme, Videoüberwachung, BUS-Alarmsysteme.

▸ Rechtsvorschriften
www.wien.gv.at/recht/landesrecht-wien/rechtsvorschriften/html/v0012350.htm
Das Magistrat der Stadt Wien hat eine Verordnung betreffend das Einschreiten bei Selbstauslösung von akustischen Alarmanlagen verfasst. Sehr informativ.

ANGELN

GESCHÄFTE

▸ Johann Vogl
22., Schiffmühlenstraße 58–64
Tel.: 263 73 88
Mo–Fr 9–12 u. Mo, Di, Do, Fr 14–18, Sa 8.30–12
Kaisermühlen liegt ja bekanntlich nicht nur im Fernsehen („Kaisermühlen Blues"), sondern auch am Wasser. Deshalb ist hier auch ein kleiner Angelladen mit persönlicher Beratung, Ruten, Rollen, Ködern usw. zu finden.

▸ Megu
16., Grundsteingasse 12
Tel.: 408 83 70
Fax: 408 82 89
E-Mail: office@megu.at
www.megu.at
Mo–Fr 9–12 u.14–17.45, Sa 9–12,
Megu steht eigentlich für „Metall- und Gusswaren Handelsgesellschaft" – trotzdem gibt's hier eine ganze Menge Angelzubehör sowie Camping-, Jagd- und Freizeitartikel.

▸ Rössler Sportfischerbedarf
15., Benedikt-Schellinger-Gasse 27
Tel.: 982 61 55
Fax. 985 13 47
E-Mail: support@byron.net
www.byron.at
Mo–Fr 9–12.30 u. 14.30–18, Sa 8–12
Die Firma Rössler ist Spezialist für Sportfischereibedarf jedweder Art. Von der festen Raubfischrute bis hin zu feinsten Fliegenruten von Byron findet man hier alles.

Die gehen wirklich leicht an den Haken. (Foto: Lomographen)

▸ Starfish
7., Neustiftgasse 112 / Kaiserstraße
Tel.: 526 38 32
Fax: 523 72 03
E-Mail: office@starfish.co.at
www.starfish.co.at
Di–Fr 8–18, Sa 8–12
Starfish ist so eine Art Supermarkt für Fischer – die Atmosphäre ist leider dementsprechend. Wer auf das Ambiente nicht allzuviel Wert legt, findet hier aber durchaus einiges, und er wird daneben noch ganz gut beraten. Es gibt immer wieder billige Angebote, die aber oft dem Preis entsprechen. Eigene Reparaturwerkstätte.

▸ Strobl Gottfried
1., Herrengasse 6–8
Tel.: 535 74 47
Fax: 535 74 47
Mo–Fr 9–18, Sa 9–12
Gute Auswahl an Angelzubehör mit Schwerpunkt auf Fliegenfischen. Einer der wenigen Händler im Großraum Wien, der das solide, aber günstige Programm der Firma Vision im Sortiment hat.

VEREINE UND VERBÄNDE

▸ Österreichische Fischereigesellschaft
1., Elisabethstraße 22
Tel.: 586 52 48
Fax: 587 59 42
E-Mail: office@oefg1880.at
www.oefg1880.at
Mo, Di 10–13 u. 15–17,
Mi, Do 10–13 u. 15–18, Fr 10–14
Der 1880 gegründete Verein bietet neben Serviceleistungen auch Lizenzen für die Alte Donau.

▸ Österreichisches Kuratorium für Fischerei
23., Breitenfurter Straße 333–335
Tel.: 869 53 00
Fax: 869 53 39
E-Mail: oekf@via.at
www.fischerei-dachverband.at
Mo–Do 8–12.30
Hier ist der Dachverband Österreichischer Fischereivereine beheimatet.

▸ VÖAFV – Arbeiter-Fischerei-Vereine
8., Lenaugasse 14 (Eingang: Schmidgasse 6)
Tel.: 403 21 76
Fax: 403 21 76-20
E-Mail: verband@fischerei.or.at
www.fischerei.or.at
Mo, Fr 8–12.30, Mi 8–12.30 u. 13.30–17.30
Der Verband bietet neben Kursen und dem Verkauf von Fischereilizenzen für unzählige Wiener Reviere auch Beratung in sämtlichen Belangen rund um die Fischerei sowie Fachliteratur an.

▸ Wiener Fischereiausschuss
3., Am Modenapark 1–2/3/323
Tel.: 4000-968 39
www.wien.gv.at/amtshelfer/fischen.htm
Di–Fr 8–11
Ohne Genehmigung geht in Österreich bekanntermaßer meist gar nix. Das ist natürlich auch so, wenn Sie in Wien fischen gehen wollen. Wem der Nervenkitzel beim Schwarzfischen zu viel ist, löst sich zuerst beim Wiener Fischereiausschuss eine Fischerkarte. Kosten dafür: 11,62 Euro für ein Jahr, 24,70 Euro für drei Jahre.

ANSICHTSKARTEN

Klassische Post- und Ansichtskarten von Wien sind nahezu in jedem Souvenirladen und Fachhandel für Büromaterial erhältlich. Daher sind unten stehende Adressen eine Auswahl an Verlagen und Verkaufsstellen, die sich auf unkonventionellen Kartendruck spezialisiert haben.

▸ Bauer C. Verlag
3., Beatrixgasse 3
Tel.: 713 33 37
Fax: 715 38 73
E-Mail: office@verlagbauer.at
www.verlagbauer.at
Mo–Do 8–16.30, Fr 8–13
Große und kleine Ansichtskarten, Quattrokarten, allerlei Stanzkarten, Lesezeichen, Kalender, Leporellos. Die Karten werden zu 100 Stück geschleift und in 1.000er Kartons verpackt. Ansprechpartner sind: Cornelia Bauer oder Günter Bauer.

▸ Card Shop
22., Wagramer Straße 105/DZ Brücke
Tel.: 203 83 58
E-Mail: papier@freudensprung.at
Mo–Mi, Fr 9–19, Do 9–21, Sa 9–17
Verkauf verschiedenster Karten zu allen Anlässen (Geburtstag, Todesfall, Muttertag, Taufe, Sponsion etc.). Riesiges Sortiment.

▸ Postkartenverlag Brüder Kohn
1., Teinfaltstraße 3–5
Tel.: 533 54 48

▸ Robert Dax
7., Westbahnstraße 31/7
Tel.: 524 14 24 od. 0664/182 24 73
E-Mail: erinnerungen@aon.at
nach Vereinbarung geöffnet
Bei Robert Dax ist ein großes Angebot an alten Ansichtskarten aus der ganze Welt und Briefmarken sowie Briefen zu finden. Dazu fungiert sein Laden als Antiquariat für altes Papier und Fotos.

▸ Verlag Stefan Gaukell
3., Hetzgasse 27
Tel.: 713 13 83
E-Mail: stefan-gaukell@chello.at
Mo–Fr 9–16

▸ Alexander Weber Glückwunschkarten
11., Werkstättenweg 10
Tel.: 743 21 18
Fax: 743 21 18

ANTIFASCHISMUS

Die Gedanken an Österreich und an den Nationalsozialismus sind nach wie vor eng miteinander verknüpft. Egal ob es sich um Jugendliche mit Glatze und Hakenkreuzaufnähern handelt oder um Entschädigungszahlungen. Doch wo Faschismus, Rassismus oder Antisemitismus an die Öffentlichkeit treten, gibt es auch Widerstand. In Wien zeugen Mahnmale, Archive und andere Institutionen von diesem einstigen Widerstand. Aber auch heute noch bemühen sich verschiedene Verbände um politische Aufklärung und aktiven Antifaschismus.

▸ Bund sozialdemokratischer Freiheitskämpfer
1., Löwelstraße 18
Tel.: 534 27-277
Fax: 534 27-258
E-Mail: kaempfer@spoe.at
www.freiheitskaempfer.at
Vierteljährlich erscheint die Zeitschrift „Der Sozialdemokratische Kämpfer“. Mit Artikeln über historische Ereignisse, einzelne Personen und aktuelle Entwicklungen. Zudem werden Veranstaltungen wie Gedenkkundgebungen organisiert.

▸ Dokumentationsarchiv des österreichischen Widerstandes
1., Wipplingerstraße 6–8 (Altes Rathaus)
Tel.: 534 36-903 19 (Sekretariat),
534 36-903 18 (Archiv), 534 36-903 20 (Bibliothek)
Fax: 534 36-90 319
E-Mail: office@doew.at
www.doew.at
Mo–Do 9–17
Mit rund 42.000 Titeln und 350 Zeitschriften ist das DÖW eine umfassende Sammlung zur Geschichte des Nationalsozialismus mit Flugblättern, 5.000 Bänden zum Exil, Judaica, Zeitungsausschnitten u. v. m. Die Spezialsammlungen verfügen über Filme, Videos, Tonbänder von Zeitzeugen sowie, Fotosammlung, Plakate und Mikrofilme. Aktuell läuft ein Projekt zur namentlichen Erfassung der österreichischen Holocaust-Opfer.

▸ Österreichischer Versöhnungsfonds
1., Rotenturmstraße 16–18
Tel.: 513 60 16, Fax: 513 60 16-15
E-Mail: info@versoehnungsfonds.at
www.versoehnungsfonds.at
nach tel. Vereinbarung
Entschädigungszahlungen für Zwangsarbeiter des nationalsozialistischen Regimes innerhalb der Grenzen des heutigen Österreich.

▸ Rosa Antifa Wien
6., Linke Wienzeile 102
E-Mail: raw@raw.at
www.raw.at
Homosexuelle gegen Faschismus der Gegenwart. Treffen: montags 19 Uhr im Objektiv, 7., Kirchengasse 26.

ANTIQUARIATE

▸ Altes Photo
7., Lindengasse 27
Tel.: 526 93 95
Mo–Fr 9–17.30, Sa nach tel. Vereinbarung
An- und Verkauf von alten Fotos, Büchern, Postkarten, Lithographien, Landkarten, Grafiken, Drucken und Stichen. Jede Menge ausgefallener Post- und Geburtstagskarten.

▸ Antiquariat Buch & Wein
4., Schäffergasse 13a
Tel.: 961 95 53
www.buchundwein.at
Di–Fr 13–18 u. nach tel. Vereinbarung
Sie sind schon seit langem auf der Suche nach einer Erstausgabe von Alfred Andersch? – Dann nichts wie hin zum Antiquariat Buch & Wein. Besonderen Schwerpunkt legt Richard Jurst in seinem Angebot auf österreichische Literatur nach 1945 und Erstausgaben. Übrigens: Für 300 bis 500 Euro können die Räumlichkeiten auch zu privaten Zwecken gemietet werden.

Alte Bücher und neuer Wein... (Foto: Archiv)

▸ Antiquariat Klement
6., Windmühlgasse 10
Tel.: 587 09 49
Mo–Fr 10–18, Sa 10–13
Klein, fein und von oben bis unten voll mit Raritäten, die man oft lange anderswo gesucht hat.

▸ Antiquarische Fundgrube
9., Fuchsthallergasse 11
Tel.: 319 54 96
Fax: 319 54 96
E-Mail: afundgrube@aon.at
Mo–Do 9–13 u. 14.30–18, Fr 9–18, Sa 9–12
Bekannt für seine Raritäten. An- und Verkauf von alten Büchern, Ansichtskarten, Landkarten, Grafiken, Fotos, Künstlerfotos, alten Filmprogrammen, Zeitschriften, alten Dokumenten etc. Kleine, aber sehr feine Auswahl, besonders bei Sammlern beliebt.

▸ Bücher Ernst
6., Gumpendorfer Straße 84
Tel.: 597 42 57 12, Fax: 597 42 57-19
E-Mail: info@buecher-ernst.com
www.buecher-ernst.com
Mo–Fr 9–18, Sa 10–12
Sie sind auf der Suche nach einem originellen Geschenk? Wie wäre es denn mit einer Geburtstagszeitung, sagen wir vom 13. September 1968? (15 bis 65 Euro) Im Antiquariat gibt es richtiggehende Raritäten, so etwa „Die Fackel“ von Karl Kraus. Etwas schwierig gestaltet sich die Online-Suche, drum besser hingehen und selbst herumstöbern.

Alte Bücher meterweise – im Ernst?!
(Foto: Archiv)

▸ Buchfreund Schaden
1., Sonnenfelsgasse 4
Tel.: 512 48 56, Fax: 512 60 28
E-Mail: buch.schaden@vienna.at
www.buch-schaden.at
Mo–Fr 9.30–18.30, Sa 9.30–13
Alt eingesessener Betrieb (50 Jahre) mit zehn Mitarbeitern. Neben dem Antiquariat ist Buchfreund Schaden auch eine Universitätsbuchhandlung und besorgt in in- und ausländischen Bibliotheken die neucste Fachliteratur und CDs.

▸ Hasbach
1., Wollzeile 9
Tel.: 512 88 76
Fax: 512 88 76-83
E-Mail: hasbach@utanet.at
www.hasbach.com
Mo–Fr 9.30–18.30, Sa 10–17
Der Schwerpunkt des traditionellen Antiquariats liegt bei Austriaca, Geschichte, Altertumswissenschaft, alten Drucken, Reise und Forschung. Mit Büchersuchdienst.

ANTIQUITÄTEN

▸ Altes und Besonderes
1., Sonnenfelsgasse 15
Tel.: 513 39 03
E-Mail: johanna@altesundbesonderes.at
www.altesundbesonderes.com
Mo–Fr 11–19, Sa 10–15
Vorwiegend findet man hier Möbel aus Barock, Biedermeier und Jugendstil, aber auch Glas, Porzellan, Schmuck, Silber.

▸ Ambiente
1., Lugeck 1
Tel.: 513 11 30
E-Mail: galerie.ambiente@ambientegalerieambiente.at
www.ambientegalerieambiente.at
Mo–Fr 12–21, Sa 9–19
Bugholzmöbel, Marlowe-Design, Miniaturen, Wiener Moderne.

▸ Andréewitch
4., Favoritenstraße 10
Tel.: 505 99 73
E-Mail: info@andreewitch.at
www.andreewitch.at
Mo–Fr 10–18, Sa nach tel. Vereinbarung
Möbel, Luster, Uhren, Dekor.

▸ Anno 1900
7., Burggasse 26
Tel.: 523 84 77
E-Mail: galerie@anno1900.at
www.anno1900.at
Mo–Fr 14–18, Sa 9–12
Möbel und Beleuchtungskörper aus dem Wiener Jugendstil und dem französischen Art Déco.

▸ Antik und Kunst Universal
2., Taborstraße 77
Tel.: 0699/10 01 02 31
E-Mail: office@antik-kunst.com
Mo–Fr 14–17
Antike Möbel, Uhren, Gemälde und diverse Kunstgegenstände.

▸ Antikes Lindner
9., Lustkandlgasse 39–41
Tel.: 317 82 53
Fax: 317 82 53-4
Mo–Fr 9–12 u. 14–18, Sa 10–12
Verschiedenste Uhren, Bilder, Luster, Möbel.

Schwarzes Gold – art en noir. (Foto: Archiv)

▸ Art En Noir
7., Lerchenfelder Straße 51
Tel.: 522 22 27
Fax: 522 22 27
E-Mail: art.noir@chello.at
www.go.to/art.noir
Mo–Fr 13–18, Sa 10–13
Das Spezialgeschäft für schwarze antike Möbel.

▸ Bel Etage
1., Mahlerstraße 15
Tel.: 512 23 79
Fax: 512 23 79-99
E-Mail: office@beletage.com
www.beletage.com
Mo–Fr 13–18, Sa 10–12.30
Wie der Name bereits erraten lässt, ist in diesem Antiquitätengeschäft eine große Auswahl an Wiener Jugendstilobjekten zu finden. Bilder, Glas, Möbel, Keramik, Lampen, Skulpturen, Schmuck, Uhren, Kunstgewerbe. Ein kleiner Bereich der Ausstellungsfläche ist der Wiener Werkstätte gewidmet.

▸ Brandl im Palais Ferstl
1., Freyung 2
Tel.: 533 84 14
Fax: 533 84 14
E-Mail: eduard.brandl@eunet.at
www.wiener-bronzen.at
Mo–Fr 10–18, Sa 10–15
„Wiener Bronzen". Weiters im Angebot: Vitrinenobjekte, Bronzeskulpturen, Antikschmuck, Ölgemälde, Porzellan, Silber und Kuriositäten. Im zweiten Geschäftslokal in der Passage zur Herrengasse befinden sich Möbel, Lampen und diverse Skulpturen.

▸ Bremm
19., Barawitzkagasse 6
Tel.: 367 74 68 od. 0676/420 45 82
E-Mail: Kunsthandlung@bremm.at
www.bremm.at
Mo–Fr 10–12 u. 15–18
sowie nach tel. Vereinbarung
Biedermeier, Altdeutsch, Jugendstil, Art Deco. Das Angebot umfasst das gesamte Spektrum des Antiquitätenhandels: Keramik, Porzellan, Möbel, Luster, Lampen, Gemälde, Glas, Asiatika, Schmuck, Bronzen.

▸ City Antik/Kunsthandel Oliver Hunter
1., Plankengasse 2
Tel.: 548 85 11 od. 513 68 09
Fax: 548 85 11
E-Mail: oliver.hunter@chello.at
www.city-antik.at
Mo–Fr 10–18, Sa 10–13
Keramik, Porzellan, Schmuck, Silber, Glas, Möbel.

▸ D & S Antiques
1., Dorotheergasse 13
Tel.: 512 58 85
Fax: 512 58 85-75
E-Mail: office@ds-antiques.com
www.ds-antiques.com
Mo–Fr 10–18, Sa 10–13
Spezialisiert auf antike Uhren. Möbel des 18. und 19. Jahrhunderts sowie Gemälde werden ebenfalls angeboten. Schätzung von Wertgegenständen, Restaurierung und Reparatur, Einrichtungsberatung.

▸ Das Kunstwerk
6., Laimgrubengasse 24
Tel.: 961 01 04
Fax: 961 01 04
E-Mail: w.roth@daskunstwerk.at
www.daskunstwerk.at
Mi–Fr 14–20, Sa 10–14
Der Jugendstil- und Art-Deco-Spezialist. Möbel, Glas, Lampen. Weitere Filiale: 4., Operngasse 20, Mo–Fr 11–18 , Sa 10–14

Hegenbart macht's wieder gut. (Foto: Archiv)

▸ Design Antiques Hegenbart
1., Ballgasse 4
Tel.: 513 53 60
E-Mail: guenther.hegenbart@hegenbart.at
www.hegenbart.at
Mo–Fr 11–18
Der alteingesessene Familienbetrieb führt Uhren, Schmuck, Gemälde, Glas, Porzellan und antike Möbel der verschiedensten Epochen. In der angeschlossenen Tischlerei können Antiquitäten auch restauriert werden. Kostenlose Beratung, Begutachtung und Schadensbefundung.

▸ Dom Antik
1., Singerstraße 5
Tel.: 513 55 90
www.members.aon.at/dom-antik
Mo–Fr 15–18
Spezialgeschäft für antike Uhren. Reparatur von Uhrwerken, Restauration von Spielwerken, beauftragte Suche nach Sammelobjekten.

▸ Galerie am Lobkowitzplatz
1., Lobkowitzplatz 3
Tel.: 512 13 38
Fax: 512 73 29
E-Mail: contact@antikweb.com
www.antikweb.com
Mo–Fr 10–13 u. 15–18
Spezialisiert auf Barock und Biedermeier: Möbel, Uhren, Bilder, Luster, Varia.

▸ Guggenberger
3., Ungargasse 18
Tel.: 713 92 55
E-Mail: gabi.guggenberger@chello.at
www.antiquitaeten-jugendstil.at.tf
Mo, Mi, Fr 9–18.30, Di, Do 13–18.30
Jugendstilmöbel, Restaurierung, An- und Verkauf.

▸ Holzer
7., Siebensterngasse 32
Tel.: 523 72 18
E-Mail: office@galerieholzer.at
www.galerieholzer.at
Mo–Fr 14–18, Sa 10–17
Jugendstil- und Art-Deco-Möbel soweit das Auge reicht. Auf 1.000 m^2 Ausstellungsfläche wird dieses begehrte und für Wien repräsentative Design zum Verkauf angeboten. Restaurierung und Neuanfertigung von Jugendstil- und Art-Deco-Möbeln. Zwei weitere Geschäftslokale:
7., Siebensterngasse 16, Mo–Fr 10–18, Sa 10–17;
7., Kirchengasse 30 (nur Schauraum)

▸ In der Alten Zeit
8., Albertgasse 41
Tel.: 402 42 32 od. 0669/19 25 28 30
E-Mail: laus@altemoebel.at
www.altemoebel.at
Mo, Fr 14–19
Spezialisiert auf die Restauration von Biedermeiermöbeln. Im Schauraum werden außerdem Gemälde, Lampen, Luster und restaurierte Möbel präsentiert.

▸ Kulcsar
1., Spiegelgasse 19
Tel.: 512 72 67
E-Mail: mail@kulcsar.at
www.kulcsar.at
Mo–Fr 10–18, Sa 10–13.30
Möbel, Uhren, Gemälde, Porzellan, Bronzefiguren aus den Epochen Empire, Biedermeier, Historismus und Jugendstil.

▸ Lagerhaus 1900–1950
4., Große Neugasse 33
Tel.: 586 69 69
Fax: 586 69 69-11
E-Mail: reinald.stremitzer@art-deco.at
www.art-deco.at
nur nach tel. Vereinbarung
Möbel und Lampen aus der Zeit 1900 bis 1950. Remixed Furniture: Da Möbel in der heutigen Zeit andere Funktionen haben als vor hundert Jahren, werden Antiquitäten den Bedürfnissen der Menschen angepasst.

▸ Matysik
8., Lange Gasse 41
Tel.: 405 13 61
www.mediatechnik.at/alt/
Mo–Fr 10–12 u. 15–18
Möbel. Lampen, Gemälde, Bilderrahmen, Spielzeug, Kleinkunst, Glas, Porzellan von Biedermeier über die Gründerzeit bis zu Art Deco. Ankauf von Verlassenschaften, besenreine Räumungen.

▸ Schinko
6., Hirschengasse 5
Tel.: 596 31 78 od. 0664/421 32 52
tgl. 8–20
Ankauf von Verlassenschaften, Wohnungsräumungen; Biedermeier- und Jugendstilmöbel, Uhren, Gemälde, Silber, Keramik, Porzellan, Luster, Glas.
Zweigstelle: 14., Linzer Straße 118, Tel.: 985 41 56

▸ Srna-Modlitby
1., Naglergasse 1–3
Tel.: 535 85 08
E-Mail: office@srna.at
www.srna.at
Mo–Fr 11–18, Sa 10–12.30
Gemälde, Radierungen, Grafiken, Möbel, Kunstgewerbe. Im Nebengebäude, Naglergasse 1, befindet sich antiker Schmuck. Die angeschlossene Galerie kann in der Naglergasse 2 besichtigt werden. In der eigenen Antiquitätentischlerei werden außerdem fachmännische Restaurierungen vorgenommen.

▸ Sternat
1., Lobkowitzplatz 1
Tel.: 512 20 63
E-Mail: galerie@sternat.com
www.sternat.com
Mo–Fr 10–13 u. 14–18, Sa 10–11.30
Gemälde, Jugendstil, antike Möbel und Uhren, Kunstgewerbe.

▸ Stranski
1., Singerstraße 26a
E-Mail: stranski@antiquitaeten.ws
www.antiquitaeten.ws
Mo–Fr 11–18, Sa nach tel. Vereinbarung
Das Angebot umfasst Objekte aus dem 15. Jahrhundert bis zum Beginn des 20. Jahrhunderts. Möbel, Schmuck, Gemälde, Skulpturen, Silber, Glas, Varia. Zu den umfangreichen Serviceleistungen zählen auch noch Beratung, Konservierung, Restaurierung, Vergoldung, Reparatur von beschädigtem Porzellan sowie Reinigung und Restaurierung von Gold- und Silbergegenständen.

▸ Wang Antiques
1., Spiegelgasse 25
Tel.: 512 41 87
E-Mail: marcel@wang-antiques.at
www.wang-antiques.at
Mo 13–18, Di–Fr 10–18, Sa 10–14
Biedermeier, Historismus, Jugendstil, Art Deco.

AUKTIONEN

▸ Dorotheum
1., Dorotheergasse 17
Tel.: 515 60-0
www.dorotheum.at
Verkauf: Mo–Fr 10–18, Sa 9–17
Suchen Sie ein Design-Stück der 60er-Jahre? Oder vielleicht einen Biedermeier-Schrank? Oder lieber ein Gemälde für die leere Wand im Eigenheim? Im Dorotheum gibt es beinahe alles, vom Wohnzubehör über Schmuck und historische Uniformen bis hin zu Briefmarken. In den zehn, in ganz Wien verteilten Filialen können meist Schmuck, Silber und Porzellan gekauft werden. Das 1707 gegründete Dorotheum hat seinen Hauptsitz in Wien und ist das größte Auktionshaus Mitteleuropas.

Hands up! Give me your money! (Foto: Dorotheum)

▸ Dorotheum Favoriten
10., Erlachgasse 90
Tel.: 604 13 71-23
E-Mail: favoriten@dorotheum.at
Verkauf: Mo–Fr 9–18, Sa 9–17,
Belehnung: Mo–Mi 9–13, Do 9–15
Der zweite Auktionsstandort des Dorotheums. Dreimal wöchentlich finden regelmäßige Auktionen statt. Mo: Schmuck; Mi: technische Geräte; Fr: Möbel, Bilder, Teppiche, Kleinkunst.

▸ Dorotheum Auto, Motor, Technik
23., Sulzengasse 7
Tel.: 602 04 58
E-Mail: technik@dorotheum.at
Werkstattverkehr: Mo–Fr 8–16,
Sonderbesichtigungen möglich
Einmal im Monat kommt in dieser Filiale Kfz-Technik unter den Hammer. Außerdem finden hier mehrmals im Jahr Pkw, Lkw und verschiedene Geräte neue Besitzer.

▸ Film-, Sience-Fiction- und Schallplattenbörse
12., Längenfeldgasse 13–15
Tel.: 319 27 09
Fax: 956 30 74
E-Mail: kohlmus@chello.at
www.filmboerse.org
So 10–16
Viermal im Jahr findet im Bildungszentrum Längenfeldgasse eine große Film- und Musikbörse statt.

▸ H. D. Rauch
1., Am Graben 15
Tel.: 533 50 51
E-Mail: office@hdrauch.com
www.hdrauch.com
Mo–Fr 10–18
Auktionen sind – wie der Name unschwer erkennen lässt – die Spezialität von Hans Dieter Rauch. Vier bis fünf Mal im Jahr sind Briefmarken-, Münzen- und Ordenraritäten zu ersteigern. Wer nicht bis zum nächsten Termin warten will, kann sein Glück aber auch ganzjährig im Geschäft am Graben versuchen oder den Online-Shop nutzen.

▸ Nauert Auktionen
1., Vorlaufstraße 1
Tel.: 513 19 27
Fax: 513 19 27-20
E-Mail: nauert.auctions@ins.at
www.nauert-auctions.com
Mo–Fr 10–18, Sa 10–13
Asiatika-Auktionen drei- bis viermal jährlich.

▸ Onetwosold
1., Spiegelgasse 16
www.one2sold.at
nur online
Die Online-Auktionsseite Österreichs. Firmen- und Privatangebote. Großes Angebot an Antiquitäten – hier bietet sogar das Dorotheum Kunstgegenstände an –, Audio, Kfz, Bücher, Computer, Möbel, Bekleidung, Konzertkarten, Sammlerobjekte, Spielzeug, Sport, Telekommunikation, TV, Schmuck.

▸ Sotheby's
1., Herrengasse 5
Tel.: 512 47 72-3
www.sothebys.com
nach tel. Vereinbarung
Das größte Auktionshaus weltweit hat auch in Wien eine Filiale. Hier finden zwar keine Auktionen statt, Interessierte können aber bei den Auktionen von Sotheby's auf der ganzen Welt teilnehmen. Neben dem umfangreichen Kunstsortiment werden auch Immobilien versteigert.

▸ Wiener Kunst Auktionen
1., Freyung 4
Tel.: 532 42 00
www.palais-kinsky.com
Mo–Fr 10–18, Schaustellungen auch Sa 10–17
Gemälde, zeitgenössische Kunst, Jugendstil, Antiquitäten.

AU-PAIR

Au-pair bedeutet auf Französisch„auf Gegenseitigkeit". Und so ist idealerweise auch das Verhältnis zwischen Gastfamilie und Au-pair. Das Au-pair wird als neues Familienmitglied aufgenommen und in den Alltag integriert. Im Gegenzug erwartet die Familie Unterstützung bei der Kinderbetreuung und unter Umständen bei leichten Hausarbeiten. Pro Woche muss das Au-pair mindestens einen freien Tag haben und mindestens ein freies Wochenende pro Monat, zudem mindestens 60 Euro Taschengeld pro Woche erhalten und kranken- und unfallversichert sein.

▸ ASD – Au-Pair-Vermittlung
1., Johannesgasse 16/1
Tel.: 512 79 41
www.aupair-asd.at
Mo, Mi 14–16, Di, Do 10–12
Die Arbeitsgemeinschaft Auslandssozialdienst wird von katholischen Vereinigungen getragen und vermittelt Au-pair-Aufenthalte in Belgien,

Frankreich, Großbritannien, Holland, Irland, Island, Italien, Norwegen, Spanien, in der Schweiz (französischer Teil), den USA sowie im Inland. Neben sechs- bis zwölfmonatigen Aufenthalten gibt es auch die Möglichkeit zu kürzeren Aufenthalten. Man kann als „Sommer-Au-pair" auch nur für zwei bis drei Monate ins Ausland gehen.

▸ Au-pair 4 you
16., Hasnerstraße 31/22
Tel.: 990 15 74
www.au-pair4you.at
Mo–Fr 9–12 u.14–17
Au-pair 4 you vermittelt Au-pairs nach England, Irland, Italien, Frankreich, Monaco, Spanien, Niederlande, Dänemark, Norwegen und Schweden sowie in die USA und Au-pairs aus verschiedenen Ländern an österreichische Gastfamilien. Die Dauer der Aufenthalte beträgt drei bis zwölf Monate während des Schuljahres oder ein bis drei Monate als „Sommer-Au-pair".

▸ AuPair Austria
6., Mariahilfer Straße 99/2/37
Tel.: 920 38 42 od. 595 57 45
www.aupairaustria.com
tel. Terminvereinbarung: Mo–Fr 9–12 u. 14–17
Im Programm: Großbritannien, Schottland, Irland, Spanien, Italien, Frankreich mit, mit jeweils unterschiedlicher Aufenthaltsdauer.

▸ S. S. E. – Verein zur Vertiefung der englischen Sprachkenntnisse
1., Franz-Josefs-Kai 29/514
Tel.: 535 73 37
Fax: 968 52 99
E-Mail: sse-sprachkurse@inode.at
www.inode.at/sse/aupair.html
nach tel. Vereinbarung
S. S. E. vermittelt Au-pair-Aufenthalte im Großraum London und den angrenzenden Grafschaften. Bei einer Dauer bis zu 24 Monaten können auch Sprachkurse vor Ort besucht werden.

▸ Supertramp – young travel line
1., Helferstorferstraße 4
Tel.: 533 51 37
Fax: 533 18 33-85
www.supertramp.at
Mo–Fr 9.30–18
Mit dem Reisebüro des österreichischen Jugendherbergswerkes geht es zu Au-pair-Aufenthalten nach Großbritannien, Irland, Frankreich, Spanien und Italien sowie in die USA. Die Aufenthaltsdauer beträgt sechs bis zwölf Monate, in Europa im Sommer auch ab zwei Monaten möglich.

AUSSTELLUNGSRÄUME

▸ Architekturzentrum Wien
7., Museumsplatz 1 (Museumsquartier)
Tel.: 522 31 15
E-Mail: office@azw.at
www.azw.at
tgl. 10–19, Mi bis 21
Neben der Ausrichtung von Seminaren, Workshops, Vorträgen, Präsentationen und Führungen beherbergt das Architekturzentrum einen Ausstellungsraum im Museumsquartier, wo in mehreren Ausstellungen jährlich aktuelle Positionen in der Architektur, aber auch Personalen bedeutender ArchitektInnen gezeigt werden.

Veranstaltungsort, Bibliothek, Diskussionsforum, Hauptsache Architektur. (Foto: Architekturzentrum Wien)

▸ Atelier Augarten
2., Scherzergasse 1a
Tel.: 795 57
E-Mail: office@atelier-augarten.at
www.atelier-augarten.at
Di–So 10–18
Das Atelier Augarten fungiert als Zentrum für zeitgenössische Kunst der Österreichischen Galerie Belvedere. Das Haus, ursprünglich als Gustinus-Ambrosi-Museum erbaut, zeigt heute Skulpturen des Künstlers und Wechselausstellungen.

▸ BA-CA Kunstforum
1., Freyung 8
Tel.: 537 33-0
E-Mail: office@kunstforum-wien.at
www.kunstforum-wien.at
tgl. 10–19, Fr bis 21
Gustav Peichl hat das historische Palais zu einer modernen Kunsthalle umgebaut. Mit dem Kunstforum wurde die Voraussetzung geschaffen zur Präsentation internationaler Großausstellungen zur Kunst und Moderne. Der Schwerpunkt des Programms liegt auf der „Klassischen Moderne".

▸ BAWAG Foundation
1., Tuchlauben 7a
Tel.: 534 53-226 55
Fax: 534 53-230 96
E-Mail: foundation@bawag.com
www.bawag-foundation.at
tgl. 10–18
Rund 900 Werke österreichischer Künstlerinnen und Künstler umfasst mittlerweile die Sammlung der 1974 als Forum für Kunstinteressierte gegründeten BAWAG Foundation. Seit 1995 liegt der Schwerpunkt der Aktivitäten auf internationaler Gegenwartskunst und auf Projekten mit Künstlern.

▸ Generali Foundation
4., Wiedner Hauptstraße 15
Tel.: 504 98 80
Fax: 504 98 83
E-Mail: found.office@generali.at
foundation.generali.at
Di–So, Fei 11–18, Do bis 20
Die Generali-Foundation wurde 1988 zum Aufbau einer Sammlung zeitgenössischer bildender Kunst seit 1945 gegründet. Die Bereiche Fotografie, Film, Video und Installation nehmen hierbei einen besonderen Stellenwert ein. In den Ausstellungsräumen werden in mehreren verschiedenen Ausstellungen jährlich Positionen zeitgenössischer Kunst vorgestellt. Die Studienräume bieten Bibliothek, Mediathek, Archiv und Sammlung.

▸ Kunsthalle Wien, project space
4., Treitlstraße 2 / Karlsplatz
Tel.: 521 89-33
Fax: 521 89-20
E-Mail: office@kunsthallewien.at
www.kunsthallewien.at
tgl. 10–19, Do bis 22
Nachdem der gelbe Container endgültig vom Karlsplatz verschwunden war, zauberte Adolf Krischanitz den „project space" auf den alten Platz der Kunsthalle. Mit einem Ausstellungsraum von rund 250 m² Fläche, einem Veranstaltungsraum sowie einem beliebten Café positioniert sich der „project space" als ein zeitgenössisches Fenster zur Kunst in einer Stadt der Tradition.

▸ Kunsthalle Wien
7., Museumsplatz 1/6/1 (Museumsquartier)
Tel.: 521 89 14
Fax: 521 89 60
E-Mail: office@kunsthallewien.at
www.kunsthallewien.at
tgl. 10–19, Do bis 22
Seit ihrer Übersiedlung vom Karlsplatz ins Museumsquartier verfügt die Kunsthalle Wien über mehr als 1.600 m² Ausstellungsfläche. Das Haus hat sich als Schauplatz für internationale Gegenwartskunst etabliert und zeigt in wechselnden Ausstellungen in zwei Hallen Personalen und Themenschauen.

▸ KunstHausWien
3., Untere Weißgerberstraße 13
Tel.: 712 04 91
Fax: 712 04 96
E-Mail: information@kunsthauswien.com
www.kunsthauswien.com
tgl. 10–19
Von 1989 bis 1991 wurden die ehemaligen Thonethäuser von Friedensreich Hundertwasser zu einem Ausstellungshaus umgebaut. Es entstand ein Forum für bildende Kunst und eine Heimat für das Werk des Künstlers. Während die unteren Stockwerke in einer permanenten Schau einen Querschnitt durch sein Werk bieten, sind die obersten Geschoße für hochkarätige internationale Ausstellungen reserviert.

Kunst, Kultur, Kaffee. (Foto: Kunsthalle)

▸ Künstlerhaus Wien
1., Karlsplatz 5
Tel.: 587 96 63
E-Mail: office@k-haus.at
www.k-haus.at
tgl. 10–18, Do bis 21
Das Künstlerhaus ist Ausstellungsraum der 1861 gegründeten „Gesellschaft bildender Künstler Österreichs, Künstlerhaus". Es ist Plattform für Künstler und Kunstinteressierte. Der Schwerpunkt liegt auf Architektur, interdisziplinären Themenausstellungen und internationalen Kooperationen.

▸ Projektraum Viktor Bucher
2., Praterstraße 13/1/2
Tel.: 212 69 30
Fax: 212 69 30
E-Mail: projektraum@sil.at
www.kunstnet.at/projektraum/
Di–Do 14–19, Fr 10–15
Der Projektraum ist reichlich unkonventionell: Teile der Räumlichkeiten werden als Wohnraum genutzt, der Kunstbegriff reicht durchaus bis zu Partys – der Spaßfaktor kommt also nicht zu kurz. In den Ausstellungen sind Werke junger KünstlerInnen aus den klassischen Bereichen der bildenden Kunst bis zu Design zu sehen.

▸ Secession
1., Friedrichstraße 12
Tel.: 587 53 07
Fax: 587 53 07-34
E-Mail: office@secession.at
www.secession.at
Di–So 10–18, Do bis 20
Bereits 1897 wurde die Vereinigung bildender KünstlerInnen Wiener Secession gegründet, ein Jahr später mit dem Bau des Ausstellungsgebäudes begonnen. Von Beginn an wurde dort zeitgenössische Kunst gezeigt, bereichert durch Vorträge, Ausstellungsgespräche und Podiumsdiskussionen mit Künstlern und internationalen Referenten. An seinem originalen Platz ist auch Gustav Klimts Beethovenfries „Diesen Kuss der ganzen Welt“ zu sehen.

AUTO FAHREN

ABSCHLEPPEN

▸ Abschleppdienst ARBÖ
Tel.: 123

▸ Abschleppdienst ÖAMTC
Tel.: 120

CARSHARING

▸ Denzeldrive Wien-City
11., Erdbergstraße 202 (P&R U3 Erdberg, 1. OG)
Tel.: 799 61 76
www.denzeldrive.at
Mo–Fr 7–19, Sa 8–14, So, Fei 8–13
Mal ganz ehrlich: ein Leben ganz ohne Auto, das funktioniert nicht einmal in Wien. Aber warum gleich kaufen? Carsharing ist die günstige Alternative. An Fahrzeugen lässt Denzeldrive keine Wünsche offen: vom Kleinwagen bis zum Minivan, von der Limousine bis zum Fun-Car. Mitglied werden, Fahrzeug buchen, fahren, zurückbringen.

CLUBS

▸ ARBÖ Landesorganisation Wien
3., Schlechtastraße 4
Tel.: 795 75-0
Fax: 795 75-42
E-Mail: wien@arboe.at
www.arboe-wien.at
Sekretariat: Mo–Fr 8–18,
Prüfzentrum: Mo–Fr 7–19, Sa 7–17.30
Der ARBÖ feierte 1999 sein 100-jähriges Bestehen. Seit seiner Gründung als Arbeiter-Fahrrad-Verein haben sich die Dienstleistungen natürlich erheblich verbessert: Pannenhilfe, technische Überprüfung, Fahrsicherheitstraining und viele andere Leistungen rund um Auto, Motorrad, Fahrrad und Freizeit. Clubmagazin: „Freie Fahrt“. Online-Führerschein-Test.

▸ ARBÖ Prüfzentren
Mo–Fr 7–19, Sa 7–17.30
2., Trabrennstraße 126, Tel. :728 19 99 (Sa 7–13)
3., Schlechtastraße 4, Tel.: 795 75-0 (Sa geschl.)
10., Triester Straße 149, Tel.: 616 00 58
14., Kefergasse 3/Hadikgasse, Tel.: 914 56 83 (Rechtsberatung: Mo, Do 17–18)
16., Pfenniggeldgasse/Gablenzgasse, Tel.: 492 05 81 (Mo–Fr 8–18)
20., Pasettistraße 58, Tel.: 330 51 11 (Mo–Fr 8–18, Sa 8–13)
21., Brünner Straße 170, Tel.: 290 02 90
22., Donaustadtstraße 34, Tel.: 203 22 86 (Mo–Fr 8–18, Sa 8–13)

Helfer in Not. (Foto: ÖAMTC)

▸ ÖAMTC Landesorganisation
1., Schubertring 1–3
Tel.: 711 99-0,
Fax :711 99-1320,
www.oeamtc.at
Mo–Fr 9–18, Sa 9–12

▸ ÖAMTC Prüfzentren
Mo–Sa 7–18
10., Grenzackerstraße 16 / Daumegasse 5, Tel.: 602 35 40
10., Wienerbergstraße 27c, Tel.: 608 93-2350
15., Schanzstraße 44, Tel.: 981 20-0
20., Handelskai 90, Tel.: 332 11 02
22., Breitenleer Straße 29, Tel.: 250 96-0

PARK & RIDE

Park & Ride ist konzeptionell ja gar keine schlechte Idee. Wenn man von außerhalb Wiens kommt, fährt man in eine der am Stadtrand gelegenen Parkgaragen, lässt das Auto dort stehen und bewegt sich in der Stadt mit den Öffis – schneller und stressfrei. Die Garagen sind im Vergleich zu Stadtgaragen relativ günstig und verfügen sinnigerweise über einen guten Anschluss ans öffentliche Verkehrsnetz.
tgl. 0–24
Preise: 2,70 Euro/Tag, 13,30 Euro/Woche, 49,50 Euro/Monat; Heiligenstadt, Spittelau: 3 Euro, 12 Euro, 35 Euro
Weitere Informationen: www.apcoa.at

▸ P & R Brünnerstraße
21., Ignaz-Köck-Straße 8, Tel.: 796 77 17-11
tgl. 0–24, 270 Stellplätze; Schnellbahn-, Busstation

Platz für alle. (Foto: Archiv)

▸ P & R Erdberg
3., Franzosengraben 2, Tel.: 796 77 17-11
Mo–Fr 6–20, Sa 7–13, 1. Sa im Monat 7–18, mit 1.800 Stellplätzen Wiens größter P&R-Platz; U3-Station

▸ P & R Heiligenstadt
19., Mooslackengasse, Tel.: 533 08 57-16
tgl. 0–24, 185 Stellplätze; U4-Station

▸ P & R Ottakring
16., Huttengasse 41 / Spetterbrücke, Tel.: 786 28 44-11
Mo–Fr 7–20, Sa 9–14, 720 Stellplätze; U3-Station

▸ P & R Siebenhirten
23., Porschestraße 25 / Baslergasse, Tel.: 698 55 44-11, Mo–Fr 7–11 u. 15–20, Sa 9–14, 528 Stellplätze; U6-Station

▸ P & R Spittelau
9., Spittelauer Lände, gegenüber Nr. 45
Tel:. 533 08 57-16
tgl. 0–24, 150 Stellplätze; U4-Station

PARKMÖGLICHKEITEN AM FLUGHAFEN

▸ Flughafen Wien-Schwechat, Tel. 70 07-228 86
Wer mit dem eigenen Auto zum Flughafen anreist, steht zwangsläufig vor dem Problem, es auch irgendwo parken zu müssen. Zu diesem Zweck stehen drei Parkplätze für Kurzparker, drei Parkhäuser und ein Freiluftparkplatz zur Verfügung. Die Preise für Kurzparker liegen bei 2,20 Euro pro Stunde bis zu 24,70 Euro pro Tag, die für Langparker beginnen bei 2 Euro für pro Stunde und gehen bis zu 235,60 Euro pro Monat.

MIETAUTOS

▸ Avis Wien
1., Opernring 3–5
Tel.: 587 62 41
www.avis.at
Mo–Fr 7–18, Sa 8–14, So 8–13
Vom Citroën C3 um 114,41 Euro bis zum Mercedes E-Klasse um 391,66 Euro pro Tag (freie Kilometer, inkl. Versicherung und allen Steuern). Nur Pkw.

▸ Buchbinder rent a car
www.buchbinder.co.at
3., Schlachthausgasse 38, Tel.: 717 50-0
Mo–Sa 7.30–18, So, Fei 10–18
12., Breitenfurter Straße 77, Tel.: 804 20 11
Mo–Fr 7.30–18, Sa 7.30–12
22., Am Langen Felde 6, Tel.: 203 35 01-0
Mo–Fr 7.30–18, Sa 7.30–12
Beginnend mit 29 Euro pro Tag (inkl. aller Kilometer) für einen Punto, Lancia Y oder Smart bis hin zu 154,80 Euro pro Tag (150 Kilometer) für einen SLK, Alfa Spider oder Lancia Thesis ist bei Buchbinder alles möglich. Kastenwagen mindestens tageweise; Lkw mit bis zu 5,8 t Nutzlast. Campingbusse.

▸ Budget Wien Stadtbüro
3., City Air Terminal (Am Stadtpark)
Tel.: 714 65 65 od. 0664/357 23 50 od. 0664/230 86 65
E-Mail: office@budget.at
www.budget.at
Mo–Fr 8–18, Sa 8–14, So 9–13
Pkw und Minivans. Billig: VW Polo oder Opel Corsa (250 km, 54,20 Euro). Nobel: Audi A6 oder 5er BMW um 273,63 Euro pro Tag mit freien km.

▸ Denzeldrive Wien

www.denzeldrive.at

15., Europaplatz 1 (Westbahnhof), Tel.: 897 55 28
E-Mail: office.wienwest@denzeldrive.at,
Mo–Fr 8–20, Sa 8–14

22., Wagramer Straße 124, Tel.: 203 69 78
E-Mail: office.wiennord@denzeldrive.at
Mo–Fr 7.30–18, Sa 8–12

23., Richard-Strauss-Straße 12, Tel.: 616 00 16
E-Mail: office.wiensued@denzeldrive.at,
Mo–Fr 7–17, Sa 8–12

Flughafen Wien-Schwechat, Tel.: 7007 333-16
E-Mail: office.wienap@denzeldrive.at,
Mo–Fr 8–22, Sa 8–15, So, Fei 9–21

▸ Europcar

www.europcar.at

1., Schubertring 9, Tel.: 714 67 17, Fax: 712 12 79
E-Mail: viec01@europcar.at,
Mo–Fr 7.30–18, Sa 8–13, So 8–12

15., Felberstraße / Parkhaus Westbahnhof
Tel.: 897 56 09 od. 0664/548 65 74
E-Mail: viel01@europcar.at, Mo–Fr 8–17

23., Ketzergasse 120, Tel.: 866 16 88
E-Mail: viec02@europcar.at, Mo–Fr 7–17

Mietwagenkategorien von Economy über Allrad und Luxury bis hin zu Fun-Cars und Vans & Trucks. Preise ab ca. 96 Euro (freie Kilometer) für einen VW Polo oder Skoda Fabia bis zu einem Chrysler Voyager um 355 Euro pro Tag.

▸ Flott

E-Mail: info@flott.at

www.flott.at

6., Mollardgasse 44, Tel.: 597 34 02, Fax: 596 74 29
Mo–Fr 7–12.30 u. 13–17, Sa 7–12,
So, Fei auf Anfrage

23., Triester Straße 162, Tel.: 665 62 16
Mo–Fr 7–12.30 u. 13–17

Neben den Fahrzeugen für Lastentransporte (Mercedes Vito Kastenwagen bis Mercedes Möbelwagen mit Ladebordwand) gibt es auch die Möglichkeit, den passenden Fahrer „dazuzumieten“. Beim Schleppen hilft dieser allerdings nicht.

▸ FunCar

15., Rauchfangkehrergasse 32

Tel.: 892 11-11 22

www.funcar.at

Mo–Fr 8–17,

Abholzeiten: Mo–Do 7.30–17.30, Fr 7.30–17

Das Leihprogramm reicht vom Ford Ka um 9,90 Euro pro Tag (ab 3 Tage) bis zum Mercedes SLK um fast das Zehnfache. Der günstigste Kastenwagen, der kurze Ford Transit, kostet 44,90 Euro (sechs Stunden, inkl. 50 Kilometer).

▸ Hertz

www.hertz.at

1., Kärntner Ring 17, Tel.: 512 86 77, Fax: 512 50 34
Mo–Fr 7–18.30, Sa, So 8–16

10., Simmeringer Hauptstraße 2, Tel.: 795 42 66-1
Mo–Fr 7.30–17

Flughafen Wien-Schwechat, Tel.: 7007-326 61
Mo–Fr 7–23, Sa 8–20, So 8–23

Mietwagenkategorien von Mini, Economy über Allrad und Luxury bis hin zu Kombis und Bussen. Preise ab ca. 87 Euro (freie Kilometer) Ford Fiesta oder ca. 96 Euro für einen VW Polo bis zu einem Mercedes C um 240 Euro pro Tag.

Gut geborgt ist halb gestaut. (Foto: Archiv)

▸ Sixt

Hotline: 0800/11 11 74 98

www.e-sixt.at

4., Wiedner Gürtel 1a (Südbahnhof)
Tel.: 503 66 16, Fax: 503 66 16-9
Mo–Fr 7–19.30, Sa, So 8–15.30

22., Wagramer Straße 177, Tel.: 259 34 54
Mo–Fr 7–18.30, Sa 8–12

23., Liesinger Flurgasse 2b, Tel.: 699 55 85
Mo–Fr 7–18, Sa 8–12

Vom VW-Polo um 69 Euro pro Tag bis zum Mercedes CLK Coupé um 233 Euro pro Tag. Auch Lkw und Transporter. Spezialangebote (z. B. Cabrio-Special).

▸ Union Car

www.unioncar.at

Mo–Fr 8–18, Sa 8–12

3., Rennweg 73, Tel.: 715 59 25, Fax: 713 98 48
E-Mail: unioncar@gmx.at

3., Rennweg 108, Tel.: 799 44 11, Fax: 798 13 62-30
E-Mail: office@unioncar.at

Pkw (Twingo ab etwa 55 Euro pro Tag bis Mercedes E-Klasse oder SLK um 198 Euro pro Tag mit 250 Kilometer), Busse und Transporter.

OLDTIMER

▸ Automobile Riekmann
23., Gatterederstraße 28
Tel.: 0664/593 07 07
Fax: 889 46 91
E-Mail: amr@automobile-riekmann.com
www.automobile-riekmann.com
Mo–Fr 9–18
An-, Verkauf und Vermietung von US-Cars, Oldtimern, Sportwagen und Liebhaberfahrzeugen. Ersatzteile, Zubehör und Reparaturen. Typisierung von Importfahrzeugen.

▸ Autoquariat
18., Antonigasse 44–46
Tel.: 409 51 91
Fax: 409 51 91-20
E-Mail: verkauf@autoquariat.at
www.autoquariat.at
Mo–Fr 10–12.30 u. 13–18.30
Österreichs größter Ersatzteilhändler für klassische Automobile aus Österreich und Italien. Neuteile aus Restbeständen, laufender Produktion oder Nachfertigungen für Steyr-Puch, Fiat, Lancia und Autobianchi.

▸ AVCA – Automobil Veteranen Club Austria
23., Leopoldigasse 12–13
Tel.: 865 16 40-20
Fax: 02252/483 66-11
E-Mail: avca@nextra.at
www.avca.at
Bemüht sich, den in Österreich vorhandenen Bestand an technisch und historisch wertvollen Automobilen zu erfassen, zu restaurieren und zu erhalten. Tolle Informationsquelle aufgrund des Fachwissens der Mitglieder.

▸ Barnea Oldtimer-Verleih
6., Esterházygasse 6
Tel.: 586 80 80
Fax: 586 80 80-15
E-Mail: info@oldtimertreff.com
www.oldtimertreff.com
Mo–Fr 8–18,
Automobilmuseum: Sa, So, Fei 13–18
Hier gibt es die historischen Luxuslimousinen zum Mieten und für jeden besonderen Event kann wahrscheinlich auch das passende Gefährt gefunden werden. Jedenfalls warten eine erkleckliche Anzahl von Bentleys, Jaguars, Rolls-Royces und Cadillacs, aber auch Sportflitzer wie Porsches, Ferraris oder Bugattis in den Garagen. Für Hochzeitspaare gibt es übrigens den besonderen Service: Blumenschmuck am Auto, ein livrierter Chauffeur hinter dem Steuer.

▸ Lindco
21., Jedlersdorfer Platz 27
Tel.: 292 14 66, Fax: 291 14 66-4
E-Mail: lindco@aon.at
www.members.aon.at/lindco
Mo–Fr 7–12 u. 13–16
Karosseriespenglerei und Oldtimerrestauration.

▸ Retropart
1210 Wien, Postfach 318
Tel.: 202 27 10
Fax: 202 27 57
E-Mail: office@retropart.com
www.retropart.com
nach tel. Vereinbarung
Ersatzteilversand für alle (!) französischen Oldtimer vor Baujahr 1970. Kein Geschäftslokal.

TANKEN

▸ Drehtankstelle
1., Schmerlingplatz / Bartensteingasse 3
Tel.: 408 53 09
Mo–Fr 7–19.30, Sa 8–14
Die Champion Tankstelle am Anfang der Bartensteingasse ist mit Sicherheit die kleinste Tankstelle in Wien. So klein sogar, dass ein ganzes Auto nicht so richtig Platz hat beim Tanken. Und deshalb hat der Tankwart eine ganz besondere Einrichtung eingebaut: die Drehscheibe. Das Auto fährt auf die Scheibe, wird zur Zapfsäule gedreht, bekommt dort Benzin, wird wieder in Ausfahrtsrichtung gedreht und ab geht die Post. Das gibt es nur einmal in Wien.

Tanken und Drehen. Wie im wirklichen Leben. (Foto: Archiv)

AUTOMATEN

▸ Köderautomat
16., Grundsteingasse 12
Stellen Sie sich vor, Sie wollen um 3 Uhr Früh fischen gehen und haben keinen Köder. Eine Katastrophe, ein Debakel, die totale Niederlage. Aber, es gibt Rettung. Der Köderautomat in der Grundsteingasse wirft für ein paar Euro frische, gut aussehende Maden und Würmer aus. Petri Heil.

Der Köder muss dem Fisch schmecken. (Foto: Archiv)

▸ Lebensmittel
4., Karlsplatzpassage, Abgang U4
Rund um die Uhr Chips, Gummibärchen, Schokolade, Getränke und natürlich auch ein paar gesunde Sachen. Aber wer will die schon?

▸ Secondhand
6., Hofmühlgasse 6
Der sehr feine Secondhandhop Polyklamott hat vorm Geschäft einen Automaten hängen, der für 5 Euro Kleidungsstücke aller Art auswirft. Kappen – gute Sache bei überfallsartigen Wintereinbrüchen – und Badehosen – bei spontaner Schwimmlust – dürften die beliebtesten Stücke sein.

▸ Video
15., Sechshauser Straße 13
Karte besorgen und ab dann mittels Automat Videos ausleihen. Ganz einfach.

B

BÄCKEREIEN

▸ Anker
10., Absberggasse 35
Tel.: 601 23-0
Fax: 601 23-511
E-Mail: marketing_ab@anker-brot.at
www.anker-brot.at
Unter den Wiener Großbäckereien ist Ankerbrot die bekannteste. Nicht nur über die zahlreichen eigenen Filialen werden die Erzeugnisse vertrieben, auch in den meisten Supermärkten finden sich die Produkte. In vielen Filialen kann auch sehr günstig gefrühstückt werden.

▸ Auer
1., Plankengasse 1
Tel.: 512 58 52
Mo–Fr 9–18.30, Sa 9–13
Auf der Suche nach exklusiven Spezialbroten werden BrotliebhaberInnen in der Wiener Dependance der Grazer Bäckerei Auer fündig. Die Qualität ist super, die Preise entsprechend.
Weitere Filiale: 1., Hoher Markt 5

▸ Der Mann
23., Perchtoldsdorfer Straße 25
Tel.: 522 56 06
E-Mail: baeckerei@dermann.at
www.dermann.at
Der Mann, der verwöhnt, bietet ein breites Brot- und Gebäcksortiment, darunter auch ei- und milchfreie Produkte, Süßes und Pikantes, Warmes und Kaltes. 46 Filialen sind über ganz Wien verteilt, manche haben auch sonntags geöffnet. Nähere Infos auf der Homepage.

▸ Felber
22., Dassanowskyweg 11
Tel.: 408 55 96
E-Mail: office@felberbrot.at
www.felberbrot.at
Snacks und Imbisse, Feingebäck und Köstlichkeiten aus der Konditorei und natürlich Brot und Gebäck. Insgesamt 27-mal in Wien. Einige Filialen sind auch am Sonntag geöffnet, genaue Infos zu den Öffnungszeiten gibt es auf der Homepage.

▸ Karl Haag
1., Helferstorferstraße 2
Tel.: 533 58 66
E-Mail: haag@karl-haag.at
www.karl-haag.at
Mo–Fr 6.30–18.30, Sa 7–18
Bäckerei im Wiener Traditionsstil, die von manchen besonders häufig zur Osterzeit angesteuert wird. Grund: die hervorragenden Pinzen.
Filialen: 3., Landstraßer Hauptstraße 44;
7., Kaiserstraße 51

▸ Pospisil
22., Alfred-Kubin-Platz 4/7a
Tel.: 259 17 61
E-Mail: office@baeckerei-pospisil.at
www.baeckerei-pospisil.at
Mo–Fr 6–18, Sa 6–12
Neben dem üblichen Brot und Gebäck auch Hausspezialitäten wie etwa das Possi-Brot. Ausschließlich in Transdanubien anzutreffender Familienbetrieb mit weiteren zwei Filialen im 22. Bezirk: Stadlau, Am Bahnhof 2; Wagramer Straße 120

▸ Schrammel
4., Paniglgasse 17a
Tel.: 505 64 27
Mo–Fr 6–18.30, Sa 6–12
Kleine Wiener Traditionsbäckerei mit diversen Angeboten an Spezialbroten und -gebäck.
Filialen: 3., Invalidenstraße 15;
7., Lerchenfelder Straße 143

▸ Schwarz
13., Auhofstraße 138
Tel.: 877 24 75
Mo–Sa 6.15–20, So, Fei 9–19
Über 30 Brotsorten, 50 Gebäcksorten sowie eine Vielzahl von Feinbackwaren und Konditoreiwaren werden hergestellt. Neben dem Stammgeschäft in der Auhofstraße gibt es 13 weitere Filialen in Wien, teilweise mit angeschlossener Konditorei.

▸ Ströck
22., Industriestraße 6
Tel.: 204 39 99
E-Mail: buero@stroeck-brot.at
www.stroeck.at
Eine der expansionsfreudigen Wiener Großbäckereien. Eifreie, milchfreie Bioprodukte sowie herkömmliches Gebäck. Weitere Filialen, die sonntags geöffnet haben: 2., Praterstern, U-Bahn; 3., Landstraßer Hauptstraße 82; 11., Simmeringer Hauptstraße, U-Bahn; 13., Kennedybrücke, U-Bahn; 15., Westbahnhof, U-Bahn (weitere Infos auf der Homepage).

BIO- UND SPEZIALBROT

▸ Gradwohl Bio Vollwertbäckerei
6., Mariahilfer Straße 23
Tel.: 585 68 99
www.biovollwert-gradwohl.at
Mo–Fr 7–18.30, Sa 9–17
Sojabrot, Karotten-Nussbrot, Kamutbrot ohne Hefe, selbstgemachtes Knäckebrot, Linzerschnitten, Obsttörtchen, Obstfleck, Vanille-Plunderteig – alles aus Vollkornteig und überaus lecker. Übrigens: Die Produkte enthalten keine künstlichen Backzusätze, online gibt's eine Liste aller Inhaltsstoffe, damit auch Allergiker wissen, ob sie die aus dem Stammhaus im burgenländischen Weppersdorf kommenden Gradwohl'schen Köstlichkeiten genießen dürfen. Weitere Filialen: 1., Fleischmarkt 20; 4., Naschmarkt Stand 239; 7., Mariahilfer Straße / Zieglergasse 1; 8., Josefstädter Straße 60; 19., Döblinger Hauptstraße 46

▸ Grimm-Maderna
1., Kurrentgasse 10
Tel.: 533 13 84
Fax: 533 13 84-20
E-Mail: grimm@grimm.at
www.grimm.at
Mo, Di, Do, Fr 7–18.30, Mi 7–14, Sa 7–12
Bäckerei, die Produkte für Diabetiker, Zöliakie- und Neurodermitis-Erkrankte und Personen, die sich eiweißarm bzw. hefe- und zuckerfrei ernähren sollen, herstellt. Zöliakie ist eine chronische Krankheit, bei der das im Weizenmehl enthaltene Gluten zu einer Schädigung der Dünndarmschleimhaut führt. Diese Eiweißkörper sind auch in Roggen, Gerste, Hafer und Dinkel enthalten, deshalb brauchen Zöliakiekranke spezielle Teig- und Brotsorten. Weitere Filialen: 2., Untere Augartenstraße 39; 4., Wiedner Hauptstraße 82

Gesundes Brot von Grimm-Maderna. (Foto: Archiv)

▸ Kaschik
17., Rosensteingasse 43
Tel.: 485 15 88
www.tz8.at/brot.php
Mo–Fr 7–18.30, Sa 7–12

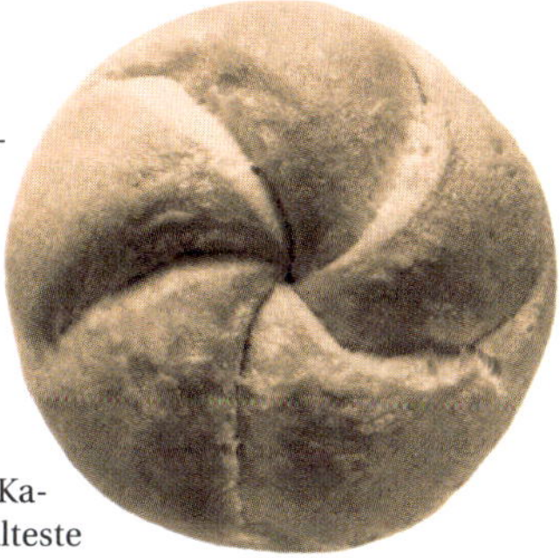

Foto: Gina Baschant

Die Bäckerei Kaschik ist die älteste Biobäckerei in Wien und erzeugt seit über 35 Jahren Demeter-Brot. Alle Rohprodukte stammen aus biologisch-dynamischer oder zumindest aus biologischer Landwirtschaft, das Getreide wird täglich frisch auf einer Steinmühle gemahlen, die Teigführung erfolgt handwerklich mit verschiedenen Natursauerteigen oder Biohefe. Je nach Konstitution, Alter, Verdauungskraft und persönlichen Vorlieben ist ein anderes Brot empfehlenswert: vom Dinkel- über das Hausbrot bis zum groben Körndlbrot, mit insgesamt 18 Brotsorten für jeden das Passende. Filiale: 8., Lange Gasse 43, Mo–Fr 7–18, Sa 7–12

JÜDISCH

▸ Ohel
2., Hollandstraße 7
Tel.: 214 56 17
Mo–Fr 6–18.30

In Wiens einziger jüdischer Bäckerei bekommt man neben herkömmlichem Brot und Gebäck auch die typischen süßen Bäckereien für den Schabbes sowie „Baches", das Spezialbrot, das in länglicher Form am Schabbes verzehrt und in einer weiteren runden Spezialvariante zu den jüdischen Feiertagen gebacken wird.

TÜRKISCH

▸ Gül
16., Yppenplatz 7/3, Brunnenmarkt
Tel.: 408 90 17
Mo–Fr 6–19, Sa 7–15

Kleine, feine türkische Bäckerei mit dem speziellen Angebot: große und kleine Fladenbrote, türkisches Weißbrot (Ekmek), Dönerbrote und Sesamringe. Dazu gibt es türkische Süßigkeiten (Baklava, Burma etc.) und Kekse. All das ist ganz frisch zu haben und schmeckt daher auch fantastisch.

▸ Trabzon Firini
16., Brunnengasse 65
Tel.: 990 52 19 od. 0664/103 13 43
Mo–Fr 8–18

Türkisches Brot von der allerfeinsten Art. Aus dem Holzofen.

BADEN

BADESEEN

▸ Badeteich Hirschstetten
22., Spargelfeldstraße / Bibernellweg / Ziegelhofstraße

Der Schotterteich verfügt über mehrere Buffets und sanitäre Anlagen sowie einen Abenteuerspielplatz. Eine eigene „Babybucht" bietet seichteres Wasser für Kinder. Großzügige Liegewiesen. Eigene Hundezone (im Bereich Spargelfeldstraße) – sonst Hundeverbot. Erste-Hilfe-Station des ASB Floridsdorf. Grillverbot.

▸ Badeteich Süßenbrunn
22., Wagramer Straße / Alte Straße

Kleiner Badeteich im Norden Wiens. Große Wiesenfläche mit zahlreichen Bäumen; im Hochsommer leider oft trübes Wasser. Erste-Hilfe-Station. Kleines Buffet. Grillverbot.

▸ Donauinsel / Neue Donau

Die sommerliche Wiener Bade- und Freizeitattraktion schlechthin. Die in mehrere Bereiche gegliederten Strände bieten jedem, was er sucht: Viel los ist in der Gegend rund um die Reichsbrücke (Copa Cagrana) oder bei der Wasserrutsche nahe der Brigittenauer Brücke; ruhiger wird es dann nördlich der Floridsdorfer Brücke bzw. der Nordbrücke. Wer sich wassersportlich betätigen will, versucht den Wasserskilift beim Wehr 1 zu bändigen. Ende Juni wird dann die gesamte Donauinsel von der Reichsbrücke bis weit über die Floridsdorfer Brücke zur Partylocation, wenn das alljährliche Donauinselfest der Wiener SPÖ über die Bühne geht.

▸ Kaiserwasser
22., Wagramer Straße / Weissauweg

Der Wildbadeplatz ist eigentlich kein See, sondern ein Seitenarm der Alten Donau; Baden und Sonnen mit Blick auf die UNO City. Die Bäume am Kaiserwasser wurden zum Teil zu Naturdenkmälern erklärt.

▸ Lobau

Wer die freie Natur liebt und sich nicht davor scheut, die eine oder andere Wasserpflanze beim Schwimmen zu streifen, ist in der Lobau genau richtig. Es gibt viele, teils versteckte Bademöglichkeiten, und mit etwas Glück kann man an einem heißen Sommertag einen ruhigen Platz finden. In einer Gesamtfläche von 2.400 ha stellt die Lobau einen wichtigen Bestandteil des Nationalparks Donau-Auen dar. (Dechantlacke FKK.)

FKK

Neben den bekannten FKK-Bereichen wie etwa in der Lobau oder auf der Donauinsel bieten auch zwei Wiener Bäder, das Gänsehäufel und das Jörgerbad, gesonderte FKK-Bereiche bzw. -Zeiten an. Wer sich nur sonnen möchte und auf andersgeschlechtliche Begleitung keinen Wert legt, kann in eines der zahlreichen Sonnenbäder der Wiener Bäder pilgern. Hier gilt meist: Männlein und Weiblein getrennt.

▸ Dechantlacke
22., Lobau
FKK-Bereich in der Lobau.

▸ FKK Donauinsel / Neue Donau
21. u. 22. Bezirk
Das beliebteste FKK-Gelände der Wiener und daher bei Schönwetter immer überlaufen. Viele Stammgäste, die hier den ganzen Sommer verbringen. Restaurants mit FKK-Terrasse, sanitäre Anlagen. Donauinsel Nord: Rechtes Ufer der Neuen Donau (auf der Donauinsel); in der Badebucht bei km 8. Donauinsel Süd: Raffineriestraße (ab Donauinsel km 6) sowie linkes Ufer der Neuen Donau; ab Steinspornbrücke bis hinauf zur Lobau.

▸ Gänsehäufel
22., Moissigasse 21
Tel.: 269 90 16
ab 2. Mai bis Sept: tgl. 9–19
FKK-Bereich mit Blocksauna, eigenem Buffet und eigenem Strand, eingebettet in das riesige Sommerbad an der Alten Donau.

FREI- UND HALLENBÄDER

Am 1. November haben alle Wiener Bäder geschlossen. Auskünfte aller Art zu den Wiener Bädern: Wiener Bäder, Magistratsabteilung 44, 10., Reumannplatz 23, Tel.: 601 12-8044, Fax: 601 12-99-441 17, Mo–Fr 7.30–15.30.

▸ Brigittenau
20., Klosterneuburger Straße 93–97
Tel.: 330 99 83 od. 330 99 84
Okt bis Apr: Mo, Mi, Fr 9–21, Di 12–17.30, Do 6.30–21, Sa, So 8–18, Mai bis Sept: Mo, Mi, Fr 9–21, Di 12–17, Do 6.30–21, Sa, So 8–17.30
Behindertengerechte Ausstattung, Brausebad, Sauna, Solarium, Massage, Saunabuffet, Restaurant, Tischtennis, Freiluftschach, Kinderspielplatz. Das Hallenbad Brigittenau wird von Mai bis September als Sommerbad geführt. Über diesen Zeitraum haben die Badezeitbeschränkung sowie die Kurzzeitkarte keine Gültigkeit.

▸ Döbling
19., Geweygasse 6
Tel.: 318 01 40
Mai bis Sept: Di, Do 9–21.30, Mi, Fr 6.30–21.30, Sa, So 8–18, Okt bis Apr: Di, Do 9–21.30, Mi, Fr 6.30–21.30, Sa, So 8–18
Behindertengerechte Ausstattung, im Winter Hallenbadbetrieb, vorgewärmtes Wasser, Sportbecken, Erlebnisbecken, Wasserrutsche, Kindererlebnisbecken, Warmbecken mit Massagedüsen, Liegebereiche und Badegarten, Kinderspielbereiche, Luftburg, Sonnenbäder, Kiosk, Badeartikelverkauf, Buffet, Restaurant, Sektbar.

Mit Blick über Wien baden, im Döblinger Bad. (Foto: Archiv)

▸ Donaustadt
22., Portnergasse 38
Tel.: 203 43 21
Okt bis Apr: Mo, Do 9–21.30, Di 6.30–21.30, Mi 12–21.30, Fr 8–21.30, Sa, So 8–18;
Mai bis Sept: Mo, Do 9–21, Di 6.30–21, Mi 12–21, Fr 8–21, Sa, So 8–17.30 (bei Schönwetter bis 19.30)
Vorgewärmtes Wasser, Mehrzweckbecken, Wasserrutsche, Tischtennis, Freiluftschach, Buffet, Restaurant. In den Sommermonaten fungiert das Donaustadt-Bad auch als Freibad.

▸ Erlebnisbad Penzing
14., Linzer Straße 376–390
Tel.: 416 52 40
Fax: 416 52 40-44
E-Mail: tropicana1@utanet.at, www.tropicana.at
15. Sept bis 15. Dez, 11. Feb bis 30. Apr: Mo–Do 14–22, Fr, Sa 10–23, So 9–20;
1. Mai bis 14. Sept, 16. Dez bis 10. Feb: Mo–Do 9–22, Fr, Sa 9–23, So 9–20
Buffet, verwinkelte Becken, Rutschen, Kinderbecken, Sauna, Wellness-Angebote, im Sommer Liegewiese.

▸ Großfeldsiedlung
21., Oswald-Redlich-Straße 44
Tel.: 258 25 64
Okt bis Apr: Mo–Mi, Fr 9–21.30,
Do 12–18, Sa 9–20, So 9–18,
Mai bis Sept: Mo–Fr 9–20, Sa, So 9–20
Behindertengerechte Ausstattung, vorgewärmtes Wasser, Sportbecken, große Wasserrutsche, Kleinkinderbecken, Kinderspielplatz, Tischtennisplatz, Fußballplatz, Buffet, Restaurant, Freibad.

▸ Hietzing
13., Atzgersdorfer Straße 14
Tel.: 804 53 19
Mo 12.30–21.30, Di–Do 9–21.30,
Fr 6.30–21.30, Sa, So 8–18
Das Bad Hietzing ist im Winter ein Hallenbad und in den Sommermonaten ein Sommerbad.

▸ Jörgerbad
17., Jörgerstraße 42–44
Tel.: 406 43 05 od. 406 52 01
Di 9–18, Mi 9–21.30, Do 9–19,
Fr 9–21.30, Sa 8–17, So 7–18
Das Bad wurde 1914 unter der künstlerischen Leitung des Architekten Friedrich Jäckel im Stile der Wiener Werkstätten als Hallenbad erbaut. 1978 entstand unter Einbeziehung des Kinderfreibades Pezzlpark das nunmehrige Kombinationsbad Jörgerbad, das Hallen- und Freiluftbetrieb bietet. Aqua-Rhythmik, Warmbaden (Wassertemperatur: 31 °C), Wannenbad (Aufzahlung: 2 Euro) … Jeweils samstags von 17 bis 21.30 Uhr (bzw. 19.30 bis 21.30 Uhr von Mai bis Mitte September) ist das Bad aber für Freunde des Nacktbadens reserviert.

▸ Oberlaa
10., Kurbadstraße 14
Tel.: 680 09-9600
www.oberlaa.at/
Mo–Sa 8.45–22, So, Fei 7.45–22
4 Badebecken im Innen- und Freiluftbereich mit insgesamt 1.600 m^2 Wasserfläche und einer Wassertemperatur von 32 bis 36 Grad Celsius sowie 3 Whirlpools sorgen für Entspannung. 8 Geysire und 50 Unterwassermassagedüsen schaffen ein angenehmes Prickeln auf der Haut. Das Badewasser entspricht in seiner Zusammensetzung dem reinen Quellwasser der Thermenschwefelquelle Oberlaa. Finnische Sauna, Biosauna, Kräuterkammern und Dampfbäder.

▸ Ottakring
16., Johann-Staud-Straße 11
Tel.: 914 81 06 od. 914 81 23
Okt bis Apr: Mo 12–20, Di–Fr 9–20, Sa, So 8–18,
Mai bis Sept: Mo–Fr 9–20, Sa, So 8–20
Behindertengerechte Ausstattung, vorgewärmtes Wasser, Mehrzweckbecken, Sportbecken, Kinderbecken, Wasserrutsche, Wasserpilz, Kinderspielplatz, Fußballplatz, Sonnenbäder, Buffet, Restaurant. In den Sommermonaten Sommerbad.

▸ Simmering
11., Florian-Hedorfer-Straße 5
Tel.: 767 25 68 od. 767 25 69
Okt bis Apr: Mo 12.30–21.30, Di, Do 9–21.30,
Mi, Fr 6.30–21.30, Sa, So 8–18,
Mai bis Sept: Mo–Fr 9–20, Sa, So 8–20
Erlebniswelt mit Wasserkanone, Grotten und Wildwasserkanal. Behindertengerechte Ausstattung, Erlebniswellenbecken, Wasserrutsche …

Dampfender Badespaß in Oberlaa. (Foto: Gina Baschant)

▸ **Theresienbad**
12., Hufelandgasse 3
Tel.: 813 44 35 od. 813 43 62
Okt bis Apr: Di, Mi 9–19, Do 9–20.30, Fr 9–21.30, Sa 8–18, So 8–12, Mai bis Sept: Mo–Mi, Sa, So 9–20, Do 9–20.30, Fr 9–21.30
Vorgewärmtes Wasser, Sportbecken, Kinderbecken, behindertengerechter Kinderspielplatz, Tischtennis, Buffet. Das Hallenbad Theresienbad ist in den Sommermonaten ein Sommerbad.

HALLENBÄDER

▸ **Amalienbad**
10., Reumannplatz 23
Tel.: 607 47 47
Di 9–18, Mi, Fr 9–21.30, Do 7–21.30, Sa 7–20, So 7–18
Diese Badeanstalt wurde 1923 bis 1926 nach Plänen der Architekten Karl Schmalhofer und Otto Nadel erbaut. Das ursprüngliche Gebäude des Bades besaß ein Glasdach, das sich innerhalb von drei Minuten öffnen ließ, um auch im Sommer einen vollkommenen Badegenuss zu erlauben. Im Zweiten Weltkrieg schwer getroffen, wurde das Bad wieder instand gesetzt, wobei aber leider viele architektonisch wertvolle Elemente beseitigt wurden. 1979 begann auf Beschluss des Wiener Gemeinderates eine umfangreiche Renovierung, die 1986 abgeschlossen war. Montag-Badebetrieb: 12.30 bis 15 Uhr ausschließlich für SeniorInnen und Versehrte. Behindertengerechte Ausstattung, Sauna, Dampfbad, Brausebad, Kinderbecken, Solarium, Massage, Kosmetik, Fußpflege, Ambulatorium, Saunabuffet, Restaurant.

▸ **Dianabad**
2., Lilienbrunngasse 7–9
Tel.: 219 81 81
Fax: 219 81 81-44
E-Mail: info@dianabad-wien.at
www.dianabad-wien.at
Bad: Mo–Sa, Fei 10–22, So 9–20,
Sauna: Mo–Fr 14–22, Sa, Fei 10–22, So 9–20
Palmen und Temperaturen von 29 °C sorgen für Südsee-Flair und damit für die richtige Atmosphäre, um sich zu entspannen. Extras: 125 Meter lange Rutsche, Wellenbecken, Wildbach, Piratenschiff, Spielbereiche, Sauna, Dampfbad, Kältekammer, Kneippbecken, Solarium, Massagen und Fußpflege.

▸ **Floridsdorf**
21., Franklinstraße 22
Tel.: 271 13 47 od. 271 13 48
Di, Do, Fr 9–19, Mi 9–21.30, Sa 7–18, So 7–12
Extras: Dampfbad, Wannenbad, Brausebad, Babyschwimmen, Liegewiese, Sonnenbad, Sauna mit Kräuter- und Eukalyptuskammer, Solarium, Gymnastik, Massage, Friseur, Kosmetik, Fußpflege, Saunabuffet, Restaurant.

▸ **Margaretenbad**
5., Strobachgasse 7–9
Tel.: 587 08 44-0, Fax: 587 08 44-14
E-Mail: bad.vienna@rogner.com
www.margaretenbad.at
Jän bis Juni, Sept bis Dez: Mo, Do 10–23, Di, Mi, Fr, Sa, So 9–23, Juli bis Aug: Mo–Fr 14–23, Sa, So 9–23
Erlebnisbad für alle Altersklassen: Drachenrutsche, Wildwasserkanal, Bodensprudel, Aktivbecken, Wasserspielgarten, Kinderbecken 33 °C, Ruhebecken mit 29 °C, Hot Whirlpool 36 °C, Wasserfall mit Grotte.

Margaretenbad – für Groß und Klein. (Foto: Margaretenbad)

▸ **Stadthallenbad**
15., Vogelweidplatz 15
Tel.: 981 00-433
Fax: 981 00-446
www.stadthalle.com/de/stadthallenbad
Bad: Mo, Fr 8–21.30, Di, Do 6.30–21.30, Mi 8–17, Sa 7–21.30, So, Fei 7–18.30
Sauna: Mo, Di, Do, Fr 8–21.30, Mi 9–21.30, Sa 7–21.30, So, Fei 7–18.30
Längstes Schwimmbecken in Wien. Wenn in den Sommermonaten die Sonne scheint, kann die Liegewiese benützt werden. Tipps: Jeden Di ermäßigte Tarife. Jeden Mi ab 12 Uhr ermäßigter Schwimmtarif. Jeden Mi ab 17 Uhr ermäßigter Saunatarif (ohne Schwimmen).

KINDERBÄDER

31. Mai bis 31. Aug: tgl. 10–18

Der Eintritt in das Familienbad ist für Kinder / Jugendliche bis zum 15. Lebensjahr gestattet. Kinder bis zum 7. Lebensjahr dürfen nur in Begleitung eines aufsichtspflichtigen Erwachsenen ins Familienbad. Erwachsenen ohne Kinderbegleitung ist der Zutritt versagt.

2., Augarten (Eingang Karl-Meißl-Straße 332), Tel.: 332 42 58; 2., Max-Winter-Platz, Tel.: 728 05 85; 3., Schweizergarten (Eingang Kleistgasse), Tel.: 799 20 10; 10., Gudrunstraße/Absberggasse, Tel.: 602 25 27; 11., Herderpark, Herderplatz, Tel.: 749 68 98; 14., Reinlgasse/Märzstraße, Tel.: 985 85 03; 16., Hofferplatz, Tel.: 493 19 09; 18., Währinger Park (Eingang Semperstraße), Tel.: 478 63 93; 19., Hugo-Wolf-Park (Eingang Dänenstraße 367), Tel.: 367 46 81; 21., Stammersdorf, Luckenschwemmgasse/Josef-Flandorfer-Straße, Tel.: 292 61 69; 21., Strebersdorf, Roda-Roda-Gasse, Tel.: 292 61 68.

SOMMERBÄDER

▸ Angelibad

21., An der oberen Alten Donau

Tolles Bad an der alten Donau ... vor allem für Familien. Badestrand, Kleinkinderbecken mit vorgewärmtem Wasser, Tennisplätze, Minigolf, Kinderspielplatz, Fußballplatz, (Beach-)Volleyball, Basketball, Freiluftmühle, Gatschplatz, Piratenschiff, Schwimmsteganlage, Fort mit Rutsche, Sonnenbäder, Buffet.

▸ Hadersdorf-Weidlingau

14., Hauptstraße 41
Tel.: 979 10 45
Mo–Fr 9–20, Sa, So 8–20,
Sept bis Mai geschlossen

Das Bad liegt am Stadtrand, direkt an der Westbahnstrecke. Teilweise behindertengerechte Ausstattung, vorgewärmtes Wasser, Mehrzweckbecken, Kinderbecken, Wasserrutsche, Kinderspielplatz, Tischtennis, Buffet.

▸ Höpflerbad

23., Endresstraße 24–26
Tel.: 888 69 66
Mo–Fr 9–20, Sa, So, Fei 8–20
(bei Schlechtwetter: tgl. bis 15)

Dieses Bad wird mittels Solarenergie beheizt. Teilbehindertengerechte Ausstattung, Sportbecken, Mehrzweckbecken, Kinderbecken, vorgewärmtes Wasser, Wasserrutsche, Mutter-Kind-Bereich, Kinderspielplatz, Beachvolleyball, Tischtennis, Parfümerie, Restaurant, Trampolinsprunganlage.

▸ Kongreßbad

16., Julius-Meinl-Gasse 7a
Tel.: 486 11 63
Mo–Fr 9–20, Sa, So 8–20

Behindertengerechte Ausstattung, Sportbecken, Erlebnisbecken, Wasserrutsche, teilbehindertengerechtes Kleinkinderbecken, Kinderbereich mit Spielplatz, Beach-Soccer, Ballspielplatz, Fußballplatz, Fitnessparcours, Sonnenbäder, Parfümerie, Massage, Trafik, Buffet, Restaurant.

▸ Krapfenwaldlbad

19., Krapfenwaldgasse 65–73
Tel.: 320 15 01
Mo–Fr 9–20, Sa, So, Fei 8–20

Aufgrund seiner schönen Aussicht (betreffend Natur und BesucherInnen) gehört das Krapfenwaldlbad zu einem der beliebtesten „Anbandel"-Bäder Wiens. Dort kann im knappen Badehöschen und kesser Desingersonnenbrille sektschlürfenderweise über Kalorien und Karriere geplaudert werden. Wer sich dann auch noch nach nasser Abkühlung sehnt und sich in den Swimmingpool begibt, wird schon mal von so manch einer/m von der gegenüberliegenden Bar heraus„geangelt". Doch wehe dem, der in fremden Gefilden fischt ... Tummelplatz schöner, durchtrainierter Leute. Besonderheit: abgetrennter Nackedeiplatz. Sonstige Extras: teilbehindertengerechte Ausstattung, Sport-, Erholungs-, Familien- und Kinderbecken mit vorgewärmtem Wasser und Kleinkinderrutsche, Kinderspielplatz, Fußballplatz, Beachvolleyballplatz, Turngeräte, Tischtennis, Sonnenbäder, Espresso, Buffet, Restaurant, Sektbar.

▸ Laaerbergbad

10., Ludwig-von-Höhnel-Gasse 2 /
Favoritenstraße 233
Tel.: 688 23 35
Mo–Fr 9–20, Sa, So 8–20

Behindertengerechte Ausstattung, vorgewärmtes Wasser, Sportbecken, Wellenbecken, Kinderbecken, Sprungturm, Wasserspiele, Mutter-Kind-Bereich mit Kleinkinderbecken, Spiel- und Sportplatz, Beachvolleyballplatz, Turngeräte, Freiluftschach, Sonnenbäder, Internet-Center, Parfümerie, Würstelstand, Espresso, Restaurant.

▸ Liesinger Bad

23., Perchtoldsdorfer Straße 14–16
Tel.: 865 95 53
Mo–Fr 9–20, Sa, So, Fei 8–20

Becken mit vorgewärmtem Wasser, Wasserrutsche, Kinderspielplatz, Mehrzweckbecken, Kinderbecken, Tischtennis, Buffet.

▸ **Schafbergbad**
18., Josef-Redl-Gasse 2
Tel.: 479 15 93
Mo–Sa 9–20, So, Fei 8–20
Teilbehindertengerechte Ausstattung, vorgewärmtes Wasser, Sprungturm, Wasserrutsche, Sportbecken, Mehrzweckbecken, Mutter-Kind-Bereich, Kinderbecken, Kinderspielplatz, Trampolinanlage, Fußballplatz, Beachvolleyball, Ballspielplätze, Minigolf, Tischtennis, Freiluftschach, Sonnenbäder, Internet-Center, Parfümerie, Restaurant, Sektbar, Kapazität: ca. 8000 Personen.

▸ **Schönbrunnerbad**
13., Park Schönbrunn
Tel.: 817 53 53
E-Mail: office@schoenbrunnerbad.at
www.schoenbrunnerbad.at
tgl. 8.30–19, Juni bis Aug: tgl. 8.30–22
Das Schönbrunnerbad ist das Bad mit kaiserlichem Flair und auch ebensolchen Preisen. Am einfachsten ist es zu erreichen über das Meidlinger Tor (von der U4-Station Schönbrunn kommend) Richtung Obelisk und dann immer den Wegweisern nach. Extras: Fitness- und Wellnessbereich, Sauna, Wellnessrestaurant.

▸ **Stadionbad**
2., Prater-Krieau
Tel.: 720 21 02
Fax: 729 42 62
www.stadthalle.com/de/stadionbad/uebersicht
Mai, Juni, Sept: Mo–Fr 9–19, Sa, So, Fei 8–19,
Juli u. Aug: Mo–Fr 9–20, Sa, So, Fei 8–20
Großzügig gestaltete Freibadeanlage, Doppelwasserrutsche, Sonnenterrasse, Sportanlagen, Liegewiesen, Aktivitäten für Kinder.

Das Bad mitten im Prater. (Foto: Archiv)

BÄLLE

BALLSAISON

▸ **Ball der Wiener Kaffeesieder**
1., Hofburg
Der Ball der Kaffeesieder findet Mitte Februar in der Wiener Hofburg statt. Karten von 40 bis 80 Euro sind in der Wirtschaftskammer, Stubenring 8–10, zu erhalten.

▸ **Ball der Wiener Philharmoniker**
1., Wiener Musikverein, Bösendorfer Straße 12
Tel.: 505 65 25-14
Fax: 505 42 99
E-Mail: philoffice@wienerphilharmoniker.at
www.wienerphilharmoniker.at
Mo–Fr 9–17
Der Ball findet in sämtlichen Sälen des Musikvereins statt. Seit 1924 ist der Wiener Philharmoniker Ball ein Fixpunkt des Wiener Faschings. Kartenvorverkauf: 1., Kärntner Ring 12. Karten gibt es für 100 Euro, Studierende zahlen 36 Euro.

▸ **Bonbonball**
3., Wiener Konzerthaus
Tel.: 214 35 02
Fax: 214 35 02-10
E-Mail: bonbonball@alphonsus.at
www.bonbonball.at
Der süßeste Ball Wiens mit der Krönung der Miss Bonbon geht Anfang Februar im Wiener Konzerthaus über die Bühne. Stets gibt es Kostproben süßer Naschereien und eine Tombola, bei der – tolle Idee – jedes Los gewinnt.

▸ **Concordiaball**
1., Wiener Rathaus, Lichtenfelsgasse 2
Tel.: 533 75 09
Fax: 533 75 09
E-Mail: ball@concordia.at
www.concordia.at
Der Concordiaball findet Mitte Juni im Rathaus statt und ist der traditionelle Sommerball der Journalisten. Ballkarten kosten 71,20 Euro (für Studierende 32,70 Euro).

▸ **Elmayer-Kränzchen**
1., Hofburg
Tel.: 512 71 97
Wenn das Elmayer-Kränzchen stattfindet, dann haben passionierte BallgeherInnen schon eine große Träne in den Augen, läutet doch dieser Ball das Ende der Ballsaison ein. Karten und Tischreservierungen ab Mitte Jänner über die Tanzschule Elmayer.

Ausgeflippt solidarisch für die Aidshilfe. (Foto: Life Ball)

▸ Life Ball
1., Wiener Rathaus
Tel.: 595 56 00
Fax: 595 56 77
E-Mail: lifeball@lifeball.org
www.lifeball.org
Was für ein Event, das jährlich im Mai auch weit über Österreichs Grenzen für Aufsehen sorgt ... nicht nur weil sich haufenweise internationale Prominenz ein Stelldichein gibt, sondern weil der Erlös des Balles der Aidshilfe zugute kommt – einzigartig auf der ganzen Welt.

▸ Medizinerball
1., Hofburg
www.aerzteball.at
Der Ball der Wiener Ärzte findet Ende Jänner in der Hofburg statt. Karten können über die Wiener Ärztekammer (Tel.: 515 01-1243) bestellt werden.

▸ Opernball
1., Opernballbüro, Goethegasse 1
Tel.: 514 44-2613
Fax: 514 44-2624
E-Mail: opernball@wiener-staatsoper.at
www.wiener-staatsoper.at
Jährlich lockt der Opernball Tausende Besucher aus der ganzen Welt an. Für die Herren gilt Frackzwang, die Damen haben im langen Abendkleid zu erscheinen. Eintrittskarten: 215 Euro. Nächster Termin 19. Februar 2004

▸ Rosenball im U4
12., Schönbrunner Straße 222
Der Rosenball findet immer am Tag des Opernballes statt (also letzter Donnerstag im Fasching) und ist der Ball der schwulen und lesbischen Community samt FreundInnen. Die illustren Gäste werden von Miss Candy begrüßt, und da hat man schon so manche Opernballflüchtlinge drunter entdecken können.

▸ Technikerball
1., Hofburg
Die älteste existierende Ballveranstaltung in Wien, traditionellerweise am letzten Donnerstag im Jänner in der Hofburg. Kartenverkauf ab Mitte Jänner im Ballbüro der TU Wien (Tel.: 588 01-419 29), Preise 60 Euro (25 Euro für Studierende).

▸ Wiener Flüchtlingsball
1., Wiener Rathaus
Tel.: 212 35 20, Fax: 212 35 20-30
E-Mail: info@integrationshaus.at
www.integrationshaus.at
Ende Februar lädt der Chef des Integrationshauses, Kurt Ostbahn, alljährlich zum Flüchtlingsball in das Wiener Rathaus. Der Reinerlös kommt natürlich dem Integrationshaus zugute.

▸ Zuckerbäckerball
22., Austria Center Vienna
Karten um 25 bis 50 Euro in der Landesinnung Wien der Konditoren, 8., Florianigasse 13.

KOSTÜM- UND FRACKVERLEIH

▸ Art for art
14., Montleartstraße 6–8
Tel.: 514 44-7290
www.artforart.at
Mo–Fr 8–16 nach tel. Vereinbarung
Neun Kilometer Kostüme (das sind ca. 180.000) werden im Fundus von Art for Art aufbewahrt. Seit 1945 werden Kostüme, die auf den Bühnen der Wiener Staatsoper, der Volksoper Wien und des Burgtheaters verwendet wurden, hier gelagert.

▸ Elite
7., Neustiftgasse 137/7
Tel.: 523 53 46 od. 0676/486 44 00
Zuerst anrufen, Termin ausmachen und ausborgen. Nett, freundlich und unkompliziert. Frack ausleihen: ca. 120 Euro.

▸ Lambert Hofer
10., Simmeringer Hauptstraße 28
Tel.: 740 90-0
www.costumier.com
Mo–Do 8–12 u. 13–17, Fr 8–12
Wenn der Begriff Opernball auftaucht, dann ist der Name Lambert Hofer nicht weit: Handelt es sich doch um den Kostüm- und Frackverleih, bei dem sich buchstäblich Hunderte Ballgeher ihren Frack für die Nacht der Nächte ausborgen (ca. 240 Euro). Aber man wird hier auch fündig, wenn man sich in Gewänder aus anderen Epochen werfen möchte. Der riesige Fundus wird auch immer wieder von Theater, Film und Fernsehen genutzt.

BASTELN

BASTELBEDARF

▸ Bastelbox – Andrea Pollack
17., Hernalser Hauptstraße 96
Tel.: 485 99 64
Mo–Fr 9–18
Bastelutensilien jeglicher Art.

▸ Bastelecke Ing. Andreas Rajeck
15., Hütteldorfer Straße 87
Tel.: 984 66 70
Fax: 961 09 92
E-Mail: office@bastelecke.com
www.bastelecke.com
Mo–Fr 9–18, Sa 9–13,
Juli u. Aug: Mo–Fr 10–18, Sa 10–13
Shop für Bastelbedarf, Handarbeitsbedarf, Kunsthandwerk, Hochzeitsartikel und Taufartikel. Das Sortiment ist riesig: Von den Utensilien für Seidenmalerei, Glasmalerei, Porzellanmalerei, Schablonenmalerei, Puppenhäuser, Modelle, Wachsartikel, Textilienhandarbeit bis hin zu Häkel-, Strick-, Kreuzsticharbeiten und Floristikartikel. Online virtuelles Einkaufen möglich.

▸ Bastler-Center Werner Petrides
4., Wiedner Gürtel 56
Tel.: 505 06 64
Mo, Di, Do, Fr 9–12 u. 14–18, Mi 9–12

▸ Der bunte Weberknoten
3., Viehmarktgasse 2
Tel.: 799 23 93
Fax: 799 23 93
E-Mail: office@derbunteweberknoten.at
www.derbunteweberknoten.at
Mo–Fr 9–18, Sa 9–17, Juli u. Aug: Sa 9–13
PEZI-Werkstatt (für 3- bis 7-Jährige): Di, Do od. Mo, Mi 13–18; PIPS-PINSEL-Werkstatt (für Kinder ab 7 Jahren): Di, Do od. Mo, Mi 13–18; TEENIE-Werkstatt (für Jugendliche ab 10 Jahren): jeden 1. Sa im Monat; wienXtra-Werkstatt (für Jugendliche von 13–19 Jahren): jeden 3. Sa im Monat. Bei allen Kursen ist eine Voranmeldung notwendig.

▸ Dieroff
7., Westbahnstraße 46
Tel.: 523 75 58
Fax: 523 75 58
Mo–Do 9–12 u. 14–17, Fr 9–12
Auch die SM-Szene kauft hier Peddigrohre für ihren Bastelbedarf. Peddigrohr in allen Größen und Stärken. Die Öffnungszeiten werden vom Besitzer eher flexibel gehandhabt.

▸ Erlaa-Hobby
23., Erlaaer Straße 55–63
Tel.: 665 62 07
Mo–Fr 9–12 u. 15–18, Sa 9–12
Juli u. Aug: Mo–Sa 9–12

▸ Firma A. Karolyi-Valita
17., Hernalser Hauptstraße 132
Tel.: 484 73 02
E-Mail: av@karolyi-valita.at
www.karolyi-valita.at
Mo–Fr 9–12 u. 14.30–18, Sa 10–12
Die Bastelprogramme vom Bastelgeschäft A. Karolyi-Valita werden individuell auf die jeweiligen Kundenwünsche angepasst. Fixpunkte im Programm sind: Artischockentechnik und Perlenhäkeln. Für die Feiertage werden spezielle Programmpunkte wie z. B. Osterteller aus Bändern und Styropor oder Fensterschmuck aus Perlen für Weihnachten angeboten. Seit zwei Jahren finden im Geschäftslokal bei nettem Ambiente verschiedenste Kurse statt. Um 18 Uhr ist Beginn, und jede/r TeilnehmerIn geht zwei oder drei Stunden später mit dem fertigen Werkstück wieder nach Hause.

▸ Hobbyboutique
12., Vivenotgasse 8
Tel.: 812 24 94
Mo–Fr 9–18, Sa 9–12
Großes Sortiment für Hobbybastler.

▸ R. Sörgel GmbH
11., Kaiser-Ebersdorfer-Straße 238
Tel.: 767 64 88
E-Mail: soergel@telering.at
www.soergel.at
Mo–Do 7.30–16.30, Fr 7.30–12
Professioneller Fachhandel, in dem auf Wunsch bei Einkäufen – zu Großhandelspreisen – sehr freundlich beraten wird. Auswahl: Seidenblumen, Trocken- und Kunststoffblumen, Zierbänder, Holzschnüre und Steckunterlagen etc.

▸ Zehender – Barbara Zakostelsky
14., Linzer Straße 253
Tel.: 914 61 73
E-Mail: barbara.zakostelsky@zehender.at
www.zehender.at
Mo, Mi, Do, Fr 8.30–12 u. 14–18,
Di 14–18, Sa 8.30–12
Das Kursangebot reicht von Serviettentechnik, Blumentopfkreation und Vasenbemalung bis zu Glasmalerei, Signopen-Technik u. a. (Kurstermine sind bei Frau Zakostelsky zu erfragen). Zudem: Fachgeschäft für Bastelbedarf und Bilderrahmen.

HOLZ

▸ **Fabian**
12., Schönbrunner Straße 138
Tel.: 813 55 61
Fax: 813 55 61
E-Mail: fabian.holz@newsclub.at
Mo–Fr 8–18
Holzhandlung mit großer Bastlerecke, wo man alles rund ums Basteln findet. Sehr gute Fachberatung.

BAUEN & HEIMWERKEN

▸ **Bauhaus**
20., Jägerstraße 82
Tel.: 333 39 00
www.bauhaus.at
Mo–Fr 8–19, Fr 8–20, Sa 8–18
Weitere Filialen:
3., Arsenalstraße 5, Tel.: 799 25 85 (ab 8.30)
14., Bergmillergasse 12, Tel.: 914 76 66
20., Jägerstraße 82, Tel.: 333 39 00
22., Hirschstettener Straße 54, Tel.: 285 54 86
22., Wagramer Straße 196, Tel.: 259 81 79
23., Hödlgasse 10, Tel.: 869 43 91 (ab 8.30)
23., Oberlaaer Straße 294, Tel.: 616 32 11
Anmerkung: Die Kunstsammlung von Karlheinz Essl, dem Eigentümer der Firma Bauhaus, umfasst mehr als 4.000 Werke zeitgenössischer Kunst (Klosterneuburg 3040, An-der-Donau-Au 1).

▸ **Baumax**
22., Gewerbepark Stadlau / Zwerchäckerweg
Tel.: 734 24 55-0
E-Mail: mega-xx.stadlau@baumax.com
www.baumax.at
Mo–Fr 8–19, Sa 8–18
Weitere Standorte:
12., Wienerbergstraße 31–39, Tel.: 810 15 44
14., Albert-Schweitzer-Gasse 2a, Tel.: 979 36 76
17., Schadinagasse 7–9, Tel.: 489 01 79
20., Höchstädtplatz 3, Tel.: 333 10 85
21., Prager Straße 145, Tel.: 271 19 61
22., Groß-Enzersdorfer Straße 39, Tel.: 280 71 81
23., Sterngasse 11, Tel.: 667 03 85

▸ **Holzfachmarkt Jachimow**
12., Grieshofgasse 11
Tel.: 813 44 92
Fax: 817 74 31
E-Mail: office@jachimow.co.at
Mo–Do 7–12 u. 13–17, Fr 7–12 u. 13–16
Hier wurde schon Holz zugeschnitten, als es noch keine großen Baumärkte gab. Individuelle und fachmännische Betreuung.

▸ **Holzteam**
23., Sulzengasse 12
Tel.: 917 86-110, Fax: 917 86-122
E-Mail: office@holzteam.at
www.holzteam.at
Mo–Do 7.30–12 u. 13–17, Fr 7.30–14.30
Weitere Standorte:
Holzmarkt für Holz & Platten, Parkett, Türen:
16., Haymerlegasse 5 + 9, Tel.: 917 86-310
Zentrum für Schnittholz, Hobelwerk, Bekantung:
23., Lemböckgasse 59, Tel.: 917 86-210

▸ **Hornbach**
22., Stadlauer Straße 37
Tel.: 285 94 94-0
Fax: 285 94 94-34
E-Mail: bestellservice.stadlau@hornbach.com
www.hornbach.com
Mo–Do 8–19, Fr 8–20, Sa 8–18

▸ **Obi**
10., Triester Straße 12
Tel.: 604 36 38, Fax: 602 83 72
E-Mail: markt034@obi.at
www.obi.at
Mo–Fr 7–18, Sa 7–14
Weitere Standorte:
14., Hadikgasse 184, Tel.: 415 38-0
21.,Brünner Straße 57, Tel.: 278 16 34-0
22., Sverigestraße 1b, Tel.: 734 54 50-0

Chain Saw Massacre. (Foto: Archiv)

BEHINDERTE

▸ ABAk
12., Längenfeldgasse 13–15
Tel.: 810 80 67-76
Arbeitsplätze für behinderte und/oder chronisch kranke AkademikerInnen und JundakademikerInnen. Ein Projekt des Vereines Uniability.

▸ ASVÖ Wien
9., Postfach 11
Tel.: 0664/357 15 19, Fax: 812 27 96
E-Mail: vorstand@vsc-wien.at, www.vsc-wien.at
Der Behindertensportklub ASVÖ-Wien wurde 1951 gegründet und bietet behinderten Menschen ein breites Spektrum an Sportangeboten für die Freizeit oder auch für den Leistungssport. Daneben wird ein großes Angebot an Leichtathletiksport, Schwimmen, Skilauf und Tischtennis offeriert. Schießtraining für Blinde: Bundes-Blindenerziehungsinstitut, 5., Wittelsbachstraße 5. Die Trainingszeiten finden nach Vereinbarung statt.

▸ Balance
13., Hochheimgasse 1
Tel.: 804 87 33
www.balance.at
Verein für chancengleiche Ausbildung und Integration behinderter Menschen.

▸ Bizeps
7., Kaiserstraße 55/3/4a
Tel.: 523 89 21
Fax: 523 89 21-20
E-Mail: office@bizeps.or.at
www.bizeps.or.at
Mo–Fr 10–16, nur nach Terminvereinbarung
Ziel des „Zentrums für Selbstbestimmtes Leben" ist es, die individuellen Lebensbedingungen und -situationen zu verbessern – mittels Beratungen, persönlicher Assistenz u. Ä.

▸ Blindenruf Telefonvermittlung
Tel.: 1714
tgl. 0–24
Telefonauskunft und Herstellung der Gesprächsverbindung.

▸ Bundes-Blindenerziehungsinstitut (BBI)
2., Wittelsbachstraße 5
Tel.: 728 08 66
Fax: 728 08 66-275
E-Mail: bbi@bbi.at
www.bbi.at
Größte und älteste Blindenschule Österreichs.

▸ Bundesinstitut für Gehörlosenbildung
13., Maygasse 25
Tel.: 804 63 64-84 20
Fax: 804 63 64-77
E-Mail: dion1.big@913033.ssr-wien.gv.at
Frühhort ab 7.15, Hort bis 18
Bildungszentrum für hörbeeinträchtigte und nicht hörende Kinder, mobile Frühförderung, Kindergarten, VS, MS, HS, ASO.

▸ Domino – Zentrum für Kompetenzen
15., Johnstraße 59/2
Tel.: 929 14 92
Fax: 929 14 92-33
E-Mail: info@zfk.at
www.zfk.at
Mo–Fr 9–13 u. nach Vereinbarung
Beratungsstelle für behinderte Menschen: in den Bereichen Arbeit, Bildung, Wohnen, Sozialleistungen, Gewalt u. v. m.

▸ Faktor i
5., Rechte Wienzeile 81
Tel.: 274 92 74
Fax: 274 92 74-99
E-Mail: faktori@wuk.at
www.faktori.wuk.at
Mo, Di 13–17, Do 9–19,
telefonisch: Mo, Di 9–17, Mi 9–13, Do 9–19
Informationszentrum für junge Menschen mit Handicap. Info und Beratung bei der Berufsorientierung (Bewerbungstipps), Infos über Unterstützungsangebote. Alle diese Infos können online über die faktor i-Datenbank abgefragt werden.

▸ GIN – Gemeinwesenintegration & Normalisierung
16., Wichtelgasse 20/3–7
Tel.: 485 25 92
Fax: 485 25 92-33
E-Mail: zentrale-geschaeftsstelle@gin.at
www.gin.at
Assistenz und Begleitung für Menschen mit geistiger und mehrfacher Behinderung, Werkstätten, Wohngemeinschaften, persönliche Assistenz (Hilfe im Alltag, bei der Haushaltsführung, in Geldangelegenheiten u. Ä.).

▸ Institut Keil
17., Bergsteiggasse 36–38
Tel.: 408 81 22
E-Mail: office@institutkeil.at
www.institutkeil.at
Therapeutische Förderung, integrativer Montessori-Kindergarten, integrative KoMit-Schule und Wohntraining für cerebral bewegungsgestörte Kinder und Jugendliche.

▸ **Integration Österreich**
15., Wurzbachgasse 20/8
Tel.: 0664/435 64 39 (Fr. Gepardt)
www.ioe.at
Verein zur Förderung schulischer Integration behinderter Kinder.

▸ **Integratives Voltigieren und Reiten Schottenhof (Zentrum für tiergestützte Pädagogik)**
17., Amundsenstraße 5
Tel.: 489 66 72
E-Mail: hpvrschottenhof@utanet.at
www.schottenhof.at
Neben pferdeschonendem Basisunterricht für Reiter und Voltigierer bemüht sich das Zentrum für tiergestützte Pädagogik vor allem um die Integration beeinträchtigter Menschen.

Foto: Archiv

▸ **Österreichischer Behindertensportverband**
20., Brigittenauer Lände 42
Tel.: 332 61 34, Fax: 332 03 97
E-Mail: sekretariat@oebsv.or.at
www.oebsv.or.at

▸ **Österreichischer Blinden- und Sehbehindertenverband**
14., Hägelingasse 3/2
Tel.: 982 75 84 12
www.oebsv.at
Der Verband sieht sich als Selbsthilfeorganisation blinder und sehbehinderter Menschen. Umfangreiche Linksammlung auf der Homepage.

▸ **Österreichischer Gehörlosenbund**
10., Waldgasse 13
Tel.: 603 08 53
E-Mail: info@oeglb.at

▸ **Lebenshilfe Österreich**
2., Förstergasse 6
Tel.: 812 26 42
www.lebenshilfe.at
Bundesvereinigung für Menschen mit geistiger und mehrfacher Behinderung.

▸ **NINLIL**
3., Hetzgasse 42/1
Tel.: 714 39 39
E-Mail: office@ninlil.at
Verein wider die sexuelle Gewalt an Frauen, die als geistig oder mehrfach behindert klassifiziert werden.

▸ **Österreichische Arbeitsgemeinschaft für Rehabilitation**
1., Stubenring 2/1/4
Tel.: 513 15 33
Fax: 513 15 33-150
E-Mail: dachverband@oear.or.at
www.oear.or.at
Mo–Do 8–16, Fr 8–12
Dachorganisation der österreichischen Behindertenverbände, die Informationen zu nahezu allen Lebensbereichen gibt (Kulturtipps, Rezeptgebührenbefreiung, ermäßigte ÖBB-Tickets, umfangreiche Linksammlung zu Reisen, Sport).

▸ **Österreichische Gesellschaft für Muskelkranke**
17., Hernalser Hauptstraße 13–15
Tel.: 409 26 69

▸ **Österreichischer Verein für bürospezifische Anlehre und Weiterbildung für Körperbehinderte**
15., Hütteldorfer Straße 57/1/3–4
Tel.: 786 62 33, Fax: 786 62 33-30
www.oevbauwk.at
Angeboten werden: psychologische Beratung, Integrationsbegleitung, psychomotorische Regelkreise, vollbetreute und ambulante Begleitung in Wohnsituationen.

▸ **Österreichisches Hilfswerk für Taubblinde und hochgradig Hör- und Sehbehinderte**
10., Humboldtplatz 6
Tel.: 602 08 12, Fax: 602 08 12-17
www.oehtb.at
Informationen über Selbsthilfegruppen für Spätertaubte, Frühberatung, Elternarbeit, Werkstätten, Wohngemeinschaften.

▸ **Schule für Kinder mit autistischer Wahrnehmung**
9., Sobieskigasse 31
Tel.: 525 25-0 (Stadtschulrat)

▸ **Uniability**
info.tuwien.ac.at/uniability
Interessengemeinschaft behinderter und chronisch kranker Studierender.

▸ **VOX**
15., Sperrgasse 8–10
www.vox.at
Schutzverband der Schwerhörigen Österreichs.

BERUFSBERATUNG

▸ Berufsförderungsinstitut Wien
9., Kinderspitalgasse 5
Tel.: 404 35-0
Fax: 404 35-130
E-Mail: bfi.dion@bfi-wien.or.at
www.bfi-wien.or.at/
Das reichhaltige Kursprogramm für Massagen wird sehr geschätzt, da die erworbenen Zertifikate auch generell anerkannt sind.

▸ Berufsinformation der Wiener Wirtschaftskammer
18., Währinger Gürtel 97
Tel.: 470 33 07
Fax: 470 33 07-21
E-Mail: mailbox@biwi.at
www.biwi.at
Mo, Fr 9–12.30, Di, Mi 9–16, Do 13.30–18
Beratungsstelle für Erwachsene, Maturanten und Pflichtschulabsolventen; Neuorientierung, Berufs- oder Ausbildungsentscheidung.

▸ Berufsinformationsmesse BeSt
15., Stadthalle, Vogelweidplatz 14
Alljährlich findet im Frühjahr eine Berufsinformationsmesse in der Stadthalle statt. Die Vielfalt der Berufswelt ist in zahlreichen Informationsständen verwirklicht. Persönliche Erfahrungen der BeraterInnen geben einen direkten Einblick in das jeweilige Berufsfeld. Bei einer anstehenden Berufsorientierung oder Umorientierung ist diese Messe unumgänglich. Aber nicht abschrecken lassen: Auch viele andere Menschen informieren sich.

(Foto: Archiv)

▸ BerufsInfoZentrum
13., Hietzinger Kai 139
Tel.: 878 71-262 99
Fax: 878 71-262 89
E-Mail: biz.hietzingerkai@966.ams.or.at
www.ams.or.at/wien/biz/index.htm
Mo–Do 10–15.30, Fr 10–13
Die BerufsInfoZentren (BIZ) des Arbeitsmarktservice Wien informieren Sie über Möglichkeiten der Berufsveränderung, erneuten Einstieg ins Berufsleben nach der Karenzzeit, Weiterbildung und Berufsorientierung. Das alles kostenlos. Andere BIZ:
7., Neubaugasse 43/1/1
21., Schloßhofer Straße 16–18

▸ Sprungbrett
15., Pilgerimgasse 22-24/1/1
Tel.: 789 45 45
www.sprungbrett.or.at
Mo–Mi 13–17, Do 10–20 u. nach Vereinbarung
Sprungbett fördert und unterstützt Mädchen die: einen Schulwechsel vor sich haben, vor der ersten Berufsentscheidung stehen, auf Lehrstellensuche sind. Schwerpunkt ist die Förderung der Chancengleichheit von Frauen und Unterstützung nicht-traditioneller Berufswahlen von Mädchen. (Unter nicht-traditionellen Berufen werden jene Berufe verstanden, in denen der Frauenanteil laut Statistik des AMS Österreich unter 40 Prozent liegt.)

BESCHWERDEN

▸ Bürgerdienst der Stadt Wien
1., Rathaus
Tel.: 525 50-(01–23) Durchwahl je nach Bezirk
www.wien.gv.at/ma55/
Mo–Mi, Fr 8–15.30, Do 8–18
Beschwerden, die die Verwaltung der Stadt Wien betreffen, können über das „Zentrale Bürgeranliegen-Management" online abgegeben werden oder persönlich in einer Bezirksbürgerdienststelle:
1., Bartensteingasse 13 (auch für den 8. Bez.)
2., Kleine Sperlgasse 10
3., Karl-Borromäus-Platz 3/26
4., Favoritenstraße 18/4/402 (auch für den 5. Bez.)
7., Hermanngasse 24–26/7 (auch für den 6. Bez.)
9., Währinger Straße 43/E03
10., Laxenburger Straße 43–45/2/215
11., Enkplatz 2 (Di 8–18)
12., Schönbrunner Straße 259/1/102
13., Hietzinger Kai 1/1/68C (auch für den 14. Bez.)
15., Gasgasse 8–10, rechts (Mo–Mi 8–16.30)
16., Richard-Wagner-Platz 19/18
17., Elterleinplatz 14/E7
18., Martinstraße 100/3
19., Gatterburggasse 12
20., Brigittaplatz 10/1/109
21., Am Spitz 1
22., Schrödingerplatz 1 (Di 8–18)
23., Lehmanngasse 3

▸ Jugendombudsfrau der Stadt Wien
12., Niederhofstraße 21–23
Tel.: 811 14-92 00
E-Mail: log@m46.magwien.gv.at
Mo–Fr 8–15
Bei Gefahren im Verkehr, in der Schule oder auf Schulwegen kümmert sich Edith Schreiber, die Jugendombudsfrau, um eine Lösung der Probleme.

▸ **ÖBB Servicestelle**
Tel.: 0810-10 07 55
www.oebb.at
Mo–Fr 7–17.30, Sa 8–15.30
Wenn die Sitzplatzreservierung nicht geklappt hat oder der Zug in die Arbeit nun schon zum 37. Mal verspätet abfährt, dann ist die ÖBB Servicestelle die richtige Adress, um Dampf abzulassen.

▸ **Post-Ombudsmann**
1., Postgasse 8–10
Tel.: 0800-20 60 20, Fax: 515 51-300 39
E-Mail: ombudsmann@post.at
www.post.at
Mo–Fr 8–17, nur telefonisch
Die Post landet trotz Nachsendeauftrag an der alten Adresse, oder das abonnierte Magazin will und will seinen Empfänger nicht erreichen? (Soll ja alles schon vorgekommen sein.) Wenn es einem allzu bunt wird, der Ombudsmann kümmert sich um alle Belange und versucht zu ändern, was so nicht sein sollte.

▸ **Salzamt**
„Weißt was? Beschwer dich beim Salzamt." Direkt neben der ältesten Kirche Wiens, der Ruprechtskirche, wurde von Maximilian I. im Zuge einer Reform des Salzhandels das Salzamt eingerichtet. Dieses Amt wickelte den Salzhandel in Wien ab. 1824 wurde der Salzhandel wieder reformiert und das Salzamt aufgelöst. Seither werden auch keine Beschwerden mehr entgegengenommen.

▸ **Volksanwaltschaft**
1., Singerstraße 17 / Fach 20
Tel.: 515 05-0, Fax: 515 05-150
E-Mail: post@volksanw.gv.at
www.volksanw.gv.at
Die Volksanwaltschaft ist ein durch die Verfassung eingerichtetes Organ. Sie ist kollegial organisiert und wird auf sechs Jahre vom Nationalrat gewählt und vom Bundespräsidenten angelobt. Anmeldung für eine kostenlose Beratung und Erfragung der dafür vorgesehenen Sprechtage unter der Servicenummer: 0800-22 32 23. Die Volksanwaltschaft untersucht Missstände in der Verwaltung.

▸ **Wiener Linien**
Tel.: 7909-100
E-Mail: kundendienst@wienerlinien.at
www.wienerlinien.at
Mo–Fr 6.30–18.30
Die Straßenbahn hält den Fahrplan nie ein oder der Buschauffeur schließt die Tür vor der Nase und fährt ab? Die Wiener Linien hören sich alle Beschwerden gerne an.

BESTATTUNG

▸ **Bestattung Wien**
4., Goldeggasse 19
Tel.: 501 95-0
Fax: 501 95-4320
E-Mail: direktion@bestattungwien.co.at
www.bestattungwien.co.at
Mo–Fr 7.30–15.30, Sa, So nach tel. Vereinbarung

▸ **NachrufrednerInnen**
Koordination: Elfriede Stockmaier
Tel.: 889 87 58 od. 0664/183 84 80
E-Mail: h9852040@zechine.wu-wien.ac.at
Wenn bei der Trauerfeier weder der Geistliche noch die Angehörigen selbst sprechen möchten, kann eine Nachrufrednerin engagiert werden. Die Hinterbliebenen überreichen den Nachruf der Rednerin, die dann den Text in einer freien Rede vorträgt.

▸ **Print & Media Lischkar**
12., Migazziplatz 4
Tel.: 813 46 28
Fax: 815 99 35
E-Mail: buero@lischkar.at
www.lischkar.at
Trauerdrucksorten – Parten, Gedenkbilder – sind das Spezialgebiet der Druckerei Lischkar, aber auch die ganze Palette des Offset- und Digitaldrucks steht in ihrem Angebot.

Der Tod ist ein Wiener. (Foto: Bestattung Wien)

BEZIRKSÄMTER

Das Magistratische Bezirksamt ist die Anlaufstelle für die Bürger und Bürgerinnen des Bezirkes, da hier alle Amtswege – angefangen von der Abgabe des Meldezettels über das Beantragen des neuen Reisepasses bis hin zu Fragen im Gesundheitswesen oder zu Gewerbeangelegenheiten, das Parkpickerl und vieles andere mehr – in der Regel sofort und unbürokratisch erledigt werden können. Seit Februar 2003 gehören auch die verloren gegangenen oder gefundenen Dinge zum Betreuungsbereich der Bezirksämter.
in allen Bezirken: Mo–Fr 8–13, Do 15.30–17.30

▸ **Innere Stadt**
1., Wien, Wipplingerstraße 8
Tel.: 534 36-0, Fax: 534 36-99 01 120
E-Mail: post@mba010.magwien.gv.at

▸ **Leopoldstadt**
2., Karmelitergasse 9
Tel.: 211 06-0, Fax: 211 06-99 02 120
E-Mail: post@mba020.magwien.gv.at

▸ **Landstraße**
3., Karl-Borromäus-Platz 3
Tel.: 711 34-0, Fax: 711 34-99 03 120
E-Mail: post@mba030.magwien.gv.at

▸ **Wieden u. Margareten**
5., Schönbrunner Straße 54
Tel.: 546 34-0, Fax: 546 34-99 04 120
E-Mail: post@mba040.magwien.gv.at
Tel.: 546 34-0, Fax: 546 34-99 05 120
E-Mail: post@mba050.magwien.gv.at

▸ **Mariahilf u. Neubau**
6., Hermanngasse 24–26
Tel.: 521 34-0, Fax: 521 34-99 06 120
E-Mail: post@mba060.magwien.gv.at
Tel.: 521 34-0, Fax: 521 34-99 07 120
E-Mail: post@mba070.magwien.gv.at

▸ **Josefstadt**
1., Wipplinger Straße 8
Tel.: 534 36-0, Fax: 534 36-99 08 120
E-Mail: post@mba080.magwien.gv.at

▸ **Alsergrund**
9., Währinger Straße 39
Tel.: 400 34-0, Fax: 400 34-99 09 120
E-Mail: post@mba090.magwien.gv.at

▸ **Favoriten**
10., Laxenburger Straße 43–45
Tel.: 605 34-0, Fax: 605 34-99 10 120
E-Mail: post@mba100.magwien.gv.at

▸ **Simmering**
11., Enkplatz 2
Tel.: 740 34-0, Fax: 740 34-99 11 120
E-Mail: post@mba110.magwien.gv.at

▸ **Meidling**
12., Schönbrunner Straße 259
Tel.: 811 34-0, Fax: 811 34-99 12 120
E-Mail: post@mba120.magwien.gv.at

▸ **Hietzing u. Penzing**
13., Wien, Hietzinger Kai 1–3
Tel.: 878 34-0, Fax: 878 34-99 13 120
E-Mail: post@mba130.magwien.gv.at
Tel.: 870 34-0, Fax: 870 34-99 14 120
E-Mail: post@mba140.magwien.gv.at

▸ **Rudolfsheim-Fünfhaus**
15., Gasgasse 8–10
Tel.: 891 34-0, Fax: 891 34-99 15 120
E-Mail: post@mba150.magwien.gv.at

▸ **Ottakring**
16., Richard-Wagner-Platz 19
Tel.: 491 96-0, Fax: 491 96-99 16 120
E-Mail: post@mba160.magwien.gv.at

▸ **Hernals**
17., Elterleinplatz 14
Tel.: 401 19-0, Fax: 401 19-99 17 120
E-Mail: post@mba170.magwien.gv.at

▸ **Währing**
18., Martinstraße 100
Tel.: 476 34-0, Fax: 476 34-99 18 120
E-Mail: post@mba180.magwien.gv.at

▸ **Döbling**
19., Gatterburggasse 14
Tel.: 360 34-0, Fax: 360 34-99 19 120
E-Mail: post@mba190.magwien.gv.at

▸ **Brigittenau**
20., Brigittaplatz 10
Tel.: 331 34-0, Fax: 331 34-99 20 120
E-Mail: post@mba200.magwien.gv.at

▸ **Floridsdorf**
21., Am Spitz 1
Tel.: 277 34-0, Fax: 277 34-99 21 120
E-Mail: post@mba210.magwien.gv.at

▸ **Donaustadt**
22., Schrödingerplatz 1
Tel.: 211 23-0, Fax: 211 23-99 22 120
E-Mail: post@mba220.magwien.gv.at

▸ **Liesing**
23., Perchtoldsdorfer Straße 2
Tel.: 863 34-0, Fax: 863 34-99 23 120
E-Mail: post@mba230.magwien.gv.at

BIBLIOTHEKEN & ARCHIVE

ALLGEMEIN

▸ Österreichische Akademie der Wissenschaften
1., Dr.-Ignaz-Seipel-Platz 2
Tel.: 515 81-1262
Fax: 515 81-1256
E-Mail: bibliothek@oeaw.ac.at, archiv@oeaw.ac.at
www.oeaw.ac.at/biblio
Mo–Fr 9–16
Die ÖAW, Trägerorganisation von über 60 Forschungseinrichtungen, beheimatet mit ungefähr 300.000 Bänden eine der wichtigsten Bibliotheken des Landes. Entlehnt werden kann für einen Monat, auch eine Fernleihe ist möglich. Im Archiv können Nachlässe und Manuskripte bedeutender österreichischer AutorInnen und WissenschaftlerInnen eingesehen werden, so etwa von Otto Weininger, Max Mell, Gregor Mendel u. a.

▸ Österreichische Nationalbibliothek
1., Josefsplatz 1
Tel.: 534 10, Fax: 534 10-280
E-Mail: onb@onb.ac.at
www.onb.ac.at
Hauptlesesaal: Mo–Fr 9–21, Sa 9–12.45,
Juli u. Aug: Mo–Fr 9–16, Sa 9–12.45
Eine der beeindruckendsten Bibliotheken und Sammlungen nicht nur Wiens, sondern des ganzen Landes. Allein der barocke Prunksaal von Johann Bernhard Fischer von Erlach ist einen Besuch wert. Ungefähr 6 Millionen Sammlungsobjekte beheimatet die größte Bibliothek Österreichs. Aber nicht nur Bücher gibt es hier zu entdecken, sondern auch Handschriften, Drucke, Karten, Fotografien, Grafiken, Flugblätter, Plakate u. v. m. Folgende Sammlungen sind hier zu finden: Archiv des österreichischen Volksliedwerkes, Sammlung von Inkunabeln, Papyrussammlung, Österreichisches Literaturarchiv, Musiksammlung, Handschriften-, Autographen- und Nachlasssammlung, Flugblätter-, Plakate- und Ex-Libris-Sammlung, Sammlung für Plansprachen.

Bücher Deponie. (Foto: Archiv)

▸ Universitätsbibliothek Wien
1., Dr.-Karl-Lueger-Ring 1
Tel.: 4277-8150, Fax: 4277-9150
E-Mail: zer.ub@univie.ac.at
www.ub.univie.ac.at
Großer Lesesaal: 1. Okt bis 30. Juni:
Mo–Fr 9–21.45, Sa 9–12.45
Die UB Wien beheimatet insgesamt 5,6 Millionen Bücher – alle Fachrichtungen, und fast alle entlehnbar. Außerdem: Elektronische Zeitschriftenbibliothek, Österreichische Zeitungsarchive; Lehrbuchsammlung und Fernleihe möglich.

ERWACHSENENBILDUNG

▸ Fachbibliothek für Erwachsenenbildung (FEB)
10., Ettenreichgasse 45a
E-Mail: ver@pabw.at
www.erwachsenenbildung.at
Mo–Do 9–16, Fr 9–15 (Lesesaal)
22.000 Bände zu Erwachsenenbildung, Arbeiter- und Berufsbildung, zweiter Bildungsweg und grundlegende Literatur zu Bereichen der Sozialwissenschaften. Bei Terminvereinbarung kann die Bibliothek auch außerhalb der Öffnungszeiten besucht werden.

HISTORIK UND ZEITGESCHICHTE

▸ Bibliothek & Archiv des Jüdischen Museums
Bibliothek:
1., Seitenstettengasse 4
Tel.: 535 04 31-410, Fax: 535 50 46
E-Mail: bibliothek@jmw.at
Mo–Do 10–16
Archiv:
1., Dorotheergasse 11
Tel.: 535 04 31-213
E-Mail: archiv@jmw.at
nach tel. Voranmeldung
www.jmw.at
Den Schwerpunkt der über 41.000 Bände umfassenden Bibliothek des Jüdischen Museums liegt einerseits in der Geschichte der Juden in Österreich, andererseits in der Geschichte der Israelitischen Kultusgemeinde in Wien. Im Archiv finden sich vor allem Handschriften, Fotos und Dokumente, die das jüdische Leben beleuchten. Eine interessante Wanderung durch die jüdische Geschichte Wiens.

B

▸ Bibliothek der österreichischen Forschungsstiftung für Entwicklungshilfe
9., Berggasse 7
Tel.: 317 401 01-20
Fax: 317 40 15
E-Mail: bibliothek@oefse.at
www.oefse.at, www.eza.at
Mo–Do 10–17
Mit ca. 45.000 Bänden, Zeitschriften, Nachschlagewerken, Jahresberichten internationaler Organisationen, Infoblättern von österreichischen NGOs, die in der Entwicklungshilfe tätig sind, ist die ÖFSE wohl die umfangreichste Fachbibliothek für Entwicklungspolitik.

▸ Bibliothek des Christlich-Jüdischen Informationszentrums
18., Gentzgasse 14/5/1
Tel.: 479 73 76
Fax: 479 73 76
E-Mail: info@christenundjuden.org
www.christenundjuden.org
Mo, Mi, Fr 9–11 u. nach Vereinbarung
Über 3.500 Bände zum christlich-jüdischen Dialog, zum jüdischen Glauben im Allgemeinen sowie Bücher zu jüdischer Theologie bietet die Bibliothek. Auch: Zeitschriften, Medien und Material zum jüdischen Leben.

▸ Hemayat
2., Engerthstraße 161–163
Tel.: 216 43 06
Fax: 216 43 06
E-Mail: office@hemayat.org
www.hemayat.org
Mo, Fr 9–13, Mi, Do 14–18
Hemayat, der Verein zur Betreuung von Folter- und Kriegsüberlebenden, kümmert sich um medizinische und psychologische Betreuung von Betroffenen mit DolmetscherInnen. Eine Fachbibliothek zum Thema ist dort beheimatet.

▸ Österreichische Mediathek
6., Webgasse 2a
Tel.: 597 36 69
Fax: 597 36 69-40
E-Mail: mediathek@mediathek.ac.at
www.mediathek.ac.at
Mo, Mi, Do 10–18, Di 10–20, Fr 9–15
Die Außenstelle des Technischen Museums ist ein audiovisuelles Archiv mit einer Million Tonaufnahmen und Videos zur österreichischen Kultur- und Zeitgeschichte. In erster Linie sind es österreichische Produktionen aus den Bereichen Literatur, Politik, Wissenschaft, Kunst und Alltag, U- und E-Musik.

▸ Österreichisches Staatsarchiv
3., Nottendorfer Gasse 2
Bibliothek:
Tel.: 795 402 01, Fax: 795 401 09
E-Mail: bibpost@oesta.gv.at
Bibliothek: Mo, Di, Do 9–15, Mi 9–18, Fr 9–13
Archiv:
Tel.: 795 402 51
E-Mail: adrpost@oesta.gv.at
Archiv: Mo, Do 9–17, Di, Mi 9–18, Fr 9–13
www.oesta.gv.at
Das Österreichische Staatsarchiv beheimatet das Archiv der Republik, das Allgemeine Verwaltungsarchiv, Kriegsarchiv, Finanz- und Hofkammerarchiv, sowie das Haus-, Hof- und Staatsarchiv. Der Schwerpunkt der Bibliothek liegt in der Geschichte Österreichs – vom Heiligen Römischen Reich bis zu Militärgeschichte, Geschichte der Habsburger, Geographie, Heraldik.

▸ Wiener Stadt- und Landesarchiv
11., Guglgasse, Gasometer D
Tel.: 4000-848 08
Fax: 4000-99-848 19
E-Mail: post@m08.magwien.gv.at
Mo, Fr 9–15.30, Di–Do 9–17
Bereits aus dem 13. Jahrhundert stammen die ersten Dokumente, die das Wiener Stadt- und Landesarchiv beherbergt. Gesammelt wird hier alles, was mit Wien zu tun hat: Dokumente, Urkunden, Akten, Handschriften, Fotos u. v. m., so etwa auch das Testament Ludwig van Beethovens und noch manch andere Schätze.

▸ Wiener Stadt- und Landesbibliothek
8., Rathaus, Stiege 4/1/331
Tel.: 4000-849 15
Fax: 4000-72 19
E-Mail: post@m09.magwien.gv.at
www.stadtbibliothek.wien.at
Mo–Do 9–18.30, Fr 9–16.30
Zur Verfügung stehen eine Druckschriftensammlung, Handschriften- und Plakatsammlung sowie Geburtstagszeitungen. Der Schwerpunkt liegt bei Notendrucken, Notenhandschriften, Autografen, Plakaten (ca. 150.000) und Periodika sowie zahlreichen handschriftlichen Nachlässen.

INTERNETRECHERCHE

Eine der wichtigsten Adressen für Internetrecherchen ist der Onlinekatalog des österreichischen Bibliotheken Verbundes. Insgesamt 56 Bibliotheken aus ganz Österreich sind im Verbund.
Tel.: 403 51 58-0
E-Mail: bibvb@bibvb.ac.at
www.bibvb.ac.at

KUNST UND MEDIEN

▸ Filmarchiv Austria – Audivisuelles Zentrum Wien

2., Obere Augartenstraße 1
Tel.: 216 13 00
Fax: 216 13 00-100
E-Mail: augarten@filmarchiv.at
www.filmarchiv.at
Büro: Mo–Do 8–16.30, Fr 8–15
Bibliothek: Mi 9–17, Do 9–19, Fr 9–15

Das Filmarchiv Austria besitzt ca. 60.000 Filmtitel, 600.000 Fotos und Film-Stills, 25.000 Filmprogramme, 10.000 Plakate, 15.000 Bücher, Zeitschriften, Partituren, Drehbücher sowie eine große Sammlung filmtechnischer Geräte. Die Benützung der Bibliothek ist für Mitglieder (20 Euro pro Jahr) kostenlos. Neben der Archivtätigkeit bespielt das Filmarchiv auch das Metro Kino.

Hier wird alles aufbewahrt, was mit Film zu tun hat. (Foto: Filmarchiv)

▸ Österreichische Exilbibliothek im Literaturhaus

7., Seidengasse 13
Tel.: 52 62 04-420
Fax: 52 62 04-430
E-Mail: us@literaturhaus.at
www.literaturhaus.at
Mo, Mi 9–17 u. nach Vereinbarung

Dokumente österreichischer SchriftstellerInnen und KünstlerInnen in Exil und Emigration seit 1933 werden in der Exilbibliothek gesammelt und der Öffentlichkeit zugänglich gemacht. Besonderer Schwerpunkt liegt dabei auf Literatur, Kunst, Publizistik, Geisteswissenschaften.

▸ Universitätsbibliothek der Universität für Musik und darstellende Kunst

3., Lothringerstraße 18
Tel.: 711 55-81 01, Fax: 711 55-81 99
E-Mail: infobib@mdw.ac.at
www.mdw.ac.at
Lesesaal: Mo, Mi 9–19, Di, Do, Fr 9–16

Literatur zu Musik- und Kunstwissenschaft, Musikpädagogik, Schauspiel, Phono- und Videothek – und natürlich Noten, Noten, Noten.

NATURWISSENSCHAFT UND TECHNIK

▸ Bibliothek und Archiv des Technischen Museums

14., Mariahilfer Straße 212
Tel.: 89 99 82-110 , Fax: 89 99 82-111
E-Mail: christine.cech@tmw.ac.at
www.tmw.at
Mo, Do, Fr 13–18, Di, Mi 9–14

Vom Kinderbuch bis zum wissenschaftlichen Buch alles über Gegenwart und Geschichte von Naturwissenschaft und Technik und neueste technische Entwicklungen. Die Bibliothek führt neben Büchern und Monographien auch Zeitschriften. Außerdem: Weltausstellungskataloge, Firmenkataloge sowie sehr seltene Bücher. Zum Bestand des Archivs zählen Sondersammlungen wie das Fotoarchiv, eine Nachlasssammlung bedeutender Techniker, Bild- und Plansammlung.

▸ Österreichische Zentralbibliothek für Medizin

9., Währinger Gürtel 18–20
Tel.: 404 00-1085, Fax: 404 00-1086
E-Mail: zbmed@akh-wien.ac.at
www.zbmed.akh-wien.ac.at
Lesesaal: Mo–Fr 9–24, Sa, So, Fei 9–23

520.000 medizinwissenschaftliche Bände, klinische Bibliothek, Lesesaal und Lehrbuchsammlung. Fünf dezentrale Abteilungsbibliotheken: AB der medizinisch-theoretischen Institute, AB für Zahnmedizin, AB für Krebsforschung, AB für Hirnforschung und AB für Geschichte der Medizin.

▸ Österreichische Zentralbibliothek für Physik

9., Boltzmanngasse 5
Tel.: 4277-276 00, Fax: 4277-9276
E-Mail: zb@zbp.univie.ac.at
www.zbp.univie.ac.at
Mo–Mi, Fr 8–16, Do 8–18

Der Bestand der 1980 gegründeten Bibliothek setzt sich natürlich zum Großteil aus Büchern auf dem Gebiet der Physik zusammen, verfügt aber auch über Bände zu angrenzenden Bereichen. Auf eher schwer erreichbare Literatur wie Tagungsberichte, Reports oder Preprints wird besonderes Augenmerk gerichtet.

Alles, was Recht ist. (Foto: Archiv)

▸ Universitätsbibliothek der Technischen Universität Wien
4., Resselgasse 4
Tel.: 588 01-440 51, Fax: 588 01-440 99
E-Mail: info@mail.ub.tuwien.ac.at
www.ub.tuwien.ac.at
Mo–Fr 9–19
Mehr als eine Million Bücher und Fachzeitschriften. Hier sind auch die Bibliothek des Österreichischen Verbandes für Elektrotechnik (ÖVE) sowie die Bibliothek des Österreichischen Ingenieur- und Architektenvereines (ÖIAV) untergebracht.

▸ Universitätsbibliothek der Universität für Bodenkultur
19., Peter-Jordan-Straße 82
Tel.: 476 54 20-60, Fax: 476 54 20-92
E-Mail: h205t3@edv1.boku.ac.at
www.boku.ac.at/bib
Mo–Do 8.30–18, Fr 8.30–16
Land- und Forstwirtschaft, Lebensmitteltechnologie und Biotechnologie sowie fast alles zum Thema Umweltschutz und Ökologie. Elektronische Zeitschriftenbibliothek, Lehrbuchsammlung.

▸ Universitätsbibliothek der Veterinärmedizinischen Universität
21., Veterinärplatz 1
Tel.: 250 77 14-14, Fax: 250 77 14-90
E-Mail: bibliothekinfo@vu-wien.ac.at
www.vu-wien.ac.at/bibl
Mo, Mi, Do 9–17, Di 9–19, Fr 9–16
Eigenpublikationen, wissenschaftliche Bücher, Zeitschriften sowie Recherchedatenbanken zu den Naturwissenschaften. Seit Mai 2002 gibt es hier auch eine Dokumentations- und Informationsstelle für Tierschutz- und Veterinärrecht.

RECHT UND WIRTSCHAFT

▸ Fakultätsbibliothek für Rechtswissenschaften
1., Schottenbastei 10–16
Tel.: 4277-163 11
Fax: 4277-9163
E-Mail: josef.pauser@univie.ac.at
www.univie.ac.at/fbrecht
Mo–Fr 9–16
Alles, was JuristInnen und jene, die sich aus Privatinteresse mit der Jurisprudenz beschäftigen, zum Nachschlagen, Lesen, Lernen brauchen: Lehrbuchsammlung, Entscheidungsschriften, Fachzeitschriften. Außerdem befindet sich hier eine umfangreiche Europarechtsdatenbank.

▸ Parlamentsbibliothek
1., Dr.-Karl-Renner-Ring 3
(Eingang Reichsratsstraße)
Tel.: 401 10-2285
Fax: 401 10-2825
E-Mail: bibliothek@parlament.gv.at
www.parlinkom.gv.at
Mo, Fr 8.30–15.30,
während Nationalrats- und Bundesratssitzungen sowie Juli bis Sept geschlossen
Die Bibliothek bietet mehr als 300.000 Bücher sowie 500 aktuelle Fachzeitschriften und Zeitungen. Seit Gründung im Jahre 1869 werden in- und ausländische Parlamentsschriften, Gesetz- und Verordnungsblätter, oberstgerichtliche Entscheidungen, grundlegende Werke des Rechts, der Staatslehre und des Parlamentarismus, der Politik, der Volkswirtschaft, der Soziologie und der Europäischen Integration gesammelt. An Montagen und Freitagen können Interessierte – soferne nicht gerade Sitzung ist (National- oder Bundesrat) – in den Beständen schmökern. Ausweis nicht vergessen.

▸ Universitätsbibliothek der Wirtschaftsuniversität Wien
9., Augasse 2–6
Tel.: 313 36-4990
Fax: 313 36-745
E-Mail: ubww@wu-wien.ac.at
www.wu-wien.ac.at/bib
Lesesaal: Mo–Fr 9–22,
während der Universitätsferien: Mo–Fr 9–20
Alle wichtigen und unwichtigen Bücher über Wirtschaft und Marketing, dazu eine sehr ausführliche Sprachen- und Rechtsabteilung sowie auch einiges zum Thema Umweltschutz. Freihandbereich ist nach Fachgruppen gegliedert. Zudem gibt es eine gut sortierte Lehrbuchsammlung und einen großen Zeitschriften- und Magazinbereich.

BILDERRAHMEN

▸ C. Bühlmayer
1., Michaelerplatz 6
Tel.: 533 10 49
Fax: 535 49 60
E-Mail: office@buehlmayer.at
www.buehlmayer.at
Di–Fr 9–18, Sa 9–13
Der ehemalige kaiserlich-königliche Hof-Vergolder C. Bühlmayer bietet im stilvollen Ambiente antike und neue Bilderrahmen und Spiegel sowie Restaurierungen alter Rahmen und – wenn auch nicht mehr für den Hof – Vergoldungen aller Art an.

▸ Galerie Image – Rainer & Co.
1., Ruprechtsplatz 4–5
Tel.: 535 42 84
Fax: 535 42 84
E-Mail: galerie.image@gmx.at
www.galerie-image.at
Mo–Fr 9.30–18.30, Sa 10–17
Die Galerie Image bietet nicht nur Rahmen in allen erdenklichen Ausführungen – von barock bis modern, von Fertigrahmen bis Maßanfertigungen – sondern auch Originalkunstwerke, Kunstdrucke und Poster.

▸ Galerie Plank
7., Kirchengasse 13
Tel.: 523 22 29-0
Fax: 523 22 29-22
E-Mail: galerie.plank@telering.at
www.kunstnet.at/plank
Di–Fr 10–18, Sa 10–15
Anfertigung und Restaurierung von Rahmen, Spezialgläsern, Passepartouts und Bildhängesystemen. Besonderer Service: Wechselrahmenverleih und Beratung sowie Montage vor Ort.

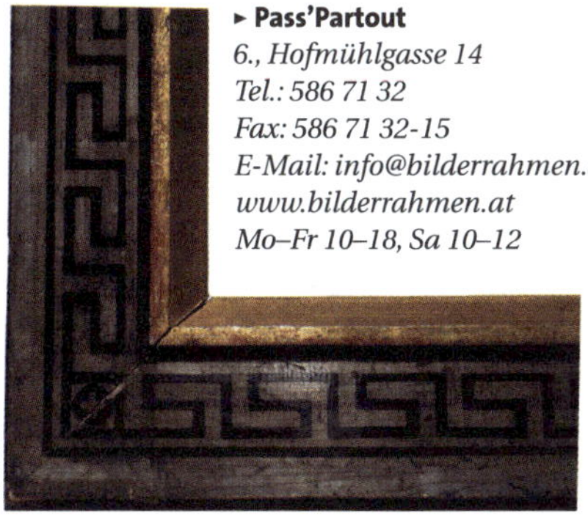
Foto: Archiv

▸ Pass'Partout
6., Hofmühlgasse 14
Tel.: 586 71 32
Fax: 586 71 32-15
E-Mail: info@bilderrahmen.at
www.bilderrahmen.at
Mo–Fr 10–18, Sa 10–12

Bei Smolka; nicht aus dem Rahmen fallen. (Foto: Archiv)

Spezialhandlung für Bilderrahmen und Galeriebedarf: Bildrahmung, UV-Schutzverglasung, Rahmen für Fotografien, Objekte und Kunstdrucke, Wechselrahmen. Galerieschienen und Hängezubehör finden sich ebenfalls im Angebot. Außerdem werden Rahmen und Gemälde zur Restaurierung übernommen.

▸ Smolka
1., Spiegelgasse 25
Tel.: 512 02 83
E-Mail: smolka.rahmen@chello.at
www.smolka.at
Mo–Fr 10–13 u. 16–18, Sa 10–12
Alteingesessenes, legendäres Rahmengeschäft, das die wichtigsten Museen weltweit mit maßgeschneiderten Rahmen in höchster Qualität beliefert. Die Kunden von Smolka können aus einem mehrere tausend Rahmenmuster umfassenden Sortiment auswählen. Die Philosophie der Firma lautet, dass der Rahmen sich dem Bild unterordnen muss – der Rahmen soll das Bild hervorheben. Zudem wird vergoldet und restauriert. Die Firma Smolka betreibt außerdem einen Kunsthandel; Schwerpunkt sind Bilder des 19. und 20. Jahrhunderts.

▸ Wohlleb & Wohlleb
3., Seidlgasse 23
Tel.: 713 65 36
Fax: 713 10 99
www.wohlleb.co.at
Mo–Fr 8–18, Sa 9–12
Gerhard Wohlleb zaubert nicht nur für jeden Geschmack und Anspruch den richtigen Rahmen – egal ob Holz-, Metall-, Gold- oder Lackrahmen, Ausstellungs-, Kassetten- oder Objektrahmen –, nein, er sammelt auch selbst aktuelle Kunst und stellt diese in seinen Räumlichkeiten aus.

BILLARD

Grundsätzlich geht es um das Versenken von Kugeln in den „Taschen" am Rand bzw. an den Ecken des Billardtisches. Es gibt zwei unterschiedliche Arten von Kugeln: „Halbe" und „Ganze". Ein Spieler (Mannschaft) muss die Kugeln der Gruppe von 1 bis 7 (Volle) spielen, während der Gegner die Kugeln von 9 bis 15 (Halbe) spielt. Und zwar durch einen Stoß über die weiße Kugel. Korrekt sind nur Stöße, die direkt eine eigene Kugel treffen. Versenkt ein Spieler keine Kugel, ist die andere Mannschaft an der Reihe. Es gibt auch eine „schwarze" Kugel. Die kommt als letztes dran. Wer sie allerdings während des Spieles versenkt, hat gleich verloren. Interessant wird das Spiel erst, wenn man indirekte Kombinationsstöße über die Bande ausführen kann. Unter Profis werden diese Stöße „angesagt", Wirtshausspieler freuen sich eher über unerwartete Zufallstreffer.

▸ Bip-Billard
1., Opernring 6
Tel.: 512 84 60
Mo–Sa 9–3, So, Fei 14–2

▸ Köö
www.billardcafe.at
tgl. 10–2
Cafés: 1., Salzgries 1, Tel.: 535 87 75
5., Siebenbrunnengasse 21b, Tel.: 545 72 71
7., Kirchengasse 41, Tel.: 526 63 06
19., Kreilplatz 1–2, Tel.: 370 25 17
22., Donauplexx, Tel.: 204 31 39

▸ La boule
8., Pfeilgasse 8
Tel.: 405 82 43
E-Mail: office@laboule.at
www.laboule.at
tgl. 15–4

▸ Pool-Billard
20., Gaußplatz 7
Tel.: 332 95 95
Mo–Fr 8–1, Sa 15–1, So, Fei 15–24

▸ Steppenwolf
8., Lange Gasse 74
Tel.: 408 61 46
www.cafesteppenwolf.at
tgl. 16–2
Auf 300 m² gibt es sieben Billardtische, zwei Dartsscheiben sowie drei Tischfussballgeräte. Gleichzeitig ein Internetcafé mit vier Terminals.

▸ Weingartner
15., Goldschlagstraße 6
Tel.: 985 21 50
Fax: 982 43 99
E-Mail: billard@weingartner.co.at
www.servus-in-wien.at/weingartner.at
tgl. 9–24
Heinrich Weingartner ist der Doyen der Wiener Billardszene. In seinem Kaffeehaus finden sich Anfängerinnen und Profis gleichermaßen ein, um Kaffee zu trinken, Zeitung zu lesen, sich auszutauschen und keine ruhige Kugel zu schieben. Hier wird an Turniertischen Billard gespielt.

▸ Wiedner Billard Center
4., Rechte Wienzeile 35
Tel.: 587 12 51
Mo–Do 10–1, Fr 10–4, Sa 14–4, So 17–24

VEREINE

▸ Haus des Billardsports
15., Neubaugürtel 11
Tel.: 985 21 50
Fax: 982 69 48
Mo–Fr 9–18, Sa 9.30–12.30
Herrn Weingartners Geschäft, Museum und Schule. Alles, was Sie brauchen, um die Kugel zu treffen. Aber nicht nur Queues aller Art werden angeboten, sondern man kann auch deren richtige Handhabung lernen: Heinrich Weingartner betreibt auch eine Billardschule.

▸ Wiener Billard Sport Verband
11., Lorystraße 122
Tel.: 767 47 47
www.wbsv.at

Wenn die Kugel rollt. (Foto: Archiv)

BIOGESCHÄFTE

LEBENSMITTEL UND BIOPRODUKTE

▸ **Bio-Feinkostladen**
8., Lange Gasse 43
Tel.: 409 33 73
www.tz8.at/brot.php
Mo–Fr 7–18, Sa 7–12
Das ursprüngliche Metier der Bäckerei Kaschik war das Backen und der Verkauf von Vollkornbrot. In der Zwischenzeit wurde das Sortiment aber so ausgeweitet, dass ein ganz netter Bio-Feinkostladen draus geworden ist – mit einem ganz tollen Angebot an Demeter-Brot natürlich.
Stammhaus: 17., Rosensteingasse 43

▸ **Biogreißler**
17., Wurlitzergasse 93
Tel.: 485 58 25
Mo–Fr 8.30–18.30, Sa 9–13

▸ **Biosupermarkt Maran**
16., Ottakringer Straße 186
Tel.: 481 88 80-0
E-Mail: maran@maran.co.at
Mo–Fr 9–18.30, Sa 8–16
Dieser Supermarkt verdient die Bezeichnung auch: Hier gibt es alles, was es im Supermarkt zu geben hat und – wohlgemerkt – aus umweltfreundlicher Produktion. Seminarräume über dem Laden mietbar.

▸ **Biowichtl**
9., Liechtensteinstraße 121
Tel.: 319 48 94
Fax: 319 48 94-40
E-Mail: office@biowichtl.at
www.biowichtl.at
Di 16–18, Fr 10–12
Bunte-, Misch- und Vegetarierkisten, Getreide- und Getreideprodukte, Brot, Gebäck, Mehlspeisen, Suppen, Tofu, Essige, Öle, Senf, Sauergemüse, Säfte, Bier, Wein, Fleisch, Wurstwaren und Fisch …

▸ **Gesundes**
2., Lilienbrunngasse 3
Tel.: 219 53 22
E-Mail: gesundes@aon.at
www.gesundess.at
Mo, Di 9–18, Mi 9–17, Do, Fr 9–18, Sa 10–14
Hübscher Bioladen, in dem man täglich ein veganes oder vegetarisches Mittagsmenü bekommt. Selbst gemachte biologische Spezialitäten. Vegane Mehlspeisen.

▸ **Gesundheitszentrum Dungl**
1., Schottengasse 9
Tel.: 535 48 99
Mo–Do 7.30–19.30, Fr 7.30–18
Naturkost, Imbisse sowie Massagen und Therapien.

▸ **Makrokosmos**
1., Fleischmarkt 16 (im Hof)
Tel.: 513 19 47
Fax: 513 19 47
Mo–Fr 10–18.30, Sa 10–13.30
Makrobiotisches Geschäft für Veganer und Vegetarier. Vegetarischer Mittagstisch. Meeresalgen, vegane Imbisse, hausgemachte Mehlspeisen, biologische Lebensmittel, Kosmetika. Essen auch zum Mitnehmen.

▸ **Naturkost am Naschmarkt**
4., Naschmarkt, Stand 330
Tel.: 585 81 95
Mo–Fr 8–18, Sa 8–17
Ausgezeichnete Biokuchen und Biobrot. Große Auswahl an Gewürzen.

▸ **Naturkost Spittelberg**
7., Spittelberggasse 24
Tel.: 523 61 92
Fax: 523 57 21
Mo–Fr 9–18.30, Sa 9–14,
Juli u. Aug: Mo–Fr 9–13 u. 15–18.30, Sa 9–14
Ein kleiner Laden voll der guten Dinge, die einem das Leben verschönern: Neben frischem Brot, köstlichen Milchprodukten und Biofleisch gibt es hier wirklich alles bis hin zu Kosmetika und Textilem. Hauszustellung Wien-Umgebung.

▸ **Naturkost St. Josef**
7., Zollergasse 26
Tel.: 526 68 18
Fax: 526 14 96
E-Mail:
Mo–Fr 9–18.30, Sa 8–16
Große Auswahl, nette Bedienung, gute Beratung, hervorragender Käse. Angeschlossen ist ein kleines Restaurant.

▸ **Naturprodukte Wallner**
4., Wiedner Hauptstraße 66
Tel.: 586 06 71
Fax: 586 06 71-12
E-Mail: bio-walli@netway.at
www.bio-online.at
Mo–Fr 7.30–18.30, Sa 7.30–14
Sortiment: Riesige Auswahl an verschiedensten Naturwaren.

▸ Naturvital Florian
18., Theresiengasse 20–24
Tel.: 402 64 86
Fax: 402 64 87
E-Mail: naturvital@naturvital.at
www.naturvital.at
Mo–Do 8–13
Naturvital Florian GmbH ist ein österreichisches Unternehmen, das sich seit mehr als sechs Jahrzehnten mit der Verarbeitung und Produktion pflanzlicher Rohstoffe beschäftigt. Bestellungen werden per Fax oder E-Mail entgegengenommen. Produktangebot: Kräuterweine, alkoholfreie Elixiere, Kräutertees und Kräuterbalsam.

▸ Nektar & Ambrosia
3., Fasangasse 39
Tel.: 798 94 92
Fax: 798 94 92
E-Mail: nektarundambrosia@gmx.net
www.nektarundambrosia.at.tt
Mo–Fr 9–13 u. 15–18.30, Mi, Sa 9–13
Kleiner, aber feiner Bioladen, mit einem guten Querschnitt durch die biologische Produktion. Auch Naturkosmetika.

▸ Polzer
22., Naufahrtweg, Los 3
Tel.: 282 52 95
tgl. 7–19
Biologische Produkte und Gärtnerei; man bekommt das meiste aus eigener Erzeugung: Gemüse, Brot und Backwaren, Milchprodukte, Marmeladen und eingelegte Gemüse usw. Besonders zu erwähnen: auch den Sonntag über offen.

▸ Sonnberg Biofleischhauerei
19., Sonnbergplatz 2
Tel.: 368 98 29
Di–Fr 8–18, Sa 8–12.30
Biofleisch aus artgerechter Tierhaltung.

▸ Waldviertler Naturkost
16., Payergasse 12, Yppenmarkt
Tel.: 403 13 47
Fax: 403 55 20
Fr 7.30–18.30, Sa 7.30–12.30
Ein toller Bioladen mit einem herzhaften Angebot querbeet: schmackhaftes Brot, saisonales Obst und Gemüse, Fleisch, Milchprodukte und Käse aus biologischer Produktion und dazu Honig, Marmeladen, frisch gemahlenes Mehl und und und …
Weitere Waldviertler Naturkost-Läden:
2., Karmeliter Markt, Stand 45, Tel.: 214 37 96
3., Salmgasse 21, Tel.: 713 24 07

TEXTILIEN

▸ Bio Kost und Textil Elfi Plank
6., Gumpendorfer Straße 106
Tel.: 596 96 64
Mo–Fr 9–18, Sa 9–13
Verkauf von biologischen Lebensmitteln sowie Ökotextilien.

VERBÄNDE UND INSTITUTIONEN

▸ Dachverband des österreichischen Naturkostfachhandels VNOe
17., Rosensteingasse 84
Tel.: 480 20 47, Fax: 481 74 82
E-Mail: office@vnoe.at
www.vnoe.at
Der Dachverband führt eine Liste aller anerkannten Naturkostgeschäfte in Wien und den anderen Bundesländern.

WOHNEN OHNE SCHADSTOFFE

▸ Bio-Milan
18., Währinger Gürtel 79
www.biomilan.at
Mo–Fr 9–12 u. 13–18, Sa 9–13
Hier gibt es das umfangreiche Angebot an Naturfarben, Pflegemittel für Parkett- und Holzböden, Spezialbehandlungsmittel wie Möbelpolituren oder das Mittelchen gegen Schimmelbefall – alles auf ökologisch verträglicher Basis. Und dazu kompetenteste Beratung und Information.

▸ Wohngesund
3., Weyrgasse 7
Tel.: 715 51 52
www.wohngesund.at
Mo–Do 9–13 u.14–18, Fr 9–13 u. 14–19, Sa 9–12.30
Neuer Parkettboden gefällig? Oder doch lieber ein Fliesenboden? Oder müssen Sie Ihre Dachwohnung isolieren, und das Isoliermaterieal sollte ungiftig sein? Alles kein Problem. Die Lösung heißt „Wohngesund“. Parkette, Dielen, Bodenbeläge und Dämmstoffe, gesund und ökologisch.

Sterne aus Holz: Wohngesund. (Foto: Archiv)

BLUMEN

▸ Blumen 2000
10., Triester Straße 4–6
Tel.: 604 34 74
E-Mail: blumen.2000@aon.at
www.blumen2000.at
Mo–Sa 7.30–19, So 8–18 (nur Triester Straße)
Fast im Vorbeifahren kann man bei den sehr verkehrsgünstig gelegenen Blumen-2000-Läden preisgünstige Blumen kaufen. Weitere Filialen:
11., Simmeringer Hauptstraße 39
11., Simmeringer Hauptstraße 67
16., Thaliastraße/Richard-Wagner-Platz

▸ Blumen B & B
1., Fleischmarkt 12
Tel.: 512 33 08
Fax: 513 50 81
Mo–Sa 7.30–19
Bestens bedient wird man bei Blumen B & B. Und das nicht nur einmal in Wien, sondern gleich mehrmals:
3., Landstraßer Hauptstraße 2
8., Josefstädter Straße 30
8., Albertgasse 1; 13., Speisinger Straße 51
15., Hütteldorfer Straße 1
23., Perchtoldsdorfer Straße 3
23., Breitenfurter Straße 116

▸ Blumen Kurz
16., Neulerchenfelder Straße 80
Tel.: 485 46 21
Fax: 485 46 21-22
E-Mail: office@blumen-kurz.at
www.blumen-kurz.at
Mo–Fr 8.30–18, Sa 8.30–12.30
Wer langlebigere Blumenfreuden sucht, ist bei Blumen Kurz gut aufgehoben: Seidenpflanzen sind neben Floristik und Hydrokultur ein Spezialgebiet des Geschäfts. Zustellservice für Wien und Umgebung.

▸ Blumenkraft
4., Schleifmühlgasse 4
Tel.: 585 77 27
E-Mail: info@blumenkraft.at
www.blumenkraft.at
Mo–Fr 10–19, Sa 9–14, 1. Sa im Monat 9–17
Das von Eichinger oder Knechtl gestaltete Blumengeschäft „blumenkraft“ ist der richtige Ort für den anspruchsvollen Blumenkäufer. Beim schnellen Vorbeigehen könnte man den Laden ob des fantastischen Aussehens von Einrichtung und Pflanzen fast mit einer der nächstgelegenen

Blumenkraft und Blumensprache. (Foto: Archiv)

Galerien verwechseln, doch gehört zum Tätigkeitsbereich von „blumenkraft“ nicht die Ausstellungsgestaltung, sondern das Verkaufen von Blumen und Objekten für Blumen sowie Blumen- & Pflanzen-Consulting.

▸ Calla Floristik
6., Gumpendorfer Straße 70
Tel.: 587 91 08
Mo–Fr 9–18.30, Sa 9–13
Am verkehrsreichen Knotenpunkt zwischen Gumpendorfer Straße, Hofmühlgasse, Otto-Bauer-Gasse und Liniengasse öffnet ein kleines Geschäft das Tor zu einer grünen ruhigen Insel, aus der man nur schwer ohne einen wunderbaren Blumenstrauß in der Hand wieder rauskommt.

▸ Fleurop-Interflora
13., Vitusgasse 6
Tel.: 0800/70 07 10 (Bestellungen)
E-Mail: schemel@fleurop.at, www.fleurop.at
Kennen Sie das? Tante Olga in Hildesheim hat Geburtstag oder Freund Ayrton in Rio heiratet, und Sie können dummerweise nicht dabei sein. Kein Problem: Mit Fleurop können Sie zumindest Blumengrüße senden – und das weltweit.

▸ Flower Power
12., Wienerbergstraße 28
Tel.: 815 73 22
www.flower-power.at
Mo–Fr 8–18, Sa 8–13
Die Kraft der Blumen lassen Manuela Biller und Birgit Kißlinger wirken. Geschäftstüchtig sind die beiden auch noch: Ihre Blumenkreationen können außerdem online bestellt werden – Hochzeits- und Trauerfloristik inklusive. Zustellung in ganz Wien möglich.

B

▸ Holland Blumen
5., Pilgrambrücke 1
Mo–Fr 8–19, Sa 8–18.30
Ehemals Holland Blumen Markt ist der/die heutige Holland Blumen Mark ein Klassiker unter den Blumenläden. Es gibt noch zwei weitere Filialen: 12., Breitenfurter Straße 73; 19., Heiligenstädter Straße 62.

▸ Knoll
1., Trattnerhof 1
Tel.: 533 50 56
Mo–Fr 8–18, Sa 8.30–13
Das ist die Adresse für Teerosen in Wien. Entweder sucht man sich welche selber aus dem Angebot, oder man bestellt einen der schönen Rosensträuße. Zur Blumen-Hochsaison – wie etwa dem Valentinstag – bleibt einem ohnehin nichts anderes übrig, als vorzubestellen. Aber es lohnt.

▸ Lederleitner
1., Schottenring 16
Tel.: 532 06 77
E-Mail: wien@lederleitner.at
www.lederleitner.at
Mo–Fr 10–20, Sa 9–17
Wo sich viele geschäftiges Finanztreiben erwarten würden – im altehrwürdigen Börsengebäude –, erstreckt sich ein wahres grünes Paradies. Ob Schnittblumen oder Gartenpflanzen – alles, was grün ist und lebt, ist hier zu finden.

▸ Manic botanic
4., Margaretenstraße 42
Tel.: 585 34 27
E-Mail: blumen@manic-botanic.at
www.manic-botanic.at
Mo–Fr 9–19.30, Sa, So 10–15
Blumen am Sonntag ist die Erfolgsdevise von manic botanic. Vom einfachen Blumenstrauß bis zur extravaganten Pflanzenkreation ist so ziemlich alles erhältlich. Zustellung versteht sich von selbst – die Bestellung kann gleich online aufgegeben werden. Und als besonderes Zuckerl ist auch Pflanzensitting im Angebot.

▸ NaturArt Meisterfloristik
4., Favoritenstraße 17
Tel.: 503 07 96
E-Mail: floristik@naturart.at
www.naturart.at
Mo–Fr 8–19, Sa 9–14
Bei NaturArt ist für jede Person und jeden Anlass der richtige Strauß zu finden. Ausstellungen erweitern das Angebot im Laden, die Zustellung jenes in ganz Wien.

▸ Rosen werkstatt
1., Neuer Markt 1
Tel.: 512 35 95
Fax: 512 35 95
Mo–Fr 9–18.30, Sa 10–18
Schöne Sträuße, die sich von der oft gesehenen Einheitsware wohltuend abheben, nette Betreuung und Beratung.

▸ Sädtler Blumen
1., Opernring 13
Tel.: 587 42 19
Fax: 587 49 66
www.saedtler.at
Mo–Fr 9–19, Sa 9–17
Traditionsbewusst präsentiert sich Blumen Sädtler, war die Gründerin doch stolze Trägerin des Goldenen Ehrenrings der Vereinigung der österreichischen Gärtner und des Titels „Kommerzialrat". Der Schwerpunkt der Blumenhandlung liegt heute aber weniger im Sammeln von Auszeichnungen und Titeln als vielmehr im Binden exklusiver Blumensträuße. Online Bestellservice.
Filialen: Sädtler-Avantgarde: 13., Hietzinger Hauptstraße 22/G30, Sädtler-Donauzentrum: 22., Wagramer Straße 81/35a

▸ Zweigstelle. Der Blumenladen
9., Porzellangasse 4
Tel.: 315 66 98
E-Mail: blumenladen@zweigstelle.com
www.zweigstelle.com
Mo–Fr 9.30–19.30, Sa 9–17
Die natürliche Schönheit der Pflanzen wirken lassen und durch passende Accessoires zu unterstützen ist die Philosophie des Floristen Andreas Bammesberger. Neben dem Verkauf im Laden gehören auch Zustellungen (Mo bis Sa) und Dekorationen zum Angebot der Zweigstelle.

Eine Blume sagt mehr als tausend Gräser.
Blumen von der Zweigstelle. (Foto: Gina Baschant)

▸ Flower Label Programm der FIAN
fian.at
Ein Strauß bunter Blumen kann viel Freude bereiten. Allerdings ist in den Produktionsländern des Südens die Arbeitssituation für die – in der Regel weiblichen – Beschäftigten alles andere als rosig: ellenlange Arbeitstage, keine soziale Absicherung und Minimallöhne sind einige der Kennzeichen. Und im Herbst und Winter kommt jede zweite bis dritte Schnittblume, die in Österreich verkauft wird, aus den Ländern Afrikas und Südamerikas. Deswegen schuf die Menschenrechtsorganisation FIAN (FoodFirst Informations- & Aktions-Netzwerk) das „Flower-Label-Programm" (FLP), das Richtlinien für die menschenwürdige und umweltschonende Blumenproduktion vorgibt. Derzeit gibt es über 50 FLP-Produktionsbetriebe weltweit mit fast 14.000 Beschäftigten (beinahe 10% insgesamt). Mittlerweile gibt es in Wien über zwanzig Händlerinnen und Händler, die Schnittblumen aus fairer Produktion führen (am FLP-Gütesiegel zu erkennen).

▸ Flower Label Programm – Blumenläden
Diese BlumenhändlerInnen in Wien bieten „saubere" Blumen an:
Klaus Ruhnau GmbH,
1., Schwarzenbergstaße 1–3, Tel.: 512 59 98
Floralstudio, 1., Wollzeile 25, Tel.: 513 32 20,
E-Mail: service@floralstudiowien.at
Blumen Elli, 3., Hegergasse 17, Tel.: 798 72 08
Blumenstube,
4., Belvederegasse 36–38, Tel.: 504 57 64
Floristik „Calla",
6., Gumpendorfer Straße 70, Tel.: 587 91 08
Ivo Donati, 7., Zieglergasse 33a, Tel.: 523 06 60
Blumen-Kavalier,
9., Nußdorfer Straße 61, Tel.: 315 16 81
Josef Peter Schifböck,
9.,Servitengasse 5, Tel.: 317 22 48
Blumen Moosbrugger,
10., Favoritenstraße 141, Tel.: 688 23 46
Blumen Moosbrugger,
10., Favoritenstraße 239, Tel.: 749 52 62
Renate Angerer,
11., Simmeringer Hauptstraße 108c, Tel.: 749 52 62
Heinz Kralicek,
14., Hütteldorfer Straße 92, Tel.: 985 85 98
Bellflor Blumen,
15., Hütteldorfer Straße 51, Tel.: 982 61 04
Blumen-Boutique,
18., Martinstraße 97, Tel.: 479 19 88
Andrea Kalch,
22., Langobardenstraße 121, Tel.: 282 21 55
Martha Zieger Blumen,
23., Laxenburger Straße 365, Tel.: 616 68 80

BLUT

Das Rote Kreuz versorgt die österreichischen Spitäler laufend mit Blutkonserven. Dies ist nur möglich durch das freiwillige und unbezahlte Blutspenden zahlreicher ÖsterreicherInnen. Rund sechs Prozent der österreichischen Bevölkerung spenden regelmäßig ihr Blut. Das Blut wird auf Hepatitis B und C, HIV und Syphilis (zusätzliche Tests nicht ausgeschlossen) getestet. Auch der Rhesus- und Kellfaktor sowie die Blutgruppe werden bestimmt.
Blut spenden können alle gesunden Frauen und Männer im Alter von 18 bis 65 Jahren. Frauen können vier- bis fünfmal jährlich, Männer sechsmal jährlich Blut spenden.
Informationen über aktuelle Blutspendetermine in Ihrer Nähe können unter der Servicenummer 0800/19 01 90 erfragt werden.
Die Haltbarkeit der Blutkonserven ist mit 42 Tagen begrenzt.

▸ Blutplasama Zentrum
7., Kirchengasse 3
Tel.: 521 09
www.plasmazentrum.at
Mo–Fr 9–17.30
Blut und Plasma gegen Geld. Einmal spenden bringt 15 Euro. Der Vorgang dauert ca. 1 Stunde und einmal pro Woche kann gespendet werden. Vor jedem Spenden wird man untersucht.

▸ Blutspendezentrale für Wien, NÖ und Burgenland
4., Wiedner Hauptstraße 32
Tel.: 589 00-0
www.roteskreuz.at
Mo, Di, Do, Fr 8–17.30, Mi 8–20, Sa 8–12
Vor jeder Blutspende muss ein Fragebogen ausgefüllt werden, der die persönlichen Daten der Blut spendenden Person erhebt und Informationen über die jeweilige gesundheitliche Verfassung einholt. (Unbedingt mitzunehmen ist ein Lichtbildausweis.) Ob eine Blutspende gut vertragen und auch für jemanden verwendbar sein wird, wird in einem vertraulichen Gespräch mit dem Arzt oder der Ärztin festgestellt. Hinterher – als Belohnung – gibt's dann noch Wein, Limonade, Saft, Würstchen, Obst oder Süßigkeiten. Es gibt auch die Möglichkeit, in einem Blutspendebus zu spenden, der immer wieder an belebten Teilen der Stadt vorbeifährt (z. B.: Stephansplatz, Hauptuniversität Wien u. a.). Die Termine und Haltestellen des Busses sind im Call Center bzw. auf der Homepage zu erfragen.

BOCCIA

INDOOR

▸ Expedit Keller
1., Wiesinger Straße 6
Tel.: 512 33 13-0
E-Mail: wien@expedit.net
www.expedit.net
Normalerweise lässt man sich ja dort, wo Kugeln fliegen, nicht nieder, aber bei Boccia ist das was anderes. Boccia, das pazifistische Recycling von Kanonenkugeln, kann nicht nur im Sommer gespielt werden, sondern auch im Winter. Die Indoor Bocciabahn des großartigen ligurischen Speiselokals Expedit macht's möglich. Gutes Essen … und fliegende Kugeln.

Keine ruhige Kugel schieben. Boccia Expedit. (Foto: Expedit)

OUTDOOR

▸ Augarten
2., Obere Augartenstraße 1
In Wiens ältestem Barockgarten, 1650 von Kaiser Ferdinand III. errichtet, gibt's eine recht schöne Bocciabahn.

▸ MuseumsQuartier
7., Museumsplatz 1
Zwischen ganz viel Kunst und Kultur ein erträgliches Maß an Sport. Sehr urban.

▸ Volksgarten
1., Volksgarten
Tel.: 532 09 07
tgl. 10–2
Disco, Pavillon und Entertainment, soweit das Auge reicht.

▸ Wild
3., Radetzkyplatz 1
Tel.: 920 94 77
Di–So 11–1, Küche 11.30–23 (So bis 22)
Ein Lokal der Klasse „Beisl Nouveau", mit Schanigarten und kleiner Bocciabahn. Feine Sache.

BOTENDIENSTE

Seit etwa Ende der achtziger Jahre prägen die strammen Biker und Bikerinnen mit den großen, grellen Rucksäcken das Stadtbild mit und durften sogar mal als Vorlage für einen Kinofilm herhalten. Sie sind aus dem modernen Alltag nicht mehr wegzudenken. Egal ob mit Fahrrad, Motorrad oder Kleintransporter, in der Regel dauert es alles andere als eine Ewigkeit, bis das Gut beim Empfänger landet.

▸ Blitzkurier
16., Kirchstetterngasse 56
Tel.: 409 49 49-0
E-Mail: office@blitzkurier.at
www.blitzkurier.at
Mo–Fr 7.30–18
Früher gab es den Blitzkurier nur mit grünschwarz beblitzten Autos. Da die im Zentrum aber immer öfter im Stau hängengeblieben sind, begann man zunächst mit den Veloces zu kooperieren. Mittlerweile ist diese Phase auch schon lang vorüber, und es gibt eigene Blitzkurier-Radler (für Transporte außerhalb des Gürtels war das Auto als Gefährt nie wirklich in Frage gestellt). Und: Das Angebot, eine Sendung – egal wohin in Österreich – am darauffolgenden Tag spätestens um 12 Uhr abzuliefern, ist konkurrenzlos.

▸ Funktrans
6., Hornbostelgasse 3
Tel.: 599 09-0
Fax: 597 01 53
E-Mail: office@funktrans.at
www.funktrans.at
Dieser Botendienst ist mit etwa 200 Fahrzeugen einer der größten in Österreich, und bei der großen Fahrzeugpalette ist für Ihre Sendung sicherlich das passende Gefährt dabei damit Sie alles – vom Brief (auf dem schnellen Motorroller) bis zur Ladung tonnenweise eingefrorener Ma-rillenknödel von der Mizzitant' (im großen Frischdienstwagen) – versenden können. Und bei irgendwelchen kniffligen Logistikproblemen stehen Ihnen die Profis mit Rat und Tat zur Seite.

▸ Go
15., Viktoriagasse 12
Tel.: 891 90
Fax: 891 90-99
7.30-19, später auf Anfrage
Noch ein Dienst mit schnellen Flitzern.

▸ Hermes
2., Zirkusgasse 34
Tel.: 317 68 69-0
Fax: 317 68 69-15
E-Mail: zentrale@hermes.at
www.hermes.at
Mo–Fr 8–18.30
Hermes ist ein nicht ganz so großer Fahrradbotendienst, der zur Zeit mit etwa 30 Fahrern und Fahrerinnen operiert. Bei der Bezahlung der Transporte hat man sich hier einiges einfallen lassen: Entweder man begleicht die Rechnung bar (ab etwa 8 Euro inkl. USt) oder – falls man Stammkunde werden möchte – per Scheckheft, das am Monatsende abgerechnet wird. Oder man kauft Wertmarken. Die werden dann einfach auf die Sendung geklebt, und – hui – schon ist sie beim Empfänger.

▸ MerkurTrans Funkbotendienst
2., Engerthstraße 152
Tel.: 216 62 62, Fax: 216 19 18
E-Mail: merkur.info@24on.c
www.merkur-trans.at
Mo–Fr 6.30–19, Sa 8–13
Die Firma führt nun seit etwa 15 Jahren Transporte im Großraum Wien durch, ganz egal dabei, ob es sich um Post, Dokumente oder andere ganz dringende Dinge handelt. Zuverlässig, kompetent und ohne Umschweife.

▸ Veloce
3., Ungargasse 46
Tel.: 521 17-0
Fax: 521 17-20
E-Mail: tempo@veloce.at
www.veloce.at
tgl. 0–24
Veloce war der erste der schnellen Radbotenflitzer in Wien und hat sich mittlerweile als Komplettanbieter etabliert. Und neben den waghalsigen RadfahrerInnen, die mit dem gelben Plastikrucksack auf dem Buckel in einem Affenzahn durch die Stadt düsen, damit das Packerl, das Kondom, die Rose oder das Toupet diskret und hurtig an der richtigen Adresse landen, kommen je nach Destination und Größe des Gutes mittlerweile auch andere Transportmittel zum Einsatz. Tarife vielfältig, in der Regel aber günstig.

BOWLING & KEGELN

BOWLINGBAHNEN

▸ Bowlingcenter Floridsdorf
21., Pitkagasse 4
Tel.: 271 40 51
Fax: 271 40 51-30
E-Mail: office@bowlingcenter.at
www.bowlingcenter.at
Mo–Do 16–23, Fr 13–1, Sa 10–1, So, Fei 10–23
Happy Bowling von Montag bis Donnerstag bis 18 Uhr: Jedes Spiel 2,60 Euro. Jeden Sonntag von 14 bis 20 Uhr: Family Bowling (Kinder bis 15 Jahre zahlen pro Spiel 1,60 Euro).

▸ Brunswick Bowling
2., Prater, Hauptallee 124
Tel.: 728 07 09
Fax: 728 07 09-9
www.us-play.com/wienprater/
So–Do 10–1, Fr, Sa 10–2
Samstag ab 19 Uhr und Dienstag ab 22 Uhr: Cosmic Bowling mit leuchtender Bowlingbahn, Nebelmaschinen, Laserblitzen und Musik aus den letzten Jahrzehnten.

▸ Brunswick Bowling Hernals
17., Schumanngasse 107
Tel.: 486 43 61
Fax: 480 30 76
www.us-play.com/wienhernals/
So–Do 10–1, Fr, Sa 10–2
Jeden Samstag ab 21 Uhr und Sonntag ab 20 Uhr ist auch in Hernals Cosmic Bowling mit optischer und musikalischer Untermalung angesagt.

▸ Cumberland Bowling Halle
14., Cumberlandstraße 102
Tel.: 895 98 75
Fax: 895 61 77
E-Mail: alexander.portner@chello.at
www.bowlinghalle-cumberland.at
Di–Do 16–24, Fr 16–2, Sa 14–2, So 14–22
Discobowling jeden Freitag und Samstag.

▸ Plus Bowling
17., Beheimgasse 5–7 / Jörgerstraße 24 (Tiefgarage)
Tel.: 405 63 20
Fax: 405 63 20-21
E-Mail: office@plusbowling.at
www.plusbowling.at
Mo–Do 12–24, Fr 12–1, Sa 10–1, So 10–24
Freitags und samstags kann ab 22 Uhr zu fetzigen Discorhythmen und der dazugehörigen Beleuchtung gebowlt werden.

KEGELBAHNEN

▸ **Kegelbahn Erdberg**
3., Rüdengasse 13
Tel.: 710 31 31
Mo–So 14–2

▸ **Kegelbahn in der Austria-Stube**
15., Vogelweidplatz 14, Stadthalle
Tel.: 981 00-250
Mo–Sa 16–23, Juli u. Aug geschlossen

VERBÄNDE & VEREINE

▸ **Kegelklub**
16., Lerchenfeldergürtel 1 / Gablenzgasse
Tel.: 515 43-131 od. 515 43-132
Treffen: jeden 1. und 3. Fr im Monat 15–17
Wöchentliches Training jeden Do von 11 bis 13 Uhr (mit Unkostenbeitrag). Klubleiterin ist Helga Spindler-Diwis. Trainer für die Sportkegler ist Reinhold Karolyi.

▸ **Landesverband Bowling Wien**
17., Beheimgasse 5–7
Tel.: 405 63 20
E-Mail: lvwien@bowling-wien.at
www.bowling-wien.at
Auskünfte: 12–24

▸ **Sportkegler Landesverband Wien**
5., Gassergasse 2–8 (Hof)
Tel.: 545 42 24
E-Mail: sklvwien-sekretariat@aon.at
www.sklv-wien.at
Alle Informationen rund ums Kegeln: Termine, Ergebnisse der Meisterschaften, Diskussionsforum.

BRIDGE

▸ **Bridge Klub**
1., Biberstraße 9
Tel.: 515 43-131, -132
www.senioren.wien.at
Turniere: Di 19, Do 14.30 u. 19, Fr 17, Sa 16
Schnuppernachmittag für Privatspieler und zum Kennenlernen: Di 14.30 Uhr und Do 9 bis 12 Uhr.

▸ **Bridgeschule**
1., Rudolfsplatz 4/16
Tel.: 0699/19 66 78 03 od. 0676/921 87 54
www.bridgeschule.at
Das Angebot der Bridgeschule reicht von Anfänger- bis Fortgeschrittenenkursen, Übungsabenden und -gruppen sowie Turnieren, um die erworbenen Kenntnisse auch gleich zu testen.

▸ **Österreichischer Bridgesportverband**
1., Rudolfsplatz 4
Tel.: 713 10 17
Fax: 713 10 17
E-Mail: office@bridgeaustria.at
www.bridgeaustria.at
Di–Do 14–18

▸ **Wiener Bridgesport-Verband**
19., Bauernfeldgasse 6/5
Tel.: 368 14 05
E-Mail: contact@bridgewien.at
www.bridgewien.at

BRIEFMARKEN & MÜNZEN

BRIEFMARKEN

▸ **Adolf Kosel**
9., Hebragasse 7–9
Tel.: 406 43 03-0
Fax: 406 43 03-33
E-Mail: info@kosel.com
www.kosel.at
Mo–Fr 9–18, Sa 9–13
Philatelisten – aber auch Numismatiker – kommen bei Adolf Kosel auf ihre Rechnung. Seit 1945 handelt das Unternehmen bereits erfolgreich mit Marken, Münzen und Scheinen. Homeshopper, denen der Weg in den 9. Bezirk zu weit ist, finden auf der Homepage das gesamte Angebot und können äußerst bequem gleich von zu Hause aus bestellen.

▸ **Andreas Bazant Philatelie**
8., Josefstädter Straße 52
Tel.: 0676/309 81 17
Fax: 408 13 46
nach Vereinbarung
Klassiker und Spezialitäten der Postgeschichte.

▸ **Briefmarken Rudolf Mahut**
2., Haidgasse 8
Tel.: 214 37 58
Fax: 214 37 58
E-Mail: r.mahut@chello.at
www.members.chello.at/r.mahut
ab 17, nach tel. Anmeldung
Rudolf Mahut, der Briefmarkenhändler mit den ungewöhnlichen Öffnungszeiten, hat sich auf Marken aus dem Dritten Reich spezialisiert. Daneben sind aber auch Postwertzeichen aus Österreich, Deutschland, dem ehemaligen Generalgouvernement Böhmen und Mähren, der DDR und aus Bosnien-Herzegowina erhältlich, außerdem auch Feldpost- und Portomarken .

▸ Briefmarkenhaus Maria Wieser
1., Strobelgasse 1
Tel.: 513 68 25
E-Mail: briefmarken-wieser@aon.at
www.members.aon.at/briefmarken-wieser/
Mo–Do 9–18, Fr 9–17
Thomas Muck, der Geschäftsführer des Briefmarkenhauses Wieser, ist ein Spezialist auf dem Gebiet der Philatelie. Briefmarken aus Österreich, aus Europa und Übersee, solche mit Plattenfehler und Spezialdrucke sind Bestandteile seines Angebots.

▸ J. Schlosser Briefmarken Auktionshaus
1., Elisabethstraße 6/4/26
Tel.: 585 55 65
Fax: 585 55 66
E-Mail: office@schlosser.co.at
www.schlosser.co.at
Mo–Do 9–15, Fr 9–13 u. nach Vereinbarung
Briefmarken, Briefe, Ansichtskarten und Ganzsachen sind die Spezialitäten von Johann Schlosser und entweder im Laden oder bei einer der jährlich stattfindenden Auktionen zu haben. Online-Shop und Newsletter runden das Angebot im Internet ab.

▸ Sammeln & Hobby
12., Schönbrunner Straße 242
Tel.: 815 42 95
Di–Fr 10–12 u. 14.30–18, Sa 10–12,
Juli u. Aug: Sa geschlossen
Briefmarken aus klassischen Zeiten bis heute, Ansichtskarten, Bedarfspost, Feldpost, Zensurbriefe und Münzen gehören zum Angebot von Paul Marincelj. Dazu gibt's numismatisches und philatelistisches Zubehör.

▸ Verband Österreichischer Philatelistenvereine (VÖPh)
1., Getreidemarkt 1
Tel.: 587 64 69
E-Mail: office@voeph.at
www.voeph.at
Bibliothek: Mo 14–16.30, Do 15–17.30
Der VÖPh will das Sammeln österreichischer Postwertzeichen und die Beschäftigung mit der österreichischen Postgeschichte fördern. Seine Mitglieder versorgt er mit den Zeitschriften „Die Briefmarke" und „Philatelie-informativ" sowie einer jährlichen Verbandsgabe. Die Homepage listet sämtliche Briefmarkensammelvereine in Wien und österreichweit auf – und das sind viele. Die Bibliothek umfasst 6.700 Bücher, 8.700 Kataloge und 800 verschiedene Zeitschriftentitel und kann von Mitgliedern kostenlos benützt werden.

▸ Wolfgang Siska
7., Lerchenfelder Straße 121
Tel.: 957 83 37
www.briefmarken.at/siska/
Mo–Fr 12–18
Zeitschriften und Philatelie führt Wolfgang Siska. Neben Briefmarken und Briefen sind auch Filmprogramme und -zeitschriften, Schallplatten und Comics aus den 50er- und 60er-Jahren zu haben.

Marken für Briefe. (Foto: Archiv)

MÜNZEN

▸ Münze Österreich
3., Am Heumarkt 1
Tel.: 717 15 0
Fax: 175 40 70
E-Mail: marketing@austrian-mint.at
www.austrian-mint.at, www.oeng.at
Mo, Di, Do, Fr 9–16, Mi 9–18
Die Euro-Münzen, die alltäglich in unseren Börsen klimpern, kommen genauso aus den Prägegeräten der Münze Austria wie verschiedenste Sondermünzen. Unter dieser Adresse ist auch die Numismatische Gesellschaft untergebracht. Es handelt sich dabei um eine Vereinigung von Münzsammlern, -händlern und -wissenschaftlern. Sie organisiert Ausstellungen und Vorträge und verfügt über eine Bibliothek, die von ihren Mitgliedern benutzt werden kann.

▸ Münzen-Zentrum
8., Auerspergstraße 5
Tel.: 406 68 05
E-Mail: office@muenzenzentrum.com
www.muenzenzentrum.com
Mo–Mi, Fr 9–17, Do 9–18
Von Münzen und Zahlungsmitteln aus der Antike und dem Mittelalter bis zum gegenwärtigen Euro und anderen internationalen Währungen und Zubehör gibt es alles für den Münzsammler.

▸ Schoeller Münzhandel
1., Renngasse 14
Tel.: 533 36 06-0
Fax: 533 36 06-44
E-Mail: contact@schoeller-muenzhandel.at
www.schoeller-muenzhandel.at
Mo–Fr 8.30–17
Sammlermünzen, Münzuhren, Goldbarren und mehr – ein wertvolles Angebot.

▸ Wiener Münzensalon
1., Schottenring 17
Tel.: 319 72 21
Fax: 319 64 86
E-Mail: office@muenzensalon.at
www.muenzensalon.at
Mo–Fr 10–13 u. 15–18, Sa 10–13
Gegenüber der Börse gelegen, hat sich Manfred Strotzka in seinem Münzensalon auf Münzen aus dem Haus Habsburg und der Zeit Franz Josephs spezialisiert, aber auch auf Schillingwährung aus Österreich. Zudem sind Münzen aller Euro-Länder erhältlich.

BRILLEN

▸ Böhmert Optik
1., Mariahilfer Straße 115
Tel.: 597 05 96
E-Mail: optik-boehmert@gmx.at
www.boehmert.at
Mo–Fr 9.30–18.30, Sa 9.30–17
Riesige Auswahl an Brillenfassungen und Zubehör wie Etuis, Brillenbändern oder Plegemitteln. Sport- und Schwimmbrillen, Lupen und andere Sehbehelfe runden das Angebot ab.
Filialen: 1., Rotenturmstraße 23, Tel.: 533 15 13
2., Engerthstraße 193, Tel.: 720 25 54
2., Lassallestraße 10–12, Tel.: 729 54 11-0

▸ Brillenmanufaktur
7., Neubaugasse 18
Tel.: 523 82 00
Fax: 523 82 00
E-Mail: hauser@brillenmanufaktur.at
www.brillenmanufaktur.at
Mo–Fr 10–18.30, Sa 10–17
Trendiges und junges Brillengeschäft mit zum Teil extravaganten Brillen aus Designerhand. Hier sind Brillen mehr als nur Sehbehelfe. Die Brillenmanufaktur produziert zudem Einzelstücke und limitierte Kleinserien. Kontaktlinsenanpassung. Beratung wird hier groß geschrieben.

▸ Fielmann
6., Mariahilfer Straße 67
Tel.: 580 94-0
www.fielmann.com
Mo–Fr 9–19, Sa 9–18
Alles, was ein Optiker so haben muss – unzählige Brillen, sodass die Auswahl mitunter schwer fällt.

▸ Hartmann
1., Singerstraße 8
Tel.: 512 14 89
E-Mail: office@hartmann-optik.at
Mo–Fr 10–18, Sa 10–17
Schon das Geschäft allein besticht mit seinen asketisch gestalteten Auslagen, in denen sorgfältig ausgewählte Brillen, Kämme und Bürsten um die Gunst der BetrachterInnen buhlen. Handgefertigte Ware und sehr freundliche VerkäuferInnen tun den Rest.

▸ Lunetterie
1., Tuchlauben 17
Tel.: 533 95 79
Fax: 533 95 79
E-Mail: lunetterie@aon.at
www.lunetterie.at
Mo–Fr 10–18, Sa 10–17
Exklusive Brillenmode von Designern wie Dolce & Gabbana, Calvin Klein, Romeo Gigli, Alain Mikli u. a.

▸ Melitta Kleemann & Co.
6., Mariahilfer Straße 81
Tel.: 587 24 00
Fax: 479 15 96-36
Mo–Fr 9.30–18, Sa 10–17
Traditioneller Optikerbetrieb mit guter Beratung und einigen Filialen.

Wer den Durchblick hat. (Foto: Archiv)

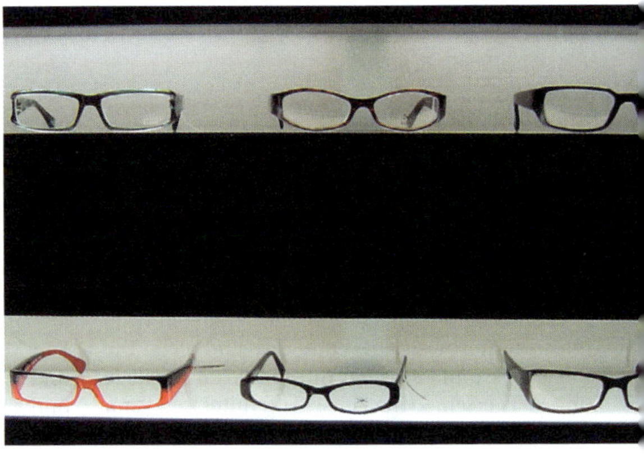

▸ Motzko-Optik
7., Westbahnstraße 38
Tel.: 524 80 07
Fax: 523 65 14
Mo–Fr 9–18

▸ Optic Opera
1., Opernring 4
Tel.: 513 44 75
Fax: 513 44 75-44
E-Mail: r.muchsel-chan@eunet.at
Mo–Fr 10–19, Sa 10–17
Modernes geräumiges Geschäft, in dem vor allem Kollektionen großer internationaler Marken bereitliegen.

▸ Optik Bauer
18., Währinger Straße 158
Tel.: 470 21 98
Fax: 470 21 98
E-Mail: wien@optikbauer.at
www.optikbauer.at
Mo–Fr 9–12.30 u. 14–18, Sa 10–13
Brillen, Kontaktlinsen, Hörgeräte, individuell angepasster Lärm- und Schallschutz sowie Schwimmschutz.

▸ Optik Prior
13., Einsiedeleigasse 4
Tel.: 877 45 46
Fax: 877 45 45-14
E-Mail: office@optiker-prior.at
www.optiker-prior.at
Mo–Fr 8.45–12 u. 14.30–18, Sa 8.45–12
Schwerpunkt auf Kinderoptik.

▸ Optikhaus Binder
1., Schottengasse 2
Tel.: 533 63 15
Fax: 533 63 15-15
E-Mail: info@optik-binder.at
www.optikhaus-binder.at
Mo–Fr 8.30–18, Sa 9–12
Seit fünf Generationen liegt der Betrieb in Familienhand – im Angebot stehen Brillen, Fernrohre und Feldstecher, Kompasse und Höhenmesser, Lupen und Lupenbrillen sowie Mikroskope.

▸ Pearle
1., Rotenturmstraße 2
Tel.: 533 20 90
E-Mail: pearle@telecom.at
www.pearle.at
Mo–Fr 9–18, Sa 10-17
Den Werbeslogan kennt vermutlich jeder: Günstige Rabatte je nach Alter.

▸ Schau Schau Brillen
1., Rotenturmstraße 11 / Ertlgasse
Tel.: 533 45 84
Fax: 533 45 84-4
E-Mail: info@schau-schau.at
www.schau-schau.at
Mo–Fr 10–18, Sa 10–17
Einzelbrillenanfertigung nach den eigenen Vorstellungen und Skizzen sowie Brillen nach Maß je nach Stellung von Backenknochen, Nase, Ohr. Tolles Extra: Auf der Homepage kann man gleich testen, wie gut man wirklich sieht.

Schau, schau – Brillen nach Maß. (Foto: Schau Schau)

▸ See me – Giovanni Maurer
7., Siebensterngasse 40
Tel.: 523 64 94
E-Mail: seeme@optiker.at
www.optiker.at/see-me-giovanni/
Mo–Fr 9.30–13 u. 14–18, Do 14.30–19.30, Sa 9–12.30
Die kleinste Brillenkette Wiens und der Welt besitzt ihre eigene Brillenkollektion „See me Giovanni" und eine eigene Werkstätte und gilt damit schon lange als Geheimtipp. Wer auf individuelles Design und persönliche Kundenberatung Wert legt, ist hier goldrichtig. Weitere Filialen:
1., Wipplinger Straße 29, Tel.: 533 73 80
8., Josefstädter Straße 8, Tel.: 405 07 88
9., Julius-Tandler-Platz 11, Tel.: 310 16 71

BRÖTCHEN

▸ Buffet Kolosseum
9., Nußdorfer Straße 4
Tel.: 317 51 07
Di–Sa 7.30–19.30
Hier wird die Brötchentradition der siebziger Jahre hoch gehalten. Mayonnaise pur.

▸ Duran
9., Alser Straße 14
Tel.: 405 67 25
www.duran.at
Mo–Fr 8–18, Sa 8–17
Vor über 35 Jahren wurde der „Duran Superimbiss“ von der Familie Duran als Selbstbedienungsrestaurant mit kalter und warmer Küche in der Alser Straße gegründet. Die Auswahl reicht von Klassikern wie Schinken-, Beef- und Kaviarbrötchen bis hin zu Surimihummer-, Königskrabben- und Grilllaibchen-Sandwiches (auch Vollkorn). Filialen: 6., Mariahilfer Straße 91, Tel.: 596 23 73
10., Viktor-Adler-Markt 13, Tel.: 603 01 24

▸ Tauber
3., Landstraßer Hauptstraße 99–101 (Galeria)
Tel.: 712 04 48-5
E-Mail: office@tauber.at, bestellung@tauber.at
www.tauber.at
Mo–Fr 8–19, Sa 8–18
Die Brötchen decken die üblichen Geschmacksrichtungen ab: von Eiaufstrich bis Echtlachs und Roastbeef. Zustellung erst ab 100 Brötchen, dann aber gratis. Weitere Filialen:
11., Guglgasse 12–14, Gasometer A 39/40,
Tel.: 743 79 99-0, Mo–Fr 8–19.30, Sa 8–18
20., Handelskai 94–96, Tel.: 374 82 82,
Mo–Fr 7.30–22, Sa 8–22, So, Fei 11–19
22., Wagramer Straße 81, DZ Top 116,
Tel.: 203 62 63, Mo–Fr 8–19, Sa 8–18

▸ Trzesniewski
1., Dorotheergasse 1
Tel.: 512 32 91
Fax: 513 95 65
E-Mail: office@trzesniewski.at
www.speckmitei.at
Mo–Fr 8.30–19.30, Sa 9–18
Das 1902 vom Krakauer Francisek Trzesniewski in einer Seitengasse des Grabens gegründete Imbisslokal gehört wirklich zum Besten, was man in Wien gegen den kleinen (oder auch größeren) Hunger tun kann. „Matjes mit Zwiebel“, „Schwedischer Hering“ und für alle, die's gerne (wirklich) scharf haben, „Pfefferoni“. Weitere Filialen:
3., Landstraßer Hauptstraße 97, Tel.: 712 99 64,
Mo–Fr 8–18.30, Sa 8–18
6., Mariahilfer Straße 95, Tel.: 596 42 91,
Mo–Fr 8.30–19, Sa 8–18
15., Am Meiselmarkt, Tel.: 982 29 75,
Mo–Fr 7.30–18.30, Sa 9–13
18., Währinger Straße 108, Tel.: 479 47 94,
Mo–Fr 8.30–19, Sa 9–18
21., Shopping Center Nord, Top 12, Tel.: 278 81 78,
Mo–Fr 9–19, Sa 8.30–18

BUCHBINDEREIEN

▸ Becker Verlagsbuchbinderei & Handbuchbinderei
8., Lederergasse 23
Tel.: 402 10 05, Fax: 408 72 07
E-Mail: buchbinderei@buchbinderei-becker.at
www.buchbinderei-becker.at
Mo–Do 8–16, Fr 8–12
Massenaufträge und individuelle Arbeiten werden gleichermaßen ausgeführt: Halb- und Ganzleinenbände, Dissertationen und Diplomarbeiten sowie Reparaturen von alten Büchern.

▸ Buchbinderei A. Waniek
2., Zirkusgasse 31
Tel.: 216 41 21, Fax: 216 20 59
E-Mail: office@buchbinderei-waniek.at
www.buchbinderei-waniek.at
Mo–Do 8–12 u. 12.30–18, Fr 8–17
Alben und Geschenke, Restaurationen, Speisekarten, Zeitschriften, Loseblattausgaben, Diplomarbeiten und Dissertationen werden von Alfred Waniek und seiner Frau liebevoll gebunden.

▸ Buchbinderei Machatschke
4., Heumühlgasse 5
Tel.: 581 67 31, Fax: 581 67 31
E-Mail: office@machatschke.at
www.machatschke.at
Mo–Do 9–18, Fr 9–13
Alte, wertvolle Bände – und seien sie noch so schäbig – werden bei Machatschke fachkundig und liebevoll restauriert und wirken dann fast wie neu. Diplomarbeiten und Dissertationen im 24-Stunden-Service von neun bis neun Uhr nach telefonischer Anmeldung.

Wenn Brötchen sprechen könnten, ja, dann … (Foto: Archiv)

▸ Buchbinderei und Kaschierungen Johanna Koch
7., Sigmundsgasse 9 + 12
Tel.: 523 41 58, Fax: 523 68 07
www.kaschierungen-koch.at
Mo–Do 8–13 u. 14–16, Fr 7.30–12
Die Buchbinderei Koch erledigt vor allem Einzelaufträge: Zeitschriften, Dissertationen, Gesetzblätter und Künstlermappen. Auch Laminierungen und Kaschierungen von Plänen, Landkarten und Fotos werden angeboten.

▸ Kunstbuchbinderei Peter Grünauer
1., Augustinerstraße 12/10
Tel.: 512 82 58, Fax: 512 82 58
E-Mail: pgruenauer@hotmail.com
Mo–Do 8–12 u. 13–17.30, Fr 8–12 u. 13–15
Peter Grünauer bietet individuelle Bucheinbände und Luxuseinbände für edle Seiten und Restaurierungen von alten Bucheinbänden an. Ein besonderes Zuckerl für Diplomanden, bei denen – wie zumeist – am Schluss die Zeit zu kurz wird: Diplomarbeiten, die bis 17 Uhr gebracht werden, sind am nächsten Morgen ab 10.30 Uhr abholbereit.

▸ Lehrmittelstelle Universität Wien
1., Dr.-Karl-Lueger-Ring 1
Tel.: 406 21 44
Fax: 406 21 44
E-Mail: office@lehrmittelstelle.at
www.lehrmittelstelle.at
Mo–Do 9–16, Fr 9–14
Die Lehrmittelstelle ist auf die Endfertigung von Diplomarbeiten und Dissertationen spezialisiert. Buchbindearbeiten mit Rückenprägung werden innerhalb von 24 Stunden durchgeführt.

BÜCHEREIEN

▸ Hauptbücherei Wien
7., Urban-Loritz-Platz 2a
Tel.: 4000-845 00 (Auskunftsdienst)
E-Mail: bib.auskunft@buechereien.wien.at
www.buechereien.wien.at
Mo–Fr 11–19, Sa 10–14
Insgesamt 300.000 Medien umfasst die Hauptbücherei Wiens, davon 240.000 Bücher. Jüngst übersiedelt ist die Hauptbücherei von der Skodagasse in ihr neues Zuhause, das – allein schon architektonisch – atemberaubende Bücherschiff am Gürtel. Das Angebot reicht von Belletristik, Sach- und Fachbüchern über fremdsprachige Literatur, Zeitschriften und Tonträger bis hin zu Videos. Außerdem: 130 PCs, Studienplätze, 40 Audio- und Videoplätze, Bibliotheks-Café und Dachterrasse. Insgesamt weisen die Büchereien Wien mit ihren 50 Zweigstellen einen Bestand von mehr als 1,5 Millionen Medien auf – da sollte eigentlich für jeden etwas dabei sein.

▸ Städtische Bücherei Bezirksstellen
2., Engerthgasse 197/3, Tel.: 211 06-021 61
2., Zirkusgasse 1–3, Tel.: 214 64 80
3., Erdbergstraße 5–7, Tel.: 711 34-031 61
3., Fasangasse 35–7, Tel.: 798 99 70
3., Rabengasse 6, Tel.: 715 71 54
4., Favoritenstraße 8, Tel.: 502 34-041 61
5., Pannaschgasse 6, Tel.: 546 34-051 61
6., Gumpendorfer Straße 59–61, Tel.: 587 28 30
7., Neustiftgasse 89–91, Tel.: 522 97 91
9., AKH, Währinger Gürtel 18–20, Tel.: 402 06 60
9., Kinderklinik AKH, Währinger Gürtel 18–20, Tel.: 404 00-3289
9., Simon-Denk-Gasse 4–6, Tel.: 315 48 66
10., Ada-Christen-Gasse 4–6, Tel.: 689 19 66
10., Hasengasse 38, Tel.: 607 33 11
10., Laxenburgerstraße 90a, Tel.: 605 34-101 61
11., Dommesgasse 6, Tel.: 740 34-11161
11., Rosa-Jochmann-Ring 5/1/1, Tel.: 740 34-1116
12., Am Schöpfwerk 29/7, Tel.: 667 89 49
12., Egger-Lienz-Gasse 3, Tel.: 815 28 38
12., Karl-Löwe-Gasse 17, Tel.: 812 35 54
13., Hofwiesengasse 48, Tel.: 804 06 76
14., Hütteldorfer Straße 130, Tel.: 870 34-141 61
14., Linzer Straße 309, Tel.: 416 59 37
15., Hütteldorfer Straße 81a (Meiselmarkt), Tel.: 982 41 95
15., Schwendergasse 39–43, Tel.: 893 69 47
16., Rosa-Luxemburg-Gasse 4, Tel.: 486 61 44
16., Schuhmeierplatz 17, Tel.: 492 51 26
17., Hormayrgasse 2, Tel.: 401 19-171 61
18., Weimarer Straße 8, Tel.: 405 42 90
19., Billrothstraße 32, Tel.: 360 34-191 61
19., Heiligenstädter Straße 155, Tel.: 318 67 24
19., Hutweidengasse 24, Tel.: 367 94 77
20., Leystraße 53, Tel.: 332 07 37
20., Pappenheimgasse 10–16, Tel.: 333 10 52
21., Brünner Straße 36, Tel.: 278 13 45
21., Brünner Straße 138, Tel.: 292 88 42
21., Kürschnergasse 9, Tel.: 259 85 20
22., Bernoullistraße 1, Tel.: 211 23-221 61
22., Donauspital, Langobardenstraße 122, Tel.: 288 02-5670
22., Erzherzog-Karl-Straße 169, Tel.: 285 65 51
22., Mira-Lobe-Weg 4, Tel.: 259 75 69
22., Schüttaustraße 39, Tel.: 269 32 51
22., Siegesplatz 7, Tel.: 280 84 10
23., A.-Baumgartner-Straße 44, Tel.: 667 89 03
23., Dr.-Barilits-Gasse 2–4, Tel.: 886 22 21
23., Perchtoldsdorfer Straße 2, Tel.: 863 34-231 61
23., Willergasse 10, Tel.: 889 94 05

► **Bücherbusse der Städtischen Büchereien**
2., Meiereistraße 7/8
Tel.: 4000-845 71 bis -845 73
E-Mail: bib.auskunft@buechereien.wien.at
www.buechereien.wien.at
Hauptsächlich im ersten Bezirk und in dünn besiedelten Außenbezirken sind zwei Busse unterwegs; Haltestellen sind im Internet abrufbar.

Die neue Hauptbücherei Wien. (Foto: Städtische Büchereien)

► **Hausbesuchsdienst der Städtischen Büchereien**
Tel.: 4000-845 22
E-Mail: hausbesuchsdienst@buechereien.wien.at
Falls Sie krankheits- oder altersbedingt nicht außer Haus gehen können, Ihre Bücher alle schon in- und auswendig kennen und alle Ihre Angehörigen vor lauter Langeweile schon gehörig strapazieren: Ein Anruf an der richtigen Stelle genügt, und schon bringt der Hausbesuchsdienst kostenlos die gewünschten Bücher vorbei.

BUCHHANDLUNGEN

COMPUTER

► **Fachbuchhandlung Erb**
6., Amerlingstraße 1
Tel.: 585 77 45
E-Mail: alpha@austrodata.at
www.erb.at
Mo–Fr 10–18, Sa 10–13
Fachbücher zu den unterschiedlichen Betriebssystemen, Programmiersprachen, Grafik, Hardware und Netzwerken. Außerdem: Zeitschriften, Handyzubehör, Software usw.

ESOTERIK

► **Buchhandlung 777**
1., Domgasse 8
Tel.: 513 11 77, Fax: 512 12 26
E-Mail: 777buch@inode.at
www.buchhandlung777.at
Mo–Fr 10–18, Sa 10–16
Ob Esoterik, Astrologie, Buddhismus, Ayurveda, Heilen, Tarot, Geister, Hexen o. Ä. – die Buchhandlung mit der magischen Zahl bietet so gut wie alles zu Themen rund um das „andere" Wissen.

► **OM Esoterik**
7., Neubaugasse 77
Tel.: 526 52 23, Fax: 526 52 23
E-Mail: om@om-esoterik.at
www.om-esoterik.at
Mo–Fr 9.30–18.30, Sa 9.30–18
„Menschen mit geistiger Nahrung versorgen" – das hat sich die esoterische Buchhandlung OM zu ihrem Ziel gemacht. Dies versucht man hier mit Entspannungs- und Meditationsmusik, esoterischen Büchern, Selbsthilfekassetten sowie Büchern zu esoterischen Philosophien und Traditionen.

FILM

► **Satyr**
1., Marc-Aurel-Straße 5
Tel.: 535 53 26
Fax 535 53 26-9
E-Mail: satyr.filmwelt@netway.at
Mo–Fr 10–19.30, Sa 9–17
DIE Fachbuchhandlung für Filminteressierte. – Bücher zu Filmen, RegisseurInnen, SchauspielerInnen, Videos, DVDs, Filmplakate und Filmzeitschriften.

FRAUEN

► **Frauenzimmer**
7., Zieglergasse 28
Tel.: 522 48 92, Fax: 522 63 20
E-Mail: frauenzimmer@aon.at
www.frauenzimmer.at
Mo–Fr 10–18.30, Sa 10–17
Als einzige feministische Buchhandlung Österreichs kann das Frauenzimmer auf sein umfangreiches und gut sortiertes Angebot stolz sein: Von Büchern zu feministischen Theorien, Geschichte, Psychologie, Gewalt, Gesundheit, Spiritualität und Religion, Literaturwissenschaft bis hin zu Belletristik von und für Frauen. Für gemütliche Atmosphäre sorgen Fauteuils und Kaffee. Daneben werden Lesungen und Vorträge organisiert. Gratis-Rezensionsschrift „Weiberdiwan" unbedingt abonnieren.

FREMDSPRACHIG

▸ Bateau Livre
9., Liechtensteinstraße 37
Tel.: 317 80 94, Fax: 317 80 94
Mo–Fr 8.15–18, Sa 9.30–13
Für alle Frankophilen und jene, die es noch werden wollen, bietet das kleine, aber feine Bateau Livre ein Bücher-Eldorado aus Klassikern, Neuerscheinungen, Fachliteratur, Lehr- und Kinderbüchern an.

▸ British Bookshop
1., Weihburggasse 24
Tel.: 512 19 45, Fax: 512 10 26
E-Mail: weihburggasse@britishbookshop.at
www.britishbookshop.at
Mo–Fr 9.30–18.30, Sa 9.30–17
Englische Bücher für Kinder und das spielerische Lernen einer Fremdsprache, für den Sachunterricht, freies Sprechen, Lehrwerke für Lehrer, Grammatik, Vokabelsammlungen u. v. m. – und natürlich englischsprachige Fachliteratur und Belletristik.

▸ Facultas am Campus – Big Ben Bookshop
9., Altes AKH, Hof 1
Tel.: 409 35 67, Fax: 409 35 67-20
E-Mail: campus@facultas.at
www.facultas.at
Mo–Do 10–17, Fr 10–15
Die Fachbuchhandlung für Sprachen und Geisteswissenschaft am Uni-Campus.

▸ La Librería
18., Gentzgasse 128
Tel:. 478 92 59, Fax: 478 92 59
E-Mail: libreria@libreria.at
www.libreria.at
Mo–Fr 9.30–13 u. 15–18.30, Sa 9.30–12.30
Sie wollten Mario Vargas Llosa schon immer im Original lesen, konnten bisher aber die spanischsprachige Ausgabe nirgends finden? Dann nichts wie hin in die Librería. Und wer so gar nicht genug bekommen kann vom Spanischen und Portugiesischen – es gibt auch Videos für die Abendunterhaltung vor dem Fernseher.

▸ Libri italiani
7., Kaiserstraße 13
Tel.: 524 97 76, Fax: 524 97 76
E-Mail: libreria@libritaliani.com
www.libritaliani.com
Mo–Fr 12–19
Libri italiani a bizzèffe: alles, was die italienische Literatur zu bieten hat. Schullektüre, diadaktische Werke, Videos u. v. m.

▸ Polnische Buchhandlung
7., Burggasse 22
Tel.: 526 31 14, Fax: 526 31 14
E-Mail: polbook@via.at
www.ksiegarnia-polska.com
Mo–Fr 14–19.30, Sa 9–12.30
Die seit 1984 bestehende polnische Buchhandlung begann mit Büchern, die in Polen verboten waren. Mittlerweile vertreibt sie polnische Publikationen rund um den Globus. Schwerpunkt: Belletristik, Poesie, Literaturwissenschaft, Geschichte, Biografien und – für diejenigen, die im Polnischen nicht unbedingt sattelfest sind – Übersetzungen ins Deutsche.

Zwei Kilo Polnische, bitte ... (Foto: Archiv)

▸ Shakespeare & Company
1., Sterngasse 2
Tel.: 535 50 53, Fax: 535 50 53-16
E-Mail: booksellers@shakespeare.co.at
www.shakespeare.co.at
Mo–Fr 9–19, Sa 9–20
Große Auswahl an englischsprachigen Büchern mit Schwerpunkt auf Design, Grafik, Cultural Studies.

▸ Weiss
8., Schlösselgasse 24
Tel.: 406 03 22, Fax: 406 03 22
E-Mail: weiss.buchhandlung@chello.at
Mo–Fr 11–15 u. 15.30–19
Belletristik und Fachliteratur in bosnischer, kroatischer, serbischer und slowenischer Sprache. Auch Kinder- und Jugendbücher sowie Lehrbücher, Wörterbücher, geographische Karten im Sortiment. Regelmäßig finden Lesungen statt.

JÜDISCHE LITERATUR

▸ Chaj
2., Praterstraße 40
Tel.: 216 46 21
Fax: 216 46 21
Mo–Mi 10–18, Do 10–20, Fr 10–16
Fachbuchhandlung für jüdische Literatur.

KINDER

▸ Buchhandlung Junior
1., Graben 31
Tel. 533 50 14, Fax 533 50 14-18
E-Mail: office@juniorbuch.at
www.juniorbuch.at
Mo–Fr 10–18.30, Sa 10–17
Spannendes für die jüngeren Leseratten – für jedes Alter bis 13 Jahre. Wer zum Lesen manchmal keine große Lust hat, der kann sich die klassischen Sagen auch auf der Couch zu Gemüte führen – in Form eines Hörbuches.

▸ Buchhandlung Pädagogischer Buchversand
8., Strozzigasse 14–16
Tel.: 408 11 20
E-Mail: info@pbv.at
www.pbv.at
Mo–Fr 9–18, Sa 9–14
Neben Schul- und Kinderbüchern auch Elternratgeber und Kindergarten-, Schul-, Sonder- und Heilpädagogikfachbücher. Buchhandlung mit Versand.

▸ Herder-Bücherrutsche
1., Wollzeile 33
Tel.: 512 14 13-30
Fax: 512 14 13-42
E-Mail: buchhandlung@herder.at
www.herder.at
Mo–Fr 9.30–18.30, Sa 9.30–17
Eine Rutsche führt hier ins Kinderbuchparadies. 100 m^2 stehen dem Gast zum Schmökern und Hören zur Verfügung. Sämtliche Themenbereiche für und ums Kind sind zu finden, und wer nicht lesen will, muss hören. Die Bücherrutsche wirbt auch mit diversen Veranstaltungen und einem Onlineshop.

▸ Kinderbuchladen
1., Rauhensteingasse 5
Tel.: 512 44 94
Fax: 512 44 94-85
E-Mail: office@spielzeugschachtel.co.at
Mo–Fr 9.30–18.30, Sa 9.30–18
Spannung, Unterhaltung und Lachen: Bücher für Kinder in großer Auswahl. Ebenso das Spielzeug: spielerisch und kreativ groß werden.

▸ Mixa
8., Piaristengasse 56
Tel.: 405 03 18, Fax: 405 03 18
E-Mail: mixa@tbxa.telebox.at
Mo–Fr 9.30–18.30, Sa 9.30–12.30
Die Fachbuchhandlung für Kinder und Eltern. Das Sortiment reicht von Kinder- und Jugendbüchern, Lernhilfen bis zu Kassetten, CDs.

KOCHEN

▸ Babette's Spice and Books for Cooks
4., Schleifmühlgasse 17
Tel.: 585 51 65, Fax: 585 51 65-4
E-Mail: info@babettes.at
www.babettes.at
Mo–Fr 10–19, Sa 10–17
Über 1.000 Kochbücher mit Gerichten aus aller Herren Länder. Bei Babette's gibt es aber auch Kochkurse und natürlich einen ständigen Austausch mit hilfreichen Kochtipps, kann man doch den beiden Besitzerinnen beim Kochen über die Schulter sehen. Geheimtipp: das Frühstück am Samstag bis 17 Uhr.

KUNST

▸ Buchhandlung Lia Wolf
1., Bäckerstraße 2
Tel.: 512 40 94, Fax: 512 40 94-19
E-Mail: wolf@wolf.at
www.wolf.at
Mo–Fr 10–18, Sa 10–17
Spezialbuchhandlung mit Büchern zu Fotografie, Grafik, Design, Medientheorie sowie ausgewählte Computerbücher. Mit Photo-Antiquariat.

▸ Judith Ortner
1., Sonnenfelsgasse 8
Tel.: 512 74 69, Fax: 512 49 00
Mo–Fr 10.30–13 u. 14–18, Sa 10.30–13 u. 14–17
Kleine, aber feine Kunstbuchhandlung mit einer qualitativen Auswahl an Büchern, u. a. zur Kunst- und Medientheorie. Regelmäßig finden hier auch Lesungen statt.

▸ Prachner im MQ
7., Museumsplatz 1
Tel.: 512 85 88, Fax: 512 85 88-18
E-Mail: mq@prachner.at
www.prachner.at
Mo–So 10–19
Die Spezialbuchhandlung für Architektur, Kunst und Design im Museumsquartier – und das täglich. Die Filiale Prachner im Zentrum, Kärntner Straße 30, hat ihren Schwerpunkt bei Architektur & Bautechnik, Literatur, Kunst und Lifestyle (Öffnungszeiten: Mo–Fr 9.30–18.30, Sa 9.30–17).

MEDIZIN

▸ Beck'sche Universitätsbuchhandlung
9., Währinger Straße 12
Tel.: 317 21 52, Fax: 317 21 52
E-Mail: office@becksche-buchhandlung.at
www.becksche-buchhandlung.at
Mo–Fr 9–18.30, Sa 10–17, Juli u. Aug: Sa 10–14
Fachbuchhandlung für Medizin, Biologie, Physik und Chemie.

▸ Facultas Universitätsbuchhandlung für Medizin
9., Berggasse 2
Tel.: 319 53 06, Fax: 310 56 66-14
E-Mail: facultas@facultas.at
www.facultas.at
Mo–Fr 8–18, Sa 9–12
Fachbücher für Medizin, Pharmazie und Gesundheitsberufe. Die zweite Filiale, in der Berggasse 4, führt auch medizinische Geräte und verleiht Mikroskope sowie pathohistologischer Präparate (Öffnungszeiten: Mo–Do 9–18, Fr 9–16).

▸ Maudrich
9., Spitalgasse 2a
Tel.: 402 47 12, Fax: 408 50 80
E-Mail: medbook@maudrich.com
www.maudrich.com
Mo–Fr 8.30–18, Sa 9–12
Universitätsbuchhandlung und Verlag für medizinische Wissenschaften. Auch: Anatomische Modelle und Lehrtafeln.

▸ Urban & Schwarzenberg
9., Frankgasse 4
Tel.: 405 27 31, Fax: 405 27 24-41
E-Mail: kundenservice@urban.at
Mo–Fr 9–18, Sa 9–15
Spezialbuchhandlung für Humanmedizin, Veterinärmedizin, Psychologie, Psychiatrie.

MODERNES ANTIQUARIAT

▸ Hintermayer
6., Mariahilfer Straße 107
Tel.: 595 44 12-11, Fax: 595 44 12-14
E-Mail: wien@hintermayer.at
www.hintermayer.at
Mo–Fr 9.30–19, Sa 9.30–18
Auf drei Etagen für jeden Gusto das Passende: Kunst und Design, Reiseführer und Bildbände, österreichische Geschichte, Kinderbücher, Belletristik und etliches mehr – bis zu einem Aktionsmarkt mit stark verbilligten Taschenbüchern. Die beiden Dependancen in der Neubaugasse 29 und 36 führen Bücher zu Kunst, Architektur und Österreich (29) sowie Mineralien, Kinderbücher, Kochbücher, Reiseführer und Belletristik (36).

▸ Buchlandung
3., Landstraßer Hauptstraße 19
Tel.: 714 80 07, Fax: 714 85 07
E-Mail: office@buchlandung.at
www.buchlandung.at
Mo–Fr 9–19.30, Sa 9–18
Die Buchhandlung besticht mit einem einzigartigen Angebot: Alle lagernden Bücher werden zu einem stark reduzierten Preis verkauft, was trotz Buchpreisbindung nur möglich ist, indem Restposten, Sonderangebote, aber auch Mängelexemplare angeboten werden. Der Laden selbst ist sehr freundlich und hell.

MUSIK

▸ Musikhaus Doblinger
1., Dorotheergasse 10
Tel.: 515 03-0, Fax: 515 03-51
E-Mail: sort@doblinger.at
www.doblinger.at
Mo–Fr 9–18, Sa 9.30–12.30
Die ganze Welt der Musik: alles über KomponistInnen, Musikinstrumente, Musikgeschichte und -theorie, Künstlerbiographien und natürlich Noten, Musikinstrumente und CDs.

Nach Noten. (Foto: Archiv)

PHILOSOPHIE UND POLITIK

▸ **Posch**
7., Lerchenfelder Straße 91–93
Tel.: 522 39 95, Fax: 522 39 95
E-Mail: poschreinhold@chello.at
Mo–Fr 9–18, Sa 9–12
Die Buchhandlung für Philosophie und Literatur. Für Kunden aus dem Grätzl gibt es darüber hinaus den besonderen Service: Wirklich jedes gewünschte Buch wird besorgt.

▸ **Winter**
1., Landesgerichtsstraße 20
Tel.: 405 12 34
E-Mail: winter@mediashop.at
Mo–Fr 9–18, Sa 10–13
Vollsortiment an Literatur zu allen geisteswissenschaftlichen Richtungen und noch ein bisschen mehr.

RECHT UND WIRTSCHAFT

▸ **Fachbuchhandlung LexisNexis (Orac)**
1., Riemergasse 1
Tel.: 513 99 20-10
Fax: 513 99 20-15
E-Mail: buchhandlung@lexisnexis.at
www.lexisnexis.at/buchhandlung
Mo–Fr 9–18
Fachliteratur aus den Bereichen Steuern, Recht und Wirtschaft. Getestet werden kann in der Buchhandlung die eigene Datenbank Orac-Online (Steuerrecht) und ARD-Online (Arbeitsrecht) sowie eine deutschsprachige Version von LexisNexis, einer Datenbank für Wirtschaftsinformationen.

▸ **Facultas Jus-Shop – Fachbuchhandlung für das Studium**
1., Juridicum der Univ. Wien, Schottenbastei 10–16
Tel.: 427 72 98-28
Fax: 427 72 98-29
E-Mail: jusshop@facultas.at
www.wuv.at
Mo–Do 9–16, Fr 9–14
Fachbücher für Rechtswissenschaften sowie Bücher und Skripten für das Jusstudium.

▸ **Linde**
21., Scheydgasse 24
Tel.: 278 05 26
Fax: 278 05 26-23
E-Mail: office@lindeverlag.at
www.lindebuch.at
Mo–Fr 10–18
Fachbuchhandlung für Recht, Wirtschaft und Steuern. Großes Angebot an Fachzeitschriften.

▸ **Manz**
1., Kohlmarkt 16
Tel.: 531 61-100
Fax: 531 61-455
E-Mail: bestellen@manz.at
www.manz.at
Mo–Fr 9.30–18.30, Sa 9.30–17
Das neue Umsatzsteuergesetz, die Grundkenntnisse des Steuerrechts oder die Lohnsteuertabelle 2003 – das alles und noch viel mehr zu Recht, Steuern und Wirtschaft findet man bei Manz.

REISE

▸ **Freytag & Berndt Reisebuchhandlung**
1., Kohlmarkt 9
Tel.: 533 86 85
Fax: 533 86 85-86
E-Mail: shop@freytagberndt.at
www.freytagberndt.at
Mo–Fr 9–19, Sa 9–18
Ob Autokarten für den nächsten Urlaub in die Toskana, einen Stadtplan für die nächste Reise nach Paris, oder eine Wanderkarte für den Peloponnes oder einen Reiseführer über die Monogolei – bei dieser Auswahl sollte für jedes Reiseziel etwas zu finden sein. Und wer zu Hause von der Ferne träumen möchte, klebt sich eines der zahlreichen Weltposter an die Wand.

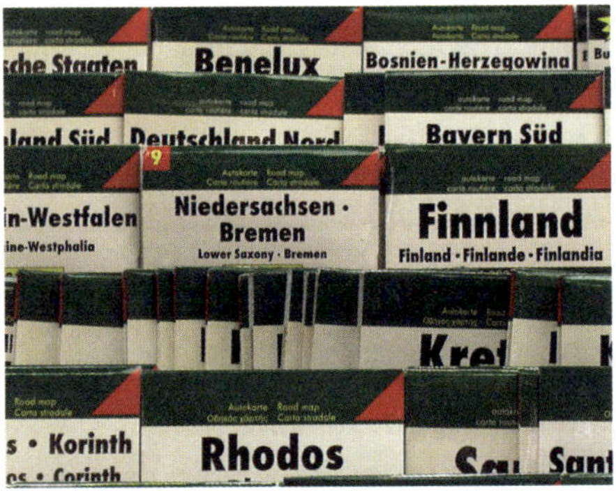

In 80 Karten um die Welt. (Foto: Archiv)

▸ **Reisebuchladen**
9., Kolingasse 6
Tel.: 317 33 84
Fax: 319 80 64
E-Mail: reisebuchladen@aon.at
Mo–Fr 10–18, Sa 9.30–12.30
Nomen est omen – hier gibt's alles für die Reise: Landkarten, Reiseführer, Stadtpläne, Sprachführer, Fachzeitschriften zum Thema. Und wer beim Schmökern Fernweh bekommen hat, kann im angrenzenden Reisebüro gleich seinen Reisetraum verwirklichen.

▸ **Tiempo**
1., Johannesgasse 16 / Hegelgasse 9
Tel.: 513 19 85, Fax: 513 28 41
www.tiempo.at
Mo–Sa 10–21
Das Tiempo ist ein kleiner Buchladen mit ausgesuchten Reise- und Kochbüchern, Belletristik und schönen Fotobänden. Angeschlossen ist ein Café mit kleinen, aber feinen Gerichten. Das Mitnehmen von Büchern ins Lokal ist erlaubt. Regelmäßig Konzerte und Lesungen.

SCHWUL UND LESBISCH

▸ **Löwenherz**
9., Berggasse 8
Tel.: 317 29 82, Fax: 317 29 83
E-Mail: buchhandlung@loewenherz.at
www.loewenherz.at
Mo–Fr 10–19, Sa 10–17
Mit mehr als 8.000 Titeln führt die Buchhandlung Löwenherz eines der größten Angebote an Literatur für Lesben, Schwule, Bisexuelle und Transgender-Personen. Von der Buchhandlung gelangt man über eine Verbindungstür direkt ins Café Berg.

Von und für Männer, von und für Frauen. (Foto: Archiv)

TECHNIK

▸ **Fric + Fric Interaktiv – Technische Fachbuchhandlung**
4., Wiedner Hauptstraße 13
Tel.: 505 64 52
Fax: 505 64 52-22
E-Mail: books@fric.at
www.fric.at
Mo–Fr 9–18, Sa 9–13
Das Sortiment reicht vom neuen Dubbel über Informatik und EDV, Wirtschaft bis zu Technik und Naturwissenschaft.

▸ **Lehrmittelzentrum Technik**
4., Wiedner Hauptstraße 13
Tel.: 503 75 25 10, Fax: 503 75 25-90
E-Mail: buch@lmz.at
www.lmz.at
Mo–Fr 9–18, Sa 9–13
26.000 deutsche und englische Titel mit dem Schwerpunkt auf Architektur, Bauingenieurwesen, Maschinenbau, Ökologie und Physik warten darauf, gelesen zu werden. Die Filiale in der Wiedner Hauptstraße 6 bietet vor allem Bücher zu Informatik, Elektronik und Elektrotechnik.

THEATER

▸ **Leporello – die Buchhandlung in der Burg**
1., Dr.-Karl-Lueger-Ring 2
Tel.: 532 55 12, Fax: 532 55 64
E-Mail: burg@leporello.at
www.leporello.at
tgl. 17–22
Nach den Burgtheater-Vorstellungen kann gleich das Buch des soeben gesehenen Theaterstücks gekauft und nachgelesen werden. Könnte ja sein, dass man unter Umständen einen Teil verschlafen hat …

THEOLOGIE UND RELIGION

▸ **Octopus**
1., Fleischmarkt 16
Tel.: 512 71 46, Fax: 512 61 74
E-Mail: octopus@buddhabuch.at
www.buddhabuch.at
Mo–Fr 10–19, Sa 10–17
Die Buchhandlung bietet neben dem Hauptthema Buddhismus allerlei Asiatisches: von Literatur über Kunst zu Länderkunde und Sprachen ist alles da; zudem Eßstäbchen, CDs, Kerzen, ätherische Öle usw.

▸ **St. Gabriel**
1., Stephansplatz 6
Tel.: 512 21 05, Fax: 512 21 05-8
E-Mail: st.gabriel-wien@aon.at
Mo–Fr 9–18, Sa 10–17
Fachbuchhandlung für Theologie. Direkt neben dem Stephansdom.

VERY SPECIAL INTEREST

▸ **Zum rauhen Stein**
1., Rauhensteingasse 4
Tel.: 512 33 53-0, Fax: 512 33 53-2
E-Mail: kernstock@rauherstein.at
welcome.to/rauherstein
Mo–Fr 14–19, Sa 10–17
Die Buchhandlung für geheimes Wissen – Literatur für Freimaurer.

VOLLSORTIMENT

▸ Amadeus
6., Mariahilfer Straße 99
Tel.: 595 45 50
Fax: 595 45 50-15
E-Mail: m99@amadeusbuch.co.at
www.amadeusbuch.at
Mo–Fr 9.30–19, Sa 9.30–18
Umfangreiches Sortiment an Belletristik, fremdsprachigen Büchern, Garten, Technik, Naturwissenschaften, Zeitschriften u. v. m. Mit Literatur-Café, in dem auch regelmäßig Lesungen stattfinden. Die Filiale in der Landstraßer Hauptstraße im 3. Bezirk lädt übrigens auch außerhalb der üblichen Geschäftszeiten zum Schmökern ein: Mo–Fr 10–21, So, Fei 11–21.

...deus – ex libris (Foto: Archiv)

▸ Bücherboerse
15., Vogelweidplatz 14
www.buecherboerse.at
Der größte Markt für gebrauchte und antiquarische Bücher in Österreich findet dreimal im Jahr in der Wiener Stadthalle statt.

▸ Bücherzentrum Mariahilfer Straße
6., Mariahilfer Straße 1c
Tel.: 581 48 30
Fax: 581 48 30-20
E-Mail: mariahilfer@buecherzentrum.at
www.buecherzentrum.at
Mo–Fr 9.30–18.30, Sa 9.30–18
Auf vier Stockwerken bietet das Bücherzentrum alles, was das LeserInnenherz erfreut. Reicht doch das Sortiment von Belletristik, Tierbüchern, Geschichte, Philosophie bis hin zu Geschenkbüchern.

▸ Buchhandlung Anna Jeller
4., Margaretenstraße 35
Tel.: 586 13 53
Fax: 586 67 47
E-Mail: anna.jeller@vienna.at
www.annajeller.at
Mo–Fr 10–19, Sa 9.30–13
Unter dem Motto „Verlassen Sie dieses Land" vertreibt Anna Jeller seit 1985 Literatur und Lyrik, aktuelle Sachbücher, Kinderbücher und Kulinarisches. Und lädt damit zu vielen Abenteuern im Kopf ein.

▸ Eckart
8., Josefstädter Straße 34
Tel.: 405 46 10
Fax: 405 46 10
E-Mail: eckartbuchlux@nextra.at
Mo–Fr 9–18.30, Sa 9.30–12.30,
Juli u. Aug: Sa geschlossen
Allgemeines Sortiment an Belletristik, große Auswahl an Fachbüchern zu Literaturwissenschaft und Kunst. Zusätzlich gibt's Kochbücher, Kinderbücher und Bücher zu Natur und Garten. Entspannte Wohnzimmeratmosphäre. Hier hat man Zeit für die Kundinnen und Kunden.

▸ Frick
1., Graben 27
Tel.: 533 99 14
Fax: 533 99 14-85
E-Mail: buchhandlung.frick@nextra.at
Mo–Fr 9–19, Sa 10–18
Noch vor Betreten der Buchhandlung kann man sich durch diverse Bücherangebote durchschmökern. Wer da noch nicht fündig geworden ist, der gehe entweder in das Untergeschoß, wo eine Fülle von Taschenbüchern darauf wartet, gelesen zu werden, oder begebe sich in das Erdgeschoß und in den 1. Stock, wo das Angebot von sämtlichen belletristischen Neuerscheinungen, Büchern zu Natur, Tieren, Jagd und Gesundheitsratgebern bis zu Lernhilfen und Fremdsprachen reicht.

▸ Godai
15., Mariahilfer Straße 169
Tel.: 892 91 60
Fax: 892 91 60-17
E-Mail: info@godai.at
www.godai.at
Mo–Fr 9–18.30, Sa 9–17
Alles über Motor, Hunde, Pferde, Haus und Garten, Segeln und Reisen, Gesundheit. Weitere Fachabteilungen mit Belletristik, Kochbüchern sowie Kinder- und Jugendbüchern.

▸ Herder
1., Wollzeile 33
Tel.: 512 14 13
Fax: 512 14 13-42
E-Mail: buchhandlung@herder.at
www.herder.at
Mo–Fr 9.30–18.30, Sa 9–17
Auf drei Etagen bietet Herder, eine der renommiertesten Buchhandlungen Wiens, ein umfangreiches Sortiment an Büchern an. Die Schwerpunkte liegen dabei auf Kinderbüchern, Pädagogik, Religion, Philosophie, Lebenshilfe und natürlich Belletristik.

▸ Kuppitsch
1., Schottengasse 4
Tel.: 533 32 68
Fax: 535 27 29
E-Mail: kuppitsch@eunet.at
www.kuppitsch.com
Mo–Fr 9–18.30, Sa 10–18
Jüngst umgebaut und vergrößert und ein Muss für Bücherfreunde. Umfangreiche Kinderbücherabteilung sowie ausgewählte Audio-CDs und DVDs. Eine Filiale findet sich nicht weit – im Campus, Alser Straße 4, mit beinahe ebensoviel Belletristik und dem Schwerpunkt auf fremdsprachiger Literatur und Lehrwerken.

▸ Leporello
9., Liechtensteinstraße 17 / Berggasse
Tel.: 319 86 12
Fax: 319 19 54
E-Mail: service@leporello.at
www.leporello.at
Mo–Fr 10–18.30, Sa 10–13,
bei Veranstaltungen open end
Der kleine, aber feine Leporello hat sich mit seinem Sortiment schon längst einen Namen im Wiener Buchhandlungsdschungel gemacht. Wer Belletristisches oder Bücher zu Philosophie, Zeitgeschichte, Literaturwissenschaft und Lyrik sucht, ist hier an der richtigen Adresse. Außerdem gibt's noch ausgewählte Kochbücher, z. B. „Wie hat Goethe gekocht?", Hörbücher und Weine.

▸ Morawa
1., Wollzeile 11
Tel.: 513 75 13-0
Fax: 513 75 13-138
E-Mail: office@morawa-styria.com
www.morawa-styria.com
Mo–Fr 9–18.30, Sa 9–18
Das traditionsreiche Haus in der Wollzeile und die zugleich größte Buchhandlung Wiens hat ein geradezu unendliches Angebot an Büchern zu den unterschiedlichsten Themengebieten, wie Belletristik, Literaturwissenschaft, Geschichte, Natur, Kunst und Technik, Reisen, Sport, Kinder- und Hörbücher und was es sonst noch so alles auf dem Büchermarkt zu finden gibt. Besonders hervorzuheben ist auch das umfangreiche Sortiment an Zeitschriften.

▸ Yellow Taschenbücher
9., Garnisongasse 7
Tel.: 405 68 57
Fax: 405 68 57
E-Mail: yellow.taschenbuecher@utanet.at
www.web.utanet.at/yellow
Mo–Fr 10–18.30, Sa 10–12.30
Taschenbücher ohne Ende: Belletristik und Geschichte, Philosophie und Literaturwissenschaft, Soziologie, Pädagogik – gebraucht oder neu.

▸ Zentralbuchhandlung
1., Schulerstraße 1–3
Tel.: 512 69 05
Fax: 512 69 05-4
E-Mail: zbh@netway.at
www.zentralbuchhandlung.at
Mo–Fr 9–19, Sa 9–17
Von der Geschichte der Luftfahrt über Anton Cechovs „Humoresken und Satiren" bis zu den großen philosophischen Denkern – die Zentralbuchhandlung bietet einiges und noch mehr. Die Schwerpunkte des Sortiments liegen bei Politik, Kulturwissenschaften, belletristischen Neuerscheinungen, russischer Literatur und Philosophie.

Im Zentrum des Zentrums. (Foto: Archiv)

CAMPING

CAMPINGPLÄTZE

Camping Neue Donau
22., Am Kleehäufl
Tel.: 202 40 10
www.wiencamping.at
Ostern bis Ende September
Nahe der Donauinsel liegt der Campingplatz Neue Donau. Zum einen bietet die Lage einige Vorteile: der Donauradweg ist in unmittelbarer Nähe, ebenso die Lobau und die Copa Kagrana mit ihren zahlreichen Restaurants, Lokalen, Bars und Insel-Discos. Leider liegt auch die Südosttangente bzw. die Praterbrücke direkt nebenan – ein gewisser Lärmpegel ist daher auch in der Nacht unvermeidbar. Preise: Zelt/Nacht: ab 3 Euro und Person/Nacht: ab 5 Euro.

Campen, leicht gemacht. (Foto: Verkehrsbüro)

▸ Camping Wien-Süd
23., Breitenfurter Straße 269
Tel.: 867 36 49
www.wiencamping.at
1. Mai bis Ende Sept
Inmitten eines ehemaligen Schlossparks und in der Nähe des Badesees in Brunn liegt dieser Campingplatz. Geöffnet ist vom 1. Mai bis 30. September. Von allen drei derzeit in Betrieb befindlichen Campingplätzen ist Wien Süd wohl am einfachsten ausgestattet, die Lage entbehrt aber nicht gewisser Reize. Kinderspielplatz sowie Grillplätze sind vorhanden. Die Preise entsprechen mit 3 Euro (Zelt/Nacht) und 5 Euro (Person/Nacht) denen der anderen Wiener Plätze.

▸ Camping Wien-West
14., Hüttelbergstraße 80
www.wiencamping.at
ganzjährig außer Februar
Der Campingplatz Wien West liegt idyllisch am Rand des Wienerwalds im 14. Bezirk und ist ganzjährig, ausgenommen Februar, geöffnet. Neben allen üblichen Einrichtungen verfügt der Campingplatz auch über beheizbare Küchen- und Aufenthaltsräume, was sich vor allem im Winter als unschätzbarer Vorteil herausstellen kann.

GESCHÄFTE

▸ Freizeit & Campingshop
9., Liechtensteinstraße 45a
Tel.: 317 06 07
www.freizeitshop.at
Mo–Fr 9–17.30, Sa 9–12
Vom Abfallgestell bis zum Wassertank, von der Ablaß-Füll-Verschraubung (was immer das ist) bis zum Zelthammer: ein Geschäft für Camperprofis.

▸ Gadinger
17., Gschwandnergasse 37
Tel.: 486 32 71
www.havealook.at/gadinger
Mo–Fr 9–18, Sa 9–13
Auf drei Etagen und knapp 2.000 m^2 Verkaufs- und Ausstellungsfläche bekommen Sie alles, was mit Camping zu tun hat. Zelte, Boote, Geschirr, Matten, Gaslampen, Gaskocher … Der Produkte-Katalog kann online bestellt wreden.

CATERING

▸ Do & Co Catering
11., Dampfmühlgasse 5
Tel.: 740 00-235
www.doco.com/catering.htm
Wenn Attila Dogudans mediale Omnipräsenz mitunter etwas nervt, hat das wohl eher mit den Spezifika der österreichischen Medienlandschaft zu tun. Denn in Sachen Catering kann ihm so schnell niemand etwas vortanzen. Do & Co ist nicht nur bei Airlines oder der Formel 1 im Geschäft, sondern auch gerne bereit, nur für zwei Personen in Aktion zu treten.

▸ Frederik's Catering
2., Taborstraße 24a / Glockengasse
Tel.: 214 99 99, Fax: 214 99 99-13
E-Mail: welcome@frederiks.at
www.frederiks.at
Gaumenfreuden und Augenschmaus verbindet Frederik's in seiner sehr variablen Catering-Dienstleistungspalette, egal ob zu zweit oder zu viertausendst. Und weil das Auge mitisst, gibt es am Standort im zweiten Bezirk auch einen Shop mit Designer-Cookware und vielen anderen Dingen, die das Leben an Küche und Tisch schöner machen. Weiteres Special: eine Kooperation mit Wein & Co für Leute, die auch privat nicht auf die Dienste von Sommeliers verzichten wollen.

▸ Meinl 2 You – Meinl am Graben
1., Graben 19
Tel.: 532 33 34-99, Fax: 532 33 34-615
E-Mail: meinl2you@julius.meinl.com
www.meinlamgraben.at
Von kleinen bis riesigen Events oder einfach für Zuhause (ab vier Personen) bietet der Cateringservice des Meinl am Graben unter der Trademark Meinl 2 You Gourmetküche auf höchstem Niveau.

▸ Motto Catering
5., Schönbrunner Straße 35
Tel.: 585 23 03
E-Mail: info@motto-catering.at
www.motto-catering.at
Dienstleistung und Service, höchste Qualität und der Anspruch für das Besondere sind die selbst definierten Ansprüche von Bernd Schlacher, Chef des Restaurants Motto und der „Halle" im Museumsquartier. Und das gilt auch für das Motto Catering, ganz gleich ob beim Dinner für Zwei oder bei der Großveranstaltung für 3.000 Personen. Mit eigens entwickelten Geschirrserien werden die Speisen außergewöhnlich und dekorativ präsentiert.

▸ Running Dog Prod
3., Bechardgasse 19
Tel.: 969 04 24 od. 0699/19 69 04 25
E-Mail: running-dog@chello.at
www.running-dog.at
Running Dog Prod catert für 1 bis 120 Personen. Das Hauptaugenmerk liegt auf kreolischer und karibischer Küche. Wer kulinarisch nicht so weit reisen möchte, wird aber auch mit steirischen und/oder oberösterreichischen Schmankerln verwöhnt. Zusätzlich zum Lukullischen kann dafür gesorgt werden, dass die Eventplanung aus einer Hand auch grafisch optimal begleitet wird.

COMICS

Spätestens seit Etablierung der Mangas steht fest: Die Szene blüht. Unter KennerInnen werden die „bunten Heftchen" samt Fanartikel ja schon längst wie Kunstwerke gesammelt und gehandelt. Zum Standardrepertoire spezialisierter Shops gehören neben internationalen Comics auch Cardgames, T-Shirts, DVDs, Animes und Figuren.

▸ Comic Steiner
4., Favoritenstraße
Tel.: 504 32 94
E-Mail: anfrage@comicsteiner.at
www.comicsteiner.at
Mo–Fr 9.30–18.30, Sa 9.30–13
Kleiner Geschäftsraum mit überraschend vielfältigem Angebot aus den Genres Abenteuer, Krimi, Cartoons-Nostalgie, Science Fiction, Superhelden, Western und Historie. Auch Cardgames, Mangas, Figuren und Anime-DVDs. Online Bestellservice.

▸ Comic- und Figuren-Börse
12., Längenfeldgasse 13–15
Tel.: 319 27 09, Fax: 956 30 74
E-Mail: kohlmus@chello.at
www.comicboerse.org
So 10–16

Das ist doch Puff Daddy oder doch P. Diddy? (Foto: Comic-Börse)

Je zweimal im Frühjahr und im Herbst findet im Bildungszentrum Längenfeldgasse eine Comic-Börse statt. In diesem Comic-Paradies gibt es jeden Alters, in jeder Preisklasse: Manga und Anime-Comic, DVDs, VHS, Videogames; Trading-Cards-Comic, Game, Sport, Film und TV; Originalseiten, Drucke, T-Shirts, Posters, Gimmicks, Comic-, Werbe- und Actionfiguren wie Barbie, Big Jim, Porzellanstatuen für Kinder und SammlerInnen sowie Star Wars & Star Trek.

C

▸ Comic-Galerie
8., Albertgasse 24
Tel.: 405 72 33
Fax: 405 72 33
E-Mail: comic-galerie@aon.at
www.comic-galerie.at
Mo–Fr 10–19, Sa 10–13
Umfangreiches Comic-, Film- und Figurenangebot. Online: eigener Comicstrip, Links zu Comic-Zeichenkursen, Infos über Sekundärliteratur und Fanzines, Bestellservice.

▸ Comics Hutterer
1., Rotenturmstraße 21
Tel.: 535 69 64
Fax: 535 69 64
Mo–Fr 10–18.30, Sa 10–17
Wohlsortierter Comicfachmarkt mit riesigem Cardgame-Repertoire. Trading Cards Gaming Cards Sport Cards Pokemon Digimon Mangas Simpsons Southpark Star Wars Star Trek Carl Barks Drucke und viele Action Figuren
Wietere Filiale: 3., Landstraßer Hauptstraße 126, Tel.: 714 77 06, Mo–Fr 10–18.30, Sa 10–17.

Cardgames und Cardgames und Comics. (Foto: Archiv)

▸ Comics Virt
3., Löwengasse 19
Tel.: 715 99 64
Fax: 715 99 64
E-Mail: info@comics-virt.at
www.comics-virt.at
Mo 13.30–18, Di–Fr 10–12 u. 13.30–18,
1. Sa im Monat 9–12
Neben Comics, neuen und alten, auch Romane, Elastolinfiguren, Timpo und Britainsfiguren, Überraschungseier und und und. Auch Versand.

▸ Comictreff
6., Barnabitengasse 12
Tel.: 586 76 27, 586 76 26, Fax: 586 76 27-15
Mo–Fr 10–19, Sa 10–14
Klein und fein. Breit gefächertes Angebot an Comics und Mangas in Originalsprachen und Übersetzung, eigener US-Import, umfangreiche Sekundärliteratur lagernd. Erstklassige Auskunft.

▸ Phoenix Comics / Comic Forum
7., Zollergasse 15
Tel.: 523 95 89, Fax: 523 95 89
E-Mail: office@phoenix-comics.at
www.phoenix-comics.at
Mo–Fr 12–19, Sa 10–17
Das Comic Forum hat sich mit Phoenix Comics vereint. Ob in Übersetzung oder im Original – wie gewohnt findet sich hier Gängiges und Rares vom internationalen Comicmarkt. Online-Bestellservice.

▸ Runch!Comics
6., Mariahilfer Straße 117
Tel.: 596 22 10, Fax: 596 22 10
E-Mail: runch.comics@chello.at
www.runchcomics.at
Mo–Fr 11–19, Sa 10–18
Spezialist für Comics aus den USA. Online-Bestellservice. Geboten werden Comics, Toys – Action Figures, Videos, T-Shirts, Star Wars, Star Trek, Manga, Gaming Cards, Trading Cards.

COMPUTER

DRUMHERUM

▸ Fontshop
7., Seidengasse 26
Tel.: 523 29 46, Fax: 523 29 47-22
www.fontshop.at
Mo–Do 9–18, Fr 9–17
Ein Shop, in dem man Schriften kaufen kann. Unglaublich, aber wahr. Und auf der Homepage kann man sich ansehen, welche Schriften die WienerInnen am liebsten haben und die Schriften, die man selber noch nicht kennt, ausprobieren. Daneben bekommt man im fontshop Foto-CDs, Software, Bücher und Design Produkte.

▸ Software Dschungel
7., Mariahilfer Straße 62
Tel.: 526 38 02-0, Fax: 526 38 01
E-Mail: service@dschungel.com
www.dschungel.at
Mo–Fr 9–19, Sa 9–17
Das Fachgeschäft für PC-Software. Spiele, Anwendungen, Fachliteratur. Online-Shop.

▸ **Videospielstube**
2., Karmelitergasse 7/1
Tel.: 214 75 47
Mo–Fr 10–19, Sa 9.30–14.30
Gebrauchte Spiele für Gameboy und Spielekonsolen. Gameboy-Spiele: 7 bis 20 Euro, Playstation-, PS2-, Game-Cube- und X-Box-Spiele: 15 bis 40 Euro.

HARTWARE

▸ **Academia**
9., Althanstraße 27
Tel.: 319 53 20
E-Mail: shop@academia.at
www.academia.at
Mo–Fr 11.30–18.30
Komplettsysteme, Komponenten und Notebooks.

▸ **Birg**
7., Neustiftgasse 96
Tel.: 522 72 47-21, Fax: 522 72 47-99
www.birg.at
Mo–Fr 10–19, Sa 10–14
Der größte Computerdiskonter in Wien. Die Birg-Corner bestehen im Prinzip nur aus einem Verkaufstresen – in den Birg-Shops gibt's auch Ausstellungsflächen. Gute Beratung, niedrige Preise. Kostenpflichtige technische Hotline von 9 bis 18 Uhr unter: 0900/41 02 10. Filialen:
14., Albert-Schweitzer Gasse 6, Auhof-Center, Tel.: 577 25 25
15., Gablenzgasse 5–13/Top 9 (Lugner City), Tel.: 786 30 25
21., Ignaz-Köck-Straße 1, SCN Top 4, Tel.: 278 53 12 und Top 15, Tel.: 278 19 36
22., Donauzentrum, Top 60, Tel.: 203 64 35
22., Gewerbeparkstraße 3b, Tel.: 734 81 36

▸ **Comp Delphin**
9., Türkenstraße 11
Tel.: 317 44 42-0, Fax: 317 44 42-22
www.compdelphin.co.at
Mo–Fr 13–18
Spezialist für Ausbildungssoftware für Schulen und Universitäten. Weiters gibt's Hardware, Software und Dienstleistungen.

▸ **Conrad**
22., Gewerbeparkstraße 2
Tel.: 734 79 90-0, Fax: 734 79 90-14
E-Mail: filiale.wien2@conrad.at
Mo–Fr 9–19, Sa 9–18
Teilweise seltsam anmutendes Sortiment vom Modellflieger bis zum Computer. Eigentlich die moderne Großmarktvariante des guten alten „Radio-Bastlers".

▸ **DI-Tech**
20., Wehlistraße 29
Tel.: 334 02 95-0, Fax: 334 02 95-900
E-Mail: verkauf@ditech.at
www.compushop.at
Umfassendes Hardware-Angebot, gute Beratung, gutes Service und Reparaturen.

▸ **Geizhals**
E-Mail: info@geizhals.at
www.geizhals.at
Wer Hardware & Co günstig kaufen möchte, holt sich hier zuerst einen Preisvergleich.

▸ **Goldadler**
4., Wiedner Hauptstraße 8–10
Tel.: 587 39 25, Fax: 586 08 98
E-Mail: shop4@goldadler.com
www.goldadler.at
Mo–Fr 9.30–18, Sa 10–13
Billig.
Weitere Filiale: 9., Laudongasse 34, Tel.: 895 83 23

▸ **McShark Apple Center**
5., Schönbrunner Straße 71
Tel.: 587 87 80
Fax: 544 75 13
E-Mail: herbert@mcshark.at
www.mcshark.at
Mo–Fr 10–18, Sa 11–13
Diese McShark-Filiale ist auf Digital Imaging & Video am Mac spezialisiert.

▸ **Midas**
4., Wiedner Hauptstraße 17
Tel.: 505 01 75, Fax: 505 94 71
E-Mail: office@midas-computer.at
www.midas-computer.at
Mo–Fr 9–18, Sa 9–12 , Juli u. Aug: Sa geschlossen
Computer und Zubehör sowie Dienstleistungen. Handheld und Laptops.

▸ **Peluga**
5., Margaretenstraße 114
Tel.: 967 44 96, Fax: 967 47 68
E-Mail: wien@peluga.at
www.peluga.at
Mo–Fr 9.30–12 u. 13–18, Sa 9–12
Peluga gewinnt immer wieder beim Wer-macht-den-günstigsten-Preis-Spiel. Den Kunden freut's, findet man doch hier immer wieder saugünstige Angebote an PC-Komponenten, Digitalkameras, DVD-Playern und Co. Allerdings muss man sich dafür nicht selten anstellen und darf nicht gerade erwarten, dass sich die Verkäufer sehr viel Zeit für ein Beratungsgespräch nehmen.

COPYSHOPS

C

Mit dem unaufhaltsamen Aufstieg des Internet und Home Computing verliert die Kopie langsam aber sicher ihren früher alles überragenden Stellenwert – kann man doch heute mittlerweile so ziemlich alles runterladen oder scannen und drucken. Dennoch bleibt die Nachfrage an Kopiergeschäften bestehen, weil sich auch deren Produktpalette den neuen Zeiten angepasst hat. Heutzutage können in so manchem Copyshop T-Shirts, Kaffeetassen oder Mouse-Pads bedruckt werden. Einfache Fotobearbeitung gehört auch schon zum Standardrepertoire. Außerdem bieten einige Geschäfte Kopien direkt von CD an. Und Aufgaben wie Binden und Heften machen höchstens noch Spleenige selber zu Hause.

▸ 1. Österreich. Kopier-Drive-In
4., Taubstummengasse 13
Tel.: 505 06 06
Fax: 505 06 06-23
E-Mail: office@pavlu.at
www.pavlu.at
Mo–Fr 8–18
Sie fahren vor, händigen der Dame am Schalter den Stapel Papiere aus, und während Sie die Runde zur Ausfahrt drehen, ist der Satz Kopien fertig. Nein, ganz so spielt es sich nicht ab. Aber Sie können direkt in den Copyshop fahren und dort Ihre Kopiergeschäfte erledigen oder erledigen lassen. Ganz ohne Parkplatzsorgen. Filialen:
1., Reichsratsstraße 5, Tel.: 405 46 87
9., Berggasse 13, Tel.: 317 23 16
13., Lainzer Straße 127, Tel.: 804 08 08

▸ Copyshop Nowak
7., Neustiftgasse 12
Tel.: 523 13 74
Fax: 523 96 94
E-Mail: copyshop@bcn.at
www.bcn.at
Mo–Fr 9–18
Hier bekommen Sie alles, was Sie für den modernen Büro- und Arbeitsalltag benötigen. Angefangen von simplen Kopien (SW ab 0,07 Euro, Farbe ab 0,58 Euro), über anspruchsvollere Drucke bis hin zur vollständigen Fertigung von Broschüren oder Handbüchern. Der besondere Service dabei ist, dass die Vorlagen on-demand gedruckt werden können, d. h. Sie bestellen die 63 Stück, die Sie jetzt benötigen, und der Nowak speichert die Vorlagen. Beim nächsten Mal können die 437 restlichen Drucke mit einer aktualisierten Auflage angegangen werden.

▸ Die Kopie
1., Universitätsstraße 8–10
Tel.: 409 04 12-00, Fax: 409 04 12-54
www.kopie.at
Mo–Fr 8–18.30
Hier wird kopiert, dass die Walzen rauchen. Alle Kopienarten – von der SW- über die Farbkopie hin zu Textilkopie, Plots und Plankopie – sind möglich. Digitaldruck und Endfertigung komplettieren das Angebot. Selbstbedienungskopien (SW und Farbe) können völlig unabhängig mit Kopierkarten (ab 3,90 Euro für 50 Kopien) erstellt werden. Weitere Filialen:
1., Franz-Josefs-Kai 33, Tel.: 532 93 00, Mo–Fr 8–20, Sa 8–13, SB-Foyer Mo–So 0–24
3., Kundmanngasse 33, Tel.: 712 95 9)
4., Rilkeplatz 2, Tel.: 505 28 80
9., Währinger Straße 2–4, Tel.: 319 88 20
20., Brigittenauer Lände 38, Tel.: 333 15 52

▸ Repa-Copy
1., Franz-Josefs-Kai 33
Tel.: 0800/20 82 10
E-Mail: 210@repacopy.at
www.repacopy.at
tgl. 0–24
Das ist der Kopierladen für die ganz dringenden und ganz späten Fälle – und glauben Sie jetzt nicht, da wär nix los in der Nacht. Toll, dass es den gibt. Der einzige Nachteil ist vielleicht, dass der Shop nicht direkt an der U4 liegt, was in der Nacht andererseits ohnehin egal ist. Filialen (meist Mo–Sa 8–20):
1., Kärntner Straße 42
3., Invalidenstraße 5–7; 3., Rennweg 37
8., Josefstädter Straße 55
9., Nußdorfer Straße 19
10., Laaerbergstraße 43
12., Schönbrunner Straße 205
15., Mariahilfer Straße 149
21., Floridsdorfer Hauptstraße 14
22., Donau-City-Straße 4; 22., Wagramer Straße 19
23., Triester Straße 122

▸ Witte Kopie
6., Linke Wienzeile 16
Tel.: 587 97 12, Fax: 586 12 74-74
www.witte-kopie.at
Mo–Fr 8.30–18, Sa 9–12.30
Beim Witte kopieren Sie SW ab 0,08 Euro das Stück. Zum Angebot gehören neben den Standards wie Digital- und Plandrucke sowie allen Arten der Bindungen oder Endfertigungen auch etwas ausgefallenere Dinge wie das Bedrucken von Textilien, Krawatten oder Baseballkapperln, Bierdeckeln, Briefmarken oder Kaffeehäferln.

D

DATENSCHUTZ

▸ Arge Daten – Österreichische Gesellschaft für Datenschutz
16., Redtenbachergasse 20
Tel.: 0676/910 70 32
E-Mail: info@argedaten.at
www.argedaten.at
nach Voranmeldung
Auskünfte über Datenschutz, Privatsphäre und Telekommunikation (allerdings nur für Mitglieder).

DESSOUS

▸ Boudoir
9., Berggasse 14
Tel.: 319 10 79, Fax: 319 10 79
E-Mail: office@boudoir.at
www.boudoir.at
Mo–Fr 13–18, Sa nach Vereinbarung
Der intime Wäschekontor nennt sich bewusst nach der berühmten Erzählung des Marquis de Sade. LiebhaberInnen ausgefallener Dessous finden hier lustvolle Artikel von Marlies Dekkers, Voller Corsets, Roberto Cavalli sowie Eigenkreationen der Besitzerin Renate Christian. Besonderheiten: die Slip-Ouverts und die geflügelten Peniskerzen.

Dessous der besonderen Art. Bei Boudoir. (Foto: Archiv)

▸ Boutique Charme
1., Operngasse 2
Mo–Fr 11–19, Sa 11–17
Lediglich in Paris, Wien und St. Petersburg finden sich Filialen dieser Edelboutique. Ausgefallene Mode von La Perla für sie und ihn.

▸ Boutique Wolford
7., Kirchengasse 6
Tel.: 524 16 16
Mo–Fr 9.30–19, Sa 10–18
Dessous und Kleidung von Wolford bis zur Größe XXL.

▸ Dessous
1., Tuchlauben 22
Tel.: 533 85 51
www.dessous1.co.at
Mo–Fr 10–18.30, Sa 10–17
Dessous aller führenden Marken für Männer und Frauen. Zusätzlich auch Bademode.
Weitere Filiale: 7., Zollergasse 2, Tel.: 524 76 72, Mo–Fr 10–18.30, Sa 10–17

▸ Dessous beim Graben
1., Graben 31, Passage Goldschmiedgasse
Tel.: 533 90 00
Fax: 532 27 94
E-Mail: shop@shopdessous.at
www.shopdessous.at
Mo–Fr 10–18, Sa 10–16
Alles für die Frau. Damendessous, Bademode und Nachtwäsche von La Perla und Börner, Strümpfe von Philippe Matignon.

▸ Flora
4., Wiedner Hauptstraße 48
Tel.: 586 63 35
Mo–Fr 10–18, Sa 10–12
Wer schon immer mal wie Xena, die Kriegerkönigin, am Strand rumlaufen wollte, ist hier genau richtig. Flora Dessous vertreibt neben den archaischen Badeoutfits von Nicole Olivier noch Spitzenunterwäsche von Lise Charmelle und diverse italienischen Marken. Größtes Körbchen: 90E.

▸ Gazelle
6., Mariahilfer Straße 45
Tel.: 587 83 11
Mo–Fr 9.30–19, Sa 9–18
Unterwäsche, Pyjama, Socken und Strumpfmode für Damen und Herren: Skinny bis Chantelle. Strümpfe und Socken von Burlington, Wolford, Falke, Ergee und Hudson. BHs bis Körbchengröße G.

D

▸ Gerald's Strumpfgruben
16., Thaliastraße 65
Tel.: 494 85 45
Mo–Fr 8.30–18, 1. Sa im Monat 8.30–12.30
Strümpfe und Socken von Edoo. Dazu noch Unter- und Oberbekleidung für Damen, Herren und Kinder. Bei Büstenhaltern teilweise auch Sondergrößen bis 110D.

▸ Hanro Shop
1., Tuchlauben 13
Tel.: 533 93 05, Fax: 532 61 44-0
www.hanro.com
Mo–Fr 10–18.30, Sa 10–18
Feinste Unterwäsche aus der Schweiz – Kinofans spätestens seit Nicole Kidmans Auftritt in „Eyes Wide Shut" von Stanley Kubrick ein Begriff. Zu kaufen gibt's hier Dessous und Nachtwäsche von Hanro und Joop für Damen und Herren. BHs bis Körbchengröße 85C.

▸ Huber Shop
10., Favoritenstraße 79
Tel.: 607 70 96, Fax: 607 70 96
Mo–Fr 9–18, Sa 9–18
Damen und Herrenunterwäsche von Skinny, Huber und Triumph. Auch Freizeitkleidung. BHs bis Körbchengröße DD.

▸ Intimissimi
6., Mariahilfer Straße 71
Tel.: 585 08 41, Fax: 585 08 41
www.intimissimi.com
Mo–Mi, Fr 9–19, Do 9–21,Sa 9–18
Dessous und Pyjamas für Damen und Herren von der eigenen Marke des trendigen Labels aus dem sonnigen Italien. BHs bis Körbchengröße 85B.

▸ Midinette
5., Margarethenstraße 84
Tel.: 545 26 66
Mo–Fr 10–19, Sa 10–13, 1. Sa im Monat 10–17
Dessous und Bademoden von Barbara und Mey. Für Herren Unterwäsche von Mey und Pflegeprodukte von Roger&Gallet. BHs bis Körbchengröße 85D. Immer wieder Sonderangebote auf Dessous von Lejaby und Rasurell.

▸ Mylady Exquisite
7., Westbahnstraße 1b
Tel.: 523 64 47, Fax: 523 64 47
Mo, Di, Do, Fr 10–18, Mi 12–18, Sa 10–13
Wäsche von La Perla, Marie Jo, Prima Donna; Bademode von Marianne, Lejaby, Ari, Aqua Suite; Freizeitbekleidung von Fellner und Taubert; Strümpfe von Wolford. BHs bis Größe 105G.

▸ P2 underwear
1., Rotenturmstraße 23
Tel.: 535 95 79
www.p2.com
Mo–Fr 9.30–19, Sa 9.30–18
Trendige Unterwäsche und Bademoden für Damen und Herren.

▸ Palmers
6., Mariahilfer Straße 117
Tel.: 596 31 36
www2.palmers-shop.com
Mo–Mi, Fr 8–18.30, Do 9–21, Sa 9–18
Flächendeckend überzieht der Branchenklassiker die City. Dessous und Unterwäsche, Strumpfmoden, Bade-, Nacht- und Freizeitbekleidung für sie und ihn von der hauseigenen Marke. BHs bis Körbchengröße 110E. Extras: Gutscheinmünzen, Palmers-Plakate, Palmersclub, Onlineshopping. An den Standorten 20., Klosterneuburger Straße 53, und 14., Hütteldorfer Straße 82, werden Palmers-Waren aus vergangenen Saisonen zu reduzierten Preisen angeboten.

▸ Rositta
1., Kärntner Straße 17
Tel.: 512 46 04-0, Fax: 512 46 04-1
Mo–Fr 9.30–18, Sa 9.30–17
Rositta führt alle exquisiten Dessous- und Strumpfmarken für Damen.

▸ Triumph-Shop
1., Graben 28
Tel.: 533 90 75
Mo–Fr 10–18.30, Do 10–20, Sa 10–17
Der Flahshipstore im 1. Bezirk führt Nachtwäsche, Bade- und Freizeitbekleidung, Dessous und Strümpfe. Einige BH-Modelle bis zur Größe 120G. Auch Herren finden hier passende Unterwäsche und Socken. Filialen:
22., Wagramer Straße 81, Donauzentrum, Top 916
21., Ignaz-Köck-Straße, SCN, Top 205
Vösendorf, SCS, Top 134

▸ Wolford
1., Kärntner Straße 29
Tel.: 512 87 31, Fax: 512 87 31
www.wolford.com
Mo–Fr 9.30–18.30, Sa 9–17
Der Name Wolford steht für Strümpfe und Socken mit Qualität und Tradition. Im Sortiment befinden sich jedoch auch Damen- und Herrenwäschesets, Sportbekleidung sowie je nach Saison auch Oberbekleidung und Damenkleider. Filialen:
1., Gonzagagasse 11; 1., Wollzeile 37
3. Landstraßer Hauptstraße 20

DETEKTIVE

▸ **Agentur Ing. Michael Renger**
20., Brigittenauer Lände 156–158/1/19
Tel.: 968 15 93, Fax: 968 16 32
E-Mail: office@renger.at
www.renger.at
Michael Renger ist staatlich konzessionierter Berufsdetektiv. Seine Leistungen umfassen Ermittlungen, Beobachtungen, Kontrollen, Personenschutz, Abhörschutz und Sicherheitsberatung. Verfügt über ein Laboratorium für Kriminaltechnik und forensische Chemie.

▸ **Agentur-Detektei Schätz**
8., Neudeggergasse 15
Tel.: 406 81 41, Fax: 406 81 41
E-Mail: detektei-schaetz@aon.at
www.detektei-schaetz.at
Seit über 30 Jahren spezialisiert auf sämtliche Detektiv-, Bewachungs- und Auskunftsaufträge. Von Klassikern wie etwa der Überwachung des Ehepartners bis zur Feststellung des Umgangs von Jugendlichen und bewaffnetem Personenschutz.

▸ **Auskunftei-, Sicherheits- und Detektivunternehmen Mag. Bernhard Maier**
7., Westbahnstraße 31
Tel.: 522 13 72, Fax: 522 27 71
E-Mail: office@bm-investigations.at
www.bm-investigations.at
Die Tätigkeitsfelder umfassen arbeitsgerichtliche Verfahren, strafgerichtliche Verfahren und Verfahren wegen unlauteren Wettbewerbs sowie partnerschaftliche Angelegenheiten.

▸ **Detektivunternehmen Werner Machacek**
3., Aspangstraße 49
Tel.: 796 65 55
E-Mail: mail@detektiv-machacek.at
www.detektiv-machacek.at
Diskrete Detektei mit fairen Preisen. Kostenloses Beratungsgespräch.

▸ **MSI – Dipl.-Ing. Markus Schwaiger**
5., Schönbrunner Straße 50
Tel.: 544 95 32-27
Fax: 544 95 32-14
E-Mail: office@msi.at
www.msi.at
nach Vereinbarung
Staatlich konzessioniertes Detektivunternehmen, welches sich neben klassischen Detektiv-Tätigkeiten vor allem auf den High-Tech-Bereich spezialisiert hat.

▸ **Wirtschaftsdetektei Vesztergombi**
9., Porzellangasse 14–16
Tel.: 319 84 20, Fax: 319 84 21
E-Mail: wdv.detektiv@aon.at
www.detektiv-agency.at
Die seit 29 Jahren bestehende Wirtschaftsdedektei wurde mit der goldenen Medaille für Verdienste um die Republik Österreich ausgezeichnet.

DRACHEN

▸ **Drachenfest**
21., Floisdorfer Brücke / Donauinsel
www.koflair.at/viennakite
Wenn die Blätter von den Bäumen fallen, die Kastanien die Prater-Hauptallee bedecken, dann ist Drachenzeit. Alljährlich findet auf der Donauinsel das Drachenfest statt. Gute Plätze zum Drachen steigen Lassen: Am Himmel, Perchtolssdorfer Heide, Cobenzl.

▸ **Fly High**
6., Mariahilfer Straße 77 (Generali Center)
Tel.: 585 22 83
www.fly-high.com
Mo–Fr 10–19, Sa 10–18
Fly High bietet seit 1988 alles fürs Drachensteigen: Einleiner, Lenkdrachen, Kunstdrachen. Das Programm umfasst aber auch Bumerangs, Hacky

Drachen ohne Feuer. (Foto: Archiv)

Sack, Yoyos, Frisbees, Einräder und vieles mehr. Der 1. Wiener Drachenbau- und Flugverein, der im Fly High untergebracht ist, bietet Interessierten sämtliche Infos rund ums Drachensteigen – mit allen wichtigen Terminen (Drachenfeste).

EINKAUFEN JEDERZEIT

Alle paar Jahre wieder gibt es die große Diskussion im Lande, ob die Geschäfte ein bißchen länger offen halten dürfen, ob die KonsumentInnen am Sonntag lieber zu Hause bleiben, in die Kirche oder in die Geschäfte gehen sollen. Unbestritten ist jedenfalls, dass in einer Großstadt auch am Sonntag oder spät am Abend eine gewisse Versorgung mit Lebensmitteln und Frischeprodukten vorhanden sein muss. Und so können mittlerweile auch viele Bäckereien am Sonntag öffnen, und in den Tankstellen-Shops ist teilweise rund um die Uhr Einkauf möglich. Für alle Nicht-AutofahrerInnen haben wir andere Adressen gefunden.

▸ Billa
2., Praterstern, Bahnhofsgebäude
Tel.: 216 85 87
www.billa.at
tgl. 7–19.30
Zwei Billa-Märkte in der Stadt haben jeden Tag geöffnet: Der eine befindet sich im Praterstern und der zweite am Franz-Josefs-Bahnhof. Beide Supermärkte werden vom kaufwütigen Publikum überrannt, und man muss sich eher auf Warteschlangen vor den Kassen einstellen. Der Supermarkt am Flughafen Wien hat noch länger offen.
Filialen: 9., Julius-Tandler-Platz 3, tgl. 7–19.30
Flughafen Wien-Schwechat, tgl. 7.30–22

▸ Daily
17., Hernalser Hauptstraße 11
Tel.: 403 55 40
Mo–Sa 9–22, So 11–22
Milch, Brot, Kaffee und was man sonst so braucht, um den Sonntag zu überleben.

▸ Frische Kiste
15., Westbahnhof, U-Bahn-Zwischengeschoß
Tel.: 892 15 50, Fax: 897 37 40
tgl. 6.30–21.30
Kleiner Lebensmittelladen in der Ebene zwischen der U3 und der U6; die Preise sind eher höher, dafür gibt es eine feine Auswahl vor allem von Frischem: Obst, Gemüse, frisch gepresste Säfte, aber auch Produkte aus der Kühlvitrine.

▸ Grüne Hütte
2., Prater 196
Tel.: 729 27 10
tgl. 7–22
Alternative zum völlig überfüllten Billa.

▸ Lebensmittel-,Tabak u. Zeitungsladen
6., Kaunitzgasse 1
Tel.: 587 80 08
Mo–Sa 5–23, So 9–23
Der kleine Laden gegenüber dem Apollo-Kino bietet neben Zeitungen, Tabakwaren und Süßigkeiten auch sämtliche Grundnahrungsmittel.

▸ Okay
15., Westbahnhof
Tel.: 892 33 08, Fax: 895 32 92
tgl. 5.30–23
Die Okay-Läden in den Bahnhöfen haben garantiert die längsten Öffnungszeiten in Wien. Man bekommt – gegen einen gewissen Aufpreis natürlich – so ziemlich alles an Lebens- und Genussmitteln. Weitere Filialen:
3., Wien-Mitte, Landstraßer Hauptstraße 2
10., Südbahnhof

▸ Prindl
20., Jägerstraße 2
Tel.: 330 04 55, Fax: 330 04 55
tgl. 4–2
Eine Konditorei, die (fast) rund um die Uhr geöffnet hat mit der dazugehörigen Bäckerei – wo gibt's den so was? Beim Gaußplatz, und das ist schon einen Abstecher wert.

▸ Ott
7., Neustiftgasse 58
Mo–Fr 5.30–19.30, Sa, So, Fei 5.30–17.30
Kleiner, sympathischer Feinkostladen mit sehr freundlicher Verkäuferin und dem typischen Warenangebot.

Lebensmitteln am Sonntag bei Frau Ott. (Foto: Archiv)

▸ Spar-Markt im AKH
9., Währinger Gürtel 18–20
Tel.: 409 18 44
www.spar.at
Mo–Fr 6.30–19.30, Sa 6.30–18.30, So 9–18.30
Unter der Woche ist das ein ganz normaler Spar, nur am Sonntag, da blüht er auf: Es gibt hier das übliche Spar-Sortiment und da mensch ja beim Krankenbesuch gerne eine Kleinigkeit mitbringt, ist hier sowohl die Obstabteilung besonders gesund als auch die Süßwarenabteilung mit den Bonbonnieren besonders reichhaltig. Und das freut speziell die Sonntagsstreuner.

EISENWAREN

▸ Göbbel Carl
9., Liechtensteinstraße 24
Tel.: 317 76 69
Fax: 317 76 69
E-Mail: schnabl.wien9@aon.at
Mo, Di, Do, Fr 8.30–13 u. 14.30–18, Sa 9–12
Kleine, aber feine Eisenwarenhandlung mit einer Werkzeugabteilung, Beschlägen, Tontöpfen, Winterwaren, Haushaltsgeräten und was man halt so braucht zum Überleben. Schrauben können auch einzeln gekauft werden. Freundlich, kompetent und günstig.

▸ Petzolt – „Zu den zwei Rittern"
7., Burggasse 52–54
Tel.: 523 16 16-0
Fax: 523 16 16-44
E-Mail: verkauf@petzolt.at
www.petzolt.at
Mo–Fr 8–18
Metalle, Werkzeuge, Eisenwaren seit 175 Jahren. Hier bekommen Sie alles Metallische: Messing, Aluminium, Kupfer, Bronze, Zink, Blei, Lochmetalle. Und viele, viele Schrauben.

▸ Ruhser
12., Hetzendorfer Straße 130
Tel.: 804 26 57
E-Mail: fa.ruhser@aon.at
www.ruhser.at
Mo–Fr 8–12 u. 14.30–18, Sa 8–12
Riesiges Schrauben- und Kleineisensortiment.

▸ Schmidtschläger
7., Kaiserstraße 41
Tel.: 523 46 520
Fax: 523 46 52-16
Mo–Fr 9–18, Sa 9–13
Spezialisiert für Beschläge.

Nicht alles was glänzt, ist Gold. (Foto: Archiv)

▸ Zur goldenen Kugel Eisenwaren
4., Wiedner Hauptstaße 42
Tel.: 588 03-0
Fax: 588 03-20
E-Mail: info@goldenekugel.at
www.goldenekugel.at
Sept bis Mai: Mo–Fr 8.30–18, Sa 9–13,
Juni bis Aug: Mo–Fr 9–18, Sa 9–13
Eisenwaren- und Haushaltsfachgeschäft mit jahrhundertelanger Tradition. Nach einer längeren Umbauphase ist die Kugel wieder am rollen. Neben den Eisenwaren bekommt man hier auch Gartenbedarfssachen, Haushaltsgeräte, Beschläge und Werkzeug.

EISSALONS

▸ Alberti
2., Praterstraße 40
Tel.: 216 88 50
E-Mail: alberti@aon.at
www.alberti.at
Mitte März bis Okt: tgl. 10–23
Traditionsbetrieb, 1906 gegründet. 24 Eissorten, Coups mit so ausgefallenen Namen wie Minestrone, Picasso oder Moldau. Guter italienischer Espresso. Großer Schanigarten.

▸ Biondi & Biondi
4., Wiedner Gürtel 12
Tel.: 503 78 65
März bis Okt: tgl. 9–23
Gegenüber vom Südbahnhof. 36 verschiedene Eissorten. Hausgemachtes Tiramisu.

▸ Bortolotti
7., Mariahilfer Straße 94
Tel.: 523 75 63, Fax: 523 40 86
www.bortolotti.at
März bis Okt: tgl. 9.30–23.30
Bereits im Jahre 1971 gegründet. Führt ca. 30 Eissorten. Großer Schanigarten.
Weitere Filialen: 7., Mariahilfer Straße 22 und 140

E

Hot Spot für gutes Eis. Bortolotti. (Foto: Archiv)

▸ Cervinia
5., Wiedner Hauptstraße 81
Tel.: 548 25 81, Fax: 548 25 81
März bis Okt: tgl. 9–22.30
24 Eissorten. Schanigarten für 16 Personen.

▸ Häagen-Dasz
1., Rotenturmstraße 19
Tel.: 535 30 97
Mo–Fr 8–23.30, Sa, So, Fei 8.30–23.30
Der amerikanische Konzern hält noch zwei Outlets in Wien. Gut und sehr teuer.
Weiterer Standort: 3., Landstraßer Hauptstraße 2a.

▸ Perilla
1., Dr.-Karl-Lueger-Platz 2
Tel.: 513 21 45
tgl. 10–23
Kleiner Schanigarten, feines Eis.

▸ Polly's Eisparadies
20., Friedrich-Engels-Platz 20
Tel.: 330 43 08, Fax: 330 43 08
E-Mail: polly-eis@gmx.at
www.polly-eis.at
März bis Okt: tgl. 11–22
Riesiger Eissalon mit 100 Sitzplätzen und einem separaten Raucherzimmer.

▸ Ruckenbauer
19., Billrothstraße 83a
Tel.: 320 52 05
www.ruckenbauer.at
März bis Okt: tgl. 10–23
Täglich wechselnde Sondersorten nach Saison. Eistorten. Eisstrudel. Diabetikereis. Eisspezialitäten mit Alkohol. Weitere Filiale: 2., Wittelsbachstraße 3, tgl. 10–22.

▸ Schwedenplatz
1., Franz-Josefs-Kai 17
Tel.: 533 19 96, Fax: 535 38 66
www.gelato.at
März bis Sept: tgl. 10–23
Nicht alle 84 Sorten jeden Tag: Haselnuss, Kakao, Kaffee, Malaga, Amarena, Nocciolone, Fiocco, Topfen, Vanille, Stracciatella, Cremango, Erdbeer, Zitrone, Banane, Pistazien, Torrone, Amaretto, Englisch-sup, Mandel, Walnuss, Aschanti, Karamell, Zabaione, Mohn, Whisky, Pinacolada, Campari-Orange, Irischkaffee, Cappuccino, Tobler, Pralinata, Dulce de Leche, Cioccolatino, Schokorange, Maroni, Tiramisu, Himbeer, Zeder, Kassis, Blutorange, Kiwi, Heidelbeer, Brombeer, Pfirsich, Nektarine, Birne, Apfel, Ribisel, Ananas, Marille, Maracuja, Guawa, Zwetschke, Kokos, Mandarine, Melone, Grapefruit, Feige, Rhabarbar, Tuttifrutti, Hollunder, Naturjoghurt, Erdbeerjoghurt, Marillenjoghurt, Heidelbeerjoghurt, Himbeerjoghurt, Himbeercreme, Erdbeercreme, Ananascreme, Limoncello, Variegato-Nutella, Passionsfrucht, Eiskaffee, Nougat, Walderdbeer, Dragee, Papaia, Kiwicreme, Variegato-Amarena, Crema Catalana, Amarenajoghurt, Schokobanane, Giotto-Eis, Bounty-Eis, Pfirsich-Prosecco-Eis, Variegato-Kardamom, Topfen-Zwetschke, Waldbeerenjoghurt, Lemon Cream. Online-Vorbestellung. Zustellservice.

▸ Serafini
20., Wallensteinstraße 52
Tel.: 332 08 78
Apr bis Okt: tgl. 9–23
An die 30 Eissorten, kleiner Schanigarten. Obwohl noch ein Geheimtipp, muss man an den Wochenenden schon mit langen Warteschlangen rechnen.

▸ Tichy
10., Reumannplatz 13
Tel.: 604 44 46, Fax: 602 99 10
Apr bis Okt: tgl. 10–23
Der Erfinder der Eismarillenknödel schwört nach wie vor auf Naturprodukte bei der Eisherstellung. Am Sonntag muss man mit langen Anstellzeiten rechnen. Schanigarten für 45 Personen.

▸ Trente Bortolotti
22., Schüttauplatz 2
Tel.: 263 36 77
tgl. 8–23
Auch die Donaustädter besitzen ihren – ganz eigenen – Eissalon Bortolotti. Mit ganz besonders idealer Lage – gleich bei der Bushaltestelle auf dem Weg zum Gänsehäufel.

▸ Tuchlauben
1., Tuchlauben 15
Tel.: 533 25 53, Fax: 533 25 53
Mitte März bis Okt: tgl. 9.30–22.30
Saisonale Eisspezialitäten. Schanigarten für 30 Personen. Köstliches Walderdbeereis.

▸ Zanoni
1., Lugeck 7
Tel.: 512 79 79, Fax: 512 79 79-76
E-Mail: office@zanoni.co.at
www.zanoni.co.at
tgl. 7–24
Riesiger Eissalon mit einem Schanigarten für 140 Personen. Kleine Imbisse. Innenräume mit Aircondition.

▸ Zanoni Facincani
18., Währinger Gürtel 3
Tel.: 406 82 31
E-Mail: info@eissalonguertel.at
www.eissalonguertel.at
tgl. 10–23.30
Mindestens 26 Sorten guten italienischen Eises. Großer Schanigarten für 100 Personen.

ELEKTRO SPEZIAL

▸ Löschl (Kabel Emmy)
6., Gumpendorfer Straße 88
Tel.: 597 85 28
www.kabelemmy.at
Mo–Fr 8.30–13 u. 14–17.30, Sa 8.30–12
12.700 Lagerartikel aus allen Bereichen der Elektroinstallationstechnik führt das vor 75 Jahren gegründete Elektrogroß- und Einzelhandelsunternehmen von Emmy und Friedrich Löschl. Will heißen, dass die Kunden hier in Sachen (Spezial)-Kabel, Schaltern, Glühlampen, Steckdosen und Steckern und was sonst noch alles gebraucht wird, damit Strom fließen kann, mit allerhöchster Sicherheit fündig werden. Eine Spezialität sind die Erzeugnisse der Firma Kahlert für den Modellbau, dazu zählen etwa Lampen und Leuchten für Puppenhäuser oder Straßenlaternen, Eisenbahnlampen sowie Krippenbeleuchtung.

▸ Point Electronics
6., Stumpergasse 41–43
Tel. 597 08 80-0
Fax 597 08 80-40
E-Mail: mail@point.at
www.point.at
Mo–Fr 9–12 u. 14–18
Das ist die Anlaufstelle für alle Funker – ganz egal ob dilettantische Amateure oder exzellente Profis. Funkgeräte, Empfänger und Zubehör für Amateure sowie Betriebe für Flug- und Seefahrt sind hier erhältlich.

ELEKTRO TOTAL

▸ BOF im Steffl
1., Kärntner Straße 19
Tel.: 513 98 30-0
www.bofshop.at
Mo–Mi, Fr 9.30–19, Do 9.30–21, Sa 9–18
Der neue Hecht im Elektrogeräte-Wahnsinns-Teich. Freundliche und kompetente Beratung. Wie alle Elektrosupermärkte: Kaufrausch.

▸ Cosmos
6., Mariahilfer Straße 120 (Stafa/Eurocenter)
Tel.: 524 07 00
Fax: 524 07 00-2719
www.cosmos.at
Mo–Fr 9.30–19, Sa 9–18
Neueste der acht Wiener Filialen der Elektronikkette Cosmos. Von A wie Akkus bis hin zu Z wie Zahnbürsten, elektrische natürlich.

Verkabelt. (Foto: Wien Energie)

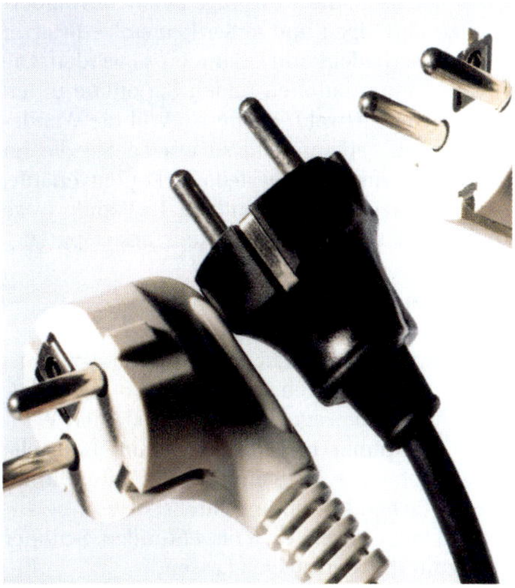

E

▸ Media Markt
2334 Vösendorf, SCS Am Nordring
Tel.: 690 60-0
Fax: 699 87 80
www.mediamarkt.at
Mo–Fr 9.30–19, Do 9.30–21, Sa 9.30–17
Vom Föhn bis zum neuesten Laptop – in den Multimediasupergroßmärkten findet man alles, und das oft zu günstigen Preisen. Weitere Filialen:
21., Brünner Straße 73
13., Mantlergasse 34–36/ Hietzinger Kai 131a
11., Landwehrstraße 6

▸ Saturn
7., Mariahilfer Straße 42–48 (im Gerngross)
Tel.: 525 02-0
Fax: 525 02-20
E-Mail: saturnwienmariahilf@saturn.at
www.saturn.at
Mo–Fr 9.30–19, Do bis 21, Sa 9.30–18
Alles, was das Herz begehrt. Fernsehen, Bügeleisen und Mixer, Stereoanlagen, mp3-Player und Computer. Und zum Teil superbillige CDs. Alles, einfach alles. Weitere Saturn:
20., Millennium City, Handelskai 94–96
22., Zwerchäckerweg 4–6
2334 Vösendorf, Am Südring

ERHOLUNGSGEBIETE

Die Erreichbarkeit der Ausgangspunkte sind auf jeden Fall bestens durch die öffentlichen Verkehrsmittel abgedeckt. So kann die spontane Idee einer Stadtwanderung in Wien ohne Probleme umgesetzt werden. Für ganz Eifrige besteht auch die Möglichkeit, diese Ausflüge in einem Wanderpass zu bestätigen und außerdem stolze Besitzer von Wandernadeln und Urkunden zu werden. Die genauen Informationen finden Sie online unter: www.wien.gv.at/wald/wandern/. Will die Wanderung genau geplant sein, so nutzen Sie die im Internet grafisch dargestellten Routenverläufe. Heurige und Gaststätten entlang der Wanderwege können einem den schweren Rucksack ersparen.

▸ Bisamberg
Östlich der Donau
Der Bisamberg hat nicht nur eine beeindruckende Aussicht zu bieten, sondern auch viel Spielraum für die bewegungsfreudigen kleinen Wanderer. Startpunkt und Routenverlauf: Endstelle Straßenbahnlinie 31 (Stammersdorf), Rundfunksender, Eichendorffhöhe, Schießstätten; Weglänge: 10,3 km; Gehzeit: ca. 3 bis 4 Stunden. Schöner Platz zum Drachen steigen Lassen.

▸ Erholungsgebiet Wienerberg
10., zwischen Eibesbrunnergasse u. Neilreichgasse
tgl. 0–24
Geschützter Landschaftsteil mit Wald, Wiesen und Gewässern auf 117 ha Fläche. Reichlich Freizeitangebote (Streetball, Radwege, 14 km Spazierwegnetz, Liegewiese ...); Lebensraum für heimische Fauna und Flora.

▸ Erholungsgründe Steinhof
14., Baumgartner Höhe
Weitläufiges, bewaldetes Gebiet im Westen Wiens. Am Gelände befinden sich auch die Einrichtungen des Otto-Wagner-Spitals, das Jugendstiltheater Steinhof und die im Jugendstil errichtete Kirche.

▸ Laaer Wald
10., Bitterlichstraße / Laaerbergstraße
tgl. 8 bis Einbruch der Dämmerung
Ein Juwel der Stadt. Mit Teichzonen, Waldgebiet, Naturlehrpfad, Vogelschutzgebiet und Beobachtungsplateau. Direkt daneben: der Böhmische Prater.

▸ Lainzer Tiergarten
13., Hermesstraße
Tel.: 804 31 69
Mitte Feb bis Mitte Nov: 8 bis zur Dämmerung,
Mitte Nov bis Feb: 9 bis zur Dämmerung
Der Lainzer Tiergarten zählt zu den ältesten Tierparks Europas. Neben Rehen, Mufflons und Damhirschen gibt es auch die Lieblingsspeise von Obelix zu sehen. Das alles bei freiem Eintritt. Führungen und Exkursionen sind auch möglich.

Schwein gehabt? (Foto: Stadtgartenamt)

▸ Nationalpark Donau-Auen
2304 Orth an der Donau, Schlossplatz 1
Tel.: 02212/3450, Fax: 02212/3450-17
www.donauauen.at/www.wien.gv.at/wald/natpark/
Mo–Do 8–16.15, Fr 8–12
Ein intensives Auseinandersetzen mit der Natur wird in den Donauauen möglich. Geschulte Nationalparkbetreuer können Ihnen dabei helfen. Viele spezielle Angebote, aber auch die Erkundung auf eigene Faust ist möglich.

▸ Naturlehrpfad Nikolaitor
Neu ist der Naturlehrpfad Nikolaitor. Er liegt im Lainzer Tiergarten und ist von der U4-Station Hütteldorf in etwa 10 Minuten Gehzeit erreichbar. Die Strecke von 2,5 km (mit Informationstafeln versehen) können in etwa einer Stunde gemütlich bewältigt werden.

▸ Prater
2., zwischen Praterstern u. Winterhafen
Tel.: 720 32 66
tgl. 0–24
Mit 6.000.000 m^2 Wiesen, Au- und Waldgebiet die grüne Lunge der Stadt. Attraktiv für Sportbegeisterte, Naturhungrige, Verspielte und Verliebte. 4km Laufstrecke vom Wurstelprater bis zum Lusthaus (Prater-Hauptallee), Sport- und Spieleinrichtungen auf der Jesuitenwiese (winterliches Rodeln dank Beschneiungsanlage), BMX-Strecken, Beachvolleyball. Weiters am Gelände: Ernst-Happel-Stadion, Stadionbad, Liliputbahn, lauschige Plätze an ehemaligen Donauarmen und Lagunen.

▸ Der Wienerwald
westlich von Wien
Das größte Naturluftreservoir von Wien bietet der Wienerwald. Eine hervorragende Gegend zum Spazierengehen, Wandern und der Natur nahe Sein mit all ihrer botanischen und zoologischen Vielfalt. Ein Besuch im Sommer als auch im Winter wird eine hektische Arbeitswoche bald vergessen lassen.

ERNÄHRUNGSBERATUNG

▸ Ernährungs-Hotline
Tel.: 0810/81 02 27, Fax: 588 77-992 57
E-Mail: leserbriefe@konsument.at
www.gesundesleben.at
Mo–Fr 9–15
Kompetente Antworten auf Ernährungsfragen durch ErnährungswissenschafterInnen und ChemikerInnen.

▸ Forum Ernährung Heute
3., Schwarzenbergplatz 6
Tel.: 712 33 44, Fax: 712 33 04
E-Mail: office@forum-ernaehrung.at
www.forum-ernaehrung.at
Aktuelle Informationen, Tipps und Ratschläge zu den Themen: Wellness, Übergewicht, Ernährung, Diäten, Lebensmittel. Klassische Mythen und Irrtümer in der Ernährung werden auch in einem eigenen Kapitel behandelt: Ist der Kaffee ein Durstlöscher?

▸ Hotline für Essstörungen
Tel.: 0800/20 11 20
Mo–Do 12–17
Information über Beratungs- und Therapieangebote, Krisenintervention – nur telefonisch.

ERSTE-HILFE-KURSE

▸ Die Johanniter
18., Thimiggasse 57 / Ebene EG
Tel.: 470 20 16, Fax: 470 20 16-55
E-Mail: abz.wien@johanniter.at
www.johanniter.at
Erste-Hilfe-Grund- und -Auffrischungskurse; Führerscheinkurse, betriebliche Erste-Hilfe-Kurse sowie Spezialkurse für Herz-Lungen-Wiederbelebung und die Verwendung des Defibrillators. Terminauskunft telefonisch oder per Internet.

▸ Rotes Kreuz Wien – Ausbildungszentrum
3., Franzosengraben 6
Tel.: 795 80-580, Fax: 795 80-9600
www.abz.w.redcross.or.at
Modernes Ausbildungszentrum. Erste-Hilfe-Kurse für Führerscheinwerber, Kindernotfälle, Taucher sowie Spezialkurse für Motorradfahrer, Sportler und bei Bedarf alle möglichen anderen Spezialistenkurse. Terminauskunft telefonisch oder per Internet.

▸ Samariterbund Wien
15., Hollergasse 2–6
Tel.: 891 45-181, Fax: 891 45-991 81
E-Mail: martina.gergelyi@samariterbund.net
www.samariterbund.net
Mo–Do 8–16, Fr 8–13
Der Arbeiter-Samariterbund Wien bietet neben Kursen für Führerscheinwerber auch spezielle Kurse für Kindernotfälle, Säuglingspflege, Defibrillationskurse und viele andere an. Die Kurse finden in der Zentrale in der Hollergasse sowie bei den verschiedenen Bezirksgruppen statt. Termine erfährt man telefonisch oder via Internet.

ESOTERIK

▸ Annemarie Stelzers Esoterik-Fachgeschäft
15., Fünfhausgasse 3
Tel.: 892 05 61
Fax: 892 05 61
E-Mail: annemarie.stelzer@chello.at
www.pentagramm.co.at
Neben einer großen Auswahl an Esoterikzubehör werden auch Beratungstermine und Kurse angeboten (Reiki, Handlesen, Tarot).

▸ Drei Lichter Esoterik
21., Brünner Straße 34–38/15/R9
Tel.: 270 86 73
Fax: 271 13 23
E-Mail: drei.lichter-esoterik@aon.at
www.dreilichter-esoterik.at
Di–Fr 9–18.30, Sa 9–17
Bücher, Räucherwaren, CDs, Quija – Boards, Amulette, Kerzen, ätherische Öle, Edelsteine sowie Zauberpulver und Zauberbohnen.

▸ Esoterik-Beratung
10., Laxenburger Straße 98/6/3
Tel.: 920 20 78
Fax: 920 20 78
E-Mail: magischeberatung@vip.or.at

▸ Feenwelt
7., Lerchenfelder Straße 19
Tel.: 526 42 46
Mo–Fr 10–19, Sa 9–13
Beratung und Betreuung in esoterischen Fragen. Auffinden energetischer Blockaden im Körper, Messen der Vitalkapazität. Kartomantie (Zukunftsprognosen durch Kartenlegen).

▸ Naturwaren Brigitte Stocker
7., Gutenberggasse 17
Tel.: 523 03 30
Fax: 523 03 30
E-Mail: office@naturwaren.at
www.naturwaren.at
Mo–Fr 10–13 u. 14–18, 1. Sa im Monat 10–17
Der „Stocker" ist das Fachgeschäft für Naturwaren in Wien. Es ist ein Zweimannbetrieb und verblüfft immer wieder hinsichtlich des reichhaltigen Angebots trotz der geringen Anzahl an Quadratmetern von Verkaufsfläche. Die Produkte reichen von Blütenessenzen, ätherischen Ölen, Edelsteinen, Tees, Räucherwerk, CDs über Bücher, Tarot, Pendel und Tensoren bis hin zu verschiedensten Geschenkartikeln. Extras: Seminare und Beratungen.

▸ OM Shiva
5., Reinprechtsdorfer Straße 54
Tel.: 961 06 32, Fax: 961 06 32
www.om-shiva-esoterik.at
Mo–Fr 9.30–18.30, Sa 9–12.30
Feng-Shui-Artikel, Entspannungsmusik, Mineralien, Schmuck, Engel, Tarot, Räucherartikel und viele esoterische Spezialthemen. Außerdem: schöne indische Textilien und ayurvedische Teemischungen.

ESSEN LIEFERN LASSEN

Eigentlich besitzt ja jede/r im Bezirk die Lieblingspizzeria, die auch gleich bis an die Haustüre liefert. Und wie das so ist, haben wir uns hier auf die Zulieferer im größeren Rahmen beschränkt – die Pizzaboten, die quer durch die Stadt rasen – daneben noch ausgefallenere Essenszusteller wie Sushi-Verchecker oder Curry-Lieferanten.

▸ China Man Home Sushi
2., Kleine Mohrengasse 5
Tel.: 217 73 , Fax: 217 73-20
www.chinaman.at
Mo–Sa 11.30–14.30 u. 17.30–23, So, Fei 11.30–23
Frische knusprige Frühlingsrollen, Chop-Suey oder das Menü vom Chinesen direkt an die Haustüre oder ins Büro geliefert, der China Man übernimmt die Lieferung in alle Bezirke gratis (ab einer Mindestbestellsumme von 9 Euro). Ab 22 Euro gibt es eine Flasche Pflaumenwein gratis dazu.

▸ Dehli-Palace
3., Ungargasse 21–23
Tel.: 712 71 37, Fax: 712 71 37
tgl. 11–14.30 u. 18–23
Indisches Restaurant, das in den 1., 3. und 4. Bezirk gratis liefert und in die anderen Bezirke auf Anfrage. Allerdings sollte die Bestellung mindestens 11 Euro betragen.

▸ Joey's Pizzaservice
5., Hamburgerstraße 14
Tel.: 581 13 10-0, Fax: 481 13 10-25
www.joeys.at
Mo–Fr 11–22.30, Sa 17–23, So, Fei 12–23
Die Zutaten auf die Pizza sind frei verhandelbar, vielfältig und frisch und die Pizza dünnteigig und knusprig. Genau so wie man es sich vorstellt. Dazu nach Wunsch Getränke, Salate, Pasta, Desserts usw. Die Preise hängen von Größe und Anzahl der Zutaten ab. Lieferung gegen Mindestbestellwert (7,5 Euro) nur in die Bezirke 4., 5., 6.; um 10 Euro in die Bezirke 1., 7., 8.). Online-Bestellung.

▸ Pizza Flitzer
7., Mariahilfer Straße 54/6 (Zentrale)
Tel.: 599 10, Fax: 599 10-85
E-Mail: office@pizzaflitzer.at
www.pizzaflitzer.at
Mo–Do 11–14 u. 17–23, Fr–So 11–23
Mit 12 Standorten in Wien ist der nächste Pizza Flitzer sicher nicht weit. Bestellen (per Telefon, Fax, E-Mail oder online) und dann ein wenig warten (max. 40 Minuten), und schon liegt sie dampfend auf dem Teller: die Pizza. Ab einem Bestellwert von 8,72 Euro Gratis-Zustellung.

▸ Pizza Mann
5., Ziegelofengasse 41
Tel.: 866 60
E-Mail: service@pizzamann.at
www.pizzamann.at
Mo–So 11–3
Insgesamt 13 Pizza-Mann-Filialen sorgen flächendeckend für einen guten Zustellservice. Auf der Homepage gibt es für registrierte Kunden die Möglichkeit der Online-Bestellung.

▸ Wozu kochen.at
15., c/o Künstlergasse 11
Tel.: 0810/33 30 00
E-Mail: info@wozukochen.at
www.wozukochen.at
tgl. 11–23
Sushi, an die Haustüre geliefert. Natürlich kann auch das andere Angebot von Akakiko – sämtliche Beilagen und Getränke – bestellt werden. (Gratis-)Zustellung in ganz Wien, mit Ausnahme der Bezirke 10, 21 und 22. Mindestbestellwert 12,50 Euro.

▸ Bierher.at
7., Stollgasse 5a/5
Tel.: 0699/14 00 14 00
E-Mail: office@bierher.at
www.bierher.at
tgl. 19–2, Bestellannahme bis 1
Zu den schlimmsten Horrorszenarien gehört jenes, bei dem ein (be)rauschendes Fest gemacht wird, und das Bier geht aus. Doch wenn dieses Unheil vor ein Uhr nachts eintritt, lässt sich in Wien Abhilfe schaffen. Bei bierher.at können via Internet oder telefonisch Bier (Ottakringer Helles, Fohrenburger Jubiläum, Trumer Pils, Corona), aber auch Cola und Red Bull sowie diverse Snacks (Nüsse, Tortillachips, Dips) geordert werden. Kostenlose Lieferungen (ab einem Sixpack) in den 5., 6., 7., 8., und 15. Bezirk. In den Bezirken 1, 2, 3, 4, 9, 10, 14 und 16 bis 19 liegt die Mindestbestellsumme bei 10 bis 19 Euro.

FAHNEN & FLAGGEN

▸ Allround Fahnen Heinz Hien
15., Alliogasse 29–33
Tel.: 982 51 17
Fax: 982 51 17-6
www.fahnen-hien-wien.at
Mo–Do 7.30–16.30, Fr 7.30–12
Fahnen, Transparente, Tischbanner, Wimpel, Pistenflaggen und Startnummern, Papierfahnen, Gerüstabdeckungen etc.

Jeden Morgen eine neue Fahne. (Foto: Archiv)

▸ Fahnen Christl
7., Kirchengasse 34
Tel.: 523 24 72
Fax: 786 32 52
E-Mail: fahnen-christl@aon.at
www.members.aon.at/fahnen-christl/
Mo–Do 9–16.30, Fr 9–15
Fahnen, Transparente, Wimpel und Tischbanner, wahlweise im Digital- oder Siebdruck.

▸ Fahnen Profi – Margarete Scevik
3., Erdbergstraße 47
Tel.: 712 82 91
Fax: 712 82 92
E-Mail: office@fahnenprofi.at
Mo–Do 9.30–12 u. 12.30–16, Fr 9.30–12
Fahnen und Flaggen aller Art.

FAHRRAD

F

Dass Wien nicht das ist, was man eine „fahrradfreundliche Stadt" nennt, weiß jede/r, die/der schon so manch eine Strecke von A nach B in Wien – einmal mehr und einmal weniger erfolgreich – mit dem Drahtesel zurückgelegt hat. Dass die Radwege sehr schmal und zudem eher rar zu verorten sind, tut das Seinige dazu, an so manchen Tagen (an denen man es nicht wagt, sich dem alltäglichen Kampf mit den AutofahrerInnen zu stellen) die Öffentlichen vorzuziehen. Doch Fahrradfahren macht Spaß, und das auch – sogar – in Wien. Hat man erst einmal die richtigen Radrouten ausfindig gemacht, merkt man schnell, wie unabhängig, schnell und einfach man sich fortbewegen kann.

CLUBS

▸ Argus – Die Radlobby
4., Frankenberggasse 11
Tel.: 505 09 07, Fax: 505 09 07-19
E-Mail: service@argus.or.at
www.argus.or.at
Mo–Mi 14–18, Do, Fr 14–20, Sa 9–13
ARGUS ist ein gemeinnütziger Verein mit dem Ziel, den nichtmotorisierten Verkehr zu fördern – insbesondere den Radverkehr. Fahrradselbsthilfewerkstatt in der Autofreien Mustersiedlung Floridsdorf. Hier kann jede/r gegen einen Beitrag von 3,50 Euro einen Nachmittag lang das Werkzeug gebrauchen. Angebot von Fahrradversicherungen. Werkstatt: 21., Nordmanngasse 27, Mo, Mi, Fr 16–19.

▸ Österreichischer Radsportverband
11., Hasenleitengasse 73
Tel.: 768 16 91
Fax: 768 16 91-20
E-Mail: office@radsportverband.at
www.radsportverband.at
Mo–Do 8–16.30, Fr 8–14
Wichtige Informationen zu Neuigkeiten und Terminen im Radsport.

FAHRRADFÄHRE

▸ Fähre über den Donaukanal
9., Höhe Summerstage
Jahrelang hat sie RadfahrerInnen bei der Haidingergasse über den Donaukanal geholfen, aber der den Siemens MitarbeiterInnen zuliebe erfolgte Bau des Fußgänger- und Radfahrerstegs erzwang ein jähes Ende. Aber keine Tränen vergießen: Die Fähre kommt wieder, weiter nördlich nun, aber in alter Pracht.

FAHRRADREISEN

▸ Rad und Reisen
22., Schickgasse 9
Tel.: 405 38 73-0
Fax: 405 38 73-17
E-Mail: office@fahrradreisen.at
www.eurocycle.at
Mo–Fr 8–18
Bietet ein breit gefächertes Angebot an begleiteten und individuellen Fahrradreisen in fast allen Ländern Europas und in Südafrika – von Genuss-Radwandertouren bis hin zu sehr anspruchsvollen Mountainbike-Touren. Das Leistungspaket umfasst sorgfältig ausgewählte Unterkünfte, Verpflegung, täglichen Gepäcktransport, ausführliche Routenbeschreibungen und/oder Reiseleitung und Begleitbus.

KAUFEN & SERVICE

▸ Bazar online
www.bazar.at
Verkauf gebrauchter Fahrräder – von privat zu privat.

▸ Bike Attack
2., Praterstraße 29
Tel.: 264 53 81, Fax: 264 53 81-14
E-Mail: info@bike-attack.at
www.bike-attack.at
Mo–Fr 10–18, Sa 10–16
Alles, was ein trendiger Biker braucht: das Bike (in jeder Preisklasse), Zubehör und Teile sowie die richtige Kleidung gibt es bei Bike Attack. Und einen Reparaturdienst, der recht flott arbeitet.

▸ Biketeam Fahrrad Freiler
19., Döblinger Hauptstraße 56
Tel.: 368 69 90
E-Mail: e.freiler@utanet.at
Di–Fr 10–13 u. 15–18, Sa 9–12

▸ Brunner Wolfgang
16., Degengasse 37
Tel.: 485 57 32, Fax: 484 65 91
Mo, Mi–Fr 9–13 u. 15–18, Sa 9–12
Einer der letzten ausgebildeten Fahrradmechaniker. Legende.

▸ Capo Rad und Mode
20., Wallensteinstraße 33
Tel.: 330 90 30
Fax: 330 90 30-5
E-Mail: capo@eunet.at
Mo–Fr 10–12.30 u. 15–18, Sa 10–12.30
Schicke Fahrräder für schicke Leute. Hier werden Fahrräder auch nach Maß gefertigt.

▸ Ciclopia
6., Stiegengasse 20
Tel.: 586 76 33, Fax: 586 76 33-11
E-Mail: bike@ciclopia.at
www.ciclopia.at
Di–Fr 10–13 u. 15–19, Sa 10–13
Kleines, aber feines und gut verstecktes Fahrradgeschäft. Supernette, professionelle Betreuung und Beratung.

Guter Rad muss nicht teuer sein. (Foto: Archiv)

▸ Citybike
22., Eisstoßgasse 3
Tel.: 0664/482 27 90, Fax: 710 51 80
E-Mail: citybike@blackbox.net
www.citybike.at
Citybike hat sich auf Transportfahrräder spezialisiert – und davon gibt es mehr Arten, als Sie glauben mögen. Und Sie können kaufen oder leihen (je nach Modell ab 5 Euro/6 h bzw. 7 Euro/Tag).

▸ Cooperative Fahrrad
6., Gumpendorfer Straße 111
Tel.: 596 52 56, Fax: 596 52 57-4
www.fahrrad.co.at
März bis Aug: Mo–Mi 10–13 u. 14–18,
Do–Fr 10–13 u. 14–19, Sa 10–16,
Sept bis Feb: Mo–Fr 10–13 u. 14–18, Sa 10–13
Eine der ersten Adressen der Stadt – was Qualität und Preis anbelangt.

▸ Cycle-Circle Christian Weinzetl
4., Wiedner Hauptstraße 55
Tel.: 504 44 22, Fax: 504 44 22
www.fpsite.at/cycle-circle
Mo–Fr 10–13.30 u. 14.30–19, Sa 10–13
Fahrräderverkauf aller Art (inkl. Zubehör) und Fahrradwerkstätte.

▸ Gartner Radsportzentrum
16., Lerchenfelder Gürtel 29
Tel.: 492 08 62
Mo–Fr 8.30–12 u. 13–18, Sa 9–12
Kleine Werkstätte, sehr nette Betreuung.

▸ Hitec Sports Ebenberger
13., Rotenberggasse 6
Tel.: 879 60 06
Fax: 879 60 06
E-Mail: hitec-sports@aon.at
www.hitec-sports.at
Mo–Fr 16–19.30, Sa 10–13
Profifachhandel mit Fahrradwerkstätte. Im Geschäft sind Broschüren, Ratgeber und Bücher zum Thema Rad erhältlich.

▸ Kosty – Kosteletzky
4., Weyringergasse 37
Tel.: 505 06 86
www.kosty-bikespirit.at/
Mo–Fr 9–12 u. 14–19
Die Fachwerkstatt, in der individuelle Räder nach Kundenwunsch zusammengestellt werden, die mit Service und kompetenter Beratung glänzt und richtige Radler mit einem umfangreichen Sortiment erfreut.

▸ Maderna City Scooter
8., Zeltgasse 12
Tel.: 0676/422 77 31
Fax: 408 54 50-4
E-Mail: info@mcsbike.com
www.mcsbike.com
Büro: Mo–Do 9–16.30, Fr 9–13,
Öffnungszeiten der Werkstatt bitte tel. erfragen
Hauptsächlich Liegeräder bekommt man hier.

▸ Newton
2., Untere Donaustraße 37
Tel.: 216 82 82 od. 0676/363 53 46
E-Mail: info@newton.at
www.newton.at
Di–Fr 14–18
Verkauf – Beratung – jederzeit Test – Service.

▸ Sator
2., Böcklinstraße 104
Tel.: 728 91 36
Fax: 728 91 36
E-Mail: wsator@netway.at
Di–Fr 10–18, Sa 9–12
Hat schon immer Fahrräder neu entwickelt und auf diese Tour das Elektrofahrrad „erfunden“: kostet zwar nicht wenig, ermöglicht aber fast schweißfreies Durch-die-Stadt-Biken.

▸ Schmidt Heinrich Ing
7., Westbahnstraße 28
Tel.: 523 51 13
Mo–Fr 9–12 u. 15–18, Sa 9–12
Sehr netter Inhaber, zu dem man immer wieder gern – und einfach so – auf ein „Plauscherl“ vorbeikommt. Viele Stammkunden.

▸ Trappl Christian
20., Leystraße 75
Tel.: 330 06 96
Mo 14–18, Di–Fr 8–12 u. 14–18, Sa 8–12

▸ WUK Werkstätte
19., Währinger Straße 59
Tel.: 401 21-60
www.wuk.at
Mo–Mi 15–19
Wer selbst an seinem Fahrrad herumbasteln möchte, hat im WUK hierfür die Möglichkeit (die Werkzeuge werden bereitgestellt). Für diejenigen, die das lieber anderen überlassen wollen: Hier gibt's auch MechanikerInnen, die das gerne übernehmen.

ÜBUNGSPLATZ

▸ ARBÖ Radübungsplatz
23., In der Wiesen
Tel.: 795 75-33, Fax: 795 75-42
E-Mail: wien@arboe.at
www.arboe-wien.at
1. April bis 15. Okt: Di, Do 15–18 (nur bei Schönwetter), sonst bitte erfragen
Auf dem ARBÖ-Radübungsplatz können Kinder spielerisch lernen, mit dem Fahrrad ohne gröberen Schaden in der Großstadt umzugehen. Und auf fast 3000 m^2 sind alle wichtigen Verkehrseinrichtungen vorhanden. Mit dem eigenen Fahrrad ist die Benutzung des ARBÖ-Radübungsplatzes kostenlos, sonst kostet es 1,5 Euro/Übungsstunde. Bitte den eigenen Helm mitbringen oder einen am Radübungsplatz kostenlos ausleihen.

VERLEIH

▸ Donau Fritzi – Radsport Nussdorf
19., Donaupromenade am Radweg
Tel.: 370 45 98, Fax: 370 45 99
E-Mail: info@donau-fritzi.at
www.donau-fritzi.at
tgl. 8–20, Dez u. Jän geschlossen
Verkauf, Service und Verleihpreise für eine Stunde bzw. für einen Tag. Damen-/Herren- und Jugendräder: 4 Euro/Stunde, 18 Euro/Tag; Kinderräder: 2 Euro/Stunde, 9 Euro/Tag; KTM-Mountainbike: 8 Euro/Stunde, 36 Euro/Tag; Tandem: 8 Euro/Stunde, 36 Euro/Tag.

Räder zum Ausleihen – all over Vienna City. (Foto: Archiv)

▸ Neue Wiener Hochschaubahn Kremser
2., Prater 113
Tel.: 729 58 88, Fax: 729 58 88
1. März bis 1. Nov: Mo–Fr 10 bis zur Dämmerung, Sa, So, Fei 9.30 bis zur Dämmerung
Besonderheit: Bei Bedarf auch früher geöffnet. Kinderräder: 3 Euro/Stunde, 14,50 Euro/Tag; Damen-/Herren- und Sporträder: 4 Euro/Stunde, 19 Euro/Tag; Chopper, Skatebike, Citybike, Mountainbike: 4,50 Euro/Stunde, 21,50 Euro/Tag; Tandem: 6 Euro/Stunde, 29 Euro/Tag.

▸ Pedal Power
2., Ausstellungsstraße 3
Tel.: 729 72 34
Fax: 729 72 35
www.pedalpower.at
April bis Okt: tgl. 8–19, März auf Anfrage
Fahren Sie auf dem Fahrrad an allen Sehenswürdigkeiten Wiens vorbei. Treten müssen Sie allerdings selber. Kostet 23 Euro inkl. Führer. Ab Pedal Power Office inklusive Tourenplan und Informationen (Preise für 4 Stunden/1 Tag): Erwachsene: 17/27 Euro, Kinder: 12/19 Euro, StudentInnen: 14/21 Euro. Extras: Zustell- und Abholservice – allerdings gegen kleinen Aufpreis.

▸ Radverleih Floridsdorfer Brücke
21., Donauinsel Parkplatz
Tel.: 278 86 98
Fax: 278 86 98
www.8ung.at/radverleih
März bis Okt: Mo–Fr 9.30 bis zur Dämmerung, Sa, So, Fei 9 bis zur Dämmerung
Neben dem Rad- und Skatesverleih wird auch ein Reparaturservice von Mo bis Fr angeboten. Preise pro Stunde: Kinder- und Klappräder 2,50 Euro; Damen-/Herrenräder (3-Gang) 3,50 Euro; BMX, Beach Cruiser 4 Euro; Skooter Luftbereift 6 Euro; City-, Mountainbike 6 Euro; Tandem, Einkaufsdreirad 6 Euro.

▸ Vienna City Bike
3., c/o Litfaßstraße 6
Tel.: 0810/50 05 00 (Hotline)
E-Mail: kontakt@citybikewien.at
www.citybikewien.at
Wien bekommt ab 2003 mit den neuen „City Bikes Wien" das weltweit modernste Gratisstadtrad-System. Gratis ist das „neue" Gratisrad der Stadt Wien nur mehr die erste Stunde; da man sich beim Ausleihen mit der Bankomat-Karte registrieren muss, kann eine entsprechende Gebühr bei Überschreiten der Gratiszeit ganz schnell abgebucht werden (2 Euro/Stunde ab der ersten und 4 Euro/Stunde ab der dritten Stunde).

▸ Walter
22., Am Kaisermühlendamm 1
Tel.: 263 52 42
www.fahrradverleih.at
Mai bis Aug: tgl. 9–21, März bis Okt: tgl. 9–18,
April bis Sept: tgl. 9–20
Leihgebühren für jeweils 1 Stunde: Kinderräder: 3,80 Euro, Comforträder: 4,80 Euro, Trekkingräder: 5,40 Euro (mit Kindersitz: 6,40 Euro), Mountainbikes und Rennräder: 7,40 Euro, Babyvan: 10 Euro, Tandem: 11 Euro.

FAHRSCHULEN

▸ Columbus
2., Lassallestraße 11
Tel.: 214 43 61
www.fahrschule-columbus.at
Jung und spritzig gibt sich die Fahrschule, Preise für Führerschein B ab 1.038 Euro. Im Programm gibt es auch ein eigenes Kursangebot für Menschen mit körperlichen Handicaps.
Weitere Filiale: 10., Quellenstraße 129 / Columbusgasse 54, Tel.: 604 37 55

▸ Karlsplatz
4., Karlsplatz 2
Tel.: 505 01 25 od. 505 26 43
www.fahrschule-karlsplatz.at
Mo–Do 9–13 u. 14–19, Fr 9–13.30
Führerschein B ab 1.117 Euro. Zusätzliche Fahrstunde 82 Euro (Doppelstunde). Weitere Filialen:
16., Ottakringer Straße 43, Tel.: 403 43 28
18., Salierigasse 41, Tel.: 479 21 91

▸ Regenbogen
3., Schlachthausgasse 23–29
Tel.: 796 66 70
Fax: 796 66 70-20
www.fahrschule-regenbogen.at
Mo, Di, Fr 9–12, Mo–Do 15–18, Fr 15–17
Kurskosten Führerschein B ab 1,075 Euro. Zusätzliche Fahrstunden 75 Euro (Doppelfahrstunden: Mo bis Fr 8–17 Uhr).

▸ Schottenring
1., Maria-Theresien-Straße 32
Tel.: 317 63 62
E-Mail: fahrschule@schottenring.at
www.schottenring.at
Mo–Do 9–18, Fr 9–17.30
Grundkurs FS B (erste Phase): 928 Euro, zusätzliche Fahrstunden (vor 8 und nach 20 Uhr): 51 Euro.

▸ U3ver
15., Hütteldorfer Straße 81b/1/2/6
Tel.: 982 67 67
Fax: 682 67 67-33
E-Mail: office@u3ver.at
www.u3ver.at
Mo–Fr 9–18.30,
Mai bis Sept: Mo 9–20 Di–Fr 9–18.30, Sa 9–12
Die Fahrschule hat sich speziell für Frauen ein attraktives Angebot ausgedacht: eigene Frauenintensivkurse (von Frauen für Frauen) mit gratis Kinderbetreuung. Außerdem gibt es auch Kurse in türkischer Sprache. B-Schein ab 1084 Euro. Zusätzliche Fahrstunden: 39 Euro (48 Euro).

FARBEN & LACKE

Die Wirkung von Farben auf Körper und Geist ist unbestritten. Sie fördern die Entspannung und lindern sogar Wetterbeschwerden. Wie genau welche Farben wirken, ist eine Wissenschaft für sich. Das ist individuell sehr verschieden. In den Fachgeschäften werden Sie in Bezug auf die Auswahl und Zusammensetzung oder die neuesten Techniken des Pinselns kompetent beraten.

▸ Beck, Koller & Co
1., Walfischgasse 15
Tel.: 512 16 95
Mo–Fr 8–18, Sa 9–12
Gutsortiertes Farbengeschäft mitten in der Stadt. Auch Malerzubehör (Pinsel, Kübel, Abdeckfolie).

▸ Benesch
12., Flurschützstraße 8
Tel.: 813 34 66
E-Mail: farben.benesch@chello.at
Mo–Fr 8–12 u. 14–18, Sa 8–12
Spezialfarben für Film und Fernsehen, Autolacke, Hobbyfarben. Sonderwünsche werden mit der computergesteuerten Farbmischanlage erfüllt.

▸ Sefra Farben- und Tapetenvertrieb
5., Schönbrunner Straße 47
Tel.: 588 41-0
Fax: 588 41-25
E-Mail: office@sefra.at
www.sefra.at
Mo–Fr 7–18, Sa 8–12.30
Der seit 1886 bestehende Familienbetrieb ist sowohl ein Groß- als auch ein Einzelhändler. Wer wirklich viel Farbe im Leben haben will, sollte zu Sefra gehen. Bunter geht's nicht. Dazu noch Tapeten aller Art. Informationen über alle Produkte können bequem über den Online-Katalog abgefragt werden. Filialen:
2., Hollandstraße 6, Tel.: 214 25 14
17., Hernalser Hauptstraße 163, Tel.: 485 58 16

Farbe für die Wohnung … (Foto: Archiv)

▸ Wolfram
5., Schönbrunner Straße 133–137
Tel.: 544 47 77-0
Fax: 544 47 77-85
E-Mail: u.kornmayer@nextra.at
email.farbunion.at/wolfram/
Mo–Do 8–12 u. 14–18, Fr 8–18, Sa 8–12
Wolfram hat sich auf das Mischen von Farben spezialisiert. Hier kann man dabei zusehen und bekommt kompetente Beratung und Tipps. Die Produkte reichen von Wand-, Boden- und Fensterfarben über Spezialanstriche bis zu Autolacken sowie jeglichem Zubehör.

▸ Worritsch
6., Otto-Bauer-Gasse 17
Tel.: 587 02 86
Mo–Fr 9–18
Farben und Künstlerbedarf.

FESTIVALS

EVENTS

▸ Das Fest der Völker im Augarten – Klassikpicknick im Park
20., Gaußplatz (Eingang)
Tel.: 332 26 94 , Fax: 332 26 94
E-Mail: aktionsradius@augarten-kultur.at
www.augarten-kultur.at
Mit dem „Fest der Völker" möchte der Aktionsradius Augarten die Mischkulanz an Kulturen im Augarten-Viertel ausgelassen feiern und damit positive Impulse für ein friedliches Zusammenleben setzen. Das Fest findet im Zweijahresrhythmus statt, alternierend mit dem Klassikpicknick.

▸ Die lange Nacht der Museen
Innere Stadt u. Museumsquartier
langenacht.orf.at
Die wichtigsten Wiener Museen von A (wie Architekturzentrum) bis W (wie Wiener Feuerwehrmuseum) können mit einem einzigen Ticket in einer Nacht im September besucht werden. Für den Transport zwischen den verschiedenen Gebäuden sorgen Shuttlebusse, für die das Ticket praktischerweise auch gilt. Sammelplatz für alle Besucher ist der „Treffpunkt Museum" am Heldenplatz, wo es Info-Broschüren und Tickets gibt.

▸ Love Parade
2., Lassallestraße – Reichsbrücke – Wagramer Straße
www.loveparade.at
Wenn sie stattfindet, dann zieht sie Hunderttausende Jugendliche in ihren Bann, die unter den stampfenden Beats der DJs den Trucks über die Lassallestraße und Reichsbrücke folgen. Und nach ein paar Stunden Tanzen in der Sonne geht es dann weiter zur heißen Nacht in den Clubs.

… Farbe fürs Leben. (Foto: Archiv)

▸ **Regenbogenparade**
1., Ringstraße
www.regenbogenparade.net, www.pride.at
Die Parade findet an einem Samstag Ende Juni statt, beginnt traditionellerweise um 15 Uhr und führt gegen die Fahrrichtung den Ring entlang. Schwule, Lesben und Transgender-Personen präsentieren sich und ihre Einrichtungen, und das bunte, fröhliche Treiben zieht in der Regel Tausende BesucherInnen an.

FESTE

▸ **Donauinselfest**
Donauinsel
Tel.: 535 35 35 (Hotline)
www.donauinselfest.at
Hotline während des Festes 9–21
Von der SPÖ organisiertes Sommerfest auf der Donauinsel, das drei Tage lang Popmusik, Kabarett, Blasmusik, Diskussionen und eine Leistungsschau der SPÖ nahestehenden Organisationen bringt. Und dazu Gastronomie auf mindestens 2 km. Findet in der Regel Mitte oder Ende Juni statt und bringt Massen auf die Insel.

▸ **Faschingsumzug**
18., Währinger Straße und Umgebung
Der jährlich am Faschingssamstag stattfindende „Große Wiener Faschingsumzug“ bringt Faschingsgilden aus Wien, dem Rest Österreichs und sogar aus dem benachbarten Ausland zu einem stattlichen Festzug zusammen. Die besten Kostüme werden prämiert.

▸ **Maifest im Prater**
2., Prater
Tel.: 728 05 16 (Praterverband)
E-Mail: info@wiener-prater.at
www.wiener-prater.at
Die SPÖ Wien und der Wiener Praterverband laden traditionell zum großen Fest. Die Vergnügungsbetriebe gewähren freie oder ermäßigte Fahrten, und dichtes Programm auf mehreren Bühnen sorgt für Unterhaltung und gute Laune.

▸ **Silvesterpfad**
1., Innere Stadt
Auf mindestens 3,5 km rutschen die WienerInnen mitsamt ihren Gästen auf der größten Silvesterparty, die Österreich zu bieten hat, durch die Gassen und ins neue Jahr. Das Programm beginnt traditionellerweise mit den Tanzschulen, die um 14 Uhr am Rathausplatz noch letzte Tipps für den perfekten Walzer geben, und zieht sich über mehrere Stationen durch die Stadt bis zum Mitternachtswalzer zu den Klängen der Pummerin, der Philharmoniker und dem Tosen der Feuerwerke.

▸ **Volksstimmefest**
2., Jesuitenwiese, Prater
Das Volksstimmefest findet alljährlich zum Wochenende Anfang September auf der Jesuitenwiese im Prater statt. Das Programm bringt LiedermacherInnen, Musik aus aller Welt, politische Diskussionen zu aktuellen Themen und eigene Veranstaltungen für Kinder.

▸ **Wiener Stadtfest**
1., Innere Stadt
www.stadtfestwien.at
Das Wiener Stadtfest wird von der ÖVP organisiert und bietet Spiel, Akrobatik, Popmusik, Blasmusik, Kabarett und Diskussionen mit PolitikerInnen. Findet in der Regel Ende April statt.

FESTIVALS

▸ **Esperantella**
16., c/o Culture Meeting Point, VHS Ottakring, Ludo-Hartmann-Platz 7
www.esperantella.at
Das Festival findet alljährlich gegen Ende September statt und wird vom Verein zur Förderung des Kulturaustausches „Culture Meeting Point“ organisiert.

▸ **Hallamasch – Festival der Kulturen**
1., Himmelpfortgasse 19
Tel.: 548 48 00
www.hallamasch.at
Seit 1997 findet alljährlich das Festival Hallamasch statt, das Künstler aus allen Genres und aus allen Teilen der Welt präsentiert.

▸ **ImPulsTanz – Internationale Tanzwochen Wien**
7., Neustiftgasse 3/12
Tel.: 523 55 58
Fax: 523 55 58-88
E-Mail: info@impulstanz.at
www.impulstanz.at
ImPuls Tanz ist das Sommertanzfestival in Wien, das von Mitte Juli bis Mitte August stattfindet. Der Schwerpunkt liegt auf zeitgenössischem Tanz. Es gibt Workshops zum Mitmachen. Tickets im Vorverkauf bei Volkstheater und Staatsoper erhältlich oder an der Abendkassa am Spielort.

Impulsives Tanzen.
(Foto: ImPuls Tanz)

▸ **Rund um die Burg**
1., Platz zwischen Café Landtmann u. Burgtheater
Jedes Jahr im September findet um das Burgtheater herum das Festival des Buches statt: 24 Stunden lang lesen AutorInnen im Literaturzelt aus ihren Werken. Bücherstände ermöglichen, interessierten LeserInnen ein bisschen zu schmökern, und ein Café sorgt für Stärkung und fachbezogenen Smalltalk.

F

▸ **Viennale – Vienna International Film Festival**
7., Siebensterngasse 2
Tel.: 526 59 47, Fax: 523 41 72
www.viennale.at
Alljährlich Mitte Oktober präsentiert die Viennale, Wiens internationales Filmfestival, neue und aufregende Filmproduktionen aus allen Teilen der Erde. Rund 70.000 filmbegeisterte BesucherInnen jährlich sichern den Erfolg des Festivals. Eine große Retrospektive im Filmmuseum und Diskussionen im Viennale-Zelt im Stadtpark sind fixe Bestandteile der Viennale geworden.

▸ **Wien ist andersrum**
Tel.: 966 01 10
www.andersrum.at
„Ein Füllhorn erlesenster Acts und Vorstellungen", das sich jedes Jahr im Juni über die WienerInnen ergießt. Die Crème der Travestie-, Chansons- und schwul-/lesbischen Kleinkunstszene gibt sich einen Monat lang ein Stelldichein auf Wiener Boden. Das muss mensch erlebt haben.

▸ **Wiener Festwochen**
6., Lehargasse 11
Tel.: 589 22-0, während Festwochen: 0800/66 40 20
www.festwochen.at
Dieses Festival bringt erstklassige Produktionen aus den Bereichen Musik, Theater und Performance nach Wien oder produziert selbst (meist in Kooperation mit internationalen Bühnen). Tageskasse: 6., Lehargasse 3a.

MUSIKFESTIVALS

▸ **Akkordeonfestival**
19., Billrothstrasse 1/1/2/8
Tel.: 249 24 (Kartenvorverkauf)
www.akkordeonfestival.at
Der Kulturverein d'akkordeon bringt nationale und internationale Akkordeonisten auf die verschiedenen Wiener Bühnen. So vielfältig wie die Herkunft der Akteure sind auch die Stilrichtungen des Dargebotenen. Jeweils Ende Februar bis Ende März.

▸ **JazzFest Wien**
8., Lammgasse 12/8
Tel.: 712 42 24, Fax: 712 34 34
E-Mail: office@viennajazz.org
www.viennajazz.org
Modernes, urbanes Festival mit hochkarätigen Jazzgrößen und hippen KünstlerInnen verwandter Musikbereiche. Die Konzerte finden an den erlesensten Orten der Stadt statt (z. B. Wiener Staatsoper, Krieau etc). Immer im Sommer.

▸ **Musikfilmfestival Rathausplatz**
1., Rathausplatz
Filme ab Einbruch der Dunkelheit
In den Sommermonaten Juli und August findet auf dem Rathausplatz jeden Abend bei freiem Eintritt eine Darbietung von Opernverfilmungen und herausragenden Konzerten auf einer riesigen Leinwand statt. Die meisten BesucherInnen dürften aber die an den Imbissständen offerierten Gustostückerln ortsansässiger Haubenköche mehr interessieren (schätzomativ). Der Eintritt ist frei.

▸ **Resonanzen**
3., Lothringerstraße 20 (Konzerthaus)
Tel.: 242 00-2, Fax: 242 00-110
E-Mail: ticket@konzerthaus.at
www.konzerthaus.at
Alljährlich in der letzten Jänner-Woche stattfindendes Festival Alter Musik. Dazu gibt es begleitende Veranstaltungen wie Ausstellungen, Filmvorführungen, Vorträge. Das Festival erfreut sich hohen Zuspruchs.

▸ **Wean Hean Wienerliedfestival**
16., c/o WVLW, Gallitzinstraße 1
Tel.: 416 23 66, Fax: 416 49 85
E-Mail: office@wvlw.at
www.weanhean.at
Mo–Do 9–16
Seit dem Jahre 2000 findet das Wienerlied Festival statt und erobert in der Regel Ende September, Anfang Oktober die Herzen im Sturm. Organisiert wird das ganze vom Wiener Volksliedwerk.

▸ **Wien modern**
3., Konzerthaus, Lothringerstraße 20
Tel.: 242 00-2, Fax: 242 00-110
www.konzerthaus.at
Ein Festival für Musik unserer Zeit, in dem vom Solo- bis zum Orchesterkonzert ein breites Spektrum konzertanten zeitgenössischen Musikschaffens vorgestellt wird und jedes Jahr unter einem speziellen Aspekt betrachtet wird. Das Festival findet im Herbst statt.

▸ **Wiesen**
7203 Wiesen, Festivalgelände
Tel.: 02626/816 48-0 (Tickets)
www.wiesen.at
Seit 1976 gibt es die Festivals in Wiesen, und heute zählen das Jazzfest, Forestglade und Reggae Sunsplash mit zu den bedeutendsten Events in Europa. Jahr für Jahr strömen auch Tausende WienerInnen vor die Tore der Bundeshauptstadt, um an diesen Events teilhaben zu können.

Gute Unterhaltung.
Bank Austria Creditanstalt

SPORTEVENTS

▸ **Austria Skate Marathon**
2., Prater
www.skatemarathon.at
42 km sind beim Skate Marathon im Prater, der Anfang Juni stattfindet, zu fahren. Damit der Tag zu einem richtigen Familienereignis wird, dafür sorgt ein umfangreiches Rahmenprogramm mit Musik u. v. m.

▸ **Marathon**
www.vienna-marathon.com
Das größte sportliche Ereignis Wiens geht Ende Mai über die Bühne, und die SportlerInnen, egal ob Profis oder nicht, kommen aus dem In- und Ausland. 40 km gilt es zu bewältigen.

▸ **Soul City**
2., beim Riesenrad im Prater
www.soul-city.at
Zu Silvester ziehen die Snowboarder gemeinsam mit den SympathisantInnen zum Riesenrad in den Prater, weil sie dort die urcoole, megageile Show zum Jahresschluss erwartet. Die Snowboard-Rider liefern sich einen Wettkampf in den verschiedenen Stilrichtungen. Am Ende wird gefeiert, was das Zeug hält.

▸ **Stadthallenfußballturnier**
15., Vogelweidplatz 14
Tel.: 981 00-0
www.stadthalle.com
Findet Ende Dezember, Anfang Jänner in der Stadthalle Wien statt. Zehn Vereine nehmen teil, meist solche der obersten Spielklasse, und heiß umstritten sind die Wiener Derbys vor allem Austria–Rapid. Vier Tage lang werden Gruppenspiele (jeweils 2 x 12 Minuten) sowie so genannte Legendenderbys abgehalten. Am Sonntag, dem letzten Tag, steigen zunächst die Semifinalspiele und dann das Finale (jeweils 2 x 15 Minuten).

FEUERWERK

▸ **K. u. K. Domgasse**
1., Domgasse 2
Tel.: 512 61 67
E-Mail: weissenfeld@netway.at
www.partyshop.at
Mo–Fr 9.30–18, Sa 10–17
Das ganze Jahr über kann man hier Feuerwerke der für Normalsterbliche freigegebenen Klassen erwerben. Weiters gibt's noch Scherzartikel und sonstiges Partyzubehör.

Des Feuers Werk am Himmel. (Foto: Pyrolight Feuerwerke)

▸ **Pyrolight Feuerwerke**
3., Gärtnergasse 1/11
Tel.: 606 68 86
Fax: 606 68 86
E-Mail: info@pyrolight.at
www.pyrolight.at
Das Feuerwerk vom Profi. Vom Bühnenfeuerwerk ab 450 Euro über Hochzeits- oder Barockfeuerwerke (mit Musik) ab 750 Euro bis hin zum großen Höhenfeuerwerk ab 7.000 Euro gibt's alles. Verkauft auch Feuerwerkstechnik.

FIAKER

▸ **Standplatz Stephansdom**
1., Stephansplatz bei der Rotenturmstraße
Gerüchten zufolge gibt es tatsächlich Wiener, die schon mal mit dem Fiaker gefahren sind. Nun gut, wer sich's leisten kann, macht die kleine Rundfahrt „Teil der Altstadt" um 40 Euro, die große Rundfahrt „Ringstraße bis Burgtheater" um 65 Euro oder die einstündige Rundfahrt „Ringstraße–Staatsoper–Altstadt" um 95 Euro. Sonderwünsche wie etwa Abholung vom Hotel, Hochzeitsrundfahrten oder jede andere Form von Sonderfahrten nach den Wünschen des Kunden sind möglich. Weitere Standplätze:
1., Peterskirche; 1., Albertina; 1., Heldenplatz

FITNESSCENTER

▸ **Elixia Millenniumscity**
20., Wehlistraße 66
Tel.: 207 50
www.elixia.atwww.elixia.at
Mo–Fr 6.30–23, Sa, So, Fei 9–21
5.000 m² Clubfläche, Beheiztes Schwimmbad mit 20-m-Trainingspool, Cardiotraining, Fitness- und Krafttraining, Aerobic-Kurse, Damensauna, Finnische Sauna, Biosauna und Dampfbad.
Weiterer Club: 14., Hütteldorfer Straße 130a

▸ **Femme Fitness**
1., Kärntner Ring 11–13
Tel.: 512 10 20
www.femmefitness.at
Mo–Fr 6.30–22, Sa, So 10–22
Fitness Club nur für Frauen, weil es so ja doch angenehmer ist. Kraft- und Konditionstraining, Gymnastik, Tanz, Wellness, selbstverständlich Sauna, Dampfraum und Solarium.

▸ **First Fitness Club**
22., Gewerbeparkstraße 3
Tel.: 734 43 44
www.firstfitnessclub.at
Mo–Fr 7–22, Sa, So, Fei 8.30–21
59 Gymnastik -und Aerobiceinheiten, Saunalandschaft, Gastronomie.

▸ **Galaxy**
23., Perfektastraße 86–88
Tel.: 865 19 40
E-Mail: galaxyfitness@utanet.at
Mo–Fr 9–22, Sa, So 9–18
Aerobic-Kurse, Rückenprogramme, Herz-Kreislauf-Training, Fitness-Check.

▸ **John Harris Fitnessstudio**
1., Nibelungengasse 7
Tel.: 587 37 10
Fax: 587 82 40
E-Mail: vienna@johnharrisfitness.com
www.johnharrisfitness.com
Mo–Fr 6.30–23, Sa, So 9–21
Cybex und Stairmaster Trainingsgeräte, Step-Geräte, Ellyptical-Fitness-Cross-Training.

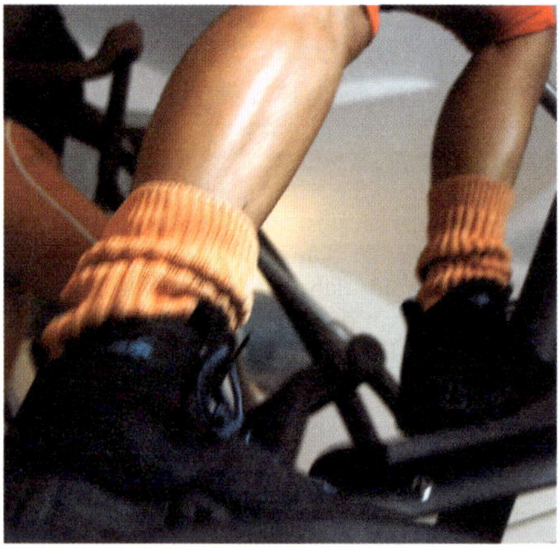

Fit and Fun. (Foto: John Harris Fitnesssturdio)

▸ **Manhattan Fitness & Squash**
19., Heiligenstädter Lände 17
Tel.: 368 73 11
Fax: 368 73 11-27
E-Mail: info@manhattan.at
www.manhattan.at
Mo–Fr 7–24, Sa, So, Fei 9–22
Nobler Club, der auf fünf Etagen wirklich alles bietet. Von der Sonnenterrasse und einer Indoor Laufbahn im oberen Bereich bis zum Restaurant und einem Kids Club im Erdgeschoß.

▸ **TSA – Fitness im Bad**
21., Franklinstraße 22
Tel.: 270 02 97
Fax: 271 75 06
E-Mail: tsa@tsafitness.at
www.tsafitness.at
Mo 13–21, Di–Fr 9–21, Sa 7–18, So 7–12
Schwimmbad, Sauna, Gymnastik, Yoga-Kurse.

▸ **WEB 43 – Sport & Wellnessclub**
6., Webgasse 43
Tel.: 595 55 55
E-Mail: office@web43.at
www.web43.at
Mo–Fr 9–22, Sa, So, Fei 10–20
Fitness-Check, wöchentlicher Aerobicplan.

▸ Wellness Park Oberlaa
10., Kurbadstraße 16
Tel.: 680 09-97 00, Fax: 680 09-97 88
E-Mail: wellnesspark@oberlaa.at
www.oberlaa.at
Mo–Fr 7.30–23, Sa, So, Fei 7.30–22
In Oberlaa gibt es nicht nur ein Thermalbad. Im Wellness Park werden moderne Trainingskonzepte und ebenso moderne Geräte, wie etwa eine telemetrische Herzfrequenzkontrolle, geboten.

FLIEGEN

FLUGHAFEN

▸ City Airport Train
Tel.: 930 00-353 98
www.cityairporttrain.com
In 16 Minuten bringt der City Airport Train die Passagiere nonstop von Wien-Mitte zum Flughafen. Die Doppelstockwaggons sind äußerst bequem und mit ausreichend Platz für das Gepäck ausgestattet. Mit dem CAT hat Wien nun endlich eine angemessene Flughafenanbindung. Die Einzelfahrt kostet 9 Euro, hin und retour 16 Euro.

▸ Flughafen Wien
Tel.: 70 07-0, Fax: 70 07-238 05
www.flughafen-wien.at
Der Wiener Flughafen ist nachgerade eine kleine Stadt abseits der Stadt. Quartiert man sich im benachbarten NH-Hotel ein und arbeitet man in einem der vielen Betriebe am Flughafen, so gibt es fast gar keinen Grund mehr, das Areal zu verlassen. Bei Billa (Mo bis So 7.30 bis 22 Uhr), Body Shop und Co findet man alles, was man fürs tägliche Leben so braucht. Im Krankheitsfall hilft die Apotheke. Die zahlreichen Reisebüros und Fluglinienschalter bieten Reisen in alle Welt.

FLUGSCHULEN

▸ Wiener Luftfahrerverband – Pilotenclub Wien
5., Hauslabgasse 24a
Tel.: 544 43 78
www.pilotenclub-wien.at
Wer schon immer einmal selbst hinter dem Steuer eines Flugzeuges sitzen wollte, ist beim Wiener Luftfahrerverband bestens aufgehoben.

PRIVATJETS

▸ B. A. C. H. Flugbetrieb
16., Bachgasse 21
Tel.: 480 19 53
www.foxair.at/bachflug/
Businessflüge mit drei unterschiedlichen Flugzeugtypen und Express-Cargo weltweit sowie Sightseeing-Rundflüge.

▸ Bannert Air
22., Wagramer Straße 56
Tel.: 203 55 89-12, Hotline: 0664/340 56 98
Fax: 203 55 89-26
E-Mail: info@bannertair.com
www.bannertair.com
Mit der Cessna Citation II bringt Chefpilot Kapitän René Popp maximal acht Personen zu jedem beliebigen Flughafen der Welt. Das Flugzeug startet völlig unabhängig von Linienflugplänen und quasi auf Abruf.

▸ Grossmann Air Service
21., Brünner Straße 170
Tel.: 292 34 56
Fax: 292 34 56-18
E-Mail: office@grossmannair.com
www.grossmannair.com
Drei eigene Flugzeuge und jedes andere Luftfahrzeug nach Wunsch bringen die Passagiere zu jeder Zeit von jedem Ort an jeden Ort der Welt, mit jedem gewünschten Essen und Rauchen an Bord inklusive.

▸ Top Speed Luftfahrtunternehmen
3., Weißgerberlände 50
Tel.: 0699/117, Fax: 713 93 23
E-Mail: topspeed@chello.at
www.topspeed-air.com
Die Flugschule bietet eine Pilotengrundausbildung zum Fixpreis von 4.900 Euro. Darüber hinaus Flugzeugvermietung, Rundflüge und „Try to Fly"-Testflüge.

▸ Vienna Aircraft Handling – Business Aircraft Charter Service
3., Flughafen Wien, Hangar 3
Tel.: 70 07-222 04 (tgl. 0–24)
Fax: 70 07-224 64
E-Mail: vah@viennaairport.com
www.viennaairport.com
Sämtliche verfügbaren Privatflugzeuge jederzeit überall hin. Begleitung durch Zoll- und Grenzkontrollen sowie Reservierung von Hotels und Limousinen gehören zum Serviceumfang.

▸ IF Luftfahrtgesellschaft
5., Ziegelofengasse 18/16
Tel.: 586 71 87 od. 0664/521 33 24
Fax: 587 25 08
E-Mail: takeoff@vif.at
www.vif.at
Businesspassagierflüge und Frachtbeförderung sowie Foto- und Rundflüge für bis zu fünf Passagiere können mit vier verschiedenen Flugzeugtypen gebucht werden. Destinationen hauptsächlich in Europa – jeder Flughafen ist möglich.

F

FLIESEN

▸ Bad & Fliese (Bauwelt Sochor)
10., Triester Straße 12
Tel.: 604 36 38-0
Fax: 604 79 45
E-Mail: office.1100@sochor.at
www.sochor.at
Mo–Fr 8.30–18, Sa 8.30–14
Auf mehr als 500 m² Fläche werden Hunderte Fliesen und Fliesenmuster präsentiert, und ganz viele davon gibt's auch auf Lager. Alle wichtigen und großen Hersteller.

▸ Fliesendesign Widl
23., Perfektastraße 21
Tel.: 815 51 83
Fax: 813 73 53
E-Mail: info@widlfliesen.at
www.widlfliesen.at
Mo–Fr 9.30–12 u. 14–18

▸ Fliesen-Führer
6., Brückengasse 8
Tel.: 596 14 63
Fax: 596 14 63-12
E-Mail: office.verlegung@fliesen-fuehrer.at
Mo–Do 7–12 u. 13–16.30, Fr 7–12.30

▸ Komfortbad
6., Linke Wienzeile 44
Tel.: 587 87 04
E-Mail: komfortbad@wvnet.at
Mo–Fr 14–17 u. nach Vereinbarung
Fliesen, Marmor, Granit, Brunnen, Kamine und Accessoires. Keine Massenware, sondern nur ganz feine Sachen.

▸ Tausend Fliesen
15., Hütteldorfer Straße 77
Tel.: 982 13 53
Fax: 982 13 53
Mo–Fr 9–12 u. 15–18, Sa 9–12

FORTBILDUNG

▸ bfi
9., Kinderspitalgasse 5
Tel.: 404 35
Fax: 404 35-130
E-Mail: bfi.dion@bfi-wien.or.at
www.bfi-wien.or.at
Mo, Mi 8–18, Di, Do 8–16.30, Fr 8–12
Berufsbegleitende Kurse aus allen Gebieten: Sprachen, EDV, Technik etc. an mehreren Standorten in Wien.

▸ SAE Institute
6., Linke Wienzeile 130a
Tel.: 961 03 03
Fax: 961 05 17
E-Mail: info@sae.at
www.sae.edu
Mo–Fr 10–22, Sa 10–16
Kurse und Lehrgänge im Multimediabereich: Audio Engineer, Electronic Music Producer, Recording Arts, Creative Media, Digital Film Making, Digital Animation.

▸ Wifi – Wirtschaftsförderungsinstitut der Wirtschaftskammer Wien
18., Währinger Gürtel 97
Tel.: 476 77-0
Fax: 479 67 57
E-Mail: infocenter@wifiwien.at
www.wifiwien.at
Mo–Do 8–18.30, Fr 8–17, Juli u. Aug: Mo–Fr 8–15
Fortbildung für in der Wirtschaft Tätige, um sie für die Erfordernisse und Bedürfnisse des Marktes zu qualifizieren.

FOTOGRAFIE

AUSARBEITUNG

▸ Cyberlab.at
7., Schottenfeldgasse 51
Tel.: 522 400 400
www.cyberlab.at

▸ Foto Fayer
1., Opernring 6
Tel.: 512 81 11-0
E-Mail: foto@fayer.atd
www.fayer.co.at/
Mo–Do 8–19, Fr 8–18, Sa 9.30–12.30
Nachtentwicklung für akute Fälle.

▸ Foto Karussell
1., Rotenturmstraße 8
Tel.: 512 91 05
E-Mail: info@fotokarussell.at
www.fotokarussell.at
Mo–Fr 8–18.30, Sa 9.30–17
Ein kleines Fotogeschäft mit einem kundenfreundlichen Verkaufsteam.

▸ Foto-Leutner
7., Kaiserstraße 58
Tel.: 523 72 44 od. 0800/368 65 22
Fax: 523 12 40
E-Mail: office@fotoleutner.at
www.fotoleutner.at
Mo–Fr 8–18.30

▸ Kadmon Dia-Direkt
7., Lindengasse 7
Tel.: 523 51 82
Mo–Fr 9–19
In nur zwei Stunden werden Ihre Dias perfekt ausgearbeitet.

▸ Schnappschuss Fotolabor
7., Schottenfeldgasse 53
Tel.: 524 65 99
Fax: 524 65 99
www.digifoto.at
Mo–Fr 9–18
Gerne besucht aufgrund der guten Foto- und Filmausarbeitung.

▸ Westendcolor
15., Felberstraße 82–84
Tel.: 982 03 77
Fax: 982 03 77-23
E-Mail: office@westendcolor.at
www.westendcolor.at
Mo–Do 8–17, Fr 8–14
Das nahe dem Westbahnhof gelegene Fotolabor führte als eines der ersten österreichischen Fachlabors die Abteilung für Computergrafik ein.

▸ www.fotoprofi.at
3., Ungargasse 77
Tel.: 713 32 36
E-Mail: info@fotoprofi.at
www.fotoprofi.at
Mo–Fr 8–18, Sa 9–13
Geschenkideen, Erinnerungen mit eigenem Foto verziert: Polster, Puzzle, Mouse Pad, Krawatte, Fototasse, Fotokrug, Fotowanduhr, T-Shirt. Studioaufnahmen: Porträt, Passfotos, Hochzeiten, Familienfeste.

GESCHÄFT

▸ Digitalstore Vienna
7., Stiftgasse 21
Tel.: 523 53 33-0
Fax: 523 53 33-611
E-Mail: office@digitalstore.at
www.digitalstore-vie.com
Mo–Mi, Fr 10–18, Do 10–19.30
Alles rund um die Digitalfotografie.

▸ Foto Nitsche
22., Wagramer Straße 81
Tel.: 203 63 28
E-Mail: foto-nitsche@aon.at
www.foto-nitsche.at/
Mo–Mi, Fr 9–19, Do 9–21, Sa 9–18
Fotoapparate, Porträt, Erotik, Hochzeit, Kinderserien, Tiere, Passbilder.

▸ Foto Rausch
4., Operngasse 32
Tel.: 581 13 22
E-Mail: foto.rausch@aon.at
Mo–Fr 9–13 u. 15–18, Sa 9–12
Neu- und Gebrauchtkameras.

▸ Foto Sobotka
15., Mariahilfer Straße 145
Tel.: 892 04 84
E-Mail: sobotka@chello.at
www.sobotka.at
Mo–Fr 9–18, Sa 9–13
Analoge Fotografie, Video, digitale Fotografie, Diaprojektion, Ausarbeitung, Zubehör, Objektive.

▸ Fotobörse
15., Stadthalle, Vogelweidplatz 14
Einmal im Jahr finden sich zahlreiche Fotointeressierte in der Stadthalle ein, um dort zu tauschen, zu kaufen und zu plaudern. Sehr empfehlenswert.

▸ Foto-Video & Co
9., Alserbachstraße 25
Tel.: 925 85 89
E-Mail: office@foto-video.co.at
www.foto-video.co.at
Mo–Fr 10–18, Sa 9.30–13
Digitale und analoge Fotografie, Scanner, Video, Blitzgeräte, Taschen, Stative.

Knips vom Knips. (Foto: Archiv)

▸ Knips
7., Stiftgasse 15–17
Tel.: 526 98 38-0
Fax: 526 63 91
E-Mail: photo@knips.com
www.knips.com/
Mo–Fr 9–18, Sa 9–12
Analoge und digitale Fotografie, Vermietung, Secondhand-Kameras, Video, Peripherie.

▸ Leica Shop
7., Westbahnstraße 40
Tel.: 523 56 59, Fax: 523 51 77
www.leica-shop.at/de/
Mo–Fr 10–18
Ein Spezialgeschäft für Leica Produkte und viele bekannte Markenartikel. Raritäten und Sammlerstücke werden dort entgegengenommen. Online: Kauf von Fotoprodukten.

F

▸ Lomoshop
7., Museumsplatz 1, Museumsquartier
Tel.: 523 70 16
Mo–Mi, Fr–So 10–19, Do 9–22
Was im Wiener Underground der 80er Jahre als fotokünstlerische Idee spontan begann, entwickelte sich zu einer breiten und internationalen soziokulturellen Bewegung.

▸ Orator
7., Westbahnstraße 23
Tel.: 526 10 10-0
Fax: 526 10 10-33
E-Mail: hoellerer@orator.at
www.orator.at
Mo–Do 9.30–18, Fr 9.30–19
Neuwertige analoge und digitale Kameras, Secondhand-Kameras, Online-Kauf, Mietung, Reparatur, viel zusätzliches Equipment.

▸ Photo Börse
8., Lerchenfelder Straße 62–64
Tel.: 961 09 64
E-Mail: info@photoboerse.at
www.photoboerse.at
Mo–Fr 9–18, Sa 9–13
Die prall gefüllte Auslage kann kein Fotointeressierter ignorieren. Hauptsächlich Secondhand-Produkte. Tauschen, einkaufen, verkaufen. Auch Raritäten.

▸ Prudlo Klaus Foto
8., Lerchenfelder Straße 122
Tel.: 402 94 05
Fax: 402 94 05
Mo–Fr 8.30–18, Sa 8.30–12
Ein Fotofachgeschäft auch mit gebrauchten Waren und kompetent in der Reparatur von Diaprojektoren.

▸ Soyka Elisabeth Foto-Video
1., Stephansplatz 10
Tel.: 532 15 84
www.soyka.at
Mo–Fr 9.30–18.30, Sa 9.30–16
Digitale und analoge Fotografie, gebrauchte und neue Artikel.

REPARATUR

▸ Nikon Kameraservice Krca
2., Praterstraße 60/2/17
Tel.: 218 09 10
Fax: 218 10 11
E-Mail: walter.krca@telecom.at
Mo–Do 9–17, Fr 9–15
Reparatur und Service von Nikon-Geräten.

Lomoshop. (Foto: Lomographen)

SECONDHAND

▸ Foto Eder
8., Josefstädter Straße 73
Tel.: 408 11 88
Mo–Fr 9–18, Sa 10–12
Ein kleines Fotofachgeschäft im 8. Bezirk mit hauptsächlich analogen Secondhand-Artikeln und mit äußerst netter, kompetenter Beratung.

▸ Sobotka Second Hand Shop
15., Mariahilfer Straße 151
Tel.: 893 43 87
Fax: 893 43 87
E-Mail: second-cameras@sobotka.at
www.second-cameras.sobotka.at
Mo–Fr 10–13 u. 14–18, Sa 10–13
Wenn es keine neuwertige Kamera sein muss, ist man dort bestens aufgehoben.

STUDIO

▸ Foto Weinwurm
7., Burggasse 56
Tel.: 523 74 16
Fax: 523 74 16-74
E-Mail: info@fotoweinwurm.at
www.fotoweinwurm.at
Mo–Fr 9–13, Sa 14–18
Vielfältiges Angebot: Passfotos, Bewerbung, Pressebild, Firmen, Porträt, Kinderfoto, Tierfotos, Starserien, Hochzeiten, Retusche.

FRAUEN

BERUF

▸ abz wien
12., Fockygasse 14, Top 16–18
Tel.: 817 73 44
Fax: 817 02 61
E-Mail: zentrale@abzwien.at
www.abzwien.at
Ausbildungs- und Beschäftigungszentrum für Frauen, Beratung, Jobvermittlung, Um- und Weiterbildung, Hilfestellung beim Wiedereinstieg, Personalvermittlung. Termine gegen telefonische Vereinbarung (mehrere Beratungsstellen in Wien).

▸ Alfa
7., Kirchengasse 11/16
Tel.: 522 65 60
Fax: 524 50 55
E-Mail: alfa.verein@aon.at
www.members.aon.at/alfa/
Verein zur Unterstützung der beruflichen Orientierung von arbeitslosen/arbeitssuchenden Frauen und Mädchen. Intensive Berufsbegleitung für junge Frauen, AMS-geförderte Kurse für Wiedereinstieg und Qualifikation.

▸ Amandas Matz
2., Nordbahnstraße 36
Tel.: 212 30 40
E-Mail: office_amandasmatz@waff.at
www.waff.at
Mo, Di, Do, Fr 10–16, Mi 14–16
Beratung für Mädchen und junge Frauen zu Ausbildung, Beruf und Arbeit.

▸ Frauenreferat des Arbeitsmarktservice (AMS)
1., Weihburggasse 30
Tel.: 515 25-257
Fax: 515 25-226
E-Mail: ams.wien@900.ams.or.at
Mo–Fr 8.30–15.30
Ansprechpartnerin bei arbeitsmarktpolitischen Fragen: Gesine Muschl.

▸ Sprungbrett
15., Pilgerimgasse 22–24
Tel.: 789 45 45
E-Mail: sprungbrett@sprungbrett.or.at
www.sprungbrett.at
Mo–Mi 13–17, Do 10–20
Berufsberatungsstelle für Mädchen; Betreuung, Hilfestellung und Treffpunkt. Tipps für die Lehre, auch in handwerklich-technischen Berufen. Online: Lehrstellenvermittlung.

▸ Sunwork Bildungsalternativen für Mädchen und Frauen
10., Penzinger Straße 19/2
Tel.: 667 20 13
Fax: 665 93 05 75
E-Mail: office@sunwork.at
www.sunwork.at
Diverse Berufsvorbereitungskurse für Mädchen und Frauen in (Öko-)Technik, Handwerk und Sozialmanagement, Hilfestellung bei Ansuchen um Kursfinanzierung.

BILDUNG UND KULTUR

▸ EfEU – Verein zur Erarbeitung feministischer Erziehungs- und Unterrichtsmodelle
3., Hetzgasse 42/1
Tel.: 966 28 24
Fax: 715 98 88
E-Mail: efeu@t0.or.at
www.t0.or.at/~efeu/
nach tel. Vereinbarung
Workshops, Seminare, feministische Bibliothek zu Erziehung und Unterricht, eigene Publikationen vor allem für LehrerInnen und alle, die in der Jugendarbeit tätig sind.

▸ Ega: Frauen Im Zentrum
6., Windmühlgasse 26
Tel.: 589 80-0, Fax: 589 80-420
E-Mail: office@ega.or.at
www.ega.or.at
Mo–Do 9–16, Fr 9–14, auch Abend- u. Wochenendveranstaltungen
Frauenkommunikations- und -kulturzentrum. Schwerpunkte: politische Veranstaltungen, Fortbildung in Persönlichkeitsentwicklung, Computerkurse.

▸ Frauenhetz. Feministische Bildung, Beratung und Kultur
3., Hetzgasse 42/1
Tel.: 715 98 88, Fax: 715 98 88
E-Mail: office@frauenhetz.at
www.frauenhetz.at
Kulturprogramm, Weiterbildung, Forschung, Räume für Frauen, Frauengruppen und -projekte.

▸ Frida
9., Berggasse 7/3
Tel.: 317 40 20-353, Fax: 317 40 20-355
E-Mail: frida@frauensolidaritaet.org
www.frida.at
Verein zur Förderung und Vernetzung frauenspezifischer Informations- und Dokumentationseinrichtungen in Österreich. Betreuung eigener, frauenspezifischer Projekte und Publikationen. Online: umfangreiche Datenbank.

▸ FZ
9., Währinger Straße 59
Tel.: 408 50 57
Kommunikationszentrum für Frauen, Lesben und Mädchen. Beherbergt die LFN (Lesbische Frauen Nachrichten), den feministischen Widerstandsrat und den Verein Wendo, feministische Selbstverteidigung. Betreibt das FZ Beisl.

▸ Projektzentrum Genderforschung
9., AAKH-Hof 1, Alserstraße 4
Tel.: 4277-183 51
www.univie.ac.at/gender/
Di–Do 10–12 u. nach Vereinbarung
Ehemalige Interuniversitäre Koordinationsstelle für Frauenforschung, Forschung und Lehre im Bereich der Genderforschung, Zeitschriftenbibliothek, Sammlung fachspezifischer Publikationen.

▸ Rosa Mayreder College
9., Türkenstraße 8/2/13
Tel.: 319 68 32, Fax: 319 68 32-15
www.rmc.ac.a
Mo–Do 9–16, Fr 9–14
Förderstätte von Frauen für Frauen in den Bereichen kritische Kunst, Wissenschaft, Bildung. Angebote: feministisches Grundstudium, Vorträge, Workshops.

▸ Frauenfinanzzentrum
19., Peter-Jordan-Straße 50
Tel.: 961 92 02, Fax: 961 92 02-303
www.frauenfinanzzentrum.at
Unternehmensberaterinnen, Steuerberaterinnen, Immobilienfachfrauen und Rechtsanwältinnen beraten Unternehmensgründerinnen und an Finanzfragen interessierte Frauen. Termine gegen telefonische Voranmeldung.

FRAUENLAUF

▸ Frauenlauftreff
www.oesterreichischer-frauenlauf.at
2., Prater-Hauptallee
Mi 18.30
Treffpunkt: auf der Höhe des Stadionbad-Parkplatzes. Fünf Laufgruppen von „Langsam Laufen und Gehen" bis „Laufen mit schnellen Tempoeinheiten". Einstieg jederzeit möglich. Weitere Orte und Termine: 18., Türkenschanzpark, Treffpunkt: Eingang Gregor-Mendel-Straße, jeden Di 20 Uhr. 22., An der Alten Donau, Treffpunkt: Erzherzog-Karl-Straße/Polgarstraße, jeden Di 17 Uhr. 12., Schönbrunn, Treffpunkt: Eingang Meidlinger Tor (Grüne-Berg-Straße/Schönbrunner Straße), jeden Mo 18 Uhr. Ab Anfang April startet die Vorbereitung auf den Österreichischen Frauenlauf. Die größte Laufveranstaltung findet jedes Jahr Mitte Juni im Prater statt. Kinderbetreuung.

Cover: Stichwort

▸ Stichwort
15., Diefenbachgasse 38/1
Tel.: 812 98 86
www.stichwort.or.at
Mo, Di 9–14, Do 14–19
Archiv der Frauen- und Lesbenbewegung mit über 8.000 Büchern, Broschüren, Hochschulschriften und feministischen Fachzeitschriften. Zeitschriften, Flugblätter, Plakate, Videos und Audiokassetten. Zutritt ausschließlich für Frauen.

BUSINESS

▸ Business Frauen Center
1., Dominikanerbastei 21
Tel.: 535 32 65
www.bfc.at
Unabhängiges Frauennetzwerk für Unternehmerinnen und Selbständige. Schwerpunkte: Networking, Coaching, Training und Marketing. Jeden 4. Di im Monat Netzwerktreffen: Am Rennweg 98, 1030 Wien – um telefonische Anmeldung wird gebeten. Mitgliedsbeitrag pro Halbjahr: 44 Euro.

GESUNDHEIT

▸ F.E.M. Süd Frauengesundheitszentrum im Kaiser-Franz-Josef-Spital
10., Kundratstraße 3
Tel.: 601 91-5201 od. 601 91-5202
www.fem.at
Mo, Di, Do 9–17, Mi 9–19, Fr 9–12
Türkisch: Mo, Di 10–13, Do 13–16
Serbisch/Kroatisch/Bosnisch:
Mo, Mi 14–17, Do 10–16
Ärztliche und psychotherapeutische Beratung zu Frauengesundheitsthemen.

▸ Frauen beraten Frauen
6., Lehargasse 9/2/17
Tel.: 587 67 50, Fax: 586 28 30
www.frauenberatenfrauen.at
Mo 9.30–12.30, Di, Do 13–16, Mi 9.30–13
Psychosoziale Beratung, offene und themenbezogene Gruppen, Rechtsberatung bei Scheidung oder Trennung, Psychotherapie.

Foto: Archiv

▸ Frauengesundheitszentren F.E.M. Semmelweis-Frauenklinik
18., Bastiengasse 36–38
Tel.: 476 15-5771, Fax: 476 15-5779
E-Mail: fem@aon.at
www.fem.at
Mo–Do 9–17, Fr 9–12
Anlaufstellen für Fragen und Probleme in Zusammenhang mit körperlicher und seelischer Gesundheit für Frauen, Eltern und Mädchen. Beratung, Seminare und Workshops.

▸ Trotula – Frauengesundheitszentrum und Ärztinnen-Gemeinschaftspraxis
9., Widerhofergasse 2
Tel.: 319 45 74
E-Mail: judith.trotula@aon.at
Naturheilkunde, Gynäkologie, Mutter-Kind-Pass-Untersuchungen, Familienberatungsstelle, Shiatsu-Massage. Vorträge zu Themen wie Wechseljahre, Osteoporose, Schwangerschaft.

▸ Zentrum für Essstörungen
3., Hetzgasse 42/1
Tel.: 710 34 70
Beratungshotline: Mo 18–21

GEWALT

▸ Autonome Österreichische Frauenhäuser
5., Bacherplatz 10/4
Tel.: 544 08 20, Fax: 544 08 20-24
E-Mail: informationsstelle@aoef.at
www.aoef.at
Beratungshotline: Mo–Do 9–17, Fr 9–13
Frauenhäuser sind Einrichtungen, die misshandelten und bedrohten Frauen und ihren Kindern Schutz, Hilfe und Wohnmöglichkeit bieten. Frauen und Kinder können im Frauenhaus bleiben, solange es für sie notwendig ist, und auch mehrmals wiederkommen. Frauenhäuser in Wien:
Frauenhaus 1, Tel.: 545 48 00
Frauenhaus 2, Tel.: 408 38 80
Frauenhaus 3, Tel.: 202 55 00

▸ Beratungsstelle für sexuell missbrauchte Mädchen und junge Frauen
6., Theobaldgasse 20/1/9
Tel.: 587 10 89 od. 587 03 55, Fax: 587 03 55
E-Mail: maedchenberatung@aon.at
www.members.aon.at/maedchenberatung/
Mo–Do 9–16, Fr 9–13
Beratung, Information, Prozessbegleitung, kostenlose Supervision für professionelle HelferInnen.

▸ Beratungsstelle sexuelle Belästigung und Mobbing der Universität Wien
9., Maria-Theresien-Straße 3/1/12
Tel.: 4277-184 84
www.univie.ac.at/frauenfoerderung/beratungsstelle
tel. Kontaktaufnahme: Di, Do 16–17
Um den Anspruch auf Anonymität zu wahren, finden Beratungsgespräche nur nach Terminvereinbarung statt. Die Beratungsstelle ist seit Februar 2001 eine fixe Einrichtung der Universität und dient als erste Anlaufstelle für Betroffene von sexueller Belästigung sowie Mobbing. Nur für MitarbeiterInnen und StudentInnen der Universität Wien.

▸ Frauennotruf der Stadt Wien
8., Friedrich-Schmidt-Platz 3
Tel.: 717 19
tgl. 0–24
Rund-um-die-Uhr-Notruf für weibliche Opfer psychischer, sexueller und körperlicher Gewalt.

▸ Interventionsstelle f. Betroffene des Frauenhandels
5., Kettenbrückengasse 15/2/4
Tel.: 796 92 98
www.lefoe.at
Mo–Fr 9–14, Do 14–19
Rechtliche, soziale und psychologische Betreuung für Opfer des Frauenhandels in Österreich. Unterbringung in Notwohnungen, Rückkehrhilfe, internationales Lobbying.

▸ Notruf für vergewaltigte Frauen
Tel.: 523 22 22
E-Mail: notruf@frauenberatung.at
www.frauenweb.at/notruf

▸ SILA
15., Oelweingasse 6–8
Tel.: 897 55 36, Fax: 897 55 36-30
www.sila.or.at
Mo–Do 14–19, Fr 14–17
SILA ist ein Beratungszentrum für Prostituierte. Ziele: Arbeits- und Lebensbedingungen von Prostiuierten verbessern, sie im Fall von Ausstiegsentscheidungen unterstützen, das niederschwellige Beratungszentrum längerfristig etablieren und für alle Sexarbeiterinnen zugänglich machen.

▸ Tamar Beratungsstelle für misshandelte und sexuell missbrauchte Frauen, Mädchen und Kinder
20., Wexstraße 22/3/1
Tel.: 334 04 37, Fax: 334 04 36
E-Mail: beratungsstelle.tamar@mcnon.at
www.tamar.at
nach tel. Vereinbarung
Psychosoziale Beratung Betroffener und derer Bezugspersonen, Krisenintervention, Psychotherapie, Prozessbegleitung.

GLEICHBEHANDLUNG

▸ Anwaltschaft für Gleichbehandlungsfragen
1., Judenplatz 6
Tel.: 532 02 44 od. 0800/20 61 19
Fax: 532 02 46
E-Mail: gaw@bmgf.gv.at
www.bmgf.gv.at
Mo 9–18.30, Di–Fr 9–15

MEDIEN

▸ [sic!] Forum für feministische Gangarten
9., Salzergasse 29/9
Tel.: 310 96 83, Fax: 310 96 83
E-Mail: sic@atnet.at
sic.feminismus.at
Als Forum kritischer Meinungsbildung ist [sic!] aus der österreichischen Medienlandschaft nicht mehr wegzudenken. Ziel ist die kulturelle und politische Bildung von Frauen und die Schaffung einer feministischen Gegenöffentlichkeit abseits des Mainstreamjournalismus. Themen: Politik, Wissenschaft, Kunst und Kultur, Medien.

▸ an.schläge
3., Hetzgasse 42/1
Tel.: 920 16 76
www.anschlaege.at
Mo–Do 10–16
Feministisches Magazin für Politik, Arbeit und Kultur.

▸ AUF – Verein zur Förderung feministischer Projekte
1., Kleeblattgasse 7
Tel.: 533 91 64, Fax: 533 91 64
E-Mail: auf@t0.or.at
www.t0.or.at/~auf
Archivstunden: Di, Mi 15–18, Redaktion: Di ab 18

▸ Ceiberweiber.at – Frauen Onlinemagazin
1., Spiegelgasse 8/5
Tel.: 512 65 90
E-Mail: redaktion@ceiberweiber.at
www.ceiberweiber.at
„Dies und das aus Frauensicht", so das Motto des ersten Frauen-Online-Magazins, das seine LeserInnen seit 1996 regelmäßig mit Fraueninfos versorgt. ceiberweiber.at beinhaltet: EU-Info, Aktuelles aus Politik und Business, Kulturtipps, Hinweise auf Frauenthemen in den Bundesländern, eine umfangreiche Sammlung von Frauenadressen. Neu: Wissenschaftsseiten für Frauen (WIFF), ein Netzwerk für Wissenschaftlerinnen.

▸ diestandard.at
1., Schenkenstraße 4/6
Tel.: 531 70-451, Fax: 531 70-485
E-Mail: dieRedaktion@dieStandard.at
diestandard.at
Die frauenspezifische Tageszeitung im Web. Die Redaktion mit einem Frauenanteil von 100 Prozent publiziert täglich Meldungen aus den Bereichen Bildung, Politik, Kultur, Wissenschaft und Alltag. Das Besondere daran: der Bezug zum weiblichen Lebensentwurf. Special: die wöchentliche Vergabe der „Zitrone" für Sexistisches und des „Zuckerls" für Frauenförderliches.

▸ Webwomen
E-Mail: wien@webwomen.at
www.webwomen.at
Mit 900 Mitgliedern allein in Wien ist webwomen das größte überregionale Frauennetzwerk. Hier können sich Frauen aus dem IT-Bereich austauschen, Kontakte knüpfen und Projekte initiieren. Weitere Angebote: webspezifische Seminare im Rahmen der Webakademie, diverse Kulturevents und Workshops.

MIGRANTINNEN

▸ Frauensolidarität
7., Berggasse 7/1
Tel.: 317 40 20-0,
Fax: 317 40 20-355
www.frauensolidaritaet.org
Mo–Mi 10–17,
Do 10–19, Fr 9–12
Zeitschrift Frauensolidarität, Bibliothek und Dokumentationsstelle Frauen und „Dritte Welt", Informations- und Öffentlichkeitsarbeit zum Nord-Süd-Verhältnis aus feministischer Sicht. Seminare und Projekte zu Frauenthemen im Zusammenhang mit Entwicklungsarbeit in Afrika, Asien und Lateinamerika. Umfassende Bibliothek und Dokumentationsstelle. Online: Recherche-Datenbank.

Cover: Frauensolidarität

▸ Lefö – Beratungsstelle für lateinamerikanische Migrantinnen
5., Kettenbrückengasse 15/2/4
Tel.: 581 18 80
E-Mail: office@lefoe.at
www.lefoe.at
Mo, Mi, Fr 9–14, Di 14–19
Kommunikationszentrum, Bibliothek, Veranstaltungen, Workshops, Deutschkurse. Kostenlose und anonyme Betreuung und Beratung für Familien und Migrantinnen in Rechtsfragen, gesundheitlichen und psychologischen Belangen, zu Arbeitsmarkt und Sozialpolitik.

▸ Miteinander Lernen – Birlikte Ögrenelim
16., Koppstraße 38/8
Tel.: 493 16 08
Fax: 493 16 08-15
E-Mail: mitein.lernen@nextra.at
www.miteinlernen.at
Mo 11–12.30, Di 15–19,
Mi 11–16.30, Do 9.30–12.30
Beratungs-, Bildungs- und Psychotherapieeinrichtung für Frauen, Kinder und Familien für MigrantInnen aus der Türkei. Computer-, Deutsch- und Selbstverteidigungskurse. Lern- und Freizeitbetreuung.

POLITIK UND LOBBYING

▸ Frauenbüro der Stadt Wien
8., Friedrich-Schmidt-Platz 3
Tel.: 4000-835 15
Frauenförderung und Koordinierung von Frauenangelegenheiten.

RECHTS- UND SOZIALBERATUNG

▸ Frauen Rechtsschutzfonds
1., Postfach 479
Tel.: 522 15 57
Fax: 522 15 57
Finanzielle Unterstützung in frauenspezifischen Verfahren. Finanzierung von Musterprozessen. Keine Rechtsberatung.

▸ Frauentelefon der Stadt Wien
8., Friedrich-Schmidt-Platz 3/4. Stock
Tel.: 408 70 66
Mo–Mi 8–12, Do 13–16, Fr 12–15
Rechts- und Sozialberatung mit den Schwerpunkten Ehe- und Familienrecht, Lebensgemeinschaften, Sozialrecht, Unterhalt, Erbschaftsangelegenheiten, Gleichbehandlung.

▸ Rechtshilfefonds für Frauen
7., Postfach 181
Tel.: 522 15 57

SELBSTVERTEIDIGUNG

▸ Defendo
4., Mittersteig 9
Tel.: 587 09 92
Fax: 587 09 92
E-Mail: office@defendo.at
www.defendo.at
Mo–Do 13–16, Fr 9–12
Defendo vermittelt Techniken zum gezielten Körper- und Stimmeinsatz als Schutz vor Gewalt und Missbrauch. Einfache Techniken für Frauen, Mädchen und Buben.

SOZIALES

▸ Anonyme Schwangerenberatung Herzklopfen
Tel.: 0800/20 60 60
Sa 14–18

▸ Die Gesellschafterinnen
1., Wollzeile 15
Tel.: 512 39 40
Mo 9–12, Do 13–16
Mit regelmäßigen Besuchen und angeregten Diskussionen bringen die Gesellschafterinnen Kurzweil in das Leben alleinstehender, älterer Frauen. Die Freizeitangebote richten sich nach den Wünschen der Kundinnen und umfassen auch Spaziergänge und Reisebegleitung. Kosten: 29 Euro für 2 Std., Unterstützung für Mindestrentnerinnen.

▸ Fibel – Fraueninitiative bikulturelle Ehen und Lebensgemeinschaften
2., Heinestraße 43
Tel.: 212 76 64
Fax: 212 76 64
E-Mail: fibel@verein-fibel.at
www.verein-fibel.at
Di, Do 10–17, Fr 12–17
Information und Beratung bei Partnerschaftskonflikten, rechtliche Beratung, supervidierte Gruppendiskussionen, Veranstaltungen, Vorträge und Workshops.

▸ First Love c/o Krankenhaus Rudolfstiftung
3., Juchgasse 25/1. OG
Tel.: 711 65-0
www.firstlove.at
Mo, Mi, 14–16
Ein Team aus PsychologInnen, ÄrztInnen und Krankenschwestern bietet Beratung zu Sexualität, Verhütung und Fragen zum ersten Besuch beim Frauenarzt. Mädchen zwischen 13 und 19 Jahren können die gynäkologischen Einrichtungen direkt vor Ort nutzen. Online: Ausführliche Infos zu Menstruation, menschlicher Anatomie und Verhütung.

▸ **Frauentageszentrum**
6., Eggerthgasse 3
Tel.: 971 80 07
Mo 11–22, Di, Fr 11–16,
Beratung: Di 9–11
Institution der ARGE Wien für wohnungslose Frauen und Frauen in unsicheren Wohnverhältnissen.

▸ **WIDE – Women in Development Europe**
9., Berggasse 7
Tel.: 317 40 31, Fax: 315 72 50
www.oneworld.at/wide
Mo–Fr 9–16, Terminvereinbarung telefonisch
Netzwerk entwicklungspolitisch tätiger Frauen. Genderseminare, Publikationen, Veranstaltungen, Lobbying.

▸ **Zentrum für Binationale und Interkulturelle Paare und Familien**
15., Märzstraße 43
Tel.: 982 03 94
nach tel. Vereinbarung
Schwerpunkte: zwischenmenschliche, kulturübergreifende Beziehungen, Unterstützung bei Integrations- und Kommunikationsproblemen, kreative Lösungsansätze.

FRIEDHÖFE

Den Wienern wird ein spezielles Verhältnis zum Tod nachgesagt. Auf Friedhöfe geht man nicht nur, um die Toten zu betrauern, sondern durchaus auch schlicht zum Spazierengehen oder zum Genießen einer ungestörten, schönen Aussicht. Derzeit werden 45 Friedhöfe sowie der Urnenhain der Feuerhalle Simmering von der Stadt Wien und acht Friedhöfe von Religionsgemeinschaften verwaltet.

▸ **Dornbacher Friedhof**
17., Alszeile 28
Tel.: 485 78 04
Überraschend groß, schöne Hügellandschaft. Blick auf den Sportclub-Platz und auf Weinberge.

▸ **Evangelischer Friedhof Matzleinsdorf**
10., Triester Straße 1

▸ **Friedhof der Namenlosen**
11., Alberner Hafen 6a
Ein Wasserwirbel in der Donau (bei Stromkilometer 1.918) verhalf diesem Friedhof zu seiner Existenz. An jener Stelle wurden bis zum Bau des Albaner Hafens 1939 (der eine Änderung der Strömungsrichtung bewirkte) die teilweise stark verunstalteten Körper Ertrunkener an Land geschwemmt. Diese Stätte wurde oft überschwemmt und ist heute von Bäumen überwachsen. 1900 wurde hinter dem Damm ein neuer Friedhof errichtet, der von der Hafengesellschaft und der Stadt Wien weiter erhalten wird.

▸ **Friedhof St. Marx**
3., Leberstraße 6–8
Wie in der Biedermeierzeit die Toten bestattet wurden, ist auf diesem zwischen 1784 und 1874 „aktiv“ gewesenen Friedhof zu besichtigen. Das Ambiente ist so eindrucksvoll, dass hier auch schon Fotoshootings für Modezeitschriften veranstaltet wurden. Mozart soll hier begraben sein.

Mozarts Friedhof. (Foto: Archiv)

▸ **Gersthofer Friedhof**
18., Möhnergasse 18
Tel.: 479 14 78
Der Gersthofer Friedhof wurde 1845 an der Stelle des heutigen Kircheparks angelgt, aber schon 1877 wegen Überfülung stillgelegt. Drei Jahre später, am Alsrücken neu angelegt.

▸ **Grinzinger Friedhof**
19., An den langen Lüssen 33
Tel.: 320 31 92
In gewisser Weise der Nobelfriedhof Wiens, nicht nur wegen des schönen Blicks über Weinberge und Stadt. Auch Thomas Bernhard ist hier in einem – nicht namentlich gekennzeichneten – Grab mit schmiedeeisernem Kreuz bestattet, inmitten vieler Verblichener der Wiener Haute Bourgeoisie, die er in seinen Werken bissig persifliert hat.

▸ **Jüdischer Friedhof im Währinger Park**
18., Mollgasse
1784 gegündet. Wurde 1874 mit der Inbetriebnahme des Zentralfriedhofs stillgelegt.

▸ **Ottakringer Friedhof**
16., Gallitzinstraße 5
Reizvolle Landschaft. Eine sehr schöne Kapelle. Rundherum nette Weinlokale.

▸ **Städtische Friedhofsverwaltung**
1., Werdertorgasse 6
Mo–Fr 8–14

▸ **Zentralfriedhof**
11., Simmeringer Hauptstraße 234, Tor 2
Tel.: 760 41-978 03
Der Wiener Zentralfriedhof mit einer Gesamtfläche von rund 2.400.000 m^2 ist der größte Friedhof der Stadt. Er wurde am 1. November 1874 eröffnet. In den 316.000 Gräbern des Zentralfriedhofs wurden bis heute rund drei Millionen Tote beerdigt. Eigene Bereiche für verschiedene Religionsgemeinschaften.

▸ **Zentralfriedhof der Israelitischen Kultusgemeinde**
11., Simmeringer Hauptstraße 230b, Tor 1
Die alte israelitische Abteilung des Zentralfriedhofs konnte nach den Verwüstungen im November 1938 und den schweren Bombenschäden 1944 nur zum Teil wieder in Stand gesetzt werden. Seit Kriegsende finden hier nur noch wenige Beerdigungen in Familiengräbern statt, da seit 1917 ein östlich des Zentralfriedhofs gelegenes Grundstück (5. Tor) der Israelitischen Kultusgemeinde als Beerdigungsstätte dient.

FUNDAMT

▸ **Fund Box**
Bei den Bezirksämtern stehen menschhohe Boxen, wo man rund um die Uhr Dinge, die man auf der Straße findet, einwerfen kann. Allerdings wird ersucht, wertvollere Fundgegenstände doch beim betreffenden Bezirksamt abzugeben.

Foto: Rathaus Korrespondenz/Votava

▸ **Fundamt Online**
Tel.: 0900/60 02 00 (max. 1,36 Euro/Min.)
www.fundamt.gv.at
Hotline: tgl. 0–24
Fundamt.gv.at ist die Serviceseite des österreichischen Fundwesens. Alle abgegebenen Gegenstände in den Fundämtern österreichweit sind in einer zentralen Datenbank erfasst, die online oder per Hotline abgerufen werden kann. Wiederfinden wird damit zum Kinderspiel.

▸ **Fundservice Wiener Linien**
3., Erdberger Straße 202
Tel.: 7909-100
www.wienerlinien.at
Mo–Fr 6–22, Sa, So, Fei 8.30–16.30
Wer etwas in einem Fahrzeug der Wiener Öffis verloren oder vergessen hat, sollte sich zunächst einmal klar werden, um welche Linie es sich dabei gehandelt hat. War es eine U-Bahn, so kann sie/er gleich unter 79 09-435 00 anrufen, da Fundgegenstände aus allen U-Bahn-Linien zentral gesammelt werden. War es eine Straßenbahn oder ein Bus, so ist man besser beraten, die Servicehotline anzurufen, wo man den entsprechenden Sammelpunkt eruieren kann. Dinge, die nicht abgeholt werden, werden an den zentralen Fundservice der Stadt Wien weitergeleitet.

▸ **Lost & Found – Sammelstelle Wien Südbahnhof**
10., Wiedner Gürtel 1a
Tel.: 930 00-222 22, Fax: 930 00-222 23
www.oebb.at (Kontakt klicken)
Mo–Fr 7.30–15.30
Wenn im Zug oder am Bahnhof etwas abhanden kommt und man dennoch etwas Glück hat, findet sich der vermisste Gegenstand in der Lost& Found-Sammelstelle der ÖBB am Südbahnhof wieder. Man kann ihn entweder persönlich dort abholen oder ihn sich zum Selbstkostenpreis per Post schicken lassen. Man sollte allerdings schnell sein: pro 15 Tage werden 4 Euro Verwahrungsgebühr verrechnet, nach 60 Tagen wird verkauft, was nicht geholt wurde.

▸ **Zentrales Fundservice – Charlotte-Bühler-Heim**
18., Bastiengasse 36–38
Tel.: 4000-80 91
www.wien.gv.at/mba/fundservice/
Mo–Mi, Fr 8–15.30, Do 8–17.30
Neben den einzelnen für Fundsachen zuständigen Bezirksämtern ist im 18. Bezirk der Zentrale Fundservice der Stadt Wien eingerichtet. Dort kann in Erfahrung gebracht werden, ob der verlorene Gegenstand gefunden wurde und wenn ja, in welchem Bezirksamt er sich jetzt befindet.

GALERIEN

▸ Ariadne
1., Bäckerstraße 6
Tel.: 512 94 79, Fax: 512 94 79
www.ariadne.at
Di–Fr 13–18, Sa 10–13 u. nach Vereinbarung
1968 gegründet, fördert junge KünstlerInnen. In den Ausstellungen sind Arbeiten schon etwas arrivierterer KünstlerInnen zu sehen, in der Reihe „Wir stellen vor" Erstpräsentationen junger VertreterInnen.

▸ ArtLab & Hilger
1., Dorotheergasse 12
Tel.: 512 34 70, Fax: 512 34 70
www.artlab.at
Di–Fr 10–18, Sa 10–16
Junge österreichische KünstlerInnen zu fördern ist das Ziel des artLab. Die sowohl virtuelle als auch reale Galerie wurde auf Initiative von Siemens Österreich und der Galerie Ernst Hilger gegründet.

▸ Artothek-Galerie
1., Schönlaterngasse 7a
Tel.: 512 94 76, Fax: 513 19 62-9
E-Mail: artothek-galerie@alte-schmiede.at
www.alte-schmiede.at
Di, Mi 12–18, Do 10–20, Fr 10–18
Die Galerie des Kunstvereins Wien, 1979 gegründet, veranstaltet zur Förderung des künstlerischen Nachwuchses jährlich acht bis zehn Ausstellungen junger KünstlerInnen. Hier können auch Leihbilder aus der Sammlung der Stadt Wien gegen einen Unkostenbeitrag ausborgt werden.

▸ Bienenstein
1., Weihburggasse 4
Tel.: 512 51 90, Fax: 512 51 90
www.bienenstein.com
Di–Fr 11–18, Sa 11–13
„Fine Art – Decorative Art – Primitive Art" lautet der Untertitel, den die Galerie Bienenstein führt. Die Galerie ist der Spezialist für Kunst aus Ozeanien und primitive Kunst aus Afrika und Papua-Neuguinea.

▸ Charim Galerie
1., Dorotheergasse 12, 1. Stock
Tel.: 512 09 15
Fax: 512 09 15-50
E-Mail: info@charimgalerie.at
www.charimgalerie.at
Di–Fr 11–18, Sa 11–14 u. nach Vereinbarung
Der Wiener Aktionismus sowie internationale und österreichische zeitgenössische Kunst bilden den Schwerpunkt des Programms der Charim Galerie.

▸ Chobot
1., Domgasse 6
Tel.: 512 53 32
Fax: 512 20 38
E-Mail: chobot@utanet.at
www.kunstnet.at/chobot
Di–Fr 13–18, Sa 11–16
Dagmar Chobot setzt die Schwerpunkte ihres Galerieprogramms auf Arbeiten auf Papier und – was nur wenige Galerien tun – auch auf Skulpturen. Etwa neun Ausstellungen jährlich und Teilnahme an Kunstmessen umfasst die Tätigkeit der Galerie.

▸ Christine König
4., Schleifmühlgasse 1a
Tel.: 585 74 74
Fax: 585 74 74-24
E-Mail: christine.koenig@chello.at
www.kunstnet.at/koenig, www.artfacts.net/koenig
Di–Fr 13–19, Di bis 24, Sa 11–15
Die Galerie holt international bereits bekannte KünstlerInnen nach Wien und stellt sie dem österreichischen Publikum vor. Werke junger – auch österreichischer – KünstlerInnen werden mit Arbeiten der älteren Generation konfrontiert und in Beziehung gesetzt. Samstag mittags wird in den Lunch Lectures mit Persönlichkeiten der Kunstszene getalkt.

Kunst. (Foto: Christine König)

▸ **Die Kleine Galerie**
3., Kundmanngasse 30
Tel.: 710 34 03, Fax: 710 34 03-13
E-Mail: kleine.galerie@vhs.at
www.vhs.at/kleine.galerie
Di–Fr 13.30–18.30
Die Kleine Galerie ist ein Verein der Gesellschaft für Kunst und Volksbildung. Leitung Philipp Maurer. Druckgrafik-Ausstellungen, Druckgrafik aus Österreich und dem Ausland, Editionen, Kunstvermittlung, Ausstellungen auch an kunstfernen Orten.

▸ **Engholm**
4., Schleifmühlgasse 3
Tel.: 585 73 37, Fax: 585 73 38
E-Mail: office@kerstinengholm.com
www.kerstinengholm.com
Di–Fr 13–19, Sa 11–15
Die Galerie konzentriert sich auf den Austausch zwischen jungen österreichischen und internationalen Positionen verschiedenster Disziplinen (Malerei, Fotografie, Film, neue Medien etc.). Der Schwerpunkt liegt auf der Vermittlung konzeptueller Ansätze.

▸ **Feichtner & Mizrahi**
1., Seilerstätte 19
Tel.: 512 09 10, Fax: 512 53 40
E-Mail: feichtner-mizrahi@aon.at
www.feichtner-mizrahi.at
Mo–Fr 10–19, Sa 10–16 u. nach Vereinbarung
Feichtner & Mizrahi zeigt internationale und österreichische Kunst mit Schwerpunkt auf Malerei, Fotoarbeiten, Collagen und Installationen einer jungen, innovativen Künstlergeneration.

▸ **Galerie bei der Albertina**
1., Galerie bei der Albertina, Lobkowitzplatz
Tel.: 513 14 16, Fax: 513 76 74
E-Mail: zetter@galerie-albertina.at
www.galerie-albertina.at
Mo–Fr 10–18, Sa 10–13
Die Galerie präsentiert Werke des Jugendstils und der Wiener Werkstätte sowie Bilder und Skulpturen der klassischen Moderne. Mehrmals jährlich finden auch Ausstellungen zeitgenössischer Kunst statt.

▸ **Galerie IG Bildende Kunst**
6., Gumpendorfer Straße 10–12
Tel.: 524 09 09
Fax: 526 55 01
E-Mail: office@igbildendekunst.at
www.igbildendekunst.at
Di–Fr 10–18, Sa 11–15 u. nach tel. Vereinbarung

▸ **Gerersdorfer**
9., Währinger Straße 12
Tel.: 310 84 84
Fax: 310 84 85
E-Mail: galerie@gerersdorfer.at
www.gerersdorfer.at
Do–Sa 11–20
Das sehr erfolgreiche Prinzip der Galerie seit ihrer Gründung 1965 ist es, Tendenzen in der zeitgenössischen Malerei und Zeichnung österreichischer KünstlerInnen zu zeigen. In den Ausstellungen sind sowohl Arbeiten etablierter als auch junger, unbekannter, aber viel versprechender KünstlerInnen zu sehen.

▸ **Hassfurther**
1., Hohenstaufengasse 7
Tel.: 533 41 74
Fax: 533 41 74-73
E-Mail: hassfurther@aon.at
www.hassfurther.at
Mo–Fr 9–18, Sa 9–13,
vor Auktionen: Mo–Fr bis 19, Sa bis 17
Die Galerie ist auf große alte Meister und die klassische Moderne spezialisiert. Auktionen finden mehrmals im Jahr statt. Wer ein Werk von Walde, Schiele, Klimt, Kokoschka, Egger-Lienz, Pálffy, Wacker oder Zülow sucht, ist hier an der richtigen Adresse.

▸ **Hilger**
1., Dorotheergasse 5
Tel.: 512 53 15-13
Fax: 513 91 26
E-Mail: hilger@hilger.at
www.hilger.at
Di–Fr 10–18, Sa 10–16
Die Galerie widmet sich in ihren Ausstellungen der klassischen Moderne sowie zeitgenössischer österreichischer und internationaler Kunst. Zusätzlicher Tätigkeitsbereich ist die Organisation von Ausstellungen in Museen, Kunstvereinen und Galerien sowie das Verlegen von Katalogen und limitierten Originalgrafiken.

▸ **Hohenlohe & Kalb**
1., Bäckerstraße 3
Tel.: 512 97 20
Fax: 512 74 19
E-Mail: galerie@hohenlohe-kalb.at
www.hohenlohe-kalb.at
Mo–Fr 11–18 u. nach Vereinbarung
Die Galerie Hohenlohe & Kalb wurde 1999 von Teresa Hohenlohe und Walter Kalb gegründet. In Einzel- und Gruppenausstellungen präsentiert sie aktuelle Kunst aller Mediengattungen.

▸ **Hummel**
1., Bäckerstraße 14
Tel.: 512 12 96
E-Mail: galerie.hummel@chello.at
Hier geht's in erster Linie um thematisch strukturierten Ausstellungen, die seit Jahren äucrst beliebt sind und zu den Fixpunkten am Kunstmarkt gehören.

▸ **Insam Gritta**
1., Köllnerhofgasse 6
Tel.: 512 53 30
Di–Fr 12–18, Sa 11–14
Aktuelles der Gegenwartskunst. Neue Medien.

G

▸ **Janda – Raum aktueller Kunst**
1., Eschenbachgasse 11
Tel.: 585 73 71
Fax: 585 73 72
E-Mail: office@raumaktuellerkunst.at
www.raumaktuellerkunst.at
Di–Fr 13–18, Sa 11–15
Österreichische und internationale Künstler werden von der Galerie eingeladen, in deren Räumlichkeiten raumbezogene Arbeiten zu zeigen. Schwerpunkt dabei sind künstlerische Positionen, die Wissenschaft, Politik, soziale Verantwortung und kulturelle Aspekte miteinander verbinden.

▸ **Kargl Fine Arts**
4., Schleifmühlgasse 5
Tel.: 585 41 99, Fax: 585 41 99-9
E-Mail: georg.kargl@sil.at
Di–Fr 13–19, Do 13–20, Sa 11–15
Georg Kargl Fine Arts, situiert inmitten des „Kunstquartiers" Freihausviertel, konzentriert sich in seinen Ausstellungen auf zeitgenössische Kunst.

▸ **KlausEngelhorn22 – contemporary design**
1., Stubenring 22
Tel.: 512 79 40
Fax: 512 79 40-11
E-Mail: office@klausengelhorn.com
www.klausengelhorn.com
Di 11–20 Uhr, Mi–Fr 11–19 u. nach Vereinbarung
Die Galerie KlausEngelhorn22 ist sicherlich eine der spannendsten Galerieneugründungen der vergangenen Jahre. Zwei Galerieräume bieten in wechselnden Ausstellungen sowohl Gegenwartskunst und -künstlern als auch Design und Designern Raum. Das dazugehörige KlausEngelhorn-Depot (16., Abelegasse 10) ist Experimentierstätte für unterschiedlichste Projekte aus den Bereichen Mode, Kunst und Design.

▸ **Krinzinger**
1., Seilerstätte 16
Tel.: 513 30 06-0, Fax: 513 30 06-33
E-Mail: krinzinger@galerie-krinzinger.at
www.galerie-krinzinger.at
Di Fr 12–18, Sa 11–16
Die Galerie vertritt Künstler der Avantgarde der 60er und 70er Jahre, der „Neuen Malerei", junge, international orientierte Künstler und Künstler der amerikanischen Westküste. Darunter fallen so klingende Namen wie Attersee, Gironcoli, Nitsch, Oberhuber, Rainer, Anzinger, Schmalix, Kogler, Walde oder Wurm.

Noch mehr Kunst. (Foto: Krinzinger)

▸ **Krinzinger Projekte**
7., Schottenfeldgasse 45
Tel.: 512 81 42, Fax: 513 30 06-33
E-Mail: krinzingerprojekte@gmx.at
www.galerie-krinzinger.at/projekte
Di–Fr 14–18, Sa 11–14
Im stimmungsvollen Ambiente der Räumlichkeiten einer früheren Mundharmonikafabrik sind die Krinzinger Projekte ein Experimentier- und Spielfeld für junge zeitgenössische Kunst. Hier ist der Ort für temporäre Projekte, die – thematisch aufgearbeitet – präsentiert werden.

▸ **Krobath Wimmer**
1., Eschenbachgasse 9
Tel.: 585 74 70, Fax: 585 74 72
www.krobathwimmer.at
Di–Fr 13–18, Sa 11–15 u. nach Vereinbarung
Die Galerie versteht sich als Ort intensiver Auseinandersetzung mit aktuellen Kunstströmungen. Schwerpunkt des Ausstellungsprogramms und der internationalen Messebeteiligungen sind daher Positionen österreichischer und internationaler junger Künstler.

▸ **Lang**
1., Seilerstätte 16
Tel.: 512 20 19, Fax: 512 02 37
E-Mail: galerie-lang-wien@netway.at
www.kunstnet.at/lang-wien
Di–Fr 12–18, Sa 11–16
Im Mittelpunkt der Galerietätigkeit steht österreichische Kunst nach 1960, die anhand von Einzelpräsentationen und Themenausstellungen gezeigt wird. Jedes Jahr werden auch zwei bis vier neue, junge KünstlerInnen präsentiert.

▸ **M-Art**
1., Börseplatz 3
Tel.: 535 98 60, Fax: 535 98 60-17
E-Mail: m-art@m-art.at
www.m-art.at
nach tel. Vereinbarung

▸ **Meyer Kainer**
1., Eschenbachgasse 9
Tel.: 585 72 77, Fax: 585 75 39
E-Mail: contact@meyerkainer.at
www.meyerkainer.at
Di–Fr 13–18, Sa 11–15
In der Eschenbachgasse hat sich mit den Galerien Krobath Wimmer, Martin Janda und Meyer Kainer ein Zentrum für zeitgenössische Kunst entwickelt. So gehört etwa die Gruppierung „Gelatin" zu den Künstlern der Galerie.

▸ **Mezzanin**
7., Karl-Schweighofer-Gasse 12
Tel.: 526 43 56, Fax: 526 91 87
E-Mail: mezzanin@chello.at
www.mezzaningallery.com
Di–Fr 12–18, Sa 11–14
Die Galerie Mezzanin versteht sich als Plattform für junge zeitgenössische Kunsttendenzen. Im Zentrum der Präsentationen stehen junge Erscheinungsformen in der zeitgenössischen Kunst, von Malerei über Fotografie, Video, Sound und Performances bis hin zu Installationen.

▸ **Nächst St. Stephan**
1., Grünangergasse 1/2
Tel.: 512 12 66
Fax: 513 43 07
E-Mail: galerie@schwarzwaelder.at
www.schwarzwaelder.at
Mo–Fr 11–18, Sa 11–16
Bereits seit den siebziger Jahren knüpft die Galeristin Rosemarie Schwarzwälder am internationalen Diskurs an und zeigt aktuelle Tendenzen der Kunst und deren historischen und kulturellen Hintergrund auf.

▸ **Peithner-Lichtenfels**
1., Sonnenfelsgasse 6
Tel.: 587 37 29, Fax: 587 37 29
E-Mail: galerie@peithner-lichtenfels.at
www.peithner-lichtenfels.at
Mo–Fr 10–19, Sa 10–16
Die von Georg Peithner-Lichtenfels geleitete Galerie zeigt auf drei Stockwerken Ausstellungen von etablierten bis hin zu jungen, noch gänzlich unbekannten KünstlerInnen. Auch Buchpräsentationen und Diskussionen finden in den Räumlichkeiten statt.

▸ **Plank**
7., Kirchengasse 13
Tel.: 523-22 29-0, Fax: 523-22 29-0
E-Mail: galerie.plank@telering.at
Di–Fr 10–18, Sa 10–15
Zu dieser Galerie gehört eine der größten Rahmenhandlungen Wiens.

▸ **Sonnenfels**
1., Sonnenfelsgasse 11
Tel.: 513 39 19
E-Mail: galerie.sonnenfels@gmx.at
www.galerie-sonnenfels.at
Di–Fr 14–18, Sa 10–13,
Juli bis Mitte Sept geschlossen
Afrikanische Stammeskunst aus zwei Jahrtausenden. Masken, Skulpturen, Fetische, Ausgrabungen, Terrakotten, Bronzen, Eisenarbeiten, Waffen, Schilde, Textilien, Schmuck, Sitzmöbel, Gold und Gebrauchsgegenstände. Viermal jährlich finden thematische Ausstellungen statt.

▸ **Steinek**
1., Himmelpfortgasse 22
Tel.: 512 87 59, Fax: 512 87 59
E-Mail: galeriesteinek@eunet.at
www.galerie.steinek.at
Di–Fr 12–18, Sa 11–16
Die Galerie Steinek wurde 1982 von Heinrich und Silvia Steinek gegründet. Ihre Schwerpunkte liegen in der erweiterten Fotografie, Objektkunst und kontextuellen Malerei von internationalen Zeitgenossen. Die „Halle Steinek" (9., Pramergasse 6) wurde 1990 als Erweiterung des Galerienraum eröffnet.

▸ **Sur**
1., Seilerstätte 7
Tel.: 512 41 14, Fax: 512 41 14
www.sur.at
Di–Fr 14–19, Sa 11–16
Spezialisiert auf Künstler aus asiatischen und arabischen Ländern.

▸ Szaal
8., Josefstädter Straße 74
Tel.: 406 63 30, Fax: 406 63 30-9
www.szaal.at
Mo–Fr 10–18, Sa 10–12
Möbel aus der Zeit von 1700 bis 1840; Aquarelle und Ölgemälde des 19. und 20. Jahrhunderts; Gemälde und Möbel werden auch zum kommissionsweisen Verkauf übernommen.

▸ Unit F
6., Gumpendorfer Straße 10–12
Tel.: 219 84 99-0
E-Mail: office@unit-f.at
www.unit-f.at
Unit F büro für mode versteht sich als Informations-, Kommunikations- und Koordinationsstelle zwischen ModedesignerInnen, Wirtschaft, Wissenschaft und Kultur.

G

▸ Ulysses
1., Opernring 21
Tel.: 587 12 26, Fax: 587 21 99
E-Mail: ulysses@via.at
www.kunstnet.at/ulysses/
Di–Fr 12–18, Sa 10–13
Schon in ihrer ersten Ausstellung 1974 deklarierte die Galerie Ulysses ihr Programm, dem sie bis heute treu geblieben ist: Vertreter der österreichischen Avantgarde der fünfziger und sechziger Jahre, amerikanischer Abstrakter Expressionismus und Colorfield Painting.

▸ Westlicht
7., Westbahnstraße 40
Tel.: 522 66 36-0
www.westlicht.com
Di, Mi, Fr 14–19, Do 14–2, Sa, So 11–19
Die 2001 eröffnete Galerie Westlicht ist ein wichtiger Schauplatz für Fotografie in Wien. Westlicht will eine Symbiose zwischen Apparatur und Fotografie herstellen: Technophile und Seh-Sinnige sollen an gleichem Ort verbindend mit Information und kreativer Leistung befriedigt werden.

▸ Winter
7., Breite Gasse 17
Tel.: 524 09 76, Fax: 524 09 76-9
www.galeriewinter.at
Di–Fr 11–19, Sa 11–14
Bereits 1971 wurde die Galerie Hubert Winter gegründet, damals noch im 1. Bezirk situiert. Seit ein paar Jahren befindet sie sich nun direkt hinter dem Museumsquartier. Zu den vertretenen Künstlern zählen Birgit Jürgenssen, Brigitte Kowanz und Peter Weibel.

GÄRTNERN

▸ Bellaflora
22., Percostraße 33
Tel.: 259 76 72
Fax: 259 76 72-35
E-Mail: wd@bellaflora.at
www.bellaflora.at
Mo–Fr 8.30–19, Sa 8.30–17
Die von sich selbst so beworbene „Grüne Nummer eins“ bellaflora bietet in ihrer Niederlassung auf Wiener Stadtgebiet so ziemlich alle Artikel, die man sich in einem Gartencenter erwarten kann, aber auch Schnittblumen und Grünzeug für den Innenbereich.

▸ Dehner
22., Hirschstettner Straße 62
Tel.: 285 78 40
Mo–Fr 9–19, Sa 8.30–17
Riesiges Gartencenter der deutschen Kette Dehner in Hirschstetten am nordöstlichen Stadtrand von Wien. Große Auswahl an Pflanzen und Epuipment, interessante Sonderangebote. Dehner hat auch eine große Haustierabteilung.

▸ Doris Minichs Gärten
1., Kohlmarkt 7/39
Tel.: 0699/11 36 77 08
E-Mail: dorisminich@aon.at
Ein- und Umpflanzen, Rasen mähen, Portalbepflanzungen etwa für Geschäftseingänge, Terrassen, Balkone, Wintergärten oder auch Zimmerpflanzen. Für Rat und Tat in botanischen Angelegenheiten ist Doris Minich als Gartensitterin die richtige Ansprechpartnerin. Anrufen, Termin vereinbaren – und Doris Minich kommt persönlich, um Ihre Pflanzenwelt zu begutachten und Hand anzulegen.

▸ Eichhorn
23., Ketzergasse 208
Tel.: 869 34 03
E-Mail: eichhorn@cso.at
www.gartencenter.co.at
Mo–Fr 9–18, Sa 8–13, April bis Juni: Sa 8–17
Gehölze, Stauden, Sommerblumen, Kübelpflanzen, Schnittblumen, Zimmerpflanzen, Keramik, Erdprodukte, Dünge- und Schädlingsbekämpfungsmittel, Accessoires, gartentechnische Produkte und Werkzeuge – eben alles, was zur Unterstützung des „grünen Daumens“ gebraucht wird, ist hier zu bekommen. In 23., Dirmhirngasse 48, ist die dazugehörende Firma für Gartenplanung angesiedelt.

► **Eifler**
1., Petersplatz 11
Tel.: 533 61 03
Fax: 533 61 03
Mo–Fr 9–18, Sa 9–12.30, 1. Sa im Monat 9–18
Wiens erste Adresse für Samen aller möglichen Pflanzengattungen und Blumenzwiebeln. Die Auswahl ist angesichts des relativ kleinen Geschäfts schier unglaublich und die Beratung durch die erfahrenen MitarbeiterInnen ebenso.

Blühende Zwiebeln. (Foto: Archiv)

► **Garpa**
1., Seilergasse 8/11
Tel.: 513 19 09
Fax: 513 19 01
E-Mail: info@garpa.at
www.garpa.at
März bis Juni: Mo–Fr 9–18, Sa 10–16,
Juli bis Feb: Mo–Fr 9–16
Elegante Möbelklassiker für Garten und Balkon – aus Materialien, die Sonne, Wind und Regen trotzen. Von Englischer Gartentradition in Teak bis zu klassischer Moderne in Aluminium und Edelstahl. Im Sortiment sind Sitzgruppen, Liegen und Deck-Chairs, Schirme und Accessoires für das Leben im Freien. Das gesamte Programm finden Sie in einem Katalog, der kostenlos angefordert werden kann, auch per Internet.

► **Gartentelefon und Pflanzenberatung des Wiener Stadtgartenamtes**
14., Hanakgasse 1a
Tel.: 911 25 55
www.wien.gv.at/ma42
Mo–Fr 7.30–15
Das Wiener Stadtgartenamt sorgt nicht nur für Augenweiden auf Verkehrsinseln, Parks und Grünflächen, sondern versorgt den Pflanzenliebhaber auch mit wertvollen Tipps rund um Krankheiten und Schädlinge an Pflanzen in Haus und Garten. Infos zum Schneiden von Obstbäumen, Kompostanlagen, Anbau von Nutz- und Zierpflanzen, Schädlingsinformation. Nach telefonischer Vereinbarung sind auch persönliche Beratungsgespräche möglich: 2., Gärtnerstraße 66, Tel.: 729 10 03; 14., Hanakgasse 1a, Tel.: 911 25 55.

► **Kreiner**
19., Gunoldstraße 9
Tel.: 367 82 22
Fax: 367 82 88
E-Mail: pflanzenzentrum@netway.at
Mo–Fr 8–18, Sa 8–17, April bis Juni: auch So, Fei, 24. Dez bis Mitte März geschlossen
Kreiners Pflanzenzentrum in Döbling lässt jedes Gärtnerherz höher schlagen. Neben einem umfangreichen Sortiment an Blütenpflanzen, Sträuchern und Gehölzen wird auch Hilfe in der Neu- und Umgestaltung von Gärten und für die Balkon-, Terrassen- und Innenhofbegrünung geboten.

► **Schick**
22., Süßenbrunner Straße 11
Tel.: 282 16 36
Fax: 280 60 79
E-Mail: office@schickgarten.at
www.schickgarten.at
Mo–Fr 8.30–18, Sa 8–16, 1. Sa im Monat 8–17
Auf 21.000 Quadratmetern Verkaufsfläche, davon 2.000 überdacht, bietet das Gartenzentrum Schick ein phänomenales Sortiment an unterschiedlichsten Pflanzen, die in der eigenen Gärtnerei und Baumschule gezogen werden. Wer eine eigene Allee braucht, kann hier Jungbäume von acht Metern Höhe und mit bis zu 70 cm Stammumfang erstehen. Auch Gemüsepflanzen und Küchenkräuter – darunter auch sehr exotische Vertreter – sind im Angebot.

► **Starkl**
11., Paul-Heysegasse 1–7
Tel.: 767 48 40
Fax: 767 48 40-31
E-Mail:
www.starkl.at
Nov bis Feb: Mo–Fr 8.30–18, Sa 8–17,
März bis Okt: Mo–Fr 8.30–19, Sa 8–17
Blüten- und Polsterstauden, Ziersträucher, Heckenpflanzen, Alleebäume, Moorbeet-, Schling- und Wasserpflanzen, Bodendecker, Rosen, Obstbäume (auch alte Sorten), Beerenobst und Nadelgehölze, Kübelpflanzen, Zimmerpflanzen und Sommerblumen. Im Sortiment sind auch Teakholzmöbel.

AFRIKA

▸ Die Großmutter kocht
7., Faßziehergasse 1 / Burggasse 12
Tel.: 523 55 28 od. 0664/153 44 41
www.afrikahaus.info
tgl. 11.30–14.30 u. 18–24
Afrikanisches Spezialitätenrestaurant. Für Menschen mit viel Zeit und Liebe fürs Essen und Genießen. Slow-Food aus natürlichen Rohstoffen. Gerichte mit Cous-Cous, Yam, Kochbananen, Süßkartoffeln. Pikante Eintopfgerichte. Dessertspezialitäten (Kokos-Reis-Pudding).

G

▸ Sagya African Restaurant
9., Liechtensteinstraße 130a
Tel.: 310 90 99, Fax: 317 85 62
www.sagya.co.at
Mo–Fr 10–1, Sa, So, Fei 18–1
Ausgezeichnete afrikanische Küche: Bamia mit Reis (aus dem Sudan), Molochia (Ägypten), Cous Cous (Tunesien). Mit Catering-Service. Frühstück bis 17. Mittagsmenü von 11–15.30.

AMERIKA

▸ America Latina
6., Mollardgasse 17
Tel.: 597 92 69
tgl. 18–2
Seit 25 Jahren die erste Adresse für lateinamerikanische Küche und Kultur. Stimmungsvoll eingerichtet mit Sombreros an den Wänden und Bildern à la Frida Kahlo. Catering-Service.

▸ American Diner Avocado
17., Hernalser Hauptstraße 64
Tel.: 407 51 30
Mo–Fr 11.30–23, Sa 17–24
Der ehemalige Koch der US-amerikanischen Botschaft macht mit Abstand die besten Burger und Sandwiches der Stadt. Empfehlenswert auch die Waffels und die amerikanischen Weine. Kleiner Schanigarten.

▸ American Fifties
6., Gumpendorfer Straße 71
Tel.: 586 79 77, Fax: 586 79 77
www.fifties.at
Mo–Sa 11–1, So, Fei 9–1
Das Lokal erfüllt das Amerika-der-50er-Jahre-Klischee zur Gänze: Plastikbänke, original Metallwerbeschilder, Elvis-Abbildungen. Die Dekorationsgegenstände kann man auch kaufen. Auf der Speisekarte stehen Burger und Steaks.

▸ Andino Bar & Restaurant
6., Münzwardeingasse 2
Tel.: 587 61 25 od. 0664/130 20 50
Fax: 587 61 25-11
E-Mail: andino@andino.at
www.andino.at
Di–Sa 17–2, Küche bis 23.45
Nett gelegenes Restaurant mit lateinamerikanischen Spezialitäten und Cocktail Bar. Gemütlicher, großer Gastgarten. Mietbarer Veranstaltungsraum für 150 Personen mit kompletter technischer Ausstattung. Für Feste, Ausstellungen, Konzerte bestens geeignet. Neu im Programm: lateinamerikanisches Catering.

Das ultimative Geschmackserlebnis in Sachen Cajún-Küche erleben Sie im Bayou. (Foto: Bayou/Robert Newald)

▸ Bayou
2., Leopoldsgasse 51
Tel.: 214 77 52
Fax: 214 77 52
E-Mail: margotfischer@aon.at
www.bayou.at
Mo–So 18–24, Okt bis Mai: 11–15 Sonntagsbrunch
Seit Koch Erich Dirnwöber im „Bayou“ in der Leopoldstadt aktiv geworden ist, wissen immer mehr Wienerinnen und Wiener die Vorzüge der Cajún-Küche aus New Orleans und Umgebung zu schätzen. Doch nicht nur Louisiana ist hier kulinarisch präsent, auch den Küchen Mexikos und der Karibik wird gehuldigt. Und so scharf gewürzt, wie manche glauben, ist das alles auch nicht, ausgenommen die selbst gemachten scharfen Saucen, die auch zu kaufen sind. Tipp: Außer in den Sommerferien sind die Sonntagsbrunchs eine tolle Gelegenheit, neue, aufregende Geschmackspfade zu betreten. Schanigarten.

▸ **Castillo Comida y Ron**
1., Stubenring 20
Tel.: 512 94 04, Fax: 512 94 04-40
E-Mail: castillo@aon.at
www.castillo-comida.at
Mo–Fr 11–15, 18–1, Sa, So 18–1
Kubanisches Spezialitätenrestaurant. Brasilianische, karibische und kubanische Küche. Große Auswahl an Rum- und Cocktailspezialitäten. Umfangreiche Weinkarte. Mittagsmenü 8,60 Euro, Tagesteller 6,40 Euro.

▸ **Frank's**
1., Laurenzerberg 2
Tel.: 533 78 05, Fax: 533 78 05-13
E-Mail: restaurant@franks.at
www.franks.at
Mo–Fr 11–2, Sa, So, Fei 11.30–15 u. 17–2
Steaks, Steaks, Steaks, so richtig amerikanisch, aber auch toller Fisch, Pasta, leckere Burger und Pizza. Zum Nachtisch einen Cocktail, und ab 21 Uhr heißt es dann Abtanzen bei der DJ-Line. Alles, was man zu einem gelungenen Abend braucht. Mitte September bis Mitte Mai wird jeden Sonntag von 11 bis 15 Uhr ein American Sunday Barbecue veranstaltet.

▸ **Jalisco**
4., Favoritenstraße 58
Tel.: 216 58 30
E-Mail: rest.jalisco@gmx.net
www.jalisco.at
Di–Fr 11.30–14.30 u. 18–24, Sa–Mo, Fei 18–24
Authentisches mexikanisches Restaurant (ursprünglich im 2. Bezirk). Der Besitzer aus Mexiko kocht persönlich. Huhn mit Kakao-Erdnuss-Chilisauce. Vegetarische Speisen. 20 verschiedene Tequilasorten. Sehr schöner begrünter Gastgarten im Innenhof.

▸ **Livingstone**
1., Zelinkagasse 4
Tel.: 533 33 93-12, Fax: 533 33 93-5
E-Mail: livingstone@chello.at
tgl. 17–4
Das im Kolonialstil eingerichtete Lokal bietet amerikanische Spezialitäten.

▸ **Mango**
6., Theobaldgasse 11
Tel.: 587 47 58, Fax: 587 47 58-47
E-Mail: mango@titanic.at
www.mango.titanicbar.at
Mo–Do 19–2, Fr–So, Fei 19–3, Küche 19–24
Im Keller die Diskothek Titanic, oben die hippe Restaurantbar Mango. Lateinamerikanisch-karibische Küche. Besonderheit: Ceviche, roher marinierter Fisch oder Meeresfrüchte, eingelegt in Zitronensaft, Gewürze und eine scharfe rote Chilischote. Weine aus Argentinien und Chile.

▸ **Maredo**
1., Opernring 3–5
Tel.: 586 77 22
Fax: 586 77 22-20
www.maredo.at
tgl. 11.30–24
Südamerikanische Küche vom Feinsten. Und genau das Richtige für Fleischtiger (gegrillte Steaks, Salat, aber auch Fisch). Und natürlich: Tapas, Fajitas. Mit Gastgarten. Hauptspeisen von 8 bis 19 Euro. Zweite Niederlassung: 1., Fleischmarkt 18

▸ **Margaritaville**
1., Bartensteingasse 3
Tel.: 405 47 86
Fax: 405 47 86-15
Mo–Sa 16–2, So 16–24
Mexikanisches Restaurant mit europäischer Färbung. Rustikales Ambiente. Entschärfte Küche, spitzenmäßige Cocktails.

Gute Drinks. (Foto: Gina Baschant)

bayou

CREOLE & CAJUN RESTAURANT
Leopoldsgasse 51, 1020 Wien
Tel.: 214 77 52, www.bayou.at

täglich geöffnet von 18-24 Uhr
Sunday Brunch (von Mitte Sept. bis Muttertag) von 11-15 Uhr

▸ mas!
8., Laudongasse 36
Tel.: 403 83 24, Fax: 403 83 24-15
E-Mail: office@pancho.at
www.pancho.at
tgl. 17–2
Die „Filiale“, wenn man so will, vom Pancho im 2. Bezirk verwöhnt auch hier die Gäste mit mexikanischen Köstlichkeiten: Tortillas, Tacos, leckeres Pulpo à la mexicana, mexikanisches Bier. Sonntagsbrunch um 16 Euro nach dem Motto „All you can eat“ von 11 bis 16 Uhr. Hauptspeisen um 7 bis 19 Euro. Happy Hour von 18 bis 20 Uhr.

▸ Pancho
2., Blumauergasse 1a
Tel.: 212 58 69
Fax: 212 58 48
E-Mail: office@pancho.at
www.pancho.at
Mo–So 18–2
Als einer der Ersten hat das Pancho ein großes Stück Mexiko in Wien etabliert – und gilt immer noch als einer der Besten. Auf der Speisekarte stehen Fajitas, Enchiladas und Pollo con mole. Das Kellergewölbe kann übrigens auch für private Feste gemietet werden. Happy Hour: 18 bis 19 Uhr und 23 bis 24 Uhr. Mexikanischer Sonntagsbrunch von 11 bis 16 Uhr, um 10 bis 16 Euro.

▸ Porterhouse
1., Schulerstraße 19
Tel.: 512 81 43
Fax: 512 81 43-15
E-Mail: info@porterhouse.at
www.porterhouse.at
Restaurant: tgl. 11–24, Bar: Mo–Sa 17–4
Auf dem Lavasteingrill des Porterhouse werden sagenhaft gute Steaks zubereitet – ein Lokal für Canivoren. Dazu gibt's internationale Weine. Schanigarten.

BARS

▸ A bar shabu
2., Rotensterngasse 8 / Glockengasse
Tel.: 0664/460 24 41
E-Mail: a.bar.shabe@aon.at
Di–Sa 19 bis open end
Viele Sorten Absinth, bizarre Kräuterliköre, Edelbrände, umfangreiche Weinkarte. Kleine, gute Imbisse. Stoppelbillardtisch.

▸ American Bar (Loos Bar)
1., Kärntner Straße 10
Tel.: 512 32 83
So–Do 12–4, Fr, Sa 12–5
Ist im Volksmund als „Loos Bar“ bekannt, nach ihrem Architekten Adolf Loos. Sie wurde 1908 ganz im Wiener Jugendstil entworfen, eröffnet und erfreut sich seitdem nicht nur bei WienerInnen sehr großer Beliebtheit. Ist immer sehr gut besucht. Die Bar ist so „groß“, dass sogar die Stehplätze kleiner als sonst wirken.

▸ Apropos
1., Rudolfsplatz 12
Tel.: 533 41 89
E-Mail: office@apropos-bar.at
www.apropos-bar.at
Mo–Sa 20–4
Etwas schnöselige Bar, die heuer ihren 20. Geburtstag feiert. Hier kann man so richtig „abtanzen“ und „abfeiern“. Jeden Mittwoch gibt's „Ladylike“ mit strippenden Männern und Gratisgetränken für die Damen. Außerdem: Live-Gigs, Vernissagen, Modeschauen.

▸ Bane's
1., Köllnerhofgasse 3
Tel.: 512 02 79
Mo–Fr 17–4, Sa, So, Fei 20–4
Szenebar. Kleine Imbisse. Guinness vom Fass. Drei Promille sind gut, vier sind besser.

▸ **Bar im Ambassador**
1., Neuer Markt 5
Tel.: 961 611-61, Fax: 961 611-60
E-Mail: info@moerwald.at
www.moerwald.at
Mo–So 11–1
Im gepflegten Ambiente des Hotel Ambassador lässt sich ein Abend besonders gut ausklingen. Die servierten Snacks sind von höchster Qualität – so wie man es von dieser Lokalität auch nicht anders erwartet. Selbstangesetzte Rumsorten. Happy Hour von 18 bis 19 Uhr.

▸ **Barfly's**
6., Esterhazygasse 33
Tel.: 586 08 25
Fax: 587 22 27
E-Mail: barfly@castillo.at
www.castillo.at
Mo–Do 18–3, Fr, Sa 18–4, So 10–2
Das alkoholische Angebot der stimmungsvollen Cocktail-Bar kann sich sehen lassen: Allein 500 Whiskysorten warten darauf, verkostet zu werden. Jazzige Hintergrundmusik.

▸ **BarRoom**
1., Plankengasse 2
Tel.: 513 22 75
E-Mail: office@barroom.at
www.barroom.at
tgl. 10–2
Wohl die modernste Bar der Stadt. Licht- und Soundeffekte sind computergesteuert, über Monitore flimmern Börsenkurse und Nachrichten. Zahlreiche Cocktails und Drinks sowie eine Auswahl an Snacks. Schanigarten.

▸ **Bristol-Bar**
1., Kärntner Ring 1
Tel.: 515 16-535, Fax: 515 16-550
E-Mail: hotel.bristol@westin.com
www.westin.com/bristol
Mo–So 11–1
In eleganter Atmosphäre kann man hier Cocktails und flüssige österreichische Köstlichkeiten zu sich nehmen. Große Auswahl an Zigarren.

▸ **Castillo American Bar**
1., Biberstraße 8
Tel.: 512 71 23, Fax: 512 94 04-40
www.castillo-comida.at
Mo–Sa 20–2
Cocktails, Wein & Champagner. Kleine Snacks (Tapas, Cheeseburger …) und täglich wechselnde Speisekarte. Reservierungen (außerhalb der Öffnungszeiten) unter: 512 94 04.

▸ **Chamäleon**
6., Stiegengasse 8
Tel.: 585 11 80
www.chamaeleonbar.com
So–Do 19–2, Fr, Sa 19–4
Die schwule American Bar in Wien mit den besten Cocktails, die in der Szene zu bekommen sind.

▸ **Dino's**
1., Salzgries 19
Tel.: 535 72 30
www.dinos.at
Mo–Do 18–3, Fr, Sa 18–4, So 20–3
Die Spirituosenspezialität der American Bar ist amerikanischer Whiskey. Die Bar verfügt über die größte Bourbon-Sammlung Österreichs.

▸ **Duesenberg**
1., Stubenring
Tel.: 513 84 96
www.duesenberg.at
Di–Do 17–2, Fr, Sa 20–4
Szenebar mit Jazz-Club-Atmosphäre. Große Auswahl an Zigarren, Whiskeys, Rum und Cocktails. Zigarrenseminare, Whiskey-Verkostungen, Rum-Degustationen. Fr, Sa Jazz-Night mit Jazz-Freddy.

In die Bar düsen … Duesenberg. (Foto: Archiv)

▸ **Eden Bar**
1., Liliengasse 2
Tel.: 512 74 50, Fax: 585 29 91
www.edenbar.at
Mo–Sa 22–4
Eine der bekanntesten Cocktailbars Wiens – oder Österreichs. Tatsächlich ist das Interieur etwas ganz Besonderes, weshalb sich die Gäste dem auch anpassen sollen – es herrscht Krawatten- und Sakkozwang. Mit Live-Musik zum Tanzen oder zum Zurücklehnen und Genießen.

G

▸ **First Floor**
1., Seitenstettengasse 5
Tel.: 533 78 66
Winter: Mo–Sa 19–4, So 20–3, Sommer: Do–Sa 19–4
Besonders schöne American Bar, in der die Einrichtung der alten Mounier-Bar höchst gelungen mit neuer Ausstattung des Architektenteams Eichinger oder Knechtl kombiniert wurde.

▸ **Futuregarden Bar & Artclub**
6., Schadekgasse 6
Tel.: 585 26 13
Mo–Sa 19–2, So 21–2
Trendige und um die Kunstszene bemühte Bar in Gumpendorf. Regelmäßig Vernissagen, Musikpräsentationen, Videoaufführungen und DJ-Clubs. Neben einem umfangreichen Drink-Angebot gibt es auch eine passable Weinkarte.

▸ **Halbestadt**
9., Währinger Gürtel 146, Stadtbahnbogen 155
Tel.: 319 47 35
www.halbestadt.at
tgl. 18–4
Moderne Cocktailbar unter den Stadtbahnbögen. Neben den ausgesuchten Longdrinks und (auch alkoholfreien) Cocktails gibt's auch eine Absinth-Kollektion.

Junge, komm bald wieder – Mädchen, du auch. (Foto: Archiv)

▸ **Hamburg Bar**
3., Neulinggasse 21
Tel.: 718 98 18, Fax: 718 98 18
www.hamburgbar.at
Mo–Sa 20–2
Klassische American Bar mit stimmungsvoller Musik und ausgesuchten Cocktailspezialitäten. Serviert werden neben den wieder in Mode gekommenen Absinth-Drinks auch nichtalkoholische Cocktails. Das Lokal ist sehr klein, ab fünf Personen ist eine Reservierung notwendig.

▸ **Harmer's Bar**
16., Ottakringer Straße 120
Tel.: 488 16-24, Fax: 488 16-44
E-Mail: harmerma@harmerholding.at
www.harmersbar.at
nur zum Mieten
Diese Bar kombiniert klassische und moderne Stilelemente und ist bestens dafür geeignet, eigene Veranstaltungen oder Feste durchzuführen. Hierfür stehen die Bar, das Spiegelzimmer oder das Kaminzimmer zur Verfügung.

▸ **Imperial-Bar**
1., Kärntner Ring 16
Tel.: 50 11 00
Fax: 50 11 04-10
www.luxurycollection.com/imperial
Mo–So 12–1
Die Maria-Theresia-Bar im Imperial bietet neben feinsten Cocktails stimmungsvolle Pianomusik in einem einzigartigen Ambiente.

▸ **Kruger's American Bar**
1., Krugerstraße 5
Tel.: 512 24 55
Fax: 512 24 55-20
E-Mail: krugers@aon.at
Mo–Mi 18–2, Do–Sa 18–4, So 19–2
Picture it: eine American-Bar der 20er-Jahre, viel Holz, viel Leder, okay? Das ist also Kruger's. Bier und Cocktails gibt's vom Barkeeper in der Happy Hour (18–20) sogar ein bisschen günstiger.

▸ **KunstCocktail**
2., Lilienbrunngasse 18
Tel.: 216 48 44-46 od. 0699/12 39 00 81
Fax: 216 48 44-44
www.kuco.at
Als Christian Melzer vor einigen Jahren den KunstCocktail ins Leben rief, war seine mobile Cocktailbar schon immer ein Blickfang auf zahlreichen Kulturveranstaltungen. Mittlerweile hat es die Idee zu einer GesmbH geschafft, und Kunstcocktail ist von der Wiener Kunstszene gar nicht mehr wegzudenken. Die Homepage gibt Auskunft darüber, wann und wo Cocktails für die Kunst getrunken werden können.

▸ **Mango Bar**
6., Laimgrubengasse 3
Tel.: 587 44 48
E-Mail: office@mangobar.at
www.mangobar.at
tgl. 21–4
Schwule Bar mit überwiegend jungem Publikum, Musik und guter Stimmung. Gut besucht.

▸ Nightfly's
1., Dorotheergasse 14
Tel.: 512 99 79
www.nightflys.at
Di–Do 20–3, Fr, Sa 20–4
Klassische Bar mit Cocktails, Whiskey, Rum und Zigarren. Piano-Musik live.

▸ Onyx Bar
1., Stephansplatz 12, Haas-Haus
Tel.: 535 39 69, Fax: 535 39 69
www.doco.com
Mo–So 9–2
Vermutlich die Bar mit der schönsten Aussicht – direkt auf den Stephansdom. Ob im Sommer oder Winter, zum Ausklang des Tages oder am Sonntag Vormittag – ein Besuch in der Onyx Bar passt immer. Möchte man einen der Super-Aussicht-Tische ergattern, unbedingt reservieren.

▸ Planter's Club
1., Zelinkagasse 4
Tel.: 533 33 93-15, Fax: 533 33 93-5
www.plantersclub.com
tgl. 17–4
Je nachdem, wo im Planter's man sich gerade befindet und welches Detail man gerade in Augenschein nimmt, scheint man in Indien, in London, auf der Alm oder doch auf der Insel zu sein. Je nach dem, welches Ambiente bevorzugt wird, kann man aus der dreistelligen Anzahl an Cocktails, Whiskeys, Congnacs und Rums dazu passend wählen und den Magen dazu noch mit Fingerfood füllen.

▸ Reiss-Bar
1., Marco-d'Aviano-Gasse 1
Tel.: 512 71 98
www.reissbar.at
Mo–Do, Fr, Sa 10–3, So 11–2
„Champagnertreff" mit Garten und sehr ausgewählten kleinen Snacks (Austern, Lachs und Kaviar).

▸ Revuebar Casa Nova
1., Dorotheergasse 6–8
Tel.: 961 06 96 od. 0699/13 16 32 03
www.casa-nova.at
tgl. 22–5, Juli u. Aug geschlossen
Die Revuebar Casa Nova eröffnete am 28. November 1947 und avancierte damals sehr schnell zum Anziehungspunkt Nr. 1 der Erotik-Revuebar. Seit Frühjahr 2003 ist die Bar in den Händen von Zoom Entertainment. Seither gibt's nicht nut tollere Musik, sondern die Erotik-Shows sind auch besser. Viel Stimmung, viel nackte Haut.

▸ Ron con Soda
1., Seitenstettengasse 5 / Rabensteig
Tel.: 0676/319 21 84
tgl. 19–4
Ansprechende kubanische Bar. Kleine Imbisse, viele Cocktails. Summer feeling.

▸ Shultz
7., Siebensterngasse 31
Tel.: 522 91 20
E-Mail: office@shultz.at
www.shultz.at
Mo–Do 9–1, Fr, Sa 9–2, So 17–1
Ob auf einen Kaffee mit der besten Freundin am frühen Nachmittag, einen After-Work-Cocktail oder ein, zwei Drinks am Abend – das Shultz ist nicht nur wegen seiner Cocktailkarte ein beliebter Treffpunkt.

▸ Silverbar
4., Wiedner Hauptstraße 12
Tel.: 589 18-133
Fax: 589 18-19
E-Mail: fb00@dastriest.at
www.dastriest.at
Mo 18–2, Di–Sa 19–3, So, Fei 15.30–24
Dunkles Holz und Leder sorgen in der Silverbar des Hotel Triest für ein stimmungsvolles Ambiente, in dem sich besonders gut die traumhaften Cocktails schlürfen lassen.

▸ X-bar
6., Mariahilfer Straße 45, Raimund-Passage, 2. Hof
Tel.: 585 24 37
E-Mail: xbar@chello.at
www.rainbow.or.at/xbar
tgl. 16–2
Ein kleines, liebevoll gestyltes Schwulen-Café, das sich abends in eine Cocktailbar verwandelt. Viel Stammpublikum.

BARKEEPERSCHULE

▸ Österreichische Barkeeperschule
6., Gumpendorfer Straße 51
Tel.: 982 14 01
Fax: 786 33 99
E-Mail: office@barschule.at
www.barschule.at
Sex on the Beach, Singapore Sling und Mojito sind nur ein paar der vielen, vielen Cocktails, die man richtig zu mischen in der 1. Österreichischen Barkeeperschule lernen kann. In Kursen für Anfänger und Fortgeschrittene vermitteln die Trainer alles Wissenswerte von den Grundregeln des Barmixens bis zum Umgang mit Feuer und anderen Showelementen.

BEISL

▸ Adlerhof
7., Burggasse 51
Tel.: 523 62 40
Di–Fr 17–24, Sa, So, Fei 11–24
Großes, altes Gasthaus mit TV und Schach. Wiener Küche. Das Publikum: eine eigenwillige Mischung aus StudentInnen, „Hacklern" und PensionsitInnen.

▸ Augustin
15., Märzstraße 67
Tel.: 982 13 64
So–Do 18–1, Fr, Sa 18–2
Uriges Wiener Beisl mit gutbürgerlicher Küche. Plüschbezüge im Oma-Stil. Junges Publikum. Live-Musik. Hofgastgarten.

▸ Barbanek
11., Fuchsröhrenstraße 13
Tel.: 749 21 18
Do–Mo 9–23
Dieses bodenständige Lokal ist allen Innereien-Fans schwer ans Herz zu legen. Köstlich die Blunzen, Nierndln oder das Beuschel.

▸ Bauer
3., Erdbergstraße 150
Tel.: 714 31 26
Mo–Fr 8.30–23
Altes Erdberger Gasthaus mit ausgezeichneter Wiener Küche. Kleiner Schanigarten.

Gute Innereien. (Foto: Archiv)

▸ Beim Czaak
1., Postgasse 15
Tel.: 513 72 15
Mo–Fr 8.30–24, Sa 11–24
Altes Wiener Wirtshaus, seit 1920 geführt von der Familie Czaak. Wiener Küche und böhmische Schmankerln. Schanigarten für 50 Personen.

▸ Blunzenstricker
16., Ottakringer Straße 71
Tel.: 485 78 49, Fax: 489 12 57
Mo–Sa 16–1, So 11.30–16
Blunzen gibt's hier gebraten, gebacken und als Gröstl. Dazu 14 Biersorten. Nicht umsonst befindet sich die Ottakringer Brauerei gleich dahinter.

▸ Brot und Spiele
8., Laudongasse 22
Tel.: 403 74 97
tgl. 18–2, Juli u. Aug: tgl.19–2
Beliebtes lauschiges StudentInnenbeisl mit zahlreichen Spielen (Brett-, Kartenspiele, aber auch Billard, Darts und Wuzeltische). Überbackene und belegte Brote zu günstigen Preisen. Schanigarten für 12 Personen.

▸ Extone
2., Schmelzgasse 14
Tel.: 212 30 00
www.extone.at
Mo–Do 11–2, Fr–So, Fei 16–2
Musikcafé. Kleine Karte mit Broten, Toasts, Hamburgern und Mittagmenüs. Recht großes Whiskey-Sortiment.

▸ Firmanns Bauernkörberl
7., Neubaugasse 37/4
Tel.: 522 92 99, Fax: 522 92 99
Mo–Fr 8–18.30, Sa 9–14
Ausgewogene Menüs und Biomehlspeisen. Entweder man kauft hier ein oder lässt sich gleich vor Ort kulinarisch verwöhnen. Kleiner Schanigarten.

▸ Gasthaus zum Friedhof der Namenlosen
11., Alberner Hafen 54
Tel.: 769 39 71
Mo–Mi, Fr–So 8.30–21
Gleich hinter dem Friedhof der Namenlosen, liegt das Gasthaus, romantisch gelegen mitten im Grünen. Ein Ausflug dorthin ist an einem schönen, sommerlichen Sonntag am reizvollsten. Da kann man nämlich das Essen der sehr guten und ausgiebigen – dennoch preiswerten – Wiener Küche mit einer soziologischen Studie über die Wiener Seele verbinden.

▸ Geyer – Zum Mittelpunkt der Welt
23., Erlaaer Straße 8
Tel.: 869 90 85, Fax: 869 90 85
www.gasthaus-geyer.at
Mi–So 10.30–22
Der Familienbetrieb bietet Hausmannskost und bodenständige, sättigende Schmankerln zu gemäßigten Preisen.

▸ Haas Beisl
5., Margaretenstraße 74
Tel.: 586 25 52, Fax: 586 25 52-4
www.welcome.to/haasbeisl
Mo–Fr 11–24
Ein Wiener Beisl wie im Bilderbuch. Die Besitzer schauen darauf, dass es weiterhin auch ein originales Beisl bleibt. Traditionelle leichte Wiener Küche, dazu österreichische Weine aus dem Weinviertel. Empfehlenswert das Steirische Wurzelfleisch. Manchmal verirren sich prominente Gäste hierher.

▸ Hausmair's Gaststätte
18., Cottagegasse 6
Tel.: 470 21 71
Mo–Fr 11–23
Klassisches Wiener Gasthaus mit ebensolcher Küche. Gastgarten.

▸ Hawidere
15., Ullmannstraße 31
Tel.: 0664/150 84 29
www.hawidere.at
tgl. 18–2
Zum Gulasch mit Bier (7 Biersorten vom Fass) gibt es wöchentlich Blues- oder Countrymusik. Auf einer 6 m^2 großen Leinwand Sportübertragungen. Schanigarten für 40 Personen.

▸ Hummer
8., Florianigasse 19
Tel.: 408 30 38
Mo–Fr 9–24
Geheimtipp für hungrige Studenten. Hier bekommt man für wenig Geld Riesenportionen. Bei der Hausplatte für zwei Personen sind selbst die stärksten Esser überfordert (zum Glück gibt's Alufolie). Üppige Hausmannskost in schrulliger Wirtshausatmosphäre.

▸ Hungerkünstler
6., Gumpendorfer Straße 48
Tel.: 587 92 10, Fax: 587 92 10
Mo–So 17–1, im Sommer Sa, So geschlossen
Wiener Gasthaus mit Holztäfelung in Bordeaux und Weiß. Heimische und internationale Küche, Vegetarisches. Jazz und klassische Musik in ruhiger Atmosphäre. Extrazimmer für 30 Personen.

▸ Jahrhundertbeisl
8., Florianigasse 35
Tel.: 408 11 74
Mo–Sa 18–1
Nostalgisches Beisl. Wiener Küche und Hausmannskost.

▸ Jonathan & Sieglinde
1., Riemergasse 16
Tel.: 513 17 10
www.jonathan-sieglinde.com
Mo–Sa 9–23
In diesem kleinen Lokal gibt es alles, was mit Äpfeln zu tun hat. Ofenerdäpfel in allen Variationen, Pfannengerichte, Apfel-Desserts sowie köstliche Apfelsäfte.

▸ Kern's Beisl
1., Kleeblattgasse 4
Tel.: 533 91 88
Mo–Fr 9–23
Österreichische Schmankerln und traditionelle Wiener Küche. Schanigarten für 24 Personen. Große Auswahl an guten Weinen.

Des Beisls Kern. (Foto: Archiv)

▸ Kopp
20., Engerthstraße 104
Tel.: 330 43 92, Fax: 332 80 82
members.e-media.at/GasthausKopp
Mo 6–2, Di 6–19, Mi–So 6–2
Typisches Wiener Gasthaus: Eiernockerln, Krautfleckerln, gebackener Fisch, Wildspezialitäten. Wiener Schnitzel groß und günstig. Durchgehend warme Küche. Schanigarten.

▸ Liebhart
16., Thaliastraße 63
Tel.: 492 10 11
Fax: 494 54 71
www.liebhart.at
Mo–So 11–1
Ausgezeichnete und abwechslungsreiche Speisekarte: vom Gulasch bis zum Cordon bleu, vom Salat bis zur gefüllten Flade. Regelmäßige Ausstellungen. Mit schönem Gastgarten. So nebenbei: vermutlich die coolsten Toiletten der Stadt.

G

▸ Liebstöckl & Co
19., Sandgasse 12
Tel.: 328 83 10
Fax: 328 94 40
E-Mail: liebstoecklco@utanet.at
www.liebstoecklco.at
tgl. 11–24
Das Edelbeisl in Grinzing versucht Altwiener Traditionsküche mit neuen Einflüssen zu verbinden. Radeberger Pilsner vom Fass. Küche bis 23 Uhr.

G

▸ Maxingstüberl – Hietzinger Weinstüberl
13., Maxingstraße 7
Tel.: 877 55 81
Fax: 877 55 81
Sept bis Mai: Mo–Sa 11–2,
Mai bis Sept Sa geschlossen
Ältestes Gasthaus in Hietzing, im Jahre 1805 gegründet. Traditionelle Wiener Küche. Wildspezialitäten. Stammlokal des Walzerkönigs Johann Strauß.

▸ Meisel
15., Hütteldorfer Straße 66
Tel.: 982 02 29
Fax: 982 02 29
E-Mail: meisel@rh-at.com
www.meisel.rh-at.com
Mo–Fr 11–15.30 u. 17.30–23
Hausmannskost, Salatbuffet, abwechslungsreiche Tageskarte sowie Vollwertgerichte. Mit Schanigarten.

▸ Ofenloch
1., Kurrentgasse 8
Tel.: 533 88 44
Fax: 532 98 22
E-Mail: restaurant@ofenloch.at
www.ofenloch.at
Mo–Sa 11–24
Die traditionelle Einrichtung korrespondiert mit der klassischen Speisekarte: Tafelspitz, Zwiebelrostbraten, Salonbeuscherl, aber auch knusprige Entenbrust in Portwein. Hauptspeisen kosten von 10,50 bis 18 Euro.

▸ Oswald & Kalb
1., Bäckerstraße 14
Tel.: 512 13 71
Fax: 512 13 71-10
E-Mail: o-k@utanet.at
tgl. 18–2
Gehobene österreichische Gastronomie in angenehmem Ambiente. Viel Prominenz. Warme Küche bis Mitternacht.

▸ Pfudl
1., Bäckerstraße 22
Tel.: 512 67 05
Fax: 513 80 42
tgl. 10–24
Beliebtes Wirtshaus mit schöner alter Schank und einem Gastraum mit holzverkleideten Wänden. Deftige Hausmannskost. Ausgezeichnete Weine aus dem Weinviertel. Schanigarten für 60 Personen.

▸ Phönixhof
7., Neustiftgasse 55
Tel.: 523 43 51
E-Mail: rudolf.zeiller@chello.at
www.phoenixhof.at
Mo–Fr 12–2, Sa, So, Fei 18–2
Zeitgemäß adaptiertes Altwiener Restaurant. Hausmannskost und Wiener Küche. Diverse Ausstellungen im Bereich der bildenden Kunst.

Der Asche des Phönix entstiegen? (Foto: Archiv)

▸ Quell
15., Reindorfgasse 19
Tel.: 893 24 07
E-Mail: gasthaus@quell.cc
www.quell.cc
Mo–Fr 11–24
Uriges Gasthaus mit ausgezeichneter Wiener Küche. Zuerst Gulasch probieren. Schanigarten.

▸ Restaurant Brandl
19., Cobenzlgasse 17
Tel.: 320 71 96
Fax: 320 14 88
www.restaurant-brandl.at
Di–So 11–24
Hausmannskost, Wiener Küche. Schanigarten für 100 Personen.

▸ Rodaunerhof
23., Ketzergasse 465
Tel.: 888 75 08
www.rodaunerhof.at
Di–Sa 11.30–15 u. 18–24, So, Fei 11.30–16
Traditionsgasthof in einem jahrhundertealten Gebäude im Zentrum von Rodaun. Bodenständige österreichische Küche, wechselnde Spezialitätenangebote, Spanferkel, Grillhenderl, großer Gastgarten.

▸ Ruberl & Kucera
9., Althanstraße 35
Tel.: 319 54 68
Mo–Fr 11–24
Die Südtiroler Hausmannskost wird hier nahe der Wirtschaftsuniversität gepflegt. Entsprechend kommt auch ein Gutteil des Weinangebots aus Alto Adige. Extrazimmer, Schanigarten.

▸ Rudi's Beisl
5., Wiedner Hauptstraße 88
Tel.: 544 51 02
Mo–Fr 11.30–15 u. 18–23
Kleines Beisl mit schönem und offenem Schanigarten für 16 Personen. Die Tische und das dezente Hellblau erinnern an ein griechisches Lokal. Sehr gute, ambitionierte Wiener Küche. Stammlokal von Friederike Mayröcker.

▸ Schilling
7., Burggasse 103
Tel.: 524 17 75
www.schilling-wirt.at
tgl. 11–1
Die schöne Schank und das gut erhaltene Mobiliar aus den 50er-Jahren fallen auf. Ein wirklich uriges Speiselokal, in dem man mit bodenständiger Wiener Küche verwöhnt wird.

▸ Silberwirt
5., Schlossgasse 21
Tel.: 544 49 07
www.schlossquadrat.at
tgl. 12–24
Ausgezeichnete Küche zu moderaten Preisen. Spezialität: Schnitzel und Pasta.

▸ Smutny
1., Elisabethstraße 8
Tel.: 587 13 56, Fax: 587 13 56-14
tgl. 10–24
Altwiener Beisl mit gekacheltem Schankraum. Im ersten Stock Platz für Veranstaltungen und Feiern. Wiener Küche zu moderaten Preisen. Getrunken wird Budweiser. Kleiner Schanigarten.

▸ Spark
18., Währinger Gürtel 107
Tel.: 968 57 02
Mo–Fr 18–4, Sa, So 19–4, Fei geschlossen
Warme Küche bis 23 Uhr (Hausmannskost), Cocktails (4,70 bis 7 Euro), DJ-Line ab 22 Uhr. Gastgarten bis 23 Uhr offen, für 60 Personen. Hin und wieder Live-Konzerte: Jazz bis Electronic.

▸ Stephan
13., Auhofstraße 224
Tel.: 877 24 02, Fax: 877 24 02-4
Mi–So, Fei 10–22
Recht interessantes Wirtshaus unweit vom Lainzer Tiergarten. Die Küche ist auf österreichische Küche spezialisiert, doch wird hier viel Wert auf die Qualität der Grundprodukte gelegt, die auch meist biologischen Ursprungs sind: vegetarische und vegane Speisen, Bioweine, feiner Biokäse. Schöner Garten.

▸ Stopfer
1., Rudolfsplatz 4
Tel.: 533 64 62, Fax: 533 64 62
Mo–Fr 9–23
Wiener Gastwirtschaft mit Hausmannskost und Wiener Küche. Extrazimmer und Stüberln.

▸ Tachles
2., Karmeliterplatz 1
Tel.: 212 03 58
tgl. 17–2
Alternativ bis studentisch. Goldkettchen trifft man hier ganz bestimmt nicht. Alles, was dazugehört: gepflegte Biere, überbackene Schwarzbrote. Im Keller finden regelmäßig Konzerte oder Vernissagen statt.

▸ Tiroler Garten
13., Schlosspark Schönbrunn
Tel.: 876 66 66, Fax: 879 38 05
www.tirolergarten.at
Frühling u. Sommer: tgl. 11–22,
Herbst u. Winter: tgl. 11–18.30
Gasthaus im alpenländischen Stil mit ebensolchen Spezialitäten. Warme Küche durchgehend bis 21 Uhr.

▸ Ubl
4., Preßgasse 26
Tel.: 587 64 37
tgl. 12–14 u. 18–24
Altwiener Beisl mit wunderschöner Inneneinrichtung. In dem kleinen, romantischen Gastgarten verbringen Studenten und oft auch Prominente gerne eine schöne Zeit. Viel Innereien.

G

▸ Vorstadt
16., Herbststraße 37
Tel.: 493 17 88
www.vorstadt.at
Mo–Fr 10–2, Sa, So, Fei 10–2
Das Vorstadt ist Gasthaus, Beisl und Veranstaltungslokal zugleich. Im Winter (Bühnensommerpause in den Sommermonaten) finden – in einem eigenen Bühnenraum – zahlreiche nette Konzerte, Performances und Kleinkunst-Stücke statt. Für diejenigen, die stattdessen lieber plaudern und speisen wollen: Zwei gemütliche Räume (mit Kachelofen und Holztäfelung) sorgen dafür, dass mann/frau sich wie in einem zweiten Wohnzimmer fühlt. Küche bis 24 Uhr: Vielfältige und sehr gute Beislkost, viele vegetarische Speisen – zu erschwinglichen Preisen. Besonderheit: Kleiner, lauschiger, grüner Innenhof für 80 Personen sowie Schanigarten in der Herbststraße für 40 Personen. Empfehlung: Immer wieder gut sind die Lauch-Käseknödel in pikanter Paradeissoß.

▸ Wegenstein
7., Lerchenfelder Straße 73
Tel.: 526 78 72
Mo–Fr 9–24
Ein wahres Traditionsbeisl in Neubau ist das Wegenstein, mit Wiener Küche und selbstgemachten Würsteln. Schanigarten.

Weibels Wirtshaus. (Foto: Archiv)

▸ Weibels Wirtshaus
1., Kumpfgasse 2
Tel.: 512 39 86, Fax: 512 39 86
www.weibel.at
tgl. 11.30–24
Hans Weibels erstes größeres Lokal nach seinen Pioniertagen mit der Weinbar vis a vis. Auch hier ist die Weinkarte vorzüglich, selbiges gilt für das Essen. Angenehm für regengefährdete, aber dennoch warme Sommertage: Der Schanigarten hat eine Markise.

▸ Wickerl
9., Porzellangasse 24a
Tel.: 317 74 89
Mo–Sa 9–24
Eines der typischsten Wiener Beisln der Stadt. Der Spagat zwischen echter Tradition und sinnlosem Kult funktioniert hier perfekt. Küche ist inspiriert sowohl vom pannonischen als auch vom oberösterreichischen Raum. Schönes Hinterzimmer für 12 Personen. Schanigarten.

▸ Wiener
7., Hermanngasse 27a
Tel.: 524 52 52, Fax: 524 52 52
So–Mi 17–2, Do–Sa 17–4
Traditionslokal in altem Biedermeier-Haus. Schanigarten für 50 Personen. Wiener Schmankerlküche.

▸ Willendorf
6., Linke Wienzeile 102
Tel.: 587 17 89
www.villa.at/willendorf
tgl. 18–2
Lokal in der Rosa Lila Villa. Täglich wechselnde Karte mit vielen vegetarischen Speisen. Garten im Innenhof.

▸ Wirtshaus Am Stadtpark
3., Am Heumarkt 5
Tel.: 713 71 02
Fax: 713 71 02-14
tgl. 7–2
Urig-rustikales Wirtshaus mit Wiener Küche und offenem Kamin. Vormittags Frühstück, Schanigarten.

▸ Wolfsberger
16., Lienfeldergasse 35
Tel.: 486 14 55
Fax: 956 34 94
Di–Sa 9–23
Sehr nettes Wiener Beisl. Gehobene Wiener Küche. Saisonale Küchenschwerpunkte. Große Auswahl an Weinen aus Österreich. Gastgarten für 80 Personen.

▸ Zu den Drei Hacken
1., Singerstraße 28
Tel.: 512 58 95, 810 33 09 (Büro)
Fax: 810 33 09
www.vinum-wien.at
Mo–Sa 11–24, Nov u. Dez: zusätzl. So 11–24
Uriges, aber gepflegtes Wiener Wirtshaus mit mehreren Stüberln und angeschlossener Vinothek im Keller.

▸ Zu den zwei Lieseln
7., Burggasse 63
Tel.: 523 32 82
Mo–Sa 10–22
Die zwei Lieseln sind eine Institution in der Wiener Beisl-Landschaft geworden. Hausmannskost in herzhaft großen Portionen zu moderaten Preisen zählen neben den Wirtinnen zu einem großen Pluspunkt des Beisls. Der nette Gastgarten im Hof verdient noch einen weiteren.

▸ Zum Alten Fassl
5., Ziegelofengasse 37
Tel.: 544 42 98
Fax: 544 42 98
www.zum-alten-fassl.at
Mo–Fr 11.30–15 u. 17–24, Sa 18–24,
So, Fei 12–15 u. 18–24
Heimische und internationale Küche, die zum Wiederkommen einlädt. Kurzer Auszug aus der Speisekarte: gebratene Entenbrust auf Vogerlsalat, Gurkenkaltschale mit Dille, Cocos-Currysuppe, Lachsragout, Lammkrone auf Fenchelgemüse. Wunderschöner Gastgarten.

▸ Zum Alten Heller
3., Ungargasse 34
Tel.: 712 64 52, Fax: 208 01 74
Di–Sa 10.30–23
Gutes, gutbürgerliches Gasthaus mit Altwiener Küche. Veranda und Innenhofgarten.

▸ Zum Blauen Esel
14., Hadikgasse 40
Tel.: 895 51 27, Fax: 895 51 27
Mo–Sa 18–1
Altwiener Restaurant mit böhmischer und Wiener Küche. Gastgarten für 120 Personen (Kastanienbäume). Im Sommer: Grillspezialitäten.

▸ Zum Holunderstrauch
1., Schreyvogelgasse 3
Tel.: 535 90 75
www.holunderstrauch.at
Mo–Fr 9–24
Traditionelle Wiener Küche mit Rostbraten, Wiener Schnitzel, Blunzengröstl. Gutes Preis-Leistungs-Verhältnis. Mit Schanigarten.

▸ Zum Lercherl von Hernals – Muskovich
17., Hernalser Hauptstraße 70
Tel.: 405 83 15
Di–Sa 10–1
Ausgezeichnete Wiener Küche – tolles Preis-Leistungs-Verhältnis. Sehr zu empfehlen: die gebackenen Champignons. Mit Schanigarten.

▸ Zum Lorenz
6., Marchettigasse 1
Tel.: 597 31 46
www.zumlorenz.com
Mo–Do 8–22, Fr, So 8–15
Trotz der eher vernachlässigten Inneneinrichtung ein gemütliches Wirtshaus. Wiener Küche. Hier gibt's die größten Leberknödel der Stadt.

Der Leberknödel ist nicht im Bild. (Foto: Archiv)

▸ Zum Mittelpunkt der Welt
12., Vivenotgasse 27
Tel.: 815 84 76
Mo–Fr 6–21
Klassisches Wirtshaus im kulinarisch nicht gerade reich gesegneten Meidling. Die Klassiker der Wiener Küche bekommt man in unverfälschter und sehr ordentlicher Qualität zu äußerst fairen Preisen. Veranstaltungskeller und Extrazimmer.

▸ Zum Nepomuk
10., Troststraße 60
Tel.: 607 71 42, Fax: 607 71 42
www.nepomuk.at
Mo–Sa 10–22, So, Fei 10–16,
Sommer: Mo geschlossen
Hausmannskost – auch zum Mitnehmen – zu moderaten Preisen. Jeden Donnerstag: Spareribs-Buffet mit Salatbar. Jeder kann um 10 Euro soviel essen, wie er will.

▸ Zur Stadt Krems
7., Zieglergasse 37
Tel.: 523 72 00
Mo–Sa 11–14 u. 18–24,
Okt bis Mai: zusätzl. So 11–15
Nettes Beisl mitten im 7. Bezirk mit schattigem Gastgarten, holpriger Kegelbahn und schmackhaften Innereien, wie man sie selten in der Stadt findet.

BEISL NOUVEAU

▸ Am Nordpol
2., Nordwestbahnstraße 17
Tel.: 333 58 54
tgl. 18–24
Wiener Beisl mit schönem alten Parkett und Flügeltüren. Spezialisiert auf Altwiener Küche und böhmische Spezialitäten. Böhmisches Bier vom Fass. Gastgarten für 70 Personen.

▸ Aromat
4., Margaretenstraße 52
Tel.: 913 24 53
www.arom.at
Mo–Fr 18–22, Sa 18–22
Die Eigenbezeichnung des Aromat schwankt zwischen „Suppen-Imbiss-Take-Away" und „Imbiss-Spezial-Liqueur-Boutique". Tatsächlich wirkt es ein bisschen wie Soho in Wieden: einfach eingerichtet, familiäre Atmosphäre, moderate Preise und eine Küche irgendwo zwischen Fernost, Europa und Fernwest. Wegen der wenigen Tische lohnt sich ein frühes Erscheinen, Tischreservierungen werden nämlich keine angenommen.

▸ Artner
4., Floragasse 6
Tel.: 503 50 33, Fax: 503 50 34
www.artner.co.at
Mo–Fr 11.30–1, Sa, So, Fei 18–1
Markus Artner ist Erfinder des gebratenen Ziegenfrischkäses im Speckmantel. Allein dieses Gericht rechtfertigt einen Besuch dieses außergewöhnlich schicken Designerlokals.

▸ Das Wirtshaus
4., Johann-Strauß-Gasse 42
Tel.: 503 15 56, Fax: 718 00 38
www.daswirtshaus.com
Mo–Fr 17–1
Heimische Gerichte aus allen Bundesländern. Gepflegte Bier- und Weinkultur. Permanente Ausstellungen („Kultur im Wirtshaus"). Netter Schanigarten für 28 Personen.

▸ Die Wäscherei
8., Albertgasse 49 / Laudongasse
Tel.: 409 23 75 11, Fax: 409 23 75-15
www.die-waescherei.com
Mo–Fr 17–2, Sa, So, Fei 10–2
Ob Freunde bei einem Glas Wein treffen, Cocktails schlürfen, Essen gehen oder ganz einfach nach einer durchzechten Nacht den Hunger stillen – in der Wäscherei ist das alles möglich. Jeden Samstag und Sonntag gibt's von 10 bis 16 Uhr Brunch mit Buffet um 11 Euro.

▸ EssStadt
9., Währinger Gürtel, Stadtbahnbogen 153
Tel.: 317 25 21
www.essstadt.at
Mo–Sa 18–24
Nettes Ambiente, tolle Küche. Das ganze Lokal kann für Feierlichkeiten gemietet werden. Reservierungen per E-Mail bis 15 Uhr des Reservierungstages. Es werden auch Kochseminare angeboten (36 Euro pro Person).

▸ Gasthaus Horvath
5., Hamburgerstraße 2
Tel.: 585 73 00
www.gasthaushorvath.at
Mo–Fr 12–24, So 12–23,
Küche bis 1 Stunde vor Schluss
Beim Horvath gibt's – nach eigener Definition – Küche aus dem neuen und alten Österreich, soll heißen, traditionelle Beislküche und Gerichte der „Zuagroasten". Werktags wird zu Mittag ein preiswertes Menü (rund 8 Euro) und ein Tagesteller (rund 6,50 Euro) serviert.

▸ Gasthaus Seidl
3., Ungargasse 63
Tel.: 713 17 81
Mo–Fr 10–23
Altwiener Gasthaus im Beisl-Stil. Wiener Küche. Riesiges österreichisches Wein- und Edelbrandsortiment. Wein- und Schnapsverkostungen.

Auf ein Achterl ins Seidl. (Foto: Archiv)

▸ Gaumenspiel
7., Zieglergasse 54
Tel.: 526 11 08
www.gaumenspiel.at
Mo–Fr 11–15 u. 18–24, Sa 18–24
Internationale Küche mit mediterranem Einfluss. Hausgemachte Nudeln, österreichische Spezialitäten. Rind, Lamm, Fisch in hervorragender Qualität. Schanigarten.

► Gmoa Keller
3., Am Heumarkt 25
Tel.: 712 53 10
www.gmoakeller.at
Mo–Sa 11–24
Eines der ältesten Wirtshäuser in Wien. Unter der schon verstorbenen Besitzerin Grete Novak entwickelte sich der Gmoa Keller zum Inbegriff Wiener Wirtshauskultur. Auf der Speisekarte stehen Wiener Spezialitäten zu angemessenen Preisen. Ab und zu Jazzkonzerte.

Gmoa. (Foto: Archiv)

► Grünauer
7., Hermanngasse 32
Tel.: 526 40 80, Fax: 526 14 19
E-Mail:
Mo 18–24, Di–Fr 11.30–15 u. 18–24
Altwiener Gasthaus mit Wiener Küche und Neuadaptionen aus dem pannonischen Raum. Internationale Weine.

► Gußhaus
4., Gußhausstraße 23
Tel.: 504 47 50, Fax: 505 94 64
Mo–Fr 11–14.30 u. 18–23, Sa 18–23
Altwiener Traditionsmenüs mit Suppe, Gangerl, Hauptgericht und Desserts. Weiters neue internationale Küche wie zum Beispiel die „mit Gänseleber gefüllte Perlhuhnbrust im Serranomantel auf Weintraubensauce mit Linsenpüree" (10 Euro).

► Huth
1., Schellinggasse 5
Tel.: 513 56 44, Fax: 513 56 44
www.zum-huth.at
Mo–So 11.30–24
Heimische Küche zu moderaten Preisen. Im Livingroom, im Keller des Lokals, stehen gemütliche Ledersessel – genau das Richtige, um in angenehmer Atmosphäre einen Cocktail zu schlürfen.

► Kramer & Gutierrez
5., Wehrgasse 8
Tel.: 585 49 00
Di–So 18–24
In wohltuend zurückhaltendem und einfachem Interieur kombiniert das Margaretner Lokal auf seiner Speiskarte Elemente aus Spanien, Italien und dem Maghreb mit österreichischer Küche – gewagt und doch gelungen. Gastgarten.

► Kristians Monastiri
7., Neustiftgasse 16
Tel.: 526 94 48, Fax: 526 94 48-14
www.kristians.at
tgl. 17.30–24
Hinter den Mauern eines ehemaligen Klosters befindet sich dieses moderne Restaurant. Anspruchsvolle Gäste bekommen gediegene mediterrane, asiatische und Wiener Küche. Stilvolles Ambiente. Extrazimmer für private Veranstaltungen. Schanigarten für 60 Personen. Schauküche. Weinkeller.

► Lux
7., Schrankgasse 4 / Spittelberggasse 3
Tel.: 526 94 91, Fax: 526 09 84
www.lux-restaurant.at
Mo–Fr 11–2, Sa, So 10–2
Das Lux hat neben einem Gasthaus-, einem Bar- und einem Cafébereich (letzterer ist besonders im Winter sehr gemütlich) auch einen sehr schönen Wintergarten zu bieten. Die Speisen sind erlesen und ausgefallen, die Preise (in Relation zur Portion) sind elitär. Dennoch ist das Lux immer wieder einen Besuch wert.

► Nells Gastwirtschaft
18., Alsegger Straße 26
Tel.: 479 13 77, Fax: 479 13 77-5
www.nells.org
Mo–Sa 16–2, So 11–2
Österreichische (Erdäpfelsuppe, Käsenockerln, Tafelspitz), aber auch moderne Küche (frischer Fisch in allen Variationen). Catering-Service für jeden Anlass. Mit Schanigarten.

► Neu Wien
1., Bäckerstraße 5
Tel.: 512 09 99, Fax: 512 09 99
Mo–Sa 16–1
Unter der Regie von Wanja Milovic geben sich im Neu Wien heimische Künstler die Klinke in die Hand. Wen wundert's bei dieser Speisekarte: Neben klassischer Wiener Küche serviert man auch Lachsfilet auf Basilikumsauce oder einen Heilbutt in Schnittlauchschaum.

▸ Podium
7., Westbahnstraße 33
Tel.: 522 15 87
Fax: 894 18 83-4
www.restaurant-podium.at
Mo–Fr 11–1, Sa, So 19–1, Fei geschlossen
Die perfekte Mischung aus moderner Architektur und zeitgemäßer Gastronomie. Trendiges Design. „No pig, no cow" – dafür eine reichhaltige Speisekarte mit Vegetarischem, Lamm, Geflügel und Fisch. Ausstellungen junger KünstlerInnen, Sofaecke.

▸ Sargfabrik
14., Goldschlagstraße 169
Tel.: 988 98-121
Fax: 988 98-122
E-Mail: kulturhaus@sargfabrik.at
www.sargfabrik.at
Mo–Fr 12–15 u. 18–2, Sa, So 18–2
Auf dem Gelände befand sich früher die namengebende einschlägige Produktionsstätte. Heute finden hier Konzerte und Clubbings statt. Es gibt auch ein Badehaus und ein Restaurant mit Wiener Küche. Schanigarten für 40 Personen.

▸ Schlossgasse 21
5., Schlossgasse 21
Tel.: 544 07 67
Fax: 548 84 66
E-Mail: info@schlossquadr.at
www.schlossquadrat.at
tgl. 18–1.30
Dieses Szenelokal verbindet (scheinbar) entfernte Welten: von heimischer Küche (Schinkenfleckerln) bis hin zu Ethnogerichten aus Fernost (Buddhistische Fastenspeise). Warme Küche bis 23.30 Uhr, bis 0.30 Uhr kleine Karte.

▸ Schnattl
8., Lange Gasse 40
Tel.: 405 34 00
Fax: 405 34 00
Mo–Fr 11.30–14.30 u. 18–24
Gutbürgerliches Restaurant in einfachem Beislstil. Wiener und internationale Küche. Freundlicher und schöner Gastgarten. Große Auswahl an guten Weinen.

▸ Schöne Perle
2., Große Pfarrgasse 2
Tel.: 0664/243 35 93
tgl. 12–24
Luftig bis kühles Wirtshaus im Karmeliterviertel. Gekocht wird ausschließlich mit Bioprodukten. Große Auswahl an Biersorten. Billardraum.

▸ Skala
7., Neubaugasse 8
Tel.: 523 96 63
Mo–Fr 12–2, Sa 17–2
Modern designtes Hinterhoflokal. Internationale Küche. Schwerpunkt: Vegetarisches. Slow-Food, Produkte vom Biobauern. Winziger Garten.

▸ Stadtwirt
3., Untere Viaduktgasse 45
Tel.: 713 38 28
www.stadtwirt.at
Mo–Fr 9–24, Sa 16–1, So 10–16
In Landstraße liegt das elegante Beisl der Familie Lang. Serviert wird Wiener Küche, bereichert durch Einflüsse aus anderen Regionen des Landes. Große Auswahl an Weinen, Extrastüberl.

▸ Steman
6., Otto-Bauer-Gasse 7
Tel.: 597 85 09
E-Mail: steman.gastwirtschaft@aon.at
Mo–Fr 11–24
Früher das sehr ursprüngliche Gasthaus „Zur Stadt Salzburg". Das Lokal wurde renoviert und modernisiert und strahlt jetzt etwas mehr Nüchternheit aus. Trotzdem nicht ungemütlich. Saisonale Gerichte. Vegetarische Tagesteller.

Der gute Mittagstisch. (Foto: Archiv)

▸ Stomach
9., Seegasse 26
Tel.: 310 20 99
Mi–Sa 16–24, So 10–22
Wer glaubt, es handle sich hier um ein Altwiener Beisl, hat sich getäuscht. Der dunkelgetäfelte Schankraum und die schlichte Einrichtung sind zwar sehr romantisch, jedoch nachempfunden. Moderne Wiener Küche in einem der ältesten Häuser der Gegend (Wildspezialitäten, steirische Schmankerln). Tischreservierung notwendig.

▸ **Sven**
9., Berggasse 28
Tel.: 310 65 36, Fax: 310 65 36
Mo–Fr 11.30–14.30 u. 17.30–23
Kleines Lokal mit Platz für ca. 25 Personen. Exzellente Wiener und internationale Küche, Lamm- und Wildgerichte. Wohnzimmeratmosphäre im Oma-Stil.

▸ **Tancredi**
4., Große Neugasse 5 (Eingang Rubensgasse 2)
Tel.: 941 00 48, Fax: 941 00 48
www.tancredi.at
Di–Fr 11.30–14.30 u. 18–24, Sa 18–24
Gehobene Gastronomie zu fairen Preisen. Weinkarte. Keine Kreditkarten.

▸ **Tempel**
2., Praterstraße 56 (Hinterhof)
Tel.: 214 01 79, Fax: 214 01 79
Di–Fr 12–15 u. 18–24, Sa 18–24
Im Innenhof versteckt, bietet das Tempel gehobene einheimische Küche in gemütlichem Ambiente mit vielen Pflanzen. An warmen Tagen ist der Gastgarten im Hof ein Ort zum angenehmen Tagesausklang. Hauptspeisen ab etwa 14 Euro, Menüs ab 33 Euro.

▸ **Wild**
3., Radetzkyplatz 1
Tel.: 920 94 77
Di–So 11–01
Altes Wiener Gasthaus mit großem Schanigarten bei den Viaduktbögen. Nach der Übernahme durch Amacord-Gründer Erhard Auer und der gelungenen Totalrenovierung 2002 ist das Wild auch wieder ein Ort, der kulinarisch mehr als zufrieden stellt. Moderne österreichische Küche und gelungene Ausflüge ins Mediterrane. Vier offene Biere, sehr gut sortierte Weinkarte, kompetentes Service. Als Special für die Gastgartensaison gibt es eine Bocciabahn. Reservierung empfohlen.

▸ **Wolf**
7., Burggasse 76
Tel.: 990 66 20
Di–Do 17–24, Fr, Sa 17–2
Nach Engagements im Horvath und zuletzt im Wirtshaus Wild hat Jürgen Wolf nun sein eigenes kleines Restaurant eröffnet. Die Küche ist in ihrer Basis wienerisch, unternimmt aber gern Ausflüge ins Mediterrane und zu anderen internationalen Regionen. Saisonale Angebote werden laufend berücksichtigt, und Anhänger von Innereien kommen hier immer wieder auf ihre Kosten. Garten für 32 Personen.

BIER

▸ **Bermuda Bräu**
1., Rabensteigasse 6
Tel.: 532 28 65
Fax: 532 28 65-15
E-Mail: bermuda-braeu@chello.at
www.bermuda-braeu.at
tgl. 11–2
Schwere Holzmöbel kennzeichnen das Ambiente im Bermuda Bräu, das „Erlebnis-Bräu" auf zwei Etagen. Ofenkartoffel, Hausmannskost und Spanferkel werden angeboten, kleine internationale Karte. Bierspezialitäten aus dem Tonkrug und Flaschenweine.

▸ **Biergasthof Otto**
12., Altmannsdorfer Straße 101
Tel.: 804 76 50
E-Mail: otto@biergasthof-otto.at
www.biergasthof-otto.at
Mo–So 11–24
Große Auswahl an Fassbieren (Ottakringer Pils, 12er, Zwickl, Kapsreiter, Schneider Weiße ...). Vielfältige Speisekarte von leichten sommerlichen Gerichten und Salaten bis hin zur Hausmannskost und tollen getoasteten Schwarzbroten. In unregelmäßigen Abständen Jazzkonzerte und Frühschoppen.

▸ **Otto Bierhof**
1., Naglergasse 13
Tel.: 533 44 28
Fax: 533 44 28
E-Mail: bierhof@bierhof.at
www.bierhof.at
Mo–Sa 11.30–0.30, So 17–24 nur bei Schönwetter
Bierlokal in guter Lage und mit schönem Gastgarten. Auf der Speisekarte stehen Hausmannskost, Salate, Aufstriche und überbackene Schwarzbrote.

Der Wolf im Kräuterpelz. (Foto: Archiv)

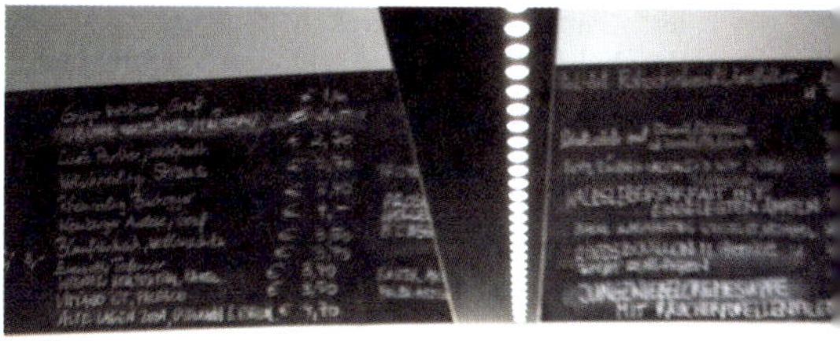

G

▸ **Brandauer's Schlossbräu**
13., Am Platz 5
Tel.: 879 59 70-0
E-Mail: thomas.brandauer@chello.at
www.bierig.at
tgl. 11 24
Hallenartiges Heurigenrestaurant in einem früheren Biedermeier-Tanzsaal mit eindrucksvollen Rundbögen und großen Spiegeln an der Wand. Bewährt deftige Wiener Küche. Sehr großer Gastgarten. Die Dependance Brandauer's Bieriger in 15., Schweglerstraße 37, Tel.: 789 66 06, ist kulinarisch ähnlich angelegt, aber nicht so riesig wie das Schlossbräu.

▸ **Centimeter**
8., Lenaugasse 11
Tel.: 405 78 08
www.centimeter.at
Mo–Fr 10–2, Sa 11–2, So, Fei 11–24
Riesige Portionen, seltsame Speisenamen (Obelix Vielfraßplatte), neuartige Abrechnungsmodalitäten (belegte Brote per Zentimeter), große Auswahl an Bierspezialitäten, Skihüttenatmosphäre, kleine Preise. Ein Konzept, das bereits vier weitere Ableger hervorgebracht hat: Centimeter II, 7., Stiftgasse 4, Tel.: 524 33 29; Centimeter III, 9., Liechtensteinstraße 42, Tel.: 319 84 04; Centimeter IV, 7., Zieglergasse 42, Tel.: 526 41 11; 4., Schleifmühlgasse 7 (das frühere Freihaus war bei Redaktionsschluss gerade im Umbau, um Centimeter V zu werden).

▸ **Hopfhaus**
22., Donaufelder Straße 241
Tel.: 204 09 77
www.hopfhaus.at
Mo–Do 11.30–1, Fr, Sa 11.30–2, So, Fei 11.30–24
Ungewöhnliches Bierlokal im 22. Bezirk; Neben Mayr's Bier vom Fass gibt's einige gute offene Weine. Tolle Speisenauswahl zu günstigen Preisen. Zu empfehlen sind vor allem der „Fingerteller" (Panierte Putenstreifen, Dukatenchips und Zwiebelringe, zum besteckfreien Verzehr geeignet) und das ausgezeichnete Gulasch.

▸ **Kolar**
1., Kleeblattgasse 5
Tel.: 533 52 25
www.kolar-beisl.at
tgl. 17–2
Bierspezialitäten, serviert im Gewölbekeller von Wiens ältestem Wohnhaus. Dazu belegte Fladenbrote aus dem Steinbackofen in schier unendlichen Variationen. Dependance auch in 1., Salzgries 15, Tel.: 532 57 04.

▸ **Kolar psy**
17., Parhamerplatz 11
Tel.: 489 25 55
www.kolar-beisl.at
Di–Fr 10–21.30
Die sozial-kulturelle Variante des Kolar. Zur Restrukturierung des Alltags arbeiten hier psychisch erkrankte Menschen als Kellner. Selbstverständlich werden auch hier die Kolar-typischen Fladenbrote aus dem Steinofen serviert. Ein gemeinsames Projekt von Kolar, Akus und Komit.

▸ **Krah-Krah**
1., Rabensteig 8
Tel.: 533 81 93
www.krah-krah.at
Mo–Sa 11–2, So 11–1
Erstes Bierlokal im Bermuda-Dreieck mit über 50 Bierspezialitäten. Warme und kalte Brote, Hausmannskost. Im Winter Frühschoppen mit Jazz und Blues.

Krah-Krah. (Foto: Archiv)

▸ **Napoleon „Der Bier-Freihof"**
22., Kagraner Platz 33
Tel.: 203 34 00
www.napoleon.at
Mo–So 11–2
Überbackene Brote als Bierbegleiter, „Truppenverpflegung" in Form von Nockerln und Fleckerln, Steaks usw. Großer Gastgarten mit Kinderspielplatz.

▸ **Plutzer Bräu**
7., Schrankgasse 2
Tel.: 526 12 15
www.plutzerbraeu.at
Mo–So 11.30–2
Gemütlicher Treffpunkt für Jung und Alt. Rauer Brauerei-Charme mit guter Speisekarte. Bewährt und noch immer hoch aktuell. Mittagsmenüs um knappe 6 Euro. Mit Schanigarten.

BUNDESLÄNDER

▸ Auszug
9., Thurngasse 19
Tel.: 0664/277 57 47
tgl. 17–2
Vorarlberger Bierbeisl, das gerne, aber nicht nur von der Wiener Xi-Community besucht wird. Klarerweise gibt es hier die typischen Ländle-Gerichte, ebenso weitere Bierbeislgerichte wie überbackene Brote.

▸ Bei Max
1., Landhausgasse 2
Tel.: 533 73 59
E-Mail: beatrice.luger@chello.at
www.beimax.at
Mo–Fr 11–23
Gutbürgerliches Restaurant mit prominenter Klientel. In gediegener Atmosphäre kann man vorwiegend Kärntner Spezialitäten genießen: Gailtaler Kirchtagssuppe, Fleischnudeln oder Kasnudeln.

▸ Kärnten 1
3., Posthorngasse 6
Tel.: 713 34 49
Mo–Fr 11–24
Früher hieß das Lokal „Zum Posthorn“, und es wurde kärtnerische Küche mit Exkursionen ins Friulanische geboten. Jetzt nennt sich das urige Wirtshaus „Kärnten 1“, doch die Küche ist geblieben wie eh und je. Will heißen: Schlutzkrapfen, Kas- und Fleischnudeln werden täglich offeriert. Gute Weinkarte. Am Wochenende kann das Wirtshaus für geschlossene Gesellschaften gemietet werden.

▸ Steirerstöckl
18., Pötzleinsdorfer Straße 127
Tel.: 440 49 43
www.steirerstoeckl.at
Mi–So 11–24
Steirisches Spezialitätenrestaurant. Im Sommer wunderschöner steirischer Gastgarten. Küche bis 22 Uhr.

▸ Steirische Botschaft
3., Strohgasse 11
Tel.: 712 33 67
Fax: 712 33 67
Mo–Fr 11.30–23,So, Fei 11–15
Mitten im Diplomatenviertel des dritten Bezirks gibt es diese Botschaft der besonderen Art. Wie zu erwarten ist die Küche hauptsächlich an den Spezialitäten der Steiermark orientiert. Schöner Gastgarten.

▸ Zum Andreas Hofer
6., Brückengasse 11
Tel.: 595 50 85
E-Mail: zum.andreas.hofer@chello.at
www.zumandreashofer.at
Mo–Sa 17.30–24, Fei geschlossen
Das Lokal und die Küche erinnern an den letzten Urlaub in Tirol. Wen wundert's, sind es doch drei Tiroler, die im Andreas Hofer ihre heimischen Schmankerln nachkochen: von Schlutzkrapfen zum klassischen Tiroler Gröstl, Zillertaler Schliachtanudeln und Imster Apfelnocken. Mit Gastgarten.

G

CAFÉ NOUVEAU

▸ A²
5., Margaretenstraße 55
Tel.: 0699/10 40 42 79
E-Mail: info@a2bar.com
www.a2bar.com
tgl. 16–2
Modern gestyltes Café, das in der schwulen Community sehr beliebt ist, mit wunderschön gestaltetem 100-jährigen Portal. Mit Kellerbar, die am Freitag und Samstag geöffnet ist.

▸ Atelier Augarten
2., Scherzergasse 1a
Tel. 216 86 16-10
E-Mail: pock.restaurantgmbh@aon.at
www.belvederetorte.at
Di–So, Fei 10–24
Schönes, ultramodernes Museumscafé mitten im Skulpturengarten – ehemaliges Atelier von Gustinus Ambrosi. Österreichische und friaulanische Schmankerln, hausgemachte Mehlspeisen. Das Lokal bietet reichlich Platz für private Feste. Hübsche Terrasse für 50 Personen. An Sonn- und Feiertagen Frühstücksbrunch.

Museumscafé. (Foto: Atelier Augarten)

▸ Blaustern
19., Döblinger Gürtel 2
Tel.: 369 65 64
E-Mail: cafe@blaustern.at
www.blaustern.at
Mo–Do 7–1, Fr 7 2, Sa 8–2, So 9–1
Beliebter Treffpunkt in Döbling. Mehrere Frühstücksvarianten (Wiener Frühstück, Fit Plus, Früh stück reLACHSed), Snacks und Imbisse (Omelette, Sandwich), Pasta, Salate, Wiener Küche und Fisch. Mit eigener Kaffeerösterei.

G

▸ Breakfast club
4., Schleifmühlgasse 12–14
Tel.: 581 26 92
E-Mail: thebreakfastclub@gmx.at
Mi–Fr 6–14, Sa, So 6–15
Frühstückslokal im Berlin-Stil. Frühstücke individuell kombinierbar oder nach Programm und Namen, z. B. Oriental Spirit, Capetown meets Vienna, Sunny Side up etc. (3,40 bis 4,90 Euro); Kinderbar, spezielles Kinderfrühstück. Minimalistische Gestaltung; Schanigarten. Frühstückslokale sind der neue Gastrotrend in Wien.

Essen und gegessen werden. (Foto: Archiv)

▸ Canetti
7., Urban-Loritz-Platz 2a
Tel.: 522 06 88
Fax: 522 06 88-8
E-Mail: melange@cafe-canetti.at
www.cafe-canetti.at
tgl. 9–24
Terrassencafé am Dach des nigelnagelneuen Büchereitempels. Wiener und kreative Küche, feines für Zwischendurch, wie z. B. „Flusskrebspralinen mit Blattspinat und gekräuterter Knoblauchsauce". Menüs um 5,90 Euro. Bei Tee (Spezialitäten) den Blick über die Gürtelmeile genießen.

▸ Coffeeshop Company
1., Krugerstraße 6
Tel.: 513 08 44
Mo–Fr 6.30–21, Sa 7–23, So, Fei 10–20
American-Style-Coffeeshopkette mit mehreren Filialen in Wien. Es gibt diverse Kaffeesorten und -zubereitungen und US-Snacks wie Donuts, Bagels, Muffins and so on. Mitnehmen kann man das alles natürlich auch. Und Internetsurfen ist ebenfalls drin.

▸ Das Möbel
7., Burggasse 10 / Gardegasse
Tel.: 524 94 97
www.dasmoebel.at
tgl. 10–1
Eine Mischung aus Altwiener Kaffeehaus und Designermöbelausstellung. Alle drei Monate wechselt die Einrichtung, die natürlich auch zu kaufen ist. Kleine Speisen; Zigarillos und Zigarren aus dem Humidor.

▸ Delia's
1., Tuchlauben 8
Tel.: 533 04 26
Mo–Sa 8.30–24, So, Fei 10–23
Modernes Café mit Barbetrieb. Kleine, schicke Imbisse. Gut zum Prosecco-Trinken. Eigene Arabica-Kaffeemischung. Netter Gastgarten.

▸ È tricaffè
1., Rotenturmstraße 25
Tel.: 533 89 90
E-Mail: etricaffe@aon.at
Mo–Mi 8–24, Do–Sa 8–2, So, Fei 10–24
Das Gastrokonzept der Kette è tricaffè hat auch in Wien (vier Standorte im 1. Bezirk) voll eingeschlagen. Und es ist wirklich schwer, daran etwas auszusetzen. Die verschiedenen Kaffeevariationen lassen qualitativ den Großteil der Altwiener Kaffeehäuser um Lichtjahre hinter sich, die Süßspeisen sind äußerst fein. Das mediterrane Speisenangebot, im Falle der Rotenturmstraße im ersten Stock einzunehmen, ist mustergültig, das Weinangebot durchaus zufriedenstellend. So lässt sich auch das mitunter arg schnöselige Publikum verschmerzen.

▸ Engländer
1., Postgasse 2
Tel.: 966 86 65
www.cafe-englaender.com
Mo–Sa 8–1, So, Fei 10–1
Modern gestyltes Café, das frisch überholt wurde. Verfeinerte und gehobene Wiener Küche. Saisonale Gerichte.

▸ Excelsior Caffè Bar
1., Opernring 1
Tel.: 585 71 84
tgl. 7–1 Uhr
Okay, der Opernringhof ist architektonisch nicht gerade ein Verwöhnort, aber wenigstens birgt er eine italienische Caffè-Bar, die kulinarisch die umgebende Fifties-Tristesse vergessen lässt und dennoch nicht wie der gestylte Klotz aufs Auge in diesem Ambiente daherkommt. Der Kaffee der Rösterei Excelsior ist prima, und die Speisen können recht gut mithalten.

▸ Leopold
7., Museumsplatz 1
Tel.: 523 67 32
Mo–So 10–2, Sa 10–4
Das Café Leopold ist Bestandteil des Leopold Museums und ein Kaffeehaus im noblen, modernen Stil. Küche: Snacks, warme Speisen und Mittagsmenü. Abends Barbetrieb, Videoprojektionen mit Produktionen österreichischer Experimentalfilmer und DJ-Line. Extras: Im Sommer Terrasse mit Hofblick, zusätzlich auch Gastgartenbetrieb im Haupthof.

▸ ORF KulturCafé
Argentinierstraße 30a
Tel.: 503 74 04
Mo–Sa 9–1, So nur bei Veranstaltungen
Modernes, nett gestyltes Kaffeehaus neben dem ORF Funkhaus. Location für Live-Konzertübertragungen, Lesungen etc. auf Ö1. Gemütlicher Schanigarten. Sommerspecials mit Ö1- und FM4-ModeratorInnen.

▸ Segafredo
1., Graben 29
Tel.: 533 50 25
Mo–Do 8–24, Fr, Sa 8–1, So 9–24
Eine Zeit lang sehr beliebt bei Wiens Schickeria. Die Lage ist weiterhin großartig, das Publikum im großen Schanigarten aber mittlerweile ziemlich touristisch. Der Kaffee ist okay, aber den besten italienischen Espresso gibt es woanders. Noch drei andere Standorte.

▸ Starbucks Coffee
7., Neubaugasse 4
Tel.: 522 02 38
www.starbucks.at
Mo–Sa 9–22, So 10–19
Kaffeehauskette aus Amerika. Nichtraucher-Café mit gemütlichen Sofas und Selbstbedienung. Viele Kaffeesorten und natürlich „coffee to go". Insgesamt gibt es sieben Filialen in Wien.

▸ Stein
9., Währinger Straße 6–8
Tel.: 319 72 41
www.cafe-stein.com
Mo–Sa 7–1, So, Fei 9–1
Ein Allroundtalent unter den Cafés: Von morgens bis mittags gibt's verschiedene Frühstücksvariationen, zu Mittag leichte Küche, am Abend geht's bei Stein's Diner bis in die Morgenstunden weiter. Mit Internet-Bar (20 Min.: 2,50 Euro). Frühstück bis 20 Uhr.

▸ The Point of Sale
4., Schleifmühlgasse 12
Tel. 966 98 91
www.thepointofsale.at
Mo–Fr 10–1, Sa, So 10–2
Young, trendy, American – mit drei Schlagwörtern ist das Point of Sale – Bar, Tea-and-Coffee-Shop und Deli – treffend umschrieben. Der ideale Ort für etwas Entspannung bei einem guten Kaffee nach einem Naschmarktbesuch. Kleine Speisen (Bagels, Muffins & Co) und Frühstück (Mo–Fr 10 bis 15 Uhr, Sa, So, Fei 10 bis 17 Uhr) sorgen für Satisfaction beim kleinen Hunger zwischendurch.

Orient im Museumsquartier. Una. (Foto: MQ E+B/Rupert Steiner)

▸ Una
7., Museumsplatz 1 (Museumsquartier)
Tel.: 523 65 66
www.azw.at
Mo–Fr 9–24, Sa 10–24, So 10–18
„Eine intelligente Architektur mit minimalen Kosten und Materialaufwand" sollte das Una werden. Vom Ergebnis mit leichtem orientalischen Touch kann man sich direkt vor Ort, im Café des Architekturzentrums, überzeugen. Leichte Küche mit vegetarischem Angebot, große Weinauswahl, Gastgarten.

G

CHINA

▸ Goldene Zeiten
21., Prager Straße 39
Tel.: 270 05 48
E-Mail: goldenezeiten@chello.com
tgl. 11.30–15, 17.30–23
Exzellente chinesische Küche, Spezialitäten aus Shanghai. Besonders hervorzuheben: die Fisch- und Gemüsevariationen. Fachkundige, freundliche Beratung.

▸ Green Cottage
5., Kettenbrückengasse 3
Tel.: 586 65 81
Mo 18–23, Di–Sa 18–23.30
Für viele der beste Chinese in Town. Kein Wunder, kommen die Zutaten direkt vom Naschmarkt. Jugendstil-Einrichtung.

Glückliche Buddhas. (Foto: Archiv)

▸ Happy Buddha
15., Mariahilfer Gürtel 9
Tel.: 893 42 17
Fax: 893 42 17
tgl. 11.30–14.30 u. 17.30–24
Attraktives und hell eingerichtetes Chinarestaurant ohne Kitsch und Schnickschnack. Kantonesische Spezialitäten. Dim Sums. Frische Fische und Meerestiere. Klimaanlage. Unter der Woche: Mittagsbuffet.

▸ Hongkong
7., Lindengasse 53
Tel.: 523 71 78
Fax: 522 23 51
tgl. außer Do 18–2, Karaoke bis 4
Durchgehend warme Küche. Kantonesische Gerichte. Neben dem Tsing Tao das älteste Dim-Sum-Lokal in Wien. Eine sehr schräge und fremdartige Karaokebar befindet sich im Keller.

▸ Ostwind
7., Lindengasse 24
Tel.: 523 41 82
tgl. 11.30–14.30 u. 17.30–23.30
Koreanische und japanische Spezialitäten und vegetarische Gerichte. Unspektakulär, aber fein.

▸ Shanghai
4., Margaretenstraße 11
Tel.: 587 13 10
www.shanghai.at
Mo–Sa, Fei 11.30–15, 18–23.30
Intimes Lokal mit chinesischer Küche aus allen Teilen des Landes. Leichte Gemüse- und Fischgerichte. Mittagsmenüs um 6 Euro.

▸ Sichuan
22., Arbeiterstrandbadstraße 122
Tel.: 263 37 13
www.sichuan.at
Mo–Fr 11.30–14.30 u. 17.30–23, Sa, So, Fei 11.30–23
Köstlichkeiten der chinesischen Sichuan-Küche. Speisen à la carte, Menüs für mehrere Personen. Großer und schön gestylter chinesischer Gastgarten mit Teichen (Platz für 300 Personen). Chinesische Tees, Weine aus Österreich.

▸ Tsing Tao
15., Gerstnerstraße 5
Tel.: 892 32 27
tgl. 11.30–15 u. 18–23.30
In diesem Lokal gleich hinter dem Westbahnhof nahm der Dim-Sum-Kult seinen Anfang. Der Koch aus Hongkong bereitet die leckersten Erdnuss- und Bärlauchtaschen der Stadt. Inzwischen gibt es auch einen Ableger in 7., Burggasse 123 (Tsing Tao II).

▸ Wang Fu
13., Hietzinger Hauptstraße 115a
Tel.: 877 80 83
Mo–Fr 11.30–15 u. 17.30–23, Sa, So, Fei 11.30–23
Einziges Restaurant Wiens mit nordchinesischer Küche. Nudelspezialitäten.

ERLEBNISGASTRONOMIE

▸ Kriterium 2
1., Ebendorferstraße 10
Tel.: 406 17 52
www.kriterium.at
Mo–So 10–2
Deftige Waldviertel-Schmankerlküche zwischen Uni und NIG. Mittagsmenüs ab 4,30 Euro, Notruf-Seidl um 1,44 Euro. Ein schon länger existierendes Kriterium (aber ohne 1) gibt es auch im 7. Bezirk am Urban-Loritz-Platz.

▸ Ma Pitom
1., Seitenstettengasse 5
Tel.: 535 43 13
www.mapitom.at
So–Do 17–3, Fr, Sa 17–4
Bar, Bierlokal und Restaurant. Szenelokal mit auffälliger Architektur, Mitbegründer des Bermudadreiecks. Essen: von Tex Mex bis Spareribs, von Pasta bis Marmeladepalatschinken. Getränke: vom Pfefferminztee bis zum Tequila El Jimador, vom Tullamore Dew bis zum Ribiselwein. Große Auswahl an Flaschenbieren. Kulturelle Veranstaltungen, Ausstellungen im Lokal, großer Schanigarten.

▸ Moulin Rouge
1., Walfischgasse 11
Tel.: 513 50 00
www.moulinrouge.at
Di–So 22–6
Das Moulin Rouge ist legendär in Wien. Es war einst der erste Nachtclub in dieser Stadt. Mittlerweiler ist das Moulin Rouge auch bekannt für sein gutes Essen (zu doch sehr deftigen Preisen, die aber ob des noblen und besonderen Ambientes ganz gut verschmerzbar sind). Martin Zimmermann und Peter Schneider, früher die Partyveranstalter für die Jeunesse dorée Döblings, sorgen dafür, dass wahrlich Französisches serviert wird.

▸ T.G.I. Friday's
1., Schwarzenbergplatz 1
Tel.: 714 89 95
Mo–So 11–24
Amerikanisches Erlebnisrestaurant: Hamburger-Variationen, Southwestern Chicken Quesadillas, Wrappers, amerikanische Desserts (Apple Pie, Sundae ...). Große Cocktailbar. Videowall für Sportübertragungen.

▸ Villa Wahnsinn Lobau
22., Raffineriestraße km 4,2
Tel.: 0664/330 08 18
www.villa-wahnsinn.at
Fr–Sa u. vor jedem Feiertag 21–4
Wer's braucht ...

ETHNO-FASTFOOD

▸ Cuadro
5., Margaretenstraße 77
Tel.: 544 75 50
www.schlossquadrat.at
Mo–Sa 8–24, So, Fei 9–23
Vegetarische Ethnospezialitäten, Salate, (supergute) Burger, Cocktails. Angenehmes Ambiente.

▸ Da Bizi
1., Rotenturmstraße 4
Tel.: 513 37 05
tgl. 10.30–23.30
Ziemlich riesige, zweistöckige Self-Service-Pizzeria mit günstigen Preisen. Außer belegten Teigrädern gibt es auch Nudeln, Salate und Fleischgerichte. Alles auch zum Mitnehmen. Pizzaschnitten im Gassenverkauf. Weitere vier Filialen in Wien.

▸ Do-An
4., Naschmarkt, Stand 412
Tel.: 586 47 15
Mo–Sa 8–20
Das Do-An ist der Star unter den Naschmarkt-Lokalen. Starker Illy-Kaffee, köstliche Salate – wenn auch nicht so geheim, so ist der Exotische Salat doch ein Tipp –, Sandwiches und die samstägliche Menschenmenge vor und in dem kleinen Pavillon sind das Markenzeichen des Cafés.

Multikulti-Atmosphäre ... schöne große Welt bei Do-An.
(Foto: Lomographen)

▸ Kebab König
2., Krummbaumgasse, Karmelitermarkt Stand 26
Tel.: 214 69 29
Kazim Gülfirat zählt zu den Kebap-Pionieren Wiens. Bis heute ist sein Döner-Sandwich (2,50 Euro) eines der besten der Stadt. Netter Schanigarten direkt am Markt.

▸ Maschu maschu
1., Rabensteig 8
Tel.: 533 29 04
So–Mi 11.30–24, Do–Fr 11.30–2, Sa 11.30–3
Orientalische und israelische Spezialitäten. Falafel, Humus, Salate. Durchgehend warme Küche. Für Nachtschwärmer noch eine Gelegenheit, zu später Stunde ein leckeres Falafel-Sandwich zu bekommen. Filiale: 6., Neubaugasse 20

▸ Tekaway Sushi
1., Opernpassage, Top 28
Tel.: 586 79 60
Fax: 581 46 18
www.tekaway-sushi.at
Mo–So 10–20
Das schnelleste Sushi der Stadt. Bestellen, essen und weg. Zweite Filiale: 19., Bahnhof Heiligenstadt, Mo–So 10–20.

▸ Van Veinsten
1., Franziskanerplatz 3
Tel.: 512 58 62
www.vanveinsten.at
Mo–Sa 10–24
Otto Gratz serviert dieser Stadt die besten Tramezzini zwischen Nordkap und italienischer Grenze. Wer die Brötchen im Lokal oder im Schanigarten verzehrt, sollte sich auch ein Gläschen Wein aus dem exzellenten Angebot gönnen. Die Brötchen können natürlich auch mitgenommen werden, und Tramezzini-Papst Gratz ist auch ein Catering- und Partyspezialist.

... kraftvoll zubeißen können ... van Veinsten. (Foto: Archiv)

FISCH

▸ Bellini
12., Koppreitergasse 28
Tel.: 815 12 01
Mo–Sa 11.30–15 u. 17.30–23.30
Dalmatinische Küche, Fischgerichte.

▸ Bodulo
17., Hernalser Hauptstraße 204
Tel.: 486 43 11
Di–Sa 11–15 u. 17.30–23, So, Fei 11–15 u. 17.30–22
Sehr schlicht und einfach gibt sich dieses Lokal. Außen schaut es wahrlich nicht wie ein Restaurant aus, in dem man außergewöhnlich gutes kroatisches und dalmatinisches Essen bekommen kann. Ist aber so. Die Fisch-und Muschelspezialitäten – mit viel Gefühl und Knoblauch zubereitet – sind eine echte Gaumenfreude.

▸ Brioni
2., Schmelzgasse 9
Tel.: 925 67 30
Di–So 18–24
Frische Fische dreimal wöchentlich. Schöner Gastgarten.

▸ Dalmatia
1., Riemergasse 12
Tel.: 513 29 92
Fax: 513 29 92
Mo–Sa 11–15 u. 18–24
Mediterrane Fisch-und Grillspezialitäten. Fantastisches, dalmatinisch Essen in ausgesprochen familiärer Atmosphäre.

▸ Fuhrmann's Kleines Restaurant
8., Fuhrmannsgasse 9
Tel.: 402 15 72
Fax: 402 15 72
Mo–Fr 11.30–14.30, 17.30–24, Sa 17.30–24
Familiäres Fischrestaurant. Auch Meeresfrüchte, Fleischspeisen und Vegetarisches.

▸ Ilija
8., Piaristengasse 36
Tel.: 408 54 31
Fax: 408 54 31-4
E-Mail: ilija@aon.at
www.ilija.at
tgl. 11–15, 18–1
Der Familienbetrieb der Familie Djuric bietet dalmatinische Spezialitäten in der Josefstadt. Während Frau Djuric für die Nachspeisen verantwortlich ist, kümmert sich Sohn Denis um ausgezeichnete Fischgerichte (ab 12 Euro). Im Sommer Schanigarten. Knoblauch.

▸ **Konoba**
8., Lerchenfelder Straße 66–68
Tel.: 929 41 11
Fax: 929 41 11
E-Mail: konoba@chello.at
www.konoba.at
Mo–Fr, So, Fei 11–14 u. 18–24, Sa 18–24
Die Konoba ist – ganz nach dalmatinischem Vorbild – ein Ort zum Leute Treffen, kroatischen Wein Trinken und Spezialitäten aus Damlatien Genießen, etwa Lignje na zara: köstlich weiche Calamari vom Grill mit reichlich Knoblauch. Eine große Auswahl an Fischgerichten und ein Best of der kroatischen Küche.

▸ **Kornat**
1., Marc-Aurel-Straße 8
Tel.: 535 65 18
Fax: 532 09 88
E-Mail: office@kornat.at
www.kornat.at
Mo–Sa, Fei 11.30–15 u.18–23.30
Kleines dalmatinisches Fischrestaurant: Grillspezialitäten, Muscheln aller Arten. Seit über zehn Jahren ein Familienbetrieb. Die Familie Radic sorgt konstant für qualitativ hochwertiges Essen. Fleischspeisen sind ebenso empfehlenswert wie etwa das Kalbsschnitzel auf dalmatinische Art. Ambiente leicht kitschig.

Kornat Fisch. (Foto: Archiv)

▸ **Landhaus Winter**
11., Alberner Hafenzufahrtsstraße 262
Tel.: 767 23 17
Fax: 769 33 69
E-Mail: office@landhaus-winter.at
www.landhauswinter.at/
Mo–Do 11–21, Sa 11–21, So, Fei 11–17,
Fr nach Vorbestellung
Der Geheimtipp am Alberner Hafen. Das stilvolle Landgasthaus ist bekannt für seine köstlichen Fischgerichte.

▸ **Ragusa**
9., Berggasse 15
Tel.: 317 15 77
Mo–Sa 11.30–15 u. 18–24
Elegantes, nicht ungemütliches Fischrestaurant. Spezialitäten aus Dalmatien. Täglich frische Fische. Spitzenweine aus Kroatien, Österreich und Italien. Schanigarten für 30 Personen.

FRANKREICH

▸ **Crêperie**
8., Schlösselgasse 8
Tel.: 406 13 32
www.creperie.at
Mo–Fr 11:30–24, Sa, Fei 17–24
Französische Küche mit ausgezeichneten Crêpes. Mittagsmenüs.

▸ **Crêperie Spittelberg**
7., Spittelberggasse 12
Tel.: 526 15 70
tgl. 18–24
Französische Küche in netter Atmosphäre. Wintergärten. Warme Küche bis 23.30 Uhr.

▸ **El Fontroussi**
3., Reisnerstraße 39
Tel.: 712 54 30
Mo–Fr 12–14.30 u. 18–24, Sa 18–24
In dem alten Beisl, das durch die Renovierung nichts von seinem Charme eingebüßt hat, wird französische und belgische Küche serviert. Küche bis 23 Uhr.

▸ **Elsässer Bistro**
9., Währinger Straße 30–32
Tel.: 319 76 89
Fax: 317 57 14
Mo–Fr 11.45–15 u. 18–23.30
Ein kleines Stück Frankreich in Wien ist das Palais Clam Gallas. Kein Wunder also, dass sich dort auch ein Bistro angesiedelt hat, das weit mehr bietet als klassische Bistro-Küche. Die sagenumwobene Wunderwelt der französischen Küche gilt es dort zu entdecken. Schöner Garten.

▸ **Salut**
1., Wildpretmarkt 3
Tel.: 533 13 22
www.salut.at
Di–Sa 11.30–14.30 u. 18–24
Sehr traditionsbewusstes französisches Lokal mit Holzwänden. Einen Gockelhahn (französisches Nationaltier) findet man hier fast in jeder Ecke. Spezialisiert auf Fisch. Französische Weine (no na). Kleiner Schanigarten.

FRAUEN

▸ Frauencafé
8., Lange Gasse 11
Tel.: 406 37 54
Di–Sa 18.30–2, So, Mo Veranstaltungen
Women only. Szenebeisl. Kulturveranstaltungen. Cocktails.

▸ Frauencafé Wife 1
4., Johann-Strauß-Gasse 35
Tel.: 504 46 82
E-Mail: wife1@aon.at
www.members.aon.at/wife1/
Mo–Fr 10–23
Ein Frauencafé mit „Wohlfühlangebot“: Solarium, Aromawickel.

FRÜHER MORGEN

Am frühen Morgen oder praktisch rund um die Uhr geöffnet hat auch die Konditorei Prindl beim Gaußplatz. Diese Adresse finden Sie – wegen der angeschlossenen Bäckerei – im Abschnitt „Einkaufen statt Ladenschluss“.

▸ Drechsler
6., Linke Wienzeile 22
Tel.: 587 85 80
Mo–Fr 3–20, Sa 3–18, So geschlossen
Sehr nettes, schmuddeliges Altwiener Café mit besonderem Ambiente. Ideal zum Abhängen, besonders am Freitag und Samstag. Empfehlenswert auch als Frühstücksoption für Nachtschwärmer. Die Küche ist etwas fett, gediegen und fleischlastig, aber dafür sehr günstig (4 bis 6 Euro). Nette Bedienung. Publikum: Ansammlung von interessanten Leuten in allen Altersklassen und allen Schichten. Extras: Durchgehend warme Küche, Billardtisch.

Drechsler: Gib uns unser täglich Gulasch. (Foto: Archiv)

▸ Gräfin vom Naschmarkt
6., Linke Wienzeile 14
Tel.: 586 33 89
tgl. 4–2
Rund um die Uhr geöffnet. Berüchtigtes Lokal für Nachtschwärmer, die in der Früh noch eine Gulaschsuppe brauchen. Wiener Küche, hausgemachte Mehlspeisen. Schanigarten.

▸ Robert Goodmann
4., Rechte Wienzeile 23
Tel.: 967 44 15
www.goodmann.at
tgl. 0–2 u. 4–11
Ideales Lokal für Nachtschwärmer: Täglich warme Küche von 4 bis 10 Uhr. Ebenerdig befindet sich das Restaurant, im Keller eine Diskothek. Wiener und internationale Küche. Vegetarische Gerichte.

▸ Salz & Pfeffer
6., Joanelligasse 8
Tel.: 586 66 60
www.salzundpfeffer.at
Mo–Do, So 18–8, Fr, Sa 18–9, Juni bis Aug: ab 22
Die Nacht war schon lang und anstrengend, und plötzlich ist der Appetit auf warmes Essen da? Kein Problem, seit 17 Jahren bietet das Salz & Pfeffer eine Lösung für diese Herausforderung mit durchgehend warmer Küche bis acht Uhr morgens. Auf der Karte finden sich Wiener Küche, Pizza und internationale Gerichte.

GROSSER GARTEN

▸ Biergarten
2., Straße-des-Ersten-Mai 74
Tel.: 729 49 99 74
www.kolarik.at
Mo–Sa 10–1, So 10–22
Für Kinder, ihre Eltern und Großeltern – hier gibt es für jeden Gusto etwas: von Pizza, Gegrilltem bis zu Spareribs. Mit großem Garten und Kinderspielplatz. Moderate Preise.

▸ Birners Strandgasthaus
21., An der oberen Alten Donau 47
Tel.: 271 53 36
www.noessi.at/birner
Mo–So 9–21
Birners Fischbeuschelsuppe ist wahrlich in aller Munde. Wer sie tatsächlich schon gegessen hat, ist eine andere Frage. Der Gastgarten bietet Platz für 150 Personen. Zusätzlich gibt es zwei schlauchförmige Terrassen, die einen schönen Blick auf die Alte Donau und das gegenüber liegende Angelibad bieten.

▸ **Kunsthaus**
3., Weißgerberlände 14
Tel.: 718 51 52, 712 04 97
Fax: 718 51 53-53
E-Mail: office-khw@aon.at
www.kunsthauswien.com
tgl. 10–23
Dank seines riesigen Gartens eine üppige Grün oase im Hundertwasserhaus. Internationale Küche, einmaliger Flair.

▸ **Mautners Gasthof**
11., Simmeringer Hauptstraße 101
Tel.: 743 57 34
E-Mail: office@mautners.at
www.mautners-gasthof.at
Mo–Sa 11–24
Bei den Toren des traditionsreichen Mautner-Markhof-Areals gelegen, bietet das Lokal kreative heimische Küche. Hervorragende Fischspezialitäten. Riesiger Gastgarten mit uralten Ahornbäumen. Tischreservierung wird empfohlen.

▸ **Palmenhaus im Burggarten**
1., Burggarten
Tel.: 533 10 33
E-Mail: office@palmenhaus.at
www.palmenhaus.at
Mo–So 10–2
Tolle Aussichten gibt es viele in Wien, aber die hier ist wirklich einzigartig: Blickt man doch geradewegs auf den Burggarten, wo sich Sonnenhungrige in der Wiese tummeln. Ein Sitzplatz im Freien ist leider nur mit viel Glück zu bekommen, denn der Andrang ist groß. Frühstück von 10 bis 13 Uhr, Mittagsmenüs um 7,80 Euro, Speisen von 4 bis 13 Euro. Freitag: DJ-Line ab 21 Uhr.

Unter Palmen. (Foto: Palmenhaus)

▸ **Plachutta's Grünspan**
16., Ottakringer Straße 266
Tel.: 480 57 30
Fax: 480 57 30-20
E-Mail: office@gruenspan.at
www.gruenspan.at
tgl. 10–0.30
Der Plachutta für die nicht ganz so begüterte Bevölkerung. Die Speisekarte umfasst Wiener Küche, „Prügelbrote" sowie ausgezeichnete Würste. Eigenes „Grünspan-Bier" (aus der Brauerei Ottakringer). Die Preise sind moderat, die Qualität hoch – ersteres wundert uns, zweites ist bei Plachutta Standard. Wochenkarte; Küche und Garten bis 23 Uhr. (Immer eine Empfelung wert: Plachuttas Kochbuch „Die gute Küche".)

G

▸ **Roter Hiasl**
22., Am Schutzdamm 128 / Raffineriestraße
Tel.: 280 71 22
www.roterhiasl.at
tgl. 9–24
Dieses bürgerliche Restaurant bietet neomodernen Zeitgenossen nicht nur eine reiche Auswahl an heimischen Speisen, sondern auch Energiepyramiden und Feng-Shui. Garten für 270 Personen. Zusatzleistungen wie Partyservice und Hauszustellung. Gut geeignet für Familien: Kinderecke, Spielplatz.

▸ **Schloßrestaurant Thürnlhof**
11., Münnichplatz 5
Tel.: 767 62 07
Di–Sa 11.30–24, So 11.30–15, Fei 11.30–22
Gutbürgerliches Restaurant mit einem riesigen Gastgarten. Spezialität des Hauses: Backhendl. Räumlichkeiten für bis zu 270 Personen stehen für Feste und Feiern zur Verfügung.

▸ **Schweizerhaus**
2., Prater 116
Tel.: 728 01 52
www.schweizerhaus.at
15. März bis 31. Okt: Mo–Fr 11–23, Sa, So 10–23
Kleine Rechenaufgabe: Was ergibt Budweiser vom Fass plus Stelzen? Eh klar: Schweizerhaus. Spätestens wenn man einen Sitzplatz ergattert hat, das knusprige Stelzen-Schwartl in der einen und das Krügel Bier in der anderen Hand hält, vergisst man alles um sich herum – sogar die genervten Kellner, die unüberhörbare Jahrmarkt-Geräuschkulisse vom Prater und den Gedanken an die Frage, wie lange man am Klo anstehen wird müssen. In der Hochsaison empfiehlt es sich zu reservieren. Keine Kreditkarten, aber Bankomat vor dem Lokal (im Sommer aber oft leer).

▸ Selbstverständlich Strandbeisl
22., An der unteren Alten Donau 103
Tel.: 204 39 69
come.to/beisl
Sommer: tgl. 11–24,
Winter: Mo–Fr 16–24, Sa, So, Fei 11–24
Beisl in einem alten Holzpavillon mit riesigem Gastgarten direkt an der alten Donau. Österreichische Küche mit saisonalen Schwerpunkten. Von Herbst bis Frühling sonntäglicher Jazzfrühschoppen.

G

▸ Stiegl's Ambulanz
9., Alser Straße 4, Campus AAKH, 1. Hof
Tel.: 402 11 50
www.stiegl.at/ambulanz/
tgl. 9–2
Mitten im Universitätscampus liegt die ehemalige Ambulanz des alten AKH. Heute wird hier niemand mehr medizinisch, sondern nur mehr kulinarisch versorgt: Speisen vom Grill, sonntags Brunch, oft mit Live-Musik. Sehr großer Gastgarten. Studentisches Publikum.

▸ Strandcafé
22., Florian-Berndl-Gasse 20
Tel.: 203 67 47
www.strandcafe-wien.at
tgl. 10–24
Top-Spare-Ribs vom Holzkohlengrill. Im Sommer „schwimmender Gastgarten" auf der Alten Donau mit 260 Sitzplätzen. Küchenbetrieb von 11.30 bis 22 Uhr. Reservierungen werden zwischen 10 und 16 Uhr angenommen.

▸ Summerstage
9., Roßauer Lände
Tel.: 319 72 41
www.cafe-stein.com/summerstage
Anfang Mai bis Anfang Sept: Mo–Sa 17–1, So 14–1
Endlich hat auch der Donaukanal bei der Roßauer Lände sein Sommer-Highlight und Urlaubsfeeling mitten in der Stadt. Dafür sorgen: mas und Pancho, Café Stein, Oh Pot, Stern, Bodega Manchega u. a.

▸ Ufertaverne
22., An der oberen Alten Donau 186
Tel.: 204 39 53
Apr bis Ende Okt: tgl. 9–24,
ab 1. Nov für Veranstaltungen geöffnet
Restaurant und Café mit angeschlossener Segelschule oder umgekehrt? Wie dem auch sei, ein sehr netter Platz am Wasser mit einer wunderbaren Terrasse und einem Partyschiff, das gemietet werden kann.

▸ Volksgarten Pavillon
1., Volksgarten, Burgring 2
Tel.: 532 09 07
Fax: 533 10 33-10
E-Mail: pavillon@volksgarten.at
pavillon.volksgarten.at
Mai bis Sept: tgl. 11–2
In-Treff am Heldenplatz. Frühstück bis 14 Uhr, Sonntagsbrunch. Einer der schönsten, wirklich großen Gastgärten mitten in der Innenstadt – die ideale Verbidung von Natur und Urbanität. Mit lauschiger Beleuchtung und sommerlichem Trendsportangebot (Boggia, Kubb ...).

▸ Waldtzeile
13., Speisinger Straße 2
Tel.: 804 53 94
Fax: 804 53 94
E-Mail: mail@zumschlusche.at
tgl. 9–24
Altwiener Gasthaus neben der Schnellbahnstation Hietzing. Neben klassischen Wiener Gerichten bietet das Lokal auch moderne mediterrane Speisen. Gastgarten mit Kies und schattenspendenden, großen Kastanienbäumen.

Die kinderfreundliche Steiermark. (Foto: Archiv)

▸ Zur kleinen Steiermark
3., Schweizer Garten / Heeresmuseumstraße 3
Tel.: 799 58 83
Mo–So 11–23
Der Schweizer Garten, das ist die Parkanlage am Gürtel vor dem Südbahnhof. Und mittendrin in diesem Park liegt das Restaurant zur kleinen Steiermark, das neben steirischen Schmankerln vor allem durch seinen großen Gastgarten besticht. Besonders beliebt ist es bei Familien, weil die Kinder direkt am daneben gelegenen Spielplatz in aller Ruhe oder auch sehr ausgelassen herumtollen können.

GÜNSTIGER MITTAGSTISCH

▸ Berg
9., Berggasse 8
Tel.: 319 57 20
tgl. 10–1
Beheimatet inmitten des Regenbogens, begeistert das Berg nicht nur die les/bi/schwule Community, sondern auch die andere Hälfte Wiens. Der ideale Ort für einen entspannten Nachmittagskaffee, einen schnellen Espresso in der Vorlesungspause oder ein gutes Abendessen.

▸ Café Theo
1., Franz-Josefs-Kai 39
Tel.: 533 21 33
Juli bis Sept: tgl. 7–1, Okt bis Juni: tgl. 7–23
Im 1. Bezirk ist es ziemlich schwer, ein Lokal zu finden, das vergleichbar günstiges Essen anbietet. Das gilt zu Mittag, aber auch zum Frühstück ist es nicht anders und detto zu fortgeschrittenerer Tageszeit. Schanigarten.

▸ Fabrik
12., Gaudenzdorfer Gürtel 73
Tel.: 815 54 50
www.diefabrik.co.at
Mo–Fr 11–24
Gutbürgerliche Wiener Küche, aber auch vegetarische Köstlichkeiten. Mittagsmenüs um 5,10 Euro. Das Kellerstüberl kann für private Feste genutzt werden.

▸ Kiang
1., Rotgasse 8
Tel.: 533 08 56
Mo–Sa 11.30–15, 18–23
Dass das Kiang neben seinen asiatischen Spezialitäten auch Hochklasse-Architektur bietet, beweist spätestens der Adolf-Loos-Architekturpreis an Helmut Richter für die Gestaltung des Kiang III (3., Landstraßer Hauptstraße 50, Tel. 715 34 70), doch auch die studentische Raumgestaltung im 8. (Lederergasse 14, Tel. 405 31 97, Sa nur abends) lässt sich durchaus blicken.

▸ MQ-Kantine
7., Museumsquartier
Tel.: 523 82 39
Mo–Mi 10–24, Do–Sa 10–2, So, Fei 10–24
Eine Kantine ist eine Kantine ist eine Kantine. Ja, und mehr natürlich. Wenn auch die ursprünglich vorgesehene Kuh-Bar der Kantine etwas mehr Pep gegeben hätte, so belebt sie dennoch auch so das Quartier 21 kulinarisch. Im vielleicht schönsten Gastgarten des Museumsquartiers gibt's täglich preiswerte Tagesteller.

▸ Oh Pot
9., Währinger Straße 22
Tel.: 319 42 59
Fax: 319 42 59
E-Mail: maria@ohpot.at
www.ohpot.at
tgl. 11–24
Von vegetarischen Pots wie dem Pot Marrakesh, Fleischpots wie dem Asopap de Camarones aus der Dominikanischen Republik bis zu Empanadas und Salaten reicht die Speisekarte von Wiens einzigem Eintopf-Tempel. Viel und günstig. Am Sonntag Brunch von 11 bis 17 Uhr.

G

Reinthaler
1., Gluckgasse 5
Tel.: 512 33 66
Mo–Fr 9–23
Gute Hausmannskost in einem typischen Wiener Wirtshaus im 1. Bezirk zu finden gehört zu den schwierigeren Aufgaben, die Wien zu bieten hat. Aber sie ist zu bewältigen, sogar ohne die Geldbörse zu stark zu beanspruchen: im Reinthaler. Als Alternative die Dependance:
Reinthaler's Beisl, 1., Dorotheergasse 2–4,
Tel.: 513 12 49, Mo–Sa 10–23

Reinthaler. (Foto: Archiv)

▸ Soho in der Nationalbibliothek
1., Josefsplatz 1
Tel.: 532 85 66
Fax: 532 85 66
E-Mail: soho.catering.vienna@aon.at
Mo–Fr 10–16
Eines der bemerkenswertesten Lokale der Stadt. Denn vom Ambiente her wähnt man sich hier in einem schnieken Designerlokal und würde sich doch etwas höhere Preise erwarten. Dem ist aber gar nicht so, denn das ausgezeichnete Essen ist preislich wundersamerweise auf Kantinenniveau, weil das Lokal halt auch als Kantine für die Mitarbeiter der Nationalbibliothek fungiert.

GUTE AUSSICHT

▸ Brunners
10., Wienerbergstraße 7 / 22. Stock
Tel.: 607 65 00
www.brunners.at
Mo–Sa 11.30–15 u. 18–24
Ein Abend im Brunners garantiert nicht nur einen atemberaubenden Ausblick über die Dächer Wiens, sondern auch eine ideenreiche internationale Küche, die vom Wiener Schnitzel bis zu asiatischem Sashimi reicht. Wunderschöne Terrasse. Frühstück – New Style oder Business – von 16 bis 20 Euro.

G

▸ Cobenzl
23., Am Cobenzl 94
Tel.: 320 51 20
www.cobenzl.com
tgl. 10.30–22,
Terrassencafé: tgl. 10–22 (bei Schönwetter bis 24)
Restaurant und Café am gleichnamigen Hot Spot oberhalb von Grinzing. Sensationeller Blick über die Stadt von der Caféterrasse, schöner weiterer Gastgarten.

▸ Donauturm
22., Donauturmstraße 4
Tel.: 263 35 72
www.donauturm.at
tgl. 11–24, Liftzeiten: tgl. 10–24
Seit 1964 ermöglicht der Donauturm mit seinen 150 Metern Höhe einmalige Panoramablicke auf Wien und Umgebung. Per Expresslift geht's hinauf zu Aussichtsterrasse, Restaurant und Café. Dort dreht sich alles um die Wiener Küche … und um 360 °C. Während man genüsslich an seinem Backhenderl kaut oder seinen Espresso genießt, bewegen sich Café und Restaurant kaum merklich um die eigene Achse. Sonntäglicher Schmankerl-Brunch oder Mondschein-Buffets: 35 Euro pro Person.

▸ Gloriette
13., Schloss Schönbrunn, Gloriette
Tel.: 879 13 11
www.gloriette-cafe.at
Mo–So 9 bis 1 Stunde vor Parkschluss
(Sommer: 9–20, Winter: 9–17)
Da, wo schon Kaiser Franz I. sein Frühstück zu sich zu nehmen pflegte, kann man nun ebenfalls seinen Kaffee genießen. Hat man erst einmal den kleinen Aufstieg hinter sich gebracht, wird man durch den herrlichen Ausblick und das Ambiente des Cafés belohnt. Jeden Sonntag: musikalisches Frühstück von 9 bis 12 Uhr (Frühstücksbuffet um 15 Euro, Kinder von 6 bis 14 Jahre zahlen 7 Euro).

▸ Oktogon am Himmel
19., Himmelstraße/Höhenstraße
Tel.: 328 89 36, 406 59 38 (Büro)
Fax: 406 59 38-19
E-Mail: himmel@himmel.at (Reservierungen)
www.himmel.at
Mi–Sa 12–22, So, Fei 11–22
Achteckiges Restaurant unmittelbar neben dem „keltischen" Lebensbaumkreis auf dem Cobenzl. Speisen variieren je nach Jahreszeiten, Produkte aus biologischer Landwirtschaft. Panoramablick auf Wien. Küche bis 22.30 Uhr. Lässt sich auch mieten.

Himmel auf Erden: Oktogon. (Foto: Oktogom)

▸ Salettl Pavillon
19., Hartäckerstraße 80
Tel.: 479 22 22
tgl. 6.30–1.30
Sie sind schlecht gelaunt? Sie finden, dass in Ihrem Leben einiges schief gelaufen ist? Dann fahren Sie doch rauf ins Salettl, und schauen Sie denen zu, denen es nicht so geht. Am Vormittag finden Sie hier die Ehefrauen reicher Geschäftsleute, die nach dem morgendlichen Tennisspiel bei einem Gläschen Wein parlieren, am Abend fahren dann deren Söhne im (eigenen) Porsche vor. Abgesehen vom Publikum ist das Salettl ja ganz nett: toller Ausblick auf den Wienerwald bei gutem Wein und noch besserem Essen.

▸ Schloss Wilhelminenberg
16., Savoyenstraße 2
Tel.: 485 85 03
Mo–So 7.30–22, Sommer: bis 24
Wintergarten und wunderschöne Terrasse mit sagenhaftem Blick über Wien – da schmecken die selbstgemachten Mehlspeisen gleich noch viel besser. Ganz ausgezeichnet und zu empfehlen: das Lachsfilet. Eignet sich hervorragend für Hochzeiten.

▸ **Sky Bar & Restaurant**
1., Kärntner Straße 19, 8. Stock
Tel.: 513 17 12
Fax: 513 17 12-20
E-Mail: office@skybox.at
www.skyrestaurant.at
Bar: Mo–Sa 11.30–4, So 18–3,
Restaurant: Mo–Sa 12–15 u. 18–23.30
Am Nachmittag über den Dächern Wiens einen Kaffee trinken und die Aussicht auf der Terrasse genießen, den Aperitif im perfekten Interieur der Sky Bar nehmen. Anschließend im Sky Restaurant bei Carpaccio und Meerwolffilet den Gaumen erfreuen und dann den Abend – zurück in der Sky Bar – bei einem Cocktail und italienischen Live-Rhythmen ausklingen lassen. Wie im Himmel.

HEURIGEN

▸ **Bernreiter**
21., Amtsstraße 24-26
Tel.: 292 36 80-0
Fax: 292 36 80-4
www.bernreiter.at
Feb, Apr, Juni, Aug, Okt, Dez:
Mo–Sa 14–24, So 11–24
Der Weinbau- und Heurigenbetrieb gehört zu den besten Weingütern Wiens. Die vorzüglichen Weißburgunder, Ruländer und Chardonnays nimmt man im schönen Naturgarten zu sich. Kaltes und warmes Buffet.

▸ **Buschenschank Pötzleinsdorf**
18., Pötzleinsdorfer Straße 97
Tel.: 479 53 32
Fax: 405 37 61
www.poetzi.at
Riesenbuffet, sehr großer Garten mit Altbaumbestand.

▸ **Buschenschank Strauch**
21., Langenzersdorfer Straße 50a
Tel.: 292 53 41
Öffnungszeiten laut Heurigenkalender
und gegen tel. Anfrage
Altwiener Heuriger mit deftigem Buffet. Aufläufe, Wiener Schnitzel, Kümmelbraten, Blutwurst etc. Gastgarten, Kinderspielplatz.

▸ **Christ 42**
21., Stammersdorfer Straße 42
Tel.: 292 41 19
Fax: 292 41 19-14
E-Mail: christ42@christ42.at
www.christ42.at
Öffnungszeiten nach Bestellung
Heuriger mit vier Kegelbahnen.

▸ **Edlmoser**
23., Maurer-Lange-Gasse 123
Tel.: 889 86 80
www.edlmoser.at
tgl. 14.30–24
Heuriger mit großem Gastgarten. Heurigenbuffet. Hat nur zu bestimmten Zeiten „ausg'steckt".

▸ **Feuerwehr-Wagner**
19., Grinzinger Straße 53
Tel.: 320 24 42
www.feuerwehrwagner.at
tgl. 16–24
Weingut und Heuriger mit Heurigenbuffet. Ganzjährig geöffnet. Räumlichkeiten und/oder Catering für Feiern.

„Brand"-Gefahr beim Feuerwehr-Wagner. (Foto: Feuerwehr-Wagner)

▸ **Figlmüller Grinzing**
19., Grinzinger Straße 55
Tel.: 320 42 57
E-Mail: grinzing@figlmueller.at
www.figlmueller.at
Apr bis Okt: tgl. 16.30–24,
Nov u. Dez: Fr, Sa 16.30–24
Die Grinzinger Filiale des Figlmüller ist mehr ein Heuriger denn ein Wirtshaus. Schöner Gastgarten auf fünf Ebenen. Saisonbetrieb.

▸ **Fuhrgassl-Huber**
19., Neustift am Walde 68
Tel.: 440 14 05
Fax: 440 27 30
E-Mail: weingut@fuhrgassl-huber.at
www.fuhrgassl-huber.at
Mo–Sa 14– 24,So, Fei 12–24
Nobelheuriger in Neustift am Walde. Riesige Freiluftterrassen im hügeligen Gelände bieten Platz für 800 Gäste. Warmes und kaltes Heurigenbuffet. Weinspezialitäten.

G

▸ **Göbel**
21., Stammersdorfer Kellergasse 151
Tel.: 294 84 20
Fax: 290 60 59
E-Mail: weinbau.goebel@A1.net
Aussteckzeiten bitte tel. erfragen
Am oberen Ende der Stammersdorfer Kellergasse liegt Wiens einziger Designerheuriger. Hell und freundlich hat Winzer und Architekt Hans-Peter Göbel sein Lokal ausgestattet. Die Weine sind hervorragend – nicht nur für Heurigenverhältnisse –, das kalte und warme Buffet ist auch vom Feinsten und der Garten sowieso.

Es wird ein Wein sein … (Foto: Archiv)

▸ **Haslinger**
9., Agnesgasse 3
Tel.: 440 13 47
Fax: 440 13 47-4
E-Mail: r.haslinger@i-one.at
www.buschenschank-haslinger.at
Di–So 11.30–24
Der Haslinger bietet: Naturgarten für 250 Personen, einen Hof mit Weinlauben und eine Dachterrasse. Gebratene Stelzen, warmes und kaltes Heurigenbuffet.

▸ **Hirt**
19., Eisernenhandgasse, Parzelle 165
Tel.: 318 96 41
Mo–Fr 15–23, Sa u. So 12–23
Die Tour auf die „eiserne Hand" ist unter Radfahrern gefürchtet. Aber auch Autos und Fußgänger quälen sich gewaltig beim Aufstieg zum mitten in den Weinbergen gelegenen Heurigen Hirt. Entschädigt wird man mit einer tollen Aussicht und tadelloser Heurigenatmosphäre. Heurigenbuffet.

▸ **Kierlinger**
19., Kahlenberger Straße 20
Tel.: 370 22 64
laut Aussteckkalender, bitte tel.erfragen
Schönes, altes Winzerhaus am Beginn der Kahlenberger Straße nicht weit vom Nußdorfer Platzl. Gute Eigenbauweine, klassisches Heurigenbuffet. Großer Garten.

▸ **Kronprinz Rudolfshof**
19., Cobenzlgasse 8
Tel.: 524 74 78
www.heuriger.com
Die „1. Grinzinger Heurigen Show" ist ein musikalischer Streifzug vom Wienerlied bis zur Operette in Heurigenatmosphäre. Anziehungspunkt für TouristInnen. Spielplan: 29. März bis 1. November: So–Do 20.15, Fr, Sa 19 und 21.30, 4. November bis 23. Dezember: Di, Fr, Sa 20.15, 25. Dezember bis 4. Jänner: tgl. 19 und 21.30; Reservierung (auch Gruppenarrangements möglich) telefonisch, per Fax oder E-Mail.

▸ **Mayer am Pfarrplatz**
19., Pfarrplatz
Tel.: 370 33 61 u. 370 12 87 (ab 16 Uhr)
www.mayer.pfarrplatz.at
Mo–Sa 16–24, So, Fei 11–24
Die Buschenschank, auch Beethovenhaus genannt, da der Komponist hier im Jahre 1817 verweilte, ist ein optimaler Ort, um überdurchschnittlich guten Wein und typische Heurigenköstlichkeiten zu genießen. Mit wunderschönem Innenhof. Heurigenmusik täglich ab 16 Uhr. Auch für geschlossene Gesellschaften ist ausreichend Platz vorgesehen (15 bis 260 Personen).

▸ **Muth**
19., Probusgasse 10
Tel.: 370 22 47
E-Mail: wagner@heuriger-muth.at
www.heuriger-muth.at
Di–So 15.30–24
Traditioneller Heuriger in Heiligenstadt mit Wein aus Eigenanbau. Toller Gastgarten.

▸ **Schneider-Gössl**
13., Firmiangasse 9–11
Tel.: 877 61 09
E-Mail: office@schneider-goessl.at
www.appartement-schneider-goessl.at
tgl. 16–24
Traditionsreicher Heuriger in Ober St. Veit. Im idyllischen Gastgarten bekommt man auch warme Speisen serviert. Jeden Tag Heurigenmusik. Gleichzeitig eine Frühstückspension.

▸ Schöll
19., Cobenzlgasse 108
Tel.: 320 69 07
die ersten 2 Wochen im Monat: tgl. 16–24,
Jän, Apr, Juli, Okt geschlossen
Rustikaler Buschenschank, der zu einem großen Teil von Stammgästen besucht wird. Im Dezember: Lagerfeuer und Glühwein. Kaltes Buffet.

▸ Schübel-Auer
19., Kahlenberger Straße 22
Tel.: 370 22 22
E-Mail: schuebel-auer@24on.cc
Mo–Sa 16–24
Heuriger in denkmalgeschütztem Haus mit schönem Gastgarten für 400 Personen. Im Juni Konzertveranstaltungen. Zu essen gibt's hausgemachte Würste, Spanferkel, aber auch vegetarische Speisen.

▸ Sirbu
19., Kahlenberger Straße 210
Tel.: 320 59 28, 370 13 19
Mo–Sa 15–24,
Mitte Okt bis Mitte Apr geschlossen
Ob mit dem Rad, per pedes oder (wenn's gar nicht anders geht) mit dem Auto – der Sirbu ist immer einen Ausflug wert. Das Essen und der Wein sind ausgezeichnet, der Ausblick ist geradezu atemberaubend und einzigartig. Schade also, dass nicht das ganze Jahr über Sommer ist und dass der Sirbu ein halbes Jahr lang geschlossen hat.

▸ Weingut „Am Reisenberg"
19., Oberer Reisenbergweg 15
Tel.: 320 93 93
Mo–Fr 16–24, Sa, So, Fei 11–24
Einer der schönsten Heurigen Wiens. Spitzen-Aussicht. Mit seinem italienischen Touch ähnelt dieses Lokal ganz und gar nicht einem traditionellen Wiener Heurigen. Der kleine Aufstieg lohnt sich auf jeden Fall. (Es ist ratsam, das Auto – falls man damit unterwegs ist – am Fuße des Reisenbergs zu parken, sonst kann's schwierig werden – massive Parkplatznot.) Von Vorteil: Reservierung.

▸ Weingut Werner Welser
19., Probusgasse 12
Tel.: 318 97 97
E-Mail: heuriger@werner-welser.at
tgl. 15.30–24
Schöner Heuriger mit Garten für 450 Personen. Warmes und kaltes Buffet. Auch vegetarische Speisen. Täglich Heurigenmusik. Große Auswahl an Strudeln.

▸ Wieninger
21., Stammersdorfer Straße 78
Tel.: 292 41 06
Fax: 292 86 71
E-Mail: heuriger@wieninger.at
www.wieninger.at
Do, Fr 15–24, Sa, So, Fei 12–24,
Mitte Juli bis Mitte Aug geschlossen
Es ist schon erfreulich, dass einer der besten Winzer Wiens auch weiterhin einen Heurigengasthof betreibt. Aber bei der Familie Wieninger ist Heurigenwirt sein eine lange Tradition, mit der nicht gebrochen wird. Das Buffet ist qualitativ adäquat zu den Weinen, das Platzangebot groß, drinnen wie draußen.

Heurigen und Winzer. Wieninger. (Foto: Wieninger)

▸ Zahel
23., Maurer Hauptplatz 9
Tel.: 889 13 18
Fax: 889 13 18-10
E-Mail: winery@zahel.at
www.zahel.at
ab jedem 1. Do im Monat 18 Tage geöffnet: ab 15,
Mo geschlossen
Einer der ältesten Heurigen Wiens, existiert bereits seit 1746. Feine Wiener Küche, Hausmannskost. Kaltes Buffet. Gleichzeitig ein kleines Museum: Bilder und Ansichten aus Mauer werden ausgestellt. Ausgezeichnete Weine aus eigener Produktion. Gastgarten für 50 Personen.

▸ Zawodsky
19., Reinischgasse 3
Tel.: 320 79 78
E-Mail: office@zawodsky.at
www.zawodsky.at
Mo, Mi, Do, Fr ab 17–24, Sa, So, Fei ab 14–24,
Nov bis Mitte Apr geschlossen
Heuriger inmitten der Weinberge mit schönem Garten inkl. Obstbäumen. Platz für 200 Personen.

G

G

▸ **Zimmermann**
19., Armbrustergasse 5
Tel.: 370 22 11
www.zimmermanns.at
Mo–Fr 17–23, Sa 16–23
Wer kennt sie nicht, die Zimmermann-Clubbings. Dass die Familie aber auch einen Heurigen im 19. Bezirk betreibt, wissen vielleicht die wenigsten. Und mit Sicherheit gehört er zu einem der idyllischsten Heurigen Wiens. Die Räumlichkeiten können auch für private Feste wie Geburtstage, Sponsionsfeiern, Hochzeiten, Kinderpartys usw. genutzt werden.

▸ **Zum Sailer Toni**
22., Hirschstettner Straße 11
Tel.: 203 85 57
Di–Sa 16–22, So 15–21
Stadtheuriger mit nettem Gastgarten und durchgehend warmer Küche. Bodenständige Gerichte.

▸ **Zum Weihrauch**
19., Kaasgrabengasse 77
Tel.: 320 58 18
www.zumweihrauch.at
Mo–Fr 15–24, Sa, So, Fei 12–24
Ein Heuriger, bei dem man das Gefühl hat, im eigenen Garten zu sitzen. Traditionelle Schmankerl stehen ebenso auf der Speisekarte wie köstliche Grillspezialitäten. Mit Catering-Service.

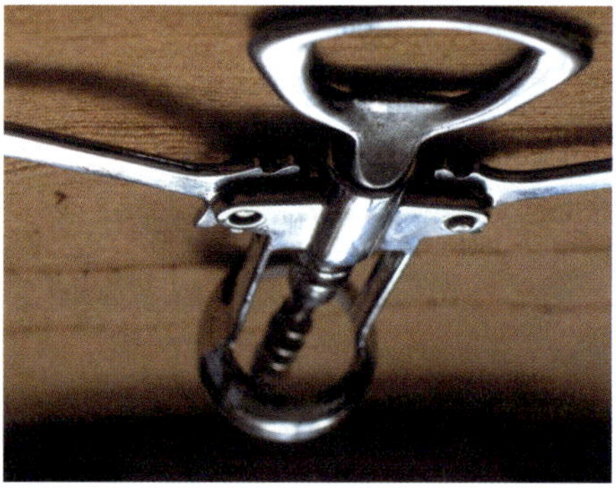

... es wird ein Weinmeer sein. (Foto: Archiv)

▸ **Zum Werkelmann**
10., Laaer Wald 218
Tel.: 688 71 06
www.werkelmann.at
von Mitte März bis Weihnachten:
Mo–Fr 11–23, Sa, So, Fei 10–23
Heuriger mit kleiner Speisekarte (Stelze, Hendl usw.) und Heurigenbuffet im Böhmischen Prater. Gastgarten, Wintergarten, Terrasse. Regelmäßig Live-Musik.

IM WALD

▸ **Am Hanslteich**
17., Amundsenstraße 10
Tel.: 485 41 39
Mitte Mai bis Okt: tgl. 11 bis 22,
Okt bis Mai: Do–Di 11–21
Beliebtes und dank tollem Spielplatz auch für Kinder sehr geeignetes Nahausflugslokal an der Höhenstraße. Wiener Küche und Fischgerichte, die natürlich auch im sehr großen Gastgarten serviert werden.

▸ **Häuserl am Roan**
19., Höhenstraße am Dreimarkstein
Tel.: 440 13 52
www.8ung.at/hauserlamroan
Mo–So 10–22, Nov bis Mai: Fr gechlossen
Wiener Küche mit tollem Preis-Leistungs-Verhältnis. Toller Ausblick von der Terrasse. Außerdem obligatorisch: der Gastgarten.

▸ **Häuserl am Stoan**
19., Zierleitengasse 42a / Höhenstraße
Tel.: 440 13 77
E-Mail: fitzka.andreas@aon.at
Mi–So 11–22
Beliebtes Ausflugslokal an der Höhenstraße mit schönem Garten, der eine tolle Aussicht ermöglicht. Wiener und heimische Küche. Kinderspielplatz. Besonders hundefreundlich.

▸ **Hermesvilla**
13., Lainzer Tiergarten
Tel.: 804 13 23
www.hermesvilla.at
Sommer u. Frühling: Di–So 9–18,
Herbst u. Winter: Di–So 9–16.30
Stattliche Villa im Naturschutzgebiet des Lainzer Tiergartens. 1884 von Kaiser Franz Josef seiner Frau Elisabeth überschrieben. Das Restaurant bietet Wiener und internationale Küche. Vegetarische Gerichte. Kaffee- und Kuchenspezialitäten. Frühstück im Schloss Di bis So 9 bis 11 Uhr. Ausstellungen.

▸ **Lindwurm**
13., Ghelengasse 44
Tel.: 879 77 04
Sa–Do 10–23
Auf einer schönen Anhöhe bekommt man im Riesengastgarten oder im urigen Lokal gute Wiener Küche geboten. Vorher muss man aber den inneren Schweinehund überwinden und auf den Hügel hinaufkraxeln, auf dem das Lindwurm steht. Vom Baustil her erinnert das Lokal tatsächlich an eine Berghütte.

► **Mostalm**
14., Hainbachgasse 20
Tel.: 979 27 31
Fax: 979 27 31
Mo–Do, Sa, So 9.30–21,
Wintermonate: Mo–Do, Sa, So 9.30–17
Tolles Ausflugsgasthaus, bei dem man sich ein wenig in Wandererfilme der fünfziger Jahre zurückversetzt fühlt. Die Küche bietet traditionelle Hausmannskost, die im großen Gastgarten zur Remobilisierung der Kräfte angemessen mundet. Nomen est omen: Most gibt es natürlich auch.

► **Papuschek & Kohl**
14., Heschweg 185
Tel.: 914 03 60
Fax: 914 03 60-6
Mai, Juli, Sept, Nov: Di–Sa 17–23.30, So, Fei 12–22
Papuschek & Kohl liegt zwar nicht so ganz total im Wald, aber schon sehr im Grünen, und dieses Lokal mit den vielleicht kuriosesten Öffnungszeiten Wiens ist einen Besuch immer wert. Denn das Essen ist hervorragend und in Relation zur Qualität sehr preiswert, die Weinauswahl vermag ebenso zu überzeugen, und der verwinkelte Garten ist einfach super.

► **Rieglerhütte**
14., Karl-Bekehrty-Straße (in der Verlängerung)
Tel.: 911 37 38
Fax: 979 67 50
E-Mail: rieglerhuette@vienna.at
www.rieglerhuette.at
Do–So, Fei 10–22
Eines der beliebtesten Ausflugsgasthäuser im Wienerwald, das in einem 25-minütigem Fußmarsch erreichbar ist. Rustikales Ambiente. Schöner großer Gastgarten, mit direktem Blick auf den anschließenden Kinderspielplatz. Heimische Küche. Freitagabends wird regelmäßig ein Holzofengrill angeworfen.

► **Schottenhof**
17., Amundsenstraße 5
Tel.: 486 23 04
Fax: 489 51 50
E-Mail: office@restaurant-schottenhof.at
www.restaurant-schottenhof.at
Di–So, Fei 9–23
Köstlichkeiten aus der klassischen Wiener Küche sowie internationale Spezialitäten. Großes Extrazimmer für private Festivitäten. Im schönen Gastgarten kann man die ruhige Umgebung des Wienerwalds genießen. Spezielle Arrangements für Hochzeiten und Firmenfeiern werden angeboten.

► **Villa Aurora**
16., Wilhelminenstraße 237
Tel.: 489 33 33
Fax: 489 25 25
tgl. 10–24
Die Villa Aurora ist eines der romantischsten Plätzchen Wiens. Ideal für Verliebte, um nach einem Spaziergang am Wilhelminenberg entweder in der alten Veranda Kaffee zu trinken oder draußen auf der lauschigen Wiese (Fernblick) ein kühles Glas Bier. Küche: nicht sehr abwechslungsreich, aber recht gut. Durchgehend warme Küche bis 23.30 Uhr. Tipp: Wer sichergehen möchte, einen Platz zu ergattern, tut gut daran, rechtzeitig zu reservieren (besonders im Winter wegen des Eislaufplatzes und am Wochenende).

► **Zur Schießstätte**
23., Maurer Wald 345
Tel.: 0676/725 78 61
Fr–Di 10–19
Typisches Ausflugswirtshaus am Rand des Wienerwaldes. Zur Einkehr nach schweißtreibenden Sommerwanderungen ebenso geeignet wie nach Winterspaziergängen. Großer Gastgarten mit Kinderspielplatz.

► **Zur Wildsau**
13., Slatingasse 22
Tel.: 876 46 53
Fax: 979 52 75
E-Mail: krommer@tplus.at
Apr bis Okt: Mo–Fr 15–23, Sa, So, Fei 12–23,
Nov bis März geschlossen (außer bei Privatgesellschaften)
Da im Lainzer Tiergarten bekanntlich die wilden Schweine wühlen, verwundert es nicht, dass ein Wirtshaus am Rande dieses Areals „Zur Wildsau“ heißt. Gegessen wird Hausmannskost oder Fertiges vom Heurigenbuffet, im Sommer genießt man den schönen Blick und sieht den wilden Kindern beim Wühlen in der Sandkiste zu.

Die Wildsau. (Foto: Archiv)

INDIEN UND SRI LANKA

▸ Colombo Hoppers
5., Schönbrunner Straße 84 (Innenhof)
Tel.: 545 43 08
www.colombohoppers.com
Mo–Fr 12–14, 18–24, Sa, So 12–24
Eine Entdeckungsreise in die kulinarische Welt Sri Lankas bietet die Speisekarte des Colombo Hoppers und verspricht „jedem Geschmack etwas Besonderes". Vom traditionellen Reis mit Curry über Feiertagsspeisen und regionale Spezialitäten bis zum Degustationsmenü reicht das Angebot. Online: Tischreservierung und Informationen über Sri Lanka. Gutes reichhaltiges Mittagsbuffet.

Wo das Curry beheimatet ist. (Foto: Archiv)

▸ Curry Insel
8., Schlösselgasse 24
Tel.: 406 92 33
www.curryinsel.at
Di–Fr 17–24, Sa, So 11–24
Spezialitäten aus Sri Lanka mit einer großen Auswahl an veganen und vegetarischen Gerichten. Zu einem ganzheitlichen Essvergnügen wird ein Besuch in diesem Lokal erst, wenn man die Speisen nach Srilankischer Art mit den Fingern zu sich nimmt. Online: die gesamte Speisekarte und Reservierungsmöglichkeit.

▸ Demi Tass
4., Prinz-Eugen-Straße 28
Tel.: 504 31 19
www.restaurant-demitass.com
Mo–Sa 11.30–14.30 u. 18–23.30
Renommiertes indisches Spezialitätenrestaurant. Hier bekommt man Mulligatawny-Suppe, Tamarinden Beef oder ein Ingwerhuhn. Das internationale Flair wird durch eine Klimaanlage unterstrichen.

▸ Indian Pavillon
4., Naschmarkt, Stand 74–75
Tel.: 587 85 61
Mo–Fr 11–18.30, Sa 11–17
Schlichter Name, extra gutes Essen – eine äußerst befriedigende Kombination. Klassische indische Musik und ein kleiner Gastgarten.

▸ Jaipur Palace
9., Brünnlbadgasse 15
Tel.: 402 21 23
tgl. 11–14.30 u. 18–23.30
Traditionelles indisches Restaurant mit echtem Tandoor-Lehmofen. Speisen auch zum Mitnehmen und Zustellservice in der Umgebung.

▸ Kairaly
4., Prinz-Eugen-Straße 56
Tel.: 505 18 21
Di–So 12–15 u. 18–22.30
Viele halten die indische Küche für scharf, doch in der Regel ist das ein Fehlurteil. Zumal die meisten indischen Restaurants bei uns eh nur eine „entschärfte" Version dessen auf die Teller bringen, was bei gewissen indischen Speisen eigentlich Sache wäre. Wirklich feurig und damit nicht für Weicheier wird vor allem in Südindien gekocht. Und dieser Region widmet sich das Kiraly. Wenn man artig bittet, wird auch so scharf gewürzt, wie es sich eigentlich gehört.

▸ Khajuraho Palace
3., Radetzkystraße 20
Tel.: 713 43 44
www.zum-inder.com
Mo–So 11–15 u. 18–23
Gute indische Küche. Von Mo bis Fr gibt es ein Mittagsbuffet unter dem Motto „All you can eat" um 6,50 Euro. Schanigarten. Eine weitere Niederlasssung befindet sich in 7., Burggasse 64.

▸ Koh-i-Noor
1., Marc-Aurel-Straße 8
Tel.: 533 00 80
tgl. 11.30–14.30 u. 18–23
Indische, vorwiegend vegetarische Gerichte in einem freundlichen Lokal. Curry-Tandoori-Cuisine. Indische Getränke.

▸ Rani
6., Otto-Bauer-Gasse 21
Tel.: 596 51 11
tgl. 11–14.30 u. 18–23.30
Typisches indisches Restaurant mit leiser indischer Musik im Hintergrund. Vorwiegend Spezialitäten aus Nordindien und vegetarische Speisen.

▸ Shalimar
6., Schmalzhofgasse 11
Tel.: 596 43 17
tgl 11.30–14.30 u. 18–23.30
Sehr schön dekorierter Inder, bei dem man sich sehr wohl fühlen kann. Nordindische Küche, Tandoori-Gerichte, Auswahl an vegetarischen Gerichten. Wunderbarer Gastgarten für 120 Personen mit Nuss- und Kastanienbäumen.

▸ Tandoor
18., Antonigasse 9
Tel.: 406 41 16
Di–So 11.30–14.30 u. 18–23
Indische Spezialitäten vom Holzkohlengrill und vegetarische Speisen. Der Innenhof beherbergt einen schönen Gastgarten.

▸ Zum Inder
2., Praterstraße 57
Tel.: 216 21 96
tgl. 11–15 u. 18–23
Dieses typische indische Lokal in der etwas verkehrsreichen Praterstraße gibt's schon ewig. Ein ruhender Pol nahe dem Praterstern. Mittagsbuffet. Schanigarten für 30 Personen.

ITALIEN

▸ Acht ein Halb
4., Schleifmühlgasse 20
Tel.: 585 63 23
Mo–Fr 18–2, Sa 12–2
Mediterrane Küche. Große Auswahl an Pastaspezialitäten. Schlicht eingerichtete Café-Bar-Osteria.

▸ Al Caminetto
1., Neuer Markt 8a
Tel.: 512 34 42
tgl. 11–23, Sept bis Ostern: So geschlossen
Geschmackvolles italienische Café-Restaurant mit Pasta- und Fischspezialitäten. Stilvolles Ambiente durch die musikalische Untermalung mit Werken von Giuseppe Verdi.

▸ Bar Italia Lounge
6., Mariahilfer Straße 19–21
Tel.: 585 28 38
www.baritalia.net
Café: Mo–Fr 8.30–2, Sa 9–2, So 10–2,
Restaurant: Mo–Fr 12–14 u. Mo–So 18.30–3,
Bar: Mo–So 18.30–3
Auf drei Etagen gibt es eine Espressobar, die Lounge im Keller, im Erdgeschoß ebenfalls eine Bar – und natürlich herrlich italienische Küche und Weine. Und dies alles in einem absolut sehenswerten Ambiente.

▸ Barbaro
1., Neuer Markt 8
Tel.: 955 25 25
Fax: 955 25 25-25
E-Mail: barbaro@barbaro.at
www.barbaro.at
tgl. 8–4
Das Lokal ist unterteilt in vier Bereiche und auf drei Stockwerke aufgeteilt. Dazu gehören: eine extrem coole Weinbar, ein Bistro (Frühstück ab 8 Uhr), Italian-Bar mit DJ-Pult und eine Lounge – dem kulinarischen Herzstück des „Barbaro".

Luigi Barbaros Gastro-Tempel. (Foto: barbaro)

▸ Cantina e l'arte
1., Dr.-Karl-Lueger-Ring 14
Tel.: 531 31 41-490
Fax: 531 31 41-492
Mo–Fr 16–23
Typisch norditalienische Osteria und gleichzeitig das versteckteste Lokal Wiens. Wenn man sich vom pompösen Hauseingang der Casino Austria AG nicht abschrecken lässt, kommt man in ein rustikal eingerichtetes Gewölbelokal. Spezialitäten aus Friaul, Weine vom Fass und wechselnde Tagesgerichte. Die Zutaten werden von Besitzer Anton Mimra selbst importiert.

▸ Cantinetta Antinori
1., Jasomirgottstraße 3–5
Tel.: 533 77 22
Fax: 533 77 22-11
www.antinori.it
tgl. 12–24
Stilvoll eingerichtetes Lokal des toskanischen Weinguts Antinori. Klassische italienische Küche: Pasta, Fischspezialitäten. Original Olivenöl aus der Toskana.

▸ Carpaccio
4., Paniglgasse 22
Tel.: 505 99 88
Mo–Fr 12–15 u. 18.30–23
Kleines, stilvolles Restaurant. Freundliche Atmosphäre. Klimaanlage. Fisch- und Saisonspezialitäten. Grillgerichte. Weine aus der Toskana.

▸ Collio
4., Wiedner Hauptstraße 12
Tel.: 589 181 33
E-Mail: fb00@dastriest.at
www.dastriest.at
Mo–Fr 12–14.30 u. 18.30–22, Sa 18.30–22
Das Restaurant Collio im Triest serviert italienische Köstlichkeiten aus dem Friaul und – namengebend – aus dem Raum Collio. Mit Garten.

▸ Da Gino e Maria
4., Schleifmühlgasse 21
Tel.: 587 45 70
Fax: 586 18 11
Di–So 11–15 u. Mo–So 18–24
Ein Italiener ohne Pizza. Dafür mit reichlich Nudelvariationen, Fischgerichten und Trüffelspezialitäten. Italienische Weine.

▸ Enoteca Firenze
1., Singerstraße 3
Tel.: 513 43 74
Fax: 513 96 98
E-Mail: royal@kremslehnerhotels.at
www.kremslehnerhotels.at
tgl. 12–15 u. 18–24
Das Lokal erinnert an einen kitschigen italienischen Palazzo (Fresken, Statuen, Säulen). Traditionelle toskanische Küche. Große Auswahl an guten Weinen. Saisonale Spezialitäten wie Trüffel.

▸ Expedit Ristorante
1., Wiesinger Straße 6 / Biberstraße
Tel.: 512 33 13-0
Fax: 512 33 13-22
E-Mail: wien@expedit.net
www.expedit.net
Mo–Sa 12–24
Ausgezeichnete ligurische Küche in nüchterner Lagerhallenatmosphäre, denn ursprünglich war hier ein Textiliengroßhandel untergebracht. Sehr gutes Weinangebot und immer frisch gemachte Antipasti. Das Speisenangebot wird täglich erneuert und kann entweder auf einer großen Kreidetafel studiert oder vom Service vorgestellt werden. Die pasta fresca wird aus Ligurien selbst importiert. Warme Küche von 12 bis 15 Uhr und von 18 bis 23 Uhr. Großer Schanigarten.

▸ Francesco
9., Währinger Straße 66
Tel.: 317 49 42
Fax: 317 79 91
Mo–So 11–24
Italienischsprechende Kellner, guter Wein, tolles Essen, Schanigarten. Da in der Nähe die Volksoper liegt, herrscht hier abends vor und nach den Vorstellungen Hochbetrieb. Die Speisen sind übrigens auch zum Mitnehmen bestimmt. Und was die Preise betrifft: tolles Preis-Leistungs-Verhältnis.

▸ Hold
8., Josefstädter Straße 50
Tel.: 405 11 98
Mo–Fr 8–23, Sa 9–23
Italophile Bar mit italienischem Frühstück, hervorragendem Espresso und feiner Pasta. Ein Hauch von Norditalien in der Josefstadt. Viele Stammgäste aus der Josefstadt kommen in dieses Lokal, das eine Art verlängertes Wohnzimmer darstellt.

▸ Il Museo
7., Museumsplatz 1 (Museumsquartier)
Tel.: 525 00-14 40
Fax: 525 00-14 41
E-Mail: office@ilmuseo.at
www.ilmuseo.at
tgl. 10–2
Der Nachfolger des eher glücklosen „Mumok" setzt voll auf italienische Küche und durchdachtes Design des Interieurs. Italienische Spezialitäten von Carpaccio über hausgemachte Nudeln bis zu Fischgerichten. Frühstück, Mittagsmenü und Gastgarten.

Expedit – bestes ligurisches Lokal der Stadt. (Foto: Archiv)

▸ L'Ambasciata della puglia
18., Währinger Straße 170a
Tel.: 479 95 92
Mo–Sa 12–15 u. 18–23
Apulien ist Süditalien pur, und ebenso wird in der Trattoria Lámbasciata della puglia gekocht: unverfälschte apulische Regionalküche. Das täglich wechselnde Speisenangebot begeistert mit Fisch und Pastagerichten ebenso wie mit deftigen Fleischspeisen und Innereien. Das Brot ist selbst gemacht, und als Dessert könnte man auch einmal eine süße Blutwurst probieren. Gute Weinauswahl. Kleiner Schanigarten.

Die Apulische Botschaft. . (Foto: Arxhiv)

▸ La Grappa
4., Argentinierstraße 26
Tel.: 503 45 98
Mo–Fr 11.30–15, 18–24, Sa 18–24
Edelitaliener im Souterrain. Spezialitäten aus der Toskana.

▸ La Ninfea
1., Schauflergasse 6
Tel.: 532 91 26
www.barbaro.at
Mo–Sa 12–15 u. 18–24
Wer der italienischen Küche frönt, kommt hier auf seine Kosten. Die neuen Pächter haben den Küchenstil aus Luigi Barbaros Zeiten etwas verändert und forcieren auch traditionelle und einfacher anmutende Italospezialitäten, die dennoch famos schmecken. Mit Schanigarten.

▸ La Norma
1., Franziskanerplatz 3
Tel.: 512 86 65
tgl. 10.30–24
Klassische italienische Küche in einem kleinen und hübschen Lokal. Täglich frische Fische. Kleiner Schanigarten.

▸ La Pasteria
9., Servitengasse 10
Tel.: 310 27 36
Mo–Sa 10–23
Kleiner, sehr netter Italiener bei der Servitenkirche. Die Spezialität des Hauses sind frische, selbst gemachte Pasti, die vorort gekauft werden können.

▸ Lustkandl
9., Lustkandlgasse / Säulengasse 27
Tel.: 317 35 81
Mo–Fr 11–14.30, 17–24, Sa, Fei 17–24
Italienisches Spezialitätenrestaurant. Hausgemachte Pasta, Fisch- und Muschelgerichte. Saisonale Küche. Keine Pizza. Weine aus Österreich, Hirter-Bier. Zigarren, offener Kamin.

▸ Mezzo
3., Esteplatz 6
Tel.: 715 51 48
Fax: 317 73 21
www.gastro-wien.at/mezzo
Mo–Fr 11.30–14.30 u. 17.30–24, Sa 17–24
Modern gestylter Italiener mit frisch zubereiteten mediterranen Spezialitäten und überdurchschnittlicher Weinkarte. Nicht gerade der Billigste, aber allemal seinen Preis wert. Sehr toller Gastgarten.

▸ Oliva Verde
8., Florianigasse 15
Tel.: 405 41 06
Fax: 405 41 06
E-Mail: susham.sood@chello.at
Mo–Fr 12–15 u. 18–24, Sa, So, Fei 18–24
Italienische Küche, Pizzeria, vegetarische Küche. Naturprodukte aus biologischem Anbau.

▸ Ostaria Venexiana da Pablo
3., Rennweg 11
Tel.: 714 60 03
Fax: 714 60 03
Mo–Fr 11–15 u. 18–24, Sa 18–23
Venezianische Küche mit viel Pasta und Fisch. Große Weinkarte mit Weinen aus ganz Italien. Wöchentliches Degustationsmenü. Partyservice. Oberer Stock für Firmenfeiern etc. zu mieten.

▸ Osteria Maurizio
7., Zitterhofergasse 8
Tel.: 522 56 82
Mo–Sa 18–24
Die regelmäßig wechselnde Karte des kleinen Italieners bietet täglich neue Gaumenfreuden aus dem Süden. Kleiner Gastgarten.

G

▸ Osteria Novelli
1., Weihburggasse 3–5
Tel.: 512 79 55
Mo–Sa 10.30–24
Vormals „A Tavola – Osteria Italiana", entwickelte sich das Lokal zu einem echten Nobelitaliener. Neben dem Tophotel „Kaiserin Elisabeth" gelegen, werden neben besonderen Spezialgerichten – wie etwa „Schweinsschopf aus dem Ofen mit Aromaten und Schmorgemüse" – auch sehr gute Weine angeboten.

▸ Osteria Numero Uno
7., Burggasse 25
Tel.: 526 03 57
Di–Sa 18–24
Feeling wie in Mamas cucina ist hier garantiert. Zu Prosecco, Grappa, ausgezeichnetem Wein (aber kein Bier) und natürlich traditionellem italienischen Essen speist man in einem Ambiente, das seinesgleichen sucht: klein, persönlich – sozusagen familiär. Unbedingt vorher reservieren.

▸ Osteria Stradina
2., Praterstraße 40
Tel.: 212 18 12
www.stradina.at
Mo–Fr 11.30–14.30 u. 18–23, Sa 18–23
Pasta, Wein und Musik – die besten Voraussetzungen für einen gelungenen italienischen Abend. Hauptspeisen von 5,90 bis 10 Euro.

▸ Pan e Wien
3., Salesianergasse 25
Tel.: 710 38 70
Mo–Fr 11.30–14.30 u. 18–1
Untergebracht in einer mit großem Bedacht adaptierten alten Bäckerei, liegt hier der Schwerpunkt auf der italienischen Küche unter besonderer Berücksichtigung der Provinz Piemont. Passend zum hohen Niveau der Speisen ist auch das Weinangebot, das gerade bei Piemonteser Weinen in Wien kaum eine Konkurrenz zu scheuen braucht.

▸ Piccini Piccolo Gourmet
6., Linke Wienzeile 4
Tel.: 587 52 54
E-Mail: office@piccini.at
Mo–Fr 11–19.30, Sa 9.30–14
Wie der Name schon sagt: Hier gibt es kleine Speisen, die auch noch hervorragend schmecken – Antipasti, Pasta und andere italienische Köstlichkeiten. Mit Gastgarten. Das dazugehörige Geschäft gehört zu den herausragendsten Delikatessenläden.

▸ Schuppich – Cucina Triestina
2., Rotensterngasse 18
Tel.: 212 43 40
E-Mail: schuppich-restaurant@aon.at
Mi–Sa 18–1, So 12–24
Helles Gasthaus, die Einrichtung ist in Kirschholz gehalten. Triestiner Küche, monatlich Spezialitätenschwerpunkte. Große Auswahl an internationalen Weinen. Klimaanlage.

Schuppichs Triest. (Foto: Archiv)

▸ Stella Marina
6., Windmühlgasse 7
Tel.: 587 32 45
Mo–Sa 12–14.30 u. 18–23.30
Intimes italienisches Restaurant mit gekachelten Wänden und Steinfußboden. Serviert werden Spezialitäten aus dem Mittelmeer, hausgemachte Teigwaren und erlesene Weine. Großes Angebot an frischen Fischen. Reservierung empfohlen.

▸ Terzo
1., Freyung 4, Palais Daun-Kinsky
Tel.: 535 34 35
E-Mail: trattoria@terzo.at
www.terzo.at
Mo–Fr 12–15 u. 18–24, Sa 18–24
Italienienische Trattoria der gehobenen Kategorie im Palais Daun-Kinsky auf der Freyung. Schöne Räumlichkeiten und ein feiner Gastgarten im eleganten Innenhof des aufwändig restaurierten Stadtschlosses.

▸ Ti Amo
8., Florianigasse 34
Tel.: 0699/14 73 31 22
tgl. 18–2
Venezianischer Flair in Wien. Muschel- und Fischgerichte. Große Auswahl an offenen italienischen Weinen.

▸ Zimolo
1., Ballgasse 5
Tel.: 512 99 82
Fax: 513 99 78
www.zimolo.at
Mo–Sa 12–14.30 u. 18–24
Das Zimolo bietet täglich frische friulanisch-venezianische Köstlichkeiten wie Lachs- oder Schwertfischcarpaccio, hausgemachte Pasta, gegrillte Seezunge oder Rindsfilet auf Rucola. Mit Schanigarten.

ITALIEN LUXUS

▸ Da Conte
1., Kurrentgasse 12
Tel.: 533 64 64-0
Fax: 533 64 64-30
Mo–Sa 12–15 u. 18–24
Ziemlich nobler Italiener in einem schönen Biedermeiergewölbe. Dementsprechend die Preise. Im Winter: abends Live-Musik. Extraraum für 60 Personen.

▸ Fabios
1., Tuchlauben 6
Tel.: 532 22 22
E-Mail: fabios@fabios.at
www.fabios.at
Mo–Sa 10–1, Bar: Mo–Sa 10–1, So 18–1
Architektonische Augenweide mit mediterraner Küche. Im mit dunklem Holz ausgestatteten Gastrozuwachs für Wien lassen sich hervorragend die ausgesuchten Weine und dazu „Sepiacapuccino" genießen. Hier wurde an nichts gespart. Die Einrichtung ist vom Allerfeinsten, die angebotenen Speisen ebenfalls. Chic und hip. (Das Rezept „Sepiacapuccino" gibt's für alle, die es interessiert, auf der Homepage zum Nachschauen und -kochen.)

▸ Grotta Azzurra
1., Babenbergerstraße 5
Tel.: 586 10 44
Fax: 586 10 44-15
E-Mail: office@grotta-azzurra.at
www.grotta-azzurra.at
Mo–So 12–15 u.18.30–24
Einer der ersten Luxusitaliener der Stadt, der sich trotz einigem Auf und Ab, das das Lokal in den letzten Jahren erlebt hat, am Gastronomiemarkt halten konnte. Große Auswahl an Antipasti, hausgemachten Pasti – kurz gesagt: einfach vorzügliches italienisches Essen, wie man es gern hat. Umfangreiche Weinkarte. Für diejenigen, die zu Hause gerne nachkochen, werden regelmäßig Kochkurse organisiert.

▸ Novelli
1., Bräunerstraße 11
Tel.: 513 42 00
Fax: 513 42 00-1
E-Mail: novelli@haslauer.at
www.haslauer.at
Mo–Sa 11–1
Tolles Ambiente in warmem Rot, Kristallluster, italienisches Palazzo-Feeling – perfekt. Will man einen Platz im Schanigarten, sollte man entweder schon am Nachmittag auf einen Kaffee ins Novelli gehen oder noch besser reservieren.

Novelli, Italien de Luxe ... (Foto: Novelli)

▸ Trattoria Martinelli
1., Freyung 3 (Palais Harrach)
Tel.: 533 67 21
Fax: 533 67 21-20
E-Mail: world@barbaro.at
www.barbaro.at
Mo–So 12–15 u.18–24
Toskanische Köstlichkeiten werden in der Trattoria Martinelli serviert. Vom Ossobucco bis zum Lammrücken, Gänseleberravioli bis zu Bandnudeln mit Wildschweinsauce – ein Fest für den Gaumen. Mit Gastgarten.

JAPAN UND KOREA

▸ Busan
5., Reinprechtsdorfer Straße 57
Tel.: 544 36 44
E-Mail: song@busan.at
www.busan.at
Mo–Sa 11.30–14.30, 18–23, Fei 18–22
Wer jenseits von Kettenbrückengasse und Wienzeile – oder einfacher gesagt in Margareten – nach vernünftigem Sushi sucht, landet unweigerlich bei Busan. Doch darauf beschränkt sich das Angebot nicht: außer japanischen und koreanischen Spezialitäten à la carte gibt's Mittagsbuffet im Angebot.

▸ Hanil
6., Gumpendorfer Straße 14
Tel.: 587 79 41
Fax: 586 97 91
www.hanil.at
Mo–Sa 12–14.30 u. 18–23
Koreanisch-japanisches Restaurant mit mittlerweile mehreren Filialen in Wien. Bekannt geworden ist es vor allem mit Sushi, Sashimi und Maki. Neben diesen typischen Standardgerichten bietet es auch eine ausgiebige Palette an Gerichten à la carte an.

G

▸ Hanil Running Sushi
4., Rechte Wienzeile 7
Tel.: 585 35 90
www.hanil.at
tgl. 11.30–23, So, Fei bis 22
Das Hanil an der Wienzeile (Ecke Faulmanngasse) ist eines der besten Running-Sushi-Restaurants der Stadt. Mittags ist es um knapp 10 Euro durchaus erschwinglich, am Abend muss man ein bisschen mehr dafür auf den Ladentisch legen. Wer lieber à la carte isst, wird mit den Sushi-, Sashimi und Maki-Sets oder anderen japanischen und koreanischen Gerichten seine Freude haben. Wem das Gedrehe zu viel wird, der kann sich ja die hübschen Aquarienfische anschauen.

▸ Kuishimbo
6., Linke Wienzeile 40/6
Tel.: 0699/11 94 06 73
Mo–Sa 11.30–21
Vom Platzangebot her eher auf Imbissstubengröße ist das seit Sommer 2003 geöffnete Kuishimbo kein weiterer Sushi-Japaner/-Koreaner, sondern spezialisiert sich auf Aspekte der japanischen Küche, die in Wien bisher kaum bis wenig geläufig waren. Hingehen, ausprobieren und sich freuen. So winzig wie das Lokal ist auch der Schanigarten.

▸ Nagoya
4., Schleifmühlgasse 8
Tel.: 585 75 33
Mo–Fr 12–15 u. 17.30–22.30, Sa, Fei 17.30–22.30
Japanische und koreanische Küche. Klimaanlage. Schanigarten für 10 Personen.

▸ Nori Nuri
17., Hernalser Hauptstraße 86
Tel.: 484 56 78
Mo–Sa 11–15 u. 17.30–23
Japanisch-koreanische Spezialitäten, von Teigtaschen bis zu köstlichem Bulgogi-Rindfleisch, Sushi.

▸ Senara
1., Schwarzenbergstraße 4
Tel.: 512 99 83
Mo–Sa 11.30–14.30 u. 18–23,
So, Fei 11.30–14.30 u. 18–22.30
Das japanisch-koreanische Restaurant Senara in unmittelbarer Nähe zum Schwarzenbergplatz bietet eine sehr breite Palette an Spezialitäten aus diesen beiden Ländern. Es zeichnet sich aber insbesonders durch seine rauchfreien und mit spezieller Entlüftung versehenen Tischgrills aus, auf denen die BesucherInnen ihre gewählten Speisen – sei es mit oder ohne Anleitung – selbst garen können.

▸ Tenmaya
1., Krugerstraße 3
Tel.: 512 73 97
tgl. 11.30–15 u. 17–23
Nobeljapaner mit heller Inneneinrichtung aus Holz. Extra Kaiseki-Bereich, in dem man nach japanischer Tradition bewirtet wird. Serviert werden verschiedenste Spezialgerichte wie Forellen-Sashimi oder Seeaalrouladen. Tatami-Zimmer für 20 Personen.

Der fliegende Pfeffer im Unkai. (Foto: Grand Hotel)

▸ Unkai
1., Kärntner Ring 9, Grand Hotel
Tel.: 515 80 91-10
E-Mail: unkai@grandhotelwien.com
www.grandhotelwien.com
Di–So 12–14.30 u. Mo–So 18–22.45
Ein Japaner von bester Qualität. Im obersten Stockwerk des Grand Hotel logiert das Unkai und serviert Tempura, Sashimi sowie Teppanyaki auf höchstem kulinarischen Niveau. Sushi-Brunch um 28,30 Euro an Wochenenden und Feiertagen (12 bis 14.30 Uhr). Regelmäßig werden auch Kochkurse angeboten.

▸ Yoo
6., Stumpergasse 27
Tel.: 597 28 79
Mo–Sa 11.30–14.30 u. 17.30–23
Koreanische und japanische Köstlichkeiten. Sushi, Sashimi. Traditionelle asiatische Küche in einem modern eingerichteten Lokal.

▸ Yugetsu
1., Führichgasse 10
Tel.: 512 27 20
tgl. 12–15 u. 18–23
Japanische Hausmannskost, Sushibuffet, Kaiseki und Teppanyaki. Lunchmenüs. Spezielle Abendmenüs. Zustellservice.

JAZZ

▸ Blue Tomato
15., Wurmsergasse 21
Tel.: 985 59 60
www.bluetomato.cc
Mo–Do 19–1.30, Fr, Sa 19–3
Nettes Jazzlokal mit Gastgartenbetrieb im Sommer. Der Innenhofgarten ist Idylle pur: viel Grün, Steinboden, duftende Blumen. Jazz entweder live oder aus der Konserve. Zum Essen gibt's das Übliche: Toast, Salate.

▸ Celeste
5., Hamburger Straße 18
Tel.: 586 53 14
Mo–So 17–2
Internationale Küche, Gastgarten, Jazzkonzerte.

▸ Jazzland
1., Franz-Josefs-Kai 29
Tel.: 533 25 75
www.jazzland.at
Mo–Sa ab 19, Live-Musik ab 21
Wiens ältester Jazzkeller. Täglich Live-Musik. Warme Küche bis 22.45 Uhr (Haumannskost, Pasta, Salate und Vegetarisches), günstige Preise. Spezialität des Hauses: Cevapcici.

Das Land des Jazz. (Foto: Jazzland)

▸ Miles Smiles
8., Langegasse 51
Tel.: 405 95 17
So–Do 20–2; Fr u. Sa 20–4
Wiens ältestes Modern-Jazz-Lokal. Kleine Speisekarte und ausgezeichnete Musik (von CD und live). Ausgesuchte Weine und gutes Bier. Viele heute international bekannte Jazzmusiker sind hier aufgetreten.

▸ Reigen
14., Hadikgasse 62
Tel.: 894 62 92
www.reigen.at
So–Do 18–2, Fr, Sa 18–4
Wiener und internationale Küche in einem gemütlichen Lokal. Vegetarische Spezialitäten. Stars wie Jim Pepper, Egberto Gismonti, Mike Stern, Charles Lloyd, Bill Evans, Airto sind im angrenzenden Jazzkeller „Reigen-live“ schon aufgetreten.

▸ Satchmo
3., Salesianergasse 17
Tel.: 967 94 75
tgl. 19–2
Jazz-Café mit Konservenmusik. Kreative türkische Küche. Kein Schweinefleisch.

JÜDISCH

▸ Alef-Alef
1., Wien
Seitenstettengasse 2
Tel.: 535 25 30
www.alef-alef.at
So–Do 12–15 u. 18.30–22.30, Fr 12–14,
Okt bis April: zusätzl. Sa 19.30–23
Jüdisches Restaurant mit koscherer Küche. Die jüdischen Speisegesetze für koschere Ernährung sind teilweise recht kompliziert und umfangreich. Nur als Beispiel: Nur Fische, die Schuppen und Flossen haben, sind koscher. Schalentiere, Krebse, Aale und Fische ohne echte Schuppen (wie der Wels) sind nicht koscher.

▸ Bahur-Tov
2., Krummbaumgasse 10
Tel.: 0699/19 57 71 29 od. 0699/19 57 71 28
So–Do 12–21
(Spieße von) Bahur-Tov ist die Restaurant-Dependance des koscheren Fleischers am Karmelitermarkt. Das Lokal serviert gegrillte Spieße in vielen Variationen und nach strenger Glaubensvorschrift. Lamm, Huhn, Truthahn, Hühnerflügel sowie koscheres Hackfleisch kommen zum Einsatz, als Garnitur gibt es Salate, Humus, Oliven und Pommes frites. Alles auch zum Mitnehmen.

... fixer Bestandteil des Wiener Alltags. (Foto: KDM/Dillon)

G

KAFFEEHAUS

▸ Adams Kulturcafé Josefstadt
8., Florianigasse 2
Tel.: 408 01 12-11
Fax: 408 01 12-13
E-Mail: info@adam.at
www.adam.at
Mo–Fr 8–24
Das Café ist im Jugendstil gehalten und Ort für Ausstellungen, Lesungen und Kleinkunst. Kaffee- und Kuchenspezialitäten, kleine Imbisse. Online: Rezeptsammlung, Tischreservierung per Mail.

▸ Amacord
4., Rechte Wienzeile 15
Tel.: 587 47 09
Fax: 587 47 09
tgl. 10–2
Eines der nettesten Cafés/Kleinrestaurants in Wien. Besonders am Samstag, am Tag des Flohmarktes am Naschmarkt, ist es – ob der Nähe zu diesem – aber sehr schwierig, ein freies Platzerl zu ergattern. Das Publikum ist sehr bunt, die Atmosphäre gemütlich. Die Küche ist ausgezeichnet, abwechslungsreich und obendrein erschwinglich. Extras: internationale Zeitungen, Frühstück täglich 10 bis 18 Uhr, viele Stammgäste, warme Küche täglich von 11 bis 24 Uhr.

▸ Anzengruber
4., Schleifmühlgasse 19
Tel.: 587 82 97
Mo–Sa 11–2
Szenelokal mit ausgezeichneter österreichischer und kroatischer Küche. Erwähnenswert die kompetente Beratung des Servierpersonals, vor allem die Auswahl der Schnäpse betreffend. Billard, Fußballübertragungen (an Fußballtagen sehr volles Lokal). Immer frische Salate vom Naschmarkt. Schanigarten.

▸ Bawag Café
1., Tuchlauben 5
Tel.: 534 53-226 06
tgl. 7–20
Wer sein Konto bei der Bawag hat und Ausstellungen am liebsten in der Bawag-Foundation besucht, der ist im Bawag Café bestens aufgehoben – wenngleich beides keine Besuchsbedingungen sind. Frühstück, Mehlspeisen und kleine Mahlzeiten auf zwei Etagen und im Schanigarten.

▸ Bräunerhof
1., Stallburggasse 2
Tel.: 512 38 93
Mo–Sa 8–19, So, Fei 10–18.30
Der Bräunerhof war schon Thomas Bernhards Stammcafé bei seinen Wien-Besuchen, und auch heute noch gilt das Café als Treffpunkt heimischer KünstlerInnen und SchriftstellerInnen.

▸ C.I. (Club International)
16., Payergasse 14
Tel.: 403 18 27
www.cib.at.tf
Mo–Sa 8–2, So 10–2
Es ist Samstag Vormittag: Gerade hat man frisches Obst und Gemüse, vielleicht auch Blumen am Brunnenmarkt eingekauft, die Sonne scheint – das perfekte Zusammenspiel, um den Einkaufsbummel im Café C.I. ausklingen zu lassen und sich ein Frühstück zu gönnen. Wer dem Treiben und dem Flair des Brunnenmarktes weiter frönen will, sollte sich unbedingt in den Schanigarten vor dem Lokal setzen, und mit etwas Glück ergattert man ja auch einen der begehrten Plätze. Übrigens: Das Kellergewölbe kann auch für private Feste gemietet werden.

▸ Café de l'Europe
1., Graben 31
Tel.: 532 14 69
Mo–Fr 7–24, Sa 7.30–24, So, Fei 9–24
Café-Restaurant in typischem Sixties-Design. Im Erdgeschoß-Lokal mit dem Schanigarten für 200 Personen ist es eher touristisch. Ruhiger und schöner dagegen der Teil im ersten Stock mit Blick auf den Graben.

▸ Café der Provinz
8., Maria-Treu-Gasse 3
Tel.: 923 69 92
Mo–Sa 9–23
Kleines, charmantes Café mit Extraraum und Internetterminals. Auf der Speisekarte stehen Crêpes und Salate sowie Gerichte aus biologischem Anbau. Schanigarten für 28 Personen.

▸ Central
1., Herrengasse / Strauchgasse
Tel.: 533 37 64-26
www.palaisevents.at
Mo–Sa 8–22, So 10–18, Fei 10–22
Im Fin de Siècle frequentierten Schriftsteller wie Peter Altenberg, Karl Kraus, Arthur Schnitzler, Stefan Zweig oder auch Sigmund Freud Wiens berühmtes Literatencafé im Palais Ferstel. Nach sorgfältigen Umbauarbeiten verbreitet das Central mit seinen hohen Räumen und den gotischen Säulen mehr denn je den Charme der Jahrhundertwende. Serviert werden Köstlichkeiten der Wiener Küche, Mehlspeisen und diverse Kaffeespezialitäten.

▸ Daniel Moser
1., Rotenturmstraße 14
Tel.: 513 28 23
www.danielmoser.at
Mo–Mi 8–24, Do–So 8–2
Seit den Achtzigern des vergangenen Jahrhunderts bestehendes und dennoch modern gebliebenes Lokal. Frisch gepresster Orangensaft und Tramezzini.

▸ Demel
1., Kohlmarkt 14
Tel.: 535 17 17
www.demel.at
tgl. 10–19
Im Herzen Wiens liegt der „K. u. K. Hofzuckerbäcker Ch. Demel". Der Demel ist mehr als ein Zuckerbäcker, er ist eine Institution im süßen Wien. Kürzlich umgebaut, präsentiert sich das Lokal besser denn je. Der Wintergarten ist nicht nur für Touristen attraktiv. Weniger süß sind die Preise, neben den leckeren Mehlspeisen werden auch Salate und Brötchen angeboten. Für historisch interessierte bietet die ehemalige Zuckerbäckerei ein eigenes Demel-Museum.

Von 0 auf 1.000 Kalorien in zwei Minuten. (Foto: KDM/Dillon)

▸ Diglas
1., Wollzeile 10
Tel.: 512 57 65
www.diglas.at
tgl. 7–24
Gut gepflegtes und traditionsreiches Wiener Kaffeehaus und Restaurant. Essen von vegetarisch bis deftig; Wiener und ungarische Küche, erlesene Mehlspeisen, variantenreiche Frühstückskarte. Di, Fr, Sa Pianomusik ab 20 Uhr. Zweites Lokal: 1., Fleischmarkt 16

▸ Dommayer
13., Auhofstraße 2
Tel.: 877 54 65
E-Mail: cafe@dommayer.at
www.dommayer.at
Mo–So 7–24
In einem der traditionsreichsten Kaffeehäuser Wiens scheint die Zeit nie vergangen zu sein, sondern stillzustehen. Und damit man so richtig in vergangene Zeiten versetzt wird, gibt es jeden Samstag von 14 bis 16 Uhr Konzerte der Wiener Walzermädchen u. a. Mit Schani- und Gastgarten.

▸ Eiles
8., Josefstädter Straße 2
Tel.: 405 34 10
Mo–Fr 7–23, Sa, So, Fei 8–23
Im Eiles kann's schon mal passieren, dass man neben Klaus Maria Brandauer oder einen anderen österreichischen Künstler zu sitzen kommt. Und wenn doch kein Prominenter auftauchen sollte, kann man sich hier die Zeit auch beim Zeitunglesen vertreiben. Eine Vielzahl an internationaler und österreichischer Lektüre liegt dafür auf. Wiener Frühstück zwischen 7 und 11.30 Uhr.

▸ Falk
22., Wagramer Straße 137
Tel.: 203 31 25
tgl. 0–24
Mischung aus Kaffeehaus und Beisl sowie ein wichtiges Kommunikationszentrum in Kagran. Durchgehend geöffnet, durchgehend warme Küche. Hausmannskost. Live-Musik. Schach. Große Auswahl an Illustrierten und Zeitungen.

▸ Florianihof
8., Florianigasse 45
Tel.: 402 48 42
www.florianihof.at
Mo–Fr 8–24, Sa, So, Fei 10–20
Jugendstil-Lokal mit Kaffeehausatmosphäre und kleiner Speisekarte. Ordentliche offene Weine, Teeangebot, verschiedene Frühstücksvarianten.

G

▸ Goldegg
4., Argentienierstraße 49
Tel.: 505 91 62
Fax: 505 91 62
Mo–Do 8–22, Fr 8–21, Sa 8–12
Gepflegtes Kaffeehausambiente, grüne Polsterung, helle, stilvolle Holztäfelung. Billard. Mehlspeisen und kleine Wiener Küche.

▸ Griensteidl
1., Michaelerplatz 2
Tel.: 535 26 92
Fax: 535 26 92-14
tgl. 8–23.30
Ehemaliges Literatencafé am Michaelerplatz, in dem sich Hermann Bahr mit Arthur Schnitzler, Hugo von Hofmannsthal, Lou Andreas-Salomé und andren zum geselligen Austausch traf. 1897 abgerissen in und den 1980ern im Gedenken an das „Moderne Wien" wieder aufgebaut. Die dem Jugendstil nachempfundene Einrichtung erinnert an diese Zeit. Diverse Frühstücksvariationen, Wiener Küche. Großer Schanigarten, großer Nichtraucherbereich.

▸ Gutruf
1., Milchgasse 1
Tel.: 533 95 62
Mo–Fr 9–24, Sa 9–23
Legendäres Journalisten-Tottrink-Café. Treffpunkt für Medienmenschen. Café im Altwiener Stil. Tagesgerichte und Imbisse.

▸ Hawelka
1., Dorotheergasse 6
Tel.: 512 82 30
E-Mail: office@hawelka.com
www.hawelka.at
Mo–Sa 8–2, So, Fei 16–2, Di geschlossen
In den Fünfzigern war das Hawelka beliebtester Literaten- und KünstlerInnentreff in Wien (zu den Stammgästen zählten unter anderem H. C. Artmann, Oskar Werner, Heimito von Doderer). Heute ist es leider ein wenig zur Touristenattraktion verkommen. Sehenswert ist es aber allemal. Das Ambiente ist unvergleichbar. Das Café selbst ist klein, gemütlich, lauschig und alt. Extras: wunderbare Buchteln täglich ab 22 Uhr.

▸ Heumarkt
3., Am Heumarkt
Tel.: 712 65 81
Mo–Fr 9–23
Wunderbar patiniertes Wiener Kaffeehaus mit kleiner Karte. Schach, Billard und Kartenspiele. Treffpunkt für BriefmarkensammlerInnen.

▸ Hummel
8., Josefstädter Straße 66
Tel.: 405 53 14
www.cafehummel.at
tgl. 7–2, So, Fei 8–2
Café und Restaurant, das nahezu integraler Bestandteil des achten Bezirkes ist und zum ausgedehnten Verweilen einlädt. Das Hummel ist besonders im Sommer nett, wenn die Terrasse geöffnet hat. Ideal, um auf einen Kleinen Braunen vorbeizuschauen, aber auch, um dort zu speisen: Die Speisekarte reicht von österreichischer Hausmannskost, vegetarischer Küche, Geflügel-, Fisch- und Rindgerichten bis hin zu vielfältigsten Mehlspeisvariationen. Die Preise für die Hauptspeisen reichen von 6 bis 13 Euro. Extras: in- und ausländische Tageszeitungen, Schach- und Kartenspiele, Club- und Fernsehraum.

▸ Jelinek
6., Otto-Bauer-Gasse 5
Tel.: 597 41 13
Mo–Fr 9–20
„Wer's eilig hat, wird nicht bedient", lautet das Motto, mit dem das Café Jelineks seit über 100 Jahren seine Gäste empfängt. 1910 eröffnet, ist vieles der einstigen Möblage (Sitzbezüge, gusseiserner Ofen) noch erhalten. Intime Wohnzimmer-Atmosphäre, hoher Persönlichkeitsfaktor durch die familiäre Bedienung. Hausmannskost, Imbisse, Mehlspeisen.

Freundliche Wärme im Jelinek. (Foto: KDM/Dillon)

▸ Kafka
6., Capistrangasse 8
Tel.: 586 13 17
Mo–Sa 8–23
Orientalisch-vegetarische Speisen wie Samosa oder Falafel. Kaffee aus Kuba. Abends Live-Jazz oder Lesungen. Internationale Zeitungen.

▸ Korb
1., Brandstätte 9
Tel.: 533 72 15
Fax: 513 18 94
Mo–So 8–24, So, Fei 11–21
Vom Frühstück bis zum Mittag- oder Abendessen – ganz abgesehen von der Kaffeejause: Im Korb ist man stets willkommen. Schön, dass es hier auch noch Kellner gibt, die beim Gehen ihr „Küss die Hand“ nachrufen. Alle zwei Wochen findet übrigens jeweils am Samstag ab 16 Uhr das 1. Wiener Philosophen-Café statt. Im Keller gibt es eine Kegelbahn. Mit Gastgarten.

▸ Landtmann
1., Dr.-Karl-Lueger-Ring 4
Tel.: 241 00
Fax: 532 06 25
E-Mail: cafe@landtmann.at
www.landtmann.at
Mo–So 7.30–24
Landtmann zählt ohne Zweifel zu einem jener Cafés mit der größten Tradition. Bereits seit 1873 existiert das bekannte Kaffeehaus und Restaurant gleich neben dem Burgtheater, in dem sich auch KünstlerInnen, Prominente und PolitikerInnen gerne zu einem Kränzchen einfinden. Wunderschöne Terrasse mit Blick auf das Burgtheater und das Rathaus. Frühstück bis drei Uhr nachmittags.

▸ Lange
8., Lange Gasse 29
Tel.: 408 51 41
Fax: lange_franz@hotmail.com
www.go.to/langebeisl
Mo–Sa 18–2, So 20–2
Gemütliches, kleines, finsteres Café mit sehr günstigen Preisen (kleines Bier à 1,90 Euro). Anlaufstelle auch für SchauspielerInnen vom English Theatre (ums Eck), die nach der Vorstellung hanz gern oft noch auf ein Gläschen Guinness vorbeischauen. Kleinigkeiten zum Essen: Chili, Wiener Schnitzel, Erdäpfelgulasch, Tortellini in Kräutersauce, Toast, Würstel, Baguettes, Grammelschmalzbrot, Mannerschnitten etc.

▸ Museum
1., Friedrichstraße 6
Traditionsreiches Café, Original von Alfred Loos ausgestattet. Hier treffen sich gern Literaten und Schachspieler. Internationale Zeitungen. Netter Schanigarten mit Blick auf die Secession. Die immer schlechter werdenden Polstersitze zwangen die Betreiber zu einer Renovierung, die zu Redaktionsschluss noch im Gange war.

▸ Operncafé Hartauer
1., Riemergasse 9
Tel.: 512 89 81
Di–Sa 18–2
Der Name Operncafé bezeichnet nicht die Nähe zur Oper – so nah ist die Riemergasse nämlich gar nicht an der Oper –, sondern vielmehr die zahlreichen Fotos von Opernstars an den Wänden und Opernraritäten aus den Lautsprechern. Die Jugendstileinrichtung ist da fast nur mehr Draufgabe. Hausgemachte Mehlspeisen und Essen freitags und samstags sogar bis nach Mitternacht.

Im Hartauer hängt die Musik am Nagel. (Foto: KDM/Dillon)

▸ Prückel
1., Stubenring 24
Tel.: 512 61 15, 512 43 39
Fax: 512 43 39-4
E-Mail: prueckel@aon.at
www.prueckel.at
Mo–So 8.30–22
Im 50er-Jahre-Design von Oswald Haerdtl oder dem Wintergarten ähnlichen Bereich mit gemütlichen Korbsesseln lassen sich Tafelspitz und Wiener Schnitzel, Kaffee und Apfelstrudel besonders gut genießen. Mo, Mi und Fr von 19 bis 22 Uhr Klavierkonzerte.

▸ Raimann
12., Schönbrunner Straße 285
Tel.: 813 57 67
So, Fei, Mo 17–2, Di–Do 8–2, Fr, Sa 8–2
Altwiener Kaffeehaus mit herkömmlichem Publikum tagsüber und eher jungendlichen Gästen abends. Zu Essen gibt's die üblichen Kaffeehausgerichte. Schach- und Unterhaltungsspiele.

G

▸ **Rathaus**
8., Landesgerichtsstraße 5
Tel.: 406 12 82
Mo–Fr 8–24, Sa 8–22, So, Fei 9–22
Altes traditionelles Kaffeehaus mit Plüschlogen, einem Fernsehzimmer und einem kleinen Schanigarten. Traditionelle Wiener Küche.

▸ **Ritter**
6., Mariahilfer Straße 73
Tel.: 587 82 38
tgl. 7.30–23.30
Eck-Kaffeehaus der oberen Preisklasse. Kaffee- und Kuchenspezialitäten, Frühstück, internationale Küche.

▸ **Sacher**
1., Philharmonikerstraße 4
Tel.: 514 56
www.sacher.com
Anziehungspunkt für sozusagen die ganze Welt – wen wundert's, wird doch die berühmte, hauseigene Torte rund um den Globus vertrieben. Kaffeetrinken im Sacher wird auf jeden Fall zu einem Erlebnis wie zu Sissis Zeiten, und so lächelt die Kaiserin vom Wandbild die Gäste an.

▸ **Salzgries**
1., Marc-Aurel-Straße 6
Tel.: 968 96 45
Mo–Fr 8–1, Sa 12–1, So 12–22
Klassisches Café-Restaurant, in dem man vorwiegend Journalisten und Literaten antrifft. Gute Mittagsmenüs, ebenso gut der G'spritzte. Wiener Küche. Internationale Zeitungen.

▸ **Savoy**
6., Linke Wienzeile 36
Tel.: 586 73 48
Mo–Fr 17–2, Sa 9–2
Viele Naschmarktbesucher kommen nach dem samstäglichen Einkauf noch auf ein Achterl hierher. Der riesige Raum mit den extrem riesigen Spiegeln ist sehr beeindruckend. Gutes und günstiges Frühstück. Schanigarten für 20 Personen.

▸ **Schottenring**
1., Schottenring 19
Tel.: 315 33 43
www.cafe-schottenring.at
Mo–Fr 7.30–23, Sa, So, Fei 8–21
Wiener Kaffeehaustradition seit 1879. Eck-Café in einem der Ringstraßen-Palais. Kaffee- und Strudelspezialitäten, internationale und Wiener Küche. Feuerzangenbowle. Ort kultureller Veranstaltungen.

▸ **Schwarzenberg**
1., Kärntner Ring 17
Tel.: 512 89 98-13
So–Fr 7–24, Sa 9–24
Das Concertcafé Schwarzenberg ist das älteste der Ringstraßencafés. Gemütliche Logen, Parkett und befrackte Kellner erinnern an die Gründerzeit. Wiener und internationale Küche. Kaffee- und Teespezialitäten, Mehlspeisen, Frühstücksvariationen. Überdachte Sommerterrasse. Sept. bis Juni Mi bis So Live-Klaviermusik am Abend.

▸ **Servus**
6., Mariahilfer Straße 57–59
Tel.: 587 63 92
Mo–Sa 10–24
Ob nach einem Einkaufsbummel auf der Mariahilfer Straße oder am Abend zum Essen, im Servus lässt es sich zu jeder Tageszeit gut sitzen. Mit Schanigarten und Pianomusik.

▸ **Sirk**
1., Kärntner Straße 53
Tel.: 515 16-509
tgl. 10–24
Café-Restaurant in Opernnähe, das zum Hotel Bristol gehört. Tagesmenüs, kleine Speisen, Kaffee- und Kuchenspezialitäten. Wintergarten.

▸ **Sperl**
6., Gumpendorfer Straße 11
Tel.: 586 41 58
www.cafesperl.at
Mo–Sa 7–23, So, Fei 11–20
Recht teures Literatencafe. Im Sommer kann man seine Melange auch in einem schönen Gastgarten zu sich nehmen. Gegründet wurde das Sperl 1880 von Jakob Ronacher im Ringstraßenstil. 1881 von der Familie Sperl übernommen. Wiener Küche und hausgemachte Mehlspeisen.

Tradition und Attraktion: Sperl. (Foto: KDM/Dillon)

► Strozzi
8., Strozzigasse 24
Tel.: 406 31 15
Mo–Sa 8–24, So 16.30–24
„Essen, trinken, plaudern" lautet der Slogan des Café Strozzi. Wohnzimmeratmosphäre.

► Teitelbaum
1., Dorotheergasse 11
Tel.: 512 55 45
So–Fr 10–18, Do 10–20
Café im Jüdischen Museum. Koschere Weine, vegetarische Gerichte, Mehlspeisen (echte Bagels).

► Tirolerhof
1., Führichgasse 8
Tel.: 512 78 33
Mo–Sa 7–2, So, Fei 12.30–20
Riesiges Eck-Café, von der Stadt Wien für die Beibehaltung des typischen Altwiener Kaffeehausstils ausgezeichnet. Das Lokal besteht seit der Jahrhundertwende. Ruhige Atmosphäre. Gern besucht von Prominenten. Hausgemachter Apfel- und Topfenstrudel, Imbisse, Kaiserschmarren.

► Votivpark
9., Kolingasse 5
Tel.: 317 12 46
www.votivparkcafe.at
Mo–Fr 9–22
Fast schon familiär ist die Stimmung bei Annemarie und Josef Karrer. Jeden Tag gibt es bis zu sechs verschiedene preisgünstige Menüs, die Studenten anziehen.

► Weidinger
16., Lerchenfelder Gürtel 1
Tel.: 492 09 06
Mo–Sa 7–1, So, Fei 8–0.30
Wiener Kaffeehausinstitution am Gürtel. Eigenwilliges Ambiente durch die antiquierten, grünen Polsterbezüge, die kleinen, quadratischen Marmortischplatten, die schrulligen Kellner und die Generationenmischung des Publikums. Kaffeehausküche. Kartentische, Carambol, Kegelbahn.

► Weimar
9., Währinger Straße 68
Tel.: 317 12 06
www.cafeweimar.at
Mo–Sa 8–24, So, Fei 9–24
Kaffeehaus mit relativ großer Speisekarte von der Zwiebelsuppe bis zum Tafelspitz. Tagesspeisen und Wochenkarte. Montag bis Samstag ab 19.30 Uhr und Sonntag Nachmittag gibt's dezente Live-Klaviermusik.

Im Westen die Besten: Café Westend.
(Foto: KDM/Dillon)

► Westend
7., Mariahilfer Straße 128
Tel.: 523 31 83
tgl. 7–24
Kaffeehausnostalgie mit grün gepolsterten Sitznischen und Kellnern im Frack. Internationales Publikum durch die Nähe zum Westbahnhof. Und wegen der Nähe zu Wiens Einkaufsstraße Nummer eins ist es an Samstagen nahezu unmöglich, einen Sitzplatz zu ergattern. Hausmannskost, Saisonküche, Mehlspeisen, Kaffeespezialitäten. Clubzimmer, Schach.

► Wortners Café-Cuisine-Cocktails
4., Wiedner Hauptstraße 55
Tel.: 971 98 47
Fax: 971 99 82
E-Mail: office@wortner.at
www.wortner.at
Mo–Fr 8–24, Sa 9–24, So 10–24
Café- und Restaurantbetrieb. Wiener und internationale Küche. Großer, gemütlicher Gastgarten rund um den Engelbrunnen auf der Wieden.

► Zartl
3., Rasumofskygasse 7
Tel.: 712 55 60
Fax: 712 55 60
Mo–So 8–24
Literaturcafé mit gemütlichen Logen und stilvollem Ambiente. Internationale Küche. Treffpunkt des Wiener Magier-Vereins – sozusagen ein zauberhaftes Lokal.

► Ziehrer
3., Landstraßer Hauptstraße 82
Tel.: 710 63 85
Fax: 710 63 85
Mo–Fr 7.30–22, Sa 8–18
Unscheinbares, aber sehr nettes Kaffeehaus. Zudem Teespezialitäten, hausgemachte Mehlspeisen. Frühstück. Vegetarische Gerichte und Wiener Küche. Feine Weinkarte.

KELLER

▸ Augustinerkeller
1., Augustinerstraße 1
Tel.: 533 10 26
E-Mail: kulinarium@bitziner.at
www.augustinerkeller.at
tgl. 11–24, Sa 11–1
Der Name trügt ein wenig, denn heute liegt der Augustinerkeller auf oberirdischem Niveau; doch es war einmal vor langer, langer Zeit wirklich ein Keller. Ein Touristenmagnet ist das große Lokal allemal, und die Renovierung und Wiedereröffnung der Albertina, in deren Gebäude dieser Keller liegt, wird sicher auch dazu beitragen, dass hier weiterhin Wiener Hausmannskost und Heurigenschmankerln in großen Mengen verzehrt werden.

G

▸ Buschenschank Stift St. Peter
17., Rupertusplatz 5
Tel.: 486 46 75
Öffnugszeiten variieren, bitte anfragen
Buschenschank in einem großartigen, 900 Jahre alten Keller im Pfarrhof des Stiftes St. Peter. Typisches Heurigenbuffet, Eigenbauweine. Gelegentlich Musikabende.

▸ Esterházykeller
1., Haarhof 1
Tel.: 533 34 82
Fax: 535 26 14
www.esterhazykeller.at
Mo–Fr 11–23, Sa, So 16–23
Der Esterházykeller startete zur Zeit der zweiten Türkenbelagerung Wiens im Jahre 1683 mit der Weinausschank, und der Legende nach soffen sich hier die Verteidiger der Stadt Mut für die Scharmützel an. Auch Joseph Haydn, Kapellmeister des Fürsten Esterházy, schluckte hier so manches Vierterl zur Inspiration. Der Wein aus dem Eisenstädter Schlossweingut der Esterházys ist heute besser denn je und harmoniert mit Hausmanskost und Heurigenbuffet.

▸ Göttweiger Stiftskeller
1., Spiegelgasse 9
Tel.: 512 78 17
Fax: 512 48 78
E-Mail: office@goettweiger-stiftskeller.at
www.goettweiger-stiftskeller.at
Mo–Fr 8–23
Vielfältiges und schönes Innenstadtbeisl mit mehreren Gasträumen und Stüberl im Resopalplattenstil. Schankraum mit einer riesigen Theke, um die sich Künstler, Studenten, Beamte und auch Geschäftsleute scharen.

▸ Lindenkeller
1., Rotenturmstraße 12
Tel.: 512 21 92
So–Do und Fei 17–1, Fr, Sa 17–2
Zu den gastronomischen Kuriositäten Wiens zählt zweifellos der Lindenkeller in der Rotenturmstraße, der sich mit dem Titel des ältesten Lokals von Wien schmückt, weil er seit 1435 bestehen soll.

▸ Melker Stiftskeller
1., Schottengasse 3
Tel.: 533 55 30
www.melkerstiftskeller.at
Di–Sa 17–24
Ein monumentaler Vertreter seiner Gastrospezies ist der Melker Stiftskeller, denn immerhin ist in den sechs Kellern Platz für knapp 300 Personen. Wiener Küche, schwere Holzmöblierung. Weine aus den Rieden des Stift Melk in Gumpoldskirchen und von Josef Jamek aus der Wachau.

▸ Piaristenkeller
8., Piaristengasse 45
Tel.: 406 01 93
www.piaristenkeller.co.at
Mo–Sa 18–24
Der Klosterkeller, der das Restaurant beherbergt, ist mehr als 300 Jahre alt und dementsprechend wird man in eine frühere Zeit versetzt. Gastgarten gleich vor der Kirche Maria Treu. Mit Weinkeller, der auch besichtigt werden kann.

▸ Wiener Rathauskeller
1., Rathausplatz 1
Tel.: 405 12 10
www.wiener-rathauskeller.at
Mo–Sa 11.30–15 u. 18–23.30
Restaurant im Wiener Rathaus. Die verschiedenen Räumlichkeiten des Gewölbekellers (vom intimen Ratsherrnstüberl bis zum großen Festsaal) bieten Platz für bis zu 1.700 Personen. Wiener und internationale Küche.

▸ Zwölf-Apostelkeller
1., Sonnenfelsgasse 3
Tel.: 512 67 77
www.zwoelf-apostelkeller.at
tgl. 16.30–24
So tief runter wie in den Apostelkeller geht es zwar oft in der Wiener Innenstadt, aber dorthin kommt man halt normalerweise nicht so leicht wie hier. Höchstwahrscheinlich waren die zwölf Apostel noch nicht in diesem Keller, aber vermutlich hätten auch sie an der deftigen Hausmannskost und den ordentlichen Weinen Gefallen gefunden.

KONDITOREIEN

▸ Aïda
1., Stock-im-Eisen-Platz 2
Tel.: 512 29 77 Telefon:
E-Mail: info@aida.at
www.aida.at
Mo–Sa 7–20, So, Fei 9–20
25-mal gibt es die zuckerlrosa Aïda-Filialen über ganz Wien verteilt, und so kommt es nicht von ungefähr, dass die Firma praktisch jedem Wiener ein Begriff ist. Und es gibt wenig Schöneres, als zu einem schnellen Kaffee eine feine Mehlspeise zu verdrücken, was dann auch gern mal etwas länger dauern kann. Etliche Filialen verfügen über Schani- oder Gastgärten, wodurch das süße Vergnügen in der warmen Jahreszeit noch größer wird.

Konditorei als Kette. Aïda. (Foto: KDM/Dillon)

▸ Bimashofer
23., Perchtoldsdorfer Straße 7
Tel.: 869 25 57
Fax: 869 25 57-4
E-Mail: office@bimashofer.at
www.bimashofer.at
Di–Sa 8.30–19, So, Fei 9–19
40 Sorten hausgemachtes Konfekt sowie Eis mit einer ganzen Palette von Eistorten. Torten nach Maß und auf Bestellung für alle erdenklichen Anlässe. Natürlich können die Köstlichkeiten auch im Geschäft selbst oder dem angeschlossenen Gastgarten verzehrt werden.

▸ Fercher
20., Engerthstraße 79
Tel.: 332 42 29
Fax: 332 42 29
Di–Sa 8–19, So 9–19
Die Konditorei Fercher in der Brigittenau gilt vielen als Geheimtipp unter den Wiener Süßwarenspezialisten. Stammgäste schwören beispielswei se auf die Jubiläumstorte, eine Eigenkreation des Hauses, die förmlich auf der Zunge schmilzt. Im Sommer gibt es einen lauschigen Schanigarten.

G

▸ Gerstner
1., Kärntner Straße 13–15
Tel.: 743 44 22
E-Mail: gerstner@gerstner.at
www.gerstner.at
Mo–Sa 8.30–20, So, Fei 10–18
Café-Konditorei-Tradition seit 1847. Kaffee- und Kuchenspezialitäten. Betreibt das Catering für den Wiener Opernball, ein Galerie-Restaurant im Kunsthistorischen Museum, und die Bars im Wiener Konzerthaus und dem Musikverein.

▸ Groissböck
10., Neilreichgasse 96–98
Tel.: 604 25 10
E-Mail: groissboeck@ins.at
www.groissbouck.at
Mo–Sa 7.30–19, So, Fei 8–19
In den knapp 30 Jahren ihres Bestehens hat sich die Café-Konditorei Groissböck mit den beiden Standorten im zehnten Bezirk (auch Favoritenstr. 128) zu einer süßen Institution Favoritens entwickelt und mit der Filiale im 7. Bezirk im Haus Mariahilfer Straße 126 die Fangemeinde weiter vergrößert. Neben den berühmten „Schlemmerkrapfen“ hat Groissböck auch sonst vieles, was Mehlspeistiger lieben.

▸ Heiner
1., Kärntner Straße 21–23
Tel.: 512 68 63
Fax: 512 68 63-14
E-Mail: verwaltung@heiner.co.at
www.heiner.co.at
Mo–Sa 8.30–19.30, So, Fei 10–19.30
Ein Familienbetrieb mit Tradition. Die ehemalige k.u.k. Hofzuckerbäckerei bietet auch heute noch Köstlichkeiten aus der Kaiserzeit. Mit Kipferlschmarrn, Topfenpalatschinken und Co stehen außerdem Mehlspeisrezepturen aus Großmutter Heiner's Kochbuch auf der Speisekarte. Diabetikermehlspeisen, belegte Brötchen, hauseigenes Konfekt. Filialen auf der Wollzeile und der Simmeringer Hauptstraße.

▸ **Klement**
17., Hernalser Hauptstraße 161
Tel.: 486 52 85
Fax: 486 52 85-4
E-Mail: konditorei.klement@aon.at
Di–Sa 7.30–18.30, So, Fei 9–18
Fixpunkt für Süßspeisen-Aficionados in Hernals. Menschen kommen hierher, um zu frühstücken, von den Torten und dem selbst produzierten Konfekt zu naschen oder eine der frischen Wiener Mehlspeisen zu genießen.

G

▸ **Kurkonditorei Oberlaa**
1., Neuer Markt 16
Tel.: 513 29 36
Fax: 513 29 36-20
E-Mail: kurkonditorei@oberlaa-wien.at
www.oberlaa-wien.at
Mo–So 8–20
Klassische Kuchen (Gugelhupf, Rosinen, italienischer Panettone), leckere Torten (Mandel, Nuss, Punsch, Erdbeer- oder Topfen-Obers, Himbeer-Royal, Maroni, Schoko-Vanille) – die Auswahl fällt da nicht leicht. Also am besten öfters hingehen und alles durchkosten. Außerdem: traumhaftes Konfekt. Catering-Service. Mit Schanigarten.
Filialen: 1., Babenbergerstraße 7, Tel.: 586 72 82, tgl. 8–19; 3., Landstraßer Hauptstraße 1, Tel.: 715 72 40, tgl. 8–19; 10., Kurparkstraße 12, Tel.: 680 09-9500, tgl. 9–19

▸ **Querfeld**
2., Schmelzgasse 3
Tel.: 214 10 68
Fax: 214 10 68-18
Mo–Sa 7–19, So, Fei 8.30–19
Kleine Konditorei mit ausgezeichneten – auch glutenfreien – Mehlspeisen, die auch renommierte Cafés beliefert.

▸ **Sluka**
1., Rathausplatz 8
Tel.: 405 71 72
Fax: 406 88 96-4
E-Mail: cafe@sluka.at
members.chello.at/fam.beranek/
Mo–Fr 8–19, Sa 8–17.30
Ob im Winter oder im Sommer – der Sluka ist immer etwas Besonderes. In der wärmeren Jahreszeit lässt es sich fabelhaft unter den schönen Arkaden des Rathauses sitzen. Ist es spätestens im Herbst im Freien zu kalt, tut dies dem Ambiente auch keinen Abbruch. Ein Geheimtipp, der schon längst keiner mehr ist: die Sluka-Torte. Köstlich sind aber auch die vielen pikanten Kleinigkeiten wie Lachsstrudel oder Garnelen im Bierteig.

LUXUS

▸ **Bauer**
1., Sonnenfelsgasse 17
Tel.: 512 98 71
Mo 18–24, Di–Fr 12–15 u.18–24
Fraglos eines der besten Luxusrestaurants Wiens betreibt Walter Bauer seit vielen Jahren in der Sonnenfelsgasse. Die Atmosphäre ist freundlich, das Service aufmerksam ohne Aufdringlichkeit, die Küche von Herbert Malek verzichtet auf Schnickschnack und konzentriert sich voll auf Qualität. Auch hinsichtlich des Weinangebotes und der Spiritousenauswahl hätten wohl nur notorische Nörgler etwas auszusetzen.

▸ **Coburg**
1., Coburgbastei 4
Tel.: 518 18-800
Di–Sa 18.30–24, Fei geschlossen
Das Spiel heißt „Koch raten". Welcher Koch fällt Ihnen bei folgenden Schlagwörtern ein: klare, moderne, puristische Küche auf internationalem Topniveau, kompromisslose Qualität der Grundprodukte, Eingehen auf saisonale Gegebenheiten, verzichtet auf irgendwelche unnötigen, doofen Küchentrends, Besinnung auf klassiche Gerichte. Ja richtig geraten: Christain Petz. Und weil das Restaurant Coburg den Anspruch hat, das beste Lokal des Landes zu werden, managt Petz mit einem kongenialen Partner, Karl Seiser, das Lokal. Seiser, ein absolut anerkannter Weinfachmann und Servicespezialist, kann den Gästen eine Weinkarte präsentieren, die sich jederzeit mit den Toplokalen dieser Welt (echt keine Übertreibung) messen kann. Also, sehr geehrte Damen und Herrn, wenn Sie wirklich das ultimative Gourmeterlebnis haben wollen, dann warten Sie, bis einer Ihrer Bausparverträge fällig wird, und gehen dann ins Palais Coburg Essen. Echt genial.

Links Christian Petz (nicht im Bild) und rechts Karl Seiser (nicht im Bild) werden in dieser Stadt umrühren, wie noch nie umgerührt wurde. (Foto: Archiv)

▸ Do & Co
1., Stephansplatz 12, Haas-Haus
Tel.: 535 39 69
Fax: 535 39 59
E-Mail: stephansplatz@doco.com
www.doco.com
Mo–So 12–15 u. 18–24
Einfallsreiche, internationale Küche erfreut hier seit langem und in stets bewährter Art und Weise den Gaumen: Sushi, Wok-Spezialitäten, Hummer. In der Dependance, dem ersten Gourmettempel von Attila Dogudan, lässt es sich ebensogut speisen: 1., Akademiestraße 3.

▸ Drei Husaren
1., Weihburggasse 4
Tel.: 512 10 92-0
Fax: 512 10 92-18
E-Mail: office@drei-husaren.at
www.drei-husaren.at
tgl. 12–15 u.18–1
Gehobene Gastronomie zu ebenso gehobenen Preisen in Wiens Traditionsgourmettempel. Wiener Spezialitäten (Tafelspitz, Zwiebelrostbraten, Wiener Schnitzel). Hauptspeisen nicht unter 20 Euro. Ausgezeichnete Weine. Auch Kochkurse.

▸ Eckel
19., Sieveringer Straße 46
Tel.: 320 32 18
Fax: 320 66 60
E-Mail: restaurant.eckel@aon.at
www.restauranteckel.at
Di–Sa 11.30–14.30 u. 18–22.30
Bereits Thomas Bernhard pflegte bei seinen Wien-Besuchen im Eckel zu speisen, spannt man doch vom Wiener Schnitzel bis zum Hummer einen breiten kulinarischen Bogen und hat dabei sicher für jeden Gaumen das Richtige. Im Sommer: Veranda- und Gartenbetrieb in wunderschöner Umgebung.

▸ Fadinger
1., Wipplingerstraße 29
Tel.: 533 43 41
Fax: 532 44 51
E-Mail: restaurant@fadinger.at
www.fadinger.at
Mo–Fr 10–24
Josef Fadinger bietet täglich spezielle Business-, Degustations- sowie festliche Menüs. Österreichische Küche mit mediterranem Einschlag. Zwar im höherpreisigen Segment, aber dafür von hervorragender Qualität. Schöne, große Weinkarte und eine wirklich sehr bemerkenswerte Grappa-Sammlung.

▸ Imperial
1., Kärntner Ring 16
Tel.: 501 10-356
Mo–So 18–24
Typisch österreichische Spezialitäten, aber auch kreative Köstlichkeiten aus der internationalen Küche werden im einzigartigen Ambiente des Imperial serviert. Hauptspeisen ab 25 Euro

▸ Korso
1., Mahlerstraße 2
Tel.: 515 16-546
Mo–Fr u. So 12–14 u. 19–23, Sa 19–1
Dem ehemaligen Vierhaubenkoch wurde vom Guide Gault Millau 2003 eine Haube entzogen. Als Entschädigung gibt es dafür den ersten „Drei-Hauben-Schanigarten" Wiens. „Korso Cabrio" heißt das von Gerer ins Leben gerufene Projekt und bietet zu „erschwinglicheren" Preisen kulinarische Hochgenüsse im Freien.

▸ Le Ciel
1., Kärntner Ring 9
Tel.: 51 58 09-100
Mo–Sa 12–14.30 u. 19–22.45
Das Zweihaubenrestaurant im Grand Hotel bietet einen breiten kulinarischen Bogen von französischer bis zu Wiener Küche. Raffiniert und in gehobenem Ambiente. Mit Dachterrasse.

Musik und Essen im Maestro. (Foto: Maestro)

▸ Maestro
3., Heumarkt 6
Tel.: 714 89 11
www.restaurant-maestro.at
Mo–Sa 17.30–24
Nobles Speisen nach einem klanglichen Erlebnis im Konzerthaus ist im Maestro möglich. Dass die kulinarischen Freuden nicht zu kurz kommen, dafür sorgt eine abwechslungsreiche Speisekarte mit Tradition (Tafelspitz, Zwiebelrostbraten), Evolution (gebratener Zander, Lammrücken) und vegetarischen Köstlichkeiten.

▸ Meinl am Graben
1., Graben 19
Tel.: 532 33 34 35
www.meinlamgraben.at
Mo–Do 8.30–24, Fr 8–24, Sa 9–24
Das Haus am Graben hat sich auf Wiens Gourmet-Himmel schon längst einen Namen gemacht, und man assoziiert damit nicht mehr nur den Feinkosttempel. Moderne und leichte Küche auf höchstem Niveau hat dem Restaurant bereits drei Hauben eingebracht. Neben den kulinarischen Köstlickeiten besticht aber auch das Interieur: das geschmackvoll eingerichtete Restaurant mit Blick auf den Graben und den Kohlmarkt sowie der im Landhausstil eingerichtete Wintergarten.

▸ Mörwald im Ambassador
1., Neuer Markt 5
Tel.: 961 61-161
www.moerwald.at
Mo12–15, 18–23
Hipper Society-Gourmettempel im Ambassador. Politiker, Wirtschafter, Künstler und Journalisten besprechen hier bei einem Dinner Wichtiges. Starkoch Christian Domschitz bereitet ein „Spargel Cordon Bleu", ohne mit der Wimper zu zucken, oder macht aus einem Leberkäse ein wahrhaft edles Gericht. An der schönen Bar werden auch Snacks serviert.

▸ Niky's Kuchlmasterei
3., Obere Weißgerberstraße 6
Tel.: 712 90 00
E-Mail: office@kuchlmasterei.at
www.kuchlmasterei.at
Mo–Sa 11–24
Feine Speisen in einem außergewöhnlichen Ambiente. Das barocke Interieur und die internationale Küche machen den Besuch zu einem Erlebnis. Mit Aperitif- und Digestif-Bar. Schanigarten.

▸ Restaurant im Palais Schwarzenberg
3., Schwarzenbergplatz 9
Tel.: 798 45 15
www.palais-schwarzenberg.com
Terrassenrestaurant: Mo–So 6.20–10.30 u. 12–14 u. 18–22, Kaminzimmer u. Palais Bar: Mo–So 9–1
Erlesen speisen lässt es sich im Terrassenrestaurant im Palais Schwarzenberg. Leichter Fisch in allen Variationen und klassische Fleischgerichte erfreuen dabei den Gaumen. Das Kaminzimmer und die Palais Bar strahlen – vor allem in den kühleren Monaten des Jahres – einen unwiderstehlichen Charme aus, wenn bei offenem Kaminfeuer die hausgemachten Mehlspeisen serviert werden.

▸ Ruben's Palais
9., Fürstengasse 1, Palais Liechtenstein
Tel.: 319 23 96-13
Fax: 319 23 96-96
www.rubens.at
Di–Sa 12–15 u.18.30–24
Während in der benachbarten Brasserie schon wirklich gut gekocht wird, legt Ruben Brunhardt in Ruben's Palais in Sachen Luxusgastronomie noch einmal ein größeres Schäuferl nach. Frankophile Gourmets und Fans internationaler Spitzenküche sollen hier auf ihre Rechnung kommen – weshalb auch erlesene Spiritousen, ein bestens bestückter Weinkeller, feinste Käsesorten und Zigarren nicht fehlen dürfen. Der Garten zählt zu den schönsten in Wien.

Kunst und Essen im Ruben's Palais. (Foto: Ruben's Palais)

▸ Steirereck
3., Rasumofskygasse 2
Tel.: 713 31 68
Fax: 713 51 682
E-Mail: wien@steirereck.at
www.steirereck.at
Mo–Fr 10.30–14 u. 19–23
Vier Hauben von Gault Millau bekommt man nicht umsonst. Das Steirereck ist und bleibt eines der besten Restaurants Österreichs. Dass die Preise dementsprechend sind, versteht sich von selbst. Am faszinierendsten sind allerdings nicht das unwahrscheinlich gute Essen, die erlesenen Weine und Whiskeys (riesige Auswahl) oder etwa der weitläufige Weinkeller (auf Wunsch zu besichtigen). Es ist der Service. Unglaublich, wie einem die Kellner die Wünsche von den Augen ablesen, ohne jemals lästig oder gar aufdringlich zu werden. Wintergarten. 2004 übersiedelt das Steirereck vielleicht wirklich in die Meierei im Wiener Stadtpark.

MITTELMEER

▸ Achilleus
1., Köllnerhofgasse 3
Tel.: 512 83 28
Fax: 512 83 27
Mo–Fr 11–15 u. 17.30–24,
Sa 11.30–15 u. 17.30–24, So 11.30–16
Griechische und mediterrane Küche. Fisch- und Lammspezialitäten. Die Inneneinrichtung ist durchgehend im Stile der griechischen Nationalflagge, aber trotzdem nicht kitschig. Genau das Richtige, um Urlaubserinnerungen aufzuwärmen.

▸ Aioli
1., Stephansplatz 12
Tel.: 532 03 73
Fax: 532 05 75
E-Mail: aioli@doco.com
tgl. 10–24
Do&Co-Ableger mit Mittelmeerspezialitäten aus Italien und Spanien, sehr empfehlenswert sind die Tapas und die spanischen Fischspezialitäten. Die Inneneinrichtung wurde aus Spanien importiert, die Holzbar stammt von einem Trödelmarkt.

▸ Cantino
1., Seilerstätte 30
Tel.: 512 54 46
Fax: 514 11 20-9
E-Mail: info@cantino.at
www.cantino.at
Café, Bar: tgl. 10–18,
Restaurant: tgl. 12–15 u. 18–23
Ein kulinarisches Wonderland im Haus der Musik. Vom Erdgeschoß bis unter das Dach erstrecken sich Restaurant, Café und Bar des Cantino. Tapas und mediterrane Spezialitäten mit Blick auf den Stephansdom. Kleine, feine Weinkarte. Mittags- und Abendmenüs. Ausgezeichnete Desserts. Zigarren.

▸ Cosmas Archontikis
4., Naschmarkt, Stand 295
Tel.: 586 02 97
Mo–Fr 8.15–18, Sa 8–15
Griechische Spezialitäten: Oliven in allen Variationen. Eingelegter Feta.

▸ Der Grieche (Panos Tsatsaris)
6., Barnabitengasse 5
Tel.: 587 74 66
Fax: 587 72 18
tgl. 11.30–15 u. 17.30–24
Griechische Spezialitäten. Schani- und Wintergarten. Kann für Feiern gemietet werden.

▸ Levante
8., Josefstädter Straße 14
Tel.: 408 53 06
www.levante.at www.levantes.com
tgl. 11–24
Speisen aus der Türkei, Griechenland, dem Libanon und Israel. Holzofengrill. Mediterrane Küche. Partyservice. Reizvolles, schlichtes Ambiente in allen vier Standorten. Weitere Standorte:
1., Wollzeile 19
1., Wallnerstraße 2
7., Mariahilfer Straße 88a

▸ Nobile im Hotel Inter-Continental
3., Johannesgasse 28
Tel.: 711 22-110
tgl. ab 6.30–24
Vorwiegend mediterrane Küche (Fische, Krustentiere). Gourmetmenüs von bis zu sieben Gängen.

▸ Orpheus
1., Spiegelgasse 10
Tel.: 512 38 88
E-Mail: fotini@netway.at
Mo–So 11.30–24
Wohl einer der besten Griechen in der Stadt. Der kleine Schanigarten ist zwar nicht wahnsinnig gemütlich, reicht aber. Große Auswahl und gute Qualität bei (für Innenstadt-Verhältnisse) recht günstigen Preisen. Netter Gastraum auf zwei Ebenen mit angenehmen Sitznischen. Besonders authentisch auch das Personal.

▸ Schwarze Katze
6., Girardigasse 6
Tel.: 587 06 25
Di–So 18.30–1
Original griechische Speisen: Lammfilet, Sachanaki (Scampi mit frischen Tomaten, Schafkäse im Keramiktopf) oder Fisch (frisch zubereitet). Ideal für Nachtschwärmer: warme Küche bis 1 Uhr.

▸ Selina
8., Laudongasse 13
Tel.: 405 64 04
Mo–Sa 11–15 u. 18–24
Edles Restaurant mit mediterraner und internationale Küche. Fisch auf Empfehlung. Große Wein- und Schnapskarte.

▸ Sokrates
4., Wiedner Hauptstraße 60b
Tel.: 587 41 11
tgl. 11.30–14.30 u. 18–24
Spezialitäten vom Holzofengrill. Täglich frische Fische.

▸ Sopile
4., Paulanergasse 10
Tel.: 585 24 33
Mo–Sa 18–24
Noch nicht so viele Leute können sich unter authentischer istrischer Küche etwas vorstellen. Ist auch nicht so einfach, schließlich wurde die Halbinsel an der Adria von Italien ebenso inspiriert wie von Slowenien und Kroatien. Österreichische Einflüsse findet man auch (oder war das umgekehrt?). Fische zu verzehren lohnt sich hier allemal, und alles Sonstige passt und schmeckt auch ganz ausgezeichnet.

G

▸ Taverna Lefteris
3., Hörnesgasse 17
Tel.: 713 74 51
E-Mail: taverna-lefteris@chello.at
Mo–Sa 18–24
Sehr stimmungsvolles griechisches – pardon, kretisches – Beisl mit schönem Holzboden und Wandmalereien. Fischspezialitäten. Gute griechische Weine. Großer schattiger Schanigarten.

Griechischer Wein. Lefteris. (Foto: Archiv)

▸ Tigris
14., Linzer Straße 414a
Tel.: 947 74 08
E-Mail: appetit@tigris.at
www.tigris.at
tgl. 11–24
Mediterrane und orientialische Speisen in angenehmem Ambiente. Weine aus der Türkei, Griechenland und Österreich. Grillspezialitäten. Gastgarten. Küche bis 22.30 Uhr.

▸ Zeus
4., Argentinierstraße 15
Tel.: 505 01 48
Mo–Sa 11.30–15 u. 18–24
Etwas dunkle griechische Taverne mit Extraraum. Gyros, Mussaka, Lamm, Grillspezialitäten, Fisch.

MUSIC

▸ B72
8., Hernalser Gürtel, Stadtbahnbogen 72
Tel.: 409 21 28
Fax: 409 26 61
E-Mail: info@b72.at
www.b72.at
tgl. 20–4
Das B72 ist – obwohl erst wenige Jahre alt – ein Urgestein unter den Gürtellokalen. DJ-Lines und Konzerte österreichischer und internationaler Bands liefern täglich beste Musik.

▸ Blue Box
7., Richtergasse 8
Tel.: 523 26 82
E-Mail: bluebox@bluebox.at
www.bluebox.at
Mo 18–2, Di–Do, Fr, Sa 10–4, So 10–2
Gerade noch 1983 (am 30. Dezember) wurde die Blue Box eröffnet – gegründet von zwei Hobbymusikern und einer -musikerin aus dem Neue-Deutsche-Welle-Milieu. Schnell wurde das Lokal der Szenetreff und in „Müllers Büro“ filmisch für die Nachwelt verewigt. An Popularität hat die Blue Box seither nichts eingebüßt: Regelmäßige DJ-Lines und köstliches Frühstück sind ebenso Kult wie das legendäre alljährliche Fest zum 1. Mai. PS: Die Redaktion wünscht alles Gute und noch mehr zum 20. Geburtstag.

▸ Bricks
2., Taborstraße 38
Tel.: 216 37 01
Fax: 968 81 49
tgl. 20–4
Das Kellergewölbe des Bricks besteht aus unverputzten Ziegelmauern. Über eine unscheinbare Stiege kommt man in ein gemütliches Kellerlokal. Flaschenbiere. DJ-Line täglich mit bunt wechselndem Programm.

▸ Chelsea
8., Lerchenfelder Gürtel, Stadtbahnbogen 29–31
Tel.: 407 93 09
Fax: 596 29 29
E-Mail: chelsea@silverserver.co.at
www.chelsea.co.at
Mo–Sa 18–4, So 16–3
Legendärer Musikclub mit täglich wechselnden DJ-Reihen, die für guten Sound sorgen. Außerdem finden hier regelmäßig Konzerte mit in- und ausländischen Bands statt. Sonntags ab 16 Uhr Happy Hour mit Fußball-Live-Übertragungen aus England. Ein Ort für Menschen, die gerne viel Bier trinken.

▸ Donau
7., Karl-Schweighofer-Gasse 10
Tel.: 523 81 05
www.donau.schraeg.org
Mo–Sa 20–4, So 20–2
Hier dröhnt HipHop, Drum & Bass, House u. a. aus riesigen Lautsprecherboxen. Der hohe gewölbeartige Raum des Lokals verträgt das zum Glück.

▸ Kunsthalle-Café am Karlsplatz
4., Treitlstraße 2
Tel.: 586 98 64
tgl. 10–2
Wenn ich nicht hier bin, bin ich auf dem Sonnendeck – auf jenem des Kunsthalle-Cafés: groß, gemütlich und lange offen. Zum Essen gibt's neben Mehlspeisen auch internationale und vegetarische Küche, zum Hören eine DJ-Line.

▸ Loop
8., Lerchenfelder Gürtel, Stadtbahnbogen 26–27
Tel.: 402 41 95
www.loop.co.at
Mo–Do 11.30–2, Fr 11.30–3, Sa 17–3, So 17–24
Gürtellokal über zwei Stadtbahnbögen, das mit abwechslungsreicher DJ-Musik für adäquate Stimmung sorgt. Extras: Schanigarten im Sommer.

▸ Nashville
5., Siebenbrunnengasse 5a
Tel.: 966 75 49
www.nashville.at
Mo–Sa 18–2
Nomen est omen.

▸ Pulse
7., Schottenfeldgasse 3
Tel.: 523 60 20
www.pulse.co.at
Mo–Fr 19–2, Sa 20–2
DJ-Lines, Cocktails und vor allem das gesamte Angebot der Sushibar „Mono" von nebenan.

Plattenteller statt Sushiplatte. (Foto: Pulse)

▸ Q [kju:]
9., Währinger Gürtel, Stadtbahnbogen 142–144
www.soho-vienna.at
tgl. 19–4
Noch ein Stadtbahnbogen-Lokal. Für Tanzfreudige, die wenig Platz brauchen. Junges, gut gelauntes Publikum.

Elektro Gürtel. Blick vom Rhiz. (Foto: Archiv)

▸ Rhiz
8., Lerchenfelder Gürtel, Stadtbahnbogen 37–38
Tel.: 409 25 05
E-Mail: rhiz@rhiz.org
www.rhiz.org
Mo–Sa 18–4, So 18–2
Bar Modern nennt sich die Mischung aus Konzerten österreichischer und internationaler Musiker, neuer Projekte in elektronischer Musik, Film- und Videopräsentationen, Internetzugang und einem täglichen DJ-Programm.

▸ Schikaneder Buffet
4., Margaretenstraße 24
Tel.: 585 28 67
www.schikaneder.at
Mo–So 18–4
Die schicke lange Lederbank (gebaut nach dem Entwurf von Gregor Eichinger) ist zu einem Markenzeichen des Schikaneder Buffets geworden, wie es sich in vornehmer Zurückhaltung nennt. Der ideale Ort zum abendlichen Entspannen, Freunde Treffen, DJ-Line Genießen oder einfach nur Betrinken.

▸ Shelter
12., Wallensteinplatz 8
Tel.: 961 91 65
www.shelter.at
So–Do 20–3, Fr–Sa 20–4
Jugendliches Kellerlokal mit Wuzler, das sowohl von Teens als auch von junggebliebenen Alternativmusikfreunden gern besucht wird. Live-Konzerte, DJ-Line.

ORIENT

▸ A la Turka
7., Zieglergasse 18
Tel.: 523 82 58
Mo–Sa 11.30–23.30
Türkisches Selbstbedienungsrestaurant mit einer ständig wechselnden Auswahl an Eintöpfen, Gegrilltem und auch vegetarischen Spezialitäten. Die Speisen in den Vitrinen lachen einen buchstäblich an. Man kann sie sich auch einpacken lassen, nur sind die Plastikbehälter nicht ganz dicht. Wäre schade um die gute Yoghurtsauce.

▸ Aux Gazelles
6., Rahlgasse 5
Tel.: 585 66 45
www.auxgazelles.at
Café & Deli: Mo–Do 10–2, Fr, Sa 10–3, So 10–21
Brasserie: Mo–Fr 12–15 u. 18–23, Sa 18–23
Kaviar & Austern Bar: Mo–Sa 10–2, So 14–24
Club Bar: Mo–Do 21–2, Fr, Sa 21–4
Salon de Thé u. Bazar: Di–So 11–21
Eine marokkanische Oase inmitten der Stadt. Orientalisches Lebensgefühl auf ca. 2.000 m^2 Fläche. Vielfältiges Gastroangebot und so einiges mehr: Café & Deli, Brasserie, Kaviar & Austern Bar, Club Bar, International Lounge, Hammam (Dampfbad), Salon de Thé und Bazar.

▸ Beirut
1., Franz-Josefs-Kai 31
Tel.: 0664/176 50 52
tgl. 10.30–24
Libanesisches Restaurant mit gutem Essen. Schanigarten für 16 Personen.

▸ Kent
16., Brunnengasse 67
Tel.: 405 91 73
tgl. 5–2
Ein Stückchen Türkei ist das Kent am Brunnenmarkt. Große Portionen authentischer türkischer Gerichte und die moderaten Preisen, gepaart mit einem riesigen Gastgarten, sind wohl das Erfolgsrezept, für das man auch oft längere Wartezeiten auf einen Sitzplatz in Kauf nimmt. Besonders schön ist auch das gemeinsame Jubeln über ein Siegestor von Galatasaray Istambul.

▸ Naschmarkt Deli
4., Naschmarkt, Stand 421–436
Tel.: 585 08 23
www.naschmarkt-deli.at
Mo–Sa 7–22
Wer Samstag Vormittag im Deli einen Platz an der Sonne ergattern will, muss schon früh aufstehen, oder sie/er gehört zu jenen, die sich in der Schlange anstellen müssen, um nach einiger Wartezeit endlich ihr fabulöses Pastramisandwich genießen zu können. Die Speisekarte ist im besten Sinne des Wortes international und verlängert die „Achse des Bösen" vom Mittleren Osten quer über Europa direkt in die USA.

▸ Nil
7., Siebensterngasse 39
Tel.: 526 61 65
tgl. 10–24
Café-Restaurant mit orientalischem Flair. Spezialitäten aus Ägypten, orientalische Küche. Helle Inneneinrichtung, Lampen aus buntem Glas und Metall. Musik- und Literaturveranstaltungen.

Ägyptisches Café. (Foto: Archiv)

▸ Pars
8., Lerchenfelder Straße 148
Tel.: 405 82 45
Mo–So 11–24
Hält man eine/n PerserIn auf der Straße auf und fragt, welches das beste persische Restaurant in Wien ist, so wird man – handelt es sich nicht gerade um einen konkurrierenden Lokalbetreiber – in den meisten Fällen das kurze Wort „Pars" zur Antwort bekommen. Zu Recht, genießt man dort doch eine traditionelle persische, aber auch türkische Küche. Wer es ganz authentisch mag, qualmt nach dem Essen eine Wasserpfeife.

▸ Zur Zeder
4., Kleine Neugasse 2
Tel.: 971 90 31
tgl. 12–15 u. 18–23.30, im Sommer: Sa geschlossen, im Winter: Mo geschlossen
Wer die Flagge des Libanon kennt, weiß, dass der darauf abgebildetet Baum eine Zeder ist. Das entsprechend getaufte Lokal ist eine prima Möglichkeit, die libanesische Küche kennen zu lernen, die Mediterrannes mit Arabischem verknüpft.

OSTERWEITERUNG

▸ Beograd
4., Schikanedergasse 7
Tel.: 587 74 44
Mo, Di, Do, So 11.30–2, Fr, Sa 11.30–4
Wer wieder einmal einen ordentlichen Balkanspieß verdrücken will, sollte ins Beograd. Großes Lokal mit Gastgarten und extra Veranstaltungsräumen. Wundervolle Live-Musik jeden Tag ab 20 Uhr.

▸ Feuervogel
9., Alserbachstraße 21
Tel.: 317 53 91
Mo–Sa 17.30–24
Traditionelle russische und ukrainische Küche. Flambierexzesse und gehobene Preisklasse.

▸ Makedonija
6., Laimgrubengasse 5
Tel.: 586 21 46
Mo–Fr 11–15 und 17–2, Sa, So 11–2
Balkanküche in höchst authentischer Form serviert das Makedonija seinen Gästen. Fischgerichte, Gegrilltes, Eintöpfe, Gemüsespeisen, alles recht üppig garniert. Vampire haben nach einem Makedonija-Besuch keine Chance, denn wo es dazu passt, wird mit Knoblauch wahrlich nicht gespart.

▸ 'S Powidl
5., Margaretenstraße 60
Tel.: 586 09 67
tgl. 11–23
Böhmen (und ein wenig Mähren) pur. Das Svickova (ein aufwändig marinierter Rindslendenbraten in Rahmsauce) ist eine wunderbare Attacke auf die Gallenfunktion, und auch die anderen Speisen kommen so deftig daher, wie es die traditionelle Küche unserer nördlichen Nachbarn nun mal ist. Zum Dazutrinken eignet sich am besten das großartige Kozel, ein Gerstensaft, der in Tschechien schon traditionell auf den Sieg in den nationalen Biermeisterschaften abonniert ist. Schanigarten.

▸ Wladimir
6., Bürgerspitalgasse 22
Tel.: 595 25 24
Fax: 595 25 24
www.wladimir.at
Di–So 17–23
Russische Küche, die sich sehen lassen kann: vom Borschtsch bis zum Boeuf Stroganoff, dazu gibt's eine große Auswahl an echtem russischem Wodka.

▸ Zu den drei Buchteln
5., Wehrgasse 9
Tel.: 587 83 65
Mo–Sa 18–24
Kleines Lokal mit ausgezeichneten böhmischen Spezialitäten. Karierte Tischtücher, dunkle Holztäfelung. Tischreservierung wird empfohlen.

PATINA DE LUXE

▸ Alt Wien
1., Bäckerstraße 9
Tel.: 512 52 22
Mo–Do, So 10–2, Fr, Sa 10–4
Altehrwürdiges Wiener Kaffeehaus mit leicht trashigem Flair. Legendärer Treffpunkt für Künstler. Kleine Speisen. Samstags flexible Sperrstunde.

▸ Amerlingbeisl
7., Stiftgasse 8
Tel.: 526 16 60
tgl. 9–2
Das Amerlingbeisl zählt zu den beliebtesten Treffpunkten im siebten Bezirk. Einzigartig ist der wunderschöne, lauschige, überdachte Innenhof (Weinbewuchs). Am Abend wird nette elektronische oder jazzige Musik gespielt. Publikum bunt gemischt: KünstlerInnen, StudentInnen, Intellektuelle und alle anderen Menschen. Das Essen ist kreativ, gemüsereich, sehr gut und relativ günstig.

▸ Bendl
1., Landesgerichtsstraße 6
Tel.: 408 30 87
Mo–Do 6–2, Fr 6–4, Sa 18–4, So 18–2
Das Café, von manchen Leuten auf den Namen „Bücke dich" getauft, weil selbst gar nicht allzu groß Gewachsene beim Eintritt in das Souterrainlokal den Kopf einziehen müssen, verströmt ganz speziellen Charme. Ob es an der preiswerten Küche, der Musicbox oder schlicht dem Ambiente liegt, wird jeder individuell entscheiden.

Der ewige Eingang – Café Bendl. (Foto: Archiv)

▸ Benno
8., Alser Straße 67 / Bennogasse
Tel.: 406 6735
www.cafebenno.at
Mo–So 11.30–2
Ein Lokal für jede Stimmung: zum Quatschen, Spielen (die großen Tische sind genau richtig für Brettspiele und eine große Auswahl an unterschiedlichen Gesellschaftsspielen) oder für ein romantisches und gemütliches Abendessen (im Keller Kaminfeuer). Auch das Essen kann sich wirklich sehen lassen: große und kleine Speisen, ganz lecker die Baguettes und überbackenen Brote.

G

▸ Carina
8., Josefstädter Straße 84, U6-Stationsgebäude
Tel.: 406 43 22
Mo–Fr 10–24, Sa, So 15–24
Das Café Carina versteht sich als Institut für soziale Wärme und ist offen für jede Form kommunikativen und kulturellen Austauschs. Die Bandbreite reicht von Veranstaltungen (jährlicher Weltpinguintag, Pickerltauschbörsen, Künstler- und Stammgastkochabende, Performances) über Feste bis hin zu künstlerischen Eingriffen (z. B. von Heidi Milka, Zsolt Szalai, trans wien).

▸ Europa
7., Zollergasse 8
Tel.: 526 33 83
Fax: 523 96 89-14
www.hinterzimmer.at
Mo–So 9–4
Frühstück, Mittag- oder Abendessen, Mitternachtsjause oder ein Happen nach einer langen Nacht gegen 3 Uhr morgens – alles ist drin im beliebten Szenetreff Europa. Und auch wer allein unterwegs ist, dem sollte nicht langweilig werden – vorausgesetzt, man ergattert einen Fensterplatz, kann man da doch die vorübergehenden Leute beobachten. Mit Schanigarten und „Hinterzimmer", in dem fast täglich die junge Wiener Musikszene zeigt, was sie kann.

▸ Kleines Café
1., Franziskanerplatz 3
Mo–Sa 10–2, So, Fei 13–2
Betrieben vom Wiener Schauspieler Hanno Pöschl, zählt das Kleine Café zu den Legenden der Wiener Szenebeisln. Das von Hermann Czech gestaltete Lokal hat auch in bald dreißig Jahren nichts von seinem Charme eingebüßt. Außerdem ist es telefonfreie Zone. Handygebrauch ist verpönt, und zum Reservieren kann auch nicht angerufen werden. Also einfach hingehen, hat eh immer offen. Feiner Schanigarten.

▸ Little Stage
5., Ramperstorffer Gasse 66
Tel.: 544 26 90
www.littlestage.at
Mo–Fr 17–2, Sa, So, Fei 18–2
Äußerst schräges Lokal, in dem laufend auch reichlich skurrile und angemessen würdelose Veranstaltungen wie Ausscheidungen zum nationalen Luftgitarre-Wettbewerb über die – nomen est omen – (noch)kleine Bühne gehen. Geheimer Hort der Finnland-Narrischen Wiens, was auch daran zu merken ist, dass hier Lapin Kulta – ein finnisches Bier – neben etlichen anderen Spezialgerstensäften zu kriegen ist. Schanigarten.

▸ Malipóp
3., Ungargasse 10
Tel.: 713 34 41
Mo–Sa 19–2
Seit mehr als 25 Jahren gibt es das Malipop. Im dritten Bezirk sind Margit, die Chefin des Malipop, und ihre 400 LPs umfassende Plattensammlung schon eine Legende. Neben dem täglichen Beislbetrieb (außer sonntags) gibt es auch immer wieder kulturelle Veranstaltungen wie Dichterlesungen oder Konzerte. Für die Qualität sowohl der Veranstaltungen als auch der täglich gespielten Musik bürgt die Chefin höchstpersönlich.

Schinken-Käse-Toast und Led Zeppelin. (Foto: Malipóp)

▸ Rüdigerhof
5., Hamburgerstraße 20
Tel.: 586 31 38
tgl. 10–2
Jugendstil pur – der Rüdigerhof, nicht das Café. Das ist im 50er Jahre Stil gehalten, erstreckt sich über mehrere Ebenen und ist vor allem im Sommer in Hit. Riesiger Naturgastgarten am Wienfluss, ausgezeichnete G'spritzte und fabelhafte Wiener Küche.

▸ **Schloss Concordia**
11., Simmeringer Hauptstraße 283
Tel.: 769 88 88
tgl. 10–2
Fast ein Wahrzeichen in Wien, wurde das Schloss Concordia in Privatinitiative revitalisiert und hat seinen charakteristischen morbiden Charakter erhalten. Die Christusstatue am Eingang weist heute den Weg zu einemOrt der Begegnung (Lesungen, Musikveranstaltungen), aber auch zu einem Ort der kulinarischen Kuriositäten. Bei Kerzenlicht bekommt man neben den unzähligen, teils sehr ausgefallenen Schnitzelvariationen (Popkornkruste) offenes Bier und guten Apfelstrudel serviert.

▸ **Schwarzes Café**
3., Bechardgasse 23
Tel.: 712 15 08
www.schwarzescafe.at
tgl. 17–2, Juni bis Aug: 19–2
Die Idee, ein Lokal im anarchistischen Selbstverständnis aufzumachen, hatten 1980 einige Mitglieder aus der Hausbesetzerszene. Das „Schwarze" ist heute legendär. Die antiquierte Schrulligkeit macht es zu einem sympathischen Ort, an dem man sich gerne zum Plaudern oder Musikhören trifft. Große Auswahl an vegetarischen Speisen und Hausmannskost. Extrem nette Bedienung.

▸ **Sopherl am Naschmarkt**
6., Linke Wienzeile 34
Tel.: 587 45 58
Mo–Sa 6–24, So 12–20.30
Legendäres Naschmarktbeisl, frequentiert von einem bunten Publikum: Dank der recht frühen Aufsperrstunde verirren sich auch immer wieder Nachtschwärmer hierher. Zum Essen gibt es typische Wiener Hausmannskost. Schanigarten.

's Sopherl. (Foto: Archiv)

▸ **Spatzennest**
7., Ulrichsplatz 1
Tel.: 526 16 59
So–Do 10–23.30
Traditionelles Wiener Gasthaus. Selchfleischnockerln, Blutwurstgröstln und viele andere Köstlichkeiten. Schanigarten für 75 Personen am schönen Platz vor der Ulrichskirche.

▸ **Statt-Beisl WUK**
9., Währinger Straße 59
Tel.: 408 72 24
E-Mail: statt-beisl@gmx.at
www.wuk.at
Mo–Fr 11–2, Sa, So, Fei 17–2
Ehemaliges Fabriksgelände; beliebter Treffpunkt für Linke jeden Alters und aus ganz Wien. Die Speisen reichen von Hausmannskost bis moderner vegetarischer Küche. Besonderheit: Netter Innenhof für ca. 150 Personen, wo immer wieder jazziger Experimentalmusik aus den umliegenden Werkstätten/Proberäumen im WUK gelauscht werden kann.

▸ **Terrassinger**
4., Rechte Wienzeile 27 / Preßgasse
Tel.: 587 22 36
So–Fr 16–2, Sa 14–2
Nettes und einfaches Lokal mit auffällig schwarzweiß kariertem Boden. Die Terrasse bietet Platz für 80 Personen. Blick auf den Naschmarkt. Extrem günstige Tagesteller. Bierspezialitäten.

▸ **Tunnel**
8., Florianigasse 39
Tel.: 405 34 65
Fax: 405 34 65
E-Mail: office@tunnel-vienna-live.at
www.tunnelvienna.at
tgl. 9–2
Typisches Studentenlokal. Reichhaltiges Frühstücksbuffet von 9 bis 11 Uhr (antialkoholische Getränke zum halben Preis). Levantinische und internationale Küche. Gute Pizzen. Jeden Tag Live-Musik im Keller.

▸ **Voodoo**
7., Siebensterngasse 35
Tel.: 523 56 52
Mo–Sa 19–2
Sehr skurriles Café mit buntem Publikum. Für die hungrigen Gäste gibt's sehr günstige Snacks. Musik: Hits aus den 60er- und 70er-Jahren. Extras: Spiele zum Ausborgen. Ist die Stimmung gut, werden die Öffnungszeiten gegen Ende hin oft nicht so genau genommen.

▸ Weberknecht
16., Lerchenfelder Gürtel 49
Tel.: 403 84 93
Fax: 403 60 62
E-Mail: office@weberknecht.at
www.weberknecht.at
tgl. 16–2
Das Weberknecht verfügt über mehrere Extrazimmer und einen großen Partyraum im Keller, in dem immer wieder Feste und Konzerte stattfinden. Besonders bei Linken und sehr netten Menschen unter 40 beliebt. Küche (täglich bis 1.30): Hausmannskost sowie Spezialitäten aus verschiedensten Ländern, relativ günstige Preise. Großer, grüner Gastgarten für 130 Personen. Anziehungspunkt für Nachtschwärmer der Gürtellokale.

▸ Zur Bunten Kuh
5., Zentagasse 20
Tel.: 545 28 85
E-Mail: buntekuh@hotmail.com
Mo–Do 17–2, Fr 17–4, Sa 18–4, So 18–2,
Sommer: Sa, So 19–2
Der Homo ludens ist hier sehr willkommen. Denn Spielen ist hier fast Pflicht. Allerdings nicht Karteln um Geld, sondern Tischfußball, Pfeile auf Scheiben werfen, Stahlkugeln herumflippern und – für den gedankenbeladeneren Geist – auch anspruchsvolle Brettspiele. Kleiner Schanigarten.

▸ Zur eisernen Zeit
4., Naschmarkt, Stand 316
Tel.: 587 03 31
Mo–Sa 8.30–22
Allzu unbekanntes Kleinod am Naschmarkt mit teilweise hervorragender Hausmannskost und einem Interieur, das an eine römische Osteria erinnert. Schanigarten. Ein Geheimtipp.

Eiserne Zeiten. (Foto: Archiv)

PIZZA

▸ Blaue Lagune
4., Margaretenstraße 49
Tel.: 587 42 71
Mo–So 11–24
Gut besuchte Pizzeria, denn hier ist der Boden so toll knusprig. Sitzplätze auch vor der Tür mit integriertem Radfahrweg.

▸ I Ragazzi
7., Burggasse 6–8
Tel.: 522 63 25
www.iragazzi.at
tgl. 11–1
Obwohl „I Ragazzi" keine reine Pizzeria ist, sondern vielmehr Ristorante, servieren die Ragazzi des Lokals wohl eine der besten Pizze der Stadt.

▸ Il Mare
7., Zieglergasse 15
Tel.: 523 74 94
Mo–Sa 12–14.30 u. 18–23
Die beste Holzofenpizza der Stadt. Das Lokal ist eher klein, umso besser kann man sich zum Ofen kuscheln und guten Rotwein trinken.

▸ La Mama
14., Hüttelbergstraße 46
Tel.: 914 31 27
1. April bis 30. Sept: tgl. 17–22
Recht legendäres Sommerlokal am Hüttelberg mit Terrassengarten. Gute Pizza sowohl in italienischer als auch in kalifornischer Machart, dazu noch Pastavarianten.

▸ Pizzakeller
22., Am Kaisermühlendamm 53
Tel.: 269 21 20
Mo–So 11–23, Botendienst bis 2
Holzofenpizza vom Feinsten über der Donau, kinderfreundliches Ambiente mit Spielecken und Kindervideo, Boten-Service. Eine Kette von transdanubischen Lokalen mit den gleichen Betriebszeiten gehört dazu: Pizzeria Cara Mia, 22., Hardeggasse 69, Tel.: 283 73 83; Pizzeria Ponte, 22., Tamariskengasse/Langobardenstraße, Tel.: 283 67 98; Pizzeria Campanile, 22., Süßenbrunner Straße 60, Tel.: 284 24 41; Pizzeria Cara Mia, 21., Prager Straße 65, Tel.: 270 78 86

▸ Pizzeria Chacora
5., Arbeitergasse 39
Tel.: 545 15 33 od. 941 06 66
Mo–Sa 11–14.30 u. 17–23, So, Fei 11–23
Die Zusteller verfügen über die besten Warmhalteboxen der Stadt und über jede Menge Humor.

▸ Regina Margherita
1., Wallnerstraße 4
Tel.: 533 08 12
www.barbaro.at
Mo–So 12–15 u. 18–24
Mehr als 20 Pizzasorten, gebacken in einem speziellen neapolitanischen Ofen, dazu noch ein Garten im Innenhof des Palais Esterhazy – was will der Gast mehr?

PUBS

▸ Billy's Bones
9., Schlickplatz 4
Tel.: 310 97 80
www.billysbones.com
Mo–Do 17–1, Fr–So 17–2
Irish Pub mit traditionellem irischen Essen, internationaler Küche und Snacks. Strongbow, Woodpecker, Guinness, Murphy's und andere. Bierspezialitäten vom Fass. Große Auswahl internationaler Flaschenbiere. Sportübertragungen auf zwei Großbildleinwänden.

▸ Charlie P's
9., Währinger Straße 3
Tel.: 409 79 23
www.charlieps-irishpub.at
Mo–Do 11–2, Fr, Sa 11–3, So 12–1
Ist man einmal drin, kommt man nicht so schnell wieder raus, denn dafür ist das Charlie P's einfach zu gemütlich. Kleine Séparées im Erdgeschoß, noch mehr Platz im Keller. Full Irish Breakfast um 7,85 Euro, Irish Vege Breakfast um 6,03 Euro.

▸ Down Under
6., Magdalenenstraße 32
Tel.: 585 73 30
www.downunder.at
Mo–Sa 19–2
In Österreich sind Beuteltiere zwar nicht endemisch wie down under, dafür gibt es aber wenigstens ein Aussie-Pub in Wien. Logischerweise gibt es hier Aussie-Bier, Aussie-Weine, Tischfußball, und die Pub-obligatorischen Sportübertragungen (auch so Irrsinniges wie Kricket).

▸ Flanagans
1., Schwarzenbergstraße 1–3
Tel.: 513 73 78
www.flanagans.at
So–Do 10–2, Fr, Sa 10–4
Sehr authentisches Irish Pub. Die Innenausstattung des recht großen Lokals stammt aus Cork. Auswahl an österreichischen und irischen Bieren. Regelmäßig gibt's Sportübertragungen in einem kleinen Extraraum mit TV.

▸ Gustavsson
8., Skodagasse 28
Tel.: 409 04 30
Mo–Do 18–2, Fr, Sa 18–4
Das einzige schwedische Pub in Wien. Trotz schwedischem Essen und schwedischem Bier will es seinen Wienbezug nicht verheimlichen – sowohl in der Einrichtung als auch auf der Speisekarte. Zudem gibt's Guinness Bier vom Fass.

▸ Johnnys Pub
4., Schleifmühlgasse 11
Tel.: 587 19 21
E-Mail: office@johnnys-pub.at
www.johnnys-pub.at
Di–Sa 18–4, So, Mo 18–2
Beliebtes Pub im Freihausviertel. Irische, britische und österreichische (Villacher) Fassbiere. Gekocht wird aus selbiger Provenienz. Veranstaltungen, relativ kleiner Schanigarten.

▸ Molly Darcy's
1., Teinfaltstraße 6
Tel.: 533 23 11
E-Mail: mollydarcys@hotmail.com
www.mollydarcys.at
Mo–Do 11–2, Fr 11–3, Sa 12–3, So 12–1
Erstes Irish Pub in Wien, darum nicht gerade billig. Irish Stew, Steak, Fish and Chips. Guinness und Kilkenny „on tap". 30 irische und schottische Whiskeys. Darts, Pool, TV-Sportübertragungen.

A Pub is a Pub is a Pub ... (Foto: Archiv)

▸ Shamrock
7., Kirchengasse 3
Tel.: 523 12 04
Mo–Sa 10–2, So, Fei 17–2
Cooles Pub fast am Eck zur Mariahilfer Straße. Gut gewähltes Bier- und Whiskey-Angebot. Sehr fromme Menschen stören sich vielleicht daran, dass die DJs von einer Kirchenkanzel herab das Lokal beschallen. Fußball gibt es logischerweise auch und sogar einen klitzekleinen Schanigarten.

G

► **Shebeen**
7., Lerchenfelder Straße 45
Tel.: 524 79 00
E-Mail: manager@shebeen.at
www.shebeen.at
So, Mo 17–2, Di–Fr 17–4, Sa 17–4
Pub für Freunde des internationalen Fußballs, die die Matches ihrer Lieblingsclubs auf Großleinwänden mitverfolgen möchten. Großes Getränkeangebot, neben allen möglichen Bieren, Whiskeys und so fort werden auch Cocktails serviert. Regelmäßige Partys, Darts.

RESTAURANTS

► **Adams Restaurant**
8., Florianigasse 2
Tel.: 408 01 12-10
E-Mail: info@adam.at
www.adam.at
Mo–Fr 8–24
Gutbürgerliches Restaurant mit Holzvertäfelung und Gastgarten. Wiener Küche mit ungarischem Einschlag. Umfangreiches Bier- und Spirituosenangebot. Zigarrensortiment, Zigarrenstammtisch. Online: Rezeptsammlung, Tischreservierung per Mail.

► **Altes Jägerhaus**
2., Freudenau 255
Tel.: 728 95 77
E-Mail: altes-jaegerhaus@aon.at
www.altes-jaegerhaus.com
1. April bis 30. Sept: Mo–So 9–23,
1. Okt bis 31. Dez: Mi–So 9–23,
1. Jan bis 28. Feb: Mi–So 9–18
Gutes Essen mitten im Wiener Prater. Nicht ganz billig, aber sein Geld wert. Budweiser und Grieskirchner vom Fass sowie österreichische und internationale Weine (Flasche). Soll mit Jahresende 2003 vorübergehend geschlossen werden, um dann von Bettina und Adi Bittermann, die sich seit vielen Jahren mit Vikerl's Lokal einen sehr guten Namen gemacht haben, übernommen zu werden.

► **Amon**
3., Schlachthausgasse 13
Tel.: 798 81 66
Fax: 799 17 73
E-Mail: office@amon.at
www.amon.at
Mi–Sa 10–23.30, So 9–22
Sehr gediegenes und vornehmes Restaurant. Der gestresste Großstadtneurotiker kann sich hier in ruhiger Atmosphäre kulinarisch verwöhnen lassen. Wiener Küche, Naturgarten für 80 Personen.

► **Beim Novak**
7., Richtergasse 12
Tel.: 523 32 44
E-Mail: beimnovak@aon.at
www.beimnovak.at
Mo–Fr 11.30–15 u. 18–24, Sa 18–24
1937 eröffneten Katharina und Johann Wastl das „Speisehaus am Seidengrund". 1979 veredelte die Tochter des Hauses Johanna Novak das ehemalige Brauereigasthaus. Heute kann man sich hier mit gehobener Wiener Küche verwöhnen lassen. Für Vegetarier gibt's täglich ein fleischloses Gericht als Alternative. Online: der aktuelle Menüplan.

► **Bohème**
7., Spittelberggasse 19
Tel.: 523 31 73
E-Mail: tisch@boheme.at
www.boheme.at
Mo–Sa 18–24
Traditionelle Wiener Küche. Auch internationales Speiseangebot. Große Weinkarte, begehbarer Weinkeller. Die Einrichtung ist aus Kirschholz, klassische Musik verfeinert den Restaurantbesuch. Viersprachige Speisekarte.

► **Bürgerhof**
18., Gentzgasse 127
Tel.: 479 34 41
Fax: 478 83 80
E-Mail: tisch@buergerhof.at
www.buergerhof.at
tgl. 8–2
Gutbürgerliche Küche zu fairen Preisen gibt es im Bürgerhof. Die Spezialität des Hauses sind Steaks in allen nur erdenklichen Variationen. Netter überdachter Schanigarten, der leider auf die stark befahrene Gentzgasse geht. Tolle Lösung für das Parkproblem: eigener Parkplatz und Shuttle-Service. Spezialitätenwochen, Hochzeiten, Party-Service.

► **Chrinor**
7., Kirchengasse 21
Tel.: 522 32 36
Fax: 522 32 36-11
Di–Fr 11.30–24, Sa 18–24
Hippes Ambiente und ein Küchenstil, der Lust auf mehr macht, prägten Christian Voithofers Chrinor von Beginn an. Nach etlichen Problemen im Jahr 2003 versucht das Restaurant jetzt einen Neustart, der hoffentlich gelingen wird, da kaum jemand an Voithofers Kochkünsten zweifelt. Zu Redaktionsschluss war die Zukunft des Chrinor noch nicht wirklich absehbar.

▸ Die Halle
7., Museumsplatz 1 (Museumsquartier)
Tel.: 523 70 01
www.diehalle.at
tgl. 10–2
Modernes Café-Restaurant, das nicht nur von Kunstinteressierten, sondern auch von hippen, kosmopolitisch angehauchten Partymenschen gerne besucht wird. Die ehemalige Winterreithalle beherbergt ein Lokal im 70er-Jahre-Stil mit lederbezogenen Bänken und Nussholztischen.

▸ Die Wirtschaft
18., Pötzleinsdorfer Straße 67
Tel.: 479 28 57
www.diewirtschaft.com
Di–Sa 11–24
In der Wirtschaft gibt's ausschließlich Gerichte aus Bioprodukten der Umgebung. Dabei wird vor allem auf traditionelle Küche Wert gelegt. Wie wäre es da zum Beispiel mit einem „Beschwipsten Zwieberl" oder bekanntermaßen mit Tafelspitz oder Backhenderlsalat?

▸ Faber
18., Bischof-Faber-Platz 8
Tel.: 479 23 59
Mo–Fr 11.30–14.30 u. 18–24, Sa 18–24
Wiener Küche. Spezialitätenwochen.

▸ Figlmüller
1., Bäckerstraße 6 / Wollzeile 5
Tel.: 512 17 60
www.figlmueller.com
tgl. 12–24
Figlmüller kann von sich mit Fug und Recht behaupten, der berühmteste Schnitzelwirt der Stadt zu sein. Das Figlmüller-Schnitzel ist zwar nicht das billigste, aber mit mindestens 25 dag Gewicht und der richtigen Zubereitung sicher eines der größten und besten. Fallweise viele Touristen. Wegen Betriebsurlaub im Juli geschlossen. Gleich ums Eck, in der Wollzeile 5, befindet sich das zweite Lokal.

▸ Fromme Helene
8., Josefstädter Straße 15
Tel.: 406 91 44
www.frommehelene.at
Mo–So 11.30–24
Das Altwiener Restaurant führt Wilhelm Buschs Fromme Helene als Firmenzeichen. Gemütliches, stilvolles Ambiente durch die warmen Farben und den Holzparkettboden. Wiener Küche. Innenhofgarten. Im Gewölbekeller: Veranstaltungsraum mit Bühnentechnik.

▸ Führich
1., Führichgasse 6
Tel.: 513 08 80
www.fuehrich.at
tgl. 11–24
Traditionelles Wiener Restaurant. Schanigarten für 20 Personen. Live-Musik. Klimaanlage.

▸ Gartenrestaurant Altmannsdorf
12., Hoffingergasse 26–28
Tel.: 801 23-50
www.gartenhotel.com
tgl. 11.30–23
Dem Gartenhotel Altmannsdorf angeschlossenes Restaurant mit solider österreichischer und internationaler Küche. Saisonale Spezialangebote. Am Sonntag Brunchbuffet. Riesige Terrasse mit Barbecue im Sommer.

▸ Gustl Bauer
1., Drahtgasse 2
Tel.: 533 58 89
Mo–Sa 10–23
Altwiener Gasthaus mit Böhmischer und Wiener Küche. Stammbeisl von Helmut Zilk. Schanigarten für 30 Personen.

▸ Hansen
1., Wipplingerstraße 34
Tel.: 532 05 42
Fax: 532 05 42-10
E-Mail: restaurant@hansen.co.at
www.hansen.co.at
Mo–Fr 9–21, Sa 9–17
Geschmackvoll eingerichtetes Lokal im Börsegebäude. Zwischen üppigen Grünpflanzen und viel Dekor kann man Geschäftpartner zum Lunch treffen oder auch gut frühstücken. Leichte internationale Küche. Klimaanlage.

Essen im Grünen – beinahe. Hansen. (Foto: Archiv)

G

▸ Harrys Time
1., An der Hülben 1
Tel.: 512 45 56
E-Mail: restaurant@harrys-time.at
www.harrys-time.at
Mo–Fr 11–1, Sa 18 1
Zum Publikum dieses Restaurants gehören neben Richtern und Beamten (dahinter liegt das Bezirksgericht) auch junge Leute, die das trendige Ambiente des Lokals mögen. Eine Besonderheit stellt „Harrys Abendmahl" dar – ein Abendmenü aus einer Vielzahl von Gängen. Sonst leichte internationale und Wiener Küche. Hervorragende Weine.

▸ Hauswirth
6., Otto-Bauer-Gasse 20
Tel.: 587 12 61
Fax: 587 12 61-12
E-Mail: office@restaurant-hauswirth.at
www.restaurant-hauswirth.at
Mo–Fr 11.30–14 u. 18–22
Gediegenes Restaurant mit gepflegtem Ambiente. Möblierung aus der Zeit des Biedermeier. Zierlicher Innenhofgarten. Große Auswahl an heimischen und internationalen Weinen. Wiener Küche, Menüs mit Weinempfehlung.

▸ Hebenstreit
1., Rockhgasse 1
Tel.: 533 76 87
Fax: 533 76 87
Mo–Fr 11.30–24, im Winter: zusätzl. Sa 18–24
Ausgezeichnete Wiener Küche. Leicht gehobene Preise. Schanigarten.

▸ Heidenkummer
8., Breitenfelder Gasse 1
Tel.: 405 91 63
E-Mail: heidenkummer@eunet.at
So–Fr 8–24
Wiener Küche und Schmankerln. Warme Küche von 11 bis 14.30 Uhr und von 18 bis 21.30 Uhr, sonst nur kleine Snacks.

▸ Hofstöckl
5., Schlossgasse 21 (Im Hof)
Tel.: 544 07 67
Fax: 548 84 66
E-Mail: info@schlossquadr.at
www.schlossquadrat.at
Mo–Fr 18–24,
nach Vorbestellung auch am Wochenende
Kleines Lokal mitten im Schlossquadrat, Speisen kommen aus dem „Hauptlokal", Schlossgasse 21. Große Auswahl an Edelbränden.

▸ Kanzleramt
1., Schauflergasse 6
Tel.: 533 13 09
Fax: 535 39 45
Mo–Sa 11–24, Kabinett bis 4
Wenn sich hier auch der Kanzler persönlich so gut wie nie die Ehre gibt, das Essen schmeckt sehr gut (oder vielleicht auch deshalb gerade besser?). Wiener Küche mit internationalem Touch, zahlreiche offene Weine, Schanigarten.

▸ Lusthaus
2., Freudenau 254 (Ende Prater Hauptallee)
Tel.: 728 95 65
E-Mail: office@lusthaus-wien.at
www.lusthaus-wien.at
Jan bis März: Sa, Di, Fei 12–18, April: Do–Di 12–18,
Mai bis Sept: Mo, Di, Do, Fr 12–23, Sa, So, Fei 12–18,
Okt: Mo, Di, Do–So, Fei 12–18,
Nov u. Dez: Sa, Di, Fei 12–18
Das ehemalige kaiserliche Jagdhaus mitten im Prater beherbergt ein vorzügliches Restaurant. Vielfältige, wöchentlich wechselnde Speisekarte mit saisonalen Gerichten. Am Nachmittag eigene Karte. Das Wiener (vom Kalb) ist ein Gedicht. Die Preise gehoben, in Anbetracht der Qualität aber durchaus gerechtfertigt. Auch für Hochzeitsgesellschaften und Feste ein außergewöhnlicher (erschwinglicher) Rahmen.

MAK man eben. (Foto: Archiv)

▸ MAK-Café
1., Stubenring 3–5
Tel.: 714 01 21
Di–So 10–24
Gute internationale und Wiener Küche täglich bis Mitternacht. Frühstück gibt es bis 12 Uhr. Im Sommer sehr schöner Garten im Innenhof des Museums (Fassungsvermögen: 120 Personen), täglicher Wechsel der Tages- und Abendkarte.

EXPEDIT

Commissione della Riviera Ligure
Gastronomisches Verkaufslager
für ligurische Spezialitäten

Mo – Fr ab 12:00 Uhr, Sa ab 18:00 Uhr
Küche bis 23:00 Uhr
Wiesinger- Ecke Biberstr, 1010 Wien
t +43 [1] 512 33 13-0,e wien@expedit.net
i www.expedit.net

▸ Mayer
19., Sieveringer Straße 137
Tel.: 946 41 30
www.restaurant-mayer.at
Mo–Sa 17–24
Das Speisenangebot spannt einen Bogen von Österreich ans Mittelmeer und bis in den südostasiatischen Raum. Kinderfreundlich. Kleiner Schanigarten.

▸ Meixner's Gastwirtschaft
10., Buchengasse 64
Tel.: 604 27 10
Mo 18–23, Di–Fr 11–14.30 u. 18–23
Schlicht das beste Restaurant im zehnten Bezirk, und das bereits seit vielen Jahren. Qualitativ superbe und dennoch günstige Mittagsmenüs, und wer à la carte bestellt, bekommt Wiener Küche ohne Tadel. Exzellente Weinkarte. Gastgarten.

▸ Motto Bar & Restaurant
5., Schönbrunner Straße 30
Tel.: 587 06 72
www.motto.at
tgl. 18–4
Bar und Restaurant bei chilliger Musik vereint das Motto in einer Location. Die Speisekarte führt asiatische Spezialitäten mit mediterraner und österreichischer Küche zusammen. Sonntag und Montag ist die feurige „Frau Helene" am Werk und flambiert ihre berühmten Steaks. Online: Reservierung mit Tischauswahl.

▸ Mraz & Sohn
20., Wallensteinstraße 59
Tel.: 330 45 94
www.mraz-sohn.at
Mo–Fr 11–15 u.18.30–24
Ohne die Bewohner des wirklich geschätzten 20. Bezirks beleidigen zu wollen, aber ein Restaurant wie Mraz & Sohn würden sich die meisten hier nicht erwarten. Gekocht wird verspielt und mit viel Esprit auf exzellentem Niveau. Die Atmosphäre ist wirklich angenehm und lädt zu langem Aufenthalt ein. Die Weinkarte ist tadellos, und im Sommer kann man auch draußen sitzen.

▸ Pistauer
11., Ravelinstraße 3
Tel.: 767 25 10
E-Mail: gaststaette@pistauer.at
www.pistauer.at
tgl. 9–23
Gemütliches Restaurant mit Wiener und internationaler Küche. Spezialitätenwochen je nach Saison. Warme Küche von 10.30 bis 21.45 Uhr.

▸ Plachutta
1., Wollzeile 38
Tel.: 512 15 77
www.plachutta.at
tgl. 11.30–24
Unbestritten ist der Plachutta der Spezialist für gekochtes Rindfleisch: der perfekte Tafelspitz zu gehobenen Preisen. Das von Ewald Plachutta und Christoph Wagner herausgegebene Kochbuch ist mindestens so berühmt wie das Restaurant selbst. Küche bis 23.30 Uhr, Kochkurse. Weitere Lokalitäten: Plachutta Nußdorf, 19., Heiligenstädter Straße 179, Tel.: 370 41 25, tgl. 11.30–24; Plachutta's Hietzinger Bräu, 13., Auhofstraße 1, Tel.: 877 70 87-0, Mo–Fr 11.30–15 u. 18–24

▸ Prilisauer
14., Linzer Straße 423
Tel.: 979 32 28
www.prilisauer.at
Do–Sa 10–24, So 10–23
Traditionsreiches Vorstadtrestaurant mit schönem Gastgarten unter Kastanienbäumen. Eines der ältesten Gasthäuser in Hütteldorf. Wildspezialitäten.

▸ **Roth**
9., Währinger Straße 1
Tel.: 402 79 95
Fax: 408 83 92
E-Mail: restaurant@roth.or.at
www.roth.or.at
Mo–So 12–24
Das Restaurant Roth im Hotel Regina verwöhnt seine Gäst mit kulinarischen Köstlichkeiten aus Österreich. Viele Extraräume für private Feierlichkeiten. Hauptspeisen von 7 bis 16 Euro. Großer Garten.

G

▸ **Ruben's Brasserie**
9., Fürstengasse 1
Tel.: 319 23 96
Fax: 319 23 96-96
www.rubens.at
Mi–So 11–24
Mit dem Pan e Wien im Botschaftsviertel des dritten Bezirks hat sich Thomas Edlinger bereits äußerst verdient gemacht. Im zweiten Standbein Ruben's Brasserie – untergebracht in einem Seitentrakt des komplett renovierten Palais Liechtenstein – wird von ihm nun österreichische Traditionsküche auf Topniveau geboten, zubereitet in einer der modernsten Küchen der Republik. Sehr feiner Gastgarten.

Ein Bild von einem Essen. Ruben's Brasserie.
(Foto: Ruben's Brasserie)

▸ **Schloßstube Laudon**
14., Mauerbachstraße 43
Tel.: 979 12 56
Fax: 979 12 56
Mi–Sa 11–14.30 u. 17–23, So 11–22
Gemütliches Restaurant im Grünen mit schöner Terrasse, einem Ritterstüberl und zwei Kegelbahnen. Wiener und internationale Küche. Sehr gute heimische Weine.

▸ **Sperl**
4., Karolinengasse 13
Tel.: 504 73 34
Mo–Fr 10.30–24
Gemütliches Wiener Beisl. Heimische Küche. Saal für Theater, Kabarett. Schöner Gastgarten mit Weinlaube.

▸ **Stasta**
23., Lehmanngasse 11
Tel.: 865 97 88
www.stasta.at
Di–Sa 11.30–14.30 u. 18–23
Gutbürgerliche Küche, die sich nicht nur in Liesing großer Beliebtheit erfreut. Toller Garten mit Kinderspielplatz und Biotop.

▸ **Theatercafé**
6., Linke Wienzeile 6
Tel.: 585 62 62
Mo–Sa 10–2, So 15–1
Nicht selten trifft man im Theatercafé auf allerlei Prominenz. Ist es doch ein beliebter Treffpunkt, nicht nur nach einem Besuch im Theater an der Wien. Tolles Ambiente, feine Köstlichkeiten (Crevettencocktail, geeiste Paradeisersuppe, Jungschweinrücken). Mit Zigarrenclub.

▸ **Vestibül**
1., Dr.-Karl-Lueger-Ring 2
Tel.: 532 49 99
E-Mail: restaurant@vestibuel.at
www.vestibuel.at
Mo–Fr 11–24, Sa 18–24, Fei geschlossen
In der ehemaligen Kutscheneinfahrt des Burgtheaters für den Kaiser kann nun in einem wunderschönen und geschmackvollen Ambiente gespeist werden. Serviert wird österrichische Küche – abwechslungs- und ideenreich. Wunderschöner Gastgarten mit Blick aufs Rathaus.

▸ **Vikerl's Lokal**
15., Würffelgasse 4
Tel.: 894 34 30
www.vikerlslokal.at
Di–Sa 17–24, So 11.30–17
Österreichische, respektive Wiener Küche wird hier von Adi Bittermann immer wieder originell adaptiert und „neu erfunden". Das hat dem Lokal einen konstant ausgezeichneten Ruf und zahlreiche Stammgäste gesichert. Die Zukunft ist derzeit (bei Redaktionsschluss) nicht hundertprozentig klar. Fest steht, dass Patrone Bettina und Adi Pittermann den Wiener Feinschmeckern nicht abhanden kommen, denn sie werden wahrscheinlich das „Alte Jägerhaus" im Prater übernehmen.

▸ Vincent
2., Große Pfarrgasse 7
Tel.: 214 15 16
E-Mail: office@restvincent.at
www.restvincent.at
Mo–Sa ab 18, je nach Bedarf open end
Abwechslungsreiche Gourmetküche in modernem Ambiente. Große Weinauswahl.

▸ Weibel 3
1., Riemergasse 1–3
Tel.: 513 31 10
www.weibel.at
Mo–Fr 0–24, Sa 17–24
Quasi das Sahnehäubchen des Weibel'schen Gastrokonglomerats. Ambitionierte Küche mit Wiener und internationalem Touch. Bis 11 Uhr kann auch ausgezeichnet gefrühstückt werden. Bemerkenswertes Weinangebot. Schanigarten.

▸ Winter
9., Alser Straße 30
Tel.: 405 02 01
Mo–Fr 8–24, Sa 10.30–15
Wiener und internationale Küche. Bekannt für seine Fischgerichte und Süßspeisen. Spitzenweine aus Österreich. Dunkelgrüne Inneneinrichtung mit englischem Flair. Freitags: Dinner mit Kerzenlicht und Tanz.

▸ Wrenkh
1., Bauernmarkt 10
Tel.: 533 15 26
E-Mail: bauernmarkt@wrenkh.at
www.wrenkh.at
Mo–So 11.30–15, 18–24
Dass vegetarische Küche auch Fleischliebhabern durchaus den Gaumen erfreuen kann, bewies seit Jahren die ideenreiche Küche im Wrenkh. Doch kürzlich kehrte Christian Wrenkh mit neuem Küchenchef und renoviertem Lokal dem rein Vegetarischen den Rücken und verarbeitet – auf sehr hohem Niveau – auch Fleisch und Fisch. Ob sich das Lokal damit eine neue Klientel erarbeiten kann und es seine vegetarischen Gäste trotzdem hält, wird man sehen. Die Hardcore-Veggies werden sich wohl nicht mehr blicken lassen.

▸ Zu ebener Erde und erster Stock
7., Burggasse 13
Tel.: 523 62 54
Di–Fr 12–14.30 u. Di–Sa 18–24
In diesem kleinen Biedermeierrestaurant scheint die Zeit stillzustehen. Im „ersten Stock" liegt das sehr luxuriöse Restaurant, „zu ebener Erde" das rustikale Beisl. Mit Gastgarten.

▸ Zum Herkner
17., Dornbacher Straße 123
Tel.: 485 43 86
Fax: 485 43 86
Mo–Fr 11–22
Traditionelles Restaurant mit gutbürgerlicher Wiener Küche. Hauptspeisen von 6 bis 16 Euro. Mit Schanigarten.

▸ Zum König von Ungarn
1., Schulerstraße 10
Tel.: 515 84 15
Fax: 515 848
E-Mail: hotel@kvu.at
www.kvu.at
Mo–So 18–24
Das Restaurant im Hotel König von Ungarn bietet nicht nur Speisen in wunderschöner Umgebung bzw. in einem herausragenden Ambiente, sondern natürlich auch klassische Wiener Küche. Mit Innenhof.

▸ Zum Renner
19., Nußdorfer Platz 4
Tel.: 378 58 58
Fax: 378 58 58-19
www.zum-renner.at
Mo–Sa 9–22
Traditionelle, heimische Küche. Spezialität: gekochtes Rindfleisch. Großer Gastgarten.

▸ Zum Schwarzen Adler
5., Schönbrunner Straße 40
Tel.: 544 11 09
Di–Sa 11.30–14.30 u.18–23
Erstklassige Wiener Küche. Eher im hochpreisigen Sektor angesiedelt, ist dieses Lokal vor allem der rustikalen Einrichtung wegen erwähnenswert.

Ins Lokal geflogen: Schwarzer Adler. (Foto: Archiv)

G

▸ Zum Schwarzen Kameel
1., Bognergasse 5
Tel.: 533 81 25
www.kameel.at
Restaurant: Mo–Sa 12–14.30 u. 18–22.30,
Delikatessengeschäft u. Weinbar: Mo–Sa 8.30–22.30
Das Schwarze Kameel ist mit Sicherheit einer der Klassiker Wiens in der gehobenen Gastronomie. Bereits seit Jahrzehnten enttäuscht das Jugendstilrestaurant mit seinen leichten und abwechslungsreichen Speisen nie seine Gäste.

Ins Kameel geritten. (Foto: Archiv)

▸ Zum weißen Rauchfangkehrer
1., Weihburggasse 4
Tel.: 512 34 71
www.weisser-rauchfangkehrer.at
Di–Sa 18–24
Gemütliche und zugleich zeitlos elegante Atmosphäre, in der traditionelle österreichische Küche serviert wird: Tafelspitz, Kaiserschmarren, aber auch Lachsforelle und Lammrückenfilet. Gehobene Preisklasse.

▸ Zur Goldenen Glocke
5., Kettenbrückengasse 9
Tel.: 587 57 67
Mo–Sa 11–14.30 u 17.30–24
Klassisches altes Gasthaus mit schönem Gastgarten im Hof. Innen mehrere Stüberln. Gehobene Wiener Küche.

▸ Zur schönen Aussicht
19., Pfarrplatz 5
Tel.: 370 50 00
E-Mail: zur.schoenen.aussicht@aon.at
Mo, Mi–Fr 18–24, Sa 11–24, So, Fei 11–16
Großes Restaurant mit Garten und Terrasse in einem der ältesten Häuser Wiens. Gehobene Wiener Küche. Österreichische und Wiener Küche. Biedermeiergarten. Sehr beliebt für große Feiern (Hochzeiten, Sponsion, Taufe, Firmenfeiern …).

SCHUTZHAUS

▸ Ameisbach
14., Braillegasse 1
Tel.: 914 61 55
Fax: 914 61 55
Mi–So 11–24
im Winter: Di geschlossen
Großes Schutzhaus am Rand der Kleingartenanlagen in Breitensee im 14. Bezirk. Gute Hausmannskost, diverse Extrazimmer und ein imposanter Gastgarten.

▸ Großes Schutzhaus Rosental
14., Heschweg 320
Tel.: 911 47 51
Fax: 911 47 51-14
Mo–Mi, Fr–So 10–23,
Mai bis Ende Sept: Mo–So 10–23
Wie der Name schon sagt ein großes Schutzhaus am Rand des Erholungsgebietes Steinhof. Hausmannskost wird durchgehend serviert, der Garten ist sehr schön und groß und mit Aussicht, es gibt diverse Extraräume und Säle.

▸ Hackenberg
19., Kleingartensiedlung am Hackenberg
Tel.: 440 27 09
tgl. 7.30–22, Nov bis April geschlossen
Wer hier einen lauschigen Sommertag verbringen will, muss zur Agnesgasse zwischen Salmannsdorf und Sievering und in den Ährengruberweg abzweigen, um zur Kleingartenanlage zu kommen. Im Schutzhaus gibt es typische Hausmannskost, und es sitzt sich sehr entspannt im Garten.

▸ Kleines Schutzhaus Rosental
14., Rosentalgasse, Parzelle 667
Tel.: 914 08 18
Fax: 914 08 18-9
E-Mail: kleines-schutzhaus-rosental@8ung.at
www.8ung.at/kleines-schutzhaus-rosental
Mi–So 11–24
Schutzhaus mitten in den Kleingärten am Rosenbach. Sehr netter Gastgarten. Auch mit dem Auto erreichbar, Hausmanskost und Spare Ribs.

▸ Ottakringer Gartenfreunde
16., Flötzersteig 20a
Tel.: 416 25 00
E-Mail: ofner-fritsch@aon.at
tgl. 10–22
Umgeben von Schrebergärten sitzt man im Gastgarten, schaut den Kindern beim Spielen zu und nimmt Gegrilltes vom Holzofen zu sich. Irgendwo im Blickfeld ist sicher auch ein Gartenzwerg zu entdecken.

▸ Zukunft
15., Auf der Schmelz / Guntherstraße
Tel.: 982 01 27
Fax: 789 32 20
E-Mail: schutzhaus.zukunft@aon.at
tgl. 9–24
Das wohl bekannteste Schutzhaus der Stadt liegt inmitten der Kleingartensiedlung Schmelz, hat einen riesigen Gastgarten, war einst beliebter und legendärer Auftrittsort von Ostbahn Kurti & Co. Wiener Küche. Extrasaal für 300 Personen. Äußerst kinderfreundlich.

SPANIEN

▸ Bodega Española
4., Belvederegasse 10
Tel.: 504 55 00
Fax: 587 97 00
E-Mail: bodega@espanola.at
Mo–Sa 18–24
Hier bemüht man sich seit Jahren hartnäckig, die kulinarischen Wunderwelten Spaniens auch den Wienern zu vermitteln. Und angesichts der zu entdeckenden Köstlicheiten ist es verwunderlich, dass Wien in Sachen spanischer Küche nach wie vor so unterversorgt ist. Dies ist jedenfalls eine erste Adresse, um sich entsprechend weiterzubilden.

▸ Bodega Marqués
1., Parisergasse 1
Tel.: 533 91 70
www.marques.at
Mo–Sa 18–1
Dass Tapas zum Tollsten gehören, was dieser Planet kulinarisch hervor gebracht hat, lässt sich in der Bodega Marqués mühelos nachvollziehen. Und auch die anderen Speiseangebote machen Lust auf mehr. Dass Spanien zudem auch weinmäßig Feinstes zu bieten hat, wird gerade hier ebenfalls aufgezeigt. Gastgarten.

▸ Cadiz
2., Karmeliterplatz 3
Tel.: 212 86 66
Fax: 212 86 66
E-Mail: chefpartycatering@inode.at
Mo–Sa 17–1, März bis Nov: Mo–Sa 10–1, So 11–23
Spanische Spezialitäten und Tapas, dazu noch karibische und südamerikanische Speisen werden im Cadiz gereicht. In der Schanigartensaison fein zum Draußensitzen, denn keine vorbeiführende Straße stört die Siesta nach dem Mittagsmenü. Das Cadiz catert auch und lässt sich für Feste mieten. Sonntagsbrunch und Frühstück bis in den Nachmittag.

▸ Gaudi Tapas Bar
1., Albertina-Passage 8
Tel.: 581 44 68
www.bodega.at
Mo–Sa 12–24, So 16–24
Zur Auswahl stehen ausgezeichnete Tapas und andere spanische Spezialitäten sowie vorzügliche Weine.

▸ Side Step
8., Lange Gasse 52
Tel.: 0676/782 02 30
www.tapas-bar.at
Mo–Sa 18–2, So 18–1
Entzückende spanische Tapas-Bar. Über 30 warme und kalte Tapas (Fleisch, Fisch, Vegetarisches). Gemauerte Bar, Stein- und Holzfußboden. 50 verschiedene Weine aus allen Regionen Spaniens, spanische Edelbrände, Liköre und Cocktails.

STADTHEURIGER

▸ Stippert
16., Ottakringer Straße 225
Tel.: 486 89 17
Di–Sa 15–23
Stadtheuriger in Ottakring. Buffet und Eigenbauweine. Hofgarten für 100 Personen.

▸ Weinstube Josefstadt
8., Piaristengasse 27
Tel.: 406 46 28
tgl. 16–23, im Winter geschlossen
Stadtheuriger mit wunderbarem Innenhofgarten für knapp 100 Personen. Buffetküche mit sowohl warmen als auch kalten Speisen. Inmitten der Betonwüste Josefstadt eine einzigartigartige grüne Oase der Ruhe.

Weinstube Josefstadt. (Foto: Gina Baschant)

SÜDOSTASIEN

▸ Bangkok
7., Neustiftgasse 24
Tel.: 0699/11 00 59 47
Mo–So 15.30–23.30
Thailändische Gerichte in ordentlicher Qualität. Alle Speisen werden auch fachgerecht zum Mitnehmen verpackt.

▸ Bhung Bui
7., Burggasse 44
Tel.: 523 47 47
Fax: 523 47 47
Mo–So 17–23
Asiatische und thailändische Küche. Sehr zu empfehlen für Vegetarier und Fischliebhaber. Nicht zu unterschätzen sind auch die köstlichen Fleischspeisen.

G

▸ Chang – Asian Noodles
4., Waaggasse1
Tel.: 961 92 12
Fax: 966 17 56
Mo–Sa 11.30–15 u. 17.30–23
Großstädtisches Flair verströmt dieser coole Noodleshop. An der Ecke zur Wiedner Hauptstraße gelegen, stellt das Chang eine echte Bereicherung für diese Gegend dar. Das Lokal ist nicht sehr groß, sehr erfreulich die Qualität der Mittagsmenüs. Schanigarten.

▸ East to West
1., Seilerstätte 14
Tel.: 512 91 49
tgl. 11–15 u.18–23
Das ehemalige Hu Nan wurde neu gestaltet und zu einem sehr modernen und außergewöhnlichen Lokal gemacht. Kreative asiatische Küche: Thailändisch, Chinesisch und, wie das der geneigte Gastrokritiker gerne nennt, Fusion-Küche.

Indochine 21. (Foto: Archiv)

▸ Eat
6., Getreidemarkt 11
Tel.: 585 42 18
Di–So 11.30–14.30 u. 17.30–23.30
Südostasiatische Küche mit thailändischen und malaysischen Einflüssen in einem sehr nüchtern und stilvoll eingerichteten Lokal. Im Zwischengeschoß separater Raum. Speisen auch zum Mitnehmen.

▸ Eat it
1., Karlsplatz 2
Tel.: 505 04 87
E-Mail: rao@eatit.at
www.eatit.at
Mo–Sa 18–24, Fei geschlossen
Asiatisches Essen, wobei neben dem Südosten des Kontinents auch Indien nicht zu kurz kommt. Regelmäßig wechselnde Spezialitätenangebote. Gut für Leute, die einmal die unterschiedlichen Facetten der Asia-Küche kennen lernen wollen. Netter Schanigarten.

▸ Echo – Der City-Thai
1., Passauer Platz 2
Tel.: 533 89 84
www.echo-citythai.cc
Mo–Fr 12–15, 17–23, Sa 18–23
Die Thai-Küche – da wird man sehr leicht Übereinstimmung finden – gehört zu den besten Asiens. Authentisch zubereitet findet man sie jedoch nur selten in Wien. Eine der wenigen Ausnahmen ist Echo – der City-Thai: schön scharfe Reis- und Nudelgerichte, Phat thai und Currys, dass selbst sSeine Majestät König Bhumipol seine Freude hätte.

▸ Eurasia
13., Speisinger Straße 37
Tel.: 804 33 57
tgl. 10.30–14.30 u. 17.30–23
Eurasia verbindet asiatische Esskultur mit europäischer Trinkkultur: Speisen aus China, Taiwan und Südostasien, Wein aus Europa und aller Welt. Gastgarten.

▸ Indochine 21
1., Stubenring 18
Tel.: 513 76 60
E-Mail: restaurant@indochine.at
www.indochine.at
tgl. 12–15, 18–2
Fusion-Küche aus Vietnam, Laos und Kambodscha, gepaart mit europäischem Lifestyle in topschickem Ambiente. Lounge, Cocktails, große Weinauswahl. Gehobene Preisklasse.

▸ Kantine
9., Porzellangasse 19
Tel.: 319 59 18
Mo–Fr 10–2, Sa, So, Fei 18–2
Die Labestation im Gebäude des Schauspielhauses. Die Einrichtung ist hell und wie es vor knapp 20 Jahren modern war. Thailändisches und gutes Essen. Mittags günstige Menüs, Schanigarten.

▸ Kiang Noodles
6., Joanelligasse 3
Tel.: 586 87 96
Fax: 943 98 94
Mo–Sa 18–23.30
Kiang goes Noodles. Die Speisekarte ist anders als in den „normalen" Kiangs, dem modernen Ambiente bleibt aber auch das Kiang Noodles treu. Auf einfachen Bänken gibt's asiatische Nudeln in allen Varianten.

▸ Kim Kocht
9., Lustkandlgasse 6
Tel.: 319 02 42
Fax: 319 02 42
E-Mail: kim@kimkocht.at
www.kimkocht.at
Mo–Fr 18–24
Sohyi Kim kocht – und wurde dafür verdientermaßen von Gault Millau mit zwei Hauben ausgezeichnet. Dabei geht Kim bei der Zubereitung auf jeden Gast ein und serviert ihre asiatischen Spezialitäten so passgenau wie ein Maßhemd. Die Preise sind, im Verhältnis zur gebotenen Qualität, äußerst günstig. Reservierung unbedingt nötig. Kim Kocht ist meistens Wochen im Voraus ausgebucht.

▸ Mr. Lee
4., Naschmarkt, Stand 278–280
Tel.: 581 45 60
Mo–Sa 10.30–18
Mr. Lee bietet in seinem kleinen Naschmarkt-Pavillon eine Crossover-Küche aus den Ländern Asiens. Zu empfehlen etwa die Thai Mango Ente oder – aus den preiswerten Menüs – das Hongkong Menü.

▸ My Thai Kitchen
6., Mariahilfer Straße 100
Tel.: 526 39 49
Mo–Sa 10–20
Winziges Takeaway auf der Mariahilfer Straße. Günstige thailändische Speisen aus dem Wok und vom Teppanyaki-Grill. Zu empfehlen: die Gerichte mit Erdnuss-Sauce und die Satay-Spieße. Schanigarten.

▸ Panasia Cooking
6., Mariahilfer Straße 31 (Eingang Capistrangasse)
Tel.: 585 11 89
Fax: 585 11 89
Mo–So 11.30–23
Dort, wo sich der „Grüne Esel" als Edelbeisel nicht sehr lange gehalten hat, wird jetzt „panasiatisch" aufgekocht. Sprich, es findet sich der approbierte Mix aus diversen südostasiatischen Nationalküchen. Durchaus empfehlenswerter Sidestep, wenn man im Kaufrausch entlang der Mariahilfer Straße was Schmackhaftes zwischen die Rippen braucht.

G

▸ Ra'mien
6., Gumpendorfer Straße 9
Tel.: 585 47 98
E-Mail: info@ramien.at
www.ramien.at
Café Restaurant: Di–So 11–24
Lounge Club: Di, Mi, So 20–2, Do–Sa 20–4
Im durchgestylten Ra'mien werden tagsüber perfekt abgeschmeckte Reisschalen und Gyozas, gekochte Nudelgerichte (Pho und La Mien) und abends auch anderes Essen aus Fernost serviert. Später am Abend geht es treppab in die Bar im ehemaligen Outfit eines Berliner Kitsch-Chinarestaurants.

▸ Saigon
16., Neulerchenfelder Straße 37
Tel.: 408 74 36
Di–So 11.30–22.30
Hervorragende und vor allem authentische vietnamesische Küche. Nach dem Erfolg in Ottakring mit einem eher a-vietnamesischen, doch höchst eigenwilligen Interieur eröffnete Saigon eine zweite Filiale mit deutlich gemäßigterer Einrichtung am Getreidemarkt (6., Getreidemarkt 7, Tel.: 586 60 79).

Meine thailändische Küche. (Foto: Archiv)

G

▸ Sinohaus
16., Seitenberggasse 15
Tel.: 489 23 37
Mi–Mo 11.30–14.30 u. 17.30–23
Modernes Lokal. Köstlichkeiten aus dem asiatischen Raum: thailändische, malaysische, indische und chinesische Küche.

▸ Thai-Haus
17., Hernalser Hauptstraße 21
Tel.: 405 71 56
Mi–Mo 18–24
Praktischer geht's nicht: Im Keller befindet sich das Restaurant, übrigens eines der besten thailändischen Lokale Wiens. Im Ergeschoß kann man sich beim Nachhausegehen dann auch gleich mit den richtigen Produkten zum Nachkochen eindecken.

▸ Thaikitchen
5., Schönbrunner Straße 23
Tel.: 586 78 85
Di–So 18–24
Thaiküche, wie ja der Name schon vermuten lässt, aber auch weitere Gerichte aus dem reichen kulinarischen Fundus Südostasiens.

▸ Vietnam
7., Lerchenfelder Straße 139
Tel.: 526 43 16
tgl. 11.30–14.30 u. 17.30–23
Der Name täuscht ein wenig, gibt es doch hier nicht nur Küche aus Vietnam, sondern ebenso aus Thailand und China. Gastgarten.

▸ Wok
9., Währinger Straße 47
Tel.: 408 04 26
www.wok-vienna.com
Mo–So 11.30–14.30 u. 17.30–23
Zurückhaltendes, geschmackvolles Ambiente, feines Essen. Gute Adresse für alle LiebhaberInnen der asiatischen Küche und zum Ausprobieren für jene, die es werden wollen. Weitere Dependancen: 1., Schellinggasse 6; 4., Operngasse 4b

▸ Yohm
1., Petersplatz 3
Tel.: 533 29 00
www.yohm.at
tgl. 12–24
Interessante Gerichte und Getränke aus den verschiedensten Teilen Asiens versprechen ein ganz besonderes Geschmackserlebnis. Große Auswahl an Spitzentees und Sakes. Am Wochenende gibt's Sushi-Brunch (all you can eat). Schanigarten.

SUSHI

▸ Akakiko
1., Singerstraße 4
Tel.: 513 79 46
E-Mail: info@akakiko.at
www.akakiko.at
tgl. 10.30–24
Neben Sushi, Maki und Sashimi gibt es bei der Japan-Kette auch Tempura, Bento oder Nudelsuppen (Udon, Ramen) sowie Ausflüge ins Südostasiatische und nach China. Das Ambiente geht zwar eher Richtung „Japan-McDonald's", das Essen ist aber recht okay und der Fisch frisch. Hauszustellung von 11 bis 23 Uhr in allen Wiener Bezirken (ausgenommen 10., 21. und 22.) unter 0810/33 30 00 bzw. www.wozukochen.at.
Filialen: 1., Heidenschuß 3 (Ecke Naglergasse); 3., Landstraßer Hauptstraße 59; 7., Mariahilfer Straße 40–48 (Im Gerngross, 5. Stock); 9., Julius-Tandler-Platz 4; 13., Am Platz 3

▸ Arigato
3., Landstraßer Hauptstraße 1c,
Bahnhof Wien-Mitte, Top 22
Tel.: 712 58 61
Mo–Sa 11.30–21.30
Kleine und sehr ordentliche Sushibar im – vom Praterstern abgesehen – nach wie vor hässlichsten Bahnhof Wiens. Japanische, aber ebenso koreanische und thailändische Speisen. Alles auch zum Mitnehmen.

Klein, fein – Sushi. Arigato. (Foto: Archiv)

▸ Benkei
3., Ungargasse 6
Tel.: 718 18 88
Fax: 718 18 88
E-Mail: benkei.vienna@aon.at
Mo–Fr 12–14.30 u. 18–23.30, Sa, So 18–24
Japanisches Sushilokal mit schönem Essraum (Tatami). Sushi, Tempura, Yakimono, Omakasse. Alles sehr ästhetisch. Klimaanlage. Nichtraucherbereich.

▸ **Daihachi**
1., Hessgasse 7
Tel.: 317 99 81
Mo–Fr 12–14.30 u. 18–24, Sa 18–24
Die Sushi von Daihachi stellen auch die erfahreneren LiebhaberInnen dieser japanischen Spezialität zufrieden. Wen also in der Nähe des Schottentors der Drang nach Sushi überkommt, der ist hier bestens aufgehoben.

▸ **En**
1., Werdertorgasse 8
Tel.: 532 44 90
Mo–Sa 11.30–14.30 u. 17.30–22.30
Ein feiner Japaner mit wirklich guten Sushis, warmen Speisen, die die Sonne zum Aufgehen bringen, und alles zu einem fairen Preis.

▸ **Kojiro**
4., Rechte Wienzeile 9
Tel.: 586 62 33
Mo–Fr 11–18.15, Sa 10–14
Am Anfang war Leere. Dann war Kojiro, und Wien hatte seine erste Sushi-Bar, der nach und nach immer mehr folgen sollten. Im Kojiro geht es meist ziemlich rund, was sowohl an der ordentlichen Qualität als auch an den konsumentenfreundlichen Preisen liegt.

▸ **Midori**
6., Gumpendorfer Straße 29
Tel.: 587 79 41
Mo–Sa 11.30–15 u. 18–23.30, So 18–23
Recht einfaches Sushi-Restaurant, hauptsächlich von jüngerem Publikum frequentiert.

▸ **Nippon**
4., Favoritenstraße 8 / Paulanergasse
Tel.: 503 25 27
Mo–Sa 11.30–14.30, 17.30–22.30
Klassische Sushi-Bar ohne Schnickschnack und Design-Overkill. Gutes Sushi- und Sashimi-Angebot in überdurchschnittlicher Qualität. Alles natürlich auch zum Mitnehmen.

▸ **Tee & Sushi**
4., Kühnplatz 4
Tel.: 585 54 28
Mo–So 11.30–23, Sa, So, Fei: kein Sushi
Einerseits gibt es hier außer an Samstagen und Sonntagen ein gutes Sushi-, Sashimi- und Maki-Sortiment und dazu diverse japanische Tees. Andererseits aber auch feines Gegrilltes und seit dem superheißen Sommer 2003 (Schanigarten) sogar wirklich ausgezeichnete Pizza in sechs Variationen, unter anderem mit knuspriger Ente.

▸ **Toko Ri**
1., Salztorgasse 4
Tel.: 532 77 77
tgl. 11–24
Schön eingerichtete Sushi-Bar auf zwei Etagen mit einer aufregenden Theken-Aquariums-Kombination. Gute Sushi, Tempura, Teppanyaki und Teriyaki. Weitere Depandancen:
2., Franz-Hochedlinger-Gasse 2, Tel.: 214 89 40, Mo–Sa 12–15 u. 18–23;
4., Naschmarkt, Stand 263–264, Tel.: 587 26 16, Mo–Sa 11–22

G

TEEHAUS

▸ **Haas & Haas Colonial Tea-House**
1., Kärntner Ring 9-13 (Ringstraßen-Galerien)
Tel.: 512 68 17
www.haas-haas.at
Mo–Fr 9–20, Sa 9–19
Nicht allein Teetrinken kann man bei Haas & Haas, zieht das Colonial Tea-House doch keine Grenzen und versammelt kulinarische Spezialitäten aus klassischen Teeländern: britisches Frühstück, chinesische Dim-Sum, japanische Miso-Suppe oder amerikanische Waffles mit Maple-Sirup. Stammhaus: 1., Stephansplatz 4

Teatime? Haas & Haas. (Foto: Haas & Haas)

▸ **HighTea (Demmers)**
4., Paniglgasse 17
Tel.: 50 41 509
www.hightea.at
Geschäft: Mo–Fr 9–18.30, Sa 9–13,
Restaurant: Mo–Fr 9–22, Sa 9–18.30
Hier verbindet sich traditionelle Teekultur mit Cyberspace und cooler Großstadtatmosphäre. Wer New York kennt und auf „Cream Cheese Bagels" steht, kommt hier voll auf seine Kosten. Nicht nur die Bagels, sondern auch die Inneneinrichtung mit den gemütlichen Sofas erinnert an Manhattan. Man kann kabellos im Internet surfen, einen der unzähligen Tees zu sich nehmen und sehr gut essen.

VEGETARISCH UND VEGAN

▸ Art of Life
1., Stubenring 14
Tel.: 512 55 53
Fax: 512 55 53-21
E-Mail: office@artoflife.at
www.artoflife.at
Selbstbedienung: Di–Sa 11.30–16,
à la carte: Di–Sa 18–23
Makrobiotisches Essen, Fischspezialitäten. Bestens geeignet für Vegetarier (veganes Eis). Untertags: Selbstbedienung. Praktisch: von der Homepage aus kann man online Speisen und Getränke bestellen oder einen Tisch reservieren.

G

▸ Banyan
9., Nußdorfer Straße 22
Tel.: 319 22 57
E-Mail: banyan@banyan.at
www.banyan.at
tgl. 11.30–23
Großes, modernes asiatisches Restaurant in der ehemaligen Nußdorfer Markthalle. Fleischspeisen auf rein pflanzlicher Basis. Das indische Wort Banyan bedeutet so viel wie „Verstehen der Zusammenhänge". Man braucht also viel „Banyan", um zu durchschauen, was vegetarisches Fleisch sein könnte. Am besten einfach ausprobieren.

▸ Bio Bar von Antun
1., Drahtgasse 3
Tel.: 968 93 51
Fax: 968 93 51
E-Mail: antun@biobar.at
www.biobar.at
Mo–Sa 11.30–23
Restaurant mit vegetarischem und veganem Essen. Abwechslungsreiche Menüs, bestehend aus erstklassigen Bioprodukten, die man im Lokal auch im Rohzustand erwerben kann. Erwähnenswert auch das Dinkelbier. Online: der aktuelle Menüplan der Woche.

▸ Broccoli & Co
22., Erzherzog-Karl-Straße 98a
Tel.: 202 59 69
E-Mail: info@broccoli.co.at
www.broccoli.co.at
Di–Sa 10–23
Neben bodenständiger vegetarischer Hausmannskost gibt es Speisen der ayurvedischen Küche auf veganer Basis. Große Auswahl an Salaten, hausgemachten Kuchen und frischen Säften. Ein nach Feng-Shui eingerichtetes Extrazimmer mit Vollholzmöbeln rundet das Ganze ab. Imbiss und Bioladen: 2., Untere Augartenstraße 44

▸ Dreiklang
9., Wasagasse 28
Tel.: 310 17 03
Fax: 310 69 75
E-Mail: 3klang@gmx.at
Mo–Fr 8–22
Essen, trinken, Hoagaschtl'n im Dreiklang. Vollwertschmankerln und Bioweine. Jeden zweiten Freitag werden ganz frisch Kärntner Kasnocken zubereitet. Weitra-Bier vom Fass. Kleiner Schanigarten.

▸ Inkal
1., Fleischmarkt 16
Tel.: 513 23 18
E-Mail: info@inkal.at
www.inkal.at
tgl. 11.30–23.30
„Cosmobiotic cuisine" – ein neues Schlagwort am Fleischmarkt. Direkt neben dem buddhistischen Zentrum gelegen, bietet inkal rein „pflanzliche Kochkunst zur Stärkung des kosmischen Lebensflusses".

Ausgewogene Ernährung bei Antun. (Foto: Archiv)

▸ Lebenbauer
1., Teinfaltstraße 3
Tel.: 533 55 56
Fax: 533 55 56-11
E-Mail: lebenbauer-restaurant@chello.at
www.lebenbauer.cc
Mo–Fr 11–15 u. 17.30–22.30
Küchenchef Marko Ljevak schaut auf die ausgewogene Ernährung seiner Gäste: Bei ihm kommen nur Rohkostsalate, Variationen mit Tofu, Gluten, Tempeh und Pasta sowie leicht zubereiteter Fisch auf den Teller. Dazu eine große heimische und internationale Weinauswahl. Netter Schanigarten.

▸ Natürlich Wrenkh Imbiss
1., Rauhensteingasse 12
Tel.: 513 58 36
Mo–Fr 11–16
Christian Wrenkhs Ex-Frau betreibt hier einen Veggie- und Vollwert-Imbiss, der dem Fleischlosen die Treue hält und sehr schmackhafte Snacks sowie ein variierendes Tagesmenü bietet.

▸ Regenbogenstube
9., Schwarzspanierstraße 18
Tel.: 961 71 68
Mo–Fr 9–21
Kellerlokal mit vegetarischen Speisen, Fisch und Biofleisch. Ayurveda-Menüs. Bei Reservierung auch Samstag möglich.

▸ Tiempo
1., Hegelgasse 9 / Johannesgass 16
Tel.: 513 19 95
www.tiempo.at
Mo–So 8–1, bei Veranstaltungen auch länger
Das Tiempo ist ein Café mit kleinen, aber feinen Gerichten, darunter der Großteil für vegetarisch oder vegan essende Menschen. Angeschlossen ist ein kleiner Buchladen mit ausgesuchten Reise- und Kochbüchern. Das Mitnehmen von Büchern ins Lokal ist erlaubt. Regelmäßig finden Konzerte und Lesungen statt.

WEINBARS

▸ Bordeaux Bar à vin
9., Servitengasse 2
Tel.: 315 63 63
www.bordeauxbar.at
Mo–Fr 12–14 u. 18–23, Sa 18–1
Das Lokal ist zweigeteilt: Vorne ist eine einfache Weinbar mit Bistro, und hinten ist das eigentliche Restaurant. Gekocht wird ganz ausgezeichnet, und das Weinangebot ist vom Feinsten.

▸ Contor
2., Leopoldsgasse 51
Tel.: 219 63 16
www.contor.co.at
Mo–Do 17–1, Fr 17–2, Sa 11–2
Kleine Weinbar und Gourmandisenhandlung neben dem kreolisch-karibischen Restaurant Bayou im Karmeliterviertel. Der Schwerpunkt des ausgezeichneten Angebots – sowohl in Sachen Essen und Delikatessen, als auch beim Wein – dreht sich um spanische Produkte (Importeur Don Miguel). Ergänzt wird es durch italienische und österreichische Erzeugnisse. Das Contor macht regelmäßig Veranstaltungen kulinarischer und kultureller Art und bietet auch Catering an.

▸ Expedit Lager
1., Wiesinger Straße 6
Tel.: 512 33 13-20
www.expedit.net
Mo–Sa ab 17
Im Expedit Lager kann aus einem gut sortierten Weinangebot mit Schwerpunkt auf Österreich und Italien gewählt werden. Dazu gibt es exzellente italienische Schinken- und Wurstwaren, ausgezeichneten Käse sowie köstliche kleine Speisen. Regelmäßig Abende mit Spezialmenüs.

G

▸ Fino
1., Tuchlauben 7
Tel.: 535 28 88
Mo–Sa 11.30–2
Äußerst feine Weinbar mit einer Riesenauswahl glasweise zu verkostender Weine aus der ganzen Welt und einem noch viel größeren Angebot an Flaschenweinen.

▸ Stern
6., Gumpendorfer Straße 34
Tel.: 585 21 93
Di–So 11–15 u. 17–1
Gleichzeitig Weinbar und Restaurant. Bodenständige Küche. Internationale Schmankerln. Große Auswahl an offenen Weinen. Mediterranes Flair.

▸ Vis-a-vis
1., Wollzeile 5
Tel.: 512 93 5
Mo–Fr 15–22.30
Hans Weibel hat mit dem Vis-a-vis Pionierarbeit auf dem Gebiet der Weinbars mit Edelimbissangebot für Wien geleistet. Bald zwei Jahrzehnte nach der Eröffnung ist das winzige Lokal noch immer einer der besten Orte der Stadt, um vor allem österreichische Weine zu genießen und sich mit guten Happen zu stärken.

Spanien in Wien: Contor. (Foto: Bayou/Robert Newald)

▸ **Weinstein**
9., Währinger Gürtel, Stadtbahnbogen 154
Tel.: 319 65 38, 0699/10 44 09 71
www.wein-stein.at
Di–Sa 19–1
Weinbar mit solider Auswahl und kleinen Snacks. Zigarren. Für Feste und Feiern zu mieten.

▸ **Winetime**
7., Zollergasse 5
Tel.: 522 35 08
www.winetime.at
Mo–Sa 16–24
Sehr sympathische Weinbar mit vernünftig kalkuliertem Angebot und guten kalten und warmen Imbissen. Netter Schanigarten im Sommer.

▸ **Zum finsteren Stern 2**
1., Schulhof 8
Tel.: 535 21 00
Mo–Sa 17–1
Mediterraner Flair in einem der schönsten Lokale der City. Kleine Speisekarte, kreative Küche, nordafrikanischer Einfluss. Täglich wechselnd zwei Menüs. Große Auswahl an offenen internationalen Weinen. Ruhiger Gastgarten. Reservierung empfohlen. Zum finsteren Stern, Vinothek und Imbiss: 1., Sterngasse 2, Tel.: 535 81 52

WEINHAUS

▸ **Alt-Wiener Weinhaus**
4., Margaretenstraße 26
Tel.: 586 22 20
tgl. 7–24
Lokale dieser Art sind leider schon rar geworden. Hier gibt es aber noch ein klassisches Wiener Weinhaus, in dem auch schon zum Frühstück ein Achterl getrunken wird. Am Abend kann Live-Fußball geschaut werden, so gerade ein Match auf dem Programm steht. Wiener Küche.

Weinhaus Margaretenstraße. (Foto: Archiv)

▸ **Sittl (Zum goldenen Pelikan)**
16., Lerchenfelder Gürtel 51
Tel.: 405 02 05
Mo, Di, Do–So 10–23
Wer entlang der hippen Lokale in den Bahnbögen am Gürtel einaml nach Abwechslung sucht, sollte das Weinhaus Sittl nicht verpassen. Günstige Wiener Hausmannskost kann in schön patiniertem Holzmobiliar verzehrt werden, das Publikum ist sehr gemischt, und manchmal gibt es Veranstaltungen. Feiner Gastgarten.

WÜRSTELSTÄNDE

▸ **Alt Wien**
7., Zieglergasse 33a
Mo–Sa 10–22
Eine kleine Bude, die sich zwischen Blumengeschäft und Kirche präsentiert. Hineinzugehen kostet einige Überwindung, die Imbisse sind jedoch wirklich von hoher Qualität.

▸ **Bitzinger**
1., Albertinaplatz / Hanuschgasse 1
Tel.: 533 10 26
www.bitzinger.at
Mo–Sa 7–4, So 10–4
Achteckiger Nobelwürstelstand zwischen Albertina und Sacher. Hier treffen sich die VIPs nach dem Opernball. Spezial-Hotdog. Vor allem für die große Auswahl an Biersorten (insgesamt 15) bekannt.

▸ **El Gammal**
18., Jörgerstraße 18
Tel.: 0699/11 69 38 72
tgl. 10.30–23
Speziell deftige Wurstsorten wie Zigeuner- oder Currywurst.

▸ **Freddys Hot Dog**
1., Schottengasse 6–8
Beim CA-Gebäude gelegen. Zur Mittagszeit hängen hier meist Jusstudenten herum.

▸ **Grillbar**
7., Mariahilfer Straße 46–48
Tel.: 523 14 07
tgl. 6–4
Überdimensionaler Stand mit Stehtischen an einer sehr frequentierten Stelle.

▸ **Gumpendorfer Straße**
6., unter den Stadtbahnbögen (U6-Station)
tgl. 0–24
Einer der wenigen, die durchgehend geöffnet haben.

▸ **Hoher Markt**
1., Hoher Markt
tgl. 7–5
Moderner „Rundum"-Würstelstand. Leckerer Leberkäse. Spezialbiere.

▸ **Imbiss Europaplatz**
7., Europaplatz, U-Bahn Abgang
Mo–Fr, So 7–4, Sa 7–7
Die Lage direkt gegenüber vom Westbahnhof bedingt hier das bunt gemischte Publikum. Laufend vergünstigte Hotdog-Angebote.

▸ **Landstraße AEZ / Bahnhof**
3., Landstraßer Hauptstraße, Station
tgl. 7–23.30

▸ **Leos Würstelstand**
19., Nußdorfer Straße / Gürtel
tgl. 6–4
Das Ungewöhnliche an diesem Stand beim Café Blaustern ist, dass er als ein Familienbetrieb schon seit 1928 besteht. Wenn man öfters hingeht, kann man sukzessive alle Mitglieder kennen lernen. Individuelle Betreuung ist garantiert.

▸ **Mariahilfer Straße**
6., Mariahilfer Straße 77
Mo–Sa 19–5, So, Fei 14–5
Legendärer Stand bei der „Camera", Ecke Neubaugasse. Zeitweise sehr schräge Verkäufer.

▸ **Platzer**
2., Praterstern / Straßenbahnunterführung
tgl. 6–22
Wenn man nicht genug vom Fettgestank in der Passage hat, kann man hier gut Wurst essen.

▸ **Quellenplatz**
10., Quellenplatz
tgl. 10–2
Über die Bezirksgrenzen hinaus wohlbekannter Würstelstand, der beim Nächte-Durchzechen auch von weiter her mit dem Taxi angesteuert wird.

▸ **Schwedenplatz**
1., Schwedenplatz
Die erste Imbissbude an diesem Eck. Sehr gute Currywurst.

▸ **Währinger Gürtel**
18., Währinger Straße / Währinger Gürtel
tgl. 16–4
Vielfältiges Angebot: vegetarische Imbisse, Cevapcici, Kebap. Gelegen am äußeren Teil des Gürtels, visavis der „Drum City".

▸ **Wiedner Gürtel**
4., Südtiroler Platz
Mo–Fr 8–4, Sa, So 18–4
Auf einer Nebenspur des Gürtels sehr gut erreichbar. Also ideal für hungrige Autofahrer.

▸ **Wiener Würstelstand**
7., Zieglergasse 2
Mo, Di, Mi 8–24, Fr, Sa 8–5, So 15–24
Ein großes Manko der inneren Mariahilfer Straße ist, dass man am Sonntag schwer eine Kleinigkeit zu essen bekommt. Es gibt da neben diesem Würstelstand noch den McDonald's und das „Topkapi Kebap" beim Café Ritter.

Heiße Ware. (Foto: Wiener Würstelstand)

▸ **Wurst & Durst**
1., Dr.-Karl-Renner-Ring (Volksgarten-Seite)
Mo–Do 7–24, Fr 7–3, Sa, So 7–20
Der einzige Würstelstand Wiens, der nebenbei in kleinen Steigen Obst und Gemüse anbietet. Im Winter gibt's auch Maroni und Bratkartoffel.

▸ **Würstel-Bar**
9., Währinger Straße 10
Mo–Fr 8.30–4, Sa, So, Fei 17–4
Ideal für Medizinstudenten, die nach dem Sezierkurs eine Käsekrainer brauchen. Special Feature: Hart gekochte Eier nicht nur zu Ostern.

▸ **Zum kleinen Sacher**
3., Rennweg / Fasangasse
Mo–Fr 9–6, Sa, So 18–6
Wer „a Eitrige", wie der Urwiener die Käsekrainer nennt, schätzt, ist hier richtig. Und dazu das „Reparaturseidl" in früher Morgenstunde.

▸ **Zur Oper**
1., Kärntner Straße 42
tgl. 10–5
Sehr sauberer Würstelstand, am äußeren Ring gelegen.

G

ZENTRALASIEN

Barbecue asiatisch. (Foto: Archiv)

▸ Mongolian Barbecue
1., Fleischmarkt 4 / 1.Stock
Tel.: 523 63 70
Fax: 974 11 27
www.mongolian-barbecue.at
tgl. 17.30–23.30, Sa auch 11.30–14.30, So auch 11–15

Eigentlich ist das Lokal ja ein „Mongolisches All-you-can-eat-Grillbuffet". Wer sich darunter nichts vorstellen kann, dem sei gesagt, dass das Ganze einfacher ist, als es klingt. Erstens Fleisch oder Fisch auswählen und würzen, zweitens vom Koch auf der heißen Platte zubereiten lassen, drittens essen. Und das, sooft man will (kann): für 12 Euro (werktags mittags) bzw. 16 Euro (abends, samstags, sonn- und feiertags).

▸ Songtsen Gampo – Tibet Kultur Restaurant
9., Währinger Gürtel 102
Tel.: 317 21 27
E-Mail: office@tibet-kultur-restaurant.at
www.tibet-kultur-restaurant.at
Di–Fr 11.30–15 u. 17.30–24,
Sa 18–24, So 12.30–15 u. 17–23

Die Kultur Tibets kann in zahlreichen Veranstaltungen im Tibet Kultur Restaurant kennen gelernt werden. Dazu zählt natürlich auch das Essen: eine geschmackvolle, natürliche Küche mit vielen frischen Kräutern. Spezialgerichte für Diabetiker und Allergiker.

▸ Yak & Yeti
6., Hofmühlgasse 21
Tel.: 595 54 52
Fax: 586 50 98
Mai bis Sept: Mo–So 11.30–22.30,
Okt bis April: Mo– Fr 11.30–14.30 u. 18–22.30,
Sa, So 11.30–22.30

Nepalesisches Restaurant mit idyllischem Innenhofgarten für 80 Personen. Kerzenlicht und asiatische Musik. Geeignet für Vegetarier. Günstige Mittagsmenüs.

GESUNDHEIT

APOTHEKEN

Die meisten Apotheken verfügen nicht nur über Arzneimittel der Schulmedizin, sondern auch über alternativmedizinische Artikel. Einige Wiener Apotheken haben sich auf die Traditionelle Chinesische Medizin und Homöopathie spezialisiert. In der Traditionellen Chinesischen Medizin werden etwa 500 verschiedene Substanzen als Heilmittel eingesetzt, von denen die meisten als Tee gereicht werden. In Österreich sind nicht alle dieser Heilkräuter erhältlich (etwa zwei Drittel). Sie werden zentral importiert. Als Heilmittel sind sie in den TCM-Apotheken ausschließlich auf Verschreibung zu bekommen. Für homöopathische Medikamente gibt es in Wien genau zwei Apotheken, wobei diejenige in der Mariahilfer Straße vor allem bei homöopathischen MedizinerInnen häufiger genannt wird.
Apothekenauskunftsdienst: www.wien.gv.at/apo

Foto: Archiv

▸ Adler
16., Kirchstetterngasse 36
Tel.: 493 18 89
E-Mail: mag.fiala@adler-apotheke.at
www.adler-apotheke.at
Mo–Fr 8–18, Sa 8–12
Apotheke für Traditionelle Chinesische Medizin.

▸ Hackenberg
19., Heiligenstädter Straße 140
Tel.: 367 45 04
www.apotheke-hackenberg.at
Mo–Fr 8–18, Sa 8–12
Apotheke für Traditionelle Chinesische Medizin.

▸ Donau
21., Donaufelder Straße 99
Tel.: 256 97 97
Fax: 256 97 97-7
Mo–Fr 8–18, Sa 8–12
Apotheke für Traditionelle Chinesische Medizin.

► **Maria-Treu**
8., Josefstädter Straße 68
Tel.: 405 26 80
Mo–Fr 8–18, Sa 8–12
Apotheke für Traditionelle Chinesische Medizin.

► **Sandleiten**
16., Mateottiplatz 1
Tel.: 486 21 43
Mo–Fr 8–12 u.14–18, Sa 8–12
Apotheke für Traditionelle Chinesische Medizin.

► **Schubert**
12., Arndtstraße 88
Tel.: 813 72 32
Fax: 813 72 32-30
E-Mail: schubert-apotheke@aon.at
Mo–Fr 8–18, Sa 8–12
Apotheke für Traditionelle Chinesische Medizin.

► **St. Anna**
14., Linzer Straße 250
Tel.: 914 31 15-0
E-Mail: info@anna-apo.at
www.anna-apo.at
Mo–Fr 8–18, Sa 8–12
Apotheke für Traditionelle Chinesische Medizin.

► **St. Charles**
6., Gumpendorfer Straße 30
Tel.: 586 13 63
E-Mail: service@stcharlesapo.at
www.stcharlesapo.at
Mo–Fr 8–18, Sa 8–12
Apotheke für Traditionelle Chinesische Medizin.

► **Vindobona**
9., Bauernfeldplatz 4
Tel.: 317 51 91
Mo–Fr 8–12 u.14–18, Sa 8–12
Apotheke für Traditionelle Chinesische Medizin.

► **Zu unserer lieben Frau bei den Schotten**
1., Freyung 7
Tel.: 533 24 57
Fax: 535 23 37
Mo–Fr 8–18, Sa 8–12
Apotheke für Traditionelle Chinesische Medizin.

► **Zum Einhorn**
4., Margaretenstraße 31
Tel.: 587 46 47
Fax: 587 46 47-16
E-Mail: einhornapotheke@eunet.at
Mo–Fr 8–18, Sa 8–12
Apotheke für Traditionelle Chinesische Medizin.

► **Zum roten Krebs**
1., Lichtensteg 4
Tel.: 533 67 91, 533 85 40
Fax: 533 67 91-20
E-Mail: krebsapotheke@utanet.at
Mo–Fr 8–18, Sa 8–18
Apotheke für homöopathische Heilmittel.

► **Zum Schwan**
1., Schottenring 14
Tel.: 533 35 41
Fax: 533 25 79-30
E-Mail: info@doskar.at
Mo–Fr 8–18, Sa 8–12
Apotheke für Traditionelle Chinesische Medizin.

► **Zum Weinberg**
19., Grinzingerstraße 83
Tel.: 370 00 70
E-Mail: service@apoweinberg.at
Mo–Fr 8–18, Sa 8–12
Apotheke für Traditionelle Chinesische Medizin.

► **Zur Kaiserkrone**
7., Mariahilfer Straße 110
Tel.: 526 26 46
Fax: 526 26 47
E-Mail: apo@kaiserkrone.co.at
www.kaiserkrone.co.at
Mo–Fr 8–18, Sa 8–12
Die Adresse für feinste homöopathische Medikamente. Sie können mit jedem Rezept kommen, und innerhalb von Stunden (oder Tagen, je nachdem) ist Ihr Medikament in der richtigen Potenz geschüttelt. Die gängigen Medikamente in den am häufigsten gewünschten Potenzen sind natürlich lagernd.

► **Zur Mutter Gottes**
18., Sternwartestraße 6
Tel.: 478 34 64
Fax: 478 34 64
E-Mail: apomuttergottes@aon.at
Mo–Fr 8–18, Sa 8–12
Apotheke für Traditionelle Chinesische Medizin.

ÄRZTE

► **www.wiener-aerzte.at**
Die Ärztekammer für Wien hat eine Internetsite eingerichtet, mit der man Ärzte suchen kann. Suchkriterien sind Namen, Bezirke, Fachgebiete mit Zusatzausbildung oder Spezialgebieten, aber die Suche ist auch nach Krankenkassen, Ordinationszeiten oder sogar Fremdsprachenkenntnissen des Arztes, der Ärztin möglich. Äußerst praktisch und absolut zielführend.

DOKTOREN

▸ Rote Nasen Clowndoctors

19., Muthgasse 27
Tel.: 318 03 13
E-Mail: office@rotenasen.at
www.rotenasen.at

Sie kommen ins Krankenhaus und ermöglichen den kranken Kindern einige Stunden von Unbeschwertheit und Fröhlichkeit. Damit wird der Genesungsprozess entscheidend gefördert. In den großen Spitälern gibt es regelrechte Ordinationstage. Und der Erfolg ist so groß, dass in der Zwischenzeit auch ein Programm für SeniorInnen im Aufbau ist.

G

GESUNDHEITSINITIATIVEN

▸ Fonds Gesundes Österreich

15., Mariahilfer Straße 176
Tel.: 895 04 00-10
E-Mail: gesundes.oesterreich@fgoe.org
www.fgoe.org, www.gesundesleben.at

Fonds zur Förderung von Initiativen im Bereich Gesundheitsinformation, Gesundheitsförderung und Prävention.

▸ Gesundheitsberatung – MA15

1., Neutorgasse 15, Parterre rechts
Tel.: 531 14-876 39
E-Mail: mac@m15.magwien.gv.at
www.gesundin.wien.at
telefonisch: Mo–Fr 7.30–15.30, persönlich:
Di 15.30–18 u. nach Terminvereinbarung

Ärztliche und psychologische Hilfe.

▸ GIVE – Servicestelle für Gesundheitsbildung

4., Waaggasse 11
Tel.: 589 00-372
E-Mail: give@redcross.or.at
www.give.or.at
Auskünfte u. Beratung telefonisch:
Mo–Mi 8.30–12, Do 14–16

Gesundheitsbildung, Information, Vernetzung, Entwicklung: Beheimatet beim Jugendrotkreuz, umfasst der Aufgabenbereich von GIVE vor allem die Information und Beratung von LehrerInnen und MitarbeiterInnen von Bildungs- und Gesundheitseinrichtungen.

▸ Institut Sicher Leben

3., Ölzeltgasse 3
Tel.: 715 66 44
www.sicherleben.at

Der Verein betreibt Unfallforschung in den Bereichen Heim, Freizeit und Sport und informiert über Gefahren und wie sie verhindert werden können.

▸ Medwell24.at

2., Taborstraße 48/11
Tel.: 319 61 14-0
Fax: 319 61 14-24
E-Mail: office@medwell24.at
www.medwell24.at

Gesundheitsplattform im Internet mit allerlei Informativem und Nützlichem. Als Service gibt es interaktive Anwendungen (Tests und Trainings) wie etwa den Gedächtnistrainer oder den Pillenreminder via SMS.

▸ Österreichische Gesellschaft für Ernährung

3., Zaunergasse 1–3
Tel.: 714 71 93
Fax: 718 61 46
E-Mail: info@oege.at
www.oege.at
Büro: Mo–Do 9–16, Fr 9–12

Verein für Forschung, Lehre und Information zu vollwertigem Essen und Trinken zur Förderung der Gesundheit der Bevölkerung. Publiziert die Zeitschrift „Ernährung aktuell".

▸ Surfmed.at

7., Spittelberggasse 3/13
Tel.: 532 23 10
Fax: 532 23 10-56
E-Mail: a.mokry@surfmed.at
www.surfmed.at

Internet-Gesundheitsplattform, auf der Experten des jeweiligen Faches Informationen, Hinweise und Empfehlungen zu Gesundheitsthemen publizieren.

IMPFEN

Die Stadt Wien bietet in ihren Bezirksgesundheitsämtern eine Reihe von Impfungen (FSME, Diphtherie, Tetanus, Polio, Influenza etc.) an und berät zudem in medizinischen Fragen. Für Kinder und Jugendliche bis 15 Jahre sind eine Reihe von Impfungen kostenlos.

In allen Bezirken:
Beratungszeiten: Mo–Fr 8–12,
Impfzeiten: Di, Do 8–10,
in den Schulferien entweder Di od. Do 8–10

▸ Bezirksgesundheitsämter

Innere Stadt und Josefstadt:
1., Wipplingerstraße 8, Tel.: 534 36-012 80
Leopoldstadt:
2., Karmelitergasse 9, Tel.: 211 06-022 80
Landstraße:
3., Karl-Borromäus-Platz 3, Tel.: 711 34-032 80
Wieden und Margareten:
4., Favoritenstraße 18, Tel.: 502 34-042 80

Mariahilf und Neubau:
6., Amerlingstraße 11, Tel.: 588 21-062 80
Alsergrund:
9., Währinger Straße 39, Tel.: 400 34-092 80
Favoriten:
10., Laxenburger Straße 43–47, Tel.: 605 34-102 80
Simmering:
11., Enkplatz 2, Tel.: 740 34-112 80
Meidling:
12., Hufelandgasse 2, Tel.: 811 34-122 80
Hietzing und Penzing:
13., Hietzinger Kai 1–3, Tel.: 878 34-132 80
Rudolfsheim-Fünfhausen:
15., Gasgasse 8–10, Tel.: 891 34-152 88
Ottakring:
16., Richard-Wagner-Platz 19, Tel.: 491 96-162 80
Hernals:
17., Elterleinplatz 14, Tel.: 401 19-172 80
Währing:
18., Währinger Straße 124, Tel.: 476 34-182 80
Döbling:
19., Gatterburggasse 14, Tel.: 360 34-192 80
Brigittenau:
20., Brigittaplatz 10, Tel.: 331 34-202 80
Floridsdorf:
21., Franz-Jonas-Platz 3, Tel.: 277 34-212 80
Donaustadt:
22., Siebeckstraße 7, Tel.: 211 23-222 80
Liesing:
23., Breitenfurter Straße 360–368,
Tel.: 863 34-232 80

▸ Abendimpfstelle des Gesundheitsamtes
Für Berufstätige hält die Stadt Wien auch zu fortgeschrittener Stunde drei Impfstellen offen.
10., Laxenburger Straße 43–47/2/232
Tel.: 605 34-102 89
Okt bis Jan u. März bis Juni: Do 17–19,
während der Schulferien geschlossen.
21., Franz Jonas Platz 3
Tel.: 277 34-212 89
Okt bis Jan u. März bis Juni: Mo 17–19,
während der Schulferien geschlossen.

▸ Impfstelle für Auslandsreisende
1., Zelinkagasse 9
Tel.: 531 14-876 22 (Impfauskünfte)
Beratungszeiten: Mo–Fr 8–15
Impfzeiten: Mo–Fr 8–12.30 u. Do 15–17,
in den Schulferien Do nachmittags geschlossen
Die Impfstelle für Auslandsreisende ist auf die Vorsorge für tropische und reisetypische Krankheiten spezialisiert. Die gängigsten Impfstoffe (etwa gegen Gelbfieber, Cholera, Typhus oder Hepatitis A+B) sind lagernd. Die telefonische Impfauskunft ist kompetent und freundlich.

▸ Institut für Reise- und Tropenmedizin
8., Lenaugasse 19
Tel.: 402 68 61-0
E-Mail: tropenmedizin@utanet.at
www.tropeninstitut.at
Beratungszeiten: Mo–Fr 8–19
Impfzeiten: Mo–Fr 8.30–11.30 u. 16–19
Im Institut von Dr. Heinrich Stemberger sind Impfungen gegen alle Arten von tropischen Krankheiten (so auch ein hierzulande zugelassener Impfstoff existiert), etwa auch gegen Quallenverletzungen, erhältlich.

▸ Zentrum für Reisemedizin
9., Zimmermanngasse 1a
Tel.: 403 83 43
www.reisemed.at
Mo 13–16 u. 17–18.30, Di 8.30–9.30 u. 13–16,
Mi 8.30–9.30 u. 13–16 u. 17–18.30, Do 13–16,
Fr 8.30–9.30 u. 13–16
Das Zentrum für Reisemedizin von Univ.-Prof. Dr. Herwig Kollaritsch und Univ.-Prof. Dr. Gerhard Wiedermann steht Auslandsreisenden mit kompetenter Beratung und Impfungen zur Verfügung. Geimpft wird ohne Voranmeldung zu den Öffnungszeiten, für Tropentauglichkeitsuntersuchungen und Kontrollen nach einem Tropenaufenthalt muss aber ein Termin vereinbart werden. Beim ersten Besuch ist eine Ordinationsgebühr zu entrichten.

SANFTE MEDIZIN
Homöopathie, Bioresonanz, Pflanzentherapie, Akupunktur … in diesen Begriffen verlieren sich die PatientInnen, wenn sie bei einer Krankheit Hilfe in der Alternativmedizin suchen. Das „Handbuch der sanften Medizin" von Blumencron, Zellhofer und Bitschnau (Facultas Verlag, Wien 2003) gibt einen kompetenten Überblick über die Methoden außerhalb der Schulmedizin.

Cover: Handbuch

▸ Gesellschaft Anthroposophischer Ärzte
4., Tilgnerstraße 3
Tel.: 504 49 08, Fax: 504 84 04
www.anthromed.at
nach tel. Vereinbarung
„Medicus curat, natura sanat" („Der Arzt kuriert, die Natur heilt") – diesem Diktum hat sich die anthroposophische Medizin verschrieben und versucht durch ihre Behandlungsmethoden die inneren Selbstheilungskräfte zu aktivieren. Folgende Therapien werden dabei angewandt: Heileurythmie, rhythmische Massage, Gesprächstherapie, künstlerische Therapie (z. B. Musiktherapie) sowie Biografiearbeit.

G

▸ Osteopathisches Zentrum für Kinder
13., Frimbergergasse 6
Tel.: 0676/777 66 69
www.ozk.at
Mo 8.30–13, Do 14.30–16.30
Mit den Händen zu heilen – das ist die Methode, mit der Osteopathen Verspannungen, Blockaden und chronische Schmerzen lindern helfen. In erster Linie wird dabei versucht, die Selbstheilungskräfte wieder zu mobilisieren und herauszufinden, was für eine Störung die Schmerzen verursacht. Denn häufig liegt die Ursache für den Schmerz an einer anderen Stelle des Körpers, die der Osteopath durch eingehende – übrigens völlig schmerzfreie – Untersuchung herauszufinden versucht.

▸ Österreichische Gesellschaft für Akupunktur
15., Huglgasse 1–3, Kaiserin-Elisabeth-Spital
Tel.: 981 04-57 58, Fax: 981 04-5759
www.akupunktur.at
Seit mehr als 2.500 Jahren wird die Akupunktur in China erfolgreich in der Schmerztherapie angewandt. Seit Mitte der 50er-Jahre gibt es sie auch in Österreich, und immer mehr Menschen nutzen sie, wenn es darum geht, akute oder chronische Schmerzen zu lindern oder zu heilen. Dabei werden feine Nadeln in bestimmte Punkte des Körpers gesetzt, mit dem Ziel, das innere Gleichgewicht des Körpers wiederherzustellen.

▸ Österreichische Gesellschaft für homöopathische Medizin
7., Mariahilfer Straße 110
Tel.: 526 75 75, Fax: 526 75 75-4
www.homoeopathie.at
Mo–Fr 9–16
Die Gesellschaft gibt Auskunft über die Aus- und Weiterbildung von ÄrztInnen in homöopathischer Medizin, Ärzteadressen sowie Wochenenddienste.

Immer, wenn sie Pillen nehmen. (Foto: Archiv)

▸ Österreichische Gesellschaft für Osteopathie
18., Vinzenzgasse 13/10
Tel.: 0699/11 90 68 87
Fax: 478 18 32
E-Mail: oego@gmx.at
www.oego.org
Mo, Mi 8–12, Di, Do, Fr 15–18

▸ Österreichische Medizinische Gesellschaft für Neuraltherapie und Regulationsforschung
21., Anton Bosch-Gasse 27/12
Tel.: 0664/414 86 51
E-Mail: wolfgang.ortner@acw.at
www.neuraltherapie.at
In der Neuraltherapie wird davon ausgegangen, dass im Körper ein Störfeld vorhanden sein kann, das chronische Schmerzen (wie Migräne, Ohrenschmerzen, Schmerzen im Bewegungsapparat) herruft. Injiziert werden bei dieser Therapie kleine Mengen eines Lokalanästhetikums, wobei jedoch der schmerzende Ort nicht immer identisch sein muss mit dem Ort des Störfeldes. Die Gesellschaft gibt Infos für PatientInnen (ÄrztInnenliste), zur Aus- und Weiterbildung und über Veranstaltungen.

▸ Österreichische Wissenschaftliche Ärztegesellschaft für Akupunktur
4., Schwindgasse 3/9
Tel.: 505 03 92
Fax: 504 15 02
E-Mail: office@akupunktur.org
www.akupunktur.org
Informationen zur Weiterbildung sowie online zahlreiche wissenschaftliche Artikel zum Nachlesen, in welchen Bereichen Akupunktur den PatientInnen nachhaltig geholfen hat.

▸ TCM-Akademie
19., Grinzinger Straße 79
Tel.: 641 67 38
E-Mail: office@tcm-academy.edu
www.tcm-academy.edu
Die Traditionelle Chinesische Medizin versteht den Körper als ein zusammenhängendes System, in dem all Körperteile, Organe und Organsysteme durch Energiebahnen miteinander verbunden sind. Gesund ist ein Mensch dann, wenn sich alle seine Energien in Harmonie und im Gleichgewicht befinden. Methoden: Akupunktur, Pharmakologie, Tuina (chinesische Manualtherapie), Präventiv- und Kurativdiätetik, Bewegungstechniken Qigong und Tai Chi.

▸ Verein zur Förderung der Homöopathie und Gesundheit
23., Postfach 18
Tel.: 617 51 56, Fax: 617 51 56
E-Mail: info@vhg.at
www.vhg.at
Der Verein versteht sich als eine Institution, die laufend über Aktuelles und Wissenswertes der Homöopathie informiert.

▸ Wiener Schule für Osteopathie
13., Frimbergergasse 6
Tel.: 879 38 26-0, Fax: 879 38 26-9
E-Mail: office@wso.at
www.wso.at
Ganzheitliche Methode, MAnualtherapie, sechsjährige Ausbildung mit Diplom auf internationalen Standard.

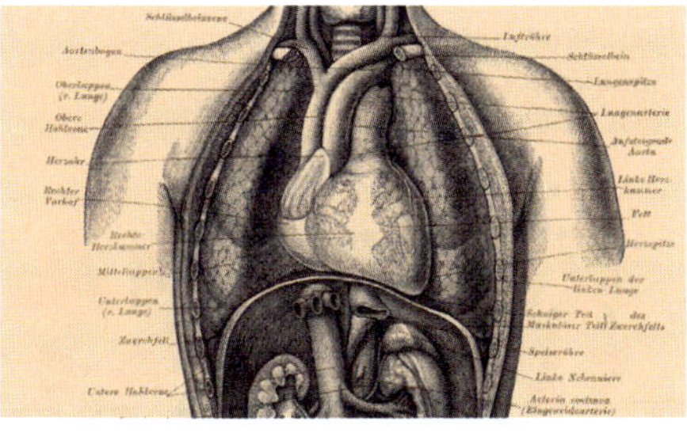

Foto: Archiv

▸ Wiener Schule für Traditionelle Chinesische Medizin
16., Hasnerstraße 29/7+9
Tel.: 494 96 00
Fax: 494 14 64-19
E-Mail: office@wstcm.at
www.wstcm.at
Online: Liste aller TCM-ÄrztInnen, ErnährungsberaterInnen und Apotheken. Außerdem: Infos zur Aus- und Weiterbildung.

SPITÄLER, GEMEINNÜTZIG

Die hier angeführten Krankenhäuser sind nach Bezirken geordnet.

▸ Krankenhaus der Barmherzigen Brüder
2., Große Mohrengasse 9
Tel.: 211 21-0
Fax: 211 21-1333
E-Mail: krankenhaus@bbwien.at
www.barmherzige-brueder.at

▸ Herz-Jesu-Krankenhaus
3., Baumgasse 20a
Tel.: 712 26 84-0
Fax: 712 26 84-250, -350, -360
E-Mail: aufnahme@kh-herzjesu.at

▸ Krankenhaus St. Elisabeth
3., Landstraßer Hauptstraße 4a
Tel.: 711 26-0
Fax: 711 26-12
E-Mail: kh-st.elisabeth@eunet.at
www.elisabethinen-wien.at

▸ Rudolfstiftung
3., Juchgasse 25
Tel.: 711 65-0
Fax: 711 65-1009
E-Mail: post@kar.magwien.gv.at

▸ Hartmannspital
5., Nikolsdorfer Gasse 26–36
Tel.: 546 05-0
Fax: 546 05-2020
E-Mail: verwaltung@hartmannspital.at
www.hartmannspital.at

▸ Krankenhaus der Barmherzigen Schwestern
6., Stumpergasse 13
Tel.: 599 88-0
Fax: 599 88-4045
E-Mail: office.wien@bhs.at
www.bhs.at

▸ Sozialmedizinisches Zentrum Sophienspital
7., Apollogasse 19
Tel.: 521 03
Fax: 521 03-1019
E-Mail: post.sop@wienkav.at

▸ AKH
9., Währinger Gürtel 18–20
Tel.: 404 00-0
Fax: 404 00-1212
E-Mail: post_akh_diz@akhwien.at
www.akhwien.at

▸ **Sozialmedizinisches Zentrum Süd (Kaiser-Franz-Josef-Spital)**
10., Kundratstraße 3–5
Tel.: 601 91
Fax: 601 91-1929
E-Mail: kfj.post@wienkav.at
Krankenhaus und Geriatriezentrum.

▸ **Krankenhaus Lainz**
13., Wolkersbergenstraße 1
Tel.: 801 10-0
Fax: 801 10-2109
E-Mail: post@khl.magwien.gv.at
www.lainz.wien.at

G

▸ **Nathaniel Freiherr von Rothschild'sche Stiftung für Nervenkranke – Neurologisches Zentrum Rosenhügel**
13., Riedelgasse 5
Tel.: 880 00
E-Mail: post@nkr.magwien.gv.at

▸ **Orthopädisches Spital Speising**
13., Speisinger Straße 109
Tel.: 801 82-0
Fax: 801 82-450 od. 285
E-Mail: office@oss.at
www.oss.at

▸ **St.-Josef-Krankenhaus**
13., Auhofstraße 189
Tel.: 878 44-0
Fax: 878 44-4050
E-Mail: office@khstjosef.at
www.khstjosef.at

▸ **Hanusch-Krankenhaus**
14., Heinrich-Collin-Straße 30
Tel.: 910 21
Fax: 910 21-840 39
E-Mail: hkh.verw.dion@wgkk.sozvers.at
www.wgkk.at

▸ **Sozialmedizinisches Zentrum Baumgartner Höhe**
14., Baumgartner Höhe 1
Tel.: 910 60
Fax: 910 60-495 18
E-Mail: direktion@ows.magwien.gv.at

▸ **Kaiserin-Elisabeth-Spital**
15., Huglgasse 1–3
Tel.: 981 04-300
Fax: 981 04-1009
E-Mail: post@kes.magwien.gv.at
www.elisabethspital.wien.at

▸ **Wilhelminenspital – Kinderklinik Glanzing**
16., Montleartstraße 37
Tel.: 491 50-0, Fax: 491 50-1009
E-Mail: post@will.magwien.gv.at
www.wilhelminenspital.info

▸ **Krankenhaus des göttlichen Heilandes**
17., Dornbacher Straße 20–28
Tel.: 486 56 31-0
Fax: 486 56 31-343
E-Mail: service@goettlicherheiland.at
www.goettlicherheiland.at

▸ **Evangelisches Krankenhaus**
Hans-Sachs-Gasse 10–12
Tel.: 40 422-0
Fax: 40 422-95 10
E-Mail: kontakt@ekhwien.at
www.ekhwien.at

▸ **Orthopädisches Krankenhaus – Gersthof**
18., Wielemansgasse 28
Tel.: 476 11-0, Fax: 476 11-1009
E-Mail: gertrh@ger.magwien.gv.at

▸ **Sozialmedizinisches Zentrum Floridsdorf**
21., Hinaysgasse 1
Tel.: 275 22-0
Fax: 275 22-1219
E-Mail: post@flo.magwien.gv.at
Krankenhaus und Geriatriezentrum.

▸ **Sozialmedizinisches Zentrum Ost – Donauspital**
22., Langobardenstraße 122
Tel.: 288 02-0
Fax: 288 02-20 50
E-Mail: dsp.kzl@wienkav.at
Auch Geriatriezentrum.

Spenden-Konto: P.S.K. 90.990.900. (Foto: CLowndoctors)

SPITÄLER, KINDER

▸ St. Anna Kinderspital
9., Kinderspitalgasse 6
Tel.: 401 70-0
Fax: 401 70-70
E-Mail: aerztlichedirektion@stanna.at
www.stanna.at

▸ Gottfried von Preyer'sches Kinderspital
10., Schrankenberggasse 31
Tel.: 601 13-0
Fax: 601 13-1009
E-Mail: pre.post@wienkav.at
Das Gottfried von Preyer'sche Kinderspital wird in den nächsten Jahren in das Kaiser-Franz-Josph Spital transferiert.

SPITÄLER, PRIVAT

Die hier angeführten Krankenhäuser sind nach Bezirken geordnet.

▸ Confraternität – Privatklinik Josefstadt
8., Skodagasse 32
Tel.: 401 14-0
Fax: 401 14-56 07
E-Mail: confraternitaet@pkj.at
www.confraternitaet.at

▸ Goldenes Kreuz
9., Lazarettgasse 16–18
Tel.: 401 11-0
Fax: 401 11-505
E-Mail: verwaltung@goldenes-kreuz.at
www.goldenes-kreuz.at

▸ Sanatorium Hera
9., Löblichgasse 14
Tel.: 313 50-0
Fax: 313 50-750
E-Mail: verwaltung@hera.co.at
www.hera.co.at

▸ Wiener Privatklinik
9., Pelikangasse 15
Tel.: 401 80-0
Fax: 401 80-780
E-Mail: office@wpk.at
www.wpk.at

▸ Privatklinik Döbling
19., Heiligenstädter Straße 57–63
Tel.: 360 66-0
Fax: 369 14 33
E-Mail: privatklinik@pkd.at
www.privatklinik-doebling.at

▸ Privatklinik Grinzing
19., Ettinghausengasse 10
Tel.: 320 30 51-0
Fax: 320 30 51-1213
E-Mail: info@privatklinik-grinzing.at
www.privatklinik-grinzing.at

▸ Rudolfinerhaus
19., Billrothstraße 78
Tel.: 360 36-0
Fax: 369 81 10
E-Mail: patient@rudolfinerhaus.at
www.rudolfinerhaus.at

▸ Anton-Proksch-Institut, Kalksburg
23., Mackgasse 7–11
Tel.: 880 10-0, Fax: 880 10-77
E-Mail: info@api.or.at
www.api.or.at
Spezialkrankenhaus für Alkohol-, Medikamenten- und Drogenabhängige.

SPITÄLER, UNFALL

▸ Unfallkrankenhaus Meidling
12., Kundratstraße 37
Tel.: 601 50-0
Fax: 601 50-30 75
E-Mail: karl.muellner@auva.sozvers.at
www.auva.or.at

▸ Unfallkrankenhaus Lorenz Böhler
20., Donaueschingenstraße 13
Tel.: 331 10-0
Fax: 331 10-380
E-Mail: unfallkh.lorenz-böhler@auva.sozvers.at

Foto: Archiv

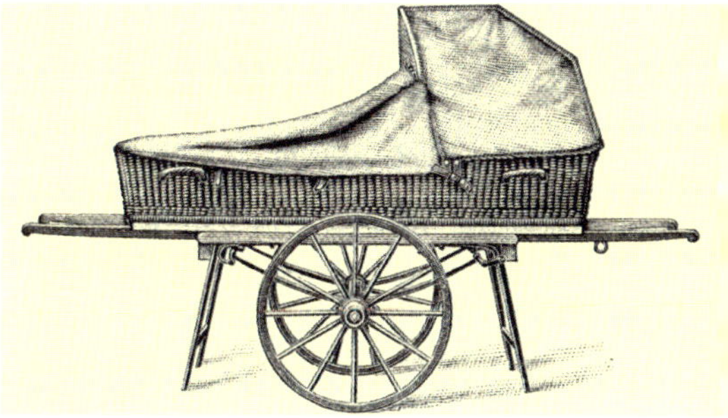

▸ Wiener Patientenanwalt
4., Schönbrunner Straße 7, Bauteil C, 1. OG
Tel.: 587 12 04, Fax: 586 36 99
E-Mail: post@wpa.magwien.gv.at
Mo–Fr 8–16 u. nach Vereinbarung
Wenn Sie im Gesundheitsbereich auf Missstände oder Mängel stoßen sollten, dann ist der Patientenanwalt die richtige Anlaufstelle für Sie.

G

GEWERKSCHAFTEN

Der ÖGB vertritt die wirtschaftlichen, politischen, sozialen und kulturellen Interessen aller ArbeitnehmerInnen.

▸ **Gewerkschaft Agrar, Nahrung, Genuss**
8., Albertgasse 35, Tel.: 401 49-32, www.ang.at

▸ **Gewerkschaft Bau-Holz**
1., Ebendorfer Straße 7, Tel.: 401 47-242, www.bau-holz.at

G

▸ **Gewerkschaft der Chemiearbeiter**
6., Stumpergasse 60, Tel.: 597 15 01-18, www1.oegb.at/chemie/

▸ **Gewerkschaft der Eisenbahner**
5., Margaretenstraße 166, Tel.: 546 41-235, www.eisenbahner.at/

▸ **Gewerkschaft der Gemeindebediensteten**
9., Maria-Theresien-Straße 11, Tel.: 313 16-83, www.gdg.at

▸ **Gewerkschaft der Post- u. Fernmeldebediensteten**
1., Biberstraße 5, Tel.: 512 55 11-14, www1.oegb.at/gpf

▸ **Gewerkschaft der Privatangestellten**
1., Deutschmeisterplatz 2, Tel.: 313 93-226, www.gpa.at

▸ **Gewerkschaft Druck, Journalismus, Papier**
7., Seidengasse 15–17, Tel.: 523 82 31-13, www.dup.or.at

▸ **Gewerkschaft Handel, Transport, Verkehr**
1., Teinfaltstraße 7, Tel.: 534 54-220, www.htv.or.at

▸ **Gewerkschaft Hotel, Gastgewerbe, Persönlicher Dienst**
1., Hohenstaufengasse 10/1, Tel.: 534 44-541, www1.oegb.at/hgpd/

▸ **Gewerkschaft Kunst, Medien, Sport, freie Berufe**
9., Maria-Theresien-Straße 11, Tel.: 313 16-838 09, www.kmsfb.at

▸ **Gewerkschaft Metall, Textil**
4., Plößlgasse 15, Tel.: 501 46-279, www.metaller.at

▸ **Gewerkschaft Öffentlicher Dienst**
1., Teinfaltstraße 7, Tel.: 534 54-270, -273, www.goed.at

GLAUBENSGEMEINSCHAFTEN

▸ **Altkatholische Kirchengemeinde St. Salvator**
1., Wipplingerstraße 6
Tel.: 533 71 33, Seelsorgenotruf: 0664/160 62 77
Fax: 533 71 33-15
E-Mail: freihsl@altkatholiken.at
www.altkatholiken.org
Pfarramt: Mo, Mi, Sa 9–11,
Gottesdienste: So, Fei 10
Die Gemeinde St. Salvator ist die größte der altkatholischen Kirchengemeinden in Wien und umfasst die Bezirke 1, 2, 4, 6–9, 18, 19 und 23. Die weiteren Gemeinden sind die Kirchengemeinde Wien-Nord-West „Zur hl. Dreifaltigkeit" (16., Abelegasse 3, Tel.: 484 48 48), die Kirchengemeinde Favoriten „Heilandskirche" (15., Rauchfangkehrergasse 12, Tel.: 606 42 00), die Kirchengemeinde Wien-Ost „Christuskapelle" (11., Sedlitzkygasse 37, Tel.: 743 45 99), und die Kirchengemeinde Wien XX „Zum Guten Hirten" (20., Waldmüllergasse 19–21, Tel.: 334 78 04).

▸ **Evangelische Kirche A.B.**
5., Hamburgerstraße 3
Tel.: 587 46 88 od. 587 31 41
E-Mail: wien@evang.at
www.wvb-evang.at
Etwa 69.000 Seelen, das sind 92 Prozent aller evangelischen Wiener, umfasst die Wiener evangelische Gemeinde mit Augsburger Bekenntnis, also jenes, das sich auf Martin Luther bezieht. 21 Pfarrgemeinden der Glaubensgemeinschaft gibt es in Wien.

▸ **Evangelische Kirche H.B. (Oberkirchenrat)**
1., Dorotheergasse 16
Tel.: 513 65 64
Fax: 512 44 90
E-Mail: kirche-hb@evang.at
Mitte des 16. Jahrhundert setzte in der Schweiz eine Reformbewegung innerhalb der protestantischen Kirche ein, die vor allem mit den Namen Ulrich Zwingli und Johannes Calvin einhergeht. Aus ihr entstammt die reformierte evangelische Kirche mit helvetischem Bekenntnis. In der Schweiz die mehrheitliche Konfession, umfasst die Kirchengemeinschaft in Wien mit ca. 6.000 Mitgliedern nur etwa 8 Prozent der Wiener Protestanten. Drei Pfarrgemeinden gibt es in Wien (Gottesdienst jeweils So, 10 Uhr): Reformierte Stadtkirche (1., Dorotheergasse 16, www.reformiertestadtkirche.at), Wien-Süd (10., Wielandplatz 7, www.hb-wiensued.at), Wien-West (15., Schweglerstraße 39, Tel.: 982 13 37).

▸ Evangelisch-Methodistische Kirche (Superintendentur)
15., Sechshauserstraße 56
Tel.: 604 53 47
Fax: 604 53 47
E-Mail: superintendent@emk.at
www.emk.at
Die hierzulande kleine evangelisch-methodistische Religionsgemeinschaft verfügt über zwei Gemeinden in Wien: Wien-Fünfhaus (15., Sechshauserstraße 53, Tel.: 895 81 75, Gottesdienst: So, 9.30 Uhr, für die englischsprachige Gemeinde: So, 11.15 Uhr), Wien-Floridsdorf (21., Bahnsteggasse 27, mit koreanischer Gemeinde).

▸ Griechisch-Orientalische Metropolis von Austria
1., Fleischmarkt 13
Tel.: 533 38 89
Fax: 533 38 89
Die griechisch-orthodoxe Kirche bezeichnet sich hierzulande als griechisch-orientalisch. Zwei Pfarrgemeinden umfasst die Glaubensgemeinschaft in Wien: „Zur heiligen Dreifaltigkeit" (1., Fleischmarkt 13, Tel.: 533 29 65), „Zum heiligen Georg" (1., Hafnersteig 2, Tel.: 535 78 82).

▸ Hindu Mandir Gesellschaft Wien
8., Lammgasse 1
www.mandir.verstehst.net
So 15.30–18.30
Die Hindu Mandir Gesellschaft betreibt einen hinduistischen Tempel, der allen Glaubensbrüdern und -schwestern offensteht.

▸ Islamische Glaubensgemeinschaft in Österreich
7., Bernardgasse 5
Tel.: 526 31 22
E-Mail: islamische_ggio@hotmail.com
www.islamische-glaubensgemeinschaft.at
Mo–Fr 9–13
Die islamische Glaubensgemeinschaft ist die zweitgrößte Religionsgemeinschaft in Österreich, wovon auch zahlreiche kleinere Moscheen und Gebetsräume in Wien zeugen (siehe auch www.moslem.at). Größtes Zentrum ist das Vienna Islamic Centre: 21., Am Hubertusdamm 17–19, Tel.: 263 09 22-0.

▸ Israelitische Kultusgemeinde Wien
1., Seitenstettengasse 4
Tel.: 531 04-0
Fax: 531 04-108
E-Mail: office@ikg-wien.at
www.ikg-wien.at
Die Israelitische Kultusgemeinde vertritt die Interessen ihrer Mitglieder und organisiert in ihrem Gemeindezentrum religiöse und kulturelle Veranstaltungen. Die wichtigste und größte Synagoge Wiens ist der Stadttempel (1., Seitenstettengasse 4, Tel.: 531 04-111) mit ihrem Oberrabbiner Paul Chaim Eisenberg. Morgengebet: Mo bis Fr 7 Uhr, So 8 Uhr, Schabbat 9 Uhr.

▸ Katholische Kirche – Erzdiözese Wien
1., Wollzeile 2
Tel.: 515 52-0
Fax: 515 52-3742
E-Mail: vik.wien-stadt@edw.or.at
www.stephanscom.at
Das Vikariat Wien-Stadt der römisch katholischen Ezdiözese Wien umfasst 20 Stadtdekanate mit über 200 Pfarren. Die wichtigste und größte unter ihnen ist die Pfarre St. Stephan (1., Stephansplatz, www.st.stephan.at). Die Homepage der Erzdiözese gibt u. a. detaillierte Auskunft über Gottesdienstzeiten und fremdsprachiges Angebot.

Der Dom. (Foto: Lomographen)

▸ Koordinierungsausschuss für christlich-jüdische Zusammenarbeit
18., Gentzgasse 14/5/1
Tel.: 479 73 76
Fax: 479 73 76
E-Mail: info@christenundjuden.org
www.christenundjuden.org
Im Entsetzen über die Shoa wurde der Koordinierungsausschuss für christilich-jüdische Zusammenarbeit gegründet, dessen Arbeit in Bestandsaufnahmen, Analysen und Perspektiven gegen Antisemitismus in Pädagogik, Theologie und Politik besteht.

G

▸ Österreichische Buddhistische Religionsgesellschaft
1., Fleischmarkt 16
Tel.: 512 37 19
Fax: 512 37 19
E-Mail: info@buddhismus-austria.at
www.buddhismus-austria.at
Mo, Fr 9–14, Di, Do 13–19, Mi 14–19
Frei sein von Leid und Problemen und das Entfalten der dem Geist innewohnenden Fähigkeiten und Qualitäten sind die Ziele des Buddhismus. Seit 1983 ist die Buddhistische Religionsgemeinschaft in Österreich auch staatlich anerkannt. Wien ist Teilgebiet der Buddhistischen Gemeinde Ost. Meditationszentrum: „Der Mittlere Weg" (1., Biberstraße 9/2, Tel.: 512 61 78, fiedler@utanet.at).

G

▸ Russisch-Orthodoxe Kirchengemeinde
3., Jaurèsgasse 2
Tel.: 713 82 50
Fax: 713 82 50-4
E-Mail: norlov@adnet.at
Die russisch-orthodoxe Kirche ist bereits seit 1762 priesterlich in Wien vertreten. Ende des 19. Jahrhunderts wurde der Bau einer eigenen Kirche in Angriff genommen, die – 1899 fertig gestellt – auch heute noch Versammlungshaus der Glaubensgemeinschaft ist: die Kirche zum Heiligen Nikolaus.

Für gläubige Russen. (Foto: Gina Baschant)

GOTT & CO

▸ Hammerschmid
9., Währinger Straße 76
Tel.: 317 33 34-0, 317 91 31-0
Fax: 317 33 34-85
Mo–Do 9–18, Fr 9–15
Eine Augenweide für AnhängerInnen nach Art des Gotteshauses: Betbänke, Beichtstühle und Monstranzen, Ministrantenkittel und Pfarrerstalare erfreuen die Kunden – und alles äußerst gediegen.

▸ Metzger
1., Stephansplatz 7
Tel.: 512 34 33
Mo–Fr 10–18, Sa 10–14
Ein Kerzenfachgeschäft mitten in Wien – mit exzellenter Lage gleich neben den Großabnehmern –, wo man nicht nur riesige Altarkerzen bekommt, sondern Kerzen in allen nur erdenklichen Varianten. Darüber hinaus gibt es noch andere Produkte aus Honig und Wachs.

GRAFFITI

▸ Institut für Graffiti Forschung
14., Matznergasse 27/17
Tel.: 944 09 91
Fax: 944 09 91
E-Mail: ifg@t0.or.at, graffitiarchiv@web.de
graffiti.netbase.org
Alle Infos rund um Graffiti, auch das Graffiti-Archiv ist hier untergebracht. Diplomarbeiten und Dissertationen, die sich mit Graffiti beschäftigen, werden vom Institut extern mitbetreut. Regelmäßig finden Workshops mit bekannten Graffiti-Künstlern statt. Online gibt es einen Veranstaltungskalender mit Vorträgen und Ausstellungen zum Thema.

▸ Wiener Graffiti Union
18., Martinstraße 7/21
Tel.: 317 59 52
E-Mail: wgu@t0.or.at
www.t0.or.at/~wgu
1994 ins Leben gerufen, hatte der Verein zuerst den Zweck, Informationen über legale Sprühflächen zu liefern. Mittlerweile hat sich der Aufgabenbereich erweitert: Rechtsbeistand, Organisieren von Vorträgen, Workshops und Ausstellungen.

GRILLEN

Das sommerliche Grillen macht ohne eigenen Garten nicht wirklich Sinn – geschweige denn Spaß. Aber zum Glück gibt es ja das städtische Grilltelefon – natürlich muss Wien ein geordnetes, strukturiertes und beamtetes Grillwesen haben. Damit also im Sommer nicht das pure Grillchaos über Wien hereinbricht, hat die Gemeinde eine Vielzahl von Grillplätzen eingerichtet. Diese bestehen aus fixen Betongrillstellen mit Grillrost und einer Bank-Tisch-Kombination. Der Hit ist aber, dass einem die Stadt auch das benötigte Holz mitliefert. Bis zu 25 Personen kostet das Holz ganz genau gar nix, ab 26 bis 50 Personen 4,36 Euro, ab 51 bis 100 Personen 8,72 Euro und bei mehr als 100 Personen bezahlen Sie 17 Euro. Wessen heimliche Leidenschaft das Nackt-Grillen ist, der wird auch bedient: der Holzgrillplatz Nr. 16 befindet sich im FKK-Bereich der Neuen Donau.

GRILLPLATZRESERVIERUNG

▸ **Grilltelefon**
Tel.: 4000-964 96
Unter dieser Nummer reserviert man die Grillplätze.

GRILLPLÄTZE

▸ **Alberner Hafen**
11., Auf der Uferwiese beim Friedhof der Namenlosen
Parkplatz vorhanden.

▸ **Steinbruchwiese**
16., im Ottakringer Wald
erreichbar von der Endstelle U3 – Ottakring mit den Autobuslinien 46B oder 146B bis zur Station
Parkplatz, Trinkbrunnen, WC, Fußballplatz.

▸ **Mittereckwiese**
17., im Schwarzenbergpark
erreichbar mit dem Postbus 243 (von Neuwaldegg) oder der Linie 443
Parkplatz, Trinkbrunnen, WC, Lagerwiese.

▸ **Beim Krapfenwaldlbad**
19., Krapfenwaldgasse an der Höhenstraße
erreichbar per Autobus 38A (Krapfenwaldgasse)
Parkplatz, Sitzgelegenheiten, Trinkbrunnen, WC.

▸ **Donau-Oder-Kanal**
22., Becken III (nahe dem Uferhaus, Kleine Kothau)
WC vorhanden.

▸ **Draschepark**
23., Triester Straße / Sterngasse
Wasser vorhanden. Sportplätze zur freien Benützung in der Nähe.

▸ **Holzgrillplatz Nr. 1, Neue Donau, linkes Ufer**
21., 50 m stromab der Jedleseer Brücke (Dammkrone)
Erste-Hilfe-Station in der Nähe.

▸ **Holzgrillplatz Nr. 2, Donauinsel**
21., 750 m stromauf der Floridsdorfer Brücke (rechtes Ufer der Neuen Donau – Uferbegleitweg)
Trinkwasser, WC, Erste-Hilfe-Station in der Nähe.

▸ **Holzgrillplatz Nr. 3, Donauinsel**
21., 600 m stromauf der Floridsdorfer Brücke (rechtes Ufer der Neuen Donau – Uferbegleitweg)
Trinkwasser, WC, Erste-Hilfe-Station sowie Parkplatz (bei der Floridsdorfer Brücke) vorhanden.

▸ **Holzkohlengrillplatz Nr. 4, Donauinsel**
21., 450 m stromauf der Floridsdorfer Brücke (Inselfläche)
Trinkwasser, WC, Erste-Hilfe-Station sowie Parkplatz (bei der Floridsdorfer Brücke) vorhanden.

▸ **Holzkohlengrillplatz Nr. 5, Neue Donau**
21., 100 m stromab der Brigittenauer Brücke (Dammkrone stromauf Brigittenauer Bucht)
Dieser Grillplatz befindet sich im Bereich einer Grillzone (siehe Kapitel „Grillzonen“). Trinkwasser, WC, Erste-Hilfe-Station, Parkplatz.

▸ **Holzgrillplatz Nr. 6, Neue Donau**
22., linkes Ufer an der Brigittenauer Bucht
Trinkwasser, WC, Erste-Hilfe-Station sowie Parkplatz (bei der Brigittenauer Brücke) vorhanden.

▸ **Holzgrillplatz Nr. 7, Donauinsel**
22., 100 m stromab der Reichsbrücke (rechtes Ufer der Neuen Donau)
Trinkwasser, WC und Erste-Hilfe-Station vorhanden.

▸ **Holzkohlengrillplatz Nr. 8, Neue Donau**
22., linkes Ufer, 400 m stromab, Parkplatz Neue Donau – Mitte (Ausfahrt A22 – Kaisermühlen; Uferbegleitweg)
WC und Erste-Hilfe-Station vorhanden.

▸ **Holzkohlengrillplatz Nr. 9, Donauinsel**
22., 750 m stromauf der Donaustadtbrücke (rechtes Ufer der Neuen Donau stromauf Wehr 1 – Uferbegleitweg)
Trinkwasser und Erste-Hilfe-Station vorhanden.

▸ Holzkohlengrillplatz Nr. 10, Donauinsel
22., 650 m stromauf der Donaustadtbrücke (rechtes Ufer der Neuen Donau stromauf Wehr 1 – Uferbegleitweg)
Trinkwasser und Erste-Hilfe-Station vorhanden.

▸ Holzgrillplatz Nr. 11, Donauinsel
22., 500 m stromauf der Donaustadtbrücke (rechtes Ufer der Neuen Donau stromauf Wehr 1 – Uferbegleitweg)
Trinkwasser, WC und Erste-Hilfe-Station vorhanden.

▸ Holzgrillplatz Nr. 12, Donauinsel
21., 350 m stromauf der Floridsdorfer Brücke (Inselfläche)
Trinkwasser, WC, Erste-Hilfe-Station sowie Parkplatz (bei der Floridsdorfer Brücke) vorhanden.

▸ Holzgrillplatz Nr. 13, Neue Donau
22., linkes Ufer, 200 m stromauf der Steinspornbrücke (Dammkrone)
Dieser Grillplatz befindet sich im Bereich einer Grillzone. Trinkwasser, WC, Erste-Hilfe-Station sowie Parkplatz (in der Nebenfahrbahn der Raffineriestraße) vorhanden.

▸ Holzgrillplatz Nr. 14, Donauinsel
22., auf Höhe der Steinspornbrücke, 100 m Richtung Donauufer (Inselfläche)
WC vorhanden.

▸ Holzgrillplatz Nr. 15, Donauinsel
22., 300 m stromab der Steinspornbrücke (Inselmitte, Erdwall)
Trinkwasser und WC vorhanden.

▸ Holzgrillplatz Nr. 16, Neue Donau
22., linkes Ufer, bei Lobgrundtor (Dammbereich)
Dieser Grillplatz befindet sich im FKK-Bereich. WC, Erste-Hilfe-Station.

GRILLZONEN

Innerhalb der Grillzonen kann jederzeit und ohne Voranmeldung gegrillt werden. Griller müssen selbst mitgenommen werden.

▸ Grillzone Neue Donau, linkes Ufer
22., zwischen Ostbahnbrücke und Steinspornbrücke
Trinkwasser, WC, Erste-Hilfe-Station.

▸ Grillzone Neue Donau, linkes Ufer
21., zwischen Brigittenauer Brücke und Brigittenauer Badebucht
Trinkwasser, WC, Erste-Hilfe-Station, Parkplatz.

HAIRSTYLING

FRISEUR

▸ Afro-Center
3., Fasangasse 43
Tel.: 798 59 44
Fax: 796 63 17
www.rufensie.at/afro-center/
Mo–Fr 9–18 u. Sa 9–16
Hier können Sie Ihr Haar verlängern lassen. Mit Raffinesse und Geschick werden echte oder falsche Locken in Ihre Haarpracht eingewoben oder auch -genäht, und Ihre Mähne wächst sozusagen aus dem Nichts – leider eine falsche Hoffnung für Glatzenträger. Aber auch diese sind willkommen: Bei der großen Auswahl an CDs und Videos kann man sich afrikanische Musikkultur pur geben.

▸ Be a good girl
7., Westbahnstraße 5
Tel.: 524 47 28
Fax: 524 47 28-14
E-Mail: goodgirl@beagoodgirl.com
www.beagoodgirl.com
Mo–Mi 10–19, Do, Fr 10–20, Sa 10–17
Neues Styling von Kopf bis Fuß. Von fetzigen Outfits bis zu den Kulttaschen von Freytag und Sonnenbrillen gibt's alles für den Körper. Den Kopf verschönern kann man im angeschlossenen Friseursalon. Haarschnitte von 35 bis 55 Euro.

... aber die Bösen kommen überallhin. (Foto: be a good girl)

▸ **Bundy & Bundy**
1., Habsburgergasse 3
Tel.: 535 53 53
www.bundy.at
Mo 10–18, Di, Mi 9–19, Do 9–20, Fr 9–19, Sa 8–16
Die bekannten Brüder Hans und Georg Bundy heimsen einen Preis nach dem anderen ein. Und mittlerweile können sich Wiens Frauen und Männer in nunmehr neun Salons vom Können der Bundys überzeugen. Preise: Damenhaarschnitt ab 70 Euro.

▸ **Er-Ich**
1., Griechengasse 7
Tel.: 535 66 77
Mo 13–19, Di–Fr 10–19, Sa 10–14
So bekannt und beliebt, dass er sogar zum Romanhelden in Wolf Wondratscheks „Mozart Friseur" wurde. Und spätestens – aber nicht nur – vor dem Opernball flüchtet sich die Wiener Prominenz zu Erich Joham, um das Letzte aus sich herauszuholen bzw. den Figaro machen zu lassen.

▸ **Erichs Kinderladen – Kinderfriseur**
18., Plenergasse 28
Tel.: 470 80 61
Di–Fr 9–18, Sa 8–12
Ein Laden wie ein Kinderzimmer mit Videorecorder. Benjamin Blümchen und Dornröschen schauen zu.

▸ **Fortschnitt**
4., Rechte Wienzeile 15
Tel.: 586 77 82
E-Mail: fortschnitt@hotmail.com
Mo 10–13, Di–Do 9–20, Fr 11–20, Sa 10–14
In einem von Wiens ersten trendigen Friseursalonen werden nicht nur moderne und schicke Haarschnitte kreiert, sondern es wird auch junge Kunst in Ausstellungen im Aktionsraum gezeigt.

Ein echter Fortschnitt. (Foto: Gina Baschant)

▸ **Frisurenwerkstatt Barbara Reichard**
1., Kärntner Straße 19
Tel.: 513 08 48
Fax: 513 08 48-48
E-Mail: office@frisurenwerkstatt.at
www.frisurenwerkstatt.at
Mo–Mi, Fr 9.30–19, Do 9–20, Sa 9–17
Kopfmassagen, Aromatherapien und entspannende Musik sollen den Besuch in Barbara Reichards Frisurenwerkstatt zu einem Erlebnis machen. Außerdem werden angeboten: Wimpernwelle, Haarverlängerungen, Typberatung. Nicht selten trifft man hier auf einige Promis. Damen bekommen ab ca. 50 Euro, Herren ab 30 Euro einen neuen Haarschnitt.

▸ **Fuchs**
8., Lederergasse 4
Tel.: 405 23 98
E-Mail: office@mfuchs.at
www.mfuchs.at
Mo 13–18, Di, Mi 9–18, Do 9–19.30, Fr 8–19.30, Sa 8–13.30 (Sommer 8–12)
Traditionsfriseur in der Josefstadt.

▸ **GMBHaar**
7., Kirchengasse 39
Tel.: 523 37 63
Fax: 523 37 63-11
E-Mail: hairstyling@gmbhaar.at
www.gmbhaar.at
Mo–Fr 11–21
Vermutlich einer der coolsten und schrägsten, auf alle Fälle aber farbenfrohesten Salons Wiens. Und: Man nimmt sich Zeit für den Kopf. Allein die Kopfmassage während des Shampoonierens ist den Besuch wert. Witzige Aktion: Zu zweit kommen und pro Person 30 Prozent weniger bezahlen. Fullservice ab 49 Euro.
Filiale: 4., Margaretenstraße 20, Tel:. 585 66 44

▸ **Grecht Company**
9., Spitalgasse 33
Tel.: 406 41 18
E-Mail: grecht.company@chello.at
www.grecht.com
Mo 13–19, Di, Mi 10–19, Do, Fr 9–19, Sa 9–15
Allerlei Prominenz kann man bei Grecht treffen, und die Klientel spricht für die Qualität des Friseurstudios. Sich anzumelden wäre übrigens von Vorteil. Wem es nichts ausmacht, seine Haare selber zu trocknen, dem wäre die „Wash & Cut – föhn it yourself"-Variante zwischen 32 und 40 Euro zu empfehlen (der Preis richtet sich nach der Haarlänge).
Werkstatt: Währinger Straße 53, Tel.: 403 80 55

H

▸ **Gruppa L'Ultima**
9., Nußdorfer Straße 29
Tel.: 317 45 80
E-Mail: g.mayer@gruppalultima.at
www.gruppalultima.at
Mo–Fr 9–19, Sa 8–14
Trendige Frisuren in super modernen Salons. Immer wieder werden auch Frisurenmodelle gesucht. Hairstyling und Haarshop der eigenen Produktserie im Eurocenter. Neun weitere Salons in Wien.

▸ **Haarmonie**
7., Neubaugasse 88
Tel.: 522 53 92
E-Mail: haarmonie@nextra.at
www.haarmonie.at
Di–Fr 9–19
Ganzheitlich, gesund und umweltbewusst – so lautet das Motto der Haarmonie-Salons. Zur Haarpflege werden ausschließlich Naturprodukte verwendet, die auch gleich käuflich erworben werden können. Wie wäre es zum Beispiel mit Herbanima-Shampoo oder einer Original-Wildschwein(-doch-nicht-etwa-aus-dem-Lainzer-Tiergarten?)borsten-Bürste?
Weiterer Salon: 8., Lange Gasse 52, Tel.: 405 73 44

▸ **Jacques Dessange**
1., Kohlmarkt 1
Tel.: 533 10 56
Fax: 533 10 56-6
E-Mail: dessange@meidl.at
www.dessange.at
Di–Fr 9–18.30, Sa 9–13
Pariser Chic und Charme nun auch in Wien – und das gleich zwei Mal. Jacques Dessange verwöhnt aber nicht nur die Haarpracht, sondern den ganzen Körper: mit Make-up, Lippenstiften, Nagellack, Masken und dem ganzen Drum und Dran für ein jüngeres Aussehen.
Weiterer Salon: 1., Wipplingerstraße 24–26,
Tel.: 533 75 06

▸ **Kopf2Art**
6., Gumpendorfer Straße 22
Tel.: 585 21 34
Fax: 585 21 34
E-Mail: kasho@gmx.at
www.kopf2art.at
Mo–Fr 10–20, Sa 10–15 u. nach Vereinbarung
Netter, sehr sympathischer Friseursalon, in dem man sich wie zu Hause fühlt. Wenn der eine Salon überfüllt ist, dann gehen Sie doch einfach zum „Haupt"-Friseur sechs Häuser weiter:
KopfArt, Gumpendorfer Straße 34, Tel.: 585 41 26

▸ **Michael Danler und Friseure**
1., Bauernmarkt 18 / 1. Stock
Tel.: 535 96 97 („Tag danach"-Hotline)
www.michaeldanler.com
Di–Fr 10–19, Sa 9–17
Ein Credo von Michael Danler lautet „Friseurbesuch hat Freizeitwert", und dementsprechend sieht auch der Salon aus – fast wie in einem Wohnzimmer mit einem Kronleuchter an der Decke, Parkettboden, Flügeltüren. Haarschnitt: 40 bis 65 Euro.

▸ **Mod's Hair**
4., Operngasse 24
Tel.: 585 35 92
Mo–Fr 10–20, Sa 9–17, Sommer: Sa 9–14
Modernes Haarstyling mit tollen Öffnungszeiten.

▸ **Navratil**
15., Westbahnhof, Europaplatz 1
Tel.: 892 34 37
Mo–Sa 7–20, So 8–13
Wer kennt das nicht: Nach einer langen Zugfahrt sitzt die Frisur einfach nicht, und ein neuer Schnitt wäre ohnehin einmal angebracht. Nur wohin an einem Sonntag, an dem man mit dem eigenen Spiegelbild so gar nicht zufrieden ist? – Der Navratil macht Verschönerungswünsche mit seinen tollen Öffnungszeiten möglich.

▸ **Ruppitsch & Theuermann**
1., Gonzagagasse 11
Tel.: 535 74 45
Di–Fr 10–21
Professionalität auf kleinem Raum. Schick das Ambiente mit einer Leseecke im Obergeschoß, wo man aufs Drankommen warten und währenddessen bei einem Kaffee von oben ganz genau den haarschneiderischen Fähigkeiten der Belegschaft zusehen kann. Vernünftige Preise.

Foto: Archiv

▸ Underground
8., Josefstädter Straße 29
Tel.: 407 16 07
www.underground.or.at
Mo 13–18, Di, Mi 9–18, Do, Fr 9–20, Sa 8–13
Extravagante und trendige Frisuren – ganz im Stil des Londoner Underground. Einfach einen Blick auf die Homepage werfen und Ideen für den nächsten Haarschnitt sammeln. Angebot: Waschen und Schneiden mit Selberföhnen: 21 bis 36 Euro.

▸ Wifi
18., Währinger Gürtel 97
Tel.: 476 77
www.wifiwien.at/
Mo–Fr 9–12 u. 13–15
Absoluer Geheimtipp für Sparefrohs: Beim Wifi am Währinger Gürtel schneiden Friseurlehrlinge, unter den aufmerksamen Augen der AusbildnerInnen, um wohlfeile 5 Euro die Haare. Waschen, Schneiden, Föhnen, Färben, Dauerwelle um absolut günstige 10 Euro. Allerdings kann es zu längeren Wartezeiten kommen, und wenn ganz viele Leute vor einem sind, geht unter Umständen gar nix mehr. Tipp: Handtücher selber mitbringen.

PERÜCKE UND TOUPET

▸ Blizzfrizz – der Coiffeur
10., Bernhardstalgasse 47
Tel.: 603 09 48
www.blizzfrizz.at
Mo 12.30–18, Di, Mi, Fr 8–18, Do 8–20, Sa 8–13
Perücken und Toupets, die aussehen wie echtes Haar.

▸ Fritz Brennig
6., Magdalenenstraße 22
Tel.: 587 67 25
www.brennig.at
Mo–Fr 8–17
Maßangefertigte Perücken in den unterschiedlichsten Farbnuancen – je nach Wunsch.

▸ L & H Karglmayer
1., Bauernmarkt 24
Tel.: 535 44 07
E-Mail: lhk-haar@karglmayer.at
www.karglmayer.at
Mo 13–18, Di, Mi, Fr 9–18, Do 9–20, Sa 9–13, Juli u. Aug geschlossen
Perücken und Toupets in unterschiedlichen Ausfertigungen. Auf Wunsch können Perücken auch maßgeschneidert werden. Übrigens: Auf der Homepage kann man sich ansehen, was ein Haareinsatz so bewirken kann.

▸ Leo Coiffeur
1., Rotenturmstraße 19
Tel.: 533 32 05
Fax: 535 03 20
www.leo-coiffeur.com
Mo–Fr 10–19, Mi 10–18
Haarteile und Perücken in jeder Länge und Farbe. Filialen: 1., Rotgasse 6, Tel.: 533 32 05; 1., Bauernmarkt 16, Tel.: 535 55 01

ZUBEHÖR

▸ Coiffeur Shopping Center
9., Liechtensteinstraße 24
Tel.: 315 69 20
Fax: 315 69 21
E-Mail: csc@haartrend.com
www.haartrend.com
Mo–Fr 8.30–18, Sa 9–12, Juli u. Aug geschlossen
Die Adresse für Friseurbedarf, angefangen von kosmetischen Produkten wie Dauerwellen, Farben oder Haarsprays über Pflegeprodukte wie Haarshampoos oder ätherische Öle hin zu den etwas schärferen Mitteln im Repertoire eines Figaro (Wasserstoffe, Blondierungen). Das Sortiment an Zubehör reicht von der Bürste über den Kamm hin zu Haarschneidemaschinen und Scheren – natürlich verschiedenster Hersteller. Und Dinge wie Dauerwellwickler, Haarschneidemäntel oder Trockenhauben kehren wir der Kürze halber einfach unter den Tisch.

▸ Haardware
8., Alser Straße 57
Tel.: 405 68 22
Fax: 405 68 22
E-Mail: office@haardware.at
www.haardware.at
Mo–Fr 9–18, Sa 10–13
Pflege- und Stylingprodukte, alle Arten von Farben und Tönungen, Zubehör wie Messer, Scheren und Kämme sowie Föhns und Haarschmuck.

▸ Hairbase – Friseurbedarf
18., Währinger Straße 99
Tel.: 315 41 89
Fax: 315 41 89
E-Mail: office@friseurbedarf.at
www.hairbase.at
Mo–Fr 9–18, Sa 9–12
Hier gibt es alles, was zu einer perfekt gepflegten Frisur notwendig ist: angefangen von den Kosmetikartikeln diversester Hersteller über Bürsten, Glätteisen und Haarschneidemaschinen hin zu Föns und Modeschmuck. Der ganze Online-Produktkatalog ist ausführlich und schön übersichtlich gestaltet.

HANDSCHUHE

▸ **Amit Christine**
7., Neubaugasse 40
Tel.: 522 69 93
Mo–Fr 10–18, Sa 9–13
Lederhandschuhe in Übergrößen, Reparatur.

▸ **Handschuhe Derby**
1., Plankengasse 5
Tel.: 512 57 03
www.derby-gloves-vienna.com
Mo 12.30–18, Di–Fr 10–17, Sa 10–17
Familienbetrieb mit allen Arten von Handschuhen: Ballhandschuhe, Buntes in Leoparden- oder Karomuster, mit Pailletten bestickte Modelle – für jeden Anlass und jedes Outfit.

▸ **Handschuhpeter**
3., Landstraßer Hauptstraße 83–85
Tel.: 715 97 31
www.handschuhpeter.at
Mo–Fr 9–12.30 u. 13–18, Sa 9–12.30
Seit 1838 erzeugt die Firma Peter Handschuhe. Wer so lange im Geschäft ist, der weiß, wie man die Finger seiner KundInnen warm und schön macht. Egal ob Leder oder Strickhandschuh, egal ob Abend- oder Sicherheitshandschuh: Hier bekommt man alles für die Finger.
Weiterer Shop: 12., Meidlinger Hauptstraße 36

▸ **Remesberger**
1., Freisingergasse 4
Tel.: 533 63 71
Mo–Fr 10–18, Sa 10–17
Im eher kleinen, aber feinen Geschäft gleich hinter dem Petersplatz bekommt man alle Arten von hochqualitativen Handschuhen – fürs Autofahren, für den sonntäglichen Spaziergang, fürs Galadiner bis hin zur Ballausstattung. Ab etwa 63 Euro ist man dabei, Herr wie Dame.

▸ **Roeckl**
1., Kohlmarkt 8–10
Tel.: 533 81 42
Fax: 535 16 38
www.roeckl.de
Mo–Fr 10–19, Sa 10–18
Roeckl führt 21 Filialen in Deutschland und seit Kurzem eine am Wiener Kohlmarkt. Im Sortiment: Handschuhe für Frauen und Männer aus Nappaleder, mit Seidenfutter, wahlweise mit handgemachten Stickereien oder auch mit Cashmere-Futter. Oder wie wär's mit bedrucktem Kalbfell? – Natürlich handgenäht.

HANDYNETZ

▸ **3 store – Hutchison**
6., Mariahilfer Straße 65
Tel.: 585 80 89-0
Fax: 585 80 89-20
E-Mail: ma65@drei.com
www.drei.com
Mo–Fr 9.30–19.30, Sa 10–18

▸ **A1**
1., Rotenturmstraße 23
Tel.: 0800/66 43 00
Fax: 331 61-46 69
E-Mail: kundendienst@a1.net
www.a1.net
Mo–Fr 9–18.30, Sa 9–17

▸ **One**
1., Stephansplatz 8a
Tel.: 0699/16 99 90 15
Fax: 0699/46 99 90 15
E-Mail: oneworld.stephansplatz@one.at
www.one.at
Mo–Fr 9–19, Sa 9–17

▸ **Telering**
7., Mariahilfer Straße 106
Tel.: 522 65 16
Fax: 522 65 16-20
E-Mail: mariahilferstrasse106@telering.at
www.telering.co.at
Mo–Fr 9–19, Sa 9–17

▸ **T-Mobile**
1., Kärntner Straße 21
Tel.: 0676/208 00
E-Mail: service@t-mobile.at
www.t-mobile.at
Mo–Fr 10–19, Sa 9–17

Pantoffeln für die Schuhe von Roeckl. (Foto: Archiv)

HAUSHALT

NÜTZLICH UND SCHÖN

▸ AHA Wohnen und Schenken
1., Wollzeile 29
Tel.: 513 13 11
Mo–Fr 10–18.30, Sa 10–17
Von der Alessi-Obstschale bis zum Ritzenhoff-Glas, vom tollen Mixer, der zum Mixen fast zu schade ist, bis zu Sommersandaletten mit Gras-Fußbett – viele Geschenkideen und Sachen, die man sich gerne auch einmal selber gönnt.

Alu für alle. (Foto: Archiv)

▸ Aluminium
1., Wollzeile 18
Tel.: 512 01 07
Mo–Fr 8–18, Sa 8–12, Juli u. Aug: Sa geschlossen
Töpfe, Pfannen, Servierhilfen – in allen Variationen und unterschiedlichem Material (aber vieles aus Aluminium). Auch: ausgewähltes Porzellan wie Olivenschiffchen, Saucieren und kleine eckige und runde Schüsselchen für die perfekte Tafel.

▸ Compostella
7., Mariahilfer Straße 38–40 (Gerngross)
Tel.: 522 49 42
www.compostella.at
Mo–Fr 9.30–19, Do 10–21, Sa 9.30–18
Praktische Haushaltsgeräte, Kochgeschirr, edles Porzellan, moderne Wohnaccessoires, großes Angebot an Geschenkartikeln.

▸ Deckenbacher & Blümner
1., Kärntner Straße 21–23
Tel.: 512 31 90
www.solinger.at
Mo–Fr 9.30–18.30, Sa 9.30–18
Das Fachgeschäft für Stahlwaren jeder Art: vom Steakmesser und Käsemesser bis zum Brot- und Schälmesser – für nahezu alle „Schneidegelegenheiten" das richtige, stilvolle Werkzeug.

▸ Eisner
6., Stumpergasse 63–65
Tel.: 597 07 01
www.eisner.at
Mo–Fr 9.30–18.30, Sa 9.30–13.30
Das Spezialgeschäft für Tischkultur und Hochzeitslisten führt alles für das perfekte Ambiente bei Tisch, wie edles Porzellan, ausgewähltes Besteck, Gläser, kleine Geschenkideen, aber auch Schmuckkollektionen der Häuser Augarten und Swarovski. Außerdem: Hochzeitstische.

▸ Haardt & Krüger
1., Schottengasse 3a
Tel.: 533 73 29
www.haardt-krueger.com
Mo–Fr 9.30–18, Sa 9.30–17
Hier gehen Geschirrträume in Erfüllung! Besteck, Geschirr, Gläser exquisiter Marken, modernste Espressomaschinen und Küchengeräte, die fast zu schade zum Benützen sind – und natürlich Alessi-Produkte in Hülle und Fülle.

▸ Kare
6., Mariahilfer Straße 5
Tel.: 585 62 11
www.kare-design.com
Mo–Fr 9.30–19, Do bis 21, Sa 9–18
Alles fürs Zuhause: vom Duschvorhang und den dazupassenden Zahnputzbechern über Müslischalen, Cocktail- oder Caffé-Latte-Gläser und vom Aschenbecher (auch Standaschenbecher wie von anno dazumal) bis zu Bilderrahmen, coolem Kitsch, Büchern für das richtige Stylen der Wohnung usw.

▸ Ostovics
1., Stephansplatz 9
Tel.: 533 14 11
Mo–Fr 10–18.30, Sa 10–17
Wiens beste Auswahl für Designertöpfe und -pfannen zur perfekten Zubereitung eines schönen Essens, dazu erlesene Stücke für eine ebenso gelungene Tischkultur.

▸ Rasper & Söhne
1., Am Graben 15
Tel.: 534 33
www.rasper.at
Mo–Fr 10–18.30, Sa 10–18
Traditionsreiches Haus am Graben, das seit 1832 für elegante Tischdekoration sorgt. Rasper & Söhne versendet übrigens auch kostenlos Kundenzeitungen, die online bestellt werden können, mit vielen Tipps zu einem gelungenen Ambiente in den eigenen vier Wänden.

▸ Slama
6., Mariahilfer Straße 71
Tel.: 587 36 21
www.slama.at
Mo–Fr 9.30–18.30, Sa 9.30–18
Was für eine Auswahl! Mit Sicherheit eines der schönsten und geschmackvollsten Geschäfte Wiens – lädt doch allein die Auslage zum Schauen und Staunen ein. Drinnen gibt es für jede Geldbörse und jedes Bedürfnis (eine neue Pfanne, Auflaufform, oder doch ein neues Ritzenhoff-Glas oder jene tolle moderne Vase) das Passende.

▸ WMF
6., Mariahilfer Straße 62
Tel.: 523 53 55
E-Mail: fachgeschaeft+803@wmf.at
www.wmf.at
Mo–Fr 9.30–19, Sa 9.30–18
Praktisch und doch elegant – das zeichnet das Angebot von WMF seit Jahren aus. Allein die Homepage macht Lust auf die zum Teil außergewöhnlichen Dinge, die es hier zu erstehen gibt: Partygabel und Häppchenlöffel, damit man immer eine Hand frei hat, Kiwi- und Müslilöffel, eigenes Grapefruitbesteck, Gewürzmühlen in edlem Design, Toastständer und und und …

PORZELLAN

▸ Manufaktur Augarten
2., Obere Augartenstraße 1
Tel.: 211 24 18
E-Mail: augarten@augarten.at
www.augarten.at
Mo–Fr 9.30–18, Sa, So geschlossen
In der Manufaktur Augarten wird seit fast dreihundert Jahren elegantestes Porzellan von Hand hergestellt. In einer etwa einstündigen Führung werden die einzelnen Arbeitsschritte bis hin zum bemalten Porzellan erkennbar. Geschäfte auch auf der Mariahilfer Straße und im 1. Bezirk, Stock-im-Eisen-Platz (Sa 9.30 bis 18 Uhr).

▸ Rosenthal
1., Kärntner Straße 16
Tel.: 512 39 94
Fax: 512 14 66
E-Mail: office@rosenthal.at
www.rosenthal.at
Mo–Fr 10–18.30, Sa 10–17
Wien-Niederlassung des aus Bayern stammenden Porzellanhauses. Jede Tafel wird mit diesem Geschirr zum Blickfang, haben doch auch schon Künstler wie Salvadore Dalí oder Fritz Wotruba, Attersee oder Versace ihre Spuren auf Tellern, Tassen etc. hinterlassen.

Probier taste it. Slama. (Foto: Archiv)

SEHR SPEZIELL

▸ Elektro Taste it
1., Wollzeile 27
Tel.: 512 94 23
Fax: 512 94 23-2
E-Mail: taste.it@chello.at
www.tasteit.at
Mo–Fr 10–18, Sa 10–15, Juli u. Aug: Sa 10–13
Ganz frisch umgebaut von der Architektengruppe propeller z, gibt es hier den besten Shop für italienische Espressomaschinen weltweit. Und weil die beste Maschine ohne guten Kaffee nur Plürre brühen würde, werden tolle Röstungen ebenfalls verkauft. Und noch Schokolade. Probetrinken kann man auch, deshalb: So gute Espressi kann man in Wien nur selten kosten. Viva la crema!

SILBER

▸ Jarosinski & Vaugoin
7., Zieglergasse 24
Tel.: 523 33 88
Auch wenn die schwarz-blaue Regierung im Höllentempo darauf drängt, das letzte Tafelsilber der Republik zu verschleudern, gibt es privat noch immer die Möglichkeit, sich welches anzuschaffen. 200 Besteckmodelle, silbernes Tafelgerät in mannigfacher Form oder auch die Replika der Saliera (das ist das Salzfaß von Benvenuto Cellini, das aus dem Kunsthistorischen Museum geklaut wurde), allerdings in Silber, werden in Handarbeit produziert. Beeindruckender Betrieb.

HAUSZUSTELLUNG

BIO

Viele Biobauern aus Wien und Umgebung beliefern auf Wunsch gestresste Großstädter mit wirklich gesundem, weil aus kontrolliert biologischem Anbau stammendem Gemüse und Obst. Mittlerweile haben die meisten Biozusteller ihr Angebot dermaßen erweitert, dass man eigentlich kaum noch in den Supermarkt zu gehen bräuchte: Fleisch, Brot, Säfte, Öle, Tees, Gewürze, Teigwaren … Da die meisten Zusteller mehr oder weniger fixe Routen in Wien befahren, kann es sein, dass diese nicht am gewünschten Tag liefern. Apropo Stichwort Supermarkt: Auch dort muss man nicht mehr unbedingt hingehen, sondern kann sich das Lebensnotwendige zustellen lassen …

▸ Biohof Adamah
2282 Marktgrafneusiedl, Glinzendorf 7
Tel.: 02248/2224-0
www.adamah.at
Hofladen: Di,. Do 13–19, Fr 9–19, Sa 9–16
Biokistln in allen erdenklichen Variationen; Gemüse nach Saison, Sauergemüse, Getreide und Getreideprodukte, Brot, Teigwaren …

▸ Biohof Gehringer
2042 Guntersdorf, Retzerstraße 52
Tel.: 02951/2485 od. 0664/431 21 17
E-Mail: bio.gehringer@noe.at
www.ibios.at
Hofladen: Sa 8–18
Gemüse, Obst, Öle, Tees, Gewürze, Kräuter, Getreide und Getreideprodukte, Säfte, Sauergemüse, Teigwaren, Wein, Honig, Rezepte.

▸ Biokistl Weber
3820 Kollmitzdörfl 9
Tel.: 02846/298
E-Mail: info@biokistl.at
www.biokistl.at
Gemüse, Obst, Milchprodukte, Fleisch, Wurst, Geflügel, Eier, Backwaren, Essige und Öle sowie Kosmetika … Mindestbestellwert: 22 Euro.

▸ Frisch und Frei Hauszustellung
8., Wickenburggasse 14/9
Tel.: 408 10 10
E-Mail: info@frischundfrei.at
www.frischundfrei.at
Infos telefonisch: Mo–Fr 9–15
Produkte aus biologischer Landwirtschaft. Hauszustellung in Wien und Umgebung.

▸ Mitters gesunde Ökokiste
2384 Breitenfurt, Römerweg 13a
Tel.: 02239/342 81
Fax: 02239/342 96
E-Mail: mitters.oeko-kiste@aon.at
www.mitters-oeko-kiste.at
Gemüsekiste, Obstkiste, Singlekiste, Mutter-Kind-Kiste, Jausenkiste, Obst, Säfte, Milch(-produkte), Käse, Wurst … Rezepte.

LEBENSMITTEL, SONSTIGE

▸ Billa Hauszustellung
2255 Wiener Neudorf, Industriezentrum NÖ-Süd, Straße 3, Obj. 16
E-Mail: hotlinebilla@billa.co.at
www.billa.at
Mo–Fr 8–19, Sa 8–17
Es gibt vier Bestellzeitpunkte pro Tag (8 Uhr, 11 Uhr, 13 Uhr und 15 Uhr), nach denen sich der Auslieferungszeitraum richtet (beginnt sechs Stunden später oder am nächsten Tag). Beliefert werden alle Bezirke in Wien, und berechnet wird eine Zustellgebühr in 50-Kilogramm-Schritten (zu je 7,19 Euro). Der Mindestbestellwert liegt bei 21,80 Euro. Bestellung ist nur übers Internet möglich.

▸ Bofrost
20., Pasettistraße 76
Tel.: 334 06 61 od. 05266/871 38 31 (Hotline)
Fax: 334 06 62
www.bofrost.at
Bofrost ist der wirkliche Spezialist, wenn im Kühlschrank Tiefkühlwaren fehlen. Torten, Eiscreme, Fisch, Fleisch, Geflügel, Obst und Gemüse, Fertiggerichte und Suppen – kurz: alles, was man tiefkühlen kann, wird von Bofrost an die Haustüre geliefert.

▸ Hausfreund
22., Schiffmühlenstraße 81
Tel.: 599 92-0
Fax: 599 92-16
E-Mail: office@hausfreund.at (keine Bestellungen)
www.hausfreund.at
telefonische Bestellung: Mo–Do 8–18, Fr 8–16
Der Zustellservice, der den Einkauf bis an die Haustüre bringt. Und so einfach geht es: Waren aus dem Katalog auswählen, telefonisch, per Fax oder online bestellen und am nächsten (Werk-)Tag zum vereinbarten Zeitpunkt (zwischen 10 und 22 Uhr) entgegennehmen. Der Service kostet jedenfalls 5 Euro (bei weniger als 30 Euro Warenwert nochmal 6 Euro dazu). Brauchen Sie die Lieferung noch am selben Tag, zahlen Sie einen Aufschlag (6 Euro).

▸ Merkur direkt
2355 Wiener Neudorf, Industriezentrum NÖ Süd, Straße 3, Obj. 16
Tel.: 720 20 20-720
www.merkurdirekt.com
Mo–Fr 8–19
Sie bestellen (per Telefon, aus Katalog oder online), Merkur bringt's. Bei Kleinverbrauchermengen (Mindestbestellung etwa 43,50 Euro) zwischen 19 und 22 Uhr (6,45 Euro), für Großverbraucher (ab 120 Euro) am Nachmittag (13.30 bis 17.30 Uhr (5,99 Euro), aber alles zum vereinbarten Zeitpunkt. Und es gibt das bewährte Merkur-Sortiment, den „verdammt-hart…"-Service und eine Reklamationsnummer, falls doch einmal etwas danebengehen sollte.

SOCKEN

▸ Blacksocks Sockenabonnement
18., Währinger Straße 94
Tel.: 403 99 88
Fax: 403 99 88
E-Mail: gerda.mayer@blacksocks.at
www.blacksocks.at
Nie wieder Sockensorgen verspricht Blacksocks, denn als Sockenabonnent erhält man mehrmals im Jahr drei Paar gleich aussehende schwarze Socken oder Kniestrümpfe zugeschickt. Sie können verschiedene Größen aussuchen, um die Farbe Schwarz kommen Sie allerdings nicht herum (auch nicht, wenn Sie Arzt sind). Preis: ab 69 Euro (für 3 x 3 Paar Socken).

HEADSHOPS

▸ Blumen per Lumen
7., Zieglergasse 88–90
Tel.: 523 61 50
E-Mail: info@headshop.at
www.headshop.at
Di–Fr 10.30–19, Sa 10–16
Bietet die komplette Ausstattung sowie die nötige Beratung zur erfolgreichen Aufzucht der Zierpflanze Hanf.

▸ Bushdoctor
7., Kirchengasse 19
Tel.: 524 04 40
Fax: 524 04 24
E-Mail: shop@bushdoctor.at
www.bushdoctor.at
Mo–Fr 10–19, Sa 10–17
Von den Samen bis zur Beleuchtung – das komplette Sortiment zur Zucht. Es gibt nur eine Devise: Hanf für alle.

Foto: Archiv

▸ CIA – Cannabis in Austria
8., Piaristengasse 38
Tel.: 402 67 29
E-Mail: info@hanfsamen.at
www.hanfsamen.at
Di–Fr 11–19, Sa 11–17
Exquisite Hanfsamen-Kollektion. Im nett gemachten Webshop kann man alles bestellen, was man für die ertragreiche Hanfplantage in den eigenen vier Wänden benötigt.

Foto: Archiv

▸ Was denn … Head- & Growshop
3., Landstraßer Hauptstraße 50a (Eingang Sechskrügelgasse 2)
Tel.: 712 12 38
Fax: 712 12 38
E-Mail: was-denn@was-denn.at
www.was-denn.at
Mo–Fr 10.30–18.30, Sa 10–15
Headshop (Wasser- und Keramikpfeifen, Papers, Waagen und Accessoires) und Growshop (von Samen übers Gewächshaus bis zur Klimatechnik).

Foto: Archiv

HI-FI

▸ **Bang & Olufsen Zwirn**
6., Stiegengasse 16–18
Tel.: 587 89 88
Fax: 587 02 14
E-Mail: zwirn@b-o.at
Mo, Di, Mi, Fr 10–18, Do 10–19, Sa 10–13
Nomen est omen: nur Bang & Olufsen. Edle Teile, nicht wirklich billig.

▸ **Disco Store**
16., Weiglgasse 16
Tel.: 895 63 55
www.disco-store.at
Mo–Fr 13.30–19
Für DJs und Veranstalter und Private, die sich zu Hause als DJ versuchen.

▸ **Friendly House**
4., Favoritenstraße 25
Tel.: 503 4 503
www.friendlyhouse.at
Mo, Di 14–19, Mi, Do 12–19, Fr 12–20, Sa 12–17
DJ- und Studio-Eqipment. Und Platten.

▸ **Hi-Fi Aktiv**
6., Mariahilfer Straße 47/5
Tel.: 581 49 39
www.hifiaktiv.at
Mo–Fr 10–18, Sa 10–13
Obwohl das Geschäft etwas versteckt im Hof liegt, braucht es den Vergleich mit anderen Fachhändlern nicht zu scheuen. Nur vom Feinsten. CD-Player ab 250 Euro, nach oben kein Limit.

▸ **Home Cinema Store**
6., Hofmühlgasse 23
Tel.: 597 69 76
Fax: 597 69 76
Mo–Fr 11–19, Sa 11–17
Heimkino, wie es sein soll. Projektoren und Plasmaschirme, Verstärker, Lautsprecher und Leinwände. Für alle, die sich's fernsehmäßig zu Hause voll besorgen wollen. Mit eigener DVD-Abteilung.

▸ **House of Hi-Fi**
7., Neubaugasse 11
Tel.: 523 27 79
Fax: 526 25 39
E-Mail: beresin@houseofhifi.at
www.houseofhifi.com
Mo–Fr 10–18.30, Sa 10–17
Seit drei Jahrzenten Hifi-Geräte der Spitzenklasse, im oberen Preissegment.

▸ **Life like**
7., Schottenfeldgasse 60
Tel.: 524 82 22-0
www.lifelike.at
Mo–Fr 14–19.30, Sa 12–16 (besser mit Voranmeldung)
Sie haben trotz guter Anlage einen echt schlechten Sound zu Hause? Wie wär's mit einer akustischen Raumkorrektur? Keine Angst, es wird nicht gleich umgebaut. Oft reichen kleine Veränderungen aus, um die Akustik zu verbessern. Ein Stereo Premium Partner mit ausschließlich High-End-Geräten.

▸ **Longtone**
7., Burggasse 114
Tel.: 523 70 25
www.longtone.at
Di–Fr 10–18.30, Sa 10–17 Uhr
Solides Hi-Fi-Geschäft, das neben einigen Klassikern auch eine schöne Auswahl an gebrauchten Geräten anbietet.

▸ **Raum und Akustik**
8., Lerchenfelder Straße 30
Tel.: 405 93 03
E-Mail: raum-akustik@aon.at
Mo–Fr 10–18, Sa 10–13
Sehr gutes Preis-Leistungs-Verhältis. Kompetente Beratung.

▸ **Sound Company**
1., Concordiaplatz 2
Tel.: 535 25 05
www.soundandvision.at
Mo–Fr 10–18, Sa 10–13
Wie sagt man so schön: High-End. Qualität hat ihren Preis.

BRAUTKLEID UND SMOKING

▸ Brautsalon Flossmann
1., Riemergasse 11
Tel.: 512 01 66
E-Mail: info.flossmann@chello.at
www.flossmann.at
Mo–Fr 10–18, Sa 9–12
Träume in Weiß und Creme für den schönsten Tag im Leben. Nicht nur für die Braut, sondern auch das passende Outfit für den Bräutigam. Brautkleider, Frack und Smoking werden übrigens auch verliehen.

▸ Joppich
6., Mariahilfer Straße 101–103
Tel.: 597 70 70 (Kundenhotline für alle Shops)
www.balina.at
Mo–Fr 9.30–18.30, Do 9.30–21, Sa 9.30–18
Das Brautkleid für die Braut, Plus: alle Accessoires für das richtige Hochzeits-Outfit (Diadem, Schleier, Handschuhe, Strumpfhalter, Dessous, Schuhe usw.) Zweigstellen: 6., Mariahilfer Straße 92; 10., Favoritenstraße 108; 23., Wittgensteinstraße 149

▸ Marryland
19., Döblinger Hauptstraße 15
Tel.: 369 42 50
www.marryland.at
Mo–Fr 9–18, Sa 9–17
Zu Recht heißt das Marryland „das Hochzeitshaus“, denn nicht nur Brautkleider (wunderschön und auf der liebevoll gestalteten Homepage in voller Größe zu bewundern), sondern alles, was zu einer Hochzeit gehört, wird hier organisiert: Videos, Hochzeitsfotos, Hochzeitsanzeigen, Menü- und Tischkarten, Kerzen in allen erdenklichen Varianten für eine wirklich gelungene Hochzeitstafel – und natürlich der Brautstrauß (wieder mit Fotos). Da bekommt man Lust aufs Heiraten.

▸ Mathu Mode & Design
13., Maxingstraße 11
Tel.: 879 34 45
www.mathu.at
Mo–Fr 10–18, 1. Sa im Monat 10–17
Sie möchten eher unkonventionell heiraten, also nicht unbedingt in den traditionellen Farben Weiß oder Beige? Oder haben Sie ganz genaue Vorstellungen von Ihrem Traumkleid, nur leider gibt es genau dieses in ganz Wien nicht? – Dann auf zu Mathu.

▸ Monalisa Brautmoden
6., Mariahilfer Gürtel 28
Tel.: 597 97 05
Fax: 595 49 05
www.monalisa-brautmoden.at
Mo–Fr 9.30–18.30, Sa 9–17
Brautkleider für jeden Geschmack.

▸ Pronuptia de Paris
1., Schwarzenbergstraße 1–3
Tel.: 513 20 25
Mo–Fr 9.30–18, Sa 9.30–13
Exklusive Brautmode von Designern wie Chanel, Joop.

FESTORGANISATION

▸ Feste feiern
2., Obere Augartenstraße 18a
Tel.: 942 07 75 od. 0699/19 42 07 75
Fax: 942 07 75
E-Mail: office@feiern-feste.at
www.feiern-feste.at
nach Vereinbarung
Für jedes Budget erstellt die Agentur den perfekten Hochzeitsplan mit allem Drum und Dran.

▸ Wedding Planner
3., Paulusgasse 13/9
Tel.: 718 88 74
Fax: 718 93 76
E-Mail: office@elegantevents.at
www.elegantevents.at
Mag. Michaela Honies organisiert Hochzeiten mit den unterschiedlichen Basispaketen (Standesamt, erweitertes Paket mit Agape, Festdinner, Fiakerfahrt).

Brautschau. Bei Joppich. (Foto: Archiv)

STANDESAMT

Neben den angeführten Standesämtern gibt es auch die Möglichkeit, „außer Haus" zu heiraten. Trauungen finden dann Mo bis Fr 16.30 bis 18 Uhr und Sa bis 14 Uhr statt. Zur Verfügung stehen folgende Orte: Schloss Schönbrunn, Belvedere, Hofburg, Donauturm, Riesenrad, Schmetterlinghaus im Burggarten, KunstHausWien, Schiffe der DDSG Blue Danube und der Donau-Schifffahrt Pyringer-Zopper und eine Oldtimer-Straßenbahn.

▸ **Standesämter**

Innere Stadt, für den 1., 6., 7., 8. und 9. Bezirk:
8., Schlesingerplatz 4,
Tel.: 401 34-085 91, Fax: 401 34-99-08-580,
E-Mail: post-a08@m61.magwien.gv.at,
Mo–Fr 8–12 u. Do 15.30–17.30

Brigittenau, für den 2. und 20. Bezirk:
20., Brigittaplatz 10,
Tel.: 331 34-205 80, Fax: 331 34-99-20-580,
E-Mail: post-a20@m61.magwien.gv.at,
Auskunft: Mo–Mi, Fr 7.30–15, Do 7.30–17.30

Landstraße:
3., Karl-Borromäus-Platz 3,
Tel.: 711 34-035 89, Fax: 711 34-99-03-580,
E-Mail: post-a03@m61.magwien.gv.at,
Auskunft: Mo–Fr 7.30–15, Do 7.30–17.30

Margareten, für den 4., 5. und 12. Bezirk:
5., Schönbrunner Straße 54,
Tel.: 546 34-055 89, Fax: 546 34-99-05-589,
E-Mail: post-a05@m61.magwien.gv.at

Favoriten, für den 10. und 11. Bezirk:
10., Keplerplatz 5,
Tel.: 605 34-105 89, Fax: 605 34-99-10-580,
E-Mail: post-a10@m61.magwien.gv.at

Hietzing, für den 13., 14., 15. und 23. Bezirk:
13., Hietzinger Kai 1–3,
Tel.: 878 34-135 85, Fax: 878 34-99-13-590,
E-Mail: post-a13@m61.magwien.gv.at

Ottakring, für den 16. und 17. Bezirk:
16., Richard-Wagner-Platz 19,
Tel.: 491 96-165 89, Fax: 491 96-99-16-587,
E-Mail: post-a16@m61.magwien.gv.at

Währing, für den 18. und 19. Bezirk:
18., Martinstraße 100,
Tel.: 476 34-185 94, Fax: 476 34-99-18-590,
E-Mail: post-a18@m61.magwien.gv.at

Floridsdorf:
21., Am Spitz 1,
Tel.: 277 34-215 89, Fax: 277 34-99-21-580,
E-Mail: post-a21@m61.magwien.gv.at

Donaustadt:
22., Siebeckstraße 7/3,
Tel.: 211 23-225 89, Fax: 211 23-99-22-580,
E-Mail: post-a22@m61.magwien.gv.at,
Mo–Fr 8–12 u. Do 15.30–17.30

HOTEL & PENSION

APPARTEMENT

▸ **Carlton**

1., Riemergasse 13
Tel.: 533 64 79

Appartements eignen sich vor allem für längere Wien-Aufenthalte. Garçionnere, 40 m² (Wohn-/Schlafraum, Bad/WC, Kitchenette) ab 712 Euro im Monat; Dachterrassenwohnung, 135 m², (Wohnsalon, 2 Schlafzimmer, 2 Bäder/WC, Küche) ab 2.140 Euro im Monat. Zweite Adresse: 1., Singerstraße 18

GÜNSTIG

▸ **Andreas**

8., Schlösselgasse 11
Tel.: 405 34 88
E-Mail: andreas.hotelpension@vienna.at

Familienbetrieb, in Uni-Nähe mit 40 Zimmern. Einzelzimmer ab 45 Euro.

▸ **Hotel-Pension Wild**

8., Lange Gasse 10
Tel.: 406 51 74
Fax: 402 21 68
E-Mail: info@pension-wild.com
www.pension-wild.com

Freundliche und herausragend günstige Zimmer. (Standard mit Etagendusche und -WC, Komfort mit Etagen-WC und Luxus mit Dusche und WC auf dem Zimmer.) Zimmer von 37 bis 102 Euro.

Foto: Archiv

▸ **Pension Astra**

9., Alser Straße 32
Tel.: 402 4354
E-Mail: office@hotelpensionastra.com

Zentrumsnähe, ruhige, familiäre Atmosphäre. Einzelzimmer, nur Dusche, ab 40 Euro.

▸ Post
1., Fleischmarkt 24
Tel.: 515 83
Fax: 515 83-808
E-Mail: office@hotel-post-wien.at
www.hotel-post-wien.at
Moderne Zimmer im Zentrum Wiens. Zu den Stammgästen zählten einst Wolfgang Amadeus Mozart, Friedrich Nietzsche und Joseph Haydn. Zimmer von 36 bis 136 Euro.

▸ Strandhotel Alte Donau
22., Wagramer Straße 51
Tel.: 204 40 40
Fax: 204 40 40-40
E-Mail: welcome@strandhotel-alte-donau.at
www.strandhotel-alte-donau.at
Sich nach einer Shopping- oder Sightseeingtour am hoteleigenen Badestrand erfrischen, das hat schon etwas – ist möglich im Strandhotel Alte Donau und seiner Dependance mit modern ausgestatteten und ruhigen Zimmern. Zimmerpreise 38 bis 53 Euro, in der Dependance 61 bis 98 Euro.

H

LUXUS

▸ Altstadt Wien
7., Kirchengasse 41
Tel.: 526 33 99
Fax: 523 49 01
E-Mail: hotel@altstadt.at
www.altstadt.at
Kleines, aber sehr feines Hotel in einem vornehmen Bürgerhaus mitten im 7. Bezirk mit geschmackvollem Interieur – jedes Zimmer wirkt wie ein äußerst stimmiges Kunstwerk –, ausgezeichnetem Service und freundlicher Aufnahme. Doppelzimmer ab 149 Euro.

▸ Arcotel Wimberger
7., Neubaugürtel 34–36
Tel.: 521 65
Fax: 521 65-810
E-Mail: wimberger@arcotel.at
www.arcotel.co.at
Moderne Zimmer mit Klimaanlage, Zimmersafe, Telefon. Im obersten Stockwerk steht den Gästen ein Fitnessraum mit Sauna und Solarium zur Verfügung. Das Hotel verfügt außerdem über großzügige Räumlichkeiten, in denen sowohl Seminare als auch Bälle veranstaltete, werden können. Zimmer kosten von 90 bis 170 Euro, Suiten ab 300 Euro. Regelmäßige Packages (mit reduzierten Zimmerpreisen), die unter verschiedenen Mottos stehen – „All that Jazz", „Wiener Lebensfreude" oder „Good Times".

▸ Dorint Biedermeier
3., Landstraßer Hauptstraße 28
Tel.: 716 71-0
Fax: 716 71-503
E-Mail: info.viebie@dorint.com
www.dorint.com/wien/
Zentrale Lage, elegante Zimmer. Regelmäßig günstige Arrangements.

▸ Hotel Ananas
5., Rechte Wienzeile 93–95
Tel.: 546 20
Fax: 545 42 42
E-Mail: ananas@austria-trend.at
www.austria-trend.at
Komfortable und zugleich stilvolle Zimmer, für Geschäftsleute auch mit Modemanschluss ausgestattet. Mit Sauna und Solarium sowie einem Friseur, der täglich (außer am Sonntag) zu Diensten steht. Ein Restaurant und eine Bar befinden sich im Haus. Zimmer von 125 bis 170 Euro, Junior Suite um 322 Euro.

▸ Intercity-Hotel
7., Mariahilfer Straße 122
Tel.: 525 85-0
Fax: 525 85-111
E-Mail: wien@intercityhotel.at
www.intercityhotel.at
Komfortables Hotel mitten auf der Shoppingmeile der Mariahilfer Straße. Zimmer von 103 bis 134 Euro. Während des ganzen Jahres „Themen-Packages" wie zum Beispiel „Summer in the City", „Sound of Vienna", „Vienna Classics" mit vergünstigten Preisen.

▸ Inter-Continental
3., Johannesgasse 28
Tel.: 71 12 20
Fax: 713 44 89
E-Mail: vienna@interconti.com
www.vienna.intercontinental.com
Luxuriöse Bequemlichkeit mit hoteleigenem Fitness- und Beauty-Center.

▸ K+K Palais
1., Rudolfsplatz 11
Tel.: 533 13 53
Fax: 533 13 53-70
E-Mail: kk.palais.hotel@kuk.at
www.kkhotels.com
Untergebracht ist das K+K Palais Hotel in einem ehemaligen Stadtpalais von Kaiser Franz Josef. Preise: 155 bis 205 Euro inkl. Frühstücksbuffet. Die Dependance K+K Maria Theresia liegt in 7., Kirchberggasse 6.

Hotel-Luxus. (Foto: Ambassador)

▸ König von Ungarn
1., Schulerstraße 10
Tel.: 515 84, Fax: 515 84-8
www.kvu.at
Wo einst der Pferdestall und das Gästehaus von St. Stephan untergebracht waren, warten nun elegante Zimmer auf ihre Gäste. Zimmer von 133 bis 188 Euro, auch Appartements bis 4 Personen.

▸ Kunsthof Reichshof
2., Mühlfeldgasse 13
Tel.: 214 31 78, Fax: 214 31 78-66
E-Mail: hotel@reichshof.at
www.reichshof.at
Sehr geschmackvoll eingerichtete moderne Zimmer in drei Kategorien: Economy, Standard oder Superior. Zimmer von 69 bis 139 Euro, Appartement um 180 Euro (inklusive Frühstücksbuffet). Die hauseigene Sauna kann gratis benützt werden. Das Hotel arbeitet eng mit Künstlern zusammen – Kunsthof Reichshof –, deren Werke ständig im Hotel ausgestellt werden.

▸ Mercure
6., Matrosengasse 6–8
Tel.: 59 90 10, Fax: 597 69 00
www.mercure.at
Moderne Zimmer, ausgestattet mit Fernseher, Minibar, Modem. Bar und Restaurant geöffnet bis 23 bzw. 24 Uhr. Wochenend-Specials und Themenangebote zu vergünstigten Zimmerpreisen.

▸ Radisson SAS Palais
1., Parkring 16
Tel.: 515 17, Fax: 512 22 16
E-Mail: sales.vienna@radissonsas.com
www.sas.radisson.com
Stilvolle Zimmer in traditionsreichem Haus. Eigene Zimmer für Allergiker. Hoteleigene Belami-Bar und Restaurant mit tollen Fischspezialitäten. Fitnessbereich mit Sauna und Sonnenterrasse.

LUXUS EXTRA

▸ Ambassador
1., Neuer Markt 5 / Kärntner Straße 22
Tel.: 961 61-0, Fax: 513 29 99
E-Mail: office@ambassador.at
www.ambassador.at
Luxushotel mit fünf Sternen. Auszug aus dem Gästebuch: Mick Jagger, Marlene Dietrich, Placido Domingo, Mark Twain, Theodore Roosevelt … Ganz nach innenarchitektonischem Belieben und den unterschiedlichen Anforderungen eines Aufenthalts bietet das Ambassador Vienna Classic-Zimmer, Business-Zimmer und 19 so genannte Themenzimmer, von denen ein jedes einer Persönlichkeit gewidmet ist. Zimmer von 204 bis 468 Euro.

▸ Bristol
1., Kärntner Ring 1
Tel.: 515 160, Fax: 515 16-550
E-Mail: hotel.bristol@westin.com
www.westin.com/bristol
140 exquisit ausgestattete Zimmer und Suiten mit jedem nur erdenklichen Komfort. Zur Begrüßung stehen ein Früchtekorb und eine Flasche Mineralwasser im Zimmer bereit. Für Tagungen und Berufstouristen bietet das Hotel sieben Konferenzräume mit modernster technischer Ausstattung. Kulinarisch können Sie Ihren Gaumen in den drei Restaurants verwöhnen lassen. Außerdem stehen ein Büro- und Wäscheservice bereit, und für Kinder gibt es ein eigenes Programm.

▸ Das Triest
4., Wiedner Hauptstraße 12
Tel.: 589 18, Fax: 589 18-18
E-Mail: back@dastriest.at
www.dastriest.at
Das Interieur des Hotels, das von Sir Terence Conran designt wurde, besticht durch moderne Architektur und liebevolle Details. Die Zimmer sind ausgestattet mit allem, was ein Luxushotel bieten soll: Minibar, Safe, Wireless LAN, Klimaanlage, Telefon usw. Zimmer von 190 bis 245 Euro, Suiten von 299 bis 375 Euro. Außerdem: Fitnessbereich, Solarium, Innenhof mit Garten, Bar und Restaurant.

▸ De France
1., Schottenring 3
Tel.: 313 68-0, Fax: 319 59 69
E-Mail: defrance@austria-hotels.at
www.hoteldefrance.at
212 komfortable Zimmer und Suiten auf sechs Stockwerken direkt an der Ringstraße. Doppelzimmer 255 bis 395 Euro.

▸ **Grand Hotel Wien**
1., Kärntner Ring 9
Tel.: 515 80-0
Fax: 515 13-13
E-Mail: reservation@grandhotelwien.com
www.grandhotelwien.com
Luxuriös und wunderschön – im Stil der Belle Epoque – sind die 205 Zimmer des Hotels eingerichtet und ausgestattet mit Klimaanlage, Fernseher mit Kabel-TV-Anschluss, Safe. Außerdem: Fitnessbereich, Businesscenter, Reinigungsservice, Hotelarzt, Zimmerservice. Zimmer von 300 bis 450 Euro, Suiten von 660 bis 3.500 Euro.

H

▸ **Hilton Vienna Plaza**
1., Schottenring 11
Tel.: 313 90-0
Fax: 313 90-220 09
www.hilton.com
Das Hilton Plaza liegt direkt an der Ringstraße und ist Wiens erstes Designerhotel der Luxusklasse. Überall im Haus finden sich Kunstwerke sowohl in den 183 großzügigen Zimmern und Suiten als auch in den allgemein zugänglichen Räumlichkeiten. Neun modern ausgestattete Konferenzsäle, Fitnesscenter, Solarium und Sauna sowie das Restaurant „La Scala“, Bar, und Café gehören zur Ausstattung des Hauses.

▸ **Hotel im Palais Schwarzenberg**
3., Schwarzenbergplatz 9
Tel.: 798 45 15
Fax: 798 47 14
E-Mail: hotel@palais-schwarzenberg.com
www.palais-schwarzenberg.com
44 historische oder Designerzimmer stehen den Gästen in diesem einzigartigen Hotel im Palais Schwarzenberg zur Verfügung. Der hauseigene Park von mehr als sieben Hektar Fläche bietet Tennisplätze, Liegewiesen und ruhige Spazierwege. Verschiedene Arrangements: Honeymoon, Kunst und Genuss, Silvester. Zimmer ab 250 Euro.

▸ **Imperial**
1., Kärntner Ring 16
Tel.: 501 10-0
Fax: 501 10-410
E-Mail: hotel.imperial@luxurycollection.com
www.luxurycollection.com/imperial
Wenn sich Staatsbesuch ankündigt, wird hier reserviert, und so hat das Imperial, eines von Wiens schönsten Hotels, sicher einige Geschichten zu erzählen. Schon der Eingang mit der pompösen Treppe lässt den Luxus der Zimmer erahnen. Einmal schlafen wie Könige – das ist hier möglich. Zimmer ab 400 Euro.

▸ **Le Méridien**
1., Opernring 13
Tel.: 588 90-0
www.lemeridien.com
261 Zimmer und 33 Suiten, ausgestattet mit allem Komfort und mit vollem High-Tech (acht Plasmabildschirme, Internet).

▸ **Palais Coburg**
1., Coburgbastei 4
Tel.: 512 22 47-53
E-Mail: palais.coburg@inode.at
www.palaiscoburg.at
Mit dem Palais Coburg bekommt Wien ein ganz außergewöhnliches Luxushotel. Das architektonische und kunsthistorische Baujuwel aus dem 19. Jahrhundert wurde liebevollst – und mit sehr, sehr viel Geld – renoviert. Die Palais Coburg Hotel Residenz verfügt über insgesamt 33 Suiten, die jeweils einem historischen Mitglied des Hauses Sachsen-Coburg und Gotha gewidmet sind. Bei der Ausstattung der individuell gestalteten Räumlichkeiten wurde auf das harmonische Zusammenspiel von historischer Authentizität und wohnlicher Atmosphäre besonderes Augenmerk gelegt. Mit seinen einzigartigen Kasematten – den ehemaligen Befestigungsanlagen der Stadt –, mit dem Ausstellungsbereich im Coburg Gewölbe, den intimen Salons mit direktem Gartenzugang, den prachtvollen Prunkräumen der Beletage oder dem voll ausgestatteten Johann Strauß Konzertsaal setzt das Palais Coburg auch im Veranstaltungsbereich neue Maßstäbe im Wiener Hotelbusiness. Unvergleichbar. Absolut außer Konkurrenz.

Gebt uns den totalen Luxus! Palais Coburg. (Foto: Archiv)

▸ Sacher
1., Philharmonikerstraße 4
Tel.: 514 56
Fax: 514 56-810
E-Mail: wien@sacher.com
www.sacher.com
Das Fünf-Sterne-Hotel ist längst zu einer Institution Wiens geworden. Die 113 Zimmer und Suiten teilen sich in unterschiedliche Kategorien, je nach Bedürfnis und Budget: Superior- oder De-Luxe-Zimmer, Junior Suite und natürlich die Präsidentensuite „Madame Butterfly" (180 m^2). Einer der heimischen prominenten Dauergäste des Hotels Sacher war übrigens Marcel Prawy.

MITTELKLASSE

▸ Altwienerhof
15., Herklotzgasse 6
Tel.: 892 60 00
Fax: 892 60 00-8
E-Mail: office@altwienerhof.at
www.altwienerhof.at
Das Luxusrestaurant wird nicht mehr in der legendären Weise bespielt, doch der Altwienerhof der Familie Kellner empfiehlt sich dessen ungeachtet als ausgezeichnet geführter Hotelbetrieb mit individuellem Anspruch.

▸ Ibis Mariahilf
6., Marialhilfer Gürtel 22–24
Tel.: 599 98
Fax: 597 90 90
www.ibishotel.com
Egal, ob Paris, London oder Wien – das Ibis hält überall seinen Standard, den es verspricht: moderne und gepflegte Zimmer sowie tolles Frühstücksbuffet mit großer Auswahl. Zimmer von 64 bis 84 Euro.

▸ Jäger
17., Hernalser Hauptstraße 187
Tel.: 486 66 20
Fax: 486 66 20-8
Liebevoll eingerichtetes und einladendes Vorstadthotel in einer Jugendstilvilla, ca. 20 Minuten vom Zentrum entfernt. Vegetarische Küche auf Wunsch. Zimmer von 75 bis 145 Euro.

▸ Regina
9., Rooseveltplatz 15
Tel.: 404 46-0
E-Mail: regina@kremslehnerhotels.at
www.kremslehnerhotels.at
Gediegenes Hotel gleich hinter der Votivkirche. Zimmer von 102 bis 167 Euro, Appartements von 175 bis 240 Euro.

INTERNATIONALE SCHULEN

▸ American International School
19., Salmannsdorfer Straße 47
Tel.: 401 32
Fax: 401 32-5
E-Mail: info@ais.at
www.ais.at
Englischsprachig. Von Vorschule bis Matura.

▸ Danube International School
2., Josef-Gall-Gasse 2
Tel.: 720 31 10
Fax: 720 31 10-40
E-Mail: danube@chello.at
www.danubeschool.at
Englischsprachig. Von Vorschule bis Matura.

▸ Komensky
3., Sebastianplatz 3
Tel.: 714 88 76
E-Mail: office@komensky.at
www.komensky.at
Tschechische Volksschule und tschechischer Kindergarten.

▸ Lycée Français de Vienne
9., Liechtensteinstraße 37a
Tel.: 317 22 41
Fax: 310 24 17
E-Mail: lfwien@netway.at
www.lycee-francais.at
Kindergarten, Volksschule und Gymnasium. Unterrichtssprache ist Französisch, zusätzlich werden gewisse Fächer auch auf Deutsch unterrichtet.

▸ Vienna International School
22., Straße der Menschenrechte 1
Tel.: 203 55 95
Fax: 203 03 66
E-Mail: info@vis.ac.at
www.vis.ac.at
Multikulturelle englischsprachige Vorschule, Volksschule und Gymnasium. Schulgeld pro Jahr: Pre-Primary 6.458 Euro, letzte Schulstufe 11.524 Euro.

INTERNETCAFÉS

▸ G-Zone
1., Universitätsstraße 11
Tel.: 407 81 66
E-Mail: office@g-zone.at
www.g-zone.at
Mo–Fr 10–23, Sa, So, Fei 14–23
15 Minuten: 1,20 Euro, bis 30 Minuten: 2 Euro, 60 Minuten: 3 Euro. Jede weitere Stunde 2,40 Euro. Spezielle Seniorenpreise: zehn Prozent Rabatt. Weitere Leistungen: Scannen (1,45 bis 2,90 Euro), CD-Brennen (1,95 Euro ohne CD), Ausdruck pro Seite 0,15 Euro (schwarz), 1,45 Euro (Farbe).

▸ Internet City
1., Kärntner Ring 15
Tel.: 512 48 57
Fax: 512 48 57
E-Mail: office@internetcityvienna.at
www.internetcityvienna.at
Mo–Sa 10–22, So, Fei 14–22
15 Minuten: 3 Euro, 30 Minuten, 4,35 Euro, 60 Minuten: 5,95 Euro. Ausdruck pro Seite: 0,20 Euro. Schulungsräume können auch gemietet werden.

▸ Speednet-Café
1., Morzinplatz 4
Tel.: 532 57 50
E-Mail: office@speednet-cafe.com
www.speednet-cafe.com
Mo–Fr 8–24, Sa, So 10–24
Interessantes Preiskonzept: Der Stundenpreis variiert zwischen 4 bis 6 Euro, abhängig davon, wie ausgelastet das Café ist. Ist man der einzige Gast, zahlt man 3 Euro pro Stunde, ist das Café voll, müssen 6 Euro bezahlt werden. Der gerade gültige Stundenpreis ist ständig aktuell auf einem Big Screen ersichtlich. Schulungen, auch für Senioren. Ein zweites Café gibt es im Westbahnhof, gegenüber der Post.

▸ Surfland.c@fe
1., Krugerstraße 10
Tel.: 512 77 01
Fax: 512 79 22
E-Mail: office@surfland.at
www.surfland.at
Mo–So 10–23
15 Computer. Startgebühr: 1,40 Euro (für Surflandcard-Inhaber beträgt die monatliche Startgebühr 8,40 Euro), pro Minute 0,8o Euro. Ausdruck pro Seite: 0,15 bis 0,30 Euro, Scannen 0,80 bis 1,60 Euro, CD-Brennen 8 bis 10 Euro.

JONGLIEREN

▸ Bumfidl
8., Lerchenfelder Straße 113
Tel.: 522 74 82
Fax: 526 91 36
E-Mail: office@bumfidl.com
www.bumfidl.com
Mo–Fr 10–18, Sa 10–13.30
Alles, was man zum Jonglieren und für manch artistisches Kunststück braucht. Tolles Zubehör für Kinderfeste.

Hochwerfen ohne fallen lassen – jonglieren. (Foto: Archiv)

JUGENDHERBERGEN

AUSWEISE

▸ Jugendherbergsverband
1., Schottenring 28
Tel.: 533 53 53
Fax: 535 08 61
E-Mail: oejhv-wien@oejhv.or.at
www.oejhv.or.at
Hier bekommt man den internationalen Jugendherbergsausweis, der die Benützung der Jugendherbergen ermöglicht. Kostenpunkt je nach Altersgruppe: 10 bis 20 Euro.

HERBERGEN

▸ Hostel Ruthensteiner
15., Robert-Hamerling-Gasse 24
Tel.: 893 42 02, 893 27 96
E-Mail: info@hostelruthensteiner.com
www.hostelruthensteiner.com
Nur drei Minuten zu Fuß vom Westbahnhof entfernt, begrünter Innenhof. Kapazität: 66 Betten, Ausstattung: Waschmaschine und Trockner, Internetanschluss, großer Aufenthaltsraum, Etagen-Duschen, Etagen-WC, Schlafsäle für Mädchen und Jungen (mit eigener Bettwäsche) oder Zwei- bis Fünfbettzimmer inklusive Bettwäsche und Handtücher. Besonderheiten: Heiße Duschen sind frei und unbegrenzt, Musikinstrumenteverleih, Frühstück mit Gebäck aus dem eigenen Backofen. Preise für Nächtigung exkl. Frühstück und inkl. Bettwäsche: Zweibettzimmer 18,10 Euro, Drei- bis Fünfbettzimmer: 12,28 Euro, Sechs- bis Achtbettzimmer mit eigenem Schlafsack: 10,83 Euro.

▸ Jugendgästehaus Hütteldorf
13., Schloßberggasse 8
Tel.: 877 15 01
E-Mail: jgh@verkehrsbuero.at
www.hostel.at
Sehr schöne Grünlage inmitten einer großen Parkanlage, fünf Gehminuten zum Bahnhof Wien-Hütteldorf und zur U4, helle Zimmer. 307 Betten in 60 Zimmern, teilweise mit eigenen Duschen und Fließwasser, versperrbaren Schränken, gemütlicher Speisesaal, Aufenthaltsraum mit Internet-Bar, Satelliten-TV, Tischtennis, Tischfußball, Brettspiele, Billard, Waschmaschine und Trockner, Besonderheiten: keine Sperrstunde durch Key-Card-System, große Liegewiese, Terrasse, vegetarische und Diätmenüs. Preise für Nächtigung: ab 14,50 Euro.

▸ Jugendgästehaus Wien-Brigittenau
20., Friedrich-Engels-Platz 24
Tel.: 332 82 94
E-Mail: jgh.1200wien@chello.at
www.oejhv.or.at/quartier/1200/1200.htm
Eines der modernsten Jugendgästehäuser Europas, 20 Minuten vom Stadtzentrum entfernt. Kapazität: 410 Betten, Ausstattung: Zwei- bis Sechsbettzimmer, zum größten Teil mit eigener Dusche und WC, modernes elektronisches Schließsystem, Mehrzweckssaal für Tagungen, Seminare und Konferenzen, Kabel-TV, Internet, Etagenduschen, Etagen-WC, Billard, Tischfußball. Besonderheiten: tägl. mittags und abends dreigängige Menüs. Preise für Nächtigung (inkl. Frühstück und Bettwäsche): ab 14,50 Euro.

Wenn die Jugend ... (Foto: Jugendgästehaus Hütteldorf)

▸ Jugendherberge Myrthengasse
7., Myrthengasse 7
Tel.: 523 63 16
Fax: 523 58 49
E-Mail: hostel.@chello.at
www.oejhv.or.at
Direkt im Zentrum, begrünter Innenhof, Kapazität: 260 Betten, Ausstattung: Zwei- bis Sechsbettzimmer mit Dusche (teils auch mit WC), versperrbare Kästen, keine Sperrstunde, Spielezimmer, Fernsehraum mit Kabel-TV. Preise: ab 14,50 Euro.

▸ Kolpinghaus Währing
18., Gentzgasse 27
Tel.: 479 64 97
www.kolpinghaus-wien18.at
Zentrale Ruhelage, Kapazität: 124 Betten, Ausstattung: Zweibett-/Einbettzimmer mit Dsche, WC und Telefon, Einbettzimmer mit Teeküche nach Bedarf, individuelle Zimmergestaltung erlaubt, Wäsche und Geschirr zum Entleihen, Gemeinschaftsküchen. Monatsmiete: Zweibettzimmer 242 Euro, Einbettzimmer mit Küche 318 Euro, ohne Küche 300 Euro, Eckzimmer (Einzelzimmer, Bad teilen zwei Personen) 262 Euro. Bei Einzug ist eine Monatsmiete Kaution zu hinterlegen.

... eine Herberge sucht. (Foto: Jugendgästehaus Hütteldorf)

J

▸ Kolpingsfamilie Meidling
12., Bendlgasse 10–12
Tel.: 813 54 87
E-Mail: wien12@kolping.at
www.kolpinghaus-wien12.at
Unmittelbar neben der U6-Station Niederhofstraße, dem christlich sozialen Verband zugehörig, Kapazität: 190 Betten, Ausstattung: Vier- bis Zehnbettzimmer (Stockbetten), die Zimmer sind mit Dusche (größtenteils mit WC und Balkon) ausgestattet, Frühstück täglich, Mittag- und Abendessen von Montag bis Freitag.

▸ Schlossherberge am Wilhelminenberg
16., Savoyenstraße 2
Tel.: 485 85 03-700
www.hostel.at
Schöner Blick über Wien, ruhige Grünlage, dafür weit vom Zentrum weg, Kapazität: 164 Betten, Ausstattung: 41 Vierbettzimmer mit eigenem Bad und WC, versperrbare Kleiderschränke, Bettzeug und Frühstück im Preis inkludiert, großer Aufenthaltsraum, Tischtennistisch, Tischfußballtisch, Brettspiele, Billardtisch, Kabel-TV. Besonderheit: Frühstück im Sommer auf der Terrasse mit Wienblick. Preise: ab 16 Euro.

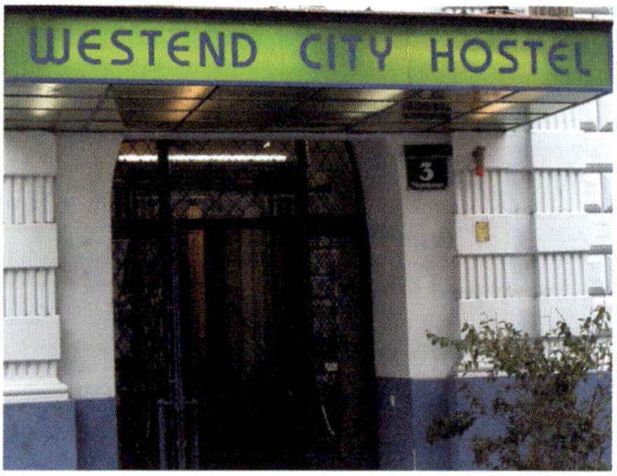

Junges Wohnen. (Foto: Archiv)

▸ Westend City Hostel
6., Fügergasse 3 / Helferstorferstraße 4
Tel.: 597 67 29
E-Mail: westendcityhostel@aon.at
members.aon.at/westend
Am Ort eines der ältesten Hotels in Wien (Hotel Westend, 1876) gelegen, bietet das Westend City Hostel vernünftige Preise und angenehm viel Platz. Der große Schlafsaal für 14 Personen bietet durch besondere Aufteilung doch ein bisschen mehr Privatsphäre. Jedes Zimmer besitzt Dusche und WC. Frühstück inklusive. Besonderheiten: begrünter Innenhof, Bibliothek und Internet-Lounge, Fernsehraum. Preise: ab 16 Euro.

KARTBAHNEN

Man kennt das ja. Wenn sich echte Männer übers Autofahren unterhalten, bleibt kein Auge trocken. Doch meistens ist der Wunsch – wie so oft – auch hier Vater der Gedanken und maßlose Selbstüberschätzung an der Tagesordnung. Der Besuch in einer Kart-Halle kann da einiges klarstellen. Nicht selten schau'n die Dinge beim abschließenden Bier ganz, ganz anders aus …

▸ Monza Kart
23., Hochwassergasse 12
Tel.: 616 46 26
Fax: 616 46 17
E-Mail: office@monza-kart.com
www.monza-kart.com
Di–Do 16–23, Fr, Sa, Fei 12–23, So 9–23

KAUFRAUSCH

▸ Auhofcenter
14., Albert-Schweitzer-Gasse 6
Tel.: 979 18 88
Fax: 979 18 89
E-Mail: leitung@auhofcenter.at
www.auhofcenter.at
Mo–Do 9–19, Fr 9–20, Sa 9–18
Das Auhofcenter bietet mit seinen etwa 60 Geschäften Mode, Schmuck, Elektro-, Leder- und Sportwaren, Lebensmittel, Friseur, Fitnessstudio, Tanzschule und ein Cineplexx. Ein eher kleines Einkaufscenter – was durchaus seine Vorteile hat.

▸ Donauzentrum Kagran
22., Wagramer Straße 81
Tel.: 203 47 22-222
Fax: 203 47 22-138
E-Mail: office@donauzentrum.at
www.donauzentrum.at
Mo–Fr 9–19, Do 9–21, Sa 9–18
Auf einer Fläche von 225.000 m² bieten das Donauzentrum und das angrenzende Donauplex alles für den perfekten Shoppingtag: mehr als 150 Geschäfte, zahlreiche Restaurants und Gastronomiebetriebe sowie ein Hollywood Megaplex mit 13 Kinosälen.

▸ **Einkaufszentrum Simmering**
11., Simmeringer Hauptstraße 96a
Tel.: 749 51 01
Fax: 749 51 01-13
E-Mail: office@zs.co.at
www.zs.co.at
Mo–Fr 9–19, Do 9–21, Sa 9–18
Wer ein Buch oder einen neuen Fotoapparat sucht, sich für das nächste Familientreffen neu einkleiden will, einen neuen Kochtopf braucht oder sich vom Scheitel bis zur Sohle verwöhnen und – haartechnisch oder anders – rundum erneuern lassen will, findet hier alles dazu.

▸ **Galleria**
3., Landstraßer Hauptstraße 99
Tel.: 714 38 93
E-Mail: office@galleria.at
www.galleria-landstrasse.at
Mo–Fr 8–20, Sa 8–18
Eher kleines Einkaufscenter, das etwas zur Belebung der Einkaufsstraße Landstraßer Hauptstraße beiträgt. Schmankerlmarkt, 53 Fachgeschäfte für jeden Bedarf und Cafés für eine Pause zwischendurch.

▸ **Generali Center**
6., Mariahilfer Straße 77
Tel.: 586 30 24
Fax: 586 30 24-14
E-Mail: ernst.hofbauer@ekazent.at
www.generalicenter.at
Mo–Mi, Do 10–21, Fr 10–19, Sa 10–18
Kosmetik über Kleidung, Schmuck und Geschenkartikel, Lebensmittel, Tee u. v. m. – überdacht und mitten auf der Mariahilfer Straße. Wer genug vom Shoppen hat, kann auf der Straße der Sieger spazieren – indoor und outdoor.

▸ **Gerngross**
7., Mariahilfer Straße 38–40
Tel.: 521 80
Fax: 521 80-519
Mo–Fr 9.30–19, Sa 9–18
Der Einkaufstempel mitten auf der Mariahilfer Straße führt neben den gängigen Modemarken so ziemlich alles, was Frau, Mann und Kind zum Leben brauchen – trendige Accessoires in Form von Schmuck und Lederwaren, Kosmetik in Hülle und Fülle, Haushaltswaren, große Spieleabteilung, Sportbekleidung und -geräte, natürlich alle Arten von Elektrogeräten. Wer sich lieber einen neuen Haarschnitt verpassen oder den Gaumen erfreuen will, während der Rest der Familie die Etagen unsicher macht, kommt hier ebenfalls zum Zug.

▸ **G-Town**
11., Guglgasse
Tel.: 743 64 30
www.g-town.at
Mo–Fr 9.30–19, Sa 9.30–18,
Gastronomie: Mo–So 10–1
Mit der Renovierung der Gasometer hat Wien nicht nur einen neuen architektonischen Blickfang, sondern auch ein zusätzliches Einkaufszentrum gewonnen. Von Mode über Kosmetik, Schmuck und Telekommunikation wird alles geboten, was das Shopper-Herz höher schlagen lässt. – Und wem das noch nicht genug oder zuviel ist, der kann sich im Cinema-Center die Zeit vertreiben.

▸ **Huma Einkaufspark**
11., Landwehrstraße 6
Tel.: 767 56 72
E-Mail: info@huma.at
www.huma.at
Mo–Fr 9–19, Do 9–21, Sa 9–18
Zoo Center, Nagelstudio, Lebensmittelgroßhandel, Elektrofachgeschäfte, riesiges Spielzeuggeschäft und nahezu alle Geschäfte, die auch in der Innenstadt zu finden sind.

▸ **La Stafa**
6., Mariahilfer Straße 120
Tel.: 524 13 37
Fax: 524 06 94
www.euro-center.at
Mo–Fr 8.30–19, Do 8.30–21, Sa 9.30–18
Auf 8.600 m² Verkaufsfläche versucht das jüngst umgebaute Traditionskaufhaus La Stafa mit vielen Geschäften Einkaufsfeeling zu vermitteln. Einladende Cafés versprechen erholsame Ruhepausen und Erfrischung.

Kaufrausch. (Foto: Archiv)

▸ Lugner City
15., Gablenzgasse 5–13
Tel.: 981 50
www.lugner.at
Mo–Do 9–19, Fr 9–21, Sa 9–18,
Mausimarkt: Mo–Sa 9–22
Ärztezentrum, Banken, Boutiquen, Elektrogeschäfte. Doch damit nicht genug, gibt es auch den Mausimarkt, der, einem marokkanischen Marktplatz nachgebaut, alles für den Gaumen bietet. Gratisparken für ein bis zwei Stunden.

▸ Millennium City
20., Handelskai 94–96
Tel.: 207 00 11-60
www.millennium-city.at
Mo–Fr 9–19, Do 9–21, Sa 9–18,
Gastronomie: Mo–So 10–1
Nach dem Sonnenbaden auf der Donauinsel mal schnell ein After-Sun in der Apotheke kaufen? Alles ist möglich in der Millennium City, führt doch eine Brücke direkt in den Shoppingtempel. Etwa 100 Geschäfte bieten Mode, Schmuck, Elektroartikel u. Ä. Neben einem breiten Angebot an Freizeit- und Wellnesseinrichtungen gibt es eine Vielzahl an Gastronomiebetrieben.

Tower of Power. (Foto: Archiv)

▸ Ringstraßen Galerien
1., Kärntner Ring 5–7
Tel.: 512 51 81
www.ringstrassen-galerien.at
Mo–Fr 10–19, Do 10–21, Sa 10–18,
Gastronomie: Mo–So 9–22
Exklusives Einkaufsvergnügen gleich gegenüber der Staatsoper. Mode, Schuhe, Schmuck und Lifestyle versprechen Shoppingspaß für die ganze Familie. Für die anschließende Stärkung ist mit Cafés und Bars ebenfalls bestens gesorgt.

▸ Shopping Center Nord
21., Ignaz-Köck-Straße 1
Tel.: 271 76 77
Fax: 271 76 77-16
E-Mail: office@scn.at
www.scn.at
Mo–Fr 9–19, Do 9–21, Sa 9–18,
Gastronomie: Mo–Do 8.30–22,
Fr, Sa 8.30–23, So 13–22
Genau 77 Shops auf 26.000 m², dazu noch Restaurants zur Stärkung und ein Kino zur Entspannung nach dem – manchmal doch – kräfteraubenden Einkaufsbummel bietet das Shopping Center Nord.

▸ Shopping City Süd
2334 Vösendorf
Tel.: 699 59 02 (Informationen) od. 699 36 61
Fax: 699 48 66
E-Mail: scs-office@scs.at
www.scs.at
Mo–Fr 9.30–19, Do 9.30–21, Sa 9–18
Der Shopping-Wahnsinn im Süden Wiens: Mit unglaublichen 160.000 m² ist die SCS eines der größten Shoppingcenter Europas. Es ist so groß, dass zum gemächlichen Durchforsten des Angebots ein Tag mit Sicherheit nicht ausreichen wird. Trotz des großen Parkplatzes rund um die SCS ist es oft schwer, einen Autoabstellplatz zu finden.

▸ Steffl
1., Kärntner Straße 19
Tel.: 514 31
Fax: 514 31-650
E-Mail: e.schipany@steffl-vienna.at
Mo–Fr 9.30–19, Do 9.30–21, Sa 9.30–18
Exklusives Shopping im Herzen Wiens auf der Kärntner Straße. Nahezu alle trendigen Marken in einem Haus, eine der besten Frisurwerkstätten, Beautyshops, neue, junge und bewährte Designer. Auch hier gibt es die Möglichkeit zu einer Shoppingpause – in einer der schicksten Bars der Stadt.

▸ Trillerpark
21., Trillergasse 4
Tel.: 294 07 65
Fax: 294 07 65-65
E-Mail: office@trillerpark.at
www.trillerpark.com
Mo–Fr 8–20, Sa 8–18
Sport- und Modegeschäfte, Lederwaren und Schuhe, Elektro, Tiere – und was man sonst noch so braucht, findet man hier. Für eine Einkaufsdauer von zwei Stunden ist das Parken in der Tiefgarage übrigens gratis.

KERZEN

▸ IBZ Bienenhof
7., Kaiserstraße 33
Tel.: 523 53 74
Fax: 523 53 74-20
E-Mail: office@ibz-bienenhof.at
www.ibz-bienenhof.at
Mo–Fr 9–18, 1. Sa im Monat 8–12
Traditionsreiches Unternehmen, besteht schon seit über 50 Jahren. Qualitativ hochwertige Bienenwachskerzen.

▸ Kerzenboutique am Heidenschuss
1., Heidenschuß 1
Tel.: 533 43 84
Mo–Fr 10–18, Sa 10–17

▸ Kirus Kerzen
5., Vogelsanggasse 5
Tel.: 545 23 05

▸ Robe K & H Pöschl
16., Friedrich-Kaiser-Gasse 73
Tel.: 486 25 34
Fax: 486 25 34
Mo–Fr 8–16

KINDER HABEN

BETREUUNG

▸ Dachverband der Privatkindergärten
2., Obere Donaustraße 79
Tel.: 214 48 98
www.kindergarten.at

▸ Dachverband der Wiener Kindergruppen
6., Hofmühlgasse 2/7
Tel.: 585 72 44
Fax: 585 72 94
E-Mail: office@wiener.kindergruppen.at
www.wiener.kindergruppen.at
Mo–Mi 10–14, Do 12–17, Fr 9–13
Der Dachverband ist ein Zusammenschluss von derzeit 36 elternorganisierten Wiener Kindergruppen. Er fungiert als Kommunikations- und Organisationszentrum für deren Anliegen.

▸ KiBiS – Kinderbetreuung
18. Schopenhauerstraße 59
Tel.: 0664/161 44 21
E-Mail: kibis@netway.at
www.kibis.at
Egal ob stundenweise oder Vollzeit, bei KiBiS finden Eltern die richtige Nanny für ihre Kinder. Der Kindermädchenservice wird österreichweit und in Ausnahmefällen im Ausland angeboten. Auch Firmen können aufatmen, denn KiBiS hilft als Alternative oder Ergänzung zu Betriebskindergärten bei Kinderbetreuungsproblemen ihrer Mitarbeiter. Zu guter Letzt vermittelt KiBiS Betreuerinnen nicht nur im Rahmen des Familienservice, sondern auch an Kindergärten, Tagesheime oder andere Betreuungsstellen. Darüber hinaus werden Beratung und Information hinsichtlich Weiterbildung angeboten.

▸ Kindercompany
3., Neulinggasse 42
Tel.: 961 94 44
E-Mail: office@kindercompany.at
www.kindercompany.at
Kinderbetreuungseinrichtungen mit sehr flexiblen Öffnungszeiten. 20 Standorte innerhalb Wiens. Zusatzleistungen wie Computerkurse und Ausflüge.

▸ Kinderdrehscheibe
5., Wehrgasse 26
Tel.: 581 06 60
Fax: 581 06 60-19
E-Mail: office@kinderdrehscheibe.at
www.kinderdrehscheibe.at
Mo, Mi 10–15, Di 10–17, Do 8–15, Fr 10–13
Unabhängige Plattform zur Vermittlung von Kindergartenplätzen und Tagesmüttern.

▸ Kindertagesheime Stadt Wien
Tel.: 277 55 55
Wenn Sie einen städtischen Kindergarten, eine Krippe oder einen Hort suchen, wie, wann und wo sie sich anmelden müssen, die Adressen der bezirkseigenen Anmeldestellen und alle sonstigen Informationen.

Kinder spielen. (Foto: Rathaus Korrespondenz/VHS Alsergrund)

▸ Oma-Dienst
16., Friedrich-Kaiser-Gasse 94
Tel.: 486 36 68
Mo–Fr 9–12
Eingerichtet vom katholischen Familienverband zwecks Vermittlung von Senioren zur individuellen Kinderbetreuung.

▸ Österreichische Hochschülerschaft – Babysittervermittlung
1., Universitätsstraße 7
Tel.: 42 77-195 75
Fax: 42 77-195 77
Die ÖH vermittelt StudentInnen für stundenweise Kinderbetreuung oder auch Kinderbetreuung in Verbindung mit kostenloser Unterkunft.

▸ SANI Eltern Kind Forum
3., Landstraßer Hauptstraße 148/5
Tel.: 0664/314 94 17
E-Mail: sani@sani.at
www.sani.at
Mo–Fr 8.30–12.30, Mi 14–18
Gemeinsames Basteln, Spielen, Plaudern oder Singen unter der Leitung einer pädagogisch geschulten Spielgruppenleiterin. Das Forum bietet zudem auch eine gute Gelegenheit, Kontakte zu knüpfen.

K

▸ Spielkiste
9., Liechtensteinstraße 23/16
Tel.: 319 62 40
Mo–Fr 8–17
Die Spielkiste betreut 16 Kinder im Alter von eineinhalb bis drei Jahren, ist von 8 bis 17 Uhr geöffnet und kostet rund 60 Euro pro Monat. Für jedes Kind ist wöchentlich ein vierstündiger Koch- oder Spieldienst zu machen.

▸ Verein Eltern für Kinder
19., Rodlergasse 15
Tel.: 368 71 91
Fax: 368 71 91-15
E-Mail: vip.office@efk.at
www.efk.at
Mo–Fr 8–14
Bundesweite Koordinationsstelle, die Betreuungsplätze bei 65 ausgebildeten Tagesmüttern vermittelt.

INSTITUTIONEN

▸ Verein Wiener Jugendzentren
21., Prager Straße 20
Tel.: 278 76 45
Fax: 278 76 45-25
www.jugendzentren.at

▸ wienXtra – jugendinfo
1., Babenbergerstraße 1 / Burgring
Tel.: 17 99
E-Mail: jugendinfowien@wienXtra.at
www.jugendinfowien.at
Mo–Sa 12–19
Alles, was für Jugendliche interessant und wichtig ist: Arbeit/Bildung, Sommernachhilfe, Ferial- und Nebenjobsuche, Soziales/Gesundheit, Sucht, Beziehung & Sexualität, Mitbestimmung, Engagement, Reiseinfos, Sprachreisen, Europäischer Freiwilligendienst, Praktika/Workcamps/Au-pair im Ausland, Kultur & Co, Eventliste, Sport, Schneesport, Sportspiele und Tickets für alle wichtigen Events in der Stadt.

▸ wienXtra – Kinderinfo
7., Museumsplatz 1 / MuseumsQuartier / Hof 2
Tel.: 4000-844 00, Fax: 4000-99-844 00
E-Mail: kinderinfowien@wienXtra.at
www.wienxtra.at
Di–Do, 14–19, Fr–So 10-17
Spannende Freizeitaktivitäten für Kinder. Spaß und Action sind bei der Vielfalt und Bandbreite der Veranstaltungen garantiert. Egal ob Ferienspiel, Familientage oder eine andere der tollen und zahlreichen Veranstaltungen: wienXtra sorgt dafür, dass Langeweile in Wien keine Chance hat!

LAUS

▸ Desinfektionsanstalt
3., Arsenalstraße 7 / Hüttenbrennergasse
Tel.: 797 75-878 80
Mo–Fr 7–11.30
In der gemeindeeigenen Desinfektionsanstalt wird man um bescheidene 12,80 Euro pro Person entlaust. Es dauert cirka eineinhalb Stunden (Kontaktmittel auftragen, 30 Minuten einwirken lassen, waschen, Nissenkamm), bis man wieder frei von den Viechern ist. Und deshalb gilt: Nix wie hin schon beim kleinsten Anzeichen.

Aus die Laus. (Foto: Archiv)

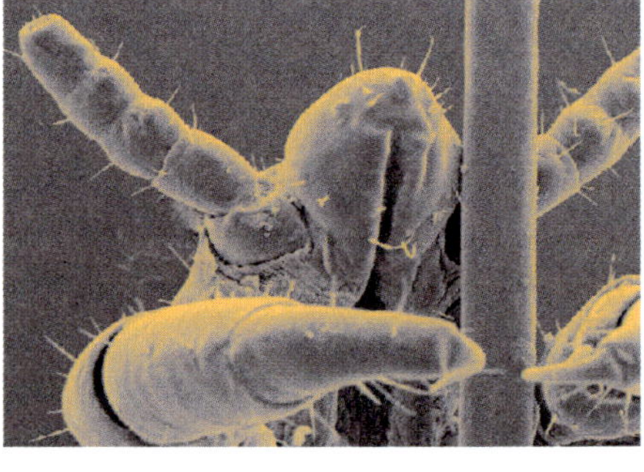

ORGANISATIONEN

▸ **PPÖ (Pfadfinder und Pfadfinderinnen Österreichs) Landesverband Wien**
16., Hasnerstraße 41
Tel.: 495 23 15
E-Mail: office@wpp.inode.at
www.wpp.at
Mo, Mi–Fr 9–13, Di 17–21
„In der Gruppe Spaß haben", lautet die oberste Prämisse der PfadfinderInnen weltweit. Mehr als 30.000 Jugendliche zählt der Dachverband PPÖ und gehört damit zu den größten unabhängigen Jugendorganisationen Österreichs. Der eigentliche Sitz der PPÖ ist zwar auch in Wien, die Landesverbände in den Bundesländern sorgen aber für die notwendigen Rahmenbedingungen: JugendleiterInnenausbildung, Unterlagen für die Kinder- und Jugendarbeit, Vertretung in diversen jugendpolitischen Gremien, usw. Die PPÖ sind eine demokratische, parteiunabhängige, überkonfessionelle Kinder- und Jugendbewegung.

Kinderlachen. (Foto: Wiener Kinderfreunde)

▸ **Wiener Kinderfreunde**
8., Albertgasse 23
Tel.: 401 25-37
Fax: 408 86 00
www.wien.kinderfreunde.at
Die Wiener Kinderfreunde bieten auch Programme für alle möglichen Kinderfeste an. Das Angebot reicht von zweistündigen thematischen Spielanimationen (95 Euro für einen Betreuer mit bis zu 10 Kindern, 135 Euro bei 2 Betreuern mit 11 bis 30 Kindern) bis hin zur Künstlervermittlung (Kinderzauberer, Zauberclown, Clownfrau, Märchenhexe …). Weiters gibt es auf Bestellung Clown-Animation, Puppenbühne, Spielbus und vieles mehr.

KINDER KRIEGEN

GEBURT

▸ **Geburtshaus Nussdorf**
19., Heiligenstädter Straße 217
Tel.: 370 49 37-0
Fax: 370 62 22-81
E-Mail: info@geburtshaus.at
www.geburtshaus-nussdorf.at

Foto: Archiv

▸ **Hebammenzentrum**
9., Lazarettgasse 6/2/1
Tel.: 408 80 22
Fax: 403 98 77-18
E-Mail: freie-hebammen@hebammenzentrum.at
www.hebammenzentrum.at
Mo–Do 9–13, Mi 9–13 u. 14–17
Beratung zu Schwangerschaft und Geburt, Kursangebote vor und nach der Schwangerschaft. Kostenlose Beratungsstunde nach telefonischer Vereinbarung. Das Zentrum vermittelt freiberuflich tätige Hebammen für Eltern, die eine Hausgeburt der Spitalsgeburt vorziehen. Die persönliche Betreuung durch die Hebamme erstreckt sich über den Zeitraum vor, während und nach der Geburt.

▸ **Nanaya**
7., Zollergasse 37
Tel.: 523 17 11
Mo, Fr 9–12, Di–Do 14.30–16.30
Private Beratungsstelle für natürliche Geburt und Leben mit Kindern. Kostenlose Information und psychologische Beratung.

▸ **Semmelweis-Frauenklinik**
18., Bastiengasse 36–38
Tel.: 476 15-0
Fax: 476 15-1009
Information: Do 15.30–17,
Anmeldung: Mo–Fr 8–11
Genießt einen sehr guten Ruf.

INSTITUTIONEN

Mit Rat und Tat stehen die Elternschulen des Amtes für Jugend und Familie werdenden Eltern an mehreren Abenden zur Seite. Ein Team von FrauenärztInnen, Hebammen, KinderärztInnen und -pflegerInnen berät über Schwangerschaft, Geburt, Ernährung, Pflege, Mutterschutz.

▸ Amt für Jugend und Familie

Bezirksstellen:

2., Karmelitergasse 9, Tel.: 211 06
3., Sechskrügelgasse 11, Tel.: 711 34
10., Ada-Christen-Gasse 2/H, Tel.: 688 15 93
10., Van-der-Nüll-Gasse 20, Tel.: 605 34
11., Enkplatz 2, Tel.: 740 34
12., Schönbrunner Straße 259; Tel.: 811 34
15., Gasgasse 8–10, Tel.: 891 34
16., Arnethgasse 84, Tel.: 491 96-0
20., Brigittaplatz 10; Tel.: 331 34
21., Franz-Jonas-Platz 3/2/4. Stock, Tel.: 277 34
22., Kapellenweg 35/1a, Tel.: 211 23
22., Schrödingerplatz 1, Tel.: 211 23-223 40
23., Haeckelstraße 4, Tel.: 853 34

Regionalstellen:

für den 1., 4. und 5. Bezirk:
4., Favoritenstraße 18, Tel.: 502 34
für den 6., 7., 8. und 9. Bezirk:
9., Währinger Straße 39, Tel.: 400 34-0
für den 13. und 14. Bezirk:
13., Eduard-Klein-Gasse 2, Tel.: 878 34
für den 17., 18. und 19. Bezirk:
17., Rötzergasse 6, Tel.: 401 19

▸ Babyonline

www.babyonline.at

Gute Homepage mit allen möglichen Informationen zum Kinderkriegen und Babypflegen. Kostenlose Broschüren werden hier angeboten sowie jede Menge Adressen für alles, was sein kann zu diesem Thema.

SCHWANGERSCHAFT

Ein Kind zu bekommen ist nicht immer einfach. Gerade bei der ersten Schwangerschaft treten gehäuft Fragen und Probleme auf. Wer noch dazu im Bekanntenkreis niemanden hat, der brauchbare Tipps weitergeben könnte, ist auf Beratungsstellen angewiesen. Auch für Mütter, die ihr Baby nicht behalten möchten/können, gibt es entsprechende Anlaufstellen.

▸ Chateau Natal – Ambulatorium Menocare

13., Hietzinger Hauptstraße 22
Tel.: 876 64 64

Schwangerengymnastik. Akupunktur. Homöopathie. Rückbildungsgymnastik.

▸ F.E.M. Frauengesundheitszentrum

18., Bastiengasse 36–38
Tel.: 476 15-5772
Mo–Do 9–17, Fr 9–13 nach tel. Vereinbarung

Gespräche für werdende Mütter mit einer Psychotherapeutin. Das Erstgespräch ist kostenlos, danach 4 Euro pro Gespräch.

KINDER NICHT KRIEGEN

▸ Ambulatorium am Fleischmarkt

1., Fleischmarkt 26/14
Tel.: 512 96 31, Fax: 513 17 91
www.asfleischmarkt.at
Hotline: tgl. 0–24

FachärztInnen, PsychologInnen, SozialarbeiterInnen und Krankenschwestern beraten anonym bei Fragen um Schwangerschaft, deren Abbruch und Verhütung.

▸ Condomi

6., Otto-Bauer-Gasse 24
Tel.: 581 20 60
www.condomi.com
Mo 12–18.30, Di–Do 10–14 u. 15–18.30,
Fr 10–18.30, Sa 10–17

Kondome in allen Größen und sonstige Intim-Wear, etwa das Verhüterli als Sternzeichen oder genoppt. Oder wie wäre es einmal mit Bananen- oder Erdbeergeschmack?

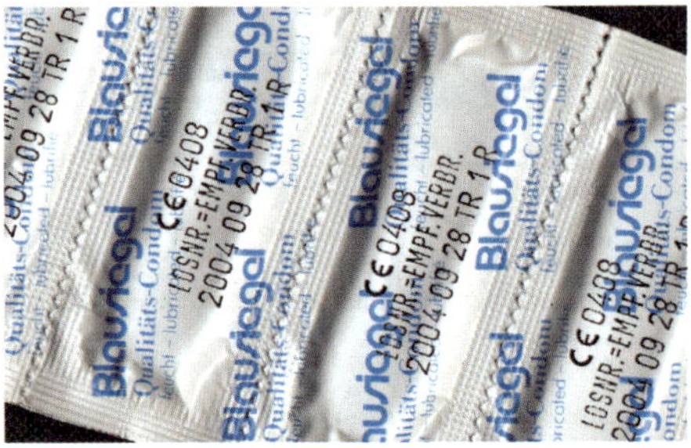

Foto: Archiv

▸ Das Babynest

17., Flötzersteig 4 / Pavillon 21
Tel.: 491 59-2970

Babynest der Kinderklinik Glanzing im Wilhelminenspital. Hier können Mütter ihr Kind abgeben. Straffreiheit und Anonymität sind garantiert.

▸ Sterilisation

Vasektomie (Sterilisation des Mannes) und Tubenligatur (Sterilisation der Frau) werden im Ambulatorium Fleischmarkt, im Geburtshaus Nussdorf oder an urologischen Abteilungen anderer medizinischer Einrichtungen durchgeführt.

K

KINO

AUTOKINO

▸ Autokino Center Wien
2301 Groß-Enzersdorf, Autokinostraße 2
Tel.: 02249/2660
E-Mail: office@autokino.at
www.autokino.at
Kassa: ab 1 Stunde vor Beginn der 1. Vorstellung
Fast tot geglaubt ist die Spezies des Autokinos, aber es gibt sie noch – zum Beispiel in Groß-Enzersdorf. Gleich drei Leinwände ermöglichen ein reichhaltiges Kinoprogramm. Die scheppernden, aufs Lenkrad gehängten Lautsprecher wurden gegen ein ultramodernes Funksystem ausgewechselt, das den Kinosound aus dem Autoradio ertönen lässt – auf Leinwand A sogar wahlweise in Deutsch oder in der Originalsprache. Sonntags von 5.30 bis 13 Uhr findet auf dem Gelände der größte Flohmarkt Niederösterreichs statt. Spä-testens dann ist wirklich viel los.

KINO

▸ Atelier
1., Wollzeile 17
Tel.: 512 67 16
www.cineplexx.at
Kassa: Di–Fr ab 15, Sa–Mo ab 30 Minuten vor Beginn der 1. Vorstellung
Das Atelier Kino ist ein Vertreter des klassischen Einsaalkinos. 178 Leute passen vor die Leinwand, die mit Filmen aus dem Constantin-Bestand bespielt wird. Montags, dienstags, mittwochs sowie täglich bis 17.45 Uhr ermäßigte Eintrittspreise.

▸ Auge Gottes Center
9., Nußdorfer Straße 73
Tel.: 317 63 44
www.cineplexx.at
Kassa: ab 15 Minuten vor Beginn der 1. Vorstellung
Das Auge Gottes spielt in seinen fünf Sälen deutsche Synchronfassungen aus dem Constantin-Programm. Montags bis mittwochs sowie täglich nachmittags bis 17.45 Uhr sind die Kartenpreise ermäßigt.

▸ Cine Center
1., Fleischmarkt 6
Tel.: 533 24 11
Kassa: ab 30 Minuten vor Beginn der 1. Vorstellung
Über vier Säle mit insgesamt 590 Sitzplätzen verfügt das Cine Center. Zu sehen sind Highlights der kommerziellen Kinos in deutschen Synchronfassungen.

▸ Eos
3., Landstraßer Hauptstraße 137a
Tel.: 712 32 10
Kassa: ab 30 Minuten vor Beginn der 1. Vorstellung
Das Eos-Kino spaltet die Gemüter: die einen finden den 50er-/60er-Jahre-Charme mitsamt Holzsitzen und mangelnde Beinfreiheit einfach nur schrecklich, die anderen sehen gerade darin die Großartigkeit des Kinos. Im Programm jedenfalls ist sicherlich für jeden etwas dabei – und das gibt es montags auch günstiger.

▸ Gartenbaukino
1., Parkring 12
Tel.: 512 23 54
E-Mail: office@gartenbaukino.at
www.gartenbaukino.at
Kassa: tgl. 17–22
Fast wären das Gartenbau vom Saurierschicksal getroffen worden, hätte nicht im letzten Augenblick eine Gruppe rund um das Viennale-Team das Kino vor dem Aussterben gerettet. 1960 errichtet, ist das Gartenbaukino mit rund 750 Sitzplätzen das größte noch erhaltene Einsaalkino Wiens. Jetzt wird es mit einem anspruchsvollen und doch mengenwirksamen Programm bespielt. Karten ab 5,50 Euro.

Gut, groß, Gartenbau. (Foto: Viennale)

▸ Gloriette Kino-Café
14., Linzer Straße 2
Tel.: 985 26 67
Kassa: ab 30 Minuten vor Beginn der 1. Vorstellung
Das Gloriette Kino zeigt in drei Sälen Filme in deutscher Synchronfassung mit dem Schwerpunkt auf Jugend- und Familienfilmen.

K

▸ **Kepler**
10., Keplerplatz 15
Tel.: 604 31 90
Café und Kassa: ab 8.30
Das Kepler-Kino legt Wert auf ein familienfreundliches Programm mit Filmen in deutscher Synchronfassung.

▸ **Künstlerhaus Kino**
1., Akademiestraße 13
Tel.: 587 96 63-90
www.k-haus.at/kino
Kassa: ab 30 Minuten vor Beginn der 1. Vorstellung
Beobachtet von Maskenaugen und umrahmt von Wandmalereien sitzt der Besucher im Künstlerhaus Kino. Freilich ist es während des Films dunkel im Saal und die Aufmerksamkeit auf die Leinwand konzentriert, doch das Davor und das Danach sind doch ein Erlebnis. Die Karten sind montags und mittwochs günstiger.

K

▸ **Tuchlauben**
1., Tuchlauben 7
Tel.: 533 22 33
Kassa: ab 15 Minuten vor Beginn der 1. Vorstellung
Zwei Säle bieten Highlights der Constantin-Gruppe in deutschen Synchronfassungen. Montags, dienstags und mittwochs sowie nachmittags bis 17.45 Uhr gelten ermäßigte Eintrittspreise.

Neu, gut, Urania. (Foto: Archiv)

▸ **Urania Filmtheater**
1., Uraniastraße 1
Tel.: 715 82 06
Kassa: ab 15 Minuten vor Beginn der 1. Vorstellung
Nach langen Umbauarbeiten erstrahlt der Kinosaal in neuem Glanz. Die Constantin Film zeigt ein Programm aus gehobeneren Blockbustern in deutschen Fassungen oder als Original mit Untertiteln. Montags bis mittwochs ist der Eintritt günstiger.

MULTIPLEX

▸ **Apollo**
6., Gumpendorfer Straße 63
Tel.: 587 96 51
www.cineplexx.at
Kassa: ab 30 Minuten vor Beginn der 1. Vorstellung
Das Apollo ist das City-Multiplex und gleichzeitig das Flaggschiff der Cineplexx-Kette: zwölf Säle, Montag bis Mittwoch und nachmittags bis 17.45 Uhr ermäßigte Eintrittspreise, dienstags Sneakpreview.

▸ **CinePlexx Palace**
22., Ufer der Neuen Donau
Tel.: 26 90 00-0
Kassa: ab 30 Minuten vor Beginn der 1. Vorstellung
14 Säle, 1.000 Parkplätze in APCOA Garage (bis 3 Stunden gratis), Montag bis Mittwoch und nachmittags bis 17.45 Uhr ermäßigte Eintrittspreise. Besonderes Feature: Cinemaxx, der Motion Ride (oder „Rüttel-Schüttel-Kino“) mit 24 Sitzplätzen.

▸ **CinePlexx Wien Auhof**
14., Albert-Schweitzer-Gasse 6
Tel.: 577 41 00
Kassa: ab 30 Minuten vor Beginn der 1. Vorstellung
Acht Säle, 250 Gratisparkplätze in der Tiefgarage, Montag bis Mittwoch und nachmittags bis 17.45 Uhr ermäßigte Eintrittspreise, montags Sneakpreview.

▸ **Cineplexx Wienerberg im Twin Tower**
10., Wienerberg City, Twin Tower 11
Tel.: 607 70 70
www.cineplexx.at
Kassa: ab 30 Minuten vor Beginn der 1. Vorstellung
Zehn Säle, Parkgarage mit über 1.000 Parkplätzen (bis zu vier Stunden gratis), Montag bis Mittwoch und nachmittags bis 17.45 Uhr ermäßigte Eintrittspreise.

▸ **Hollywood Megaplex Donauplex**
22., Wagramer Straße 79
Tel.: 201 71 71
www.hollywood-megaplex.at
Kassa: ab 30 Minuten vor Beginn der 1. Vorstellung
13 Säle, bis zu drei Stunden gratis parken, Montag bis Mittwoch ermäßigte Eintrittspreise.

▸ **Hollywood Megaplex Gasometer**
11., Guglgasse 43
Tel.: 740 33 33
E-Mail: gasometer@hollywood-megaplex.at
www.hollywood-megaplex.at
Kassa: ab 30 Minuten vor Beginn der 1. Vorstellung
12 Säle. Montag bis Mittwoch ermäßigter Eintritt.

▸ **Hollywood Megaplex SCN**
21., Ignaz-Köck-Straße 1 (Shopping Center Nord)
Tel.: 201 71-71
www.hollywood-megaplex.at
Kassa: ab 30 Minuten vor Beginn der 1. Vorstellung
Acht Säle, 1.500 Gratisparkplätze, Montag bis Mittwoch ermäßigte Eintrittspreise.

▸ **UCI Kinowelt Millennium City**
20., Wehlistraße 66
Tel.: 337 60
www.uci-kinowelt.at
21 Säle, 2.300 Parkplätze (bis zu drei Stunden gratis), Überraschungspremieren: Dienstag 21 Uhr deutsche Fassung, Mittwoch 21 Uhr Originalfassung, Montag bis Mittwoch 5 Euro Einheitspreis.

▸ **UCI Kinowelt SCS Multiplex**
2351 Multiplex SCS
Tel.: 02236/686 86
Kassa: ab 10
Überraschungspremieren: Montag 20.30 Uhr deutsche Fassung, Dienstag 21 Uhr englische Originalfassung. Montag bis Mittwoch 5,40 Euro Einheitspreis.

▸ **Village Cinemas Wien 3**
3., Landstraßer Hauptstraße 2a
Tel.: 242 40-418
www.villagekinos.at
Kassa: ab 30 Minuten vor Beginn der 1. Vorstellung
Montag bis Mittwoch vergünstigte Eintrittspreise.

SAISONAL

▸ **Kino unter Sternen – Augarten Open Air**
2., Augarten, Eingang Gaußplatz
Tel.: 585 23 24-25
www.kinountersternen.at
Mitte Juli bis Mitte Aug: ab 21.30
200 m² Leinwand locken Kinohungrige allsommerlich im Juli und August zum runden Flakturm in den Augarten. Kino unter Sternen verspricht Klassiker, Rarietäten und Previews. Internationale Gastronomie.

▸ **Tribüne Krieau**
2., Nordportalstraße 247 / Südportalstraße 231
Tel.: 524 68 02 od. 726 94 12
www.krieau.com
Juli bis Aug: tgl. ab 21
Zwei Monate lang zeigt das Sommerkino in der Krieau die Kinohighlights des vergangenen Jahres. 200 m² Leinwand, 400 überdachte Tribünenplätze und 600 Plätze unter freiem Himmel versprechen sommerliches Kinovergnügen.

▸ **Volxkino**
2., Große Sperlgasse 20
Tel.: 219 85 45
www.volxkino.at
Die St. Balbach Art Production tourt während der warmen Monate (Juni bis September) mit ihrem Wanderkino quer durch Wien und bringt Freiluftkino in die Bezirke. Das Programm setzt sich aus Kassenschlagern und Klassikern zusammen.

Kino unter Sternen. (Foto: Augarten Kino)

SEXKINO

▸ Cinema-Erotik
15., Winckelmannstraße 128
Tel.: 893 69 58
tgl. 10–22

▸ Fortuna Kino
10., Favoritenstraße 147
Tel.: 603 80 45
tgl. 14–22

▸ Weltspiegel Kino
16., Lerchenfelder Gürtel 55
Tel.: 319 39 98
tgl. 14–23

SPECIAL

▸ Actors Studio
1., Tuchlauben 13
Tel.: 533 52 32
www.cineplexx.at
Kassa: Mo–Fr ab 15,
Sa, So ab 30 Minuten vor Beginn der 1. Vorstellung
Das Actors Studio ist ein Nachspielkino aus dem Repertoire der Constantin-Film. Die drei Säle sind mit Dolby Surround System ausgestattet. Montags, dienstags, mittwochs und an allen anderen Tagen bis 17.45 Uhr ermäßigte Eintrittspreise.

K

▸ Admiral
7., Burggasse 119
Tel.: 523 37 59
Kassa: ab 17.30
Das Admiral-Kino, das kleine Nachspielkino (Synchronfassungen und Original mit und ohne Untertitel) in der Burggasse, wehrt sich standhaft wie ein Gallier gegen das Kinosterben – beachtliche Leistung, hat doch kaum einer seiner Kollegen, wir erinnern uns an das Erika oder das Star-Kino, überlebt.

▸ Artis International
1., Schultergasse 5
Tel.: 535 65 70
www.cineplexx.at
Kassa: ab 30 Minuten vor Beginn der 1. Vorstellung
Das internationale Kino der Constantin-Gruppe. Zu sehen sind österreichische Ur- und Erstaufführungen vor allem von Kassenschlagern aus Hollywood in ihrer Originalfassung, zumeist ohne Untertitel. Montags, dienstags und mittwochs sowie täglich bis 17.45 Uhr vergünstigte Eintrittspreise für alle sechs Säle.

▸ Bellaria
7., Museumstraße 3
Tel.: 523 75 91
Kassa: Mo–Fr ab 15.30, Sa, So, Fei ab 13.30
Wohl kein andere Kino in Wien hat eine so treue Fangemeinde wie das Bellaria, und kein anderes hat es je so weit gebracht, selbst Star eines Films zu werden. Streifen aus der guten alten Zeit des österreichischen und deutschen Spielfilms.

Bellaria – Kino 50 plus. (Foto: Gina Baschant)

▸ Breitenseer Lichtspiele (BSL)
14., Breitenseer Straße 21
Tel.: 982 21 73
Kassa: ab 15 Minuten vor Beginn der 1. Vorstellung
Das BSL ist eine Besonderheit in Wien: es ist eines der wenigen Einsaalkinos, das außerhalb des Gürtels noch existiert und seine Besucher mit seiner originalen Ausstattung mitsamt Holzsitzen nostalgisch werden lässt.

▸ Burg
1., Opernring 19
Tel.: 587 84 06
www.burgkino.at
Kassa: ab 30 Minuten vor Beginn der 1. Vorstellung
Das Burg ist unabhängig und international. In zwei Sälen werden vor allem englisch- und französischsprachige Filme in Erst- und Uraufführungen präsentiert.

▸ Cinemagic (ehm. Opern Kino)
1., Friedrichstraße 4
Tel.: 586 43 03
www.wienxtra.at
wienXtra hat in den Räumlichkeiten des ehemaligen Opern Kinos ein Kinder- und Jugendfilmhaus eingerichtet.

▸ De France
1., Schottenring 5
Tel.: 317 52 36
www.defrance.at
Kassa: ab 30 Minuten vor Beginn der 1. Vorstellung
Das Votivkino betreibt seit 2002 auch das De France als Dependance. Anders als im Votiv, wo Filme nur in der OmU-Fassung zu sehen sind, gibt's im De France auch mal Originalfassungen ohne Untertitel und deutsche Synchronfassungen. Karten sind zum Einheitspreis von 6,50 Euro erhältlich, montags sogar für 5,50 Euro, auch die Votivcard ist gültig.

▸ English Cinema Haydn
6., Mariahilfer Straße 57
Tel.: 587 22 62
www.haydnkino.at
Kassa: ab 15 Minuten vor Beginn der 1. Vorstellung
Das privat betriebene Haydn-Kino bietet Filme aus der Traumfabrik Hollywood in ihrer englischsprachigen Originalfassung. Montags ermäßigter Eintritt.

▸ Filmcasino
5., Margaretenstraße 78
Tel.: 587 90 62
www.filmcasino.at
Cinebar und Kassa: ab 17.30
Das Filmcasino ist das Premierenkino des Polyfilm-Verleihs und sicherlich eines der schönsten Kinos in Wien. Als jugoslawischer Kulturverein überlebte es in seiner Ausstattung aus den 50er Jahren und konnte 1989 originalgetreu wiedereröffnet werden. Internationale Filme in Originalfassung mit Untertitel bestimmen das Programm. Die Cinebar ist beliebter Treffpunkt für Filmcasino-Liebhaber.

▸ Filmhaus am Spittelberg
7., Spittelberggasse 3
Tel.: 522 48 16
Kassa: ab 1 Stunde vor Beginn der 1. Vorstellung
Das Filmhaus-Kino macht sich nicht nur als Vorführkino der Filmbranche verdient, sondern durchaus auch als reguläres Lichtspieltheater. Vor allem Filme aus dem Stadtkino-Verleih sind es, die in Originalfassung mit Untertitel gezeigt werden.

▸ HTU Cinestudio – Audi Max TU
6., Getreidemarkt 9
E-Mail: oswald@videofreak.at
www.cinestudio.at
Zum kleinen Preis von 5 Euro bietet die Hochschülerschaft der TU Wien im Audi Max regelmäßige Filmretrospektiven.

▸ IMAX-Wien
14., Mariahilfer Straße 212
Tel.: 894 01 01
Fax: 894 01 01-25
E-Mail: service@imax-wien.at
www.imax.at
Mo–Mi, So 9.30–21, Do–Sa 9.30–22,
Kassa: ab 30 Minuten vor Beginn der 1. Vorstellung
Das IMAX bietet ein Kinoerlebnis der besonderen Art: 600 m² Leinwand und 2.400 Watt der 6-Kanal-Digital-Tonanlage lassen die BesucherInnen mit(er)leben. Auf dem Programm stehen hauptsächlich Dokumentarfilme über die Wunder und Schönheiten der Natur.

▸ Imperial Lichtspiele
1., Rotgasse 9
Tel.: 533 32 23
Kassa: ab 1 Stunde vor Beginn der 1. Vorstellung
Das Imperial ist das wohl zentralste Programmkino Wiens. Mit einem Saal und über 400 Sitzplätzen bietet es seinen Besuchern ein abwechslungsreiches Schwerpunktprogramm.

Lichtspieltheater Metro. (Foto: Filmarchiv)

▸ Metro
1., Johannesgasse 4
Tel.: 512 18 03
E-Mail: augarten@filmarchiv.at
www.filmarchiv.at
Zuerst Vergnügungszentrum, dann Theater und schließlich Kino – das ist in kurzen Worten die Geschichte des Metros. Das Filmarchiv Austria nutzt den für viele schönsten Kinosaal Wiens für breit angelegte Retrospektiven. Der Eintritt (7 Euro) ist für Mitglieder des Filmarchivs ermäßigt (5 Euro).

▸ Österreichisches Filmmuseum
1., Augustinerstraße 1
Tel.: 533 70 54
www.filmmuseum.at
Das „unsichtbare Kino" des Österreichischen Filmmuseums ist trotz seiner eher unbequemen Sitze wohl eines der interessantesten der Stadt. Das Programm mit seinen Retrospektiven lässt die Filmgeschichte lebendig werden. Mit einer Jahresmitgliedschaft von 10,90 Euro kostet die Eintrittskarte 5 Euro, für Gäste 9 Euro.

▸ Schikaneder
4., Margaretenstraße 24
Tel.: 585 28 67
www.schikaneder.at/
Lokal: Mo–So 18–4,
Kassa: ab 30 Minuten vor Beginn der 1. Vorstellung
Das Schikaneder ist das Kino für die unabhängige Filmszene Wiens. Mit Premieren, Filmschauen, mit Schwerpunkten auf osteuropäischen Film und seiner „z-movie line", einer speziellen Programmschine für Low- und No-Budget-Filme, ist das Kino aus Wien nicht mehr wegzudenken. Theateraufführungen, Lesungen, Diskussionen, CD-Präsentationen, Ausstellungen und eine hippe Bar mit täglicher DJ-Line machen aus dem kleinen Kino das Schikaneder.

▸ Stadtkino
3., Schwarzenbergplatz 7–8
Tel.: 712 62 76 (Kassa) od. 522 48 14 (Büro)
Kassa: 1 Stunde vor Beginn der 1. Vorstellung
Das Stadtkino ist mit seinem anspruchsvollen, doch niemals elitären Programm aus seinem eigenen Verleih ein Fixpunkt der Wiener Kinolandschaft geworden. Kenner lieben den mit Rollstuhllift ausgestatteten Abgang zu Kellerbar und Kinosaal. Karten montags ermäßigt.

▸ Top
6., Rahlgasse 1
Derzeit geschlossen; Wiedereröffnung als Dependance des Schikaneder-Kinos im Herbst 2003.

▸ Votivkino
9., Währinger Straße 12
Tel.: 317 35 71
www.votivkino.at
Kassa: ab 30 Minuten vor Beginn der 1. Vorstellung
Das Votivkino, 1912 erbaut, ist eines der ältesten Kinos Wiens. In mittlerweile drei Sälen laufen Originalfassungen mit Untertiteln aus dem eigenen Verleih des Kinos, dem Filmladen. Reguläres Filmprogramm sowie Festivals und Filmreihen. Eintrittskarten montags günstiger.

KLEINGEDRUCKTES

▸ Druck-Graphik Dörfler
17., Alszeile 95
Tel.: 486 24 74
Fax: 485 87 06
Wer sich zur Verkündung seiner Sponsion, Promotion, Hochzeit oder der Geburt seines Kindes nicht mit tintenstrahlgedruckten Zetteln begnügen will, sollte professionelle Hilfe suchen. Dörfler bietet sie und entwirft obendrein noch Corporate Designs für Betriebsneugründungen oder Praxiseröffnungen.

▸ Textildruck Sommer
6., Schmalzhofgasse 8
Tel.: 597 82 52
Fax: 597 82 52-1
E-Mail: textildruck@aon.at
www.textildruck.cc
Siebdruck, Flockdruck, Digitaldruck und Stick auf T-Shirts, Teamwear, Transparenten und sonstigen Textilien – egal ob als Geschenk oder für die Ausstattung der gesamten Fußballmannschaft.

▸ Trinkl-Druck
15., Kriemhildplatz 3
Tel.: 982 62 02
Fax: 982 62 02-5
E-Mail: trinkl.druck@aon.at
www.trinkl.druck.at.tf
Mo–Do 7–17.30
Visitenkarten, Briefpapier, Vermählungsanzeigen, Geburtsanzeigen, Sponsions- und Promotionsanzeigen, Einladungen und Trauerdrucksorten sowie Geschäfts- und Bankdrucksorten werden hier hergestellt.

KOPFBEDECKUNGEN

▸ Fernau
1., Operngasse 30
Tel.: 587 73 80
Mo–Fr 10–18
Ausschließlich Damenhüte. Sehr elegant, sehr luxuriös und teuer.

▸ Karin Bergmayer
12., Franz-Emerich-Gasse 3/6
Tel.: 810 01 07
E-Mail: k.b.hutobjekte@utanet.at
www.hutobjekte.com
nach Voranmeldung
Designte Hüte und experimentelles Hutdesign. Nichts für den Durchschnittskopf.

▸ Kübl-Hüte
6., Aegidigasse 18
Tel.: 597 94 48
www.kuebl-huete.at
Mo–Fr 7.30–16.30
Bunte Strohhüte für Damen – elegant und sportlich, Kappen, auch für Herren. Auch für Kinder gibt's farbenfrohe, praktische Kopfbedeckungen.

▸ Marie Slama & Sohn
4., Rainergasse 21
Tel.: 544 41 25-0
Mo–Do 8–16, Fr 8–13
Uniformkappen in jeder erdenklichen Ausführung – ob Tellerkappen, Studentenkappen, Barette, Winter-, Sommerkappen oder Spezialanfertigungen für Film und Theater – sind das Spezialgebiet von Marie Slama & Sohn. Auch Uniformhosen, -hemden, Mäntel und Jacken in Maßanfertigung gehören zum Angebot.

▸ Mühlbauer
1., Seilergasse 5
Tel.: 513 70 70
www.muehlbauer.at
Mo–Fr 10–18.30, Sa 10–17
Moderne Hutkreationen für die ganze Familie.

▸ Nagy Hüte
16., Thaliastraße 37
Tel.: 405 66 29-27
www.nagy-hut.at
Mo–Fr 9–18, Sa 9–13
Vom Zylinder zur Melone, unterschiedliche Modelle von Jagdhüten, aber auch sportliche und elegante Damenhüte sowie Hüte für Kinder. Ein Klassiker.

Der Hut macht Mut. Von Fernau. (Foto: Archiv)

▸ Shmuel Shapira
7., Mariahilfer Straße 4
Tel.: 522 56 52
Mo–Mi 10–18, tel. Vereinbarung erwünscht
Shmuel Shapira fertigt Herrenmaßhüte an. Perfektion und Qualität die man sonst in Österreich nicht mehr finden wird. Shapira ist der Nachfolger des legendären Franz Caletka, der wieder Nachfolger des legendären Számszi war. Und Shapira wird wohl auch Legende werden. Die Preise sind bereits legendär – Hüte bis zu 5.000 Euro.

KULTURFÖRDERUNGEN

▸ Bundeskanzleramt, Sektion II: Kunstangelegenheiten
1., Schottengasse 1
Tel.: 531 15-0
www.art.austria.gv.at
nach Anfrage
Von bildender Kunst über Architektur, Design und Mode sowie Musik, darstellende Kunst, Fotografie und Film bis hin zu Literatur reicht der Förderungsbereich des Bundes. Eingereicht werden können Projekte mit gesamtösterreichischem Bezug.

▸ Design Austria
7., Kandlgasse 16
Tel.: 524 49 49-0
www.designaustria.at
Vergabe des Joseph Binder Award, drei Förderateliers in Wien. Mitgliedsjahresgebühr: 240 Euro.

▸ Filmfonds Wien
7., Stiftgasse 6
Tel.: 526 50 88
www.filmfonds-wien.at
nach tel. Vereinbarung
Förderung von Projektentwicklung (inkl. Drehbuch), Herstellung oder Verwertung von Fernseh- oder Kinofilmen.

▸ Kulturabteilung der Stadt Wien – Magistratsabteilung 7
8., Friedrich-Schmidt-Platz 5
Tel.: 4000-847 59
E-Mail: post@m07.magwien.gv.at
www.wien.gv.at/ma07/
Die Kulturabteilung der Stadt Wien fördert künstlerische Projekte aller Sparten. Für Preise und Stipendien gibt es regelmäßige Einreichfristen (die Homepage gibt Auskunft dazu), für Förderungen kann laufend eingereicht werden.

K

▸ Margarete-Schütte-Lihotzky-Projektstipendien des Bundes
1., Schottengasse 1
Tel.: 531 15-7571
www.art.austria.gv.at
Abteilung II/7 – Bildende Kunst, Architektur, Design und Mode. Zu Ehren der verdienstvollen österreichischen Architektin sollen architektonisch-baukünstlerische Projekt- und Forschungsvorhaben mit jährlich fünf Stipendien ausgeschrieben werden. Informationen über Internet.

▸ Österreichischer Kinder- und Jugendbuchpreis
1., Schottengasse 1
Tel.: 531 15-0
Fax: 531 15-7620
Abteilung II/5 – Kinder- und Jugendliteratur. Jährliche Vergabe von insgesamt sieben Preisen.

▸ Werkankäufe der Stadt Wien
8., Friedrich-Schmidt-Platz 5
Tel.: 4000-8007
Fax: 4000-99-8007
www.wien.gv.at/ma07/kunstref.htm
Ankauf von Werken lebender KünstlerInnen.

KULTURINSTITUTE

In der Regel kann man an den Kulturinstituten zusätzlich zum jeweils angeführten Angebot auch Sprachkurse besuchen und die Sprachzertifikate des jeweiligen Landes erwerben.

▸ Afro-Asiatisches Institut
9., Türkenstraße 3
Tel.: 310 51 45-0
E-Mail: office@aai-wien.at
www.aai-wien.at
Mo–Do 9–16, Fr 9–14
Lesungen, Diskussionen, Ausstellungen und Vorträge sollen die Kenntnisse der afrikanischen und asiatischen Kultur näher bringen und dienen zudem als eine Plattform der Begegnung.

▸ Britisches Kulturinstitut – British Council
1., Schenkenstraße 4
Tel.: 533 26 16
E-Mail: bc.vienna@britishcouncil.at
www.britishcouncil.at
Mo–Fr 9–16 (Büro)
Für jeden an englischer Kultur und Sprache Interessierten bietet das British Council regelmäßig Prüfungen (Cambridge Sprachprüfungen, IELTS und andere) sowie Informationen zu Fortbildungsmöglichkeiten in Großbritannien.

▸ Bulgarisches Kulturinstitut
3., Parkgasse 18
Tel.: 713 31 64
Fax: 713 43 40
E-Mail: office@haus-wittgenstein.at
www.haus-wittgenstein.at
Mo–Fr 9–17
Das Bulgarische Kulturinstitut ist im Haus Wittgenstein untergebracht und veranstaltet regelmäßig Lesungen, Vorträge, Konzerte und wissenschaftliche Diskussionen.

▸ Französisches Kulturinstitut
9., Währinger Straße 30–32
Tel.: 50 27 53-00
Fax: 50 27 53-97
E-Mail: ifv@gmx.at
www.ambafrance-at.org
Mo–Fr 9–20.30
Vorträge, Ausstellungen, Filmvorführungen, Lesungen, Konzerte. Außerdem: Sprachzentrum mit regelmäßigen Französischkursen in allen Stufen, auch für Kinder ab 7 Jahren. Abgelegt werden können im Französischen Kulturinstitut auch folgende offizielle Diplome des französischen Bildungsministeriums: DELF und DALF (jeweils im Juni und Jänner).

▸ Instituto Cervantes – Spanisches Kulturinstitut
4., Goldegggasse 2
Tel.: 505 25 35
Fax: 505 25 35-18
E-Mail: cenvie@cervantes.es
viena.cervantes.es
Institut: Mo–Do 9–18, Fr 9–13, Bibliothek:
Mi–Fr 9–13, Mo–Mi 14–18.30, Do 14–20
Das Spanische Kulturinstitut organisiert einerseits kulturelle Veranstaltungen, bietet Sprachkurse (auch für das offizielle Sprachdiplom D.E.L.E.) an und verfügt andererseits über eine Bibliothek und ein Informationszentrum mit Büchern, Zeitschriften, Videos, CDs und CD-Roms.

▸ Internationales Kulturinstitut
1., Opernring 7
Tel.: 586 73 21
Fax: 586 29 93
E-Mail: office@ikivienna.at
www.ikivienna.at
Mo–Fr 9–18
Seit mehr als zwanzig Jahren bietet das IKI Sprachkurse an – ganz nach dem Motto „Learn German in Austria“. (Die Kurse finden das ganze Jahr über statt, und jeder über 16 Jahren kann daran teilnehmen.)

▸ Italienisches Kulturinstitut
3., Ungargasse 43a
Tel.: 713 34 54
Fax: 712 37 16
E-Mail: administration@iicwien.jet2web.at
www.iicwien.jet2web.at
Kurssekretariat: Mo–Do 8.30–12.30 u. 15.30–19.30,
Bibliothek: Mo, Mi 9–13 u. 14–18,
Di 9–13 u. 14–17, Do, Fr 9–13
Sprachkurse, Lesungen, Filmvorführungen, Konzerte. Abgelegt werden können hier auch die beiden Zertifikate über die Kenntnis der italienischen Sprache C.E.L.I. und C.I.L.S. Mit Bibliothek.

▸ Japanisches Informations- und Kulturzentrum
1., Schottenring 8
Tel.: 533 85 86
Fax: 533 85 93
E-Mail: info@embjapan.at
www.at.emb-japan.go.jp
Mo, Fr 9–16.30, Di–Do 9–17
Wer sich für die japanische Kultur und Sprache interessiert, findet im japanischen Kulturzentrum vielfältige Möglichkeiten, sich intensiver damit auseinander zu setzen: Infos zu Studien- und Forschungsaufenthalten in Japan, Förderung von NachwuchskünstlerInnen u. v. m.

Japanisches Kulturinstitut. (Foto: Archiv)

▸ Koreanisches Kulturinstitut
7., Westbahnstraße 1b
Tel.: 526 38 70
Fax: 526 38 70

▸ Polnisches Institut
1., Am Gestade 7
Tel.: 533 89 61
www.polnischekultur.at
Mo–Do 9–16, Fr 9–14
Ausstellungen, Konzerte, Lesungen und Vorträge, Filmvorführungen.

▸ Russisches Kulturinstitut
4., Brahmsplatz 8
Tel.: 505 18 29
www.rki-wien.at
Bibliothek: Mo, Di, Do 9–13 u. 14.45–18.45,
Fr 11.30–17.30
Zahlreiche Veranstaltungen zur russischen Kultur und Sprachkurse (auch für Kinder). Die Bibliothek umfasst neben literarischen und wissenschaftlichen Werken auch Zeitschriften und Videofilme.

▸ Slowakisches Kulturinstitut
1., Wipplingerstraße 24–26
Tel.: 535 40 57

▸ Ungarisches Kulturinstitut – Collegium Hungaricum
2., Hollandstraße 4
Tel.: 214 05 81
www.collegium-hungaricum.at
Galerie: Mo 10–19, Di–Do 10–18, Fr 10–14,
Bibliothek: Mo 14–19, Di–Do 14–18, Fr 10–14
Ausstellungen, Vorträge, Lesungen zur ungarischen Kultur und Kunst. Etwas verwirrend könnte sich übrigens die Bedienung der Homepage gestalten, sollte man nicht wissen, dass Wien auf ungarisch Bécs heißt.

KÜNSTLERBEDARF

▸ Bösner
11., Brambillagasse 11
Tel.: 769 73 76
www.boesner.com
Mo–Do 9.30–18, Fr 9.30–20
Anlaufstelle Nr. 1 für Wiens KünstlerInnen. Riesige Auswahl an Künstlerbedarf, wo alles zu finden ist, was das schöpferische Herz begehrt: Angefangen von Staffeleien, verschiedensten Pinseln, Farben, Rahmen, diversen Massen bis hin zu Radierungsutensilien, Specksteinwerkzeugen, verschiedensten Papiersorten und vieles, vieles mehr. Dies alles zu sehr kleinen Preisen. Voraussetzung für den Einkauf: Registrierung mit Namen als KünstlerIn beim Eingang. Auf Wunsch auch Zulieferung der Produkte ins Haus.

▸ **Ebeseder Alois**
1., Babenbergerstraße 3
Tel.: 587 03 53
E-Mail: art@ebeseder.at
www.ebeseder.at
Mo–Fr 9.15–18, Sa 10–15
Großes Sortiment an Künstlerfarben und Künstlermaterialien etc. Sehr nette und kompetente Beratung.

▸ **Fesenmayer Malgründe**
20., Praterstraße 41
Tel.: 218 95 27
Mo–Fr 8–18, Sa 8–12
Großes Sortiment an Mal- und künstlerischem Bedarf.

▸ **Kummer**
7., Schottenfeldgasse 3
Tel.: 523 84 88
Fax: 526 13 19
Mo–Fr 9.30–18.30, Sa 9.30–17
Hier kriegt man auch Leinwände auf Wunschgröße zugeschnitten, kompetenteste Beratung und natürlich alles, was man zum Künstlern benötigt.

▸ **Meierhofer Sylvia**
8., Piaristengasse 49
Tel.: 408 94 68 od. 0676/628 35 10
E-Mail: info@artmeierhofer.com
www.artmeierhofer.com
Mo–Fr 9–18, Sa 9–12.30
Verkauf von Mal-, Lithografie-, Holz-und Linoldruckzubehör und vielem mehr. Besonderheit: professionelle und kompetente Beratung. Workshops: Acrylmalkurse und Kurse zu Decorative Malerei (nähere Informationen bitte bei Frau Obsieger erfragen). Online-Bestellservice und -Einkauf via Warenkorb. Auf der Homepage werden 10.000 Artikel gelistet.

▸ **Stropek**
1., Biberstraße 3
Tel.: 512 57 57
Fax: 512 57 58
Mo–Do 9–18, Sa 9–12.30
Damit Bilder richtig wirken, brauchen sie einen passenden Rahmen. Bei Stropek gibt es den. Auf zwei Ebenen findet man darüber hinaus alles Zubehör und Material für KünstlerInnen und solche, die es noch werden wollen. Und kompetente Beratung noch dazu.

Wenn KünstlerInnen dringenden Bedarf haben. (Foto: Beate Wagner)

LECKER SCHMATZ

ALLERLEI EXQUISITES

▸ Culinarium Österreich
1., Neuer Markt 10–11
Tel.: 513 82 81
www.culinarium.at
Mo–So 11.30–15 u. 18–24
Restaurant, Weinkeller und Feinkostladen in einem Haus! Seit Juni 2002 wird im Culinarium Österreich auf hoch qualitative Produkte aus der heimischen Landwirtschaft Wert gelegt. Dies lässt sich auch in den Gerichten (Vor- und Hauptspeisen von 5 bis 16 Euro) nachschmecken!

▸ Delikatess am Naschmarkt – Angela Kertesz
4., Naschmarkt, Stand 54–55
Tel.: 585 08 77
E-Mail: delikatess@delikatess.at
www.delikatess.at
Mo–Fr 9–18.30, Sa 9–17
Leckere Sachen wie hausgemachte Gänseleber mit Sauterne Gelée, Kaviar mit Blini und Sauerrahm oder Lachs mit Erbsencreme.

▸ Feinkost Schlögl
5., Margaretenstraße 84
Tel.: 586 33 26
E-Mail: info@partyservice-schloegl.at
www.partyservice-schloegl.at
Mo–Fr 7–18, Sa 7–12
Feinkostspezialitäten und Partyservice. Italienische und internationale Speisen.

▸ Keck's feine Kost
1., Herrengasse 15
Tel.: 533 63 67
www.kecks.at
Mo–Fr 10–22
Feinste Waren ausschließlich aus Österreich. Vulcano-Schinken, Würste, Wein, Käse der Sennerei Berchtold aus dem Bregenzerwald, Schuberts Marmeladen. Jeden Donnerstag ab 18 Uhr Weinverkostung zusammen mit einem österreichischen Winzer. Tribeka-Kaffee aus einer neuen Grazer Kleinrösterei und die Kaffees der Wiener Kleinrösterei Alt Wien. Kleine Mitagskarte.

▸ Kraut Elfi
15., Meiselmarkt, Stand C7
Tel.: 985 19 93
Di–Fr 7–12, 15–18, Sa 7–12
Sauerkraut, Sarmakraut, eingelegte Gemüse, Essige und Öle, Kompotte, Marmeladen, Natursäfte. Das alles und noch viel mehr aus nahezu ausschließlich österreichischer Produktion führt die überaus freundliche Kraut Elfi auf ihrem Stand im Meiselmarkt. Und so ist sie zu Recht schon weit über die Bezirksgrenzen hinaus bekannt.

▸ Meinl am Graben
1., Am Graben 19
Tel.: 532 33 34-0
www.meinlamgraben.at
Mo–Fr 8–18.30, Sa 8.30–17
1999 wurde das Geschäft am Graben großzügig um- und ausgebaut, und seit der Jahrtausendwende wird das reichhaltige kulinarische Sortiment auf drei Etagen angeboten. Insgesamt sind 160 Mitarbeiter um die Anliegen der anspruchsvollen Klientel bemüht. Zweifellos der beste Lebensmittel-Komplettsortimenter in Wien.

▸ Opocensky & Opocensky
4., Favoritenstraße 25
Tel.: 505 08 52
www.opocensky.at
Mo–Fr 9–19.30, Sa 9–13.30
Sehr exklusiver Greißler mit einer Feinkostvitrine, deren Anblick einem das Wasser im Mund zusammenlaufen lässt. Das Geschäft hat zusätzlich einen Lokalbereich für 30 Personen.

▸ Pöhl
4., Naschmarkt, Stand 167
Tel.: 586 04 04
Mo–Fr 9–19, Sa 7–16
Einer der besten Feinkosthändler am Naschmarkt. Auch wenn man ohne Idee und nur mit Gusto auf der Suche nach etwas wirklich Leckerem unterwegs ist, wird man hier sicher die entsprechende Inspiration finden. Ausgezeichnete Terrinen und Pasteten.

▸ Staud
16., Yppenmarkt 93 (vis-à-vis Yppenplatz 5)
Tel.: 406 88 05 21
www.staud.at
Di, Mi, Sa 8–12.30, Fr 8–12.30 u. 15.30–18
Feinste Marmeladen und Konfitüren, für viele die einzig wahren und guten und besser als selbst gemacht. Sensationell das neue Kracher-Beerenauslese-Gelee. Außerdem großartiges Essiggemüse. Tolles Geschäft am Brunnenmarkt.

▸ Urbanek
4., Naschmarkt, Stand 46
Tel.: 587 20 80
Mo–Fr 9–18.30, Sa 7.30–16
Prosciutto, Wildschweinwürste, Speck, Schinken, Wein, Käse in bester Qualität. Beliebter Promitreff am Naschmarkt, obwohl der Urbanek winzigklein ist. Partyservice.

Wo Saures süß ist: Gegenbauer. (Foto: Archiv)

ESSIG UND ÖL

▸ Gegenbauer – Wiener Essig Brauerei
4., Naschmarkt, Stand 54 + 111
Tel.: 581 24 43
www.gegenbauer.at
Mo–Fr 9–19, Sa 8–17
Erwin Gegenbauer – in dritter Generation Essigproduzent – stellt aus den verschiedensten Früchten und Gemüsen wie Tomaten, Vogelbeeren, Melonen, Bier oder Paprika hochwertige Essige her und bietet sie am Naschmarkt auch in kleineren Mengen zum Verkauf an. Ebenfalls im Angebot: ausgezeichnete Öle, Essigfrüchte und -gemüse, Senf, Fruchtsäfte, Wein und Brot.

FISCH

▸ Golden Fish
9., Alserbachstraße 5
Tel.: 315 33 22
Mo–Fr 7–18, Sa 7–12.30
Gutes, kleines Fischgeschäft im Alsergrund. Frische Seefische wie Branzino, Angler, Seezungen u. v. m. Zusätzlich nach Saison auch Muscheln, Calamari und andere Meeresfrüchte. Immer vorrätig: diverse Tiefkühlprodukte.

▸ Hella Gruber
4., Naschmarkt, Stand 17
Tel.: 586 32 73
Di 10–18, Mi, Do 9–18, Fr 8–18, Sa 8–17
Der größte Fischstand am Naschmarkt mit einem üblicherweise sehr umfangreichen Angebot an Fischen und Meeresgetier.

▸ Nada Sezemsky
4., Naschmarkt 622
Mo–Fr 7–18, Sa 7–17
Fisch- und Geflügelspezialitäten am Naschmarkt. Fischsandwich als Schnellimbiss. Hat auch einen Zustelldienst.

▸ Nordsee
4., Naschmarkt, Stand 1–5
Tel.: 586 14 20
Fax: 586 14 20-4
www.nordsee.at
Mo–Fr 8–18.30, Sa 8–16.30
Fischspezialitäten und Meeresfrüchte aus aller Welt. Die mitunter angebotenen Austern sind sehr okay, nur könnte man vielleicht dazu etwas bessere Weißweine anbieten.

▸ Peregi
15., Schwendermarkt 22–26
Tel.: 893 22 77
Fax: 893 22 77
E-Mail: office@frischfisch.at
Mo–Fr 8–18, Sa 8–12
Der Schwendermarkt ist wirklich winzig – das Angebot an Fischen und Meeresfrüchten bei Peregi aber nicht. Das Geschäft führt Seefische und Süßwasserfische. An Lebendfischen sind Forellen, Lachsforellen oder Karpfen fast immer vorrätig. Zander, Hecht oder Wels gibt es lebend auf Vorbestellung. Vor allem in den Wintermonaten kann auch sonst so ziemlich alles geordert werden, was aus Fluß, See oder Meer kommt und Schuppen oder Flossen hat.

Mehr Fisch. Gruber. (Foto: Archiv)

▸ Umar Fische
4., Naschmarkt, Stand 38–39
Tel.: 585 21 77
Mo, Di, Mi 8–18.30, Do–Sa 8–18
Vielen Naschmarktkunden gilt Umar als der beste Fischhändler vor Ort. Das Angebot kann sich immer sehen lassen, die Fachkompetenz ist so exzellent wie die Produktqualität.

FLEISCH, WURST, SCHINKEN UND CO

▸ Abraham Davidov
2., Karmelitermarkt, Stand 29–32
Tel.: 214 50 23
Mo–Fr 9–18
Koscheres Fleisch kommt entweder vom Rind, Schaf oder Lamm. Geschlachtet werden ausschließlich gesunde Tiere ohne körperliche Schäden oder Verletzungen. Die Schächtung passiert durch einen gezielten Schnitt von Menschenhand. Der jüdische Schächter muss ein entsprechendes Diplom abgelegt haben, bevor er einem Tier das Leben nehmen darf.

▸ Aibler
4., Naschmarkt, Stand 175
Tel.: 587 46 33
www.aibler-delikatessen.at
Mo–Fr 7–18, Sa 7–16
Auf einigen Wiener Märkten und quer über die Stadt verteilt findet man Filialen und Imbissstuben von Aibler. Der Fleisch- und Wurstwarenspezialist führt auch Convenienceprodukte unter dem Firmenmotto „Delikatessen für jedermann".

▸ Binder A & M
13., Faistauergasse 63
Tel.: 803 42 57
Mo, Di, Do, Fr 6–12 u. 15.30–18, Mi 6–12, Sa 6–12
Empfehlenswerte Adresse, um im Dreizehnten gutes Fleisch und feine Würste zu erstehen.

▸ Biofleischer Kollecker
3., Radetzkystraße 10
Tel.: 715 61 75
Mo–Fr 6.15–18, Sa 7–12
Kleine, feine Biofleischhauerei. Das Frischfleisch sowie einige der Wurstprodukte unterliegen der strengen Kontrolle von „Freiland". Telefonische Vorbestellung vor Feiertagen ratsam.

▸ Faffelberger Wildspezialitäten
15., Meiselmarkt, Stand J2
Tel.: 982 29 76
Mo–Fr 7–18.30, Sa 7–13
Feinste Wild- und Geflügelspezialitäten, auch auf Bestellung.

▸ Feinkost am Markt
16., Brunnengasse 39
Tel.: 408 88 15
Mo–Fr 7–18, Sa 7–12.30
Ausgezeichnetes Fleisch- und Wurstspezialgeschäft. Nicht nur die „Standards", sondern auch Wild, Lamm und Kalb sowie Innereien. Alle Produkte werden fachmännisch koch- und bratfertig zurechtgeputzt. Günstiges Mittagsmenü.

▸ Gerhard Albrecht
3., Landstraßer Markt, Stand 22 / 1. Stock
Tel.: 713 50 05
Mo–Mi 6–13, Do 6–14, Fr 6–17, Sa 6–13
Die Markthalle im Bahnhof Landstraße ist zwar architektonisch eine ziemliche Katastrophe, dennoch findet man hier ausgezeichnete Fachgeschäfte für Lebensmittel aller Art von Obst und Gemüse über Fleisch bis zu guten Asiashops. Wer Innereien liebt, kommt am Stand der Fleischerei Albrecht nicht vorbei.

▸ Kobor
4., Johann-Strauß-Gasse 26
Tel.: 503 34 45
Mo 6.30–12, Di–Fr 6.30–12.30 u. 16–18.30,
Sa 6.30–12
Alteingesessene Fleischerei in der Wieden. Gutes Sortiment verschiedenster Wurst- und Fleischspezialitäten.

▸ Koglbauer
2., Karmelitermarkt, Stand 41
Tel.: 212 47 57
Mo, Di, Do, Fr 7–18, Mi, Sa 7–13
Pferdefleisch- und Wurstwaren.

▸ Mader
9., Währinger Gürtel 170
Tel.: 317 72 98
Mo–Fr 6–18.30, Sa 7–12.30,
Juli u. Aug: Sa geschlossen
Traditionsfleischerei mit tollen Spezialitäten an der Ecke zur Nußdorfer Straße. Lagernd bzw. teils auf Vorbestellung hält die Firma auch sämtliche Altwiener Spezialitäten bereit. Für den exzellenten hausgemachten Beinschinken nehmen Stammkunden auch weite Anfahrten in Kauf.

▸ Miedler
3., Landstraßer Markthalle
Tel.: 714 01 41
Mo–Sa 6–17
Bekannt vor allem für gutes Rind- und Lammfleisch, führt Miedler ein Komplettsortiment an Fleischwaren.

▸ Nusur
4., Naschmarkt, Stand 243
Tel.: 586 02 47
Mo–Sa 8–18
Österreichisches frisches Fleisch. Steirisches Milchlamm.

▸ Radatz
1., Schottengasse 3a
Tel.: 533 81 63
E-Mail: office@radatz.com
www.radatz.at
Mo–Fr 7.30–19, Sa 8–13
17-mal in Wien und um ausgezeichnete Qualität bemüht. In fast allen Filialen bekommt man auch Mittagsmenüs. Zusätzlich zu Fleisch und Wurst werden in einer gelungenen Auswahl Weine verkauft und auch die tollen Zotter-Schokoladen.

▸ Ringl
6., Gumpendorfer Straße 105
Tel.: 596 32 78
Mo–Fr 5.30–18.30, Sa 5.30–12
Der Leberkäse ist legendär, aber auch sonst zählt dieses Geschäft zu den besten Fleischhauereien Wiens. Vielleicht die beste Adresse der Stadt, wenn es um Innereien geht.

▸ Schirnhofer-Breisler
1., Hoher Markt 1
Tel.: 532 40 30
Mo–Mi 8–19, Do 8–19.30, Fr 7.30–19.30, Sa 8–17
Ausgezeichnete Fleischerei in der Innenstadt, die nicht zuletzt wegen der Schinken- und Wursterzeugnisse eine große Anhängerschaft hat.

▸ Schuller
5., Reinprechtsdorfer Straße 9
Tel.: 544 38 46
Mo–Fr 6.30–18, Sa 6.30–12
Der wohl bekannteste Fleischhauer in Margareten. Für Karnivoren wird ein Komplettsortiment geboten, und vor allem mit seinem Pferdeleberkäse hat sich Schuller einen Namen gemacht.

▸ Trünkel
7., Neubaugasse 48–50
Tel.: 523 51 30
www.truenkel.at
Mo–Fr 6.30–18.30, Sa 6.30–12
23 Fachgeschäfte betreibt die Firma Trünkel über die Wienerstadt verteilt und genießt vor allem durch ihre Wurstwaren einen ausgezeichneten Ruf. So heißt es denn auch als Leitspruch des Unternehmens: „Wem Wurst nicht wurscht ist."

▸ Waltschek
15., Meiselmarkt, Stand B8
Tel.: 982 51 07
Mi 6–13, Do 6–12 u. 15–18, Fr 6–18, Sa 6–13
Spezialfleischerei und berühmt für die Innereien. Hier bekommt man noch Wiener Spezialitäten wie Bruckfleisch, die perfekt geputzten und zugerichteten Zutaten für ein richtiges Beuschel.

▸ Wiesbauer
10., Viktor-Adler-Markt, Stand 14
Tel.: 604 99 95
www.wiesbauer.at
Mo–Fr 7–18, Sa 7–12
Ein Großbetrieb auf dem Fleischverarbeitungssektor mit dem Schwerpunkt auf alpenländische Dauerwürste. Die Erzeugnisse des Unternehmens sind auch in fast allen Supermärkten gelistet und werden nicht nur in Österreich geschätzt. Bekannteste Marke des Hauses ist unbestritten die „Bergsteiger", eine heiß über Buchenholz geräucherte Salami aus Rind- und Schweinefleisch.

GEFLÜGEL

▸ Zum Gockelhahn
4., Naschmarkt, Stand 180–183
Tel.: 587 54 60
Mo–Sa 7.30–18.30
Seit dreißig Jahren: Geflügel, Eier, Wild. Imbisse inmitten des Naschmarkt-Trubels.

ITALIEN

▸ Arrigo
3., Rochusmarkt, Stand 33
Tel.: 710 78 80
Fax: 726 09 28
E-Mail: arrigo@chello.at
www.arrigo.at
Mo–Fr 7.30–18.30, Sa 7.30–13.30
Sehr sympathischer Feinkostladen am Rochusmarkt. Produkte aus Italien, aber auch aus Spanien und Österreich. Schinken, Würste und Käse, gute Antipasti, sehr passable Weinauswahl und ein Schanigarten, der sich ideal eignet zum Leuteschauen am Rochusmarkt.

▸ Ciao Toscana
3., Landstraßer Hauptstraße 71
Tel.: 710 72 10-0
www.ciao-toscana.com
Mo–Fr 9–18, Sa 10–13
Italienische Spezialitäten: Essig, Olivenöl, Trüffelöl, handgemachte Teigwaren, Sugo und Ragout, Trüffelspezialitäten aus Umbrien, getrocknete Gewürze, Wein, Kaffee, Süßigkeiten.

▸ **D'piu**
6., Stiftgasse 5–9
Tel.: 522 94 99
Mo–Fr 9–19.30, Sa 9–17
Dieser Diskontmarkt verfolgt das Hofer-Prinzip: meterlange Regale, in denen die Schachteln mit den Waren stehen: alles Produkte aus Bella Italia vom Brot über die Nudeln zum Mineralwasser, zurück über Panettone und Süßspeisen, Käse zu Wein. Nur die Frischmilch und das Latella kommen aus Österreich, sonst alles aus dem sonnigen Süden. Und alles ziemlich billig. Außerdem gibt es eine Frischproduktevitrine, wo man Käse, Fleisch, Wurst und (süße) Backwaren bekommen kann.

Hol dir das Lager. Expedit Spezialitäten. (Foto: Archiv)

▸ **Expedit Lager**
1., Wiesingerstraße 6
Tel.: 512 33 13-20
www.expedit.net
Mo–Sa ab 17 od. über das re. daneben liegende Restaurant bereits ab 12
Antipasti, Käse, Prosciutto, diverse Salamispezialitäten, ligurische Oliven und anbetungswürdiger Lardo, der eindrucksvoll beweist, dass Fett als Geschmacksträger kaum zu übertreffen ist. Für Hardcore-Italophile sind sogar Toilettenpapier und Waschpulver im Sortiment. Gut sortierte talienische und österreichische Weine. Feine warme und kalte Snacks zum Gleichessen. Schanigarten.

▸ **Faktorei**
6., Nelkengasse 1
Tel.: 585 64 52
Fax: 585 71 77
E-Mail: faktorei@aon.at
Mo–Fr 10–16
Prima Laden für Teigwaren, die sowohl an Ort und Stelle verzehrt als auch mitgenommen werden können. Dazu wechselnde weitere italienische Gerichte mit und ohne Fleisch. Die Faktorei bietet auch Catering an.

▸ **La Piccola Italia**
4., Naschmarkt, Stand 661
Tel.: 585 26 68
Mo–Fr 6–18.30, Sa 6–15
Kalte Platten, italienische Weine, eingelegtes Gemüse, Käse, Pasta, Brot und anderes.

▸ **L'ora giusta**
19., Billrothstraße 14
Tel.: 369 52 20
Mo–Fr 9–21, Sa 9–16
Italienisches vom Feinsten. Die Waren werden selbst importiert, egal ob Würste oder Schinken, Antipasti, Nudeln oder Weine. Zum Mitnehmen oder gleich vor Ort Essen werden täglich wechselnde Speisen gekocht.

▸ **Piccini**
6., Linke Wienzeile 4
Tel.: 587 52 54
www.piccini.at
Mo–Do 9–18.30, Fr 8.30–18.30, Sa 8.30–14
Alteingesessener italienischer Spezialitätenladen, der kaum einen Wunsch unbefriedigt lässt. Ganz Italien in einem Geschäft.

JÜDISCH

▸ **Hadar**
2., Krummbaumgasse 20
Mo–Fr 8–18.30
Direkt am Karmelitermarkt liegt das neu eröffnete Geschäft für koschere Lebensmittel. Der Großteil der Produkte wird aus Israel importiert.

Koscher bei Hadar. (Foto: Archiv)

▸ **Kosherland**
2., Kleine Sperlgasse 7
Tel.: 219 68 86
www.kosherland.at
Mo–Do 8–19, Fr 8–15
Abo Borochows Supermarkt für koschere Lebensmittel. Dazu auch israelische Produkte verschiedenster Art aus dem Non-Food-Bereich.

L

KÄSE

▸ Alles Käse
13., Lainzer Straße 1
Tel.: 876 47 49
E-Mail: office@alleskaese.at
www.alleskaese.at
Mo–Fr 10–19, Sa 10–14, Juli u. Aug geschlossen
Spezialisiert auf Käse und Teigwaren. Man kann hier so ziemlich jeden Käse bekommen, den es gibt. Außerdem wird täglich frisch gekocht: Wokgemüse oder frische Teigwaren. Speisen zum Mitnehmen oder Dortessen. Online: der aktuelle Menüplan.

▸ Käseland
4., Naschmarkt, Stand 172–174
Tel.: 587 29 58
Fax: 587 29 58
Mo–Do 8–18.30, Fr 8–19, Sa 8–17
Unter dem Motto „Erst kosten, dann kaufen" bietet dieser Käseladen eine riesige Auswahl an Käsen. Da ist wirklich alles dabei. Nicht nur aus Österreich.

Käse über alles. Käseland. (Foto: Archiv)

KRÄUTER UND GEWÜRZE

▸ Dogan und Acer
4., Naschmarkt, Stand 358–363
Tel.: 586 01 61 od. 586 47 15
Mo–Sa 6–18
Riesenauswahl an getrockneten Gewürzen und Teesorten. Dazu gibt es orientalisches Brot und Bäckereien. Zur kalten Jahreszeit bekommt man eine Tasse Tee angeboten.

▸ Kräuter & Gewürze Ahmad Maan
4., Naschmarkt, Stand 24–27
Tel.: 585 36 68
Fax: 585 36 68
Mo–Sa 8–18
Ohne die richtigen Kräuter und Gewürze schmeckt fast jedes Essen wie eingeschlafene Füße. Hier wird alles angeboten, was der Köchinnen und Köche Herz begehrt, von herkömmlichen heimischen Gewürzen bis zu höchst speziellen Erzeugnissen.

RUSSLAND

▸ Berioska
3., Landstraßer Hauptstraße 163
Tel.: 712 40 95
Fax: 712 40 95
Mo–Fr 10–19, Sa 10–17
Krim-Sekt, Kaviar und viele russische Konserven sind hier erhältlich. Außerdem wird russisches folkloristisches Kulturgut in Form von Musikkassetten und Büchern angeboten.

▸ Kalinka
2., Gredlerstraße 4
Tel.: 946 79 22
Fax: 946 79 22
Mo–Fr 10–13 u. 14–19, Sa 10–17
Russische Spezialitäten wie geräucherter Fisch oder Dörrfisch, Konserven mit Meeresgetier wie „Kalmar enthaupt" (ein kulinarisches, unvergessliches Abenteuer), Weine, Sekte und Spirituosen, eingelegte Gemüse. Dazu russische Bücher, Videos und Zeitschriften sowie kunsthandwerkliche Erzeugnisse wie die berühmten Babuschka-Puppen.

SÜDOSTASIEN

▸ Ding Haw – Fernost Mar
4., Naschmarkt 186
Tel.: 581 73 01
Mo–Fr 9–18, Sa 9–16
Im Sortiment: chinesische Lebensmittel wie Saucen, Tees, Gewürze, Wan-Tan-Teigblätter, Bier, verschiedenartigste Kaugummis. Frische Kräuter und Gemüse in Kühltruhe.

Take it, boil it, eat it. (Foto: Archiv)

▸ Hua-Lian
5., Kettenbrückengasse 23
Tel.: 585 41 92
Mo–Fr 10–13, 14–19, Sa 10–17
Bestens sortierter China- respektive Asia-Food Shop. Die Produkte, egal ob Frischware, Tiefgekühltes oder länger Haltbares, werden übersichtlich präsentiert, und wenn man trotzdem den Durchblick verliert, stehen einem die kompetenten Mitarbeiter in vollendeter asiatischer Freundlichkeit beratend zur Seite. Vis-à-vis gibt es nun auch eine Dependance, in der man asiatische Küchenhardware wie Woks, Bambusdämpfkörbe, Mörser, Schaumlöffel und noch vieles mehr bekommt.

▸ Nippon Ya
4., Faulmanngasse 5
Tel.: 586 10 84
Mo–Fr 9–18.30, Sa 9–17
Spezialgeschäft für Lebensmittel aus Japan. Praktischerweise können dazu auch gleich alle japanischen Küchenutensilien beschafft werden, die man zur authentischen Zubereitung braucht. Ein Narr ist jedoch, wer denkt, dass dadurch das Sushi-Selbermachen gleich gelingt. Aber probieren wird man ja wohl noch dürfen.

Take it, shake it, eat it. (Foto: Archiv)

TEE UND KAFFEE

▸ Demmers Teehaus
1., Mölkerbastei 5
Tel.: 533 59 95
www.demmer.at
Mo–Fr 9–18, Sa 9.30–13.30
Der Demmer war in seinen Anfangsjahren ausschließlich eingefleischten Teetrinkern ein Begriff. Heute beliefert die 1981 von Andrew Demmer gegründete Handelsgesellschaft den gehobenen Teefachhandel Österreichs. Sowohl auf dem Gebiet des Imports und Exports von hochwertigen Schwarz- und Grüntees als auch auf dem Gebiet der aromatisierten Schwarztees konnte sich Demmers einen Namen machen. Die Filiale in der Mölkerbastei bietet auch ein reichhaltiges Angebot an Mehlspeisen sowie britischen Süßigkeiten und Keksen, die man im Obergeschoß zu einer Tasse Tee serviert bekommt.

▸ Haas & Haas
1., Stephansplatz 4
Tel.: 512 97 70
Fax: 512 97 70-31
E-Mail: info@haas-haas.at
www.haas-haas.at
Mo–Do 10–18, Fr 10–13
Eine Genussmittelhandlung, wie sie sein soll. Neben dem tollen Teesortiment mit allen erdenklichen Accessoires zur Zubereitung auch einer der besten Plätze der Stadt zum Frühstücken. Eine weitere Filiale befindet sich in den Ringstraßen-Galerien.

▸ Hebein & Schüssler
1., Hegelgasse 19
Tel.: 512 61 18-0
Fax: 512 61 18-32
E-Mail: office@tee-kaffee.at
www.tee-kaffee.at
Mo–Do 10–18, Fr 10–13.30
Alteingesessenes Tee- und Kaffeefachgeschäft nahe beim Schwarzenbergplatz.

▸ Heissenberger
1., Kohlmarkt 11
Tel.: 532 14 20
Fax: 532 85 28
E-Mail: office@heissenberger.com
www.heissenberger.com
Mo–Fr 10–18, Sa 9–18
Fachgeschäft mit einer riesigen Auswahl an Tees und Kaffees. Teesorten aus China, Japan, Afrika, Vietnam. Auch entkoffeinisierte oder aromatisierte Tees gibt es hier. In der Kaffee- und Teebar kann man alle Sorten probieren.

▸ Jäger & Comp.
1., Operngasse 6
Tel.: 512 62 59
E-Mail: jaegertee@aon.at
www.jaegertee.at
Mo–Fr 9–18, Sa 9.30 13
Ältestes Teefachgeschäft Wiens, gegründet 1862. Dem Trend entsprechend gibt es hier neben traditionellen Teesorten auch eine große Auswahl an Grüntees und Oolongs (halbfermentierter Tee). Teekannen aus Ton oder Porzellan sind genauso zu haben wie exquisite „Komfort-Teabags". Wer immer noch nicht durchschaut hat, welchen Tee man wie lange ziehen lassen muss, der kann sich auf der Internetseite Infos zur Teezubereitung holen.

▸ Kaffeerösterei Alt Wien
4., Schleifmühlgasse 23
Tel.: 505 08 00
E-Mail: office@altwien.at
www.altwien.at
Mo–Fr 10–18, Sa 10–15
Hier wird täglich Kaffee in mehreren Varianten frisch geröstet. Verschiedene Rezepte bringen unterschiedliche Aromen, was vor Ort auch gleich persönlich getestet werden kann.

▸ Naber Kaffee
21., Autokaderstraße 104
Tel.: 278 34 03
www.naber-kaffee.com
Mo–Fr 7.30–16.15, Sa 7.30–12.30
Wiener Traditionskaffeerösterei mit vier weiteren Filialen in der Stadt: 1., Wipplingerstraße 25, Tel.: 533 03 43; 4., Wiedner Hauptstraße 40, Tel.: 587 43 46; 5., Schönbrunner Straße 111, Tel.: 544 47 61; 9., Nußdorfer Straße 29, Tel.: 317 01 88

▸ Schönbichler
1., Wollzeile 4
Tel.: 512 18 68
Fax: 512 18 16-20
E-Mail: info@schoenbichler.at
www.schoenbichler.at
Mo–Do 9–18.30, Fr 7.30–17
Thee- und Spirituosenhandlung im Herzen der Wiener City (und, bitte schön, das mit der Schreibweise beim Aufgussgetränk schreibt der Schönbichler wirklich selbst so). Die Thees also sind ausgezeichnet, das Zubehörangebot etwa bei Kannen und Samowaren detto, und über das Spirituosensortiment (österreichische Edelbrände, Cognacs, Malt Whiskys, Armagnacs, Calvados) kann man ins Schwärmen geraten. Überaus professionelle Beratung.

▸ Teehaus Artee
7., Siebensterngasse 4
Tel.: 524 01 66
Fax: 524 01 66
E-Mail: teehaus@artee.at
www.artee.at
Mo–Fr 11–19, Sa 11–17
Die hohen Räume mit den typischen Bambusrollos an den Fenstern tragen zur gemütlichen Atmosphäre bei. Artee verbindet traditionelle Teekultur – wie japanische und chinesische Teezeremonien – mit zeitgenössischer Kunst. Bis 18 Uhr werden asiatische Köstlichkeiten wie etwa Dim-Sums serviert. Ein Extrazimmer kann für Ausstellungen oder Seminare gemietet werden.

▸ Teeladen
1., Dr.-Karl-Lueger-Platz 2
Tel.: 513 68 15
E-Mail: danzinger@nusurf.at
Mo, Di, Mi, Fr 9–19, Do 9–21, Sa 10–18
Modern eingerichtetes Teegeschäft ums Eck vom Stubenring. Gutes Teesortiment, feines Zubehör und Teegebäck. Zusätzlich „naturbelassene" Gummibärchen ohne Konservierungsmittel und ohne Farbstoffe.

WEITE WELT

▸ Bobby's
4., Schleifmühlgasse 8
Tel.: 586 75 34
Fax: 587 26 63
Mo–Fr 10–18.30, Sa 10–14
Englischer Greißler. Hier bekommt man neben den obligatorischen Baked Beans auch Jams, Suppen, viele Biersorten, Chutneys, Super-Chips u. v. m. Das durch Monty Python berühmt gewordene „Spam" sucht man leider (oder zum Glück?!) vergebens. Dafür gibt es „Marmite" für alle, die das brauchen.

Very British. (Foto: Archiv)

▸ **Casa Mexico**
9., Liechtensteinstraße 27
Tel.: 315 45 39
E-Mail: info@casamexico.at
www.casamexico.at
Mo–Fr 9–18, Sa 9.30–13
Dieses Geschäft macht Wien schärfer. Neben den scharfen Saucen bekommt man alles, was man so aus dem Mexiko-Urlaub kennt. Tortillas (fertig oder auch das richtige Mehl), Bier, Rum Mezcal, Tequila, Bohnen usw. Neben allen notwendigen Lebensmitteln auch noch Musik und Souvenirs. Viva Mexico!

▸ **Festival**
19., Döblinger Hauptstraße 6
Tel.: 369 60 61
E-Mail: info@festival.co.at
www.festival.co.at
Auf 400 Quadratmetern internationale Weine und Delikatessen, spanische und italienische Spezialitäten.

▸ **Hellas Feinkostimport**
4., Rechte Wienzeile 3
Tel.: 587 26 41
Mo–Fr 9–18, Sa 9–13
Fachgeschäft für griechische Spezialitäten: Schafkäse, Weine, Oliven und allerlei andere Delikatessen.

Foto: Archiv

▸ **Indien Shop**
4., Naschmarkt, Stand 974
Tel.: 581 15 66
Mo–Fr 8.30–18.30, Sa 8–17.30
Indische Spezialitäten, angefangen vom richtigen Gemüse für scharfe Currys (Chilischoten extrascharf) über Brot und indische Getränke hin zu allerlei Arten von Tees und einer feinen Auswahl an Reis.

LESBEN

BAR

▸ **FZ-Bar**
9., Währinger Straße 59 (Eingang: Prechtlgasse)
Tel.: 408 50 57
fz-bar.wolfsmutter.com
Do 18–24, Fr 19–24, Sa 20–1
Alternatives Beisl, samstags mit Bar- und Discobetrieb, immer wieder Feste, Ausstellungen, Lesungen.

BERATUNG

▸ **Rosa Lila Tip**
6., Linke Wienzeile 102
Tel.: 586 81 50
E-Mail: lesbenberatung@villa.at
www.villa.at/lilatip
Mo, Mi, Fr 17–20
Informationsdrehscheibe für alle Bereiche des Lesben-Seins in Wien. Persönliche oder telefonische Beratung bei allen Arten von Problemen, Vermittlung von anderen Hilfseinrichtungen. Bibliothek und Archiv.

GRUPPEN

▸ **Dykes on Bikes Austria**
2331 Vösendorf, Seeparkstraße 34/8/19
E-Mail: dykes.on.bikes@firemail.de
beam.to/dykesonbikes
Wer bei Motorrädern an Marlon Brando, an Easy Rider oder an behaarte Männer denkt, der/die hat entweder etwas vergessen, oder er/sie hat's einfach nicht verstanden. Dikes on Bikes etwa hat sich zum Ziel gemacht, Lesben, die Interesse an Motorrädern haben – unabhängig davon, ob sie selber fahren, mitfahren, Bikerinnen attraktiv finden und kennen lernen wollen – zusammenzubringen. Stammtisch: Jeden 2. Dienstag im Monat, 20 Uhr, im Frauencafé (8., Lange Gasse 11).

▸ **Encounter-Gruppe für Frauen und Lesben, die sich da nicht so sicher sind**
15., Reindorfgasse 29
Tel.: 895 84 40
Fax: 895 84 40
E-Mail: office@frauensache.at
www.frauensache.at
nur nach Vereinbarung
Die eigene Sexualität birgt oft mehr Geheimnisse, als einem lieb ist. Die Frauensache, das Institut für frauenspezifische Psychotherapie, bietet eine Gruppe zum Reden, Nachdenken, Lachen und Weinen und zum Kennenlernen von Frauen in ähnlichen Lebenssituationen.

MEDIEN

▸ Con.Act Lesben Frauen Nachrichten
9., Währinger Straße 59/6
Tel.: 408 50 57
Monatliches Informationsblatt des Frauen-Lesben-Mädchen-Zentrums im WUK.

~~**▸ Female Sequences, frauen lesben kulturHEFTig**~~
~~*8., Lange Gasse [illegible]*~~
~~*E-Mail: fem.seq@g[illegible]*~~
~~Zeitschrift zur feministischen Dikussion von Kunst, Musik und Literatur.~~
eingestellt

Foto: Lomographen

▸ Milena
8., Lange Gasse 51/10
Tel.: 402 59 90
Fax: 408 88 58
E-Mail: frauenverlag@milena-verlag.at
www.milena-verlag.at
ca. 11–15, tel. Anfragen besser
Lesbenliteratur und Bücher von Frauen für Frauen.

▸ Rainbow Online lesbian
www.lesbian.or.at
Der lesbische Channel von Rainbow Online liefert Informationen rund um das lesbische Leben der Stadt. Chat und Dating gehören ebenso dazu wie Nachrichten, Veranstaltungs- und Gesundheitstipps.

MUSIK

▸ Sappho Singers Unlimited
7., c/o Musisches Zentrum, Zeltgasse 7
Singen, was das Zeug hält, das ist das Ziel der Sappho Singers Unlimited. Chorbegeisterte Lesben werden gerne bei den Proben (Di 19.15 Uhr, nicht in den Schulferien) aufgenommen.

TANZEN

▸ Resis.danse FrauenTanzClub
2., Novaragasse 40
E-Mail: tanzclub@resisdanse.at
www.resisdanse.at
Fr 21–24
In diesem Club sind tanzwütige Frauen unter sich – ungestört. Resis.danse bietet Tanzkurse für Anfängerinnen und Fortgeschrittene an und bietet bei den freitäglichen Tanzabenden die Möglichkeit, das erworbene Können gleich unter Beweis zu stellen.

▸ SistaDance frauenTanzclub
E-Mail: sistadance@gmx.at
www.sistaDance.at
sistaDance ist der Frauen-Tanzclub für tanzbegeisterte Frauen und Lesben. Tanzkurse finden im Brot & Rosen (12., Ratschkygasse 48), im Tanzstudio 0.1 (4., Rienößlgasse 4) und im Frauenzentrum (WUK, 9., Währinger Straße 59/6/2. Stock) statt.

LITERATUR

▸ Kinderliteraturhaus Wien
4., Mayerhofgasse 6
Tel.: 505 17 54 57
E-Mail: info@buchklub.at
www.buchklub.at
Mo–Do 9–15, Fr 9–12
1993 wurde das Kinderliteraturhaus gegründet und versucht seitdem sehr erfolgreich aus kleinen große LeserInnen zu machen. Lesungen und anschließende Gespräche mit AutorInnen, Buchausstellungen und Workshops sollen schon von jungen Lebensjahren an mit Literatur vertraut machen. Außerdem bietet das Kinderliteraturhaus: eine Bibliothek, das Internationale Institut für Jugendliteratur und Leseforschung.

▸ Literatur im März
1., Schönlaterngasse 9
Tel.: 512 83 29
E-Mail: info@alte-schmiede.at
www.alte-schmiede.at
telefonisch oder Termine im Internet
Das Literarische Quartier, untergebracht in der Alten Schmiede, veranstaltet zahlreiche Veranstaltungen: nicht nur Lesungen, sondern auch Vorträge, Symposien und Workshops. Ende März veranstaltet die Alte Schmiede regelmäßig das Festival „Literatur im März", das sich jedes Jahr mit einem anderen Thema befasst. Eingeladen werden dazu die Granden der heimischen Literaturszene sowie Gäste aus dem Ausland.

▸ Literaturhaus Wien
7., Seidengasse 13
Tel.: 526 20 44
www.literaturhaus.at
Mo, Mi 9–17, Di 9–19, Fr 9–15
Das Literaturhaus Wien versteht sich als eine Institution für zeitgenössische Literatur. Die Bibliothek mit der umfangreichen Zeitungsartikelsammlung beschäftigt sich vornehmlich mit Literatur des 20. und 21. Jahrhunderts. Regelmäßig finden im Literaturhaus Veranstaltungen – Symposien, Vorträge, Lesungen – statt.

▸ Österreichische Buchwoche
1., Wiener Rathaus
www.buchwoche.at
Jährlich findet im Wiener Rathaus Mitte November die größte Buchausstellung Österreichs statt. Zahlreiche Verlage sind vertreten, und umfangreich ist auch das Rahmenprogramm mit Lesungen und Vorträgen.

▸ Österreichische Gesellschaft für Literatur
1., Herrengasse 5
Tel.: 533 81
www.ogl.at
Mo–Do 9–17, Einzelveranstaltungen Beginn 19
1961 gegründet, veranstaltet die Österreichische Gesellschaft für Literatur Lesungen, Vorträge und Symposien zu österreichischer Literatur, aber auch zu Literatur aus den Nachbarländern bzw. Weltliteratur. Von allen Gäste der Österreichischen Gesellschaft für Literatur gibt es auf der Homepage Kurzbiografien zum Nachlesen.

▸ Schule für Dichtung
7., Mariahilfer Straße 88a/3/7
Tel.: 522 35 26
www.sfd.at
nach tel. Vereinbarung
Die Schule für Dichtung versteht sich als ein Ort „poetologischer Kommunikation“, der multimedial, d. h. in sogenannten Internet-Klassen, vonstatten geht. Zu den bisherigen Lehrern zählten u. a.: H.C. Artmann, Falco, Martin Amanshauser, Waris Dirie, Roland Neuwirth, Marlene Streeruwitz, Nick Cave.

▸ Wespennest
2., Rembrandtstraße 31/4
Tel.: 332 66 91
www.wespennest.at
Mit „brauchbaren Texten und Bildern“ will die viermal jährlich erscheinende Zeitschrift literatur- und kunstinteressierte LeserInnen ansprechen.

L

Anzeige

Lomoshop
7., Museumsplatz 1
Tel.: 523 70 16
www.lomography.com

„Lomography Shop Wien“, der erste echte Lomographen-Shop weltweit, und überhaupt, da gibt es natürlich zuallererst mal etwas zu kaufen: lomographische Kameras, Filme, Bücher, die Lomography Fashionline „Only Naked Is Better“ und all die sonstigen Lomography-Produkte der Gegenwart und der Zukunft! Einfach mal ’nen coolen Ladentisch aufstellen und selbst die eigenen schönen Produkte an die geschätzte kunst- und kulturliebende Gemeinde feilbieten. Doch damit nicht genug: Lomographen sind ein streunendes, suchendes und staunendes Volk auf Reisen. Auf ihren ausgedehnten Ritten um die Welt suchen sie mit ihrer in der Hüfte befindlichen Linse nach Zwischentönen und Halbseiden, nach Strandgut und Brandneuigkeiten. Ein erster Ausschnitt der angeschwemmten und aufgelesenen Klein- und Großartigkeiten wird im Lomography Shop Wien präsentiert.

M

MÄNNER

▸ Horizonte, Institut für Lebens- und Familienfragen, Familienberatung
17., Lacknergasse 36/2
Tel.: 489 66 48
Fax: 489 66 48
Erreichbarkeit nach tel. Anfrage
Sexual-, Jugend- und Männerberatung.

▸ M.E.N. Männergesundheitsberatung im Kaiser-Franz-Josef-Spital
10., Kundratstraße 3
Tel.: 601 91-5454
Fax: 601 91-5459
E-Mail: info@men-center.at
www.men-center.at
Mo, Mi, Fr 9–13, Türkisch: Di 16–20
Serbisch/Kroatisch/Bosnisch:
Do 16–18 mit tel. Voranmeldung
Gesundheitszentrum für Männer, Väter und Burschen. Beratungen, Vorträge und Kurse zu körperlicher und seelischer Gesundheit. Beratungen auch in türkischer Sprache.

▸ Männerberatung
10., Erlachgasse 95
Tel.: 603 28 28
Fax: 603 28 28-11
www.maenner.at
Mo–Do 9–12 u. 16–20, Fr 9–12
u. nach tel. Vereinbarung
Anonyme und kostenlose Beratung, Psychotherapie, Täterarbeit, Tagungen, Kurse und Vorträge, Vernetzung zu anderen öffentlichen Einrichtungen. Supervidierte Männergruppe.

MÄRKTE

FLOHMARKT

▸ Donaustadt
22., Oskar-Grissemann-Straße 31
Tel.: 0676/511 19 77
E-Mail: flohmarkt21@chello.at
Sa, So 6.30–13
Regelmäßig stattfindender Hallenflohmarkt, ausreichend Parkplätze.

▸ Hallenflohmarkt Floridsdorf
21., Prager Straße 142
Tel.: 278 13 58-22
Sa, So 10–18
In der Halle auf 560 m^2.

▸ Liesinger Flohmarkt
23., Breitenfurter Straße 372
Tel.: 0664/132 29 56
Sa, So 7–14
Hallenflohmarkt, sonntags besser.

▸ Mistflohmarkt („48er Basar")
22., Stadlauer Straße 41a / Hof 3 / Tor 5
Tel.: 283 62 20-21 12 13
Di–Sa 9–15
Sehr viele Dinge, die wir heute nicht mehr brauchen/wollen und einfach wegwerfen oder bei den Mistplätzen der Stadt Wien abgeben, sind eigentlich noch völlig funktionstüchtig und gut zu gebrauchen. Diese Dinge werden aussortiert und auf dem Mistflohmarkt der MA 48 verkauft. So kann man Kleider, Bücher, Möbel, Spielzeug, Geschirr, Elektrogeräte (tw. für Bastler) etc. billig erstehen.

▸ Naschmarkt
4., Kettenbrückengasse / Wienzeile (auf dem Parkplatz / U4 Kettenbrückengasse)
Größter Flohmarkt, jeden Samstag. Viele Touristen. Wer wirklich etwas kaufen will, der sollte ganz, ganz früh gehen, oder ganz ganz spät.

▸ Neubaugasse
7., Neubaugasse
www.neubaugasse.at
Fr 9–18, Sa 9–18
In der ganzen Neubaugasse, zweimal im Jahr (Mai und September).

▸ Parkhaus am Südbahnhof
4., Parkhaus am Südbahnhof, 4. Stock
Tel.: 0664/337 01 35
Sa, So 7–16, jeden 1. Fr im Monat 19–21
Jeden Sa 9–13 auch Autoflohmarkt.

▸ Parkplatz Autokino
2301 Groß-Enzersdorf, Autokinostraße 2
So 5.30–13
Jeden Sonntag strömen Tausende Menschen her: Zwar muss man als WienerIn diesseits der Donau schon echt früh aufstehen, um dort überhaupt hinzugelangen, aber dafür wird man dann mit so mancher Kostbarkeit belohnt, die die anderen nicht schätzen. Klaro, weil das ja sonst nicht unter all dem Zeugs versteckt wäre …

▸ Simmering (Mautner Markhof)
11., Simmeringer Hauptstraße 101
Tel.: 0676/930 21 03
E-Mail: ferryvienna@gmx.at
Sa–So 7–14
Hallenflohmarkt, Freifläche, ganzjährig, Möbel, diverse Waren.

GELEGENHEITSMÄRKTE

▸ Fastenmarkt
17., Kalvarienberggasse
tgl. 8–20
Findet, wie der Name schon andeutet, in der Zeit vor Ostern statt.

▸ Ostermarkt
1., Freyung
tgl. 8–20
Auf der Freyung findet etwa drei Wochen lang ein Ostermarkt statt, wo neben allerlei lukullischen Genüssen auch Dekor für Kostersträuße, allerlei sonstiger Osterschmuck, Kerzen erhältlich sind.

GEMÜSE

Foto: Lomographen

▸ Brunnenmarkt
16., Brunnengasse / Yppenplatz
Mo–Fr 6–18.30, Sa 6–14
Klein Istanbul in Ottakring. Der größte Straßenmarkt in Wien, viel Gemüse und Obst. Neben den Standlern eine Vielzahl von türkischen Geschäften – mit speziellen Lebensmitteln, aber auch sonstigem Krimskrams. Am Yppenplatz gibt's jeden Samstag einen Bauernmarkt. Gute gastronomische Infrastruktur (Kent, CI).

▸ Floridsdorfer Markt
21., Brünner Straße / Pitkagasse
Mo–Fr 6–18.30, Sa 6–14
Kleiner Markt, mit Bauernmarkt am Samstag.

▸ Freyung
1., Freyung
ganzjährig in allen ungeraden Kalenderwochen, Fr, Sa 8–19.30
Lebensmittel aus kontrolliert biologischem Anbau.

▸ Hannovermarkt
20., Hannovergasse / Othmargasse
Mo–Fr 6–18.30, Sa 6–14
Gehört zu den drei größten Märkten Wiens. Volles Sortiment. Samstag mit Bauernmarkt.

▸ Karmelitermarkt
2., Im Werd
Mo–Fr 6–18.30, Sa 6–14
Markt mit langer Tradition. Direkt am Markt und in der näheren Umgebung: Geschäfte mit koscheren Lebensmitteln. Samstag mit sehr großem Bauernmarkt.

▸ Kutschkermarkt
18., Kutschkergasse
Mo–Fr 6–18.30, Sa 6–14
Sehr netter Obst- und Gemüsemarkt. Großer Bauernmarkt am Samstag.

▸ Markthalle Landstraße
3., Landstraßer Hauptstraße / Invalidenstraße 2
Mo–Mi 6–14, Do, Fr 6–18, Sa 6–14
Vegetarier sollten den ersten Stock der Markthalle eher meiden – außer, Sie wollen einmal sehen, wie die Vegetarierhölle aussehen könnte: Fleisch, rohes Fleisch und sonst gar nix. Dutzende Fleischgeschäfte. Egal ob Rind, Schwein, Lamm, Kalb, Ochs oder was auch immer: Hier finden Sie es. Innereien! Der Ort, um in Wien Fleisch zu kaufen. Parterre sind ein paar Gemüsestandeln und einige recht gute Ethnolebensmittelläden (Asien, Levante).

M

Foto: Lomographen

▸ Meidlinger Markt
12., Niederhofstraße / Rosaliagasse / Reschgasse
Mo–Fr 6–18.30, Sa 6–14
Obst- und Gemüsemarkt, übersichtlich und trotzdem vielfältig. Ganz anständiger Bauernmarkt am Samstag.

▸ Meiselmarkt
15., Hütteldorfer Straße / Johnstraße
Mo–Fr 6–18.30, Sa 6–14
Eigentlich eine Markthalle. Volles Angebot an Gemüse, Obst, Lebensmitteln und Gastronomie.

M

▸ Naschmarkt
4., Naschmarkt / Kettenbrückengasse
Mo–Fr 6–18.30, Sa 6–17
Der Markt in Wien. Was es hier nicht zu kaufen gibt, ist woanders in der Stadt wohl eher schwer zu bekommen. Obst, Gemüse, Fisch, Fleisch, Delikatessen – egal was, der Naschmarkt hat das volle Multikultiprogramm. Am Samstag wird der Einkauf auch zum sozialen Abenteuer: „Ah hallo, lange nicht gesehen …" Viel und gute Gastronomie.

▸ Rochusmarkt
3., Landstraßer Hauptstraße
Mo–Fr 6–18.30, Sa 6–14
Markt neben der Rochuskirche. Klein, fein – aber nicht billig. Neben Gemüse und Obst auch Käse und Fisch. Bauernmarkt am Samstag.

▸ Simmering
11., Geiselbergstraße, Lorystraße
Mo–Fr 6–18.30, Sa 6–14
Der einzige Markt im elften Bezirk. Obst und Gemüse.

▸ Viktor-Adler-Markt
10., Viktor-Adler-Platz
Mo–Fr 6–18.30, Sa 6–14, 1. Sa im Monat 6–18
Sehr, sehr großer Markt, guter Bauermarkt am Samstag. Der zehnte Hieb pur. Legendär.

▸ Zum Schluss die Kleinen
2., Volkertplatz, der kleinste Markt im 2. Bezirk, am Sa Bauernmarkt, Mo–Fr 18.30, Sa 6–14
2., Vorgartenmarkt, Wohlmutstraße / Ennsgasse, Obst, Gemüse, Lebensmittel, am Wochende Bauernmarkt, Mo–Fr 6–18.30, Sa 6–14
6., Mariahilfer Straße / Kirche Maria-Hilf, Mo, Mi, Fr 9–18, Sa 9–14
15., Schwendermarkt, kleiner Obst-, Gemüse- und Lebensmittelmarkt, Mo–Fr 6–18.30, Sa 6–14
18., Gersthofer Markt / Gersthofer Platzl Mo–Fr 6–18.30, Sa 6–14
18., Johann-Nepomuk-Vogl-Platz, kleiner Obst-, Gemüse- und Lebensmittelmarkt, Mo–Fr 6–18.30, Sa 6–14
19., Nußdorfer Markt, Heiligenstädter Straße / Sickenbergasse, Mo–Fr 6–18.30, Sa 6–14
19., Sonnbergplatz, Mo–Fr 6–18.30, Sa 6–14
22., Genochplatz, Mo–Fr 6–18.30, Sa 6–14
22., Quadenstraße / Maschlgasse, Mi 12–18.30, Sa 7–12
22., Wacquantgasse / Siegesplatz, Fr 13–19
23., Liesinger Platz, Di, Fr 12–18.30, Sa 7–12

INSTITUTIONEN

▸ Marktamtsdirektion
3., Am Modenapark 1–2
Tel.: 4000-879 18
E-Mail: post@m59.magwien.gv.at
Mo–Fr 7.30–15.30
Die MitarbeiterInnen des Marktamts schauen drauf, dass auf den Wiener Märkten alles seine Ordnung und Sauberkeit hat.

KUNSTMARKT

▸ Kunst am Kanal
9., Donaukanal (Abgang Salztorbrücke)
www.kunst-am-kanal.info
Mai bis Sept: Sa 14–20, So 10–20
Direkt am Donaukanal gelegener Markt. Antiquitäten, Kunst, Kunsthandwerk, Bücher, Musikalien, Tonträger.

WEIHNACHTEN / ADVENT

▸ Altes AKH
9., Alser Straße
Punsch, Glühwein, Live-Musik. Partystimmung.

▸ Altwiener Christkindlmarkt
1., Freyung
29. Nov bis 24. Dez: tgl. 8–20
Lebkuchen, Kerzen, Punsch, Biosachen, schöner Christbaumschmuck, Holzspielsachen, Keramik, Textiles.

▸ Christkindlmarkt
1., Rathausplatz
15. Nov bis 24. Dez: tgl. 9–21
Der größte und meisbesuchte Weihnachtsmarkt der Stadt. Zwischen Kitsch, Konsum- und Alkoholrausch. Und dennoch: immer wieder leuchtende Kinderaugen.

▸ Karlsplatz
4., Karlsplatz
Kleiner, übersichtlicher Kunsthandwerksmarkt.

▸ Schloß Schönbrunn
22. Nov bis 26. Dez: tgl. 10–20.30
Weihnachtsmarkt in tollem Ambiente – direkt vor dem Schloss. Fast schon romantisch.

▸ Spittelberg
7., Spittelberggasse (und Umgebung)
www.spittelberg.at
19. Nov bis 24. Dez: tgl. 9–20
Schöner Kunsthandwerksmarkt. Auf jeden Fall einen Besuch wert.

Foto: Gina Baschant

MEDIEN

FERNSEHEN

▸ ATV+
2., Aspernbrückengasse 2
Tel.: 213 64-0
Fax: 213 64-799 99
www.atvplus.at
Der erste Privatfernsehsender Österreichs zeigt Serien, Shows und Spielfilme. War zuerst nur in Wien zu empfangen, jetzt in ganz Österreich.

▸ gotv
5., Margaretenstraße 70/1a
Tel.: 961 09 51
www.gotv.at
gotv, der Musik- und Mitmachsender, ist aus dem – meist nur Insidern bekannten – TIV entstanden und wendet sich an ein jugendliches Publikum – und das höchst erfolgreich. In Wien schauen mehr Menschen gotv als MTV.

▸ ORF – Österreichischer Rundfunk
13., ORF-Zentrum, Würzburggasse 30
Tel.: 870 70-30 (Kundendienst, 8–24)
orf.at
Zwei Programme, 48 Stunden Programm täglich. Lange als Monopolbetrieb aktiv ist der ORF die führende Fernsehstation in Österreich.

▸ Puls City TV
1., c/o Stadiongasse 4
Neues Stadtfernsehen für Wien, geht im ersten Quartal 2004 auf Sendung und wird auf der Frequenz von ORF 2 (Kanal 34) senden.

MUSIKJOURNAL

▸ Skug – Journal für Musik
7., Stiftgasse 29
Tel.: 521 04-59
www.skug.at
Wichtigstes österreichisches Musikmagazin: kompetent, unbestechlich, seriös und trotzdem nicht fad – fast ein Wunder.

▸ The gap
20., Postfach 119
Tel.: 205 705-22
E-Mail: office@thegap.at
www.thegap.at
Feines Popkulturmagazin, das alle zwei Monate erscheint. Ein bisschen Mainstream und doch auch immer auf der Suche nach dem Trash. Eigentlich eine ganz gelungene Sache. Abo: sechs Ausgaben für 15 Euro.

RADIO

▸ 88.6
19., Heiligenstädter Lände 29
Tel.: 886 1 886
Fax: 360 88-109
E-Mail: 886@886supermix.at
www.886supermix.at
„Der Supermix für Wien" nennt sich 88,6 und verspricht die Hits von heute und gestern. Frequenzen: 88,6 (Kabel: 91,6).

▸ Antenne Wien 102.5
15., Storchengasse 1
Tel.: 217 00-0
E-Mail: contact@antenne-wien.at
www.antenne-wien.at
„Der Supermix der 80er und 90er und das Beste von heute", so die Eigendefinition des Senders – sie spricht für sich. Frequenz: 102,5.

Foto: Archiv

▸ FM4
4., Argentinierstraße 30a (Funkhaus)
Tel.: 0800/22 69 96 od. 501 01-0
Fax: 501 01-189 00
E-Mail: fm4@orf.at
fm4.orf.at
Alternative Mainstream, moderiert in Englisch und Deutsch, liefert den wohl wichtigsten Beitrag zu einer alternativen Jugendkultur in der Stadt. Die Postadresse ist FM4 – 1136 Wien. Frequenzen: 103,8 (Kabel: 91,2).

▸ Hitradio Ö3
19., Heiligenstädter Lände 27c
Tel.: 360 69-0
E-Mail: hitradio@oe3.at
oe3.orf.at
Aktuelle Hits aus den Charts, viel Spaß und Verkehrsfunk – das dienstälteste Unterhaltungsradio im Land Frequenzen: 99,9 und 101,3 (Kabel: 90,8).

▸ Kronehit
10., Daumegasse 1
Tel.: 600 61 00 od. 0810-20 30 60
Fax: 600 61 00-349
E-Mail: radio@kronehit.at
www.kronehit.at
Aktuelle Hits und eine Pop-Auswahl der letzten Jahre. Frequenzen: 105,8 (Kabel: 93,6).

▸ Österreich 1
4., Argentinierstraße 30a (Funkhaus)
Tel.: 501 70-371 (Ö1-Service, Mo–Fr 8–18)
Fax: 501 01-185 95
E-Mail: oe1.service@orf.at
oe1.orf.at
In Quoten gemessen ist Ö1 der erfolgreichste Kultursender Europas. Das gelingt ihm mit einer intelligenten Mischung aus Information, Kultur, Features und Musik aus allen Richtungen. Frequenzen: 92,0 und 87,8 (Kabel: 88,1).

▸ Radio Arabella
9., Alserstraße 4, Altes AKH, Hof 1, Top 1.16
Tel.: 492 99 29
Fax: 492 99 29-201
E-Mail: office@radioarabella.at
www.radioarabella.at
Mo–Fr 9–17
Zwei einfache Worte kennzeichnen das Programm von Arabella: Oldies und Schlager. Frequenzen: 92,9 (Kabel: 92,3).

▸ Radio Energy 104.2
15., Gablenzgasse 11
Tel.: 981 60-0
Fax: 981 60-99
E-Mail: office@energy.at
www.energy.at
Hits und Beats der Gegenwart sind auf NRJ zu hören, mit Kurznews und Verkehr zwischendurch. Frequenzen: 104,2 (Kabel: 101,2).

▸ Radio Orange 94.0
9., Schubertgasse 10
Tel.: 319 09 99, Fax: 319 09 99-14
E-Mail: office@orange.or.at
www.orange.or.at
Radio Orange ist die freie Radiostation in Wien – offen für alle und (fast) alles. So ist das Programm sehr abwechslungsreich und bietet Information, Kultur und Musik aus allen erdenklichen Bereichen – und das Ganze völlig werbefrei. Daher ist das Radio auch ständig in Geldnöten. Zur Unterstützung der Meinungsfreiheit „Radio Orange Abo" online oder telefonisch bestellen. Frequenzen: 94,0 (Kabel: 92,7).

▸ Radio Stephansdom
1., Singerstraße 7/IV/DG
Tel.: 512 40 40-0
Fax: 512 40 40-3021
E-Mail: info@radio-stephansdom.at
www.radiostephansdom.at
Wer sich unter Radio Stephansdom ein religiöses Programm mit Predigten erwartet, liegt völlig falsch. Es ist vielmehr ein feines Musikprogramm mit dem Besten aus der Welt der klassischen Musik. Frequenzen: 107,3 (Kabel: 87,7).

▸ Radio Wien
4., Argentinierstraße 30a (Funkhaus)
Tel.: 89 99 53
Fax: 505 22 33
E-Mail: 899953@radiowien.at
wien.orf.at/radiowien/
Viel regionale Information aus der Hauptstadt und Hits vom Beginn des Pop bis heute. Frequenzen: 89,9 / 95,3 (Kabel: 89,1).

▸ RÖI – Radio Österreich International
4., Argentinierstraße 30a (Funkhaus)
Tel.: 501 01-160 60
Fax: 501 01-160 66
E-Mail: roi.service@orf.at
www.roi.orf.at
Einst die mehrsprachige österreichische Stimme im internationalen Radio, wurde RÖI 2003 umstrukturiert und sendet nun ein durch mehr englischsprachige Information aufgefettetes Öl in die Welt. Frequenzen: KW 6.155 kHz/MW 1.476 kHz (Kabel: 106,1 MHz).

SPECIAL INTEREST

▸ Akin
17., Lobenhauerngasse 35/2 (Postadresse)
Tel.: 535 62 00
E-Mail: akin.buero@gmx.at, akin.abo@gmx.at (für Abo-Bestellungen)
akin.mediaweb.at
Politische Wochenzeitschrift mit „aktuellen Informationen“ und einem Termin- und Veranstaltungskalender.

▸ Ballesterer
9., Müllnergasse 16/25
www.ballesterer.at
Wer immer schon wissen wollte, wie man intellegent über Fußball schreibt, der sollte sich ein Ballesterer-Abo besorgen. Pflichtlektüre für alle Fußballfans, die es psychisch und physisch ertragen, mehr als 400 Zeichen zu lesen. Berichte aus der ganzen Welt und Historisches. Abo: Vier Hefte kosten 13 Euro.

▸ eSeL
8., Florianigasse 12
E-Mail: esel@esel.at
www.esel.at
Begonnen hat alles mit dem eSeL-Mehl, einem Kunst-Newsletter, der über die spannendsten Kunst- und Kulturevents der kommenden Woche informierte. Mittlerweile kooperiert eSeL mit der Basis Wien, gestaltet Ausstellungen und kuratiert die LunchLectures in der Galerie Christine König … den Newsletter gibt's aber immer noch.

▸ Malmö
18., Postfach 239
E-Mail: redaktion@malmoe.org
www.malmoe.org
Alltagsbegleitende Maßnahmen von A bis Z … Jeden Monat von Malmö. „Alltag ist das Ensemble der Beziehungen zwischen Arbeit und Freizeit.“ Malmö ist Urban Culture. Die Redaktion definiert sich als einen Ort in Österreich, an dem die Kräfte für die Wende gesammelt werden. Startabonnement: fünf Ausgaben für 10 Euro.

▸ Tatblatt
10., Wielandgasse 2–4/414
Tel.: 641 03 17
E-Mail: tatblatt@blackbox.net
Information, Motivation, Diskussion. Widerstand gegen menschenverachtende Strukturen, gegen Patriarchat, Rassismen, Kapitalismus, Umweltzerstörung, jede Form von Unterdrückung, Diskriminierung und Ausbeutung. Erfuhr kurzzeitig starke Werbetrommel durch die rechte Regierungshälfte.

▸ Volltext
6., Gumpendorfer Straße 69
Tel.: 971 94 62
Fax: 971 94 63
E-Mail: redaktion@volltext.net
www.volltext.net
Die zweimonatlich erscheinende Zeitung für Literatur hat sich zum Ziel gesetzt, ein breites Publikum für Gegenwartsliteratur zu begeistern. Fundierte Beiträge und Vorabdrucke sowie Textauszüge sind das Mittel dahin.

STADTZEITUNGEN

▸ City
6., Linke Wienzeile 40
Tel.: 585 57 57-401
Fax: 585 57 57-411
www.city-online.at
City ist die zweite Stadtzeitung in Wien, voll mit Terminen zu den Events in Town.

▸ Falter
1., Marc-Aurel-Straße 9
Tel.: 536 60-0
Fax: 536 60-12, -35
E-Mail: wienzeit@falter.at
www.falter.at
Mo–Fr 9–18
Die berüchtigte linksliberale Wochenzeitung hat die böseste und hemmungsloseste Zunge Wiens, mit der sie jeden Mittwoch das Stadt- und auch sonstige Leben kommentiert. Mit dabei das umfangreichste Programm von Wien.

ZEITSCHRIFT

▸ Augustin
4., Mostgasse 7/3
Tel.: 587 87 90
E-Mail: augustin@aktiv.co.at
www.augustin.bus.at
Mo–Fr 15–16
Von, aber nicht nur für Obdachlose gemachte Zeitschrift.

▸ U-Bahnexpress
Immer und überall in der U-Bahn. Gratiszeitung von Herrn Dichand.

▸ Volksstimme
4., Weyringergasse 35/DG
Tel.: 503 68 28
Fax: 503 66 38
E-Mail: redaktion@volksstimme.at
www.volksstimme.at
Die linke Wochenzeitung, herausgegeben von der KPÖ, berichtet aus einer kommunistischen Sicht der Dinge. Erscheint donnerstags.

▸ Wiener Journal
4., Wiedner Gürtel 10
Tel.: 206 99-476
E-Mail: redaktion@wienerjournal.at
www.wienerjournal.at
Das von Jörg Mauthe gegründete Wiener Journal, einst liberal-konservative Vorzeigemonatszeitschrift zu Politik und Kultur, hat sich zu einem Zukunftsmagazin gewandelt. Erscheint alle zwei Monate.

ZEITUNGEN

▸ Der Standard
1., Herrengasse 19–21
Tel.: 531 70-0
Fax: 531 70-131
E-Mail: empfang@derstandard.at
www.derStandard.at
Die linksliberale Tageszeitung, 1988 gegründet, erscheint montags bis samstags. derstandard.at ist eines der führenden Online-Nachrichtenmedien des Landes.

▸ Die Presse
1., Parkring 12a
Tel.: 514 14-0
Fax: 514 14-400
E-Mail: chefredaktion@diepresse.com
www.diepresse.com
Die traditionsreiche bürgerlich-liberale Tageszeitung ist ein Kind der Wiener Revolution von 1848. Nach dem Zweiten Weltkrieg wiedergegründet, entwickelte sie sich zur auflagenstärksten Qualitätszeitung des Landes. Erscheint montags bis samstags.

▸ Kronen Zeitung
19., Muthgasse 2
Tel.: 360 11-0
E-Mail: team@krone.at
www.krone.at
Trotz ihres Kleinformats ist die täglich erscheinende Boulevardzeitung die größte Tageszeitung Österreichs und – gemessen an ihrer Reichweite – auch international ein Phänomen.

▸ Kurier
7., Lindengasse 52
Tel.: 521 00-0
Fax: 521 00-2263, -2265
E-Mail: leser@kurier.at
www.kurier.at
Die unabhängige Tageszeitung mit mehreren lokalen, unterschiedlichen Ausgaben auch in Wien erscheint täglich. Die Online-Ausgabe bietet Nachrichten nonstop.

▸ Wiener Zeitung
4., Wiedner Gürtel 10
Tel.: 206 99-0
Fax: 206 99-433
E-Mail: leser@wienerzeitung.at
www.wienerzeitung.at
Das Medium der Republik Österreich ist amtliches Veröffentlichungsorgan und überparteiliche Tageszeitung in einem. Erscheint montags bis freitags.

▸ WirtschaftsBlatt
10., Davidgasse 79
Tel.: 601 17-0
Fax: 601 17-259
E-Mail: redaktion@wirtschaftsblatt.at
www.wirtschaftsblatt.at
Die Tageszeitung mit allen Informationen von wirtschaftlichem Interesse erscheint dienstags bis samstags.

MENSCHENRECHTE

▸ Amnesty International Österreich
15., Moeringgasse 10
Tel.: 780 08-0
E-Mail: info@amnesty.at
www.amnesty.at
Mo–Do 10–13, Fr 14–15.30
Gleich hinter der Stadthalle gehen die AktivistInnen der weltweit größten Menschenrechtsorganisation mit ähnlich sportlichem Eifer wie ihre Nachbarn daran, für die Einhaltung der Menschenwürde zu kämpfen. Zahlreiche Arbeits- und Aktionsgruppen, die auf bestimmte Themenbereiche fokussiert sind (darunter Frauen, Folter, Todesstrafe, Kinder und Flüchtlinge), sind in den Räumlichkeiten des Büros untergebracht.

▸ ÖH – Referat für Menschenrechte und Gesellschaftspolitik
9., Liechtensteinstraße 13
Tel.: 310 88 80-55
www.oeh.ac.at
Mi 10–12
Die Mitglieder versuchen gegen Rassismus, Sexismus, Ausländerfeindlichkeit und Antisemitismus an den Universitäten zu wirken.

Foto: SOS Mitmensch

▸ SOS Mitmensch
7., Postfach 220
Tel.: 524 99 00
E-Mail: info@sos-mitmensch.at
www.sos-mitmensch.at
Mo–Fr 10–17
SOS Mitmensch wurde am 10. Dezember 1992 gegründet, um mit dem Lichtermeer dem Ausländervolksbegehren der FPÖ entgegenzutreten. Seither hat sich der Verein SOS Mitmensch mit seiner Arbeit kontinuierlich für Menschenrechte und gegen Rassismus und Ausländerfeindlichkeit eingesetzt, aber auch Themen wie Armut und soziale Randlagen nicht außer Acht gelassen.

▸ Zara
6., Luftbadgasse 14–16
Tel.: 929 13 99
Fax: 929 13 99-99
E-Mail: office@zara.or.at
www.zara.or.at
Terminvereinbarung: Mo–Mi 9.30–13, Do 16–20
Der Verein für Zivilcourage und Anti-Rassismus-Arbeit gibt Hilfestellung und Unterstützung bei rassistischen Übergriffen. Beratung nach Terminvereinbarung.

MIETERSCHUTZ

▸ Mieterhilfe-Telefon
Tel.: 4000-8000
Mo–Fr 8–20
Das Mieterhilfe-Telefon der Stadt Wien beantwortet alle Fragen zum Thema Wohnen – nicht nur in Gemeindewohnungen, sondern auch in Privathäusern. Einfache mietrechtliche Probleme (Miethöhen, Betriebskosten, Verträge etc.) werden schnell und kompetent gelöst, bei komplizierteren Fragen werden zuständige Stellen kontaktiert.

▸ Mieterschutzverband Österreichs
7., Döblergasse 2
Tel.: 523 23 15-0, Fax: 523 04 13-9
www.mieterschutzverband.at
Beratung: Di, Do nach Vereinbarung
Überparteilich. Außenstelle: 2., Praterstraße 25/9, Mi nach Vereinbarung.

▸ Mieterselbsthilfezentrum
9., Liechtensteinstraße 123
Tel.: 480 88 33
www.mieterselbsthilfe.kpoe.at
Mo, Di, Fr 14–18, Mi 9–13
Kostenlose Mieterberatung der KPÖ.

▸ **Mietervereinigung Österreichs**
1., Reichsratsstraße 15
Tel.: 401 58-0
Fax: 401 58-33
www.mietervereinigung.at
Die Zentrale ist für die Bezirke 1, 5–9 und 20 zuständig, wobei die Öffnungszeiten je nach Bezirk variieren. In der Regel ist eine Terminvereinbarung erforderlich. SPÖ-nahe.
Außenstellen:
2., Obere Donaustraße 99/7/4, Tel.: 216 13 72
3., Erdbergstraße 16–28, Tel.: 713 63 22
4., Wiedner Hauptstraße 60b, Tel.: 586 08 21
10., Siccardsburggasse 57, Tel.: 604 25 02
11., Strindberggasse 2, Tel.: 749 52 67
12., Wilhelmstraße 20–24, Tel.: 813 35 75
13., Hietzinger Kai 1–3, Tel.: 878 34-132 65
14., Hickelgasse 5, Tel.: 982 12 14
15., Märzstraße 69, Tel.: 982 53 94, Mo, Mi 15–18.30
16., Kirchstetterngasse 22, Tel.: 493 16 88
17., Rötzergasse 29, Tel.: 485 75 91
18., Gentzgasse 45, Tel.: 479 54 56
19., Billrothstraße 34, Tel.: 367 73 44
21., Brünner Straße 34–38, Tel.: 278 12 72
22., Donaufelder Straße 259, Tel.: 203 76 94
23., Liesinger Platz 3, HdB, Tel.: 865 19 70

▸ **MIG – Mieter-Interessens-Gemeinschaft**
10., Antonsplatz 22
Tel.: 602 25 31
Fax: 502 25 31-20
E-Mail: office@mig.at
www.mig.at
Mo, Mi 15–18.30
Privater Verein mit Beratung und Unterstützung für seine Mitglieder in mietrechtlichen Belangen. Überparteilich.

▸ **Österreichischer Mieterbund – Landesgruppe Wien**
1., Biberstraße 7
Tel.: 512 53 60
Fax: 512 53 60-10
E-Mail: service@mieterbund.at
www.mieterbund.at
Beratung: persönlich Mo–Do 13.30–17,
telefonisch Mo–Do 13.30–14.00 u.16.30–17.00
Der Mieterbund legt den Schwerpunkt seiner Tätigkeit in die Beratung in allen mietrechtlichen Fragen wie Begutachtung des Mietvertrages, Fragen des Wohnrechts und der Mietzins- und Betriebskostenabrechung. Die Erstberatung ist für Nichtmitglieder kostenlos, aufwändigere Beratungen sind aber an die Mitgliedschaft (ab 38 Euro pro Jahr) gebunden. Eine der ÖVP nahe stehende Organisation.

MIETMENSCHEN

DIENSTLEISTUNGEN

▸ **ABD Schlüsseldienst**
23., Anton-Baumgartner-Straße
Tel.: 929 28 02, Fax: 929 28 32
E-Mail: abdschluesseldienst@gmx.net
tgl. 0–24
Na, bestens: Sonntag Abend um Viertel vor elf, und Sie stehen in den Patschen, mit einem Packerl Milde und zwei Flaschen Bier vor der Tür – ohne Schlüssel natürlich, weil der innen im Schloss steckt. Das ist der Zeitpunkt für den Auftritt der Firma. Die machen Ihnen sogar Autos und Tresore auf (nur Ihre eigenen, natürlich). Es kostet 74 Euro plus die Anfahrtskosten zu Ihrer Wohnung. Für jede Region in Wien gibt es eigene Hotlines: Zentrum: 955 14 01, Norden: 969 02 81, Osten: 961 02 47, Süden: 929 14 20, Westen: 955 14 99.

▸ **Dienstleistungszentrum**
7., Neubaugasse 66/2/11
Tel.: 523 46 01
Fax: 526 29 29
E-Mail: dienstleistungszentrum@aon.at
www.dasdienstleistungszentrum.at
Kindermädchen, Babysitter, Au-pair, Kinderbetreuungsservice für Unternehmer, Seniorenbetreuung, Haus- und Wohnungsdienste, Nachhilfe, Beratung.

▸ **Dogwalking**
10., Van-der-Nüll-Gasse 82–86/7/3
Tel.: 0664/394 57 22
E-Mail: info@dogwalking.at
www.dogwalking.at
Berufstätigkeit und Tierhaltung lassen sich nicht immer problemlos vereinbaren. Und Ihr vierbeiniger Feund sollte doch zum Veterinär oder Hundefrisör? Dogwalker engagieren. Stundenweise für – siehe oben – oder tageweise für Ihren Kurzurlaub, wo Ihr Tier sturmfreie Bude hat.

▸ **Fix und Foxi Promilledienst**
16., Degengasse 14b
Tel.: 484 11 88
Fax: 484 11 88
tgl. 19–6
Bringen Sie mit dem eigenen Auto nach Hause, wenn Sie mal ein Gläschen zu viel erwischt haben, und trollen sich dann mit dem eigenen Mofa (das zusammengeklappt im Kofferraum mitgenommen wurde) oder dem eigenen Auto (das ein zweiter Fahrer fährt) wieder von dannen. Kostet

in Wien pauschal 31 Euro und sollte 45 Minuten vor dem Wunschheimreisezeitpunkt bestellt werden.

▸ **Jonas Filmservice**
6., Gumpendorfer Straße 94
Tel.: 596 12 09
Fax: 596 12 09-72
E-Mail: jonasfilm@aon.at
www.jonasvideo.at
Mo 8.15–16, Di–Fr 8.15–14
Alle 1a-Erlebnisse Ihrer Kindheit auf 8 mm gebannt? Wunderbar. Und kein passender 8-mm-Projektor weit und breit? (Und auch kein Lottogewinn in Sicht?) Nicht verzagen, die Firma Jonas fragen. Dort können Sie gesamte Filme – oder auch nur Ausschnitte – wahlweise auf Video, CD oder DVD kopieren lassen und die richtigen Stellen persönlich vor Ort heraussuchen, damit auch wirklich Ihr fantastisch gelungenes Weihnachtsgedicht von anno 72 kopiert wird und nicht die Stotterorgie der schon immer nervenden Kusine …

▸ **Rasen & Mähen Tichy**
12., Füchselhofgasse 4
Tel.: 804 00 41
Fax: 804 00 41
E-Mail: tichy@rasenmaehen.at
www.rasenmaehen.at
Die übernehmen für Sie nicht nur das Mähen, sondern sogar die Komplettpflege für den Rasen, so Sie das wünschen – Grünschnittentsorgung natürlich inklusive –, und verrechnen dann pauschal (abhängig von Grundstücksbeschaffenheit und -größe, Arbeitsgängen). Im Dauerauftragsverfahren oder auch nur ein einziges Mal.

UNTERHALTUNG

▸ **Clown Mimo**
5., Schwarzhorngasse 2
Tel.: 544 13 61 od. 0664/358 39 98
E-Mail: clownmimo@newsclub.at
Zauberclown und Märchenerzähler.

▸ **Conti Angelo Revue**
6., Girardigasse 1
Tel.: 587 62 64
Fax: 587 74 26
E-Mail: angelo@conti-revue.at
www.angeloconti.at
Travestieshows mit Angelo Conti. 1999 wurde ihm (unter 130 Mitbewerbern) der Internationale Showpreis verliehen. Angelo Conti und seine Truppe sind auch auf Wunsch für Veranstaltungen zu mieten.

▸ **Creativ-Fabrik**
3., Ölzeltgasse 1b/6
Tel.: 712 75 90, 0699/17 01 51 53
Fax: 712 75 90
E-Mail: creativ.magic@netway.at
www.creativfabrik.at
Agentur mit großer Auswahl an Show-Acts: Schnellzeichner, Handleserin, Scherenschnitt, Walk-Acts (Stelzengeher, Mensch-Maschinen …), Illusionisten, Zauberer …

▸ **Elmar Ballanda**
2020 Hollabrunn, Castelligasse 12/5
Tel.: 02952/4995 od. 0676/418 24 12
Fax: 02952/4995-4
E-Mail: h.hoermann@aon.at
www.elmar-ballanda.at
Elmar Ballanda bietet tolle Bauchredner-Shows für alle Anlässe. Verschiedene Themen (Otto der Riesentukan, sprechendes Bild, Traum-Affe, Zwerg Toni oder Show mit Publikum). Auch Zauberei. Kontakt: Helmut Hörmann.

▸ **Pyromantiker**
21., Lebnergasse 1/5/9
Tel.: 522 02 14, 0664/321 86 50
Fax: 522 02 14
E-Mail: show@pyromantiker.at
www.pyromantiker.at
Artistik, Theater, Jonglage und Stelzentheater. Spezialität: (absolut sichere) Feuershows für drinnen und draußen; verschiedene Themenshows auf der Bühne oder als Straßentheater.

▸ **Schelina – Handlesekunst**
Tel.: 0664/103 81 41
E-Mail: info@schelina.at
www.schelina.at/
Handleserin Schelina verbindet bei ihrer Handlese-Show alte Lehren und Techniken mit modernem Entertainment. Neben klassischem Handlesen bietet sie auch Tarotmirakel und Runenanalysen. Für das richtige Ambiente sorgt das Sternenzelt im Stil von Tausendundeiner Nacht.

Foto: Archiv

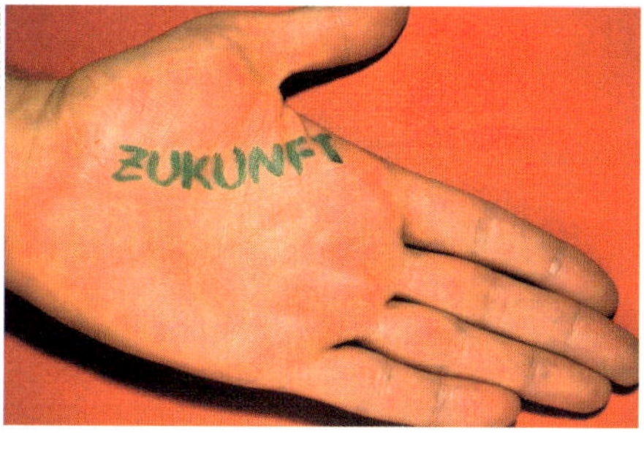

M

▸ Asyl in Not
9., Währinger Straße 59
Tel.: 408 42 10, Fax: 405 28 88
E-Mail: office@asyl-in-not.org
www.asyl-in-not.org
Mo 9–13, Di, Do 13–18
Asyl in Not bietet Rechtsberatung und soziale Beratung. Die Mitarbeiter sprechen Deutsch, Englisch, Französisch, Farsi, Arabisch, Kurdisch, Serbokroatisch, Makedonisch und Polnisch.

▸ Caritas Kompass – Beratungsstelle für AusländerInnen
16., Lienfeldergasse 75–79 / 1.Stock
Tel.: 310 98 08, Fax: 310 20 33
E-Mail: auslaenderberatung@caritas-wien.at
www.caritas-wien.at
Asylberatung: Mo, Di, Do 8–12 u. 13–15.30, Fr 8–13
MigrantInnenberatung:
Mo, Di, Do 7–12 u. 13–15.30, Fr 7–13
Der Kompass ist eine Beratungsstelle für AusländerInnen, insbesondere für AsylwerberInnen und MigrantInnen. Neben Beratung wird aber auch konkrete Hilfestellung wie Unterbringung und Verpflegung für Asylwerber angeboten.

M

▸ Familie und Beratung – Familienberatung für MigrantInnenfamilien
15., Wurmsergasse 36
Tel.: 985 76 03
Türkisch: Di 16.30–19.30
Bosnisch/Kroatisch/Serbisch: Mi 16.30–19.30
ärztliche und Rechtsberatung nach Vereinbarung
Der Verein bietet in Zusammenarbeit mit der MA 11 Beratungshilfe in Ehe-, Familien- und Erziehungsfragen in Fremdsprachen. Familienplanung und Schwangerschaft sind weitere Beratungsthemen. Eine Außenstelle befindet sich im Integrationshaus (2., Engerthstraße 161–163/3): Beratung in Bosnisch, Kroatisch, Serbisch: jeden 1. und 3. Di im Monat 17.30 bis 19.30 Uhr, Türkisch: jeden 1. und 3. Mi im Monat 17.30 bis 19.30 Uhr.

▸ Helping Hands
9., Liechtensteinstraße 13 / Mezzanin
Tel.: 310 88 80-10, Fax: 310 88 80-37
E-Mail: info@helphand.org
www.helpinghands.at
Mo, Di, Do 10–14, Mi 10–18
Helping Hands, eine nichtstaatliche Organisation, hilft Fremden bei der Integration in Österreich. Ein Schwerpunkt liegt auf der Rechtsberatung.

▸ Integrationshaus
2., Engerthstraße 161–163
Tel.: 212 35 20
Fax: 212 35 20-30
E-Mail: info@integrationshaus.at
www.integrationshaus.at
Das unter Schirmherrschaft von Willi Resetarits alias Dr. Kurt Ostbahn stehende Haus kümmert sich um das Wohl von MigrantInnen. Aufgenommen werden Menschen, die nicht nur Obdach, sondern auch Betreuung brauchen. Deutschkurse und Weiterbildungsmaßnahmen werden organisiert. Tagsüber steht das Haus auch für Besucher zur Beratung und Hilfe offen.

▸ Magistratsabteilung 20 – Fremdenrechtliche Angelegenheiten
11., Fickeysstraße 1
Tel.: 4000-8020, Fax: 4000-99-448 15
E-Mail: service@m20.magwien.gv.at
www.wien.at/fremde
Mo–Mi, Fr 8–15, Do 8–17
Das Kundenservicezentrum in der Fickeystraße ist die erste Anlaufstelle für fremdenrechtliche Angelegenheiten in Wien. Das Erstantragsreferat, das Referat für Selbstständige und das Referat für Ausländergrunderwerb befinden sich dort. Anträge auf Verlängerung der so genannten Niederlassungsbewilligung können auch in den Außenstellen eingereicht werden:
1., 4.–9. Bez.:
8., Friedrich-Schmidt-Platz 3, Tel.: 534 36-010 30
2., 20.–22. Bez.:
2., Meiereistraße 7, Wiener Praterstadion, Sektor E, 1. OG, Tel.: 211 06-020 30
3., 10., 11. Bez.:
11., Fickeysstraße 1, 1. OG, Tel.: 711 34-030 30
12., 13., 23. Bez.:
13., Dommayergasse 12, EG, Tel.: 878 34-130 30
14., 15. Bez.:
15., Staglgasse 5a, EG, Tel.: 891 34-150 30
16.–19. Bez.:
17., Ottakringer Straße 54, Tel.: 401 19-170 30

▸ Magistratsabteilung 61 – Staatsbürgerschaftsfragen: Einbürgerungsreferate
8., Rathaus, Stiege VIII, Hochparterre
Tel.: 4000-830 48, -830 74
www.wien.gv.at/ma61/
Mo, Di, Do, Fr 8–12
Wer ÖsterreicherIn werden will und alle gesetzlichen Auflagen erfüllt, kann sich bei der MA 61 um die Verleihung der österreichischen Staatsbürgerschaft bewerben. Im Verhältnis zu anderen europäischen Ländern sind die bürokratischen Hürden zur Erlangung selbiger sehr hoch.

▸ Orient Express
2., Hillerstraße 6/3–5
Tel.: 728 97 25
Fax: 728 97 25-13
E-Mail: orientexpress@chello.at
Mo 9–13 u. 14–18, Di, Mi 9–13,
Do 9–17, Fr nach Vereinbarung
Beratungs-, Bildungs- und Kulturinitiative für Frauen. Die Schwerpunkte liegen in den Bereichen Arbeitsangelegenheiten, Aufenthalt und Niederlassung, Bildung, Ehe und Familie, Gesundheit, Gewalt und Scheidung. Beratung in den Sprachen Deutsch, Türkisch, Arabisch und Englisch. Um telefonische Voranmeldung wird gebeten.

▸ Peregrina
9., Währinger Straße 59
Tel.: 408 33 52
Fax: 408 04 16
E-Mail: beratung.peregrina@aon.at
www.peregrina.at
Mo–Do 9–17
Das Bildungs-, Beratungs- und Therapiezentrum für Immigrantinnen bietet Rechts- und Sozialberatung sowie -betreuung für Frauen und Mädchen in Bosnisch, Deutsch, Englisch, Französisch, Kroatisch, Serbisch und Türkisch. Auch Psychologische Beratung und Therapie sowie Deutschkurse mit begleitender Kinderbetreuung gehören zum Angebot.

▸ Servicestelle für ausländische Patienten der Ärztekammer für Wien
1., Weihburggasse 10–12
Tel.: 515 01-1259
Fax: 515 01-1209
E-Mail: rupprecht@aekwien.or.at
www.aekwien.at
Mo–Fr 8–16
Die Ärztekammer gibt Auskunft über Ärztinnen und Ärzte mit Fremdsprachenkenntnissen.

▸ Verein Echo zur Unterstützung Jugendlicher
6., Gumpendorfer Straße 73/1/7
Tel.: 585 68 57
Fax: 585 68 57-99
E-Mail: echo@non.at
www.echo.non.at
Di 10–18, Mi 12–20, Do–Sa 14–22
Der Jugend-, Kultur- und Integrationsverein Echo wurde 1993 gegründet und widmet sich seither soziokulturellen und freizeitpädagogischen Projekten mit Jugendlichen aus Migrations- und Gastarbeiterfamilien. Der Verein gibt außerdem ein eigenes Magazin heraus.

▸ Wiener Integrationsfonds
6., Mariahilfer Straße 103
Tel.: 4000-81 50
www.wif.wien.at
Mo, Di, Fr 9–12, Do 13–18
Der Wiener Integrationsfonds ist die zentrale Einrichtung für Integrationsfragen in Wien. Koordination, Grundlagenarbeit für die Stadtpolitik, Förderungen und Beratung sind die Aufgabengebiete des Fonds. In seinen Außenstellen ist Beratung zu Fremden-, Staatsbürgerschafts- und Ausländerbeschäftigungsrecht, zu den Themen Wohnen, Frauen, Jugendliche und Bildung zu bekommen.
Deutsch, Englisch, Kroatisch, Serbisch, Bosnisch und Türkisch sind die Standardsprachen der Außenstellen, einige können aber auch noch mehr:
2., Springergasse 3/1, Tel.: 216 26 11 (Albanisch, Armenisch, Bulgarisch, Kurdisch, Mazedonisch, Slowakisch, Tschechisch)
3., Haidingergasse 29, Tel.: 710 45 64 (Chinesisch, Polnisch, Russisch)
5., Rüdigergasse 3/1, Tel.: 581 58 87
10., Arthaberplatz 18, VHS, Tel.: 606 41 29 (Arabisch, Bulgarisch, Slowenisch)
15., Gasgasse 8–10, Amtshaus, Tel.: 893 98 45 (Mazedonisch)
16., Thaliastraße 102–104/1/3, Tel.: 486 22 70 (Albanisch, Arabisch)
20., Brigittaplatz 10, Amtshaus, Tel.: 332 36 45

M

Cover: Echo

MINIGOLF

Minigolf ist eine spielerische Sportart, bei der Koordinationstfähigkeit und Glück wohl eher gefordert sind als Kraft und Kondition. Das „Golfspiel der kleinen Leute“ wird auf 18 Bahnen ausgeführt. Ziel ist es, den Ball mit so wenig Schlägen als möglich ins Loch zu befördern. Benötigt man zum Beispiel zwei Schläge, schreibt man zwei Punkte. Hat man es nach sechs Schlägen noch immer nicht geschafft, bekommt man einen Strafpunkt aufgebrummt und schreibt somit sieben Punkte. Wer am Ende die wenigsten Punkte hat, ist Sieger.

EIGENE ANLAGE

▸ **Angelibad**
21., An der oberen Alten Donau
Tel.: 263 65 38
tgl. 10–22
Sehr schöne Minigolf-Anlage direkt an der Alten Donau.

▸ **Im Böhmischen Prater**
10., Laaer Wald 35
Tel.: 688 55 44
tgl. 10–22, bitte vorher anrufen

M

▸ **Marco Polo**
21., Ruthnergasse 170
Tel.: 292 35 89
tgl. 8–24

▸ **Minigolfplatz Hietzing**
13., Anton-Langer-Gasse 47
Tel.: 803 39 55
Mo–Fr 14–22, Sa, So 10–22

▸ **Prater**
2., Zufahrtstraße 152
Tel.: 729 15 15
tgl. 10–24

▸ **Union Alt Erlaa**
23., Erlaaer Straße 56a
E-Mail: union-alt-erlaa@gmx.at
Mai bis Okt: 10–22, Nov bis April: 8–20

IM BAD

▸ **Stadionbad**
2., Meiereistraße
Tel.: 720 21 02
In den Wintermonaten geschlossen.

▸ **Strandbad Alte Donau**
22., Arbeiterstrandbadstraße 91

Foto: Gina Baschant

VERBAND

▸ **Österreichischer Bahnengolfverband**
5., Kleine Neugasse 15–19/1/4/11
Tel.: 581 81 81
E-Mail: oebgv@oebgv.at
www.oebgv.at
Mo–Do 9–17

▸ **Wiener Bahnengolfverband**
22., Trondheimgasse 6/4/17
Tel.: 283 12 41

MITFAHRZENTRALE

▸ **Mitfahrzentrale**
www.mitfahrerzentrale.at
tgl. 0–24
Kostengünstige Organisation von Pkw-Mitfahrgelegenheiten (hin und retour) im In- und Ausland. Die Suche nach MitfahrerInnen bzw. FahrerInnen kann ausschließlich über das Internet-Portal ausgeführt werden.

MITWOHNZENTRALE

Auf Weltreise oder bloß mal für zwei, drei Wochen im Ausland? Die Wohnung steht leer, und Ihr Vertrauen ist grenzenlos? Mittels Zimmervermietung über die Mitwohnzentrale lässt sich auch das magerste Urlaubskonto noch etwas auffetten. Auch Studierende haben hier schon manch kostengünstige Bleibe und Einnahmequelle gefunden.

▸ Odysseus Mitwohnzentrale, Reisebüro
8., Laudongasse 18
Tel.: 402 60 61
E-Mail: odyssee@mwz.at
www.mwz.at
Mo–Fr 10–14 u. 15–18
Vermittlungsgebühr abhängig von der Dauer des Aufenthalts; Anfragen per Online-Fragebogen

▸ Wiener Tanzwochen
7., Neustiftgasse 3/12
Tel.: 523 55 58
E-Mail: info@impulstanz.com
www.impulstanz.com
Die Wiener Tanzwochen haben für ihre DozentInnen ein besonderes Service eingerichtet: komfortable Privatwohnungen als Alternative zum Hotel. Alljährlich sucht die „Maîtresse des Logis" nach passenden Unterkünften für die Monate Juli und August. Angebote können ab Ende April im Büro der Wiener Tanzwochen abgegeben werden.

MODE

ARMY SHOPS

▸ A. Army Liqu. Shop Jotex
8., Lerchenfelder Straße 6
Tel.: 406 54 14
Fax: 406 54 14
Mo–Fr 10–18.30, Sa 10–18
Der Army-Style zählt bereits seit einiger Zeit zum angesagten Modetrend. Hosen, Jacken, T-Shirts in Olive- und Sandfarben sowie Militarytaschen und Tarnnetze im Camouflage-Look zählen bei Josef Geissberger, dem Besitzer, zum Angebot.

▸ Army Discount Store
15., Mariahilfer Gürtel 3
Tel.: 893 41 39
Fax: 892 47 64
E-Mail: info@armystore.at
www.armystore.at
Mo–Fr 10–12 u. 13–18.30, Sa 10–13
Armeebekleidung und -ausrüstung für Hobby, Freizeit und Sport.

▸ Armyshop Renate Künast
2., Hofenedergasse 6
Tel.: 214 01 35
Mo–Fr 10–12.30 u. 14–18, 1. Sa im Monat 10–13
Von Anstecker bis Zeltplanen ist hier alles aus der Welt der Army zu finden – neu und gebraucht.

▸ US-Army-Shop
4., Favoritenstraße 36
Tel.: 504 37 05
www.us-army-shop.at
Mo–Fr 9–18, Sa 9–17
Armeewaren und alles, was dazugehört: von Hosen und Uniformen bis zum Zubehör.

▸ WoW Armyshop
7., Neustiftgasse 23
Tel.: 523 63 64
Mo–Fr 10.30–18.30, Sa 10–17
Army- und Outdoor-Bekleidung, Ausrüstung und Zubehör.

BABYKLEIDUNG

▸ Babyshop
14., Hütteldorfer Straße 119–121
Tel.: 984 14 24
www.babyshop.at
Mo–Fr 9.30–18, Sa 9.30–12.30
Für werdende Mütter – Umstandskleidung – und alles fürs Baby.

▸ Briem natur
1., Köllnerhofgasse 1
Tel.: 513 79 58
Mo–Fr 10–18, Sa 10–17
Große Auswahl an hochwertiger, natürlicher Kleidung aus hautverträglichen und atmungsaktiven Naturfasern. Biotextilien.

▸ Popolino
6., Barnabitengasse 3
Tel.: 581 32 00
www.popolini.at
Mo–Do 9–17, Fr 9–15
Der Windelspezialist: Schluss mit der Wegwerfgesellschaft, Wiederverwertung ist angesagt. So liegen auch waschbare Windeln hoch im Kurs – Popolino bietet eine Vielfalt davon. Für die beschäftigten Eltern wird jetzt außerdem ein Windeldienst angeboten, der zweimal wöchentlich die schmutzigen Windeln abholt und die gereinigten liefert. Informationen unter Tel.: 803 87 67-217. In den Fachgeschäften gibt's weiters Kinderwägen, Tragetaschen, -tücher, Umstandsmode.
Filiale: 23., Schuhfabrikgasse 17/2, Tel.: 803 87 67, Mo–Do 9–17, Fr 9–15

BABY MOBIL

▸ Easycare
2., Zirkusgasse 35
Tel.: 214 72 34
www.easycare.at
Mo, Mi 13–16, Di, Do 9–12
Das Unternehmen ist spezialisiert auf Tragetücher. Alle Modelle sind aus 100 Prozent langstapeligem Baumwollgarn gewebt. Das feine Garn macht das Tuch leicht, gleichzeitig aber besonders strapazfähig, da es dichter gewebt werden kann. Durch die besondere Webart schmiegt sich das Tragetuch gut an den Körper des Kindes an und stützt es optimal. Die Tragetücher entsprechen dem Öko-Tex-Standard 100. Das heißt unter anderem: bei Speichel- und Schweißeinwirkung auf freiwerdende Schwermetalle überprüft, dürfen diese Werte nicht höher liegen als bei Trinkwasser. Farbstoffe, die als krebserregend eingestuft sind oder im Verdacht stehen, krebserregend zu sein, und Stoffe, die nachweislich als allergisierend eingestuft sind, wie Pestizide und chlorierte Phenole (TCP, TeCP), dürfen nicht enthalten sein.

▸ Gutwein
20., Klosterneuburger Straße 90
Tel.: 332 33 31
www.gutwein.at
Mo–Fr 9–18, Sa 9–13, 1. Sa im Monat 9–16
Verkauf von Kinderwägen, Autositzen, Möbel, Fläschchen, Badewannen, Bettwäsche, Ausstattung für Wiegen und Stubenkörbe, Stillkissen, Schlafkissen, Tragetücher, Bauchtragen. Reparatur von Kinderwägen.

▸ Kinderwagen-Tante
2., Taborstraße 55–57
Tel.: 216 39 52
Fax: 218 69 96
Mo–Fr 9.30–18, Sa 9.30–13
Kinderwägen, Buggys, Kinderbetten, Matratzen, Auto-Sicherheitssitze mit Einbau, Babybekleidung, Geh- und Laufschulen, Hochstühle, Kinderfahrräder, Babyspielwaren.

BERUFSBEKLEIDUNG

▸ À la carte
7., Schottenfeldg 72
Tel.: 523 83 51
E-Mail: www@berufsbekleidung.at
www.berufsbekleidung.at
Die Hotelpagenjacke, Artikel Nummer 6751, in Royalblau trägt den Namen „Anarcho". Die haben nicht nur Berufskleider für alle möglichen Sparten (Hotel, Küche, Ärzte), sondern auch Humor.

▸ Bauer
3., Invalidenstraße 13
Tel.: 712 54 66
Hosen, Mäntel und Jacken für den ärztlichen Bereich, Bund-, Latz- und Bandzughosen, Servierbekleidung, Koch- und Küchenbekleidung …

▸ Dürbeck & Sohn
9., Berggasse 31
Tel.: 0810/50 07 07-52
Fax: 0810/50 07 07-752
E-Mail: duerbeck@feuerwehrbekleidung.at
www.feuerwehrbekleidung.at/duerbeck/
Mo–Fr 9–18
Österreichs größter Spezialanbieter für Uniformen und Ausrüstungen, Orden und Medaillen für Feuerwehr, Polizei, Gendarmerie und Bundesheer.

Wenn's brennt. (Foto: Gina Baschant)

▸ Gefas (Safety- u. Feuerwehrshop)
16., Richard-Wagner-Platz 7
Tel.: 492 40 50
Fax: 492 40 50-15
E-Mail: office@gefas.at
www.gefas.at
Feuerwehr- und Safetyshop … Säurebeständige Gummistiefel.

▸ Jellinek
1., Rudolfsplatz 1
Tel.: 533 03 69
Fax: 533 23 42
E-Mail: textiljellinek@aon.at
Für alle Branchen.

M

DESIGN

▸ Ainedter
1., Jasomirgottstraße 5
Tel.: 532 03 69
Mo–Fr 10–18.30, Sa 10–18
Designerinnenkleidung für Buisnesswomen, die auch mal am Abend weggehen.

▸ Aniko
1., Dorotheergasse 5/3a
Tel.: 0699/12 00 49 49
Mo–Fr 11–18 u. nach Vereinbarung
Modedesignerin Aniko hat in der Dorotheergasse einen Showroom. Die Kollektion wird von internationalen Markenboutiquen weltweit vertrieben.

▸ Art Point
7., Westbahnstraße 3
Tel.: 522 04 25
www.artpoint.ru
Mo–Fr 12–19, Sa 12–17
Mode kann auch Kunst sein, wenn sie zum Beispiel von Lena Kvadrat stammt. In Moskau ist die Kollektion der jungen Designerin längst über den Status des Insidertipps hinausgewachsen. Ihre verspielten, ausgefallenen Kreationen sind auch in Wien einen Besuch wert.

▸ Boutique Gegenalltag
16., Haberlgasse 74
Tel.: 0699/11 44 64 06
www.gegenalltag.at
Atelierbesuch nach tel. Vereinbarung
Die Boutique ist eine mobile Servicestelle für Gegenalltagskleidung. Sie ist Kleidung, Kunst, aber auch Werkstatt, Forum, Aktionsraum und Treffpunkt. Die Boutique Gegenalltag und ihre Bewohner sind Nomaden, die herumziehen, auftauchen und wieder verschwinden.

▸ Elfenkleid
4., Margaretenstraße 39/3–4
Tel.: 913 35 27
Fax: 913 35 27
E-Mail: email@elfenkleid.com
www.elfenkleid.com
Di–Sa 11–18, Fr 11–22 u. nach tel. Vereinbarung
Elfenkleid produziert Bekleidung mit hohem Anspruch an schlichtes, geradliniges Design. Klare Form- und Farbgebung wird durch unkonventionelle Mischung von Material, Schnitt und Bearbeitung zu tragbarer, nicht alltäglicher Kleidung.

▸ Emis
1., Wildpretmarkt 7
Tel.: 535 28 19
Fax: 535 28 19-4
E-Mail: info@emis.at
www.emis.at
Mo–Fr 10–13 u. 14–18.30, Sa 10–17
Extravagante Designermode für die prall gefüllte Geldbörse. Vivienne Westwood, Comme des Garçons, Yamamoto für sie und ihn.

Taschen zum Einsacken: Art Point. (Foto: Archiv)

▸ Firis
1., Bauernmarkt 9
Tel.: 533 42 75
Fax: 533 79 29
Mo–Mi, Fr 10–18.30, Do 10–21, Sa 10–19
Designerklamotten von Dries van Noten oder Veronique Branquinho.

▸ Fisher's Focus
1., Bauernmarkt 2 / Goldschmiedgasse
Tel.: 532 73 10
E-Mail: focus@fishers.at
www.fishersfocus.at
Mo–Fr 10–18.30, Sa 10–18
Für Damen und Herren. Nur die trendigsten und hippsten Designer dieser Welt. Immer am Puls der Zeit.

M

▸ Gallit Fashion Vento
1., Lugeck 4
Tel.: 486 49 49
www.maxa.at
Mo–Fr 10–18.30, Sa 10–17
Gallit Fashion wird im Wiener Designerstudio Maxa GmbH entworfen. Angesprochen werden soll die modische Frau von heute, die auf hochwertiges Material und ein perfektes Outfit Wert legt, jedoch nicht jeden Trend mitmacht, sondern selbst entscheidet, was ihr gefällt. Erhältlich bei Giarratana: 3., Landstraßer Hauptstraße 101; Contini: 8., Josefstädter Straße 32; Gabini, C.D.L.: 13., Maxingerstraße 4a; 16., Thaliastraße 96; 16., Konstantingasse 6–8/8.

▸ Gigi vintage couture
1., Zedlitzgasse 11
Tel.: 513 04 95
www.gigi-vintage.at
Mo–Do 10–18, Fr 10–19.30, 1. Sa im Monat 10–17
Designerdamenbekleidung und Accessoires aus zweiter Hand sowie Designer-Outlet der vergangenen Saison.

M

▸ Gloom
7., Neubaugasse 75
Tel.: 523 86 57
Fax: 523 86 57
E-Mail: gloom@sil.at
www.gloom.at
Mo–Fr 10–18.30, Sa 10–17
Meist noch unbekannte Designer aus Österreich, Moskau oder Paris, Accessoires – exklusive Importe vom Camden Market, London.

Design, jung und cool. (Foto: Archiv)

▸ Kayiko
6., Windmühlgasse 16
Tel.: 585 46 42
E-Mail: atelier@kayiko.com
www.kayiko.com
Mo–Mi 12–18, Do–Fr 12–20
Altersloses Design im japanischen Look von einer österreichischen Modekünstlerin. Andrea Schurian trug diese Mode zu den Moderationen der "Kunst-Stücke", Arabella Kiesbauer und Fred Schuler präsentieren die neue Herbstmode

▸ Km/a
1., Helferstorferstraße 6/4
Tel.: 0664/254 69 94
E-Mail: vienna@kmamode.com
www.kmamode.com
nur nach tel. Terminvereinbarung
Das Atelier von Katha Harrer zu besuchen, geht nur nach Voranmeldung. Sie hat einen Stil, der vor allem praktisch und aktiv ist. Die Farbtöne sind klassisch: Blau, Rot, Schwarz und Weiß – sprechen alle sozialsCHIChten an. Und weil Markenbewusstsein immer wichtiger geworden ist, tragen Km/a zum erstenmal ihr Logo, den Tachometersymbol für die Geschwindikeit unserer Zeit – nach außen, um ein plakatives Statement über unsere Konsumgesellschaft abzugeben.

▸ Körbler Christian
1., Fischhof 3
Tel.: 533 19 06
Einer der Topproduzenten von Haute Couture in der Stadt: Ausgefallene Abendkleider und die Kombinationen Leder und Textil bzw. Leder und Pelz charakterisieren seine Arbeiten.

▸ La Hong
1., Riemergasse 10/10
Tel.: 0699/11 63 70 75
Fax: lahong@inode.at
Der in Vietnam geborene und in Vorarlberg aufgewachsene La Hong verwendet für seine Kreationen ausschließlich die feinsten Seidenstoffe.

▸ Oláh
4., Margaretenstraße 41
Tel.: 587 52 63
Fax: 586 10 71
www.olah.cc
Der Kostümspezialist (für Film, Bühne und Fernsehen) macht natürlich auch Mode nach Maß: außergewöhnliche Materialien, exklusiver Stil bzw. die Umsetzung Ihrer eigenen Vorstellungen charakterisieren seine Arbeit.

▸ Park
7., Mondscheingasse 20
Tel.: 913 07 66
www.park.co.at
Mitte Februar 2004 eröffnet Wiens neueste Adresse für gutes Design. Auf zwei Etagen wird es in entspannter Atmosphäre ziemlich viel zu sehen geben: Schwerpunkte des Shops sind internationale Designermode und coole Streetwear, zusätzlich werden aber auch Designprodukte, Schmuck, Möbel, Bücher und Zeitschriften angeboten. In Kooperation mit der Modeklasse der Angewandten werden Limited Editions speziell für den Shop produziert und ausschließlich hier verkauft. Einen eigenen Bereich gibt es für (hauptsächlich österreichische) Jungdesigner, die als Kooperationspartner des Shops ihre Produkte ausstellen und verkaufen. Das Sortiment für Männer und Frauen umfasst die verschiedensten Preisklassen, einige Labels sind hier in Wien exklusiv vertreten, allen voran Raf Simons. Außerdem gibt's Balenciaga, Bless, Hussein Chalayan, Stephan Schneider, Martin Margiela 6, Sophia Kokosalaki, Christian Wijnants, Jonathan Saunders und andere. Im Streetwearbereich sind u. a. Dirty Youth, Can't Skate, Surface2Air, Random, Relakz, Flux, 2K, Twolegs, Oak, Fred Perry und Vans vertreten.

▸ Pregenzer
4., Schleifmühlgasse 4
Tel.: 586 57 58
E-Mail: office@pregenzer.com
www.pregenzer.com
Mo–Fr 10–18.30, Sa 10–17
Der Shop erinnert an eine großzügige Galerie, in der anstelle von Gemälden exquisiteste Modestücke ausgestellt werden. Neben Kleidung gibt es Taschen, Tücher und andere Accessoires.

Alles, was schön und gut ist. (Foto: Archiv)

▸ Unartig
6., Stumpergasse 33 (Shop im Hof)
Tel.: 0699/12 73 37 73 od. 0699/12 26 43 16
E-Mail: wirsind@unartig.com
www.unartig.com
Mi, Do 15–20
Unartig versteht sich eigentlich als Plattform zur Präsentation von Design und Kunst. Die angebotenen Röcke, Oberteile, Hauben und anderen Kleidungsstücke sind meist Unikate, nach den Vorstellungen der beiden Geschäftsführerinnen Anita Steinwidder und Martina Pölzlbauer angefertigt. Im Shop gibt's außerdem Taschen und Schmuck. Das Sortiment ist äußerst originell und entspricht den Modetrends von morgen.

ETHNO

▸ America Latina Boutique
9., Universitätsstraße 6
Tel.: 405 26 13
www.americalatina.at
Mo–Fr 10–18.30, Sa 10–13
Der Ethno-Look kommt bei America Latina nie aus der Mode, wobei alle Bekleidungsstücke aus Naturfasern wie zum Beispiel Baumwolle, Viskose, Seide, Alpakawolle oder Leinen sind. Das Angebot wird durch Accessoires, Düfte, Decken, Kissen, Kunsthandwerk und Kleinmöbel abgerundet. Für alle Lateinamerika-Fans. Insgesamt gibt es sechs Filialen in Wien: im 1., 3., 6., 9., 12. und 21. Bezirk.

▸ Dancing Shiva
7., Neubaugasse 58
Tel.: 524 78 43
Fax: 524 78 43
Mo–Fr 10–19, Sa 10–17
Produkte: Kleidung (sehr viele wunderschöne Pullover aus Hanf), Edelsteine, Schmuck, Tees, Taschen (aus Naturfaser), Öle, Düfte, Schreibwaren etc. etc. Die VerkäuferInnen sind allesamt sehr nett. Sehr einladend, um Stunden im Geschäft zu verweilen.

▸ India
1., Strobelgasse 2
Tel.: 512 51 96-0
www.india.co.at
Mo–Fr 10–18.30, Sa 10–18
Wer es exotisch mag, wird bei India bestens bedient. Zum einen gibt es moderne und klassische Muster auf Seide, Wolle oder Baumwolle zu kaufen. Andererseits wird auf Wunsch auch Maßbekleidung hergestellt. Einige fertige Kleidungsstücke können sofort im Geschäft gekauft werden.

▸ Tostmann
1., Schottengasse 3a
Tel.: 533 53 31
www.tostmann.at
Mo–Sa 10–18
Das Paradies in Wien für die Anhänger von Trachtenmode. Sämtliche Dirndln und Anzüge sind Maßarbeit und werden in der hauseigenen Werkstätte in Seewalchen hergestellt, für kleine Änderungen gibt es aber natürlich auch in Wien eine (kleinere) Maßwerkstätte, damit Sie Ihr Dirndl gleich wieder haben können.

FASHION STORE

▸ C&A Mode
7., Mariahilfer Straße 96–98
Tel.: 523 60 11
Mo–Mi, Fr 9–19.30, Do 9–21, Sa 9–18
Das Textilkaufhaus ist günstig, und das Angebot an Basics in der Jugend-/Trend-Abteilung kann dem Angebot hipper Modeketten leicht das Wasser reichen. Für zierliche Frauen lohnt es sich auch, die Kinderabteilung zu durchsuchen. Zahlreiche Filialen in ganz Wien.

Foto: Archiv

▸ H&M
1., Kärntner Straße 28
Tel.: 513 29 27
www.hm.com
Mo–Mi, Fr 9.30–19, Do 9.30–21, Sa 9.30–18
Die modische und billige Bekleidungskette bietet je nach Filiale Damen-, Kinder-, Herren-, Übergrößen- und Umstandsmode sowie Accessoires und seit geraumer Zeit auch eine eigene Beautyserie. Wer sich hier einkleidet, kann sich zwar sicher sein, dass es mit der Individualität vorbei ist, allerdings sind die Teile meist am Puls der Zeit und supergünstig. 15 Standorte.

M

▸ Jones
1., Singerstraße 4
Tel.: 512 57 45
www.jones.at
Mo–Mi, Fr 10–18.30, Do 10–21, Sa 10–18
Jones wurde in den 1960er-Jahren als Familienunternehmen gegründet und ist mittlerweile ein international anerkanntes Label. Die eigene Kollektion wird in Wien entworfen und ist speziell für junge, modebewusste Frauen, die mitten im Leben stehen, zugeschnitten. Filialen: 1., Kärntner Straße, 7., Mariahilfer Straße, SCN, SCS.

▸ Mango
7., Mariahilfer Straße 86
Tel.: 526 62 56
www.mango.es
Mo–Mi, Fr 9.30–19, Do 9.30–21, Sa 9.30–18
Voll im Trend. Sexy, aber stilvoll präsentieren sich die Kollektionen von Mango. Hier ist im Programm, was in anderen Geschäften oft erst in der nächsten Saison angeboten wird. Filialen:
1., Kärntner Straße 22; 7., Mariahilfer Straße 56
21., Millennium Tower; 22., Donauzentrum

▸ New Yorker
7., Mariahilfer Straße 22–24
www.newyorker.de
Mo–Fr 9.30–19, Sa 9.30–17
Eine der bekanntesten und beliebtesten Marken beim New Yorker ist Fishbone. Die Mischung aus Street- und Sportswear sowie die Einflüsse diverser Jugendkulturen spricht besonders junge Leute stark an. Filialen in ganz Wien.

▸ Springfield
7., Mariahilfer Straße 74b
Tel.: 524 10 11
www.spf.com
Mo–Mi, Fr 9.30–19, Do 9.30–21, Sa 9.30–18
Springfield steht für sportliche, elegante und natürliche Urban-Streetwear. Kleidung für den Mann von heute. Filialen im Gasometer, Donauzentrum und in der SCS Vösendorf.

▸ Street One
1., Kärntner Straße 29–31
Tel.: 512 47 41
www.street-one.at
Mo–Fr 9.30–19, Sa 9.30–18
Bietet junge Mode für Frauen zwischen 20 und 35. Einzigartiges Lieferservice (falls Stücke bereits ausverkauft sind: innerhalb von 24 Stunden). Filialen: 3., Landstraßer Hauptstraße 107; 7., Mariahilfer Straße 50; 20., Millennium City 94–96; 22., Wagramer Straße, Donauzentrum, Top 118

▸ **Turek**
7., Mariahilfer Straße 68
Tel.: 523 13 94
www.turek.at
Mo–Mi, Fr 9.30–19, Do 10–21, Sa 9.30–18
Junge Mode für Frauen und Männer zu halbwegs günstigen Preisen. Die Farbenvielfalt der T-Shirts, Hemden und Kleider dominiert das Angebot. Ergänzend dazu sind Taschen, Accessoires und Sonnenbrillen zu finden. Über zehn Filialen sind in Wien verstreut.

▸ **Zara**
1., Stephansplatz 1 (Haas-Haus)
Tel.: 533 98 12
Mo–Mi, Fr 9.30–19, Do 9.30–21, Sa 9.30–18
Die spanische Modekette befindet sich eigentlich immer am Puls der Zeit und bringt trendige, günstige Kleidung. Und das für die Frau, für den Mann, für das Kind. Flagshipstore. Filialen:
1., Kärntner Straße 7 (nur Frauen)
7., Mariahilfer Straße 42–48 (Männer und Frauen)
SCS (Komplettangebot)

FRAU UND MANN

▸ **Aigner Etienne 2.-Wahl-Shop**
5., Ziegelofengasse 28
Tel.: 587 77 39
Fax: 587 09 45
Mo–Fr 9–18, Sa 9–13, 1.Sa im Monat 9–17
Designermode zu günstigeren Preisen, da im 2.-Wahl-Shop leicht beschädigte bzw. nicht perfekt verarbeitete Ware verkauft wird.

▸ **Balina Trendstore**
7., Mariahilfer Straße 92
Tel.: 597 70 70-0
E-Mail: office@balina.at
www.balina.at
Mo–Mi, Fr 10–18.30, Do 10–21, Sa 10–18
Das Unternehmen Balina-Joppich ist der Topanbieter im Bereich Abend- und Ballkleidung. Im Trendstore auf der Mariahilfer Straße wird schwerpunktmäßig allerdings extravagante, junge Mode angeboten. Filiale:
Balina Damenmoden, 10., Favoritenstraße 108

▸ **Boss**
1., Bognergasse 4
Tel.: 532 28 40
Mo–Mi, Fr 10–19, Do 10–21, Sa 10–18
Die aktuelle Männermode des deutschen Trendlabels Boss gibt es in der Bognergasse zu probieren und zu kaufen. In 1., Kärntner Straße 34, sind auch die aktuellen Damenkollektionen im Sortiment.

▸ **Cerruti 1881**
1., Weihburggasse 8
Tel.: 512 73 99
Mo–Fr 10–18.30, Sa 10–16
Damenmode von Nino Cerruti steht für eine feminine Linie, blumige Designs, schwingende Optik. Herren können bei Cerruti klassische Anzüge und auch das eine oder andere flippige Teil kaufen.

▸ **Chegini**
1., Plankengasse 4
Tel.: 512 22 31
Mo–Fr 10–18.15, Sa 10–18
Ausgefallene Mode für sie und ihn, oft wechselnde Kollektionen, gelegentlich unwiderstehliche Einzelstücke, sehr schön, schön teuer. Filialen:
1., Kohlmarkt 4; 1., Kohlmarkt 7

▸ **Flo**
4., Schleifmühlgasse 15a
Tel.: 586 07 73
Mo–Fr 10–18.30
Die Besitzerin Ingrid Raab bietet nostalgische Mode der vergangenen 50 Jahre.

▸ **Helmut Lang**
1., Seilergasse 6
Tel.: 513 25 88
www.helmutlang.com
Mo–Fr 10–18.30, Sa 10–17
Shop des international renommierten österreichischen Topdesigners.

Englische Mode für Frauen und Männer. (Foto: Archiv)

▸ **House of England**
1., Kohlmarkt 2
Tel.: 533 92 34
Mo–Fr 9.30–18.30, Sa 10–18
Eine der führenden Adressen für klassische, klassisch-britische Bekleidung. Und das sowohl für die Dame als auch für den Herren.

M

▸ **Missoni Boutique Wien**
1., Rauhensteingasse 4
Tel.: 513 55 56
www.missoni.at
Mo 13–18.30, Di–Fr 10.30–18.30, Sa 10–17
Damen- und Herrendesignermode aus Italien für Menschen mit einer etwas größeren Geldbörse.

▸ **Modus Vivendi**
6., Schadekgasse 4
Tel.: 587 28 23
www.modus-vivendi.at
Mo–Fr 10–19, Sa 12–16
Elegant geschnittene Pullover, Hosen und Röcke aus naturbelassenen Materialien.

▸ **Paul & Shark**
1., Graben 11
Tel.: 512 51 29
www.paulshark.it
Mo–Do 10–18.30, Fr 10–20, Sa 10–18
Das italienische Unternehmen hat sich auf Sports- und Casualwear spezialisiert. Zu den Besonderheiten des Sortiments zählt Spezialkleidung für Segler und Golfer, dabei kommen auch High-Tech-Materialien zum Einsatz. Es gibt sogar eine Jacke mit eingebauter Solarzelle, dank der man Handys wieder aufladen kann.

▸ **Prada**
1., Weihburggasse 9
Tel.: 513 61 65
Mo-Fr 10–18.30, Sa 10–18
Shop mit wunderbar gestalteten Auslagen und ebensolchen Preisen.

Die Außensicht der Innensicht der Außensicht. (Foto: Archiv)

▸ **Versace**
1., Trattnerhof 1
Tel.: 533 25 31
www.versace.com
Mo–Fr 10–18.30, Sa 10–18
Die einzige Versace-Boutique in Österreich. Seit der Ermordung des Firmengründers Gianni Versace 1997 in Miami ist Schwester Donatella für das Design des Modehauses zuständig.

FRAUEN

▸ **Amicis Damen**
1., Parkring 12/22
Tel.: 513 26 36
Mo–Fr 10–18.30, Sa 10–18
Viele namhafte Designer (Vivienne Westwood, Armani Collezioni, 81 Hours, Blue Deep, Kathleen Madden, Earl Jean, Custo ...) für das große und mittelgroße Portemonnaie, sehr ausführliche Beratung. Richtig schick, das Ganze.

▸ **Anastacia**
1., Spiegelgasse 4
Tel.: 512 02 40
www.boutique-anastasia.at
Mo–Sa 10–18
Kollektionen von Blumarine, Anna Molinari, Blu-Girl sowie Guerriero und Ravizza. Gürtel, Parfums und Dessous.

▸ **Bonita**
12., Meidlinger Hauptstraße 54
Tel.: 817 73 59
www.bonita.de
Mo–Fr 9–19, Sa 9–17
Bonita wirbt mit Gefühl für „Kombi-Mode" und bietet stilvolle Mode für die Frau von heute. Filialen: 1., Graben 12; 6., Mariahilfer Straße 97; 15., EKZ Lugner City; 11., Guglgasse 12/14; 21., Ignatz-Köck-Straße 1; 22., Wagramer Straße 94

▸ **Chanel**
1., Kohlmarkt 5
Tel.: 536 18
www.chanel.com
Mo–Fr 10–18.30, Sa 10–18
Die Kollektion des Hauses, dazu Taschen, Brillen, Schmuck, Uhren und – nicht zu vergessen – natürlich die Kosmetiklinie.

▸ **Check Out Boutique**
1., Wildpretmarkt 6
Tel.: 533 89 89
Mo–Fr 9–18, Sa 9–17
Abverkaufsladen der Papillon Boutiquen. Hier gibt es Designermarken um bis zu minus 80 Prozent.

▸ Don Gil Donna
1., Naglergasse 2
Tel.: 532 55 48
www.dongil.at
Mo–Mi, Fr 9.30–18, Do 9.30–21, Sa 10–18
Armani Collezioni, Burberry, Cambio, D&G Jeans, Don Gil, Gallotti, Gil, Gimos, Hugo, Hugo Boss Woman, Joop Jeans, Max Mara, S Max Mara, St. Emile, Strenesse Blue, Strenesse G. Strehle, Toni Gard, Versace J. C., Windsor sind eine Auswahl der Labels.

▸ Gianfranco Ferré
1., Maysedergasse 4
Tel.: 513 46 63
www.gianfrancoferre.com
Mo–Fr 10–18.30, Sa 10–18
Der italienische Modemacher Gianfranco Ferré gehört zu den international erfolgreichsten Modedesignern. Als Architekt wechselte er in die Modebranche und entwickelte seine eigene Marke. Er entwirft Damen-, Herren- und Kindermode.

▸ Hämmerle
6., Mariahilfer Straße 105
Tel.: 597 22 72
Mo–Mi, Fr 9–18.30, Do 9–21, Sa 9–18
Alles für die elegante Dame klassischen Zuschnitts. Mehrere Filialen in Wien.

▸ Henryks
1., Spiegelgasse 6
Tel.: 513 84 43
Mo–Fr 10–13 u. 14–18, Sa 10–14
Spezialisiert auf Cashmere (Loro Piana, Agnona, Malo, Etro) sowie erlesene Accessoires aus Kroko und Leder.

▸ Le Miroir
5., Margaretenplatz / Strohbachgasse 2
Tel.: 0699/19 41 34 71
Di, Mi, Fr 12.30–19.30, Do 11.30–19.30, Sa 10–17
Französische Mode in sympathischem Ambiente. Klein, aber oho.

▸ Maska
1., Seilergasse 16
Tel.: 513 18 81
www.maska.it
Mo–Mi, Fr 10–18.30, Do 10–20, Sa 10–18
Schicker Shop des italienischen Damenmodelabels. Die hochwertig verarbeiteten Kollektionen sind im klassisch-eleganten Stil gehalten, was jedoch keineswegs einen Mangel an Pep bedeutet. Verfügbar ab Konfektionsgröße 34, werden auch eigene Modelle in Größen ab 44 entworfen.

▸ Mel.Merio
9., Porzellangasse 14–16
Tel.: 0699/15 34 49 63
nur nach tel. Vereinbarung
Geschäft, Werkstatt, Galerie, Fundus, Meeting Point. Präsentiert werden Einzelstücke von Mel Merio, Natalia Babska, Realitee. Bags by Pinkie May und Christiane Gruber. Schmuck, Schuhe und Secondhandware von den 50ern bis zu den 90ern sowie Accessoires und Gimmicks …

▸ Merit
4., Wiedner Hauptstraße 23–25
Tel.: 503 94 50
Mo–Fr 10–18
Eigene Kollektion und individuell gefertigte Modelle. Zusätzliche Dienstleistungen: Änderungsschneiderei und Bügelservice. Glättet Ihre Wäsche schrankfertig. (Merit bereitet 17 langzeitarbeitslose Frauen auf die Forderungen des freien Arbeitsmarkts vor.)

▸ Modellhaus Joppich
6., Mariahilfer Straße 101–103
Tel.: 597 70 70-0
www.joppich.at
Mo–Mi, Fr, Sa 9.30–18, Do 9.30–21
Die Ballsaison bricht heran, doch was tun, wenn im Kleiderschrank bereits alles Staub ansetzt? Abend- und Ballmode in unüberachaubarer Auswahl und exklusive Brautmode in den Größen 32 bis 50 finden sich im Modellhaus Joppich. Ob klassisch-schick oder extravagant.

Junges für Junge: Rieger Mode. (Foto: Archiv)

▸ Rieger
1., Judengasse 9
Tel.: 535 70 68
Mo–Fr 10–18.30, Sa 10–17
Inviduelle und leistbare Mode, bunt und extravagant genauso wie einfach und schlicht. Und zwar für jeden Anlass. Weitere Filialen:
6., Mariahilfer Straße 91; 7., Westbahnstraße 37
9., Währinger Straße 22

▸ Strick – Werk – Wien
4., Heumühlgasse 4
Tel.: 961 91 19
Mo–Fr 13–18, Sa 12–16
Sehr individuelle Mode für Frauen, die in Eigenproduktion erzeugt wird. Ausschließlich Einzelstücke. Vorwiegend Strickwaren, aber auch Designs in anderen Materialien. Dazu Accessoires wie Taschen, Schmuck und Schuhe.

▸ Vero Moda
6., Mariahilfer Straße 113
Tel.: 596 81 51
www.veromoda.com
Mo–Mi, Fr 10–18.30, Do 10–21, Sa 10–17
Auf den ersten Blick mag die Kollektion von Vero Moda brav wirken, doch bei genauerer Betrachtung gibt es immer wieder extravagante Muster und Schnitte, mit denen man stilvoll auffallen kann. Speziell der Shop im Gerngross-Kaufhaus, Mariahilfer Straße 92–98, ist einen Besuch wert.

HEMDEN UND KRAWATTEN

▸ Ferman
1., Kramergasse 9
Tel.: 533 34 26
Mo–Mi, Fr 10–19.30, Do 10–21 Sa 10–17
Wem das klassische Businesshemd zu fad und gewöhnlich, die pure Kunstfaserrenaissance aber zu trashig ist und zuwenig Tragekomfort bietet, der könnte bei Ferman fündig werden. Das Sortiment ist in manchen Bereichen wunderbar „slightly off center", der Grat zwischen cool und genau im Trend und peinlichem Modeopfertum aber mitunter ziemlich schmal.

▸ Harry & Sons
1., Am Hof 5
Tel.: 533 36 66
www.harryandsons.at
Mo–Mi, Fr 10–18.30, Do 10–20, Sa 10–18
Bei Harry & Sons versteht das Personal so viel über Hemden und Krawatten, aber auch über Boxershorts, Herrenpyjamas und -nachthemden, Gürtel, Manschettenknöpfe, Kniestrümpfe und Mascherln wie sonst kaum wo in Wien. Phänomenales Geschäft, und auf der Homepage kann jeder lernen, wie man verschiedene Krawattenknoten richtig bindet.

▸ Hemden Herzog
1., Spiegelgasse 9
Tel.: 512 88 45
Mo–Fr 9.30–18, Sa 10–17
Feinste handgefertigte Hemden der Marke Gino Venturini.

▸ Phoenix Krawatten
1., Graben 16
Tel.: 533 90 65-0
www.phoenixkrawatten.at
Mo–Do 9–16, Fr 9–14
Etwas mehr als eine Woche dauert es von der Auswahl des Seidenstoffs bis zur Fertigstellung der Maßkrawatte. Filialen: 1., Schottengasse 4
20., Millennium City, Handelskai 94–96

▸ Seidensticker
1., Stephansplatz 6
Tel.: 512 31 91
Mo–Fr 10–18, Sa 10–17 Uhr
Kleines, aber feines Geschäft, in dem es nur die Hemden vom Meister gibt.

▸ Tie Rack
1., Kohlmarkt 8–10
Tel.: 533 12 00
www.tie-rack.com
Mo–Fr 9.30–21, Sa 11–18
Seidenkrawatten, Seidenschals sowie weitere Accessoires aus diesem kostbaren Naturprodukt bilden den Kern des Tie-Rack-Angebots. Das Designspektrum reicht von Klassisch bis Modern, und manche Krawattenaufdrucke und -muster sind auch ziemlich kindisch. Wer sich so was umbindet, hat vermutlich auch eine Affinität zu Wunschkennzeichen.

▸ Zalcotex
1., Rabensteig 1
Tel.: 533 14 87
www.zalcotex.at
Mo–Fr 9.30–18
Das „blaue Einkaufseck" ist eine erstklassige Quelle für klassische Hemden und Pyjamas in bester Qualität zum absolut konkurrenzlosen Preis. Hemden bekommt man bereits ab 27 Euro.

JEANS

▸ Blaumax
1., Goldschmiedgasse 9
Tel.: 533 10 28
E-Mail: office@blaumax.com
www.blaumax.at
Mo–Fr 9.30–18.30, Sa 9.30–18
Die Jeanswelt für Damen und Herren. Speziell das große Angebot an Eigenmarkenprodukten ist beeindruckend. Es gibt Jeans in allen möglichen Farben und Passformen, Stretch oder normal, klassisch oder dem neuesten Modetrend entsprechend. T-Shirts und Pullover sind von hochwertiger Qualität und runden das Angebot ab. Filialen in ganz Wien.

▸ Cobra
6., Mariahilfer Straße 109
Tel.: 597 66 01-0
E-Mail: office@cobra.co.at
www.cobra.co.at
Mo–Mi, Fr 9.30–19, Do 9.30–21, Sa 9.30–18
Das Jeansparadies in Wien. Mit allen Trendmarken wie Levi's, H.I.S., Lee und vielen mehr. Zudem gibt's ein große Auswahl an Freizeit-Oberbekleidung für junge und junggebliebene Leute. Filialen: 10., Quellenstraße 217; 12. Meidlinger Hauptstraße 38; 21., Ignatz-Köck-Straße 1 (SCN)

▸ Diesel Store
6., Mariahilfer Straße 89
Tel.: 587 70 10
Fax: 587 70 80
www.diesel.com
Mo–Mi, Fr 10–19, Do 9–21, Sa 10–18
Diesel Mode gibt es in zahlreichen Geschäften, aber seit ungefähr zwei Jahren ist in Wien auch ein eigener Diesel Store zu finden. Das Geschäftslokal wirkt durchgestylt und etwas kühl, und die junge Mode entspricht den neuesten Trends.

▸ Levi's Store
22., Donauzentrum, Top 909b
Tel.: 204 31 87
Mo–Mo, Fr 9–19, Do 9–21, Sa 9–18
Überraschung: Nur Jeans und Shirts von Levi's.

▸ Replay
1., Brandstätte 6
Tel.: 533 89 11
Mo–Mi, Fr 10–19, Do 10–21, Sa 10–18
Hier gibt es die Jeans des Hauslabels, dazu Jacken, Hemden, T-Shirts, Underwear und Schuhe. Alles für Informelles und Freizeit.

Von der Arbeitshose zum Designerstück: die Jeans bei Blaumax. (Foto:Blaumax)

▸ Rumpel Jeans
6., Mariahilfer Straße 77–79 (Generali Center)
Tel.: 586 72 81-2
www.rumpel-jeans.at
Mo– Fr 10–19, Do 10–21, Sa 10–18
Das größte Angebot an Levi's auf der Mariahilfer Straße und dazu Jeans der Marken Replay, Pepe, Mustang, Mavi und Tom Taylor. Dazu passende Oberteile und Accessoires. Weiteres Outlet: Mariahilfer Straße 81, Tel.: 586 72 81

KINDER

▸ Benetton 012
1., Führichgasse 6
Tel.: 512 87 73
Mo–Sa 9.15–18
Italienische Mode im fröhlich-frischen Farbdesign für Kinder von 0 bis 12 Jahren. Weitere Geschäfte: 1., Goldschmiedgasse 9, Tel.: 533 90 05
13., Hietzinger Hauptstraße 10, Tel.: 877 65 47
18., Währinger Straße 134, Tel.: 470 58 84

▸ Bips
9., Spitalgasse 13 u. 15
Tel.: 405 83 44
Mo–Fr 9–18, Sa 10–17
Oilily-Boutique und Elefantenschuhe.

▸ Dohnal
1., Kärntner Straße 12
Tel.: 512 73 11
www.dohnal.at
Mo–Fr 9.30–18.30, Sa 9.30–18
In ganz Wien verteilter und auch in der SCS Vösendorf vertretener Anbieter von Kleinkinder- und Jugendbekleidung. Auch Umstandsmode, Kinderwägen und Möbel für die Kleinen in großer Auswahl.

▸ Flic Flac
6., Mariahilfer Straße 89a
Tel.: 585 63 91
www.flicflac.co.at
Mo–Fr 9–18.30, Sa 9–17
Schöne Baby- und Kindermode. Filialen in den Bezirken 2, 5, 6, 8, 13–20, 22.

▸ Huckleberry
1., Ringstraßen-Galerien, Top 57
Tel.: 512 92 54
Fax: 512 92 53
www.huckleberry.co.at
Mo–Mi, Fr 10–19, Do 10–21, Sa 10–18
In den großen Ringstraßen-Galerien auch etwas für die kleinen Menschen. Filiale:
1., Herrengasse 6–8, Tel.: 535 21 18

M

▸ Jacobi-Kindersecondhand
9., Nußdorfer Straße 39
Tel.: 319 66 98
Mo–Fr 10–13 u. 15–18

▸ Le Petit Chou
1., Rauhensteingasse 12
Tel.: 512 89 77
Mo–Fr 10–18, Sa 10–17
Designerklamotten für Kinder: Donna Karan, Trussardi, Dior. Dreimal im 1. Bezirk vertreten.

▸ Mary Kindermode
6., Mariahilfers Straße 117
Tel.: 596 22 80
Fax: 597 09 76
E-Mail: mary.for.kids@chello.at
Mo–Fr 9–13 u. 14–18, Sa 9–17
Kinder- und Babymode. Filialen in den Bezirken 1, 2, 3, 6, 8, 10, 11, 12, 13, 15,16, 18, 19, 20 und in der SCS Vösendorf.

▸ Puppi-Du
6., Mariahilfer Straße 103 (Passage)
Tel.: 596 57 63
www.puppi-du.at
Mo–Fr 10–18, Sa 10–16
Hier gibt es eine Spielecke und einen Wickeltisch. Der Schwerpunkt des Angebotes liegt bei Babys und Kleinkindern bis drei Jahren (Wickeltücher, Babynester und Holzspielzeug). Kinderbekleidung bis Größe 140.

▸ Sapperlot
17., Hernalser Hauptstraße 193
Tel.: 481 10 88
www.sapperlot.net
Di, Mi, Fr 10–13 u. 15–18, Do 10–19
Markendesigner-Secondhandladen für Kinder. Gut sortiert und gut besucht.

▸ Taki-To Kindermode
1., Petersplatz 8
Tel.: 535 18 23
www.taki-to.com
Mo–Do 11–19, Fr 11–20, Sa 10.30–18
Qualitativ hochwertige Designermode für Kinder bis 18.

LEDER UND LATEX

▸ Profous
1., Grünauergasse 12
Tel.: 513 44 32
Mo 12–18, Di–Fr 9–18, Sa 9–12
Lederbekleidung nach Maß – egal ob Jacke, Reiterhose oder Motorradgewand.

▸ Tiberius
7., Lindengasse 2a
Tel.: 522 04 74
www.tiberius.at
Mo–Fr 12–19
Wiens Spezialgeschäft für Fetish-Wear aus Leder, Latex und PVC, Accessoires und Spielzeug.

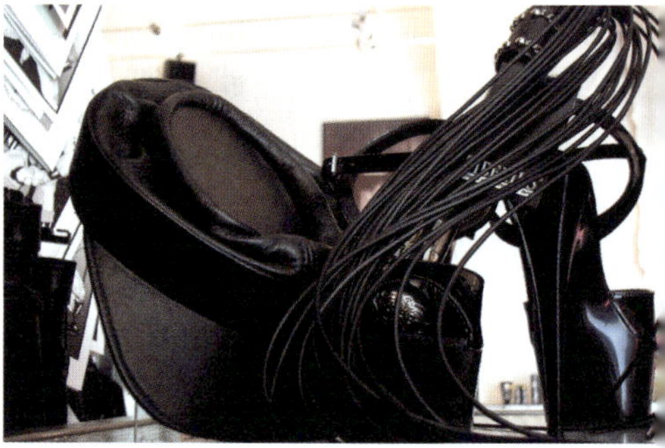

Käppchen, Peitschchen und Stiefelchen. (Foto:Archiv)

MÄNNER

▸ Adonis
1., Kohlmarkt 11
Tel.: 533 70 35
Mo–Fr 9.30–18.30, Sa 10–18
Herrenausstatter mit Kollektionen führender Marken wie Adonis, Benny Goodman ... Neben formeller Kleidung gibt es auch ein breites Angebot an Leisure Wear. Filiale: Flughafen Wien, Tel.: 7007-359 02

▸ Amicis Herren
1., Seilerstätte 24
Tel.: 513 21 10
Mo–Fr 10–18.30, Sa 10–18
Ein Klassiker unter den Designergeschäften. Gut, edel, teuer! Etro, Victor Victoria, Incotex, Joseph, Sergio Rossi, Custo, D&G, Paul & Joe.

▸ Armani Giorgio
1., Kohlmarkt 3
Tel.: 535 24 70
Mo–Fr 10–18.30, Sa 10–18
Klassische Männermode des bekannten italienischen Designers.

▸ Dantendorfer
1., Weihburggasse 9
Tel.: 512 59 65
Mo–Fr 9.30–18, Sa 9.30–17
Klassische Herrenmode, und zwar querbeet von Businesskleidung zu Freizeitoutfits. Und man nimmt sich Zeit für Sie.

▸ Don Gil
6., Mariahilfer Straße 49
Tel.: 587 27 81
Mo–Mi, Fr 9.30–18.30, Do 9.30–21, Sa 10–18
www.don-gil.at
Die Liste der Labels, die man bei Don Gil bekommt, ist sehr lang, es sind aber natürlich nur Topmarken darunter. Damit Mann in Beruf und Freizeit schick ausschaut. Weitere 7 Filialen.

▸ Gant
1., Petersplatz 4
Tel.: 532 28 40
www.gant.com
Mo–Do 10–18.30, Fr 10–20, Sa 10–18
Der schwedisch-amerikanische Modemulti Gant strebt in seinen Herrenmodekollektionen danach, die „casualness" der US-Ostküste mit europäischer Eleganz zu verknüpfen. Die richtige Adresse für den modernen „WASP"-Style.

Gents gehen ins Gant. (Foto: Archiv)

▸ Gil
6., Mariahilfer Straße 49
Tel.: 586 61 70
www.gil-area.com
Mo–Mi, Fr 10–19, Do 10–21, Sa 10–18
Hugo Boss, Helmut Lang, French Connection, Dolce & Gabbana, Retrofame, Diesel – das sind die Labels. Dazu ein cooles Geschäftslokal. Fertig.

▸ House of Gentlemen
1., Kohlmarkt 12
Tel.: 533 32 58-0
Mo–Fr 9.30–18.30, Sa 10–18
Der noble Herrenausstatter in Wien, der durch Qualitätsprodukte großer Marken (Barbour, Burberry, Daks ...) besticht. Mode im klassisch-konservativen Zuschnitt. Äußerst elegant. Britischer als hier geht's nimmer.

▸ Pascalini
1., Freisingergasse 1
Tel.: 535 32 15
Mo–Fr 10–18.30, Sa 10–17
Männer bekommen hier von Anzügen bis zu Casual Wear alles. Wie der Name schon andeutet, ist das Geschäft auf italienische Designer spezialisiert (Fendi, Ferré, Trussardi ...).

▸ Sir Anthony
1., Kärntner Straße 21–23
Tel.: 512 68 35
www.sir-anthony.com
Mo–Fr 9–18, Sa 9–17
Herrenausstatter mit großem Sortiment von Qualitätsmarken. Weitere Filiale:
1., Kärntner Ring 5–7 (Ringstraßen Galerien)

▸ Zegna
1., Rauhensteingasse 7
Tel.: 512 09 79
www.zegna.com
Mo–Fr 10–18.30, Sa 10–17
Wenn von feinstem Tuch die Rede ist, wird Connaisseurs als erste Assoziation wohl Zegna einfallen, denn wenn das nicht der Fall sein sollte, hätten sie sich wohl als Banausen entlarvt. Das italienische Traditionsunternehmen führt in seinem Wiener Store die aktuellsten Kollektionen der Edelmarke. Wer nicht von der Stange kaufen will, lässt sich seinen Anzug nach Maß auf den Leib schneidern und sucht sich den Stoff dazu aus.

MASSGESCHNEIDERT

▸ Billiani Vera
13., Auhofstraße 68
Tel.: 877 02 66
Mo–Fr 9.–16.30, Sa nach tel. Vereinbarung
Eine der ersten Modeadressen der Stadt. Maßgeschneidert, hochqualitativ, elegant wie exquisit sind die Stücke, und die Bandbreite umfasst sowohl den Businessbereich als auch die Abend- und Festgarderobe.

▸ Gross Herta
7., Siebensterngasse 28
Tel.: 522 19 14
Exquisit die Stoffe, ohne allzu viele Schnörksel die Linie, einfach zeitlos.

▸ Jungmann & Neffe
1., Albertinaplatz 3
Tel.: 512 18 75
Mo–Fr 9.30–19, Sa 9.30–18
Feinster Tweed für edle Anzüge und Sakkos.

▸ Knize
1., Graben 13
Tel.: 512 21 99
www.knize.at
Mo–Fr 10–17
Anzüge nach Maß. Hier werden was die Qualität betrifft, keine Kompromisse gemacht! Rund 65 Stunden feinste Handarbeit stecken in so einem Maßanzug. Konfektionsware wird auch angeboten, Marke: „Edel & teuer“!

▸ Pollsiri
7., Kirchengasse 25
Tel.: 526 60 47
Fax: 522 94 77
E-Mail: modeatelier@pollsiri.at
www.pollsiri.at
Mo–Fr 9–13 u. 14–18
Dass zwei Frauen eine Maßschneiderei eröffnen, ist nichts Neues. Dass sie wunderschöne Frauenkleider anfertigen, ist ihr Job. Aber wirklich ungewöhnlich ist, dass individuell gefertigte Boxershorts (24,80 Euro) einfach online (Stoff aussuchen, Größe und Bundweite eingeben, fertig) bestellt werden können. Cool.

Pollsiri hat Maß genommen. (Foto: Archiv)

▸ Zlok
6., Gumpendorfer Straße 67
Tel.: 586 71 19
E-Mail: lindazlok@aon.at
www.lindazlok.at
Mo–Fr 14–18 Uhr
Überraschende Kombinationen von Materialien, große Liebe zum Detail, die Stücke innen so schön und fein wie außen.

MODEHAUS

▸ Braun & Co
1., Graben 8
Tel.: 512 55 05-0
Fax: 512 55 05-84
E-Mail: braun@braun.co.at
www.braun.co.at
Mo–Fr 10–18.30, Sa 10–18
Das Familienunternehmen wurde 1911 von Kaiser Franz Josef geadelt und zum „kaiserlichen und königlichen Hoflieferanten“ erklärt. Auf fünf Etagen finden Modebewusste internationale Prêt-à-porter für Damen und Herren, Accessoires und außergewöhnliche Haute-Couture-Highlights. Service: eigene Maßschneiderei, Privat-Shopping möglich.

▸ Fürnkranz
1., Kärntner Straße 39
Tel.: 488 44-26
E-Mail: web@fuernkranz.com
www.fuernkranz.at
Mo–Fr 9.30–18.30, Sa 10–17
Sucht frau für die Hochzeit einer/s Bekannten oder für den neuen Job ein schickes Kostüm, dann ist Fürnkranz die erste Adresse. Erschwingliche Preise, gute Qualität und schlichtes Design.
Filialen:
Fürnkranz Couture, 1., Kärntner Straße 39
1., Neuer Markt 17; 7., Mariahilfer Straße 76
10., Favoritenstraße 90

▸ Peek & Cloppenburg
7., Mariahilfer Straße 26–30
Tel.: 525 61-0
www.peekundcloppenburg.at
Mo–Mi, Fr 10–19, Do 10–21, Sa 9.30–18
Das Sortiment des exquisiten Bekleidungskaufhauses für Damen, Herren und Kinder beinhaltet Marken wie Esprit, Marc O'Polo, Hirsch, Joop!, Otto Kern und Strenesse Gabriele Strehle. Vom mittleren Preissegment bis zu den wirklich teuren Labels.
Filiale: SCS, Eingang 4, Tel.: 699 14 80

▸ Tlapa
10., Favoritenstraße 73–75
Tel.: 601 70-0
Fax: 601 70-300
E-Mail: tlapa@aon.at
www.tlapa.at
Mo–Fr 9–18, Do 9–21, Sa 9–17
Beim Tlapa bekommt man von der Unterwäsche bis zum Anzug mit Mantel einfach alles. Die Kleidungsstücke sind von der Stange oder werden auch auf den Körper geschneidert.

SECONDHAND

▸ EWA
6., Schadekgasse 3
Tel.: 586 12 45
Mo–Fr 10–19, Sa 10–18
Bunte Secondhandmode, so weit das Auge reicht. Auf ca. 200 m^2 Verkaufsfläche werden Kleider, Hosen, Mäntel, Jacken, Lederwaren, Schuhe, T-Shirts, Kostüme, Anzüge, Röcke, Hemden, Blusen, Taschen, Hüte und Accessoires der vergangenen Jahrzehnte angeboten. Als Zusatzleistung werden kleinere Änderungen kostenlos vorgenommen.
Filiale: 7., Lindengasse 37, Mo–Fr 10–19, Sa 10–17

▸ Glamorous
6., Gumpendorfer Straße 66
Mo–Fr 14–18
Diese Fundgrube ist speziell für Leute, die ausdauerndes Suchen nicht abschrecken kann. Es gibt Secondhandmode und originalverpackte Kleidung von Lagerrestbeständen aus den 60er- und 70er-Jahren. Außerdem kann die Kleidung auch für Retropartys, Videodrehs oder sonstiges ausgeliehen werden.

▸ Humana
4., Wiedner Hauptstraße 23–25
Tel.: 504 30 56
E-Mail: info@humana.at
www.humana.at
Mo–Fr 9–18, Sa 8.30–14, jeden 1. Sa 8.30–17
Die Secondhandshops von Humana, Verein zur Förderung notleidender Menschen in der Dritten Welt, bieten ausgefallene und elegante Bekleidung, Streetwear, Sportanzüge, Schuhe, Taschen und Heimtextilien zu günstigen Preisen. Insgesamt 12 Filialen mit unterschiedlichem Schwerpunktsortiment sind in ganz Wien verteilt.

▸ Humana – Retro Fashion
8., Lerchenfelder Straße 48
Tel.: 869 38 13-11
E-Mail: info@humana.at
www.humana.at
Mo–Fr 9.30–18.30, Sa 9.30–17
Im „jungen" Shop von Humana gibt es Retro Mode der 60er, 70er und 80er Jahre. Schrille und bunte Bekleidung zu günstigen Preisen.

▸ Kamikaz
7., Neubaugasse 55
Mo–Fr 10–19, Sa 10–17
Kleines Geschäft mit einem großen Fundus an – vor allem – Retrokleidung französischen Ursprungs.

▸ Lok Couture
7., Neustiftgasse 78
Tel.: 522 98 68
www.lok.at/lok-couture
Mo–Fr 9–18
Secondhandshop mit einem guten Zweck: Der Erlös kommt psychisch Kranken zugute. Eingerichtet vom Verein LOK (Humanes Leben und Wohnen für psychisch kranke Menschen).

▸ Polyklamott
6., Hofmühlgasse 6
Tel.: 969 03 37
Mo–Fr 11–19.30, Sa 11–17
Trainingsjacken, Hemden, T-Shirts und besonders ausgefallene Kleider und Damenjacken zu relativ günstigen Preisen. Das Polyklamott gehört zu den Highlights unter den Secondhandshops. Besonderes Augenmerk ist auf den Automaten vor dem Geschäft zu legen, bei dem man im Sommer Bikinis oder Badehosen und im Winter Hauben um 5 Euro ziehen kann.

Polyklamottenautomat.
(Foto: Lomographen)

▸ Secondhand-Pinocchio
9., Servitengasse 5
Tel.: 315 14 66
Mo 9.30–12.30 u.15–18, Di–Fr 9.30–12.30 u. 14–18, Sa 10–13
Kinderkleidung und -schuhe, Spielzeug, Bücher und Puppenwagen werden hier angenommen und verkauft. Kleiner, netter Laden in einer idyllischen Straße.

▸ Volkshilfe Box
9., Spittalgasse 17a
Tel.: 409 52 20
E-Mail: box@vhbi.at
www.box.vhbi.at
Mo–Fr 10–17.30, Sa 9–12.30, 1.Sa 9–16.30
Bei diesem Sozialprojekt der österreichischen Volkshilfe wird Menschen mit Behinderungen geholfen. In den drei Shops gibt es Secondhandkleidung zu absolut günstigen Preisen. Für Schnäppchenjäger. Filialen:
5., Schönbrunner Straße 94
11., Simmeringer Hauptstraße 97

STREETWEAR

▸ Bernhart
1., Kärntner Straße 35
Tel.: 512 91 03
www.bernhart-fashion.at
Mo–Mi, Fr 10–19, Do 10–21, Sa 10–17
Club- und Streetwear von Diesel, Paul Frank, Miss Sixty und Puma. Filialen:
1., Himmelpfortgasse 5
2., Taborstraße 2–6
6., Mariahilfer Straße 71a
20., Wallensteinstraße 33
21., Am Spitz 2; 21., Jedleseer Straße 17

▸ Bootik 54
7., Neubaugasse 54
Mo–Fr 10–19, Sa 10–17
Der Retrolook ist zum Glück nach wie vor in Mode. So kann man immer wieder günstig schrille Klamotten kaufen. In der Bootik 54 gibt's Trainingsjacken von Puma, Adidas oder auch unbekanntere Marken, Schlaghosen, bunte T-Shirts und flippige Taschen.

▸ Chactun
7., Kirchengasse 25
Tel.: 524 08 09
E-Mail: office@chactun.at
www.chactun.at
Mo–Fr 12–19, Sa 11–17
Neben Club- und Streetwear angesagter junger, amerikanischer und europäischer Designer wird auch diverses cooles Equipment verkauft. So zum Beispiel Lavalampen und Projektoren von Mathmos, Technics-Kopfhörer, DJ-Plattentaschen und natürlich auch ausgesuchte CDs und Vinyls von Techno über Ambient bis Progressive.

All in one ... bei Chactun. (Foto: Archiv)

▸ Disaster Clothing
7., Kirchengasse 19
Tel.: 524 14 09
E-Mail: office@disasterclothing.at
www.disasterclothing.at
Mo–Fr 12–19, Sa 11–17
Italienische und britische Trenddesignerbekleidung – ausgeflippt, gewagt, aber immer mit Stil.

▸ Dollarshop
6., Mariahilfer Straße 125
Tel.: 596 48 51
www.dollarshop.at
Mo–Mi, Fr 10.30–18.30, Do 10.30–19, Sa 10.30–17
Modern, gemütlich die Einrichtung, umfassend das Angebot.

▸ Frontline
7., Mariahilfer Straße 77–79
Tel.: 586 30 68
Mo–Mi, Fr 10–19, Do 10–21, Sa 10–18
Um Trendmarken wie Gsus Industries, G-Star und Miss Sixty erweitert.

▸ Gibian
6., Mariahilfer Straße 51
Tel.: 587 07 64
E-Mail: gibian@aon.at
Mo–Fr 10–18.30, Sa 10–17
Alles, was ein Skater braucht im Leben – zumindest an Brett und Styling. In der Filiale 1., Weihburggasse 3, gibt es auch noch Handschuhe und sonst jede Menge Blödelzeug. Mehr Streetwear und Handschuhe: 6., Mariahilfer Straße 113.

▸ Hilfiger
1., Seilergasse 4
Tel.: 512 39 25
Mo–Fr 10–18.30, Do 10–21, Sa 10–18
Das Geschäft bringt die gesamte Palette der Marke, also American Style pur – von der Jeans, der Jacke und dem Pulli bis hin zu Anzug, Krawatte und Co. Und natürlich Sportbekleidung.
Filiale: SCS, Top 254C, Tel.: 512 39 25

▸ It
6., Esterházygasse 29
Mo–Fr 11–19, Sa 11–17
Die junge Geschäftsführerin kauft ihre Ware in London, Berlin, Paris und anderen Modestädten Europas ein. Zwischen 19 und 39 Euro zahlt man für ein bedrucktes T-Shirt, das aufgrund der Qualität, des topmodischen Designs und der geringen Stückzahl sein Geld absolut wert ist. Hosen aus Mikrofaser und Taschen ergänzen das Sortiment.

▸ **Jiggy**
6., Gumpendorfer Straße 28
Mo–Fr 12–19, Sa 11–17
Secondhandmode mit neuem Chic. Bei Jiggy werden T-Shirts, Hosen und andere Kleidungsstücke der 70er und 80er mit modischen Änderungen versehen und so neu interpretiert. Weiters im Programm ist Mode junger, unbekannter Designer und verschiedenste Taschen.

▸ **Morgan**
1., Brandstätte 8
Mo–Fr 10–18.30, Sa 10–17
Das Design des französischen Modelabels lässt kaum ein Pölsterchen zuviel am Körper zu. Jedoch ist die Mode chic und sexy und erinnert an amerikanische Kultserienstars. Mutige schwangere Frauen werden auch fündig, denn Morgan bietet dehnbare Kleider, Tuniken und bauchfreie Shirts für werdende Mütter.

▸ **RAG**
7., Mariahilfer Straße 20
Tel.: 523 67 97
Hotline: 0800/225 57 24
E-Mail: info@rag.co.at
www.rag.co.at
Mo–Fr 10–19, Do 10–21, Sa 10–18
Wurde 1984 gegründet und war eines der ersten Street-Geschäfte Wiens – den Anfang machten Dr. Martens und die Mod-Marke Covern. Street- und Skatewear, Flagshipstore auf der Mariahilfer Straße gibt's neben den üblichen (zu) weiten Klamotten auch die rare Puma-Retro-Kollektion.
Filiale:
2334 Vösendorf, SCS Top, 208,
Mo–Fr 9.30–19, Sa 9.30–17

T-SHIRTS

▸ **Merchzilla.com – Shirts on Demand**
6., Mollardgasse 85/6/44
Tel.: 941 01 38
Fax: 941 02 48
E-Mail: office@merchzilla.com
www.merchzilla.com
nur nach Terminvereinbarung
Das Angebot von Merchzilla klingt wie angewandte Fremdwortkunde: Flock- und Flexdruck, Thermosublimationsdruck, Siebdruck, Siebdruck auf Transferfolie, Soft-Transfer – normaldeckend und hochdeckend, Plastisoldruck und Fotoplastisoldruck auf Transferfolie und Stick. Einfacher gesagt: was immer man auf ein T-Shirt gedruckt haben möchte und egal in welcher Stückanzahl, Merchzilla macht's möglich – und das zu akzeptablen Preisen.

▸ **Tog up**
7., Siebensterngasse 41
Tel.: 524 76 77
www.togup.at
Di, Mi, Fr 11–19, Do 13– 21, Sa 11–17
Die coolsten Shirts der Stadt, Kappen, Taschen und Accessoires.

T-Shirts für alle. Tog up. (Foto: Archiv)

UMSTANDSMODE

▸ **Bambini**
18., Währingers Straße 144
Tel.: 479 79 42
Mo–Fr 9–12.30 u. 15–18, Sa 9–12
Gebrauchte Babyausstattung und Umstandsmoden. Markenartikel.

▸ **Papillon Tauschboutique**
22., Süßenbrunner Straße 62
Tel.: 734 20 70
www.papillon22.at
Mo–Fr 9–12.30 u. 14.30–18, Sa 9–12
Umstandskleidung. Kinderbekleidung. Spielwaren. Autositze. Bücher.

WARME WÄSCHE

▸ **Damart**
1., Lichtensteg 3
Tel.: 532 25 64
Mo–Fr 9–18.30, Sa 9–18
Beim Anblick wird der Partnerin vielleicht nicht unbedingt warm ums Herz, dafür hat die Trägerin warm. Auch nicht schlecht. Unterwäsche für die kalten Tage. Filialen:
7., Zollergasse 13
21., Floridsdorfer Hauptstraße 32

M

MODELLEISENBAHNEN

▸ Abweser Modelleisenbahnen
7., Ahornergasse 1
Tel.: 524 48 48
Mo–Fr 9.30–18.30, Sa 9.30–17
An- und Verkauf von Spielzeugeisenbahnen.

▸ Hobby Technik
3., Marxergasse 12
Tel.: 712 14 06
Mo–Fr 11–18, Sa 10–13
Großes Geschäft im 3. Bezirk. All you need.

▸ Ingrid's Secondhand Modelleisenbahnen
7., Zieglergasse 33a
Tel.: 526 26 29
Fax: 526 26 29
Mo–Fr 9–18, Sa 9–17
Für Schnäppchenjäger.

▸ Kleinbahn
1., Schottenring 17
Tel.: 317 34 60
www.kleinbahn.com
Mo–Fr 9–18, Sa 9–12
Produzent der legendären Kleinbahnen. Sie können auch per Post bestellen. Filialen:
7., Kirchengasse 9, Tel.: 523 44 28
22., Wagramer Straße 98, Tel.: 203 93 50
23., Gatterederstraße 4, Tel.: 888 22 87

▸ Kleinmodellbahn
16., Lerchenfelder Gürtel 33
Tel.: 492 65 77
Mo, Do, Fr 8.30–13 u. 13.30–18, Di, Mi 13.30–18
Hier finden Sie alle ÖBB-Lokomotiven und Personenwaggons. In Taschenformat. Filialen:
21., Floridsdorfer Hauptstraße 16, Tel.: 270 48 69
23., Gatterederstraße 6, Tel.: 888 26 88

▸ Neuhaus Systems
1., Plankengasse 2
Tel.: 0650/264 27 21
www.neuhaus-electronics.at
nach tel. Vereinbarung
Auch wenn es niemand glaubt, aber hier werden Mikrochips speziell für Modelleisenbahnen entwickelt. Beispiel gefällig? „Diese mikroprozessorgesteuerte, vollautomatische Anlage wurde speziell für den anspruchsvollen Modelleisenbahner entwickelt. Sie dient der automatischen Steuerung des Zuges sowohl im Kreisverkehr als auch von Kopfbahnhof zu Kopfbahnhof im Pendelverkehr" (Zitat aus dem Produktkatalog).

▸ Sommer
7., Neubaugasse 26
Tel.: 523 31 36
E-Mail: hobby-sommer.modellbau@aon.at
www.hobby-sommer-austria.at
Mo–Fr 9.30–18, Sa 9–17
Roco, Märklin, Trix, Fleischmann, Liliput, Piko, Gützold, Lima, Rivarossi, Arnold, Dolischo, Ferro Train, Minitrix und RocoN sind die Eisenbahnen, die Modellbau Sommer im Repertoire hat. Und dazu natürlich Zubehör wie Gebäude oder Landschaftsausrüstung. Da steht der eigenen (Eisenbahn-)Welt zu Hause nichts mehr im Weg (außer Platzmangel vielleicht).

MOTORRÄDER

KLEIDUNG UND ZUBEHÖR

▸ Hein Gericke
8., Florianigasse 55
Tel.: 408 53 58-12
E-Mail: wien@gericke-shop.at
www.hein-gericke.at
März bis Sept: Mo–Fr 9–19, Sa 9–16,
Okt bis Feb: Mo–Fr 9–13 u. 14–18, Sa 9–16
Deutscher Motorradbekleidungs- und Zubehördiskonter. Neben Helmen (alle gängigen Marken), Verschleißteilen und Zubehör gibt's auch zahlreiche hauseigene Bekleidungslinien. Sportliche Lederkombis, Gore-Tex- und Regenbekleidung, Handschuhe usw. in ausgezeichneter Qualität und zu äußerst günstigen Preisen. Überlegen Sie lieber dreimal, bevor Sie anderswo das Dreifache für eine Dainese-Jacke bezahlen …
Filiale: 2331 Vösendorf, Schönbrunner Allee 6/3, Tel.: 698 52 42

Wenn das Rad einen Motor hat: Gericke. (Foto: Archiv)

▸ Lenker Motorradbekleidung
18., Währinger Gürtel 73
Tel.: 408 51 21
Fax: 408 17 42
E-Mail: outfit@lenker.at
www.lenker.at
Mo–Fr 10–18, Sa 9–17
Der Spezialist für Bikeroutfit und -zubehör. An- und Verkauf von neuer und gebrauchter Motorradbekleidung. Auch Kommissionsverkauf und Verleih.

▸ Louis
23., Triester Straße 258
Tel.: 698 66 33
Fax: 698 66 33
E-Mail: info@louis.de
www.louis.at
Mo–Fr 9–19.30, Sa 9–16
Louis ist neben Hein Gericke die zweite deutsche Kette, die in Österreich mit günstiger Motorradbekleidung sowie Ersatzteilen und Zubehör ihr Glück versucht. Durchwegs günstige Angebote, die aber qualitativ manchmal zu wünschen übrig lassen. Verschleißteile wie Ölfilter, Luftfilter, Kettenkits und Co sind meistens um vieles billiger, als die Originalteile. Hinschauen lohnt sich.

VERKAUF UND SERVICE

▸ 2-Rad J. Faber
16., Kirchstetterngasse 21
Tel.: 491 59-0
Fax: 494 82 82-141
E-Mail: office@faber.at
www.faber.at
Verkauf: Mo–Fr 9–12.30 u. 13.30–18, Sa 9–12,
Werkstatt: Mo–Do 7–12.30 u. 13.30–18,
Fr 7–12.30 u.13.30–17
Motorräder und Roller (Honda, Piaggio, Gilera, Vespa, KTM) sowie Diesel-Moped-Autos Marke Aixam. Bekleidung, Zubehör und Werkstatt. Fast alle Fahrzeuge können auch ausgeliehen werden: 125er Enduro ab 50 Euro, Gold Wing um 190 Euro.

▸ 2Rad-Börse
2., Praterstraße 47
Tel.: 214 85 95-0
www.2rad-boerse.at
Mo–Fr 9–18, Sa 9–12,
1.Okt bis 28. Feb: Mo–Fr 9–12 u. 14–18, Sa 9–12
Zentrale des 1983 gegründeten Motorradhändlers. Führt Motorräder und Roller der Marken Honda, Suzuki, Kawasaki, KTM und Aprilia sowie Unmengen an Rollern und Mopeds. Gebrauchtmotorräder. Leihmotorräder von 80 Euro (z. B. Honda CB 500) bis 190 Euro (Gold Wing) pro Tag. Leihroller um 50 Euro, Leihmopeds um 30 Euro. Kleiner Bekleidungsbereich. 2Rad-Börse Werkstatt Center: 2., Ernst-Renz-Gasse 7, Tel.: 214 88 97. „Gepflegte" Werkstatt sowie Ersatzteilverkauf (Honda) der 2Rad-Börse. Spezialist für Honda, serviciert und repariert aber auch alle anderen Marken. „Pickerl"-Überprüfung.

▸ Bike City
15., Mariahilfer Straße 206
Tel.: 892 81 53
www.bikecity.at
Mo–Fr 9–18, Sa 9–17
Motorräder und Roller (Aprilia, Kawasaki, Yamaha, Kymco, Rieju), Bekleidung und Zubehör. Leihroller (ab ca. 30 Euro/Tag) und Motorräder (ab ca. 80 Euro/Tag).

▸ Il Moto
21., Prager Straße 147
Tel.: 272 50 00-10
E-Mail: ilmoto@ilmoto.at
www.ilmoto.at
Mo–Fr 9–12 u. 13–18.30, Sa 10–13
Neu-Motorräder von Ducati, Aprilia, Moto Guzzi, Triumph und Voxan. Gebrauchtmotorräder, Werkstatt, Tuning, Ersatzteile und Verleih (109 Euro/Tag Moto Guzzi Stone bis 204 Euro/Tag Ducati 999 Biposto).

Foto: Fahrtraining ÖAMTC

▸ Power-Shop
10., Absberggasse 57
Tel.: 604 23 28
www.powershopwien.at
Mo–Fr 9–18, Sa 9–12
(im Winter Mittagspause 12–14)
Spezialshop für Harley-Davidson, Chopper und Superbikes. Helme, Bekleidung, Tuning; Verschleißteile für HD und alle japanischen Hersteller; eigene Werkstatt.

▸ Zweirad Meister-Service Martin Schmidtmayr
3., Dapontegasse 6
Tel.: 712 09 77
Mo–Fr 9–18
Autorisierte Werkstätte für BMW-Motorräder.

M

MÜLL

▸ Mistplätze

Von Reifen, Styropor über Fernseher und Bauschutt kann alles zu einem der zahlreichen Mistplätze Wiens gebracht werden. Private Müllentsorger dürfen zweimal täglich ihre Altstoffe abgeben, Gewerbefahrzeuge nur einmal am Tag. Zwischen 10 und 18 Uhr können auch bei den Mistplätzen Problemstoffe abgegeben werden. Öffnungszeiten der Mistplätze: Mo–Sa 7–18.

Zwischenbrücken: 2., Dresdner Straße 119
Landstraße: 3., Grasbergergasse 3
Favoriten: 10., Sonnleithnergasse 30
Simmeringer Haide: 11., Doblerhofstraße 18
Hetzendorf: 12., Wundtgasse/Jägerhausgasse
Baumgarten: 14., Zehetnergasse 7–9
Ottakring: 16., Kendlerstraße 38a
Hernals: 17., Richthausenstraße 2–4
Heiligenstadt: 19., Grinzinger Straße 151
Oberdöbling: 19., Leibesdorfgasse (bei Nr. 1)
Donaufeld: 21., Fultonstraße 10
Leopoldau: 21., Felmayergasse
Stammersdorf: 21., Nikolsburgergasse
Breitenlee: 22., Breitenleer Straße 268
Eßling: 22., Cortigasse (gegenüber Nr. 3)
Kagran: 22., Percostraße 2, auch So 7–18
Stadlau: 22., Mühlwasserstraße 2
Inzersdorf: 23., Südrandstraße 2
Liesing: 23., Seybelgasse 2/An den Steinfeldern

▸ Misttelefon

Tel.: 546 48
www.abfall.wien.at
Mo–Fr 8–18
Alle Fragen zum Thema Mist werden beantwortet.

Pinzgauer Bergziegen auf der Deponie Rautenweg.
(Foto: Rathaus Korrespondenz/Votava)

PROBLEMSTOFFE

Angenommen werden nur Problemstoffe aus Haushalten bis zu einem Liter. Öffnungszeiten: Mo–Do 16–18, Fr 14–18, Sa 8–12. Als Problemstoffe gelten im Übrigen alle Arten von Chemikalien wie Farben, Klebstoffe, Öle usw.

▸ Sammelstellen

2., Karmelitermarkt (Amtsgebäude)
2., Wohlmutstraße/Ennsgasse (Vorgartenmarkt)
3., Erdbergstraße 2–4
4., Naschmarkt (gegenüber Rechte Wienzeile 39/Kettenbrückengasse)
4., Südtiroler Platz (gegenüber Nr. 3)
5., Am Hundsturm (gegenüber Nr. 2–4)
5., Zentaplatz (gegenüber Nr. 5)
6., Mollardgasse/Hofmühlgasse
7., Kirchengasse/Zeismannsbrunngasse
8., Florianigasse (gegenüber Nr. 19/Lange Gasse)
9., Nordbergstraße 14
10., Franz-Koci-Straße/Ada-Christen-Gasse
11., Geiselbergstraße/Simmeringer Markt
11., Hoefftgasse (neben Nr. 7)
12., Am Schöpfwerk 29
12., Meidlinger Markt (gegenüber Ignazgasse 12)
13., Auhofstraße 131
13., Feldkellergasse (gegenüber Nr. 30)
14., Hütteldorfer Straße (bei Nr. 130/Heinrich-Collin-Straße)
15., Meiselmarkt
16., Musilplatz (gegenüber Nr. 15)
16., Yppenmarkt (Amtsgebäude)
17., Hernalser Hauptstraße 177
18., Aumannplatz (gegenüber Nr. 2)
19., Grinzinger Straße (gegenüber Nr. 149)
20., Allerheiligenplatz (gegenüber Nr. 4)
20., Hannovergasse (gegenüber Nr. 25)
21., Floridsdorfer Markt/Pitkagasse
21., Lundenburger Gasse/Ignaz-Köck-Straße (Trillerpark)
22., Schrödingerplatz (bei Nr. 1)
22., Schüttauplatz (gegenüber Nr. 1)
23., Anton-Baumgartner-Straße (bei Erlaaer Schleife)

SPERRMÜLL

▸ Entrümpelungsdienst der MA 48

Tel. 734 52 95-489 76, -489 77
Terminvereinbarung: Mo–Fr 6–10
Wohin mit einem alten Herd, einem kaputten Bügeleisen oder Geräten, die nicht in den Müll dürfen? Entweder man bringt die Sachen zu einem der Wiener Mistplätze, oder man ruft den Entrümpelungsdienst an. Ab 28 Euro pro Kubikmeter werden die Sachen abgeholt, für Restmüll aus Höfen liegen die Kosten bei 50 Euro.

WIENER ÖLSAMMELKÜBEL

▸ Altspeiseöl – Entsorgung

Wer Altspeiseöl noch immer in den Ausguss schüttet, der ist ziemlich von gestern. Erstens weil das Öl Probleme in der Kanalisation und bei der Abwasserreinigung bereitet, und zweitens weil das Altöl eigentlich ein Rohstoff ist (dient zur Herstellung von Seifen, Reinigungsmitteln sowie Biodiesel). Im Wiener Ölsammelkübel können Sie altes Speiseöl, Frittieröl, Bratfette und Öl aus Dosen (wo die Sardinen vorher badeten) sammeln und an allen Mistplätzen oder Problemstoffsammelstellen abgeben.

MUSEEN

▸ Akademie der bildenden Künste

1., Schillerplatz 3
Tel.: 588 16
www.akademiegalerie.at, www.akbild.ac.at
Gemäldegalerie: Di–So 10–16,
Studienreferat: Mo–Fr 9–12,
Bibliothek: Mo, Mi, Fr 9–16, Di, Do 9–18

Die Akademie der bildenden Künste zeigt in ihren Ausstellungsräumen Arbeiten ihrer Studierenden und anderer zeitgenössischer Künstler. Auch untergebracht ist am Schillerplatz die Gemäldegalerie, die über zahlreiche Spitzenwerke der europäischen Malereigeschichte verfügt. In der Schausammlung werden heute nur die alten Meister vom 15. bis ins 19. Jahrhundert präsentiert.

▸ Albertina

1., Albertinaplatz 1
Tel.: 534 83-0
www.albertina.at
tgl. 10–18, Mi 10–21

Mit rund 65.000 Zeichnungen birgt die Albertina eine der wichtigsten und gleichzeitig wertvollsten grafischen Sammlungen der Welt. Darin verbergen sich Schätze wie Arbeiten von Rembrandt und Dürer oder Paul Klee und Egon Schiele. Die Sammlung wird in wechselnden Themenausstellungen präsentiert.

▸ Amur Art Museum

5., Siebenbrunnengasse 42/3/2
Tel.: 952 39 92 od. 0699/19 52 39 92
Fax: 952 39 92
E-Mail: mareile.onodera@chello.at
www.Amur-art-museum.com
nach tel. Terminvereinbarung

Verein zur Wiederbelebung der Kunst indigener Nordvölker.

▸ Beethoven Pasqualatihaus

1., Mölkerbastei 8
Tel.: 535 89 05
Fax: 505 87 47-72 01
E-Mail: post@mus.magwien.gv.at
www.wienmuseum.at
Di–So 9–12.15 u. 13–16.30

Bilder, Handschriften und Informationsmaterial über das Leben und Wirken von Ludwig van Beethoven, der von 1804 bis 1808 und von 1810 bis 1814 in diesem Gebäude lebte und arbeitete. Eintritt: 0,70 bis 1,80 Euro. Weitere Beethoven-Gedenkstätten:

19., Döblinger Hauptstraße 92 (Eroicahaus), Tel.: 369 14 24
19., Probusgasse 6, Tel.: 370 54 08
21., Jeneweingasse 17, Tel.: 278 52 67

▸ Bestattungsmuseum

4., Goldeggasse 19
Tel.: 501 95-4227
nur nach tel. Voranmeldung

Rituale, Entwicklung und Bestattungsgebräuche sind hier eindrucksvoll dargestellt. Für besonders Wissbegierige bietet die Bibliothek eine Vielzahl an Information über das Wiener Bestattungswesen. Eintritt frei.

Es gibt ein Leben vor dem Tod. Echt. (Foto: Wiener Bestattung)

▸ Bezirksmuseen

1., Wipplingerstraße 8
Tel.: 534 36-011 27
Mi, Fr 15–17

Jeder der 23 Wiener Gemeindebezirke beheimatet sein eigenes Museum, in dem spezielle Informationen über den jeweiligen Bezirk zu finden sind.

▸ Carnuntum, Archäologischer Park
2404 Petronell-Carnuntum, Hauptstraße 3
Tel.: 02163/3377
E-Mail: info@carnuntum.co.at
www.carnuntum.co.at
Freilichtmuseum Petronell u. Amphitheater:
20. März bis 14. Nov: tgl. 9–17
Museum Carnuntinum:
10. Jän bis 19. März: Sa, So 11–17,
20. März bis 14. Nov: Di–So 9–17,
15. Nov bis 12. Dez: Sa, So 11–17
Auf 10 km^2 erstreckte sich das ehemalige Carnuntum, das im 3. Jahrhundert nach Christus schätzungsweise 50.000 Bewohner zählte. Zu besichtigen sind heute das Amphitheater, das Freilichtmuseum mit zum Teil erhaltenen Fundamenten und Rekonstruktionen sowie das Museum Carnuntinum mit mehr als 3.000 Exponaten (Waffen, Schmuck, Münzen). Eintrittspreise: 1,50 bis 4,50 Euro. Regelmäßig Führungen. Anreise: mit dem Auto über Bruck a. d. Leitha, mit öffentlichen Verkehrsmitteln: S7 von Wien-Mitte bis Petronell-Carnuntum oder Bad Deutsch-Altenburg.

▸ Dom- und Diözesanmuseum der Erzdiözese Wien
1., Stephansplatz 6
Tel.: 515 52-35 60
www.dommuseum.at
Di–Sa 10–17
Sakrale Kunst aus Gotik, Barock und Renaissance sowie spezielle Leihgaben aus dem Stephansdom sind ausgestellt. Eintritt: 5 Euro.

▸ Ephesos Museum
1., Neue Burg / Heldenplatz
Tel.: 525 24-476
Mo, Mi–So 10–18
Ephesos (in der heutigen Türkei) gilt als eine der bedeutendsten Städte des alten Griechenlands beziehungsweise des römischen Reichs. Zwischen dem Ende des 19. Jahrhunderts und dem beginnenden 20. Jahrhundert wurden die Ruinen von österreichischen Archäologen untersucht und die Funde nach Wien gebracht. Das Museum beherbergt diese Fundstücke aus Ephesos und antike Skulpturen von der griechischen Insel Samothrake. Eintritt: 5,50 bis 7,50 Euro.

▸ Feuerwehrmuseum
1., Am Hof 7
Tel.: 531 99-514 44, Fax: 531 99-514 82
www.magwien.gv.at/feuerwehr/museum.htm
So, Fei 9–12 u. nach tel. Vereinbarung
Exponate informieren über die Geschichte und technische Entwicklung der Feuerwehr von 1686 bis heute. Eintritt frei.

▸ Fiakermuseum
17., Veronikagasse 12
Tel.: 401 06 17
jeden 1. Mi im Monat 9–12
u. nach tel. Vereinbarung
Die Geschichte des Wiener Fiakergewerbes wird anhand von Bildern, Texten und Fahnen erläutert. Die historischen Wagen sind jedoch nach wie vor in Wien im Einsatz. Eintritt frei.

▸ Fischereimuseum
21., Einzingergasse 1a / Autokaderstraße
Tel.: 277 34-223
So 9–12
Überblick über das Fischen einst und jetzt; seltene Präparate einheimischer Fische und Aquarien mit Lebendfischen. Kontakt für Anfragen: Karl Schatzl.

▸ Fonomuseum
6., Mollardgasse 8
Tel.: 581 11 59
Mi 18–20, So 10–12
Circa 200 Exponate zur Aufnahme- und Wiedergabetechnik ab 1877.

▸ Freud Museum
9., Berggasse 19
Tel.: 319 15 96
E-Mail: office@freud-museum.at
Mo–So 9–17
In den ehemaligen Wohn- und Praxisräumen wird das Leben und Werk des Begründer der Psychoanalyse dargestellt. Eintritt: 3,50 bis 7 Euro.

▸ Funk- und Radiomuseum
6., Eisvogelgasse 4/5
Tel.: 597 12 30 od. 02246/42 57
E-Mail: radiomuseum.wien@chello.at
www.museumsbote.com/radiomuseum.htm
jeden 2. Mo 18–21.30, Juni bis Aug geschlossen
Informiert wird über Telefonie, Telegraphie, Amateurfunk, Funksender, Wehrmachtsgeräte sowie Radios der 20er- bis 50er-Jahre.

▸ Gesellschafts- und Wirtschaftsmuseum
5., Vogelsanggasse 36
Tel.: 545 25 51
E-Mail: wirtschaftsmuseum@oegwm.ac.at
www.wirtschaftsmuseum.at
Mo–Do 9–18, Fr 9–14,
während der Wiener Schulferien geschlossen
Historische und aktuelle Themen aus Politik, Wirtschaft und Gesellschaft werden hier untersucht. Wirtschaftslehrpfad, Seminare und Diskussionsrunden.

▸ **Globenmuseum**
1., Josefsplatz / Österreichische Nationalbibliothek
Tel.: 534 10-297
www.onb.ac.at/sammlungen/globen/index.htm
Mo–Mi 11–12, Do 14–15
Im weltweit einzigen Globenmuseum können Erd- und Himmelsgloben, Mond- und Marsgloben, Planetarien, Lunarien und Tellurien im Original betrachtet werden. Die ältesten Exponate stammen aus dem frühen 16. Jahrhundert. Angeschlossen ist auch eine umfangreiche Kartensammlung, die jedoch zu anderen Öffnungszeiten zugänglich ist (Mo–Mi 9–16, Do 12–19, Fr 9–13).

▸ **Grillparzer Gedenkzimmer**
1., Johannesgasse 6/2
Tel.: 512 54 34-0
Mo–Fr 9–14.30, nur nach tel. Vereinbarung
Hier war der Arbeitsplatz von Franz Grillparzer. Mit komplett erhaltener Biedermeiereinrichtung.

▸ **Haus der Musik**
1., Seilerstätte 30
Tel.: 516 48-0
www.hdm.at
Mo–So 10–22
Geschichtliche Hintergründe über die Wiener Philharmoniker, Informationen über Haydn, Bruckner und Brahms. Mit Klangerlebnissen.

▸ **Haydn Gedenkstätte**
6., Haydngasse 19
Tel.: 596 13 07
Di–So 9–12.15 u. 13–16.30
Joseph Haydn (1732–1809) schuf in diesem Haus einen Großteil seiner späteren Kompositionen.

▸ **Heeresgeschichtliches Museum**
3., Arsenal
Tel.: 795 61
www.bmlv.gv.at/hgm/index.html
Mo–Do, Sa, So 9–17
Die Geschichte der Habsburger Monarchie seit dem Ende des 16. Jahrhunderts bis 1918 und Österreich nach dem Zerfall der Monarchie bis 1945 sind hier eindrucksvoll dargestellt.

▸ **Heizungsmuseum**
12., Längenfeldgasse 13–15
Tel.: 4000-744 94
nach Vereinbarung
Der „Heizungslehrpfad" bietet einen Überblick über die Entwicklung der Heiztechnik und über Gestaltungsformen der Heizungsanlagen vom 19. Jahrhundert bis in die Gegenwart. Für die wahren Fans des Heizungswesens.

▸ **Hofjagd- und Rüstkammer**
1., Neue Burg
Tel.: 525 24-460
Fax: 525 24-358
E-Mail: info.hjrk@khm.at
Mo, Mi–So 10–18
Nahezu alle westeuropäischen Souveräne und Fürsten vom 15. bis ins frühe 20. Jahrhundert sind mit Objekten vertreten. Alle Sammlungsstücke haben außerdem einen hochoffiziellen Hintergrund. Eintritt: 5,50 bis 7,50 Euro.

▸ **Jüdisches Museum Wien**
1., Dorotheergasse 11
Tel.: 535 04 31
Fax: 535 04 24
E-Mail: info@jmw.at
www.jmw.at
So–Mi, Fr 10–18, Do 10–20
Zu sehen gibt es die permanente Sammlung und regelmäßig wechselnde Sonderausstellungen. Das Museum betreut außerdem das Mahnmal von Rachel Whiteread am Judenplatz und eine umfangreiche Bibliothek. Führungen durch genannte Einrichtungen und durch den Stadttempel werden angeboten.

▸ **Kaffeemuseum**
8., Alser Straße 67
Tel.: 954 86 48 od. 406 67 36
E-Mail: info@kaffeemuseum.at
www.kaffeemuseum.at
nur nach tel. Vereinbarung
Hier wird ein Überblick über die Tradition der Wiener Kaffee- und Kaffeehauskultur gegeben.

Aber kochen muss man ihn schon, den Kaffee.
(Foto: KDM/Dillon)

▸ Kaiser Franz Joseph Hutmuseum
8., Piaristengasse 45
Tel.: 406 01 93
Fax: 406 41 73
E-Mail: info@piaristenkeller.com
www.piaristenkeller.com
Mo–Sa 18–24 u. nach tel. Vereinbarung
Das Hutmuseum und auch die K&K Weinschaftzkammer sind im Piaristenkeller untergebracht. Besucher können aktiv die Geschichte und den Zeitgeist der K.u.K.-Zeit miterleben.

▸ Kaisergruft / Kapuzinergruft
1., Tegetthoffstraße 2
Tel.: 512 68 53-19
Fax: 512 68 53-16
www.kaisergruft.at
Mo–So 9.30–15.30
Begräbnisstätte der Habsburger. Neben den einzelnen Herrschern wird auch noch über historische Begräbniszeremonien informiert. Eintritt: 1 bis 3,60 Euro.

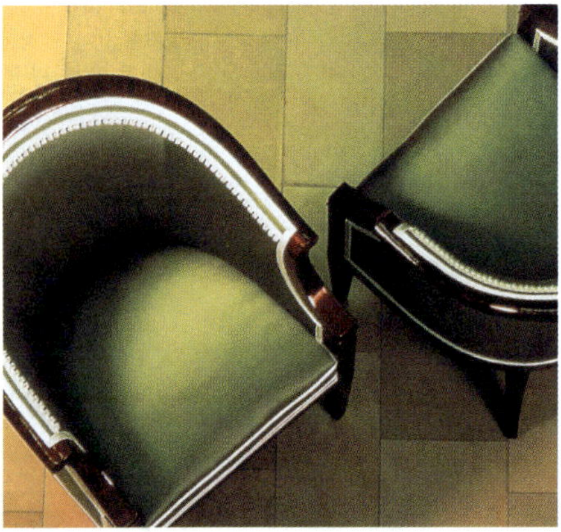

Zwischen allen Stühlen. Hofmobiliendepot.
(Foto: Hofmobiliendepot)

▸ Kaiserliches Hofmobiliendepot
7., Andreasgasse 7
Tel.: 524 33 57
Fax: 524 33 57-66
E-Mail: info@hofmobiliendepot.at
www.hofmobiliendepot.at
Di–So 10–18
Bereit 1747 gründete Kaiserin Maria Theresia das Hofmobiliendepot, das heute zu den größten Museen weltweit für Wohnkultur zählt. Originalmöbel der Habsburger vom Leibstuhl bis zum Kaiserthron. Außerdem wird ein Überblick über die Geschichte der Wiener Möbelkunst und Innenausstattung gegeben. Eintritt: 3,50 bis 6,90 Euro.

▸ Klimt Gedenkstätte
13., Feldmühlgasse 11
Tel.: 877 41 15 od. 0664/401 57 17
E-Mail: office@klimt.at
www.klimt.at
Sa, So, Fei 15–18 u. nach tel. Vereinbarung, im Winter geschlossen
In diesem relativ abseits gelegenen Haus lebte und arbeitete Gustav Klimt in seinen letzten Lebensjahren. Dies ist auch das einzige Atelier des großartigen Künstlers, das für die Öffentlichkeit zugänglich ist.

▸ Kopiergerätemuseum
1., Reichsratsstraße 5
Tel.: 505 06 06-0
Mo–Fr 8–18, nur nach tel. Vereinbarung
Im 1983 gegründeten Museum sind zehn Kopiergeräte – alle noch betriebsfähig – und Lichtpausmaschinen zu bestaunen. Eintritt frei.

▸ Kriminalmuseum
2., Große Sperlgasse 24
Tel.: 214 46 78
E-Mail: kriminalmuseum@aon.at
www.kriminalmuseum.at
Do–So 10–17
Die Sammlung zeigt das „dunkle Wien“, die Geschichte des Justiz- und Polizeiwesens sowie der Kriminalität vom späten Mittelalter bis in die Gegenwart.

▸ Kunsthistorisches Museum
1., Burgring 5
Tel.: 525 24-416 Kontakt
www.khm.at
tgl. 10–18, Do 10–21
Führungen: Schulklassen und Kindergärten zu ausgewählten Sammlungsschwerpunkten, in der Mittagszeit zu wechselnden Themenzyklen.

▸ Kunstsammlung Volpinum
18., Theresiengasse 25–27
Tel.: 405 56 26
E-Mail: office@volpinum.com
www.volpinum.com
Do–Sa 14–18 u. nach tel. Vereinbarung
Die Sammlung von Ernfried und Andra Fuchs umfasst ca. 200 Arbeiten Jo von Kalckreuths (1912–84), dessen Werke den Beginn der Sammeltätigkeit bestimmten. Weitere Schwerpunktsetzungen liegen im Bereich internationaler Kunst aus dem gesamten deutschsprachigen Raum sowie junger Kunst aus Österreich und den Nachbarländern, vertreten durch Malerei, Skulptur, Fotografie und Video.

Mumok muss man mögen. (Foto: Lomographen)

▸ Kupferstichkabinett der Akademie der bildenden Künste Wien
1., Makartgasse 3
Tel.: 581 30 40-0
www.akbild.ac.at/kuka/
Galerie im Obergeschoss: Mo–Fr 9–16, Ausstellungsraum: Di–So 10–17
Ca. 35.000 Handzeichnungen, 30.000 Druckgraphiken und 20.000 Fotografien gehören zum Bestand des Kupferstichkabinetts, der zweitgrößten Grafiksammlung Österreichs. Im Akademiehof ist ein Teil der Sammlung in zwei getrennten Ausstellungsräumen zu besichtigen.

▸ Lipizzaner Museum
1., Reitschulgasse 2
Tel.: 525 24-538
E-Mail: lipizzaner@khm.at
www.lipizzaner.at
tgl. 9–18
Dokumentation der Geschichte der Lipizzaner von ihren Anfängen im 16. Jahrhundert in Lipizza bis zum heutigen Tag. Gemälde, Stiche, Zeichnungen, Fotografien, Uniformen, Pferdegeschirre, Video- und Filmvorführungen. Eintritt: 3,60 bis 5 Euro.

▸ Mozart Figarohaus
1., Domgasse 5
Tel.: 513 62 94
E-Mail: post@mus.magwien.gv.at
www.wienmuseum.at
Di–So 9–18
In dieser Mozart-Gedenkstätte entstand nicht nur die Oper „Die Hochzeit des Figaro“, sondern auch die Musik zu „Der Schauspieldirektor“. Ausgestellt sind originale Möbelstücke, Handschriften, historische Zeitungsausschnitte sowie Porträts. Eintritt: 0,70 bis 1,80 Euro.

▸ Mumok
7., Museumsplatz 1 (Museumsquartier)
Tel.: 525 00
www.mumok.at
Di–So 10–18, Do 10–21
Mumok, das ist die heutige Abkürzung für das Museum Moderner Kunst Stiftung Ludwig Wien. Der lange Name sagt dann auch schon sehr viel über das Programm des Hauses: Sammlungsschwerpunkte sind vor allem die amerikanische Pop-Art und die europäischen Parallelphänomene wie Nouveau Réalisme, Radikaler Realismus und Hyperrealismus der 60er- und 70er-Jahre, Fluxus, Wiener Aktionismus, Werke der Concept Art und Minimal Art, Land Art und Arte Povera. Eintritt: 2 bis 8 Euro.

▸ Museum für angewandte Kunst (MAK)
1., Stubenring 5
Tel.: 711 36-0
www.mak.at
Di (MAK Nite) 10–24, Mi–So 10–18
Das MAK verfügt über zahlreiche Sammlungen unterschiedlichster Herkunft von der Renaissance bis in die Gegenwart, aber auch Kunst aus dem Orient und Ostasien, Architektur und Design. In den Schauräumen werden die Sammlungsobjekte mit Installationen und Ausstellungsprojekten zeitgenössischer Künstler konfrontiert. Das MAK ist fallweise auch in seinen Außenstellen MAK-Gegenwartskunstdepot Gefechtsturm Arenbergpark (3., Dannebergplatz/Barmherzigengasse) und MAK-Expositur Geymüllerschlössel (18., Khevenhüllerstraße 2) mit Ausstellungen präsent. Eintritt: 4 bis 7,90 Euro. Jeden Samstag Eintritt frei.

▸ Museum für Unterhaltungskunst (MUK)
2., Karmelitergasse 9
Tel.: 369 11 11
Mi 17.30–19, Sa 14.30–17, So 10–12
Die Schwerpunkte liegen bei Clownfiguren sowie der Dokumentation des Zirkus und Varieté in Österreich. Die Sammlung wird durch Originalkostüme, alte Urkunden, Dioramen und verschiedenstes Bildmaterial vervollständigt. Eintritt frei.

▸ Museum für Völkerkunde
1., Neue Burg
Tel.: 534 30-0
www.ethno-museum.ac.at
Mo, Mi–So 10–18
Die Bestände dokumentieren Österreichs Beziehungen zum außereuropäischen Raum. Die ältesten Ausstellungsstücke stammen aus dem 16. Jahrhundert. Eintritt: 5,50 bis 7,50 Euro.

▸ Museum im Schottenstift
1., Freyung 6
Tel.: 534 98-600
Fax: 534 98-265
E-Mail: museum@schottenstift.at
www.schottenstift.at/museum.htm
Mo–Sa 10–17
Das Benediktinerkloster beherbergt eine umfangreiche Sammlung an Gemälden, Möbeln, Tapisserien, Paramenten und liturgischen Geräten. Religiöse Gemälde von Peter Paul Rubens, Porträt- und Landschaftsmalerei des 17. und 18. Jahrhunderts sowie Wiener Biedermeiermalerei.

▸ Naturhistorisches Museum
1., Burgring 7
Tel.: 521 77-335
www.nhm-wien.ac.at
Mo, Do–So 9–18.30, Mi 9–21, Di geschlossen
Mo, Mi–Fr 9–12 (Anmeldung Museumspädagogik)
Eines der größten Museen Österreichs. Angebot: Sonderausstellungen mit Führungen oder Projekten, Führungen mit Arbeitsblättern, Geburtstag im Museum, Unterrichtsprojekte. Anmeldungen 3 bis 4 Wochen im Voraus.

M

▸ Oberes Belvedere
3., Prinz-Eugen-Straße 27
Tel.: 795 57-134
Fax: 798 43 37
E-Mail: public@belvedere.at
www.belvedere.at
Di–So 10–18
Das zweigeteilte Belvedere ist mit seiner Parkanlage ein beeindruckendes barockes Kunstwerk. Im oberen Teil befinden sich vor allem österreichische Kunstwerke ab dem 19. Jahrhundert. Aber auch international weltberühmte Werke wie zum Beispiel von Klimt, Schiele, Kokoschka, Renoir oder Monet sind hier zu bewundern. Eintritt: 5 bis 7,50 Euro.

▸ Österreichische Galerie Oberes Belvedere
3., Prinz-Eugen-Straße 27
Tel.: 795 57-120
Fax: 795 57-130
E-Mail: public@belvedere.at
www.belvedere.at
Di–So 10–18
Die österreichische Galerie beherbergt im Oberen Belvedere die Sammlungen von Kunstwerken aus dem 19. und 20. Jahrhundert, darunter Arbeiten von Oskar Kokoschka, Gustav Klimt und Egon Schiele sowie im Unteren Belvedere das Barockmuseum und das Museum für mittelalterliche Kunst.

▸ Papyrusmuseum
1., Josefsplatz 1
Tel.: 534 10-425
Fax: 534 10-395
E-Mail: papyrus@onb.ac.at
Mo, Mi–Fr 10–17
Die Papyrussammlung zeigt konservierte Dokumente aus drei Jahrtausenden. Eintritt: 2 bis 3 Euro.

▸ Pathologisch-anatomisches Bundesmuseum
9., Spitalgasse 2a (Eingang: Van-Swieten-Gasse)
Tel.: 406 86 72-2
Fax: 406 86 72-5
E-Mail: pat@via.at
www.pathomus.or.at
Mi 15–18, Do 8–11, 1. Sa im Monat 10–13
Das Pathologisch-anatomische Museum, genannt der Narrenturm, 1793 unter Kaiser Franz Josef I. gegründet, sollten sensiblere Gemüter vielleicht eher meiden. Ausstellungsobjekt sind menschliche und tierische, krankheitsbedingt veränderte Knochen- und Trockenpräparate. Feuchtpräparate: Menschliche und tierische Leichenteile, pathologisch verändert und in Formaldehyd konserviert. Albtraumgarantie.

▸ Pratermuseum
2., Oswald-Thomas-Platz 1
Tel.: 726 76 83
E-Mail: post@mus.magwien.gv.at
Di–Fr 9–12.15 u. 13–16.30,
Sa, So, Fei 14–18.30
Das Museum informiert über einen der traditionsreichsten Plätze Wiens. Vom Wurschtelprater über die Grünfläche als Erholungsgebiet bis hin zum Prater als Ausstellungs- und Veranstaltungsfläche.

▸ Puppen- und Spielzeugmuseum
1., Schulhof 4
Tel.: 535 68 60
Fax: 532 93 85
E-Mail: info@puppenmuseumwien.com
www.puppenmuseumwien.com
Di–So 10–18
Historisches Kinderspielzeug aus der Zeit von 1750 bis 1930, darunter 600 Puppen aus Holz, Wachs, Porzellan und Zelluloid. Die Sammlung wird mit Puppenstuben und -küchen, Eisenbahnen, Automaten, Marionettentheater und Teddybären abgerundet. Dem Museum ist ein Shop angeschlossen, der antike Puppen an- und verkauft. Für Kenner, die auf der Suche nach Raritäten sind, ist das eine Art Fundgrube. Spezialität: großes Sortiment an Porzellanpuppen.

▸ Römische Ruinen
1., Hoher Markt 13
Tel.: 535 56 06
E-Mail: post@mus.magwien.gv.at
Di–So 9–12.15 u. 13–16.30
Einblick in das Leben der römischen Legionäre vor 2.000 Jahren. Weiter römische Baureste sind auch noch Am Hof zu finden (1., Am Hof 9, Sa, So, Fci 11–13).

▸ Sammlung alter Musikinstrumente
1., Neue Burg
Tel.: 525 24-471
Fax: 533 74 08
E-Mail: info.sam@khm.at
Mo, Mi–So 10–18
Zahlreiche Instrumente, die von berühmten Musikern und Komponisten gespielt wurden. Bedeutendste Sammlung der Welt an Renaissance-Instrumenten. Jeden Sonntag um 15 Uhr finden Spezialführungen für Kinder statt (Auskunft: Tel.: 523 17 53). Für Kinder ist der Eintritt frei.

▸ Sammlung Essl
3400 Klosterneuburg, An der Donau-Au 1
Tel.: 02243/370 50-150
Fax: 02243/370 50-22
E-Mail: info@sammlung-essl.at
www.sammlung-essl.at
Di, Do–So 10–19, Mi 10–21, ab 19 freier Eintritt
Nicht weit von der Wiener Stadtgrenze entfernt hat das Sammlerpaar Agnes und Karlheinz Essl ein wunderbares Haus für ihre Sammlung internationaler zeitgenössischer Kunst errichtet. Neben den Exponaten aus der eigenen Sammlung ist in mehreren Themenausstellungen jährlich aktuelle internationale Kunst zu sehen.

Internationale Kunst in Klosterneuburg. (Foto: Sammlung Essl)

▸ Sanitärhistorisches Museum
6., Mollardgasse 87
Tel.: 599 16-95 670
Fax: 599 16-99 95 670
Mo–Do nur nach tel. Vereinbarung
Gezeigt wird die Entwicklung der Sanitärtechnologie seit 1889.

▸ Schatzkammer des Deutschen Ordens
1., Singerstraße 7/1
Tel.: 512 10 65
Fax: 512 15 52
E-Mail: info@deutscher-orden.at
www.deutscher-orden.at
Mo, Do, Sa 10–12, Mi, Fr, Sa 15–17
Zu sehen sind Insignien, Münzen und Medaillen des Ordens, kostbares Tafel- und Messgeschirr sowie die Kunstkammer des Hoch- und Deutschmeisters Erzherzog Maximilian III.

▸ Schatzkammer des KHM
1., Hofburg, Schweizerhof
Tel.: 525 24-0
E-Mail: info.kk@khm.at
Mo, Mi–So 10–18
Die Exponate spiegeln mehr als 1000 Jahre europäische Geschichte wider. Insignien und Kleinodien des Heiligen Römischen Reiches mit der Reichskrone, die Krone Kaiser Rudolfs II sowie Reichsapfel und Szepter des Kaisers Matthias und zahlreiche Juwelen und Erinnerungsstücke von materiellem und historischem Wert. Eintritt: 5,50 bis 7,50 Euro.

▸ Schloss Schönbrunn – Prunkräume
13., Schloss Schönbrunn
Tel.: 811 13-0
E-Mail: info@schoenbrunn.at
www.schoenbrunn.at
Apr bis Okt: tgl. 8.30–17,
Nov bis März: tgl. 8.30–16.30
Tauchen Sie ein in das Lebensgefühl der Kaiserzeit. Das Schloss Schönbrunn ist eines der bekanntesten und wichtigsten Kulturdenkmäler Wiens. Die Prunkräume können nur mit Führung besichtigt werden.

▸ Schnapsmuseum
12., Wilhelmstraße 19–21
Tel.: 815 73 00
Fax: 815 73 00-10
E-Mail: office@schnapsmuseum.com
www.schnapsmuseum.com
nur nach Vereinbarung
Produkte der Altwiener Destillation und historische Geräte.

► **Schokolademuseum**
23., Willendorfer Gasse 2–8
Tel.: 667 21 10
Mo–Do 14
Die Confiserie Heindl hat das erste Wiener Schokolademuseum eröffnet. Hier erfahren Sie alles über Schokolade. Das Museum kann allerdings nur im Rahmen einer Führung besucht werden. Eintritt frei.

► **Schönberg Center**
3., Schwarzenbergplatz 6
Tel.: 712 18 88
Fax: 712 18 88-88
E-Mail: office@schoenberg.at
www.schoenberg.at
Mo–Fr 10–17
Alles dreht sich um Arnold Schönberg. Archiv, Bibliotheken, Veranstaltungen, Forschung …

► **Schubert Gedenkstätte / Geburtshaus**
9., Nußdorfer Straße 54
Tel.: 317 36 01
Di–So 9–12.15, 13–16.30
In dem Geburtshaus des Komponisten wird der größte Teil seiner Biographie veranschaulicht. Besonders erwähnenswert ist die ausgestellte Brille, die sozusagen sein Markenzeichen war.

M

► **Schubert Gedenkstätte / Sterbewohnung**
4., Kettenbrückengasse 6
Tel.: 581 67 30
Di–So 13.30–16.30
Der große Komponist lebte die Zeit vor seinem Tod in dieser Wohnung seines Bruders. Tonbeispiele, Skulpturen, Handschriften und Gemälde informierren über Leben und Wirken des Musikers.

► **Silberkammer**
1., Hofburg, Michaelerkuppel
Tel.: 533 75 70
Fax: 533 75 70-33
E-Mail: info@hofburg-wien.at
www.hofburg-wien.at
tgl. 9–17
Die Gabeln, Löffel und der Rest vom Silberschnickschnack der Habsburger.

► **Stifter und Schubert**
9., Nußdorfer Straße 54
Tel.: 317 36 01
Di–So 9–12.15 u. 13–16.30
Zwei Räume in Franz Schuberts Geburtshaus dienen der Erinnerung an den berühmten Dichter und Maler.

► **Leopold Museum**
7., Museumsplatz 1 (Museumsquartier)
Tel.: 525 70-0
Fax: 525 70-1500
E-Mail: leopoldmuseum@leopoldmuseum.org
www.leopoldmuseum.org
Mo, Mi, Do, Sa, So, 10–19, Fr 10–21
Bereits in jungen Jahren begann Rudolf Leopold Kunst zu sammeln. Das Leopoldmuseum zeigt diese wertvolle Sammlung nun auf fünf Etagen. Werke des Expressionismus mit zahlreichen Arbeiten von Egon Schiele, der österreichischen Zwischenkriegszeit, des Jugendstils sowie des 19. Jahrhunderts gehören zum Repertoire, das um Themenausstellungen erweitert wird.

► **Straßenbahnmuseum**
3., Ludwig-Kössler-Platz / Remise Erdberg
Tel.: 786 03 03
Fax: 982 41 24
E-Mail: info@tram.at
wiener-tramwaymuseum.org
Mai bis Okt: Sa, So, Fei 9–16
Originalfahrzeuge des Straßenbahn-, Stadtbahn- und Autobusbetriebes sowie Fotos, Zeichnungen und Dokumente, die über die technische Entwicklung der Straßenbahn Aufschluss geben.

Oldtimer-Bim. (Foto: Wiener Linien)

► **Strauß Gedenkstätte**
2., Praterstraße 54
Tel.: 214 01 21
Di–So 9–12.15, 13–16.30
Johann Strauß (Sohn) lebte von 1863 bis 1870 in diesem Haus. Die zweifelsohne wichtigste mit der Wohnung verbundene Komposition ist der weltberühmte Walzer „An der schönen, blauen Donau“. Das Highlight der Sammlung ist eine kostbare Amati-Geige, auf der laut Zertifikat Johann Strauß selbst spielte.

▸ Tabakmuseum
7., Mariahilfer Straße 2 (Museumsquartier)
Tel.: 526 17 16-0
www.artcult.at
Di–Fr 10–17, Sa, So, Fei 11–14
Über 500 Jahre Tabakkultur in Europa werden hier eindrucksvoll dargestellt. (Bei Redaktionsschluss stand die Schließung des Museums zur Debatte.)

▸ Technisches Museum Wien
14., Mariahilfer Straße 212
Tel.: 899 98-60 00
E-Mail: museumsbox@tmw.at
www.technischesmuseum.at
Mo–Mi, Fr, Sa 9–18, Do 9–20, So, Fei 10–18
Spannende Einblicke in die Welt der Technik werden gewährt. Exponate, Texte, Filme und Experimente veranschaulichen die technische Entwicklung und das Zusammenspiel mit der Gesellschaft. Geburtstagsfest im Museum, Camp-In (eine Nacht im Museum für 7- bis 10- und 11- bis 14-Jährige), aktuelle Veranstaltungen online: Workshops, Rätselrallye, Themenführungen, Bergwerksführungen, Dampfmaschinenvorführungen; für jede Altersklasse.

▸ Theatermuseum
1., Lobkowitzplatz 2
Tel.: 512 88 00-641
E-Mail: info@theatermuseum.at
www.theatermuseum.at
Di, Do–So 10–17, Mi 10–20
Handzeichnungen, Grafiken, Fotos, Bühnenbildmodelle, Kostüme, Richard Teschners Figurenspiegel, Autographen und Gemälde.

▸ Uhrenmuseum
1., Schulhof 2
Tel.: 533 22 65
E-Mail: ker@mus.magwien.gv.at
Di–So 9–16.30
An ungefähr 1.000 Exponaten wird die Entwicklung der Uhren und Uhrentechnik vom 15. bis ins 20. Jahrhundert gezeigt. Eintritt: 1,40 bis 3,60 Euro.

▸ Unteres Belvedere – Barockmuseum
3., Rennweg 6a
Tel.: 795 57-134
E-Mail: public@belvedere.at
www.belvedere.at
Di–So 10–18
Der untere Teil des Belvedere beherbergt eine eindrucksvolle mittelalterliche und barocke Sammlung österreichischer Kunstwerke. Eintritt: 5 bis 7,50 Euro.

▸ Volkskundemuseum
8., Laudongasse 15–19
Tel.: 406 89 05
www.volkskundemuseum.at
Di–So, Fei 10–17
Die Exponate erläutern historische Volkskultur Österreichs und der Nachbarländer abseits von Altbekanntem.

▸ Wien Museum Karlsplatz
4., Karlsplatz
Tel.: 505 87 47-0
Di–So 9–18
Dokumentation der Geschichte Wiens von der Jungsteinzeit bis zur Gegenwart. Mittelalterliche Glasfenster, gotische Tafelmalereien, Skulpturen, Möbel und Gemälde. Höhepunkte der Sammlung sind Werke von Hans Makart, Gustav Klimt und Egon Schiele, Adolf Loos und der Wiener Werkstätte. Eintritt: 1,40 bis 3,60 Euro.

▸ Ziegelmuseum
14., Penzinger Straße 59
Tel.: 897 28 52
1. u. 3. So im Monat 10–12
Das Museum besitzt die größte Mauerziegelsammlung Europas. Zusätzlich werden auch noch Dachziegel, Pflasterziegel, Fassadenelemente, Ofenkacheln, Mosaikplatten und dergleichen gesammelt. Jawohl.

▸ Zoom
7., Museumsplatz 1 (Museumsquartier)
Tel.: 524 79 08
www.kindermuseum.at
Mo–Fr 8.15–16.15, Sa, So, Fei 9.45–16.30
Wenn Sie keine eigenen Kinder haben, borgen Sie sich welche aus und gehen Sie mit den Leihkindern ins Zoom Kindermuseum. Es ist nämlich so, dass das nicht nur den Kindern, sondern auch den Erwachsenen unglaublich viel Spaß macht. Immer, wirklich immer einen Besuch wert. Sie können natürlich auch alleine ohne Kinder gehen, wenn Sie sich trauen.

Zoom dich in Kinderträume. (Foto: Zoom)

MUSIKINSTRUMENTE

ALLES DA

▸ City Music
2., Taborstraße 14
Tel.: 214 91 07
E-Mail: office@citymusic.at
www.citymusic.at
Mo–Fr 8.30–12 u. 14–18, Sa 9–12
Blasinstrumente, Saiteninstrumente, Tasteninstrumente sowie Schlagzeug und Percussion. PA-Anlagen, Secondhandinstrumente. Saiten von der E-Gitarre bis zum Kontrabass. Große Auswahl an Pickups (Seymour Duncan, EMG, Schaller …).

▸ Klangfarbe
5., Einsiedlerplatz 4
Tel.: 545 17 17
E-Mail: sales@klangfarbe.at
www.klangfarbe.at
Mo–Fr 10–18, Sa 10–15
Ob man nun angehender oder bereits etablierter Musiker ist – um die Klangfarbe kommt man einfach nicht herum. Die erste Adresse für Popmusiker in Wien bietet in einem alten Fabriksgebäude in einem Hinterhof im 5. Bezirk faire Preise, gute Auswahl und Topberatung. Neben der kompletten „Band-Ausstattung" gibt's hier auch eine eigene Abteilung für Akustikinstrumente sowie einen Bereich für PA- und Lichtanlagen. Und das Beste: Egal, ob Sie Falco heißen oder nicht einmal wissen, wie man eine Gitarre hält – hier werden Sie ernst genommen.

M

▸ Klanghaus
7., Westbahnstraße 4
Tel.: 522 97 23
Fax: 522 97 23
E-Mail: wien@klanghaus.com
www.klanghaus.com
Mo–Fr 10–13 u. 14–18.30, Sa 10–13
Spezialist für Ethno-Musikinstrumente aus der ganzen Welt.

▸ Music Session
6., Esterházygasse 37–39
Tel.: 581 15 88
Fax: 585 51 54
E-Mail: office@musicsession.at
www.musicsession.at
Mo–Fr 9.30–18, Sa 11–17
Kleiner, aber feiner Musikladen nahe der Mariahilfer Straße. Hat von allem etwas. Hier kann man sich die komplette Backline samt PA-Anlage ausborgen.

▸ Stelzhammer
14., Linzer Straße 20–22
Tel.: 982 23 23
www.stelzhammermusik.at
Mo–Fr 9.30–18.30, Sa 9.30–13
Das etablierte Musikhaus im 14. Bezirk bedient schon seit etlichen Jahren Generationen an Musikern. Das Programm umfasst Klaviere und Keyboards, Gitarren, Blasinstrumente, Schlagzeug und Percussion sowie PA-Anlagen, Noten (klassisch bis Pop) und einige gebrauchte Instrumente – eben alles, was das Musikerherz begehrt. Hier kann man einen Bösendorfer-Flügel erstehen oder aber seine Bigband mit neuen Instrumenten überraschen.

HÄMMERN

▸ Bösendorfer
4., Graf-Starhemberg-Gasse 14
Tel.: 504 66 51-0
E-Mail: mail@boesendorfer.com
www.bosendorfer.com
Stadtsalon: Mo–Fr 9.30–18, Sa 9.30–12
Das Aushängeschild Wiener Klavierbautradition. Flügel gibt's ab ca. 42.000 Euro, Pianinos ab etwa 23.000 Euro – aber keine Sorge: Natürlich kann man bei Bösendorfer auch über die Finanzierung sprechen. Der Stadtsalon befindet sich in der Canovagasse 4 im Musikvereinsgebäude (Tel.: 505 35 18). Nach telefonischer Vereinbarung kann man sich allerdings auch in den größeren Räumlichkeiten der Klavierfabrik in der Graf-Starhemberg-Gasse umschauen.

▸ Förstl
1., Bellariastraße 4
Tel.: 523 61 75
www.mietklaviere.at/
Mo–Fr 9–18.30, Sa 9–13
Das 1884 vom Klavierbauer Albin Förstl gegründete Unternehmen ist auf das Vermieten von Klavieren spezialisiert. Vom Pianino für 36 Euro im Monat bis hin zum fabriksneuen Förster-Flügel um stolze 600 Euro gibt es hier alles leihweise.

▸ Kato & Wallner
4., Gußhausstraße 8
Tel.: 505 74 20 od. 0664/242 76 16
Fax: 505 74 20
E-Mail: office@johans-klaviersalon.at
www.johans-klaviersalon.at
Mo–Fr 15–18 u. nach tel. Vereinbarung
Neue Pleyel-Klaviere, Gebrauchtklaviere sowie Vermietung von Pianinos (ab ca. 35 Euro/Monat), Flügeln und Konzertflügeln (ca. 350 bis 500 Euro/Monat).

▸ Steinway-Haus
1., Opernring 6–8
Tel.: 512 07 12
www.steinwayaustria.at
Mo–Fr 9–12 u. 14–18
Neben Steinway-Pianinos (ab ca. 23.000 Euro) und -Flügeln (ab ca. 44.000 Euro) gibt's im Steinway-Haus auch günstigere Angebote. Neben Gebrauchtinstrumenten finden sich auch Pianinos der Hausmarken Benjamin (ab ca. 2.990 Euro) und Boston (ab ca. 8.500 Euro). Finanzierungsmöglichkeiten sowie interessante Einstiegsprogramme beginnend mit 1 Euro pro Tag.

PFEIFEN UND TRÖTEN

▸ Votruba Musik
7., Lerchenfelder Gürtel 4
Tel.: 523 74 73
www.votruba-musik.at
Mo–Fr 8.30–12.30 u. 13.30–18, Sa 8.30–12
Altehrwürdiger Spezialist für Holz- und Blechblasinstrumente. Auch Reparaturen werden in den zwei Werkstätten fachkundig durchgeführt.

▸ Wiener Flötenwerkstatt
3., Neulinggasse 20
Tel.: 712 35 66
www.flute.at
Mo–Fr 10–18, Sa 9–12
Werner Tomasi und sein Team informiert und berät kompetent und individuell in allen Belangen rund um Flöten.

SECONDHAND

▸ Musikhaus Tauschcenter Strasimir Iliev
15., Mariahilfer Straße 193
Tel.: 895 95 95
www.musikhaus-iliev.at
Mo–Fr 9–12.30 u. 15–18, Sa 10–13
An- und Verkauf sowie Kommissionsverkauf von nahezu allen Musikinstrumenten.

▸ Second-Hand-Music Flash
4., Mühlgasse 13 / Schikanedergasse
Tel.: 587 31 65
E-Mail: flashmusic@chello.at
www.flashmusic.at
Di–Fr 10–19, Sa 10–17
Die erste Adresse für Secondhand-Gear. Flash selbst betreibt das Geschäft nun schon seit einigen Jahren und ist in Musikerkreisen mittlerweile selbst schon zur Legende geworden. Neben gebrauchten Instrumenten und Drumherum vertreibt er auch handgemachte Kontrabässe sowie in Wien handgefertigte Edel-E-Gitarren und E-Bässe der Marke Brodtrager.

STREICHEN

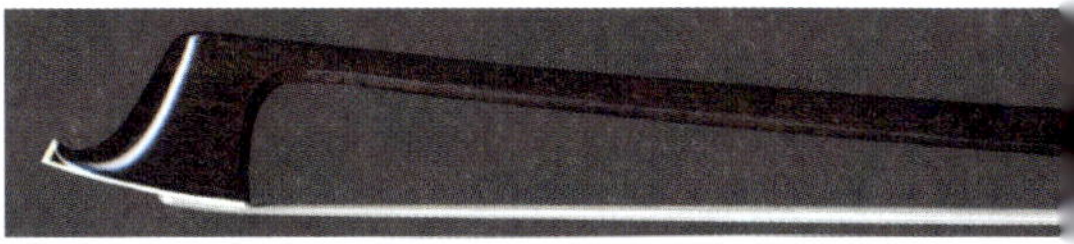
Foto: Gerbeth

▸ Bogenmachermeister Thomas M. Gerbeth
5., Margaretenstraße 79/2
Tel.: 350 68 00
www.gerbeth.at
Di–Fr 10–12 u.15–18
Thomas M. Gerbeth hat sich im Jahr 1997 in Wien als erster Bogenmacher mit deutschem Meistertitel selbstständig gemacht. Neben dem Neubau jeglicher Streichinstrumentbögen führt er auch Reparaturen an solchen durch. Auf der Homepage gibt's interessante Fachartikel rund um das Thema Geigenbogen.

▸ Geigenbaumeister Christoph Schachner
1., Schönlaterngasse 5/3
Tel.: 513 62 14
www.violino.at
Di–Fr 15–18
Geigen, Bratschen, Celli, Kontrabässe und andere Streichinstrumente aus Meisterhand.

▸ Geigenbaumeister Wilfried Ramsaier-Gorbach
1., Canovagasse 4a
Tel.: 504 22 69
E-Mail: ramsaier@geigenbauatelier.at
www.geigenbauatelier.at
Mo–Fr 9–13 u. 14.30–18
Das Geigenbauatelier im Wiener Musikverein betreut unter anderem auch die Wiener Philharmoniker und ist hauptsächlich auf Reparatur, Restaurierung und Verleih von Streichinstrumenten, Streichbögen und Zubehör spezialisiert.

Ein Himmel voller Geigenbögen. Gerbeth. (Foto: Gerbeth)

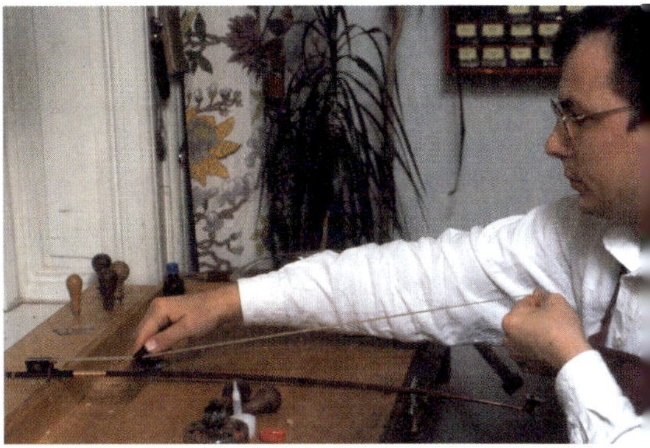

TROMMELN

▸ Drum City
18., Währinger Gürtel 89
Tel.: 479 69 49
Fax: 479 69 33
E-Mail: post@drumcity.at
www.drumcity.at
Mo–Fr 10–18, Sa 10–13
Toni Braitner, der selbst auf eine 20-jährige Karriere als Profischlagzeuger zurückblicken kann, betreibt das Drum City nunmehr seit 30 Jahren. Neben Schlagzeug und Percussion bietet das Geschäft auch das Instrumentarium für den ambitionierten Orchesterschlagwerker. Seit vielen Jahren hat sich Drum City auch als Spezialist für (Schlag-)Instrumente aus den Bereichen Musiktherapie und Pädagogik etabliert.

▸ Drumhouse
7., Kirchengasse 33
Tel.: 522 72 64
Fax: 522 72 64-15
E-Mail: vienna@drumhouse.at
www.drumhouse.at/
Mo–Fr 10–18, Sa 10–16
Österreichs größtes Fachgeschäft für Drums, Percussion und Orchesterschlagzeug betreibt, neben dem Geschäft in Gmunden, auch eine Filiale in Wien. Dort gibt's auf 400 m^2 Verkaufsfläche alle möglichen und unmöglichen Schlaginstrumente. Auf der Homepage befindet sich neben einem umfangreichen Webshop auch ein Forum für Hilfesuchende.

Auf die Pauke hauen ... oder auf die Trommel. (Foto: Archiv)

MUSIKUNTERRICHT

KONSERVATORIUM

▸ Goetheanistisches Konservatorium
13., Feldmühlgasse 26
Tel.: 877 31 91
Mo–Do 8–12 u. nach tel. Vereinbarung
Privates Konservatorium und Waldorfpädagogische Akademie mit Öffentlichkeitsrecht.

▸ Gustav Mahler Konservatorium für Musik und darstellende Kunst
11., Mautner-Markhof-Gasse 45
Tel.: 743 40 00
nach tel. Terminvereinbarung
Privates Konservatorium mit Öffentlichkeitsrecht. Die Studien reichen von Instrumentalstudien (Klassik und Jazz) über Musiktheorie bis hin zu Schauspiel und Oper.

▸ Konservatorium der Stadt Wien
1., Johannesgasse 4a
Tel.: 512 77 47-0
E-Mail: dea@m13kms.magwien.gv.at
Das Konservatorium der Stadt Wien ist in 12 Abteilungen gegliedert und bietet Ausbildungen in den Bereichen Musik und darstellende Kunst an. Die Jazz-Abteilung ist die erste Adresse für eine Jazz-Ausbildung in Wien und genießt international durchaus einen guten Ruf.

▸ Konservatorium Franz Schubert
6., Mariahilfer Straße 51
Tel.: 587 47 87
E-Mail: info@fsk.at
www.fsk.at
Info: Mo–Do 9–12 u. 14–17, Fr 9–12
Privates Konservatorium und Musikschule mit Öffentlichkeitsrecht. Seit 1980 verfügt das Schubert-Konservatorium auch über eine Jazz-Abteilung, die sich wachsender Beliebtheit erfreut.

▸ Konservatorium für Kirchenmusik der Erzdiözese Wien
1., Stock-im-Eisen-Platz 3/IV
Tel.: 513 18 65
www.kirchenmusik-wien.at
Mo–Fr 8–20.45
Diözesankonservatorium mit Öffentlichkeitsrecht. Abgedeckt werden im Rahmen der Ausbildung neben den klassischen kirchenmusikalischen Bereichen wie etwa Orgel, Stimmbildung, Tonsatz und Chor auch die Bereiche des Neuen Geistlichen Liedgutes (NGL) und des religiösen Kinderlieds.

▸ Konservatorium Prayner für Musik und darstellende Kunst
4., Mühlgasse 28–30
Tel.: 587 57 49
www.konservatorium-prayner.at
Privates Konservatorium für Musik und dramatische Kunst mit Öffentlichkeitsrecht. Das Prayner-Konservatorium ist in acht Abteilungen gegliedert. Die Ausbildung reicht von Tonsatz und Komposition über alle möglichen Instrumente (auch Jazz) bis hin zu Oper und Schauspiel.

▸ Vienna Konservatorium
15., Stiegergasse 15–17
Tel.: 985 81 12-0
www.viennaconservatory.at
Das Vienna Konservatorium ist ein privates Konservatorium mit Öffentlichkeitsrecht. Die Ausbildungsbereiche sind in Jazz, Musical und Klassik gegliedert.

MUSIKSCHULEN

▸ A1-Musikschule
21., Mühlweg 73
Tel.: 292 95 86
Die Musikschule des Wiener Lehrerclubs bietet Instrumentalunterricht auf allen gängigen Instrumenten aus dem Bereich Klassik und Populärmusik.

▸ Fröhlich
11., Rautenstrauchgasse 6–16/3/3/10
Tel.: 743 25 47 od. 0664/827 90 54
www.musikschule-froehlich.at
Die Musikschule Fröhlich hat sich auf Kinder spezialisiert und betreibt zahlreiche Filialen in Österreich, drei davon in Wien. Der Unterricht wird in Kleingruppen abgehalten, wobei das Hauptaugenmerk auf den Spaß beim Musizieren liegt. Spezieller Kurs „MusiKids" für Kleinkinder zwischen 18 Monaten und 4 Jahren. Filialen:
16., Possingergasse 65/17/11, Tel.: 947 65 86 od. 0699/19 47 65 86
20., Pasettistraße 75/1/12, Tel.: 958 03 27 od. 0699/19 58 03 27

▸ Johann-Sebastian-Bach-Musikschule
4., Argentinierstraße 11
Tel.: 503 88 98-20
E-Mail: mail@bach-musikschule.at
www.bach-musikschule.at
Die Musikschule des Verbandes der schulerhaltenden Wiener Evangelischen Pfarrgemeinden A. B. Unterricht in allen Instrumenten. Klassik und Populärmusik. Kontaktaufnahme am besten über Internet (Anmeldeformular).

▸ Music 4 Fun
18., Abt-Karl-Gasse 12/1–3
Tel.: 407 62 59, 0664/441 75 28
www.music4fun.at
Die Musikschule Gitarrenforum Wien bietet neben Kursen für Gitarre (Klassik und Pop) sowie E-Gitarre und E-Bass auch Keyboard-, Klavier-, Gesangs-, Schlagzeug-, Trompetenunterricht, Kinderchor und -orchester sowie musikalische Früherziehung.

Musik ist Trumpf. (Foto: Wiener Musikschulen)

▸ Musikschulen
1., Johannesgasse 4a
Tel.: 512 77 47
E-Mail: dea@m13kms.magwien.gv.at
Die Wiener Musiklehranstalten decken mit ihren drei Institutionen den kompletten Bereich Musikausbildung ab: Kindersingschule, Musikschulen und Konservatorium.
In den Musikschulen, die sich vor allem an Kinder und Jugendliche richten, reichen die Fächer von allen nur erdenklichen Instrumenten (Klassik bis Pop und Jazz), Gesang, Ensembles, Chor und Orchester bis hin zu Tanz und musikalischer Früherziehung.
2., Karmeliterplatz 1, Tel.: 211 06-021 69
3., Strohgasse 15, Tel.: 714 17 91
5., Bräuhausgasse 50, Tel.: 544 49 03
5., Arbeitergasse 13/13, Tel.: 545 26 67
9., Dórsay-Gasse 8, Tel.: 310 39 29
10., Pernerstorfergasse 45, Tel.: 606 61 91
10., Ada-Christen-Gasse 2, Tel.: 689 49 56
11., Herderplatz 1, Tel.: 748 31 23
12., Nymphengasse 7, Tel.: 817 77 08
15., Schwendergasse 41, Tel.: 812 70 35
16., Thaliastraße 44, Tel.: 406 07 68
17., Kalvarienberggasse 33, Tel.: 401 19-171 69
19., Döblinger Hauptstraße 94, Tel.: 369 42 47
20., Raffaelgasse 11, Tel.: 332 91 21
21., Angerer Straße 14, Tel.: 290 84 8
22., Schüttaustraße 2, Tel.: 263 28 53-0
23., Putzendoplergasse 4, Tel.: 667 54 82
23., Perchtoldsdorfer Straße 1, Tel.: 865 93 71

▸ Petz
8., Florianigasse 35
Tel.: 403 76 54
www.wiener-musikhaus.at
Mo, Mi, Fr 10–12 u. 14–18, Di, Do 10–12
Die kleine Musikschule bietet Unterricht in Klavier, Keyboard, Gitarre und E-Gitarre sowie eine Vorschule für 4- bis 6-Jährige mit Schwerpunkt Keyboard.

▸ Schmid-Zettelmann
18., Kreuzgasse 72
Tel.: 470 75 70 od. 0664/765 17 79
Fax: 470 75 70
E-Mail: MusikschuleWien@aol.com
www.members.aol.com/MusikschuleWien
Instrumentalunterricht aller gängigen Instrumente und Gesang. Von Klassik bis Pop und Jazz. Hausmusik- und Jazz-Workshops. Mietbare Proberäume.

▸ Tinter
18., Währinger Straße 106
Tel.: 479 63 63
Di–Fr 10–13, Mo–Fr 14–18
Unterricht auf allen gängigen Instrumenten, in Gesang und musikalischer Früherziehung.

▸ Viva la Musica
Tel.: 945 07 20
E-Mail: vivalamusica@chello.at
Musizieren mit und ohne Noten, in Gruppen und einzeln, alternatives Ergänzungsprogramm für Musikschüler, Kinderworkshops, Bandworkshops. Kindertanz, Gitarrenabenteuerkurse (Water Worlds, Bob Dylan, Open Tunings, Folksongs, Xmas-Songs usw.), Songwriting, Musik für die ganz Kleinen (ab 3 Jahren). Bei Viva la Musica wird Wert darauf gelegt, dass Musik Spaß macht. Wer Spaß hat, der macht gern, wer's gern macht, der lernt's auch. So einfach ist das. Geheimtipp.

Komolka ganz vollgestofft. (Foto: Archiv)

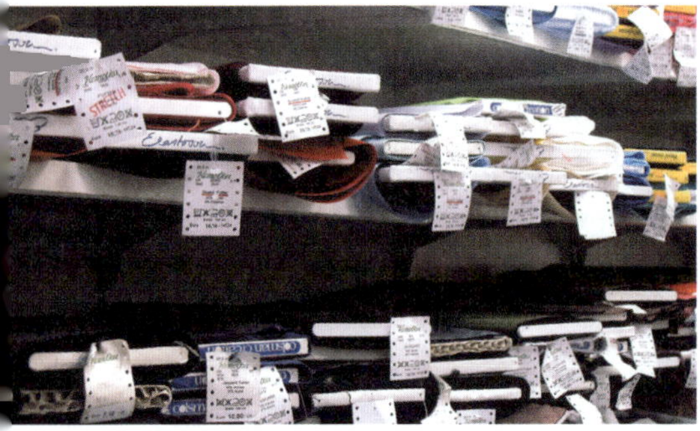

NADEL & ZWIRN

MASCHINEN

▸ Pfaff – Pflänzel
6., Gumpendorfer Straße 151
Tel.: 597 28 60
www.pfaff-wien.at
Mo–Fr 8–12 u. 14–18
Haushaltsnähmaschinen, Industriemaschinen, Bügelmaschinen. Unerlässlich für die perfekte Passform für Hobby- und BerufsnäherInnen: Kleiderpuppen. Reparaturservice.

▸ Singer – Horst Beer
6., Mariahilfer Straße 1d
Tel.: 586 43 51
www.singer-naehmaschinen.at
Mo–Do 8–12 u. 12.45–17, Fr 8–13
Von den unterschiedlichen Singer-Nähmaschinen bis zu Nähzubehör und Nähmöbeln gibt es hier auch gebrauchte Modelle zu erwerben. Reparaturwerkstatt. Heimkundendienst.

▸ Traunfellner
7., Lerchenfelderstraße 95
Tel.: 523 55 69
www.naehmaschinenservice.at
Mo–Fr 9–12 u. 14–18
Das seit 130 Jahren bestehende Familienunternehmen führt neben den gängigen Nähmaschinenmarken auch Gebrauchtmaschinen und Nostalgienähmaschinen. Einige der Raritäten sind im Geschäft selbst ausgestellt. Reparaturservice.

STOFFE UND ZUBEHÖR

▸ Komolka
7., Mairahilfer Straße 58
Tel.: 523 71 84-0
www.komolka.at
Mo–Fr 9.30–18, Sa 9.30–17
Die erste Adresse in Wien für Stoffe. Hier finden Sie unzählige Klassiker wie Samt, Satin oder Baumwollstoffe in den unterschiedlichsten Farbschattierungen, die nicht nur den aktuellen Trends entsprechen. Heimtextilien, Nähzubehör und Schnitte runden das Angebot ab. Filialen:
1., Brandstätte 8; 10., Laxenburger Straße 73

▸ **Meidlinger Knopfkönig**
12., Meidlinger Hauptstraße 32
Tel.: 817 40 73
Mo–Fr 9–18, Sa 9–17
Krieg der Knöpfe.

▸ **Müller Stoffe**
3420 Kritzendorf, Durchstrichstraße 2
Tel.: 02243/21 78 30
Mo–Fr 9–18, Sa 9–17
Etwas außerhalb von Wien, aber das Stoffparadies für alle näh-interessierten Wiener. In einer großen Halle lagern Stoffe, so weit das Auge reicht. Da die Firma vor allem billige Restbestände aus dem Großhandel aufkauft, sind kaum topmodische Artikel zu finden, dafür umso mehr ausgeflippte Stoffe aus den 70er- und 80er-Jahren zu supergünstigen Preisen. Bei größeren Mengen wird meist ungefragt bei der Kassa zusätzlich Rabatt gegeben. Vorsicht, die Öffnungszeiten werden nicht immer genau eingehalten. Filiale am Karmelitermarkt im 2. Bezirk.

▸ **Pribil Michael**
12., Meidlinger Hauptstraße 66
Tel.: 817 22 70
www.pribil.at
Mo–Fr 8.30–12.30 u. 13.30–18, Sa 9–17
Nähzubehör, Stoffe und Garne.
Filiale: 18., Währinger Straße 132

Den Faden verloren, bei Traunfellner gefunden.
(Foto: Traunfellner)

▸ **Seiden Semmler**
12., Meidlinger Hauptstraße 75
Tel.: 813 22 42-0
Mo–Fr 9–18, Sa 9–17
Seide, Viskose und Satin bilden den Hauptanteil des Sortiments.

NOTRUFNUMMERN

DIE WICHTIGSTEN

▸ **Bergrettung / Alpinnotruf**
Tel.: 140

▸ **Euronotruf**
Tel.: 112
Europäische Notrufnummer für Feuerwehr, Polizei und Rettung, die in jedem EU-Land gilt.

▸ **Feuerwehr**
Tel.: 122

▸ **Polizei**
Tel.: 133

▸ **Rettung**
Tel.: 144

▸ **Vergiftungsinformationszentrale**
Tel.: 406 43 43

GESUNDHEIT

▸ **Apothekenbereitschaftsdienst**
Tel.: 1550

▸ **Ärzteflugambulanz Wien**
Tel.: 401 44
tgl. 0–24

▸ **Ärztenotdienst**
Tel.: 141

▸ **Ärztezentrale**
Tel.: 531 16-0
E-Mail: service@aerztezentrale.co.at
www.aerztezentrale.co.at
Auskunftsdienst für ÄrztInnen und deren PatientInnen.

▸ **Kieferchirurgische Notfälle**
Tel.: 404 00-1964 od. 404 00-3964

▸ **Krankentransport Arbeiter-Samariter-Bund**
Tel.: 891 44

▸ **Krankentransport Grünes Kreuz**
Tel.: 767 88 99

▸ **Krankentransport Johanniter-Unfall-Hilfe**
Tel.: 476 00

▸ **Krankentransport Rotes Kreuz**
Tel.: 521 44

▸ **Krankentransporte**
Tel.: 141

▸ **Zahnärztliche Nacht- und Wochenenddienste**
Tel.: 512 20 78
Tonbandauskunft über die Nacht- und Wochenenddienste von Zahnärzten.

KOHLE

▸ **American Express**
Tel. Inland: 0800/90 09 40 (gebührenfrei),
Ausland: +49/69/97 97 10 00

▸ **Diners Club International**
Tel.: 501 35 14

▸ **Mastercard / Eurocard**
Tel.: 71 70 14-500

▸ **Reiseschecks**
American Express, Tel.: 0800/185 31 00
Thomas Cook, Tel.: 0800/185 99 30
Bei Verlust oder Diebstahl von Reiseschecks.

▸ **Sperrtelefon bei Verlust der Bankomatkarte**
Tel.: 0800/80 09 00
(innerhalb der Banköffnungszeiten)
Tel.: 0800/204 88 00
(außerhalb der Banköffnungszeiten)
Mo–Fr 7.30–18
Sperren der verlorenen Bankomatkarte.

▸ **Visa Card**
Tel.: 71 11 17 70

SOZIALE UND PSYCHISCHE ANLIEGEN

▸ **Befrienders – Vereinigung zur humanitären Hilfeleistung in englischer Sprache**
Tel.: 713 33 74
Mo–Fr 9.30–13 u. Mo–So 18.30–22
Rat und Unterstützung für Menschen in Verzweiflung.

▸ **Frauenhelpline**
Tel.: 0800/22 25 55
tgl. 0–24
Notrufnummer der Wiener Interventionsstelle gegen Gewalt in der Familie. Gebührenfrei.

▸ **Frauennotruf der Stadt Wien – Soforthilfe für vergewaltigte Frauen und Mädchen**
Tel.: 717 19
tgl. 0–24
Für Frauen und Mädchen, die von psychischer, sexueller und körperlicher Gewalt betroffen sind. Gebührenfrei.

▸ **Frauennotruf für vergewaltigte Frauen**
Tel.: 523 22 22
Mo, Mi 13–18, Di, Fr 10–15, Do 15–20
Notrufnummer der Frauenberatung.

▸ **Kinder- und Jugendhotline**
Tel.: 319 66 66
www.kindertelefon.at
Mo–Fr 10–20
Anlaufstelle für Kinder (auch Erwachsene) in Notsituationen und Krisen unter Wahrung der Anonymität. Auch Vereinbarung eines persönlichen Gesprächstermins möglich.

▸ **Notruftelefon der Caritas der Erzdiözese Wien**
Tel.: 878 12-650
E-Mail: notruftelefon@caritas-wien.at
www.caritas-wien.at
tgl. 0–24
AusländerInnenhilfe, Behindertenarbeit, mobile Dienste, offene Sozialarbeit, SeniorInnen- und Pflegehäuser.

▸ **Notruftelefon des Wiener Hilfswerks**
Tel.: 512 36 61-17
www.wiener.hilfswerk.at
Schnelle Hilfe für in Not geratene Personen (Pflegehilfe, Heimhilfe, Essen auf Rädern …).

▸ **Ö3-Kummernummer**
Tel.: 0800/60 06 07
tgl. 7–1

▸ **Rat auf Draht – ORF Kinder- und Jugendservice**
Tel.: 147
tgl. 0–24

▸ **Rechtsbeistand für Notfälle**
Tel.: 0676/359 17 30 od. 0676/359 17 31

▸ **Sozialpsychiatrischer Notruf der Stadt Wien**
Tel.: 310 87 79

▸ **Sozialer Notruf der Stadt Wien**
Tel.: 533 77 77
tgl. 8–20
Unterstützung bei der Lösung sozialer Probleme (Altenbetreuung zu Hause, Partnerschaft und Familie, Lebensunterhalt und Wohnen, Behinderung etc.).

▸ **Telefonseelsorge der katholischen und evangelischen Kirche**
Tel.: 142
tgl. 0–24
Anonym, gebührenfrei, vertraulich.

▸ **Wiener Kinder- und Jugendanwaltschaft**
Tel.: 1708
E-Mail: post@kja.magwien.gv.at
www.wien.gv.at/kja
Mo–Fr 9–17
Beratung von Minderjährigen und Erziehungsberechtigten, Vermittlung bei Meinungsverschiedenheiten über Pflege und Erziehung. Rechtsauskunft etc.

TECHNISCHE GEBRECHEN

▸ **Elektrische Störungen in Haushalt u. Betrieb**
Tel.: 0663/912 14 10
tgl. 0–24

▸ **Elektro, Sanitär, Heizung**
Tel.: 606 35 35
tgl. 0–24

▸ **Fernwärme Wien Service-Störhotline**
Tel.: 313 26
E-Mail: stadtheizung@fernwaermewien.at
Bezirke 1, 3–9, 15–19: Tel.: 313 26-51
Bezirke 2, 20–22: Tel.: 313 26-52
Bezirke 10–14, 23: Tel.: 313 26-53

▸ **Glasbruch-Notdienst**
Tel.: 0676/779 77 99 od. 0699/17 89 00 00

▸ **Installateur Notdienst Nr. 1**
Tel.: 1704
tgl. 0–24

▸ **Installateur-Service**
Tel.: 586 37 30
tgl. 0–24

▸ **Kabel-TV**
Tel.: 960 60
Wenn's stört …

▸ **Kanal**
Tel.: 795 14-9300
Wenn's stinkt …

▸ **ÖAMTC Schutzbriefnotruf**
Tel.: 251 20 00
Wenn's steht …

▸ **Wasserrohrbruchnotdienst**
Tel.: 599 59-347 31
tgl. 0–24
Wenn's rinnt…

▸ **Wiengas**
Tel.: 128
www.wiengas.at
tgl. 0–24

▸ **Wienstrom**
Tel.: 0800/50 06 00
E-Mail: nt6-service-center@wienstrom.at
www.wienstrom.at
Mo–Fr 7.30–18

TIERE

▸ **Nottierarzt**
www.tierarzt.at
Übersicht über diensthabende Nottierärzte und allgemeine Tierarztsuche.

▸ **Tierrettung**
Tel.: 699 24

N

Foto: Lomographen

OBDACHLOSE

▸ ARGE für Nichtsesshaftenhilfe
16., Lorenz-Mandl-Gasse 31–35
Tel.: 493 90 49
Möbellager: Mo–Fr 8–17
Flohmarkt: Mi, Fr 8–17
Die ARGE betreibt ein Möbellager, das sich durch ein gewisses Chaos, aber sehr gute Preise auszeichnet.

▸ Gruft
6., Barnabitengasse 14
Tel.: 587 87 54-31
www.gruft.at
tgl. 0–24
Die Gruft direkt unter der Mariahilfer Kirche ist seit 1986 Zufluchtsort für Menschen, die auf der Straße stehen.

▸ Suppe und Brot
16., c/o Caritas, Römergasse 64–66
Tel.: 485 27 27-600
Jeden Tag im Jahr fahren Canisibus und Francescobus acht Stationen bzw. Bahnhöfe in Wien an und bringen Suppe und Brot für Menschen in Not. Ein Team von rund 50 Personen (Jugendliche, Hausfrauen, ehemalige Obdachlose) ist verantwortlich, dass die Busse ihre Route absolvieren.

ÖFEN & HAFNEREIEN

HAFNER

▸ Beyer Werner
19., Hammerschmidtgasse 5/4/2
Tel.: 968 21 32
www.okay-kachelofen.at
nach tel. Vereinbarung
Bau von Kachelöfen, offenen Kaminen, Küchenherden; Einbau und Lieferung antiker Stilöfen.

▸ Mahrhofer Erhard
16., Thaliastraße 124
Tel.: 486 42 56
www.kachelofen.at
Mo–Fr 9–12, 14–18, Sa 9–12
Kachelöfen, offene Kamine, Herde.

▸ Mayer Andreas
2., Obere Donaustraße 77
Tel.: 212 52 54 od. 0699/10 63 31 21
www.mayerofen.com
nach tel. Vereinbarung
Innovatives Formdesign von Hafnermeister Andreas Mayer. Die neue Generation der Kachelöfen.

▸ Weihs Helmuth
22., Siegesplatz 22
Tel.: 282 41 33
www.weihs-wohnkeramik.com
Mo–Fr 9–12, 14–18

ÖFEN

▸ Berger
1., Weiburggasse 17
Tel.: 512 14 34
www.harroberger.at
Mo–Fr 10–18
Wärme ist nicht gleich Wärme. Das mag Physiker vielleicht irritieren, stimmt aber trotzdem. Die strahlende Wärme eines Kachelofens ist einfach anders als die staubige Hitze einer Gasetagenheizung. Ganz besonders schöne Kunstwerke aus gebranntem Ton können bei Harro Berger, Werkstätte für Kachelöfen und Keramik, bestaunt und gekauft werden.

▸ Das Kaminstudio
22., Brünner Straße 115–119
Tel.: 02246/322 20
E-Mail: info@kaminstudio.at
www.kaminstudio.at
Mo–Fr 9–18.30, Sa 9–17
Riesiges Sortiment an Marmorkaminen, Kachelöfen, Kachelkaminen und Kaminöfen.

▸ Dornbacher Kachelofenstube
17., Dornbacher Straße 92 u. 96
Tel.: 485 90 80
E-Mail: office@kachelofenstube.at
www.kachelofenstube.at
Mo–Fr 9–12 u.15–18,
Fachberatung nach tel. Vereinbarung
Kachelöfen, offene Kamine, Kaminöfen, Kachelherde.

▸ Fessler
4., Mozartgasse 3
Tel.: 505 84 99
E-Mail: office@fessler-kamine.at
www.fessler-kamine.at
Mo–Fr 10–17
Kachelöfen und offene Kamine im Design historischer Epochen. Eigene Werkstatt.

► **Feuerhaus Ofenhandel**
6., Gumpendorfer Straße 14
Tel.: 585 70 01
Fax: 58 570 01-14
E-Mail: info@feuerhaus.at
www.feuerhaus.at
Mo–Fr 10–18, Sa 10–14
Kaminöfen und Gartenfeuerstellen. Was echt fetzt: die mexikanischen Tonöfen.

Burning down the house. Feuerhaus. (Foto: Archiv)

► **Förster Interkeramik**
19., Billrothstraße 31
Tel.: 369 59 59 od. 0664/222 22 21
Fax: 369 59 60
E-Mail: wrfoerster@netway.at
www.antike-kacheloefen.at
Mo–Fr 9.30–13.30 u. nach Vereinbarung
Umfassende Kollektion antiker Kachelöfen (1700–1930). Spezialisierung auf Restauration, Einbindung in moderne Heizsysteme, offene Kamine.

► **Ofenhaus Westbahnhof**
6., Wallgasse 30
Tel.: 597 86 20
E-Mail: ofenhaus@aon.at
www.members.aon.at/ofenhaus/
Mo–Fr 8–18, Sa 9–12
Vertrieb, Service und Reparatur von Kaminöfen, Gaskaminen, Gaskachelöfen, Kaminöfen. Marken: rika, Austroflamm, Barbas, skan therm u. a.

ÖFFENTLICHE WCs

Der Bezirk mit den wenigsten öffenlichen WC-Anlagen ist die Josefstadt: nur drei Toiletten. (Florianigasse, Schönbornpark und U6 Josefstädter Straße). Am meisten WC-Anlagen hat der 22. Bezirk mit fast 50 an der Zahl. In vielen U-Bahn-Stationen sind Anlagen untergebracht, ebenso in vielen Parks (die sind aber nicht immer ganz sauber).

► **Gratis-Klo-Tipps**
Toilette im Generali Center.
6., Mariahilfer Straße 77
Für ganz dringende Notfälle eine gute Adresse; zwar im vordersten Winkel dafür meistens frei.
Kundentoilette im Steffl: 1., Kärntner Straße 27
Sauber und ruhig, ziemlich ideal, wenn man auf der Kärntner Straße herumstreßt.
Kundentoilette im Gerngross:
7., Mariahilfer Straße 38–40
Im 2. Stock, sehr sauber und auch relativ ruhig.
MacDonald's, in vielen Bezirken:
Da kann man auch aufs Klo gehen; einwandfrei sauber.

► **Jugendstiltoilette**
1., Am Graben
Eine der schönsten öffentlichen Toiletten in Wien: „Ölpissoir" schon über 100 Jahre alt (vielleicht gerade nicht dieses), luxuriöse Fliesen am Boden, Holz-Täfer an der Decke, „Compartiments" aus Holz und Glas.Und die Klofrau, die einen einsperrt, damit man sein Geschäft verrichten kann. Das alles ist einen Besuch wert. 0,50 Euro.

► **Toilette vor dem Generali Center**
6., Mariahilfer Straße 77
Dieses Toilette wurde erst vor kurzem total restauriert und ist sozusagen das architektonische Juwel unter den Wiener öffentlichen Toiletteanlagen: modernstes Design prägt Eingangshalle, Waschraum und Pissoir, und der Toilette-Bereich stellt mit Holzträgern und geschliffenem Glas einen sehr hübschen Kontrast dar.

ÖFFIS

▸ Kundenzentrum Erdberg
3., Erdbergstraße 202
Tel.: 7909-100
Mo–Mi, Fr 8–15, Do 8–17.30
Zum Kundenzentrum in Erdberg muss man, wenn entweder die Jahreskarte durch Verlust oder Diebstahl abhanden gekommmen ist (dann kriegt man ein Duplikat) oder wenn man die Jahreskarte zu Hause vergessen hat und von einem Kontrollorgan ohne angetroffen wurde (dann wird einem die Strafgebühr erlassen). Außerdem, wenn man als SchülerIn, Lehrling oder StudentIn die betreffenden Fahrausweise abholen geht. Allgemeine Tarifinformation Tel.: 7909-110, Jahreskarteninformation Tel.: 7909-115, Schülerkarten, Hochschülerkarten Tel.: 7909-120

Zug um Zug. (Foto: Wiener Linien)

▸ Rent a Bim
15., Schwendergasse 51
Tel.: 892 13 34
Fax: 892 13 34-88
E-Mail: rentabim@gmx.at
www.rentabim.at
Das hat schon was: Mit der Hochzeitsgesellschaft in einer Bim – ganz unter sich – rund um den Ring und dabei mit Sekt anstoßen. Dafür stehen ganz unterschiedliche Modelle, von 1913–1963, zur Verfügung. Wagen mit 24 bis 72 Sitzplätzen um 237 bis 475 Euro.

PAPIER- & SCHREIBWAREN

▸ Huber & Lerner
1., Weihburggasse 4
Tel.: 533 50 75
www.huber-lerner.at
Mo–Fr 9.30–18, Sa 10–17
Wer edle Schreibutensilien für sich oder als Geschenk für jemand anderen haben möchte, findet hier eine reichhaltige Auswahl an Schreibgeräten, Notizbüchern, Kalendern, ausgewählten Glückwunschkarten und Geschenkpapier. Oder wie wäre es mit einem Brieföffner und Schlüsselanhänger – garantierte Designerstücke.

▸ Libro
6., Maraihilfer Straße 75
Tel.: 587 57 85
www.libro.at
Mo–Mi, Fr 9–19, Do 9–21, Sa 9–17
Schreibwaren, Bürobedarf, Bücher, CDs, Videos usw. an jeder Ecke Wiens.

▸ Mastnak
7., Neubaugasse 31
Tel.: 523 27 58
www.mastnak.at
Mo–Fr 8–18.30, Sa 8.30–17
Große Auswahl an Geschenkpapier, Glückwunschkarten, Schreibgeräten, Lederetuis und Notizbüchern, Malfarben, unterschiedliche Papiersorten, Bürobedarf. Außerdem: Kerzen und Dekorationsmaterial für das nächste Gartenfest oder die Geburtstagsparty. Große KünstlerInnenbedarf-Abteilung im obersten Stock. Im Hof gibt es auch einen Büro-Supermarkt.

▸ Mayr & Fessler
1., Kärntner Straße 37
Tel.: 512 28 88
www.mayr-fessler.at
Mo–Mi, Fr 9.30–18.30, Do 9.30–21, Sa 9.30–18
Luxus, mit dem man sich gerne umgibt – egal, ob auf dem Schreibtisch, zu Hause oder in der Handtasche: Kalender, Fotobücher, Aktentaschen, Feuerzeuge, Schreibwaren aller exquisiten Marken, Buchstützen, alles für Kalligraphie …

Leichtes Papier von Huber & Lerner. (Foto: Archiv)

▸ Miller
6., Mariahilfer Straße 93
Tel.: 597 47 15
E-Mail: miller@bueroprofi.at
www.bueroprofi.at
Mo–Fr 9–18.30, Sa 9–18
Alles, was man sich von einem Büroprofi erwartet: Notizbücher, Aktentaschen, erlesene Schreibutensilien, Schreibtischzubehör, Geschenkpapier, Glückwünschkarten, Bürobedarf.

▸ Opus
7., Stuckgasse 7
Tel.: 523 74 05
E-Mail: opus@gmx.at
www.werkstaette-opus.at
Mo–Fr 13–17
Schreibwaren, Notizbücher und Schachteln in verschiedenen Ausführungen, Holzspielzeug und -lernhilfen. Alles liebevollst gefertigt und formschön im Design. Verkaufsstelle der Therapiewerkstatt Opus.

▸ Ordning & Reda
1., Marc-Aurel-Straße 2a
Tel.: 533 43 81
Fax: 533 43 81-21
E-Mail: wien@ordning-reda.com
www.ordning-reda.com
Mo–Fr 10–18.30, Sa 10–17
Wussten Sie, dass es über 800 unterschiedliche Papiersorten gibt? Und alle in einem einzigen Geschäft erhältlich? Darüber hinaus führen Ordning & Reda auch Gästebücher, Schreibuntensilien, Notizbücher – alles, was man von einem Schreibwarengeschäft erwartet. Außerdem: tolle Taschen für den Strand, die Stadt oder das Büro.

▸ Pagro
1., Kärntner Ring 9–13
Tel.: 513 92 45
www.pagro.at
Mo–Mi, Fr 10–19, Do 10–21, Sa 10–18
Diskontkette mit umfassendem Angebot im Büro- und Schulbereich zu niedrigen Preisen. Elf weitere Standorte.

▸ Paperworld
7., Mariahilfer Straße 42–48 (Gerngross)
Tel.: 522 49 85
E-Mail: apolt@paperworld.at
www.paperworld.at
Mo–Fr 9.30–19, Sa 9–17
Schreibwaren, Papier, Fotoalben, Servietten, Kerzen, Geschenkartikel für die Kleinen. Filialen:
3., Guglgasse 43, Gasometer, Top E 13B, Tel.: 743 63 60
21., Franz-Jonas-Platz 2–3, Gerngross, Tel.: 272 14 43
SCS Top 37B, Tel.: 698 15 82

▸ Papierwerkstatt
7., Kaiserstraße 67
Tel.: 522 39 91
Fax: 522 39 91-4
E-Mail: info@papierwerkstatt.at
www.papierwerkstatt.at
Mo–Fr 9–18, Sa 10–17
Nomen est omen – hier bekommt man alles, was aus Papier gemacht werden kann. Und dazu auch gleich das richtige Material zum Schreiben.

▸ Sax & Co.
7., Neubaugasse 34
Tel.: 523 61 03
Fax: 526 38 69
Mo–Fr 9–18, Sa 9.30–17
Hier gibt es nicht nur Kalender, Füllfederhalter und Kugelschreiber, schönes Geschenkpapier und die passenden Karten gleich dazu, sondern auch witzige Accessoires und kleine Geschenke für jeden Anlass: Kerzen-Geburtstagstorte, Lampions für drinnen und draußen, Buchstaben-Kerzen u. v. m.

▸ Stöger
1., Seilerstätte 15
Tel.: 512 70 26
Fax: 512 70 29
E-Mail: office@stoeger.net
www.stoeger.net
Mo–Fr 9–18, Sa 10–14
Globus, Glückwunschkarten, Geschenkpapier, Bürobedarf und Schulartikel, Schreibuntensilien.

▸ Theyer & Hardtmuth
1., Kärntner Straße 9
Tel.: 512 36 78
Fax: 512 53 41
www.theyer-hardtmuth.at
Mo–Fr 9.30–18, Sa 10–17
Exquisite Schreibgeräte und Agenden. Für Sammler seltener Stücke gibt's übrigens ein eigenes Service.

PARFÜM & KOSMETIK

▸ Body Shop
1., Rotenturmstraße 5–9
Tel.: 533 18 91
www.thebodyshop.com
Mo–Fr 9.30–18.30, Sa 9.30–17
Das Bananenshampoo ist ein Wahnsinn, die Bodylotion aus Kakaobutter sowieso. Und das Beste überhaupt: Alle Produkte sind nicht an Tieren getestet worden.

▸ Die fliegende Kosmetikerin
16., Redtenbachergasse 14/3
Tel.: 484 07 11 od. 0676/633 51 59
E-Mail: relax@fliegende-kosmetikerin.at
www.fliegende-kosmetikerin.at
Sabine van Gils kommt mit Kosmetikkoffer und Massagebett zu Ihnen. In gewohnter Umgebung entspannen, Masken tragen, Rücken massiert bekommen und mit für Ihren Hauttyp passenden Cremes versorgt werden. Pflegeprodukte aus natürlichen Rohstoffen werden eingesetzt.

▸ dm
6., Mariahilfer Straße 89a
Tel.: 586 17 37
www.dm-drogeriemarkt.atriemarkt.at
Mo–Fr 8–19.30, Sa 8–17
Kosmetikstudio: Mo–Fr 8–19.30, Sa 8–13
Wer sich keines der teuren Kosmetikstudios leisten kann oder will, ist in einem der unzähligen Drogeriemärkte Wiens genauso gut aufgehoben. Im Sortiment herrscht das übliche Angebot, die Preise im Kosmetikstudio sind vernünftig, sodass sich jeder hin und wieder den Luxus gönnen kann, sich so richtig verwöhnen zu lassen.

▸ Douglas
1., Graben 29a
Tel.: 533 09 78
E-Mail: c.scheiber@douglas.at
Mo–Fr 9–19, Sa 9–17
Parfüms, Cremes, alles fürs Make-up, kleine Accessoires – fast an jeder Ecke Wiens.

▸ Duft & Kultur
1., Tuchlauben 17
Tel.: 532 39 60
Mo–Fr 10–18.30, Sa 10–17
Orientalische Träume werden hier wahr: Düfte, Taschen, Wohnaccessoires, Pantoffeln u. v. m.

▸ Haslinger
10., Rotenhofgasse 43
Tel.: 604 34 31
www.haslingerseifen.at
Mo–Do 8–12 u. 12.30–16, Fr 8–13
Ob Seifen- und Kosmetikprodukte aus Honig, Ringelblumen, Kräutern, Teebaumöl, Hanföl – ein breites Sortiment sorgt für Wohlbefinden im Bad und für die Haut.

▸ Karin van Vliet
1., Köllnerhofgasse 4
Tel.: 817 48 67
www.makeup-studio.com
Mo–Fr 11–18, Sa 11–17
Karin van Vliet führt in Wien nicht nur ein Make - up-Studio, in dem man sich zum/r Visagisten/in ausbilden lassen oder sich ein paar Schminktipps holen kann, sondern auch einen Shop, in dem die eigene Marke mit Lippenstiften, Make-up, Mascara und Lidschatten vertrieben wird.

▸ Le Duigou
1., Tuchlauben 11
Tel.: 532 69 22
www.leduigou.com
Salon: Mo–Fr 9.30–18.30, Sa 9.30–14
Geschäft: Mo–Fr 9.30–18.30, Sa 9.30–16
Alles, was man zu einer Schönheitspflege von Kopf bis Fuß braucht: Mineralmodellagen, Peeling, Luxusbehandlung für den ganzen Körper, Maniküre, Fußpflege, Enthaarung, Permanent-Make-up. Und anschließend können die wohlriechenden Cremes und Masken im zweistöckigen Geschäft auch gleich gekauft werden.

Damit Sie sich gut riechen können. (Foto: Archiv)

▸ L'Occitane
6., Mariahilfer Straße 27
Tel.: 585 56 59
E-Mail: office@loccitane.at
www.occitane.com/austria/
Mo–Fr 10–18.30, Do 10–21, Sa 10–18
Ein Stückchen Provence kann man sich neuerdings ganz leicht nach Hause holen. Von der berühmten Marseille-Seife bis zu Sonnenpflege, Make-up aus französischen Naturprodukten, Hautpflege und Raumdüften. Weitere Filiale:
1., Seilergasse 1, Tel.: 512 82 55

▸ Make up for ever
7., Neustiftgasse 31
Tel.: 523 05 63
Fax: 522 28 10
E-Mail: office@makeupforever.at
www.makeupforever.at
Mo–Fr 10–18
Vom Wimpernkleber bis zu den dazugehörigen falschen Wimpern, Glitter für die nächste Party, Make-up und Gesichtsreinigung, aber auch alles, um Spezialeffekte ins Gesicht zu zaubern: Zahnweiß und Zahnschwarz, und selbst wer aussehen möchte, wie in Schweiß gebadet – sprich: „Schweiß-Effekt" –, findet hier dazu die passenden Utensilien.

▸ Marionnaud
1., Graben 7 / Seilergasse 2
Tel.: 512 96 92
Fax: 512 96 92-2
E-Mail: office@marionnaud.at
www.marionnaud.at
Mo–Mi 9–19, Do 9–21, Fr 9–20, Sa 9–18
Alle gängigen und großen internationalen Marken in einem Geschäft: Düfte, Pflegeprodukte und Make-up. Verfügt über mehrere Filialen in Wien.

▸ Müller
1., Mariahilfer Straße 97
Tel.: 595 61 62
www.mueller.de
Mo–Mi, Fr 8.30–19.30, Do 8.30–21, Sa 8.30–18
Kosmetik-Eldorado für Parfümliebhaber.

▸ Nanadebary
1., Bauernmarkt 9
Tel.: 533 11 11
Fax: 533 10 11
Mo–Fr 10–18.30, Sa 10–17
Eine trendige Parfümerie im Herzen der Innenstadt: Parfüms, Kosmetika, ultramoderne Accessoires und Düfte für den Raum.

▸ Naturparfümerie Staudigl
1., Wollzeile 4
Tel.: 512 82 12-1
Mo–Fr 9–18, Sa 9–17
Die Naturparfümerie versorgt uns mit Produkten für die Schönheit, die alle schonend und nach umweltbewussten Grundsätzen hergestellt wurden und wo die Produzenten noch auf Qualität der Rohstoffe schauen. Lippenstifte, Parfüms, ätherische Öle, die klassischen Pflegeprodukte und Produkte für die Haarpflege finden sich alle in der Angebotspalette. Und alles nicht mal teuer.

▸ Soaps & more
1., Bognergasse 7
Tel.: 532 65 60
www.soapsandmore.at
Mo–Fr 10–18, Sa 10–13
Seifen- und Badeölfachgeschäft mit englischen Blockseifen, Rosentabs, Rosenherz, Badebomben, Seifenblüten, hochwertigen Massageölen, Seifenpotpourries …

PARKS & GÄRTEN

Beinahe die Hälfte des 41.500 Hektar großen Stadtgebiets sind Grünflächen, die der Bevölkerung zwecks Naherholung zur Verfügung stehen. Klassiker wie der Burggarten oder der Stadtpark verweisen mit ihren historischen Denkmälern (z. B. W. A. Mozart, Elisabethtempel) an die kulturelle und politische Vergangenheit der Donaumetropole. Beserlparks lockern dicht verbautes Stadtgebiet mit Spiel- und Sportmöglichkeiten auf; Landschaftsparks heben die Lebensqualität, und Japanische Gärten verweisen auf Wiens Offenheit für internationale kulturelle Enflüsse. Themenparks, Urnenhaine und Trendsportanlagen zeugen von der Vielfalt des grünen Angebots.

P

Foto: Lomographen

GARTEN

▸ Botanischer Garten
3., Mechelgasse / Praetoriusgasse
Tel.: 4277-541 00
März: tgl. 9–15.30, Mai bis Aug: tgl. 9–20, Sept u. Okt: tgl. 9–18.30, Nov bis Feb: tgl. 9–15.30
Ursprünglich als Hortus Medicus für MedizinstudentInnen angelegt, dient der Botanische Garten auch heute noch der universitären Forschung und Lehre. Laien genießen den holzigen Geruch, die exotischen Pflanzen, das Bambuswäldchen und das Tropenhaus. Ideal zum Abspannen und Joggen.

▸ Japanischer Garten im Schlosspark Schönbrunn
13., Hietzinger Tor
Tel.: 877 50 87
www.bundesgaerten.at
Nov bis März: tgl. 6.30 bis zur Dämmerung, Apr bis Okt: tgl. 6 bis zur Dämmerung

▸ Lebensbaumkreis
19., Himmelstraße / Höhenstraße
www.himmel.at
tgl. 0–24
40 Bäume aus 22 verschiedenen Baumarten bilden den „keltischen" Lebensbaumkreis am Cobenzl. Seine historischen Wurzeln sind umstritten, schön ist er allemal. Regelmäßige Veranstaltungen.

Japanischer Garten. (Foto: Rathaus Korrespondenz/MA 42)

▸ Setagayapark in Döbling
19., Hohe Warte / Gallmeyergasse
Tel.: 478 34 98
März bis Nov: tgl. 7 bis zur Dämmerung
Japanischer Garten.

▸ Stadtwildnis Gaudenzdorf
12., Gaudenzdorfer Gürtel
Tel.: 796 36 13
tgl. 0–24
Eine naturbelassene „G'stettn" am Gürtel, Höhe U4 Margaretengürtel. Kräuter, Gräser und Blumen erobern sich ein Stück Stadt zurück.

▸ Takasakipark im Kurpark Oberlaa
10., Laaerbergstraße 211
Tel.: 688 11 70
März bis Nov: Mi, Sa 7 bis zur Dämmerung
Japanischer Garten.

PARKS

▸ Alfred-Grünwald-Park
6., Linke Wienzeile / Laimgrubengasse
Tel.: 796 36 13
Apr bis Sept: Mo–Fr 6.30–21.30, Sa, So, Fei 8–21.30, Okt bis März: Mo–Fr 6.30–20, Sa, So, Fei 8–20
Mit rund 9.000 m^2 ein „Beserlpark" mit Spielplatz. Hier herrscht generelles Hundeverbot. 40 m lange Rodelbahn im Winter.

▸ Alois-Drasche-Park
4., Kolschitzkygasse / Seisgasse
Tel.: 796 36 13
tgl. 0–24
Umrahmt von historisch-secessionistischen Fassaden, bieten die 16.000 m^2 Grünfläche prima Erholungsmöglichkeit für zwischendurch – ob mit Kind am Spielplatz oder auf der Spielwiese, ob mit Basket- und Fußball im „Käfig" oder bequem am Bankerl. Im Winter locken der Eislaufplatz und die kleine Rodelbahn.

▸ Andreaspark
7., Andreasgasse / Richtergasse
Tel.: 796 36 13
So grau der Bezirk, so grün die Politik. Das Grätzl mit den wenigsten Grünflächen ist der einzige Bezirk, der einen grünen Bezirksvorsteher hat. Der „Beserlpark" schlechthin, kleiner geht's nicht mehr, aber für die BewohnerInnen von Neubau beinahe schon eine grüne Oase. Mehr Spielplatz als sonst was. Rodelmöglichkeit im Winter.

▸ Arenbergpark
3., Neulinggasse / Dannebergplatz
Tel.: 796 36 13
tgl. 0–24
Ein grüner Augenschmaus in Wien-Landstraße. Auf dem Gelände findet sich neben riesigen Grünflächen auch ein Spielplatz und eine extra Hundezone. Unübersehbare Relikte: zwei Bunker aus dem Zweiten Weltkrieg.

P

Foto: Lomographen

▸ Augarten
2., Obere Augartenstraße 1
Tel.: 214 47 57
Nov bis März: 6.30 bis zur Dämmerung,
April bis Okt: 6 bis zur Dämmerung
Ein wahrer Zaubergarten. Ein Flakturm aus dem Zweiten Weltkrieg verleiht dem barocken Garten seinen unwiderstehlich morbiden Charakter. Einst begeisterten hier Wolfgang A. Mozart, Ludwig v. Beethoven und Franz Schubert ihr Publikum. Weiters am Gelände: Augarten Porzellan Manufaktur, Filmarchiv Austria, Internat der Wiener Sängerknaben.

▸ Auer-Welsbach-Park
15., Linke Wienzeile / Mariahilfer Straße
Tel.: 489 85 22
tgl. 0–24 Uhr
110.000 m^2 großer Landschaftspark vor Schönbrunn mit Spielplätzen und winterlicher Rodelmöglichkeit. Äußerst naturbelassen.

▸ Burggarten
1., Josephsplatz 1
Tel.: 533 90 83
Nov bis März: tgl. 6.30 bis zur Dämmerung,
April bis Okt: tgl. 6 bis zur Dämmerung
Vogelgezwitscher mitten in der City. Hier lässt es sich gemütlich in der Wiese liegen oder mit Freunden feiern. Besondere Attraktivitäten sind die historischen Denkmäler und das Schmetterlingshaus aus Stahl und Glas.

▸ Cobenzl Landgut
19., Am Cobenzl 96a
Tel.: 328 94 04
E-Mail: office@landgutcobenzl.at
www.landgutcobenzl.at
Mo–Fr 10–17, Sa, So Fei 10–19
Für Kinder, Jugendliche und Erwachsene gibt es Führungen, wo die Arbeit auf einem Bauernhof spielerisch miterlebt werden kann. Acht Ställe beherbergen insgesamt rund hundert Tiere. Die können gefüttert und gestreichelt weden, oder man bäckt Brot oder erntet Gemüse. Eintritt: 2 Euro, Führung: 5 Euro, Kinder unter 3 Jahren frei.

▸ Dehnepark
14., Rosentalgasse / Dehnegasse / Heschweg
Eigentlich ein großer Wald mit Wanderwegen, Lager- und Spielwiesen und einem netten Teich. Ein Kinderspielplatz mit einigen Geräten befindet sich in der Nähe des Einganges.

▸ Donaupark
22., Arbeiterstrandbadstraße
tgl. 0–24
Erholungsgebiet neue Donau. Riesige Wiesen bieten Platz für zahlreiche Sport- und Freizeitaktivitäten. Parkattraktionen: Rosarium (35.000 Rosen), die Papstwiese, der Donauturm, die Liliputbahn und der Streichelzoo.

▸ Esterházypark
6., Gumpendorfer Straße / Schadekstraße
tgl. 0–24
Naherholung im neu gestalteten Esterhazypark. Am Gelände: Haus des Meeres im Flakturm, Foltermuseum, Spielplatz, Klettergarten.

▸ Jesuitenwiese
2., Böcklinstraße
Grün, so weit das Auge reicht, und das mitten in der Stadt. Hier kann alles gemacht werden: Fußballspielen, Beachvolleyball, zwei Kinderspielplätze mit riesiger Rutsche, eine Beschneiungsanlage beim Rodelhügel. An schönen Sommer- und Wintertagen hat das alles Volksfestcharakter.

Vorsicht, Rutschgefahr. (Foto: Gina Baschant)

P

▸ Josef-Strauss-Park
7., Kaiserstraße / Einzingergasse
Apr bis Sept: tgl. 6.30–20.50,
Okt bis März: tgl. 6.30–18.35
Mit 7.800 m^2 eine stattliche Grünzone im grünarmen Mariahilf. Spiel- und Sportmöglichkeiten.

▸ Kongreßpark
16., Liebknechtgasse / Sandleitengasse
Schöner Park beim Kongreßbad mit Zierpflanzungen (Marille, Pfirsich, Kirsche) und einer denkmalgeschützten Milchhalle; große Wiese; Kinderspielplatz;

▸ Kurpark Oberlaa
10., Kurbadstraße / Laaerbergstraße
Nov, Dez, Jän: tgl. 6–18, Feb: tgl. 6–19,
März: tgl. 6–20, Apr, Sept, Okt: tgl. 6–21,
Mai bis Aug: tgl. 6–22
Der WIG (Wiener Internationale Gartenschau) von 1974 verdankt der Kurpark Oberlaa seine Existenz. Neben Liegewiese und Streichelzoo finden sich hier auch diverse Themengärten: Allergiegarten, Liebesgarten, barocker Brunnengarten, Filmstadt.

▸ Laaerberg Volkspark
10., Ludwig-von-Höhnel-Straße / Favoritenstraße
Tel.: 688 11 70
tgl. 0–24
Romantische Anlage mit hängenden Weiden, ausladenden Seen und saftigen Wiesen.

P

▸ Pötzleinsdorfer Schloßpark
18., Pötzleinsdorfer Straße / Geymüllergasse
Nov bis Jän: tgl. 8–17, Feb, Okt: tgl. 8–18,
März, Sept: tgl. 8–19, Apr: tgl. 8–20,
Mai bis Aug: tgl. 8–21
Landschaftspark mit Sport-, Spiel-, Rodel- und Liegewiesen, einem kleinen Streichelzoo, Waldgelände und Rotwild. Hunde- und Radfahrverbot.

▸ Rathauspark
1., Rathaus / Burgtheater / Parlament
Tel.: 796 36 13
tgl. 0–24
Stattliche Parkanlage zwischen Parlament und Universität. Denkmäler von Johann Strauß Vater und Joseph Lanner. Im Winter vom Advent verzaubert.

▸ Resselpark
4., Karlsplatz
tgl. 0–24
Zentrumsnahe Parkanlage am Karlsplatz. Spielplätze, Sitzecken, Blick auf die Karlskirche.

▸ Sankt Johann Park – Mädchenpark
5., Margaretengürtel / Schönbrunner Straße
tgl. 0–24
Einem Wettbewerb zur geschlechtssensiblen Umgestaltung von Parkanlagen verdankt dieser Park seine Besonderheiten: nutzungsoffene Räume, moderne Spielgeräte, transparente und übersichtliche Gestaltung.

▸ Schlosspark Belvedere
3., Prinz-Eugen-Straße 27
Nov bis März: tgl. 6.30 bis zur Dämmerung,
Apr bis Okt: tgl. 6 bis zur Dämmerung
Eine der bedeutendsten barocken Gartenanlagen Europas. Im französischen Stil errichtet und nach historischen Vorlagen restauriert. Kostenloser Eintritt in den Park; die Sammlung des Alpengartens ist um 3,20 Euro zu besichtigen.

▸ Schlosspark Schönbrunn
Nov bis März: tgl. 6.30 bis zur Dämmerung,
Apr bis Okt: tgl. 6 bis zur Dämmerung
Als eine der besterhaltenen barocken Gartenanlagen zieht der Park um Schloss Schönbrunn TouristInnen und WienerInnen gleichermaßen in seinen Bann. 1750 unter Maria Theresia errichtet, gehört die Anlage heute zum Weltkulturerbe der UNESCO. Das 185 ha große Gelände birgt langgezogene Alleen, verspielte Brunnen und prunkvolle Bauten (Gloriette, Palmenhaus). Historische Authentizität vermittelt auch der Irrgarten, der von April bis November um 2,10 Euro besichtigt werden kann.

Foto: Lomographen

Der ÜBERBLICK
ist immer und überall.
KURIER
UNABHÄNGIGE TAGESZEITUNG FÜR ÖSTERREICH
Die richtige Zeitung
KURIER
KURIER
Herr K.
www.kurier.at

▸ Schönbornpark
8., Florianigasse / Langegasse
Tel.: 796 36 13
tgl. 0–24
Eines der Juwelen des 8. Bezirks; strömt Ruhe und Entspannung aus, spendet Schatten an heißen Tagen. Idealer Platz für intellektuelle Müßiggänger, die gerne lessen.

▸ Schubertpark Währing
18., Schulgasse / Weimarer Gasse
Tel.: 478 34 98
März bis Nov: 7 bis zur Dämmerung
Dieser Parkliegt auf dem Areal des ehemaligen Währinger Ortsfriedhofs. Die ehemaligen Grabstellen Beethovens und Schuberts an der Ostseite des heutigen Parks blieben erhalten. Sanft nach Süden hin ansteigend, mit teilweise altem Baumbestand.

▸ Schweizer Garten
3., Landstraßer Gürtel / Ghegastraße / Arsenalstraße
Tel.: 796 36 13
tgl. 0–24
Beschauliche Grünoase trotz des nahen Gürtels, großer Spielplatz .

▸ Sigmund-Freud-Park
9., Währinger Straße (vor der Votivkirche)
Tel.: 796 36 13
tgl. 0–24
Unter StudentInnen als Votivpark bekannt. Die Liegewiese zwischen Universität und Votivkirche ist ideal zum Diskutieren, Chillen und Ausüben sämtlicher Sommersportarten.

P

▸ Stadtpark
1., Parkring
Tel.: 796 36 13
tgl. 0–24
Wiens erste öffentliche Parkanlage. Eine Landschaftsoase zwischen 1. und 3. Bezirk mit Wiesen, Teichen, Kinderspielplätzen und Jugendzone. Bekannt für seine Denkmäler (Johann Strauß Sohn, Franz Schubert, Franz Lehár), den Kursalon und die Meierei.

▸ Trendsportanlage, 24-Stunden-Jugendpark
12., Dunklergasse-U4/U6-Linse
Tel.: 815 68 59
tgl. 0–24
Skaterkanal, Street- und Basketball, Volleyballanlage, dank Flutlicht rund um die Uhr nutzbar. Ein echter cooler Platz für alle SkaterInnen dieser Stadt.

▸ Türkenschanzpark
18., Peter-Jordan-Straße / Gregor-Mendel-Straße
Okt bis Apr: tgl. 6–20, Mai bis Sept: tgl. 6–22
Benannt nach den Türken, die sich hier 1683 bei der Türkenbelagerung verschanzten. Freizeitwelt mit Streetball, Beachvolleyball, Basketball- und Skateanlagen. Außerdem Teich- und Bachanlagen sowie Zierbäume aus China, Japan und Nordamerika. Aussichtsturm mit Rundblick über Wien.

▸ Volksgarten
1., Dr.-Karl-Renner-Ring
Nov bis März: tgl. 6.30 bis zur Dämmerung,
Apr bis Okt: tgl. 6 bis zur Dämmerung
Ein Liebling der WienerInnen. Direkt neben dem Burgtheater, zwischen Hofburg und Rathaus gelegen, bietet die gepflegte Gartenanlage Gelegenheit zum Chillen, Picknicken und Sich's-gut-gehen-Lassen. Besonders beliebt zum „Abhängen" sind die Stufen des Theseus-Tempels.

▸ Währinger Park
18., Mollgasse / Gymnasiumstraße / Semperstraße
Der Park ist auf Gründen des „Nobelfriedhofs" entstanden und wurde 1923 von Bürgermeister Jakob Reumann der öffentlichen Nutzung übergeben. Neben den Bäumen bestimmen ein großes Wegkreuz, Sportplätze und Denkmalhaine den Gesamteindruck.

▸ Waldmüllerpark
10., Landgutgasse / Herzgasse
März bis Nov: Mi, Sa 7 bis zur Dämmerung
Urnenhainreste und Gedenkstätten aus dem 18. und 19. Jahrhundert erinnern an die historische Vergangenheit des Geländes. Was einst als Friedhof genutzt wurde, ist heute eine moderne Einrichtung mit Beachvolleyball- und Kinderspielplatz. Interessierte erhalten auf Anfrage beim Parktelefon Zutritt zum Gräberhain.

▸ Wasserpark Floridsdorf
21., Floridsdorfer Hauptstraße / Obere Alte Donau
Tel.: 269 79 21
Eines der größten Parkprojekte des Wiener Stadtgartenamts. Rund ein Drittel der Anlage ist mit Wasser bedeckt und bietet Quartier für Stockenten, Möwen, Blesshühner, Schwäne ...

STADTAMT

▸ Wiener Stadtgartenamt
3., Am Heumarkt 2b / Johannesgasse 35
Tel.: 4000-972 11
Zuständig für die Pflege der Parks und Spielplätze. Auskunft und Förderung von Innenhof- und Dachbegrünungen.

PARTY, PARTY

FESTORGANISATION

▸ Akademischer Gästedienst Österreich
4., Wiedner Hauptstraße 51
Tel.: 503 66 00
www.ago.at
Vermietet qualifiziertes Personal für alle nur erdenklichen Anlässe.

▸ Event Company Opitz & Hasil
2432 Wiener Straße 23
Tel.: 02230/34 84-0
www.event-company.at
Spezialist für die Organisation großer Events. Vom Buffet bis zum künstlerischen Programm wird alles für Sie organisiert.

▸ Müller's Freunde – Psychologie, Animation u. Spielpädagogik
6., Gumpendorfer Straße 109/1/20
Tel.: 596 90 38
www.muellersfreunde.at
Müller's Freunde bringen Kinder- und Familienfeste oder größere Events mit Spiel- und Erlebnispädagogik zum Erfolg. Neben Mitmach-Events und Animation sorgt eine Palette von über 15 verschiedenen Programmen für Abwechslung: ZauberZirkus, Abenteuerdschungel u. v. a. m.

VERLEIHE

▸ Alles klar!
12., Schönbrunner Allee 6
Tel.: 699 90 40
Mo–Fr 8–16, Sa 8.30–16,30
www.allerleih.at/
Verleiht vom Geschirr über das Tischtuch hin zu Eiswürfelmaschinen allerlei Zubehör, um das Fest oder die Veranstaltung perfekt werden zu lassen.

▸ Verleihonkels
5., Schönbrunner Straße 31
Tel.: 587 51 52
www.filmrequisiten.at
tgl. 9–14
Die Verleihonkels verleihen alles: Möbel aus jeder Epoche, Schaufensterpuppen, Grammophone oder Jukeboxes. Vielleicht benötigen Sie gerade zufällig ein gesamtes Kaffeehaus oder einen schicken Oldtimer? Einfach anrufen und bestellen oder in das riesige Lager stöbern kommen.

PFERDERENNEN

▸ Galopprennbahn Freudenau
2., Freudenau 65, Rennbahnstraße
Tel.: 728 95 31
www.freudenau.at
Saison: Ende März bis Anfang Nov
Rennen: 2-mal im Monat, Sa od. So
Wer noch Galopprennen in der parkartigen Anlage mit ihren historischen Gebäuden erleben möchte, sollte sich beeilen – die Übersiedelung der Rennen nach Ebreichsdorf ist für 2004 geplant. Ab 2004 keine Renntermine gesichert.

▸ Trabrennpark Krieau
2., Nordportalstraße 247
Tel.: 728 00 46-0
www.krieau.at
Rennbeginn: Sa 16, So, Fei 14 (bei jedem Wetter)
Eines vorweg: Hinzugehen ohne zu wetten hat keinen Sinn. Das wird nämlich schnell langweilig. Die gute Nachricht ist, dass man hier mit wenigen Euro viel Geld machen kann. Wichtig ist, sich gleich nach Betreten die jeden Renntag erscheinende Traber Zeitung mit dem Rennprogramm sowie allen wichtigen Infos zu Pferd und Fahrer zu kaufen (2,11 Euro). Kostenlose Kinderbetreuung.

Wetten, dass ...

(Foto: Gina Baschant)

PICKNICK

Für ein gelungenes Picknick mit allem Drum und Dran bedarf es dreier Dinge: erstens die fantastische Location, zweitens einigermaßen angenehmes Wetter und drittens die Ausrüstung. Gutsortierte Geschäfte für Haushaltswaren führen in der Regel eine Auswahl an Picknickkörben. Die betreffenden Adressen schlagen Sie bitte unter „Haushaltswaren“ nach.

PLÄTZE

Wir haben nur exemplarisch drei Picknickplätze ausgesucht. Mehr finden Sie im Kapitel „Parks & Gärten“ (Seite 301) und im Kapitel „Erholungsgebiete“ (Seite 80).

▸ Bellevuewiese

19., Bellevuestraße / Himmelstraße

Absolut kein Geheimtipp, was bedeutet, dass an schönen Tagen schon recht viel los sein kann. Die fantastische Aussicht lässt einen aber den Menschenauflauf schnell vergessen.

▸ Jägerwiese

Ist nur nach einem halbstündigen Spaziergang (38A-Station Sulzwiese) zu erreichen. Die Wiese liegt mitten im Wald, mit kleinem Spielplatz und Gasthaus. Entweder man nimmt den gleichen Rückweg oder wandert (30 Minuten) zum Cobenzl.

P

▸ La Crêperie

21., An der oberen Alten Donau 6
Tel.: 270 31 00
www.lacreperie.at
tgl. 10–24

Die Ruder Ihres Bootes liegen ruhig im Wasser, der Mond leuchtet am Himmel, sternenklare Nacht. Romantik pur. Dazu ein Glas Prosecco, und was Feines zum Essen. Alles kein Problem, die La Crêperie bietet ein Mondscheinpicknick auf der Alten Donau an. Ab ca. 40 Euro ist man dabei. Wer zu faul zum Rudern ist, kann auch ein Elektroboot haben. Wichtig: Rechtzeitig anmelden! Mondscheinpicknick 17 bis 20 Uhr oder 20 bis 23 Uhr. In der Crêperie: Feine Französische Küche zu gemäßigten Preisen direkt an der Alten Donau.

▸ Perchtoldsdorfer Heide

Wien Rodaun – Perchtoldsdorf

Eigentlich nicht mehr in Wien ... aber so schön und nur 15 Gehminuten von der Endstation der Straßenbahnlinie 60 entfernt.

PILZE

Der Genuss von selbst gepflückten Pilzen kann unter Umständen unangenehme Folgen haben. Bei Unsicherheit, ob es sich bei Ihrem Prachtexemplar um einen genießbaren Pilz handelt oder nicht, können Sie kostenlose Pilzauskunftsstellen aufsuchen. Trotzdem im Notfall: Arzt, Notarzt aufsuchen oder die Zentrale Vergiftungsinformationsstelle (9., Währinger Gürtel 18–20, Tel.: 406 43 43) kontaktieren.

▸ Marktamtsabteilungen

Pilzberatungen und Pilzbegutachtungen werden in den Marktamtsabteilungen der einzelnen Wiener Gemeindebezirke durchgeführt. Adressen:

1., Gonzagagasse 11, Tel.: 531 14-014 31 bis -014 39, Mo–Fr 7.30–15
2., Karmelitermarkt, Amtsgebäude, Tel.: 214 17 83, Mo–Fr 7.30–19, Sa 7–17
3., Karl-Borromäus-Platz 3, Tel.: 711 34-034 31 bis -034 35, Mo–Fr 7.30–15
für den 4., 5., 6. u. 7. Bezirk:
4., Naschmarkt, Amtsgebäude, Tel.: 546 34-054 30 bis -054 39, Mo–Fr 7.30–19, Sa 7–17
für den 8. u. 9. Bezirk:
9., Alser Straße 20, Tel.: 408 28 05, Mo–Fr 7.30–19, Sa 7–17
10., Viktor-Adler-Markt, Amtsgebäude, Tel.: 604 27 63 od. 604 27 77, Mo–Fr 7.30–19, Sa 7–17
11., Simmeringer Markt, Amtsgebäude, Tel.: 749 33 01, Mo–Fr 7.30–15
12., Schönbrunner Straße 256, Tel.: 811 34-124 31 bis 124 34, Mo–Fr 7.30–15
für den 13. u. 14. Bezirk:
13., Hietzinger Kai 1–3, Tel.: 878 34-134 31 bis -134 34, Mo–Fr 7.30–15
15., Gasgasse 8–10, Tel.: 891 34-154 31 bis 154 34, Mo–Fr 7.30–15
16., Yppenmarkt, Amtsgebäude, Tel.: 405 61 74, Mo–Fr 7.30–19, Sa 7–17
17., Elterleinplatz 14, Tel. 401 19-174 31 bis -174 33, Mo–Fr 7.30–15
18., Martinstraße 100, Tel.: 476 34-184 31 bis -184 34, Mo–Fr 7.30–15
19., Gatterburggasse 14, Tel.: 360 34-194 31 bis -194 32, Mo–Fr 7.30–15
20., Brigittaplatz 10, Tel.: 331 34-204 31 bis -204 33, Mo–Fr 7.30–15
21., Floridsdorfer Markt 5, Tel.: 278 15 89, Mo–Fr 7.30–19, Sa 7–17
22., Donaustadtstraße 1, Tel.: 211 23-224 31 bis -224 36, Mo–Fr 7.30–15
23., Lehmanngasse 3, Tel.: 863 34-234 31 bis -234 34, Mo–Fr 7.30–15

PLANETARIUM

A star is born. (Foto: Planetarium Wien)

Was gibt es Schöneres, als nachts in den Sternenhimmel zu sehen? Nicht nur am Land, nein, auch in der großen Stadt hinterlassen Planeten und Sternenbilder Nacht für Nacht bleibende Eindrücke in den Herzen der Menschen. Wem die Entfernung zum Firmament jedoch zu groß ist, dem vergrößern die Wiener Planetarien die Ausblicke auf Mondmeere, Sternenstaub und das Leben irgendwo da Draußen.

▸ **Freiluftplanetarium Sterngarten Georgenberg**
23., Hasenwartgasse 32
Tel.: 889 35 41
E-Mail: astbuero@astronomisches-buero-wien.or.at
www.members.eunet.at/astbuero/
Sternenkunde (auch am Morgen) unter freiem Himmel, unentgeltlich und ohne Gerät. Einmal im Monat Führungen, Treffpunkt Wotrubakirche (Termine bitte telefonisch erfragen).

▸ **Kuffner Sternwarte**
16., Johann-Staud-Straße 10
Tel.: 914 81 30, 911 77 85
www.kuffner.ac.at
Führungen: Apr bis Sept: Di, Fr 21, Sa 17 u. 21,
Okt bis März: Di, Fr 20, Sa 17 u. 20
Monatliche Sternführungen, Workshops, Vorträge und Kinderprogramm, Seminare für Astronomiefreaks, Originalinstrumente aus dem 19. Jahrhundert.

▸ **Universitätssternwarte**
18., Türkenschanzstraße 17
Tel.: 42 77-518
www.astro.univie.ac.at
Führungen: 1. u. 3. Fr im Monat 17
u. nach Vereinbarung
Die Sternwarte für Wissenschaft und Forschung. Selten, aber doch auch für Hobby-Astronomen zugänglich.

▸ **Urania Sternwarte**
1., Uraniastraße 1
Tel.: 729 54 94
Fax: 729 54 94-77
www.planetarium-wien.at
Führungen: Mo–Do 9.30 u. 11 u. 15,
Mi 9.30 u. 11 u. 20, Fr 19, Sa, So 15 u. 17 u. 19
Verschiedene Programminhalte, auch speziell für Kinder.

▸ **Zeiss Planetarium Wien**
2., Oswald-Thomas-Platz 1
Tel.: 729 54 94
E-Mail: admin@planetarium-wien.at
www.planetarium-wien.at
Di, Do 8.30–16, Mi 8.30–12 u.19–21,
Fr 18–20, Sa, So 14–20
Neues aus der Weltraumfahrt, Informationen über den aktuellen Sternenhimmel, Multimedia-Sternenshows. Die gerade frisch renovierten Räumlichkeiten lassen sich für diverse Events anmieten.

POLITIK

▸ **FPÖ Landesgeschäftsstelle**
1., Rathausplatz 8
Tel.: 405 75 60-0
Fax: 405 75 60-23
www.fpoe-wien.at

▸ **Grüne – Bundesbüro und Landesbüro**
7., Lindengasse 40
Tel.: 521 25
Fax: 526 91-19
E-Mail: landesbuero.wien@gruene.at
www.wien.gruene.at
Mo–Fr 9–18

▸ **KPÖ Landesverband Wien**
2., Taborstraße 24a/4/9
Tel.: 214 45 50
Fax: 214 45 50-9
E-Mail: wien@kpoe.at
www.wien.kpoe.at

▸ **ÖVP Landespartei**
1., Falkestraße 3
Tel.: 515 43-0
www.oevp-wien.at

▸ **SPÖ-Landesparteisekretariat**
1., Löwelstraße 18
Tel.: 534 27-0, Fax: 535 36 35
E-Mail: spoe.wien@spoe.at
www.wien.spoe.at

POLIZEI

▸ **Bezirkspolizeikommissariate**
Tel.: 313 10-0
www.polizei.gv.at
1., Deutschmeisterplatz 3
3., Juchgasse 19
für den 4., 5. u. 6. Bezirk:
5., Viktor-Christ-Gasse 19
für den 7., 8. u. 9. Bezirk:
8., Fuhrmannsgasse 5
10., Van-der-Nüll-Gasse 11
11., Enkplatz 3
für den 12. u. 13. Bezirk:
12., Hufelandgasse 4
für den 14. u. 15. Bezirk:
15., Tannengasse 8–10
für den 16. u. 17. Bezirk:
16., Wattgasse 15
für den 18. u. 19. Bezirk:
19., Hohe Warte 32
für den 2. u. 20. Bezirk:
20., Pappenheimgasse 33
21., Herrmann-Bahr-Straße 3
22., Wagramer Straße 89
23., Lehmanngasse 3a

P

▸ **Fremdenpolizeiliches Büro Wien**
8., Hernalser Gürtel 6–12
Tel.: 427 92-34005
www.polizei.gv.at/wien/
Parteienverkehr: Mo–Fr 8–12, tel. Auskunft: 8–15
Niederlassungsbewilligungen für Angehörige von ÖsterreicherInnen und für EWR-BürgerInnen werden hier erteilt. Ebenso die Erteilung von Aufenthaltserlaubnissen sowie Aufenthaltsverbote, Ausweisungen, Abschiebungen und Schubhaft.

▸ **Kriminalpolizeilicher Beratungsdienst**
7., Andreasgasse 4 (Schauraum)
Tel.: 0800/21 63 46
www.polizei.gv.at
Mo–Fr 9–16, 1. Sa im Monat 9–16
Prävention von Eigentumsdelikten durch Beratungs- und Vortragstätigkeit.

POST

▸ **Postamt Fleischmarkt**
1., Fleischmarkt 19
Tel.: 515 09-0
Fax: 515 09-242
www.post.at
tgl. 0–24
Das einzige Postamt, das in Wien rund um die Uhr geöffnet hat. Der Nachtschalter erledigt Postdienste ab 20 Uhr, davor kann man hier jedoch ausgiebigst telefonieren.

PRATER

▸ **Böhmischer Prater**
10., Erholungsgebiet Laaer Wald
Viele nette Attraktionen für Kleinkinder: Ringelspiele, Schaukeln, Kinderautodrom, Schießbuden. Außerdem gibt's schöne Gastgärten und eine Minigolfanlage.

Nicht weh tun. (Foto: Beate Wagner)

▸ **Wiener Wurschtelprater**
2., Praterstern
www.prater.at
Mitte März bis Ende Okt
Rambazamba von Mitte März bis Ende Oktober: Da ist im Prater die Hölle los. Alle Arten von Vergnügungsbahnen – von einfachen für die Familie bis zu den scharfen für den Nervenkitzel – Gastronomiebetriebe, Spielhallen, Souvenirschießstände und natürlich das Riesenrad locken jährlich Millionen in den Prater.

PSYCH...

▸ Akutstationen des Sozialmedizinischen Zentrums Baumgartner Höhe, Otto-Wagner-Spital
14., Baumgartner Höhe 1
Tel.: 910 60
Vermittlung: tgl. 0–24
Stationäre Aufnahme in akuten psychischen Krisen und Ausnahmezuständen. Die Akutstationen sind nach Bezirken aufgeteilt. Die Zuständigkeit ist über die Vermittlung zu erfragen.

▸ Gesundheitszentrum für Psychotherapie der WGKK
7., Mariahilfer Straße 85–87
Tel.: 601 22-407 51
Anmeldegespräche Mo, Mi 13, Di 8 u. 13
Gratis; für alle Versicherten, die an psychischen Problemen leiden und für die eine Psychotherapie angezeigt ist.

▸ Notfallambulanz – Universitätsklinik für Psychatrie, AKH
9., Währinger Gürtel 18–20
Tel.: 404 00-35 47
www.akh-wien.ac.at/Psychiatrie
tgl. 0–24
Stationäre und ambulante Betreuung in akuten psychischen Krisen und Ausnahmezuständen.

▸ Pro Mente Wien
4., Grüngasse 1a
Tel.: 513 15 30, Fax: 513 15 30-350
E-Mail: office@promente-wien.at
www.promente-wien.at
Mo–Fr 8–18
Gesellschaft für psychische und soziale Gesundheit. Umfangreiches Betreuungs- und Beratungsangebot für Menschen mit psychischen Erkrankungen: Selbsthilfegruppen, Wohnungsangebot, Sozialbegleitung, berufliche Rehabilitation. Fort- und Weiterbildung für professionelle HelferInnen.

▸ Psychoanalytische Beratungsstelle
9., Berggasse 17
Tel.: 319 35 66
www.psychoanalyse.org
Di 10–12, Do 17–19.30
Der Wiener Arbeitskreis für Psychoanalyse hat eine Beratungsstelle eingerichtet, die rat- und hilfesuchenden Erwachsenen und Jugendlichen unentgeltlich zur Verfügung steht. Beratungen können auch in Englisch, Französisch, Italienisch und Hebräisch gehalten werden.

▸ Psychologische StudentInnenberatungsstelle
8., Lederergasse 35
Tel.: 402 30 91
www.studentenberatung.at/wien/
Mo–Fr 9–12 u. Mo, Mi–Fr 13–15
Serviceeinrichtung des Bundesministeriums für Bildung, Wissenschaft und Kultur zur Unterstützung von Studierenden und Studieninteressierten. Beratung und Betreuung sind kostenlos, vertraulich und auf Wunsch anonym.

▸ Wiener Landesverband für Psychotherapie
1., Rosenbursenstraße 8
Tel.: 512 71 02
Fax: 512 44 77
E-Mail: wgpv@psychotherapie-wien.at
www.psychotherapie-wien.at
Mo, Mi, Do 14–16, Sa 10–12

PUPPEN

▸ Atelier für Puppenkunst / Portraitpuppen
1., Franz-Josefs-Kai 45/7
Tel.: 535 74 55
Fax: 535 74 55
E-Mail: puppenkunst@nextra.at
www.rothstein-puppen.at/rothstein-puppen
nach Vereinbarung

▸ Color GmbH
12., Steinbauergasse 36
Tel.: 817 94 50
Fax: 817 94 52
E-Mail: colorgmbh@aon.at
www.puppenzubehoer.at
Mo, Mi 10–16
Porzellanpuppen und Zubehör: großes Lager vorhanden. Zusätzlich: Kursangebot jeden Mo von 19 bis 22 Uhr in der Puppenstube in der Steinbauergasse. Unter Anleitung von zwei erfahrenen Kursleiterinnen können Puppen verschiedenster Art hergestellt werden. Der Kurs umfasst das Schleifen des Rohlings, Ausschneiden der Augen, Durchtrennen der Finger und Zehen.

Foto: Beate Wagner

▸ Der Puppendoktor Karin Haider
1., Hegelgasse 5
Tel.: 513 38 76
Fax: 512 60 41
E-Mail: office@puppendoktor.at
www.puppendoktor.at
Mo–Fr 10–18
Wer kennt es nicht: Der Arm ist ab und der Sprössling schreit aus Leibeskräften ob der demolierten Puppe. Was tun? – Abhilfe schafft der Puppendoktor alias Karin Haider, die alle Puppenkrankheiten heilt und den Hausfrieden somit wieder herstellt. Verkauf und Reparatur von antiken Puppen. Anfänger- und Fortgeschrittenenkurse in Restauration von Puppenköpfen: Dauer ein bzw. zweieinhalb Tage von 9 bis 19 Uhr.

▸ Puppenklinik Reichel Manfred
4., Heumühlgasse 5
Tel.: 581 67 26
Fax: 581 67 26
www.puppenklinik.at
Mo–Fr 10–18
Puppenmütter und -väter gehen hier mit ihren Liebsten zum Doc. Verkauf und Reparatur von Porzellan- und anderen Puppen.

PUPPENTHEATER

▸ Figurentheater Lilarum
3., Göllnergasse 8
Tel.: 710 26 66
Fax: 710 26 66-20
E-Mail: lilarum@lilarum.at
www.lilarum.at
Mi, Fr 15, Sa, So 14.30 u. 16.30
Seit mehr als 20 Jahren offeriert das Lilarum abwechslungsreiches Figurentheater für Kinder zwischen drei und zwölf Jahren. Es zählt zu den namhaftesten Puppentheaterhäusern im deutschsprachigen Raum. PuppenspielerInnen aus Österreich und Deutschland zeigen hier ihre faszinierenden Produktionen; sei es mit kunstvoll angefertigten Stoffpuppen, Holzfiguren oder skurrilen Objekten. Die Eintrittspreise (7 Euro) bewegen sich auf demselben Niveau wie die Vorführugen, nämlich auf höchstem.

▸ Marionettentheater Schloss Schönbrunn
13., Schloss Schönbrunn, Hofratstrakt
Tel.: 817 32 47
Fax: 817 32 47-4
E-Mail: office@marionettentheater.at
www.marionettentheater.at
Einmaliges Theatererlebnis mit Puppen als SchauspielakteurInnen. Besonders beliebt sind die Weihnachtsvorstellungen.

▸ Urania Puppentheater
1., Uraniastraße 1
Tel.: 714 36 59
www.kasperlundpezi.at
Das „Kasper und Pez"-Puppentheater wurde im Jahr 1949 von Hans und Marianne Kraus gegründet. Damals hieß es noch „Theater der Kleinen". 1950 traten Kasperl und Pezi erstmals in der Wiener Urania auf, von da an führte die Bühne auch den Namen „Wiener Urania Puppentheater". Seitdem gab es nicht nur unzählige Vorstellungen, sondern auch Aufführungen in Rundfunk und Fernsehen.

Q

QUH

Nicht das Riesenrad und nicht der Stephansdom sind die echten Wahrzeichen Wiens. Nein, die Kuh ist es. Sie verfolgt uns auf Schritt und Tritt. Ungläubiges Staunen? Bitte schön, ein Beispiel:

▸ Allwo die Kuh am Brett spielt
1., Bäckerstraße 12
Die Kuh trägt Brille und spielt mit dem Wolf ein Brettspiel. Zu sehen ist diese Allegorie auf einem freigelegten Fresko aus dem 17. Jahrhundert. Zu dieser Zeit war es gebräuchlich, auf die religiösen Zustände mittels bildlicher Metaphern Bezug zu nehmen. Der Katholik wird von der dummen Kuh dargestellt, der Wolf symbolisiert den cleveren Protestanten, der die Kuh austrickst.

Ich bin eine blinde Quh. (Foto: Archiv)

RAT & TAT

ARBEITNEHMERiNNEN

▸ Arbeiterkammer Wien
4., Prinz-Eugen-Straße 20–22
Tel.: 501 65-0
www.akwien.at
Mo–Fr 8–14, nur nach Terminvereinbarung
Politische Interessenvertretung für Arbeiter und Angestellte. Services: Beratung in Fragen des Arbeitsrechts und Arbeitnehmerschutzes, Sozialversicherungs-, Lohnverrechungs- und Steuerfragen sowie Rechtsvertretung vor dem Arbeits- und Sozialgericht. Bibliothek zu Sozial-, Arbeits- und Umweltthemen. Telefonberatung zu Arbeitsrecht und Mobbing am Arbeitsplatz: Mo–Fr 8–16, Tel.: 501 65-201. Aus Gründen der Komplexität des Arbeitsrechts werden keine Beratungen bzw. Auskünfte via E-Mail erteilt.

▸ ÖGB Wien
1., Hohenstaufengasse 10–12
Tel.: 534 44-0, Fax: 534 44-204
www.oegb.or.at
Der Österreichische Gewerkschaftsbund ist die Dachorganisation der Österreichischen Gewerkschaften und setzt sich für die Rechte seiner Mitglieder ein. Services wie Beratung und Versicherung werden angeboten. Die einzelnen Gewerkschaften finden Sie im Abschnitt „Gewerkschaften" (Seite 196).

FAMILIENTHERAPIE

Bei belastenden Familienschwierigkeiten, Problemen mit pubertierenden Jugendlichen und bei sonstigen persönlichen Krisen finden Sie in den Beratungsstellen die richtigen Ansprechpartner. Aktive Unterstützung – auch in Form von Therapien – wird angeboten.

▸ Caritas der Erzdiözese Wien, Familienzentrum
16., Lienfelder Gasse 75–79
Tel.: 481 54 81
www.caritas-wien.at
Mo–Fr 8–12, nur nach Terminvereinbarung
Beratung sowie Psycho- und mobile Familientherapie, Familienintensivbetreuung.

▸ Ehe- und Familienberatung
3., Rüdengasse 11/5
Tel.: 4000-80 1
www.wien.gv.at/ma11/
telefonisch: Mo–Fr 8–18
Kostenlose Hilfestellung bei Partner- und Familienkrisen und Lebensproblemen; rechtliche Beratung.

▸ Institut für Erziehungshilfe
5., Margaretengürtel 100–110/6/1
Tel.: 544 13 20
www.erziehungshilfe.org
Mo–Fr 9–17 nach Voranmeldung
Schwerpunkt: Eltern-Kind-Probleme; online: weitere Niederlassungen.

▸ Kinder- und Jugendpsychologie, MA 11
4., Favoritenstraße 18
Tel.: 502 34-043 43
www.wien.gv.at/ma11/
Mo, Di, Fr 8–15.30, nach tel. Vereinbarung
Für Termine bis zu 14 Tagen Wartezeit.

▸ Psychologische Beratungsstellen für Scheidungsfragen, Mediation und Konfliktregelung
14., Felbigergasse 45
Tel.: 914 22 38
Mi 13–19, nach tel. Vereinbarung
9., Sobieskigasse 31
Tel.: 4000-909 06
Di 16–19, nach tel. Vereinbarung

▸ Rat und Hilfe
5., Arbeitergasse 28/2
Tel.: 545 45 72
E-Mail: verein-rat-hilfe@rat-hilfe.at
www.rat-hilfe.at
Mo–Do 9–15, Fr 9–13 (für tel. Terminvereinbarung)
Der Verein bietet kostenlose Ehe-, Familien und Lebensberatung: Rechtsberatung (Familienangelegenheiten): Mo und Mi 9 bis 12 Uhr, Ehe-, Familien- und Lebensberatung: Mi 17 bis 19 Uhr.

KONSUMENTiNNENINFORMATION

▸ Verein für Konsumenteninformation (VKI)
6., Mariahilfer Straße 81
Tel.: 588 77-0
www.vki.at
Mo–Fr 9–18.30
Konsumententelefon: 0900/91 00 24, Mo–Fr 9–15
Auskunft über Reklamation und Einkauf. Bei persönlichen Gesprächen wird eine zuvor erfolgte telefonische Terminvereinbarung erbeten. Beschwerde-Korrespondenz: Ärger mit einer Firma? Der VKI unterstützt Menschen in ihren Rechten.

KRISE

▸ Ambulatorium für Kinder und Jugendliche in Krisensituationen

17., Hernalser Hauptstraße 15
Tel.: 406 66 02-13
Fax: 406 66 02-22
E-Mail: ipz-ambulatorium@chello.at
www.psychotherapie.at/oevip
Mo–Fr 10–12 (für tel. Terminvereinbarung)
Hilfe für Kinder und Jugendliche nach traumatischen Erlebnissen (Unfall, Tod, Krankheit); mit Facharztschein bzw. Honorar nach Vereinbarung.

▸ Mutter-Kind-Heim

5., Arbeitergasse 24–26
Tel.: 545 13 87
Fax: 545 13 87-20
E-Mail: mu-ki.arbeitergasse@utanet.at
Der Verein unterstützt Schwangere und Frauen mit Kindern, die sich in einer schwierigen Lebenssituation befinden und keine Wohnmöglichkeit haben, durch befristete Wohnmöglichkeiten, Hilfestellungen und Beratung. Weitere Adresse: 12., Flurschützstraße 1a, Tel.: 815 41 96

MISSBRAUCH UND GEWALT

▸ Die Möwe

1., Börsegasse 9
Tel.: 532 15 15
E-Mail: ksz-wien@die-moewe.at
www.die-moewe.at
Terminvereinbarung:
Mo, Di, Do, Fr 9–12, Mi, Do 14–16
Kinderschutzzentrum und Verein für physisch, psychisch und sexuell misshandelte Kinder und Erwachsene.

Foto: Archiv

▸ Happy Kids

4., Taubstummengasse 5/1/18a
Tel.: 503 88 88
www.happykids.at
Privater gemeinnütziger Verein gegen Kindesmissbrauch. Beraten werden auch Erwachsene mit derartigen Kindeserfahrungen.

▸ Interventionsstelle gegen Gewalt in der Familie

6., Amerlingstraße 1/6
Tel.: 585 32 88
Mo, Di, Do, Fr 8.30–24, Mi 13–20
Die Wiener Interventionsstelle ist eine Opferschutzeinrichtung, die Frauen und Kinder unterstützt, die in der Familie Gewalt erleiden. Außerhalb der Öffnungszeiten: kostenlose Soforthilfe unter Tel.: 0800/222 555.

▸ Kinderschutzzentrum Wien

7., Kandlgasse 37/6
Tel.: 526 18 20
www.kinderschutz-wien.at
nach tel. Vereinbarung
Kostenlose Beratungsstelle, die sich mit allen Formen der Gewalt gegen Kinder und Jugendliche beschäftigt.

▸ Verein Kriseninterventionszentrum

9., Spitalgasse 11/3
Tel.: 406 95 95
Mo–Fr 10–16
Kostenlose Beratung und Kurztherapie zur Bewältigung akuter Krisensituationen.

SCHULDEN

Die Schulden jedes einzelnen Österreichers belaufen sich auf ca. 8.000 Euro (Stand April 2003). Zu den Ursachen gehören falsche Einschätzung der tatsächlichen finanziellen Möglichkeiten, Arbeitslosigkeit, Scheidung, Unfall oder Krankheit. Schon Jugendliche schlittern durch astronomische Handytelefonrechnungen in die Schuldenfalle. Bei Familien führen häufig hohe Mieten oder Wohnungsrückzahlungen dazu.

▸ Schuldnerberatung der Stadt Wien

2., Obere Augartenstraße 26–28
Tel.: 330 87 35
www.schuldnerberatung.wien.at
Die Schuldnerberatung der Stadt kann Sie beraten, wenn Sie in Wien leben, kein Unternehmen betreiben, der Schuldenberg wächst und Sie ein Arbeitseinkommen haben (oder Pension oder Sozialhilfe). Beziehen Sie Leistungen des AMS, dann berät Sie die Schuldnerberatung des KWH, 2., Leopoldsgasse 4, Tel.: 218 27 90.

BERATUNG

▸ Amtstag am Bezirksgericht
E-Mail: office@gericht.at
www.gericht.at
Achtung: Per E-Mail werden keine fachspezifischen Fragen beantwortet. Die Amtstage an den Bezirksgerichten dienen dazu, dass unabhängig und unentgeltlich Rechtsauskünfte erteilt werden. Die Amtstage sind je nach Bezirksgericht verschieden (siehe Bezirksgerichte).

GERICHTE

▸ Arbeits- und Sozialgericht Wien
8., Wickenburggasse 8
Tel.: 401 27
Fax: 401 27-2666
Parteienverkehr: Mo, Mi–Fr 8.30–12.30
Amtstag: Di 8–12

▸ Bezirksgerichte
Zuständigkeitsbereiche: Entscheidung in erster Instanz für alle Rechtssachen mit einem Streitwert bis 10.000 Euro, für Familien- und mietrechtliche Streitigkeiten, im Strafrechtsbereich Entscheidungen über Vergehen, deren strafrechtliche Sanktionierung nur in Form einer Geldstrafe oder einer Freiheitsstrafe (Höchstmaß: ein Jahr) erfolgt.

BG Innere Stadt, für den 1., 3., 4., 5., 6. und 11. Bezirk:
3., Marxergasse 1a, Tel.: 515 28
Parteienverkehr: Mo–Fr 8–12
BG Leopoldstadt, für den 2. und 20. Bezirk:
2., Taborstraße 90–92, Tel.: 245 27
Parteienverkehr: Mo, Mi–Fr 8.30–12.30,
Di 8–12, Amtstag: Di 8–12, Fr 8.30– 12.30
BG Josefstadt, für den 8. und 9. Bezirk:
8., Florianigasse 8, Tel.: 401 77
Parteienverkehr: Mo, Mi–Fr 8.30–12.30,
Di 8–12, Amtstag: Di 8–12, Fr 8.30–12.30
BG Favoriten:
10., Angeligasse 35, Tel.: 601 48
Parteienverkehr: Mo, Mi, Do 8.30–12,
Amtstag: Di, Fr 8–12
BG Meidling:
12., Schönbrunner Straße 222–228/3/5,
Tel.: 815 80 20
Parteienverkehr: Mo–Fr 8.30–12.30,
Amtstag: Di 8–12, Fr 8.30–12.30
BG Hietzing:
13., Hietzinger Kai 1–3/3, Tel.: 877 26 21
Parteienverkehr: Mo, Mi–Fr 8.30–12.30,
Di 8–12, Amtstag: Di 8–12, Fr 8.30–12.30
BG Fünfhaus, für den 14. und 15. Bezirk:
15., Gasgasse 1–7, Tel.: 891 43
Parteienverkehr: Mo–Fr 8–12,
Amtstag: Di 8–12, Fr 8.30–12.30
BG Hernals, für den 16. und 17. Bezirk:
17., Kalvarienberggasse 31, Tel.: 404 25
Parteienverkehr: Mo, Mi–Fr 8.30–12.30,
Di 8–12, Amtstag: Di 8–12, Fr 8.30–12.30
BG Döbling, für den 18. und 19. Bezirk:
19., Obersteinergasse 20–22, Tel.: 360 03,
Parteienverkehr: Mo, Mi, Do 8.30–12.30,
Amtstag: Di 8–12, Fr 8.30–12.30
BG Floridsdorf:
21., Gerichtsgasse 6, Tel.: 277 70
Parteienverkehr: Mo, Mi–Fr 8.30–12.30,
Di 8–12, Amtstag: Di 8–12, Fr 8.30–12.30
BG Donaustadt:
22., Dr.-Adolf-Schärf-Platz 3, Tel.: 201 35
Parteienverkehr: Mo, Mi–Fr 8.30–12.30,
Di 8–12, Amtstag: Di 8–12, Fr 8.30–12.30
BG Liesing:
23., Ernst-Haeckel-Straße 8, Tel.: 869 76 47
Parteienverkehr: Mo, Mi, Do 8.30–12.30,
Amtstag: Di, Fr 8–12

▸ Handelsgericht Wien
3., Marxergasse 1a
Tel.: 515 28
Parteienverkehr: Mo–Fr 8–12.30

▸ Jugendgerichtshof Wien
8., Landesgerichtsstraße 11
Tel.: 401 27
Fax: 401 27-4000
Parteienverkehr: Mo–Fr 8–12

▸ Landesgericht für Strafsachen
8., Landesgerichtsstraße 11
Tel.: 401 27, Fax: 402 59 04
Parteienverkehr: Mo–Fr 8–12
Entscheidung in zweiter Instanz. In einigen Rechtssachen ist das Landesgericht auch in erster Instanz zuständig (Bsp.: Wettbewerbs- oder Urheberrechtsstreitigkeiten).

▸ Landesgericht für Zivilrechtssachen
4., Schwarzenbergplatz 11
Tel.: 521 52, Fax: 521 52-3810
Das Landesgericht ist dem Bezirksgericht übergeordnet und entscheidet in Fällen, in denen der Streitwert 10.000 Euro übersteigt, in zweiter Instanz. In einigen Rechtssachen (zum Beispiel in Wettbewerbs- oder Urheberrechtsstreitigkeiten) ist das Landesgericht in erster Instanz zuständig (entweder durch einen Einzelrichter oder einen Richter-Senat).

▸ Oberlandesgericht Wien
1., Schmerlingplatz 11
Tel.: 521 52
Fax: 521 52-3690
Das Oberlandesgericht Wien ist ein Gerichtshof zweiter Instanz und entscheidet sowohl in Zivil- als auch in Strafsachen als Rechtsmittelgericht. Der Präsident des Oberlandesgerichts ist gleichzeitig Leiter der Justizverwaltung, und als solcher untersteht er in dieser Funktion nur noch direkt dem Bundesminister für Justiz.

▸ OGH – Oberster Gerichtshof
1., Museumstraße 12
Tel.: 521 52
Fax: 521 52-3310
Oberste Instanz in Zivil- und Strafsachen in Österreich. Gegen seine Entscheidungen sind keine weiteren innerstaatlichen Rechtszüge mehr möglich.

▸ Verfassungsgerichtshof
1., Judenplatz 11
Tel.: 531 22-0
Fax: 531 22-499
E-Mail: vfgh@vfgh.gv.at
www.vfgh.gv.at
Im Zuständigkeitsbereich des VfGH steht die Gesetzesprüfung, die Normenkontrolle, die Prüfung von Wahlen und Ausübung der Sonderverwaltungsgerichtsbarkeit.

Foto: Archiv

▸ Verwaltungsgerichtshof
1., Judenplatz 11
Tel.: 531 11-0
www.vwgh.gv.at
Nach Artikel 129 der Österreichischen Bundesverfassung dient der Verwaltungsgerichtshof in Wien zur Sicherung der Gesetzmäßigkeit der gesamten öffentlichen Verwaltung. Er ist für die Gesetzmäßigkeit von Bescheiden und für den Rechtsschutz gegen die Untätigkeit der Verwaltung verantwortlich.

JUSTIZANSTALTEN

▸ Justizanstalt Wien-Favoriten
10., Hardtmuthgasse 42
Tel.: 601 21

▸ Justizanstalt Wien-Josefstadt
8., Wickenburggasse 18–22
Tel.: 404 03 (Zentrale Auskunft)

▸ Justizanstalt Wien-Mittersteig
5., Mittersteig 25
Tel.: 545 16 91

▸ Justizanstalt Wien-Simmering
11., Kaiserebersdorfer Straße 297
Tel.: 769 69 16

STANDESVERTRETUNGEN

▸ Österreichische Notariatskammer
1., Landesgerichtsstraße 20
Tel.: 402 45 09, Fax: 406 34 75
www.notar.at
Die Österreichischen Notare bieten eine erste Rechtsauskunft an, die immer kostenlos ist. Kompetenzbereiche: alle Arten von Verträgen, Gesellschaftsgründungen, Erweiterungen und Zusammenschlüsse von Unternehmen und Gesellschaften, Abtretungen von Beteiligungen, General- und Hauptversammlungen, Grundbuch- und Firmenbuchangelegenheiten …

▸ Rechtsanwaltskammer Wien
1., Rotenturmstraße 13 (Eingang: Ertlgasse 2)
Tel.: 533 27 18, Fax: 533 27 18-44
www.rakwien.at
Mo–Do 8–17.15, Fr 8–13
Bietet unentgeltliche Erstberatungsgespräche an, die eine Hilfe zur Orientierung leisten sollen bezüglich der Rechtslage und der weiteren Vorgehensweise. Folgende Fragen werden mit Hilfe eines Rechtsanwaltes u. a. erörtert: „Welche Ansprüche können gegen wen durchgesetzt werden?“, „Macht eine Klage überhaupt Sinn?“, „Welche Möglichkeiten stehen offen?“

REFORMHAUS

▸ Buchmüller
7., Neubaugasse 17
Tel.: 523 72 97
Mo–Fr 9–18.30, Sa 9–18
Großes Reformhaus in der Neubaugasse mit sehr gutem vegetarischen Mittagsimbiss.

Gsund wer ma rund. (Foto: Archiv)

▸ Die Kräuterdrogerie
8., Kochgasse 34
Tel.: 405 45 22
www.kraeuterdrogerie.at
Mo–Fr 8.30–18, Sa 8.30–13
Die Produktpalette reicht von Heilkräutern bis zu ätherischen Ölen und ayurvedischer Kosmetik. Angeboten werden auch Kochkurse, Kräuterkurse und Ayurvedakurse. Vollwertküche zur Mittagszeit.

▸ Reformhaus Staudigl
1., Wollzeile 25
Tel.: 512 82 12-1
Fax: 513 94 39
E-Mail: staudigl@gewusstwie.at
Mo–Fr 9–18.30, Sa 9–17
Gesundheit, Wohlbefinden und Schönheit gehen Hand in Hand. Und von daher ist es nicht verwunderlich, dass es beim Staudigl ein vollwertiges Angebot gibt an Lebensmitteln, Trockenfrüchten, Nüssen, Kapseln und Elixieren. In heller, freundlicher Atmosphäre bietet der Familienbetrieb Tees, Tofu und alles für Gesundheit und Wohlbefinden. Frischbiokostimbiss an der Theke erhältlich. Ein fachkundiges Team berät hier sehr angenehm.

▸ Reformhaus Verde
8., Josefstädter Straße 27
Tel.: 405 13 29
Mo–Fr 9–18.30, Sa 10–13
Naturkostladen mit eigenem Lieferservice.

▸ Reformhaus Völkl
3., Landstraßer Hauptstraße 23
Tel.: 714 84 19-0
Mo–Fr 8–18.30, Sa 8–17
Kleines aber feines Reformhaus. Mit schöner Auswahl an Biolebensmitteln (auch Milch, Butter, Eier), dazu das übliche Sortiment an Kosmetik, Heilkräutern usw. Und: eine Gradwohl-Bäckerei (Shop im Shop). Feine Sache.

REISEN

BILLIG FLIEGEN

▸ Air Berlin
Tel.: 0810/102 57 38 00 (tgl. 0–24)
airberlin.com
Ab 29 Euro von Wien nach Berlin, Hamburg, Nürnberg, Dortmund, Düsseldorf und London.

▸ Germanwings
Flughafen Wien-Schwechat, Terminal 21, 22, 41
Tel.: 502 91 00-70 (8–21)
www.germanwings.at
tgl. 6.55–10 u. 13.45–16.30 u.19.45–22
Flüge nach Köln ab 19 Euro und von dort weiter nach ganz Europa ab weiteren 19 Euro.

BUS

▸ BahnBus
23., Brunner Straße 72–76
Tel.: 930 00-344 08
www.oebb.at
Neben dem normalen Linienbusbetrieb (Fahrplanauskunft: 05 17 17) können Bahnbusse auch für Sonderfahrten gemietet werden.

▸ Eurolines Austria
3., Erdbergstraße 202
Tel.: 789 29 00
www.eurolines.at
Mo–Fr 6.30–20.30,
Sa, So, Fei 6.30–11 u. 16.30–20.30
Eurolines ist ein Zusammenschluss von 35 europäischen Buslinien, die ein Verkehrsnetz mit über 500 Zielen in ganz Europa bilden. Reisen mit Eurolines ist somit die günstigere Alternative zu Bahn und Flug. Die meisten Busse nach Südosteuropa fahren am Südbahnhof ab (Mo–So 13–21, Mi, Sa auch 22.30–23.30, Tel.: 796 85 52).

▸ Post.Bus
4., Prinz-Eugen-Straße 8–10
Tel.: 711 01 (tgl. 7–20)
www.postbus.at
Der Postbus fährt auch noch dort, wo keine Bahn mehr fährt, und versorgt so auch die Menschen am Land mit öffentlichem Verkehr. Daneben gibt es aber auch den „Rent a Post.Bus"-Service, bei dem Fahrten mit der gesamten Flotte – und darunter befinden sich noch wahre Oldtimer – gebucht werden können.

LAST MINUTE

▸ ATS Urlaubsbörse
3., Hotel Hilton, City Air Terminal
Tel.: 718 50 00
www.ats-urlaubsboerse.at
Mo–Fr 9–18, Sa 9–12
Sieben Mal in Wien sind Restplätze und Urlaubsreisen in der ATS Urlaubsbörse nur eine Buchung weit entfernt. Weitere Filialen:
1., Opernring 1, Tel.: 585 42 00
3., Landstraßer Hauptstraße 2, Hilton-Passage, Tel.: 711 88-0
3., Landstraßer Hauptstraße 106, Tel.: 718 20 00
6., Mariahilferstraße 55, Tel.: 588 88-0, Mo–Fr 9–19, Sa 9–13
15., Hütteldorfer Straße 81b, Meiselmarkt-EKZ, Tel.: 985 90 00
22., Donauzentrum, Obere Verkaufsebene, Tel.: 203 64 64, Mo–Fr 9–19, Sa 9–13

▸ L'Tur Agentur Wien
7., Mariahilfer Straße 66
Tel.: 524 60 52
www.ltur.at
Mo–Fr 9–19, Sa 9–13
Hinter dem geheimnisvollen Namen verbirgt sich das erste Last-Minute-Reisebüro in Wien. Das ganze Jahr über gibt's Urlaubsreisen zum Schnäppchenpreis.

R

▸ Restplatzbörse
6., Mariahilfer Straße 77 (Generali Center)
Tel.: 580 85-0
www.restplatzboerse.at
Mo–Fr 9–18, Sa 9–12
Travelfon: Mo–Fr 8–20, Sa, So 9–16
Günstigste Preise auf Flüge und auf Restplätze von Pauschalreisen verspricht die Restplatzbörse und ist via Telefon fast immer erreichbar. Einige der vielen Filialen:
1., Stephansplatz; 1., Kärntner Ring 18
1., U-Bahn-Station Volkstheater, Aufgang Bellaria
1., Opernpassage Karlsplatz (Mo–Fr ab 8.30)
1., U1-/U4-Station Schwedenplatz

REISEBÜROS

▸ Akademischer Reisedienst – Orion Reisen
16., Fröbelgasse 46
Tel.: 892 34 43
Fax: 892 03 20
E-Mail: office@studienreisen.at
www.studienreisen.at
Mo–Fr 9–18
Gut vorbereitete Studienreisen in alle Welt mit einem reichhaltigen Besichtigungsprogramm und professioneller und kompetenter Reiseleitung.

▸ ARR Studienreisen
3., Modecenterstraße 16, 6. Stock
Tel.: 514 78 50
Fax: 514 78 55
E-Mail: arr@kuoni.at
www.arr.at
Mo–Fr 9–18
Klassische Studienreisen mit einem intensiven kulturellen Besichtigungsprogramm, Erlebnisreisen, die schon ein bisschen abenteuerlicher sind, aber auch Expeditionsreisen auf weniger ausgetretenen Pfaden – etwa in die Antarktis – finden sich im Angebot.

▸ Atlantis Flugreisen
6., Theobaldgasse 14
Tel.: 588 51-0
Fax: 588 51-18
E-Mail: office@atlantis-flugreisen.at
www.atlantis-flugreisen.at
Mo–Fr 9–18.30
Kompetenz ist die Stärke von Atlantis Flugreisen. Wenn auch die MitarbeiterInnen wegen der großen Nachfrage vor allem zur Ferien-Rushhour ein wenig gestresst sind, so finden sie doch für jeden schnell das passende Angebot, egal ob Flug only oder Pauschalreise. Spezialgebiet: Nordamerika.

▸ Business & Ethnic Travel Center
10., Troststraße 50/3/302
Tel.: 607 91 00
E-Mail: info@betc.at
www.bect.at
Mo–Fr 9–12.30 u. 13.30–17.30
Spezialisiert auf außereuropäische Flugdestinationen. Gut, billig, schnell, kompetent.

Foto: Archiv

fly the train CAT
Vienna Airport < > Vienna City: 16 minutes.
Dezember 2003 kommt der neue City Airport Train. Und damit sind Sie nicht nur in 16 Minuten
m Flughafen mitten in Wien, sondern können auf dem Rückweg Ihr Gepäck auch gleich in
en-Mitte einchecken. So bringen wir Sie alle 30 Minuten schneller und bequemer an Ihr Ziel.
CITY AIRPORT TRAIN
Vienna International Airport

Foto: Archiv

▸ Geo Reisen
1., Gölsdorfgasse 3
Tel.: 512 76 12-0
E-Mail: wien@geo.at
www.geo.at
Mo–Fr 9–18
Erlebnis- und Studienreisen, Individual- und Lesereisen und, als Besonderheit: Hochzeitsreisen.

▸ ÖSG-Reisedienst / Ganesha Reisen
4., Favoritenstraße 35
Tel.: 505 67 94
E-Mail: office@oesgreisedienst.com
www.oesgreisedienst.info
Mo–Fr 8.30–17.30
ÖSG-Reisedienst ist spezialisiert auf Länder der GUS, allen voran Russland mit seinen Metropolen Moskau und St. Petersburg. Wolga-Kreuzfahrten und Reisen mit der Transsibirischen Eisenbahn, aber auch Reisen nach China. In Zusammenarbeit mit Ganesha Reisen erweitert sich das Spezialgebiet auf den indischen Subkontinent, Südostasien, Südamerika und die arabischen Länder.

▸ Sta Travel
9., Garnisongasse 7
Tel.: 401 48-0
Fax: 401 48-22 90
E-Mail: info@statravel.at
www.statravel.at
Mo–Fr 9–17.30
Ehemals Ökista, ist Sta Travel heute das Reisebüro für Jugendliche und Studenten mit günstige Flugpreisen und Arrangements. Der internationale Studierendenausweis ist hier erhältlich. Weitere Filialen:
Travel Shop Campus Altes AKH:
9., Alserstraße 4, Hof 1, Tel.: 902 07-0, Mo–Fr 9–18, Sa 10–14
Travel Shop Türkenstraße:
9., Türkenstraße 6, Tel.: 401 48-0
Travel Shop Karlsgasse:
4., Karlsgasse 3, Tel.: 502 43-0, Mo–Fr 9–18
Travel Shop Donauzentrum:
22., Wagramer Straße 81, Top 177, Tel.: 202 48 08, Mo–Fr 9–18.30, Sa 9–13

REPARATUREN

▸ Antoni
13., Klitschgasse 35/5
Tel.: 804 07 04 od. 0664/337 48 04
Mo, Di, Do, Fr 8–12
Elektrische Haushaltsgeräte, Waschmaschinen, E-Herde, Mikrowellen.

▸ Balas
14., Linzer Straße 45
Tel.: 484 27 25 oder 0664/525 56 75
www.klavierbau-balas.at
Mo–Fr 9.30–18 nach tel. Anmeldung
Alle Klavierinstrumente, Pianos, Flügel, historische Instrumente (Cembalo, Clavicord, Hammerflügel).

▸ Beck
6., Schmalzhofgasse 1a
Tel.: 597 83 49
E-Mail: office@Kamera-Service.com
kamera-service.com
Mo–Fr 8–12 u.13–17
Kameras, Overhead-Projektoren etc.

▸ Boubal
7., Neubaugasse 45
Tel.: 523 23 65
Mo–Do 9–12 u. 13–17, Fr 9–14,
Mi, Do nur nach tel. Vereinbarung
Küchenkleingeräte, Küchenmaschinen, Elektromotoren und -werkzeuge, Staubsauger.

▸ Comtronic
1., Getreidemarkt 16
Tel.: 587 44 77
Mo–Fr 11–18
Telefone, Telefonanlagen, Anrufbeantworter, Faxgeräte, Headsets, Funkgeräte, Alarmgeräte, ISDN-Anlagen.

Das kann niemand mehr reparieren. (Foto: Beate Wagner)

▸ Jank Ferdinand
2., Lassallestraße 40
Tel.: 729 84 35
E-Mail: schirm.jank@utanet.at
Mo–Fr 10–12, 15–16, Sa 10–12
Repariert Regenschirme.

▸ Karall & Matausch
21., Hossplatz 17
Tel.: 271 10 70
Mo–Fr 9–12.30, 13.30–17
TV, HiFi, Videokameras, Video und Antennen, Computermonitore.

▸ Novak
17., Hernalser Hauptstraße 79
Tel.: 486 93 35 od. 0676/601 77 56
tgl. 0–24 (Telefonnotdienst)
Gasherde, Warmwassergeräte, Ölheizungen, Thermen.

▸ Remail
10., Van-der-Nüll-Gasse 34–36
Tel.: 616 45 32
www.remaill-technik.at
Mo–Do 8–16, Fr 8–13
Badewannenbeschichtungen.

▸ Reparatur- u. Service Zentrum R.U.S.Z
14., Lützowgasse 12–14
Tel.: 982 16 47
www.rusz.at
Mo–Mi 8.30–16.30, Do 8.30–19.30, Fr 8.30–14.30
Geschirrspüler, Waschmaschinen, Trockner, TV, HiFi und Video.

▸ Schöller & Schöller
2., Große Sperlgasse 5
Tel.: 214 87 41
E-Mail: schoeller@t-online.at
Mo–Fr 9–16
Farbbänder, Druckertoner.

▸ Schweiger
15., Schwendergasse 21
Tel.: 893 61 16
nach tel. Vereinbarung
TV, HiFi-Audio, Antennen, Video.

▸ Sinnl & Hanten
7., Lindengasse 51
Tel.: 526 37 28
Fax: 526 37 28
Mo, Di, Fr 10–12 u. 14–18,
Mi 10–12, Do 10–12 u. 14–20
Werkstatt für Musikelektronik.

▸ Zerownitzky
17., Jörgerstraße 34
Tel.: 406 14 67
Mo–Fr 9–12.30 u. 13.30–18
Reparatur aller Markenuhren, Spezialwerkstätte für alte und antike Klein/Großuhren, Anfertigung fehlender oder beschädigter Teile.

RESTAURIERUNGEN

▸ Atelier Schlossgasse
5., Schloßgasse 18/21
Tel.: 548 82 70
Mo–Fr 9–18 (bitte tel. voranmelden)
Restaurierung und Konservierung von Gemälden und gefassten Objekten.

▸ Vertiko Antiques
7., Lerchenfelder Straße 30
Tel.: 405 22 71
www.vertiko.at
Mo–Fr 10–18, Sa 10–13, 1. Sa im Monat 10–17
Gratis Kostenvoranschläge. Leimen, Schleifen, Beizen, Lackieren und Politieren von Möbeln. Tapezieren von Postermöbeln, Reperatur antiker Leuchten.

Gebrauchtes neu, bei Vertiko. (Foto: Archiv)

R

SAUNA & TRÖPFERLBAD

PRIVATE SAUNA

▸ **Badehaus Sargfabrik**
15., Goldschlagstraße 169
Tel.: 98 89 81-11
Fax: 98 89 81-14
E-Mail: kulturhaus@sargfabrik.at
www.sargfabrik.at
tgl. 0–24
Bade- und Saunalandschaft für die Clubmitglieder des Badehauses. Die Mitgliederzahl ist auf 350 beschränkt, Eintrag auf einer Warteliste möglich. Beitrittsgebühr 18 Euro, jährlicher Clubbeitrag 72 Euro. Wer ohne Mitgliedschaft saunieren möchte, kann dies von September bis Juni beim Public Bath House (2. Mittwoch im Monat, 9,90 Euro) und den Frauenbadefreuden Public Bath House (3. Sonntag im Monat, 12,50 Euro, Bad und Kosmetik).

▸ **Repitz Sauna im Donaupark**
22., Donauturmstraße 6
Tel.: 263 39 38
Mo–Fr 11–22

▸ **Sauna am Liesingbach**
10., Hintere Liesingbachstraße, Obj. 4
Tel.: 688 81 25
Di, Fr 12–22, Mi, Do 9–22, Sa, So, Fei 8–19
Biosauna, Dampfkammer, Kalt- und Warmbecken, großer Garten. Nur ganztägig.

S

STÄDTISCHE SAUNA

Klassisches Saunieren in einem der städtischen Sauna- und Brausebäder. Vier Stunden inklusive Kästchenbenützung ab 10,50 Euro.

▸ **Apostelbad**
3., Apostelgasse 18
Tel.: 713 11 71
Di 14–21.30 (gemischt), Mi 13–21.30 (gemischt), Do 9–21.30 (Damen), Fr 9–13 (Herren), Fr 13–21.30 (gemischt), Sa 8–20 (gemischt)
Brausebad: Do–Sa
Juli u. Aug: Di geschlossen
Brausebad, Dampfbad, Solarium, Massage, Buffet.

▸ **Einsiedlerbad**
5., Einsiedlerplatz 18
Tel.: 544 71 37
Di–Mi 13–21.30, Do–Fr 9–21.30, Sa 8–20
Brausebad: Do–Sa
Beheiztes Freibecken, Brausebad, Solarium, Massage, Fußpflege, Buffet.

▸ **Hermannbad**
7., Hermanngasse 28
Tel.: 521 34-442 50
Di, Mi 13–21.30, Do, Fr 9–21.30, Sa 8–20
Brausebad: Di–Sa
Brausebad, Dampfbad, Solarium, Massage, Buffet.

▸ **Penzinger Bad**
14., Hütteldorfer Straße 136
Tel.: 914 61 50
Di, Mi 13–21.30, Do, Fr 9–21.30, Sa 8–20
Brausebad: Di–Sa
Brausebad, Dampfbad, Solarium, Massage, Buffet, beheiztes Freibecken.

▸ **Ratschkybad**
12., Ratschkygasse 26
Tel.: 813 45 58
Di, Mi 13–21.30, Do, Fr 9–21.30, Sa 8–20
Brausebad: Di–Sa
Brausebad, Dampfkammer, Solarium, Massage, Buffet.

▸ **Währinger Bad**
18., Klostergasse 27
Tel.: 479 53 61
Mi 13–21.30, Do, Fr 9–21.30, Sa 8–20
Brausebad: Mi–Sa
Brausebad, Solarium, Massage.

Keine kalten Füße. (Foto: Archiv)

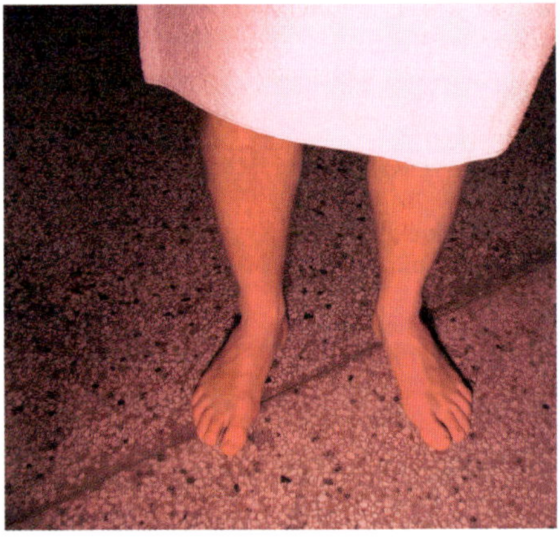

▸ Weisselbad
21., Weisselgasse 5
Tel.: 278 22 63
Di, Mi 13–21.30, Do, Fr 9–21.30, Sa 8–20
Brausebad: Di–Sa
Brausebad, beheiztes Freibecken, Dampfbad, Solarium, Kalt- und Warmbecken, Massage, Fußpflege, Buffet.

TRÖPFERLBAD

Das heimliche Wahrzeichen der Stadt! Als Badezimmer in Wohnungen noch Seltenheitswert hatten, gingen Herr und Frau Wienerin eben ins „Tröpferlbad", um sich den hart erworbenen Arbeitsschweiß abzuwaschen. In ihrer Reinform werden heute noch zwei dieser Brauseinstitute betrieben. Wannen- oder Duschkabine um 2 Euro die Stunde.

▸ Volksbad Friedrich-Kaiser-Gasse
16., Friedrich-Kaiser-Gasse 11
Tel.: 481 48 82
Mi–Do 12–19, Fr 9–19, Sa 8–18

▸ Volksbad Geiselbergstraße
11., Geiselbergstraße 54
Tel.: 743 62 10
Do–Fr 9–19, Sa 8–18

SCHACH

Das Schachspiel ist ein wichtiger Bestandteil der Wiener Kaffeehauskultur. In den unzählgen Cafés treffen sich nicht nur Intellektuelle zu einer Partie. Etwa im Café Museum kann man gut nachvollziehen, dass Wien um die Jahrhundertwende bis in die Zeit der Ersten Republik eine Schachmetropole war. Dachorganisation aller Schachvereine und -gruppen in Wien ist der 1927 gegründete Schachverband. Rund 2.500 Schachspieler sind beim Wiener Landesverband gemeldet, die organisierten Clubs verteilen sich auf 35 Vereine und 57 Betriebsschachgruppen. In fast jedem Wiener Bezirk gibt es einen Schachverein.

GESCHÄFTE

▸ Schach & Spiele
6., Gumpendorfer Straße 60
Tel.: 585 98 35
E-Mail: schachundspiele@nextra.at
Mo–Fr 10–13 u. 15–18
Schachfiguren, Schachbretter und Uhren für drinnen und für draußen, dazu Schachcomputer. Neben Schach gibt es auch alles Zubehör für andere Brettspiele wie Backgammon, Go oder Shogi.

▸ Schach Mattes
9., Nußdorfer Straße 31–33
Tel.: 310 93 18-0
www.schachmattes-chess.com
Mo–Fr 9.30–18, Sa 9.30–12
Das Geschäft für Schach in allen seinen Facetten führt Schachfiguren von Miniaturgröße bis hin zur unübersehbaren Plastik-Freiland-Ausgabe, wunderschöne Intarsienbretter genauso wie Schachbretter aus Kunststoff. Bücher und Software zum Thema sowie Turnieruhren und Computer runden den Bereich Schach ab. Wöchentlich gibt es ein kniffeliges Schachrätsel (die Angaben sind auch an der Auslage einsehbar).

VERBAND

▸ Wiener Schachverband
14., Penzinger Straße 72
Tel.: 897 210 80
www.chess-vienna.at
Mo 16–22, Mi 16–19

SCHÄDLINGSBEKÄMPFUNG

Foto: Archiv

Tauben prägen das Erscheinungsbild jeder größeren Stadt. Nicht jeder ist begeistert von dieser Spezies, die im gewissen Sinne eine Ausnahme im Tierreich darstellt. Ihr Lebensraum ist nämlich kein „natürlicher", sondern sie teilen ihn mit dem Menschen. Stadttauben mögen nicht zu steile, möglichst sonnige Dachseiten im Windschatten – genau wie wir. Konflikte sind also programmiert, zumal der Taubenkot stinkt und die Bausubstanz schädigt. Sie zu füttern ist in Wien übrigens behördlich verboten. Diverse Unternehmen bieten einfache Mittel wie lange Stahlnägel für Fenstersimse zum Schutz gegen Tauben an. Man muss sie also nicht gleich vergiften oder erschießen.

S

▸ Adonex
11., Simmeringer Hauptstraße 24
Tel.: 740 40 48-8
Fax: 740 40 48-9
E-Mail: adonex@adonex.at
www.adonex.at
Schädlingsbekämpfung, Taubenabwehr, Holzschutz. Bei Schaben: 2 Jahre Garantie.

▸ Intech
6., Esterházygasse 28
Tel.: 585 07 56
E-Mail: taubenabwehrsyst@aon.at
www.taubenabwehr-intech.com
Taubenabwehr durch Abwehrleisten und Spikesysteme, Netze, Spanndrahtsysteme oder elektrische bzw. chemische Methoden.

▸ Prasch
10., Oberlaaer Straße 229
Tel.: 688 47 01-0
Fax: 688 47 03
E-Mail: office.prasch@aon.at
www.prasch.at
Taubenabwehr und Schädlingsbekämpfung.

▸ Simacek
2., Taborstraße 81
Tel.: 211 66-0
Fax: 211 66-108
E-Mail: simacek@simacek.at
www.simacek.at
Schädlingsbekämpfung und Taubenabwehr.

Foto: Archiv

SCHAUSPIELSCHULEN

Wien – die Theaterstadt – bietet neben zahlreichen Theaterbühnen auch etliche Ausbildungsstätten. Die wohl namhafteste Schule hierzulande ist das Max Reinhardt Seminar. Den Studierenden wird dort eine breite Palette von Fächern und künstlerischen Methoden sowie der intensive Kontakt zu mannigfaltigen Persönlichkeiten des Theaterlebens geboten. Der Lehrkörper umfasst ca. 40 ProfessorInnen und Lehrbeauftragte, die aktiv die Theaterlandschaft des deutschsprachigen Raums bestimmen. In den vergangenen Saisonen gelang es, neben bewährten langjährigen LehrerInnen wie Inge Konradi, Karlheinz Hackl und Martin Schwab bedeutende Theaterleute wie Ferruccio Soleri, Heiner Müller, Oleg Tabakov, Giorgio Strehler, István Szabó und Klaus Maria Brandauer für die Arbeit am Seminar zu gewinnen.

▸ Act & Fun – das schauspielstudio
5., Margaretenstraße 70
Tel.: 585 21 33
Fax: 585 21 21
E-Mail: info@schauspielschule.at
www.schauspielschule.at
Di, Mi, Do 16–19
Act & Fun bietet die Möglichkeit, das Schauspielhandwerk in verschiedensten Intensitätsgraden zu erlernen. Die StudentInnen können sich aus dem umfangreichen Kursangebot ihr persönliches Ausbildungsprogramm zusammenstellen. Ziel ist es, nicht nur Personen mit beruflichen Ambitionen, sondern auch interessierten AmateurInnen eine professionelle Schauspielausbildung zu ermöglichen.

▸ Max Reinhardt Seminar
14., Penzinger Straße 9
Tel.: 711 55-2801, -2802
Fax: 711 55-2899
E-Mail: mrs@mdw.ac.at
www.maxreinhardtseminar.at
Mo–Do 8.30–12 u. 12.30–17, Fr 8.30–12.30
Ziel des achtsemestrigen Studiums ist eine Ausbildung, die den angehenden SchauspielerInnen und RegisseurInnen handwerkliches Können und intellektuelle Kompetenz für eine sich kontinuierlich wandelnde Theaterrealität verleiht. Die Bewerbung um die Aufnahme als ordentliche/r HörerIn hängt von der erfolgreichen Ablegung der Zulassungsprüfung ab. Informationen hierzu sind jeweils auf der Webseite bzw. telefonisch zu erfragen.

▸ Schauspielschule Carola Sailer
19., Andrassy-Straße 5/2d
Tel.: 0664/330 41 20
nach tel. Vereinbarung
Schauspieleinzelunterricht sowie Stimm- und Atemtraining für Manager, Lehrer, Vortragende

▸ Schauspielschule Krauss GesmbH
1., Weihburggasse 9
Tel.: 512 43 24
E-Mail: office@schauspielschulekrauss.at
www.schauspielschulekrauss.at
Sekretariat: Mo–Fr 9–13
Die Ausbildungsdauer beträgt drei Jahre. Unterrichtsgegenstände: Dramatischer Unterricht, English Drama, Improvisationen, Sprecherziehung, Gesang, Körpertraining, Tanz, Pantomime u. v. m. Das Schulgeld beträgt jährlich 4.320 Euro. Die Aunahmebedingungen sind auf der Webseite zu finden bzw. telefonisch zu erfragen.

▸ Vienna Musical School
10., Quellenstraße 102
Tel.: 606 33 22
E-Mail: office@viennamusicalschool.at
Büro: Mo, Di, Mi 13–19, Fr 9–15

SCHIFFE

▸ DDSG Blue Danube Schifffahrt
1., Friedrichstraße 7
Tel.: 588 80
www.ddsg-blue-danube.at
Mo–Fr 9–18
Schiffsreisen auf der Donau: stromabwärts nach Bratislava oder Budapest (Tragflügelbootverbindungen), stromaufwärts in die Wachau. Sonntagsausflüge: Wien–Dürnstein im Schiff und mit dem Bus wieder retour. Es gibt auch Themenfahrten: Mittsommerfeier in der Wachau, Tanzfahrten am Abend, Halloween-Cruise etc.

▸ Donauschifffahrt Wien
3., Marxergasse 19
Tel.: 715 15 25-18
www.donauschiffahrtwien.at
tägl. 10.45 ab Schwedenplatz
Route: Stromabwärts von der Station Schwedenbrücke durch den Donaukanal in die Große Donau zur Station Wien-Nußdorf und wieder retour. Abfahrt bei der Schwedenbrücke ist um 10.45 Uhr, im Sommer zusätzlich um 14.45 Uhr. Die Fahrt dauert etwa drei Stunden. Außerdem gibt es eigene Kinderfahrten mit Kinderunterhaltung an Board.

SCHMUCK & UHREN

ALLGEMEIN

▸ Agatha
1., Kärntner Ring 5–7 (Ringstraßen Galerien)
Tel.: 512 46 21
www.agatha-paris.at
Mo–Fr 10–19, Do 10–21, Sa 10–18
Toller Schmuck aus Frankreich zu ebensolchen Preisen. Weitere Filialen:
3., Landstraßer Hauptstraße 97–101, Galeria, Tel.: 714 41 39
7., Mariahilfer Straße 38–48, Gerngross, Tel.: 523 67 83
20., Handelskai 94–96, Millennium City, Tel.: 240 90 25

▸ Astrid Gold
2., Böcklinstraße 98/6
Tel.: 720 29 93
www.astridgold.at
nach tel. Vereinbarung
Fliegende Herzen und tanzende Blumen – bei Astrid Gold, wie der Name schon sagt, wird Edelsteinschmuck in Gold und Silber entworfen und umgesetzt. Neue Steine wie auch das mitgebrachte Familienerbe bekommen hier eine individuelle Fassung.

▸ Chopard
1., Kohlmarkt 16/17
Tel.: 533 71 97 17
www.chopard.at
Mo–Fr 10–18.30, Sa 10–18
Eine der führenden Schmuckmarken hat auch eine Boutique in der Wiener Innenstadt. Das Angebot reicht von zeitlosen, sehr eleganten Uhren, Colliers, Ringen bis zu Armbändern und Ohrringen, die jedes Damenherz höher schlagen lassen. Dazu gibt es auch die passenden Accessoires.

Juwelen. (Foto: Archiv)

▸ Demner
1., Spiegelgasse 11
Tel.: 512 79 53
Mo–Fr 9.30–13 u. 14–18, Sa 10–13
Kleines Geschäft mit großem Schmuck: wertvolle Eigenkreationen und nicht minder wertvolle historische Stücke. Für die Herren gibt es elegante Manschettenknöpfe.

▸ Dorotheum
1., Dorotheergasse 17
Tel.: 515 60
Mo–Fr 10–18, Sa 9–17
Große Auswahl an Schmuckstücken und Uhren – mit eigenem Raum für Ringe, Halsketten usw. Und: Für jedes Budget sollte hier etwas dabei sein.

▸ Haban
1., Kärntner Straße 2
Tel.: 512 88 84
www.haban.at
Mo–Fr 9.30–18, Sa 9.30–13
Exklusiver und wunderschöner Schmuck in einer der besten Adressen Wiens. Alle bekannten Marken – nur leider zu sagenhaften Preisen! Die Schmuckwerkstatt realisiert auch Eigenkreationen, eine Skizze genügt, und schon bald kann das einzigartige Schmuckstück am Finger oder Hals bewundert werden. Gleich um die Ecke, Am Graben 12, liegt die Filiale.

▸ Heldwein
1., Graben 13
Tel.: 512 57 81
www.heldwein.at
Mo–Fr 9–18, Sa 9.30–17
Eines der traditionellsten Schmuckgeschäfte Wiens bietet neben eigenen wunderschönen Goldschmiedearbeiten auch Schmuckstücke großer Marken. Tolles Extra: Auf der Homepage gibt's Pflegetipps für die edlen Stücke.

▸ Köchert
1., Neuer Markt 15
Tel.: 512 58 28
www.koechert.com
Mo–Sa 9.30–18
Das Haus hat eine bemerkenswerte Geschichte, die bis in das Jahr 1814 reicht. 1868 wurde der damalige Hausherr zum Kammerjuwelier des Kaisers erhoben und hütete von diesem Zeitpunkt an die Schatzkammer. Kleines historisches Detail am Rande: Die Sterne, die Kaiserin Sissi in ihr Haar zu flechten pflegte, stammen aus dem Hause Köchert und sind noch heute zu kaufen.

Herr der Ringe. Wagner. (Foto: Wagner)

▸ Kornberger Horn
7., Siebensterngasse 35
Tel.: 523 38 94
Mi–Fr 13–18
Toller Schmuck aus Büffelhorn zu erschwinglichen Preisen. Ringe, Armbänder, Ketten und Ohrringe in verschiedenen Formen und Farben. Außergewöhnlich!

▸ Schullin
1., Kohlmarkt 7
Tel.: 533 90 07
www.schullin.com
Mo–Fr 10–18.30, Sa 10–18
Luxus pur.

▸ Sillam
1., Tuchlauben 14
Tel.: 535 11 50
Fax: 535 11 50-11
E-Mail: mail@sillam.com
www.sillam.at
Mo–Fr 10–18, Sa 10–14
Im Traditionshaus werden seit hundert Jahren wunderschöne Stücke in zeitloser Eleganz gefertigt, die von Jung und Älter getragen werden können – sofern es der Geldbeutel zulässt.

▸ Skrein
1., Spiegelgasse 5
Tel.: 513 22 84
E-Mail: werkstatt@skrein.at
www.skrein.at
Mo–Fr 10–18, Sa 10–17
Schmuckwerkstätte, in der die KundInnen zusehen können, wie die Kreationen – Ringe, Armbänder, Colliers – entstehen. Besonderes Angebot an Eheringen: In der Regel aus zwei – sehr edlen – Metallen, symbolisieren sie das Miteinander und gleichzeitig Eigenständige.

▸ **Tesarik**
1., Naglergasse 9
Tel.: 533 52 33
Mo–Fr 9–18, Sa 9–12.30
Eigenkreationen in klaren, geradezu schon strengen Linien. Höchste Qualität und edelste Materialien.

▸ **Wagner**
1., Kärntner Ring 9–13 (Ringstraßen Galerien)
Tel.: 512 35 12
Fax: 512 05 12-77
E-Mail: info@juwelier-wagner.at
www.juwelier-wagner.at
Mo–Fr 10–19, Sa 10–17
Exklusive Uhren aller führender Marken, wunderschöne Juwelen mit Edelsteinen oder Perlen. Jüngst gibt es auch ein umfangreiches Angebot an Accessoires: für den Schreibtisch, für den Tisch u. Ä. Eine Dependance findet sich unweit, auf der Kärntner Straße 32.

▸ **Wamprechtsamer**
14., Kendler Straße 14
Tel.: 982 13 80
Fax: 982 93 72
Mo–Do 7.45–16.30, Fr 7.45–16
Blattgoldschläger gibt's nicht mehr wirklich viele in Wien. Eigentlich nur noch einen. Aber der macht noch Blattgold. Das Prozedere ist äußerst kompliziert und körperlich anstrengend, aber am Schluss hat Herr Wamprechtsamer aus einem Goldband Blätter mit nur noch 0,001 Millimeter Stärke gehämmert. Große Kunst.

▸ **Wempe**
1., Kärntner Straße 41
Tel.: 512 33 22
Fax: 512 33 32
E-Mail: juwelierwempe@wempe.at
www.wempe.at
Mo–Fr 9–18, Sa 9–17
Luxusuhren aller großen Marken, dazu natürlich auch edler Schmuck aus Gold, Perlen, Edelsteinen.

MODESCHMUCK

▸ **Schiepek**
1., Teinfaltstraße 3
Tel.: 533 15 75
Mo–Fr 10–19.30, Sa 10–18
Alle Utensilien zum Selbermachen von Schmuck. Ketten, Armbänder, Ringe aus Perlen und mit Perlen bestickte Taschen in allen Formaten – ein jedes sieht aus wie ein Einzelstück und ist garantiert von Hand gemacht.

▸ **Swarovski**
6., Mariahilfer Straße 77 (Generali Center)
Tel.: 585 81 91
www.swarovski.com
Mo–Fr 9–19, Do 9–21, Sa 9–18
Kristalle in allen Formen und Farben glitzern an Colliers, Ringen, Armbändern und Ohringen um die Wette.

SILBERSCHMUCK

▸ **Blue Cat**
1., Naglergasse 7
Tel.: 535 27 95
www.bluecat.at
Mo–Fr 10–18, Sa 10–17
Preiswerter Schmuck in Silber und Titan: schönes Stücke aus Titan zur Behübschung des gepiercten Bauchnabels, Ringe, Arm- und Halsketten, Reifen, Ohrringe, aber auch Geld- und Krawattennadeln aus Silber.

▸ **Sylvia Goldberger**
16., Neulerchenfelder Straße 55/1/13
Tel.: 402 06 11, 0699/107 330 42
www.t0.or.at/~goldberger
nach tel. Vereinbarung
Ihre Schmuckstücke finden sich in fast allen Museumsshops in Wien (auch Kunsthalle Krems). Atelierbesuche und Sonder(größen)anfertigungen möglich.

▸ **Thomas Sabo**
1., Seilergasse 1
Tel.: 512 33 77
www.thomassabo.com
Mo–Fr 10–18.30, Sa 10–18
Schönes und Kreatives aus Sterling-Silber.

Do-it-yourself-Juwelen. Schiepek. (Foto: Archiv)

UHREN

▸ Breguet
1., Kohlmarkt 4
Tel.: 533 87 82
Fax: 533 87 82
www.breguet.com
Mo–Fr 10–18.30, Sa 10–17
Der Schweizer Uhrenhersteller führt ein Register der Personen, die eine Breguet-Uhr ihr Eigen nennen. Und damit man diesem exklusiven Zirkel angehört – Breguet-Uhren zählen seit jeher zu den innovativen Vorreitern und technologischen Trendsettern –, sollte man schon ein wenig Kleingeld auf der Seite haben.

▸ Hübner
1., Graben 28
Tel.: 533 80 65-0
Fax: 533 80 65-22
www.zeit.at
Mo–Fr 9.30–18, Sa 10–17
Seit 1914 beschäftigt sich Hübner mit hochwertigen Chronographen. Absolute Topadresse für erlesene Uhren.

▸ Mikl
1., Wollzeile 35
Tel.: 513 82 86
Fax: 512 66 68
E-Mail: mikl@uhren-mikl.com
www.uhren-mikl.com
Mo–Fr 10–18.30, Sa 10–14
Im Sortiment finden sich alle großen Uhrenmarken sowie einige Besonderheiten. Der Uhrmachermeister betreibt auch einen Online-Shop, wo man die Lieblingsuhr nach Kriterien (aus)suchen kann und unter Umständen auch gleich kaufen. Online kann man sich jedenfalls über das Sammleruhrenangebot informieren. Diese Uhren werden bei Mikl generalüberholt, sind danach im Internet ausgestellt und können sofort gekauft werden.

▸ Schwödt
9., Julius-Tandler-Platz 6
Tel.: 317 23 47
Fax: 317 23 47
E-Mail: uhrenschmuck.schwoedt@utanet.at
www.schwoedt.com
Mo–Fr 9–18, Sa 9–13
Eine Institution in Wien! Neben Schmuck und Juwelen hat sich das Geschäft vor allem durch seine Uhren einen Namen gemacht – für jeden Anlass und in jeder Preisklasse –, ganz nach dem Motto „Mit dem Göd zum Schwödt". (Zur Erklärung: Mit dem „Göd" ist der Tauf-/Firmpate gemeint.)

▸ Swatch
1., Am Graben 28
Tel.: 533 17 21
Fax: 532 10 77
E-Mail: graben@swatchstores.at
www.swatch.at
Mo–Fr 9.30–18.30, Sa 10–18
Modisch, Trend setzend, erschwinglich, bunt und vielfältig. Filialen:
1., Kärntner Straße 20, Tel.: 513 06 62
6., Mariahilfer Straße 68, Tel.: 524 01 18
22., Wagramer Straße 81, Donauzentrum, Top 309, Tel.: 203 67 32

SCHNEEKUGELN

▸ Perzy Erwin III
17., Schumanngasse 87
Tel.: 486 43 41 od. 216 43 83
Fax: 486 43 41-9 od. 219 87 70
E-Mail: snowglobe@aon.at
www.viennasnowglobe.at
Mo–Do 8–16
Wussten Sie, dass die Existenz von Schneekugeln in Wien ihren Anfang nahm? Erwin Perzy I. hat sie 1890 erfunden, und der Betrieb erzeugt heute mittlerweile 200.000 Stück im Jahr. Das Besondere an den Kugeln, das sie auch von den vielfachen Kopien unterscheidet: Der Schnee rieselt besonders langsam.

Foto: Gina Baschant

S

Foto: Archiv

SCHUHE

Schuhe sagen oft mehr über das modische Bewusstsein eines Menschen als die übrige Kleidung. Ob extravagant oder schlicht, Hauptsache modisch und bequem, denn nichts kann einem schlechtere Laune verschaffen als Schuhe, die schmerzen speziell, wenn man den ganzen Tag auf den Beinen ist.

FRAUEN

▸ Condotti
1., Walfischgasse 6
Tel.: 513 97 93
Mo–Fr 10–19, Sa 10–17
Italienische Markenschuhe von Vicini, Roberto Cavalli und Gianmarco Lorenzi und Taschen von Francesco Biasia und Claude Gerard.

▸ Danini
1., Bauernmarkt 11–13
Tel.: 535 99 42
E-Mail: danini@aon.at
www.danini.at
Mo–Fr 10–18, Sa 10–16
Designerschuhe aus Italien. Zart, feminin und immer voll im Trend, egal ob fürs Büro oder eine Cocktail-Bar. Schöne Schuhe und Stiefel.

▸ Kallisté
1., Freisingergasse 1
Tel.: 535 29 08
Mo–Fr 10–19, Do 10–21, Sa 10–18
Kallisté ist Griechisch und bedeutet „das Schönste". Folgerichtig ist das Design der Kallisté-Schuhe außergewöhnlich: weiblich und dabei meist auch extravagant. Jedoch muss man hier etwas tiefer in die Geldbörse greifen und mit 140 Euro aufwärts rechnen.

FÜR SIE UND IHN

▸ Bally
1., Kärntner Straße 9
Tel.: 516 49 80
www.bally.ch
Mo–Fr 10–18.30, Sa 10–17
Das renommierte Schweizer Unternehmen wurde bereits Mitte des 19. Jahrhunderts gegründet und expandierte blitzartig. Heutet bietet Bally-Luxusschuhwerk für Damen und Herren.

▸ Deichmann
10., Keplerplatz 12
Tel.: 602 38 14
www.deichmann.de
Mo–Fr 8.30–18.30, Do 8.30–20, Sa 8.30–18
Deichmann wirbt mit dem Slogan „Kaum zu glauben ... Markenschuhe so günstig", bringt allerdings nur hauseigene Marken. 13 Filialen.

▸ Delka
8., Hernalser Hauptstraße 83
Tel.: 486 32 43
www.delka.at
Mo–Fr 9.–18, Sa 9–12.30, 1. Sa im Monat 9–17
Delka gehört zur Unternehmensgruppe Stiefelkönig-Delka-Turbo Schuh und bietet in 20 Wiener Filialen Damen-, Herren- und Kinderschuhe zu günstigen Preisen.

▸ Dominici
1., Singerstraße 2
Tel.: 513 45 41-1
Mo–Fr 10–19, Do 10–21, Sa 10–18
Italienisches Design – klassisch und modisch, elegant und sportlich. Von Sneakers bis High Heels ist hier alles dabei. Gute Qualität und die neuesten Modetrends stehen einem gehobenen Preis gegenüber, der es jedoch allemal wert ist. Filiale: 1., Kärntner Ring 5–7, Ringstraßen Galerien

Foto: Archiv

▸ Görtz
1., Kärntner Ring 9–13 (Ringstraßen Galerien)
Tel.: 513 03 81
Fax: 512 53 80
Mo–Mi, Fr 10–19, Do 10–21, Sa 10–18
Trendige Markenschuhe und Eigenmarke. Auch online bestellbar. Filialen:
7., Mariahilfer Straße 42–48, Tel.: 522 48 83

▸ Humanic
1., Kärntner Straße 1 / Stephansplatz
Tel.: 513 89 22
www.humanic.at
Mo–Fr 10–19, Do 10–21, Sa 10–18
Auch wenn die meisten Humanic-Filialen das gleiche Sortiment haben, dieser Flagshipstore bietet zu dem „normalen" Angebot auch noch Designer-Schuhe der Extraklasse. Neben dem umfangreichen Sortiment sind aber auch die Schaufenster und die minimalistisch-futuristische Innenausstattung einen Besuch wert. Filialen in ganz Wien. Humanic Abverkauf: 9., Nußdorfer Straße 4, Tel.: 317 16 96 (nur Abverkaufsware).

▸ Ludwig Reiter Schuhmanufaktur
1., Mölker Steig 1
Tel.: 533 42 04-22
www.ludwig-reiter.com
Mo–Fr 10–18.30, Sa 10–17
In der Manufaktur werden sowohl Rahmengeräte als auch Schuhwerk hergestellt. Herren- und Damenschuhe, elegant und bequem – eine Kombination aus Maßschuh und Stangenware. Sportschuhe, Taschen und Gürtel runden das Angebot ab. Drei weitere Filialen.

▸ Salamander
1., Graben 17
Tel.: 533 80 77
Mo–Fr 9.30–19, Do 9.30–21, Sa 10–12
Eine der schönsten Filialen der großen Schuhkaufhauskette mit 19 Filialen in Wien. Salamander bietet zu den aktuellen Schuhtrend, ansprechend präsentiert, auch die passende Handtasche und andere Accessoires.

▸ Schuhhaus Schlögl
4., Reinlgasse 22–26
Tel.: 982 23 69
Mo–Fr 9–12, 13–18, Sa 9–12.30
Gesundheits-, Arbeits- und Berufsschuhe. Sportschuhe der Marken Adidas, Puma, Reebok und viele mehr. Das Angebot wird durch Damen-, Herren- und Kinderschuhe für jeden Anlass vervollständigt.

▸ Shu!
7., Neubaugasse 34
Tel.: 523 14 49
Mo–Fr 10–18.30, Sa 10–17
Weniger ist oft mehr. Das trifft hier sowohl auf die Mode als auch auf die Einrichtung zu. Das Schuhwerk ist in schlichtem oder auch exzentrischem Design, oftmals von auffallender Farbe oder mit extravaganten kleinen Details versehen. Für Damen und Herren zu Kostüm und Anzug, aber auch für legere Anlässe zur Jeans super geeignet.

Schöne Schuhe beim Shu. (Foto: Archiv)

▸ Stefano Schuhe
9., Alserbachstraße 27
Tel.: 317 83 49
Mo–Fr 10–18.30, Sa 9.30–12.30
Das unscheinbar wirkende Geschäftslokal bietet so einige Schmankerln, topaktuelle Trends zu relativ günstigen Preisen.

▸ Stiefelkönig
6., Mariahilfer Straße 47
Tel.: 581 28 22
www.stiefelkoenig.at
Mo–Fr 9.30–19.30, Do 9.30–21, Sa 9.30–17
Das steirische Familienunternehmen wurde 1919 gegründet und umfasst mittlerweile über 60 Filialen in Österreich und Slowenien, 14 in Wien.

▸ Turbo Schuh
7., Mariahilfer Straße 38–48 (Gerngross)
Tel.: 522 58 12
www.turboshuh.at
Mo–Fr 10.30–19, Do 10.30–21, Sa 9.30–18
Qualität zu günstigen Preisen. Das Angebot umfasst Damen-, Herren- und Kinderschuhe sowie passende Accessoires. Filialen:
10., Viktor-Adler-Platz 13
15., Gablenzgasse 5–13, Lugner City
21., Ignaz-Köck-Straße 1, SCN

FRETZ men
SWITZERLAND

www.fretz-men.ch

Entweder
ein Kunstwerk sein,
oder eines tragen.
Oscar Wilde

Der Norweger
von FretzMen

Erhältlich bei
SALAMANDER, HUMANIC
DELKA, STIEFELKÖNIG
HOFER, 19. Bezirk
HUBER & DOLLINGER, 21. Bezirk
MAUER, Inh. Ammaschell, 23. Bezirk
FOGL, 3. Bezirk
BREITENEDER, 7. Bezirk
DALDOSCH, 18. Bezirk
MICHELFEIT, 12. Bezirk
sowie im guten Schuh-Fachhandel.

teama5.com

▸ Vögele
10., Favoritenstraße 116
Tel.: 604 24 36
www.voegele.com
Mo–Fr 9–19, Sa 9–17
Das Schweizer Unternehmen wurde in den 1920er-Jahren gegründet und dehnte sich rasch auf den österreichischen Markt aus. Exklusive Marken sind Funny Kids, Fancy Girl und The Gang für Kinder sowie Barbieri, Cube, Panther und Pablo für Damen und Herren. Weitere Filialen:
14., Hütteldorfer Straße 125, Tel.: 985 87 17
15., Gablenzgasse 5–13, Lugner City, Tel.: 982 37 56
21., Leopoldauer Straße 45–49, Tel.: 271 68 30
21., Seyringer Straße 6, Tel.: 256 48 81
21., Brünner Straße 330–332, Tel.: 290 05 99
Vösendorf, SCS, Tel.: 699 25 65

KINDER

▸ Schuhhaus zur Oper
1., Tegetthoffstraße 5
Tel.: 512 82 85
www.elefanten.de
Mo–Fr 9.30–18, Sa 9.30–16
Gummistiefel und Lederschuhe, Glitterpantöffelchen und Wanderschuhe in allen Kindergrößen. Elefantenschuhe mit dem gesunden Fußbett sind seit Jahrzehnten ein vernünftiger Kauf für den beginnenden Lauf durchs Leben.

MASSSCHUHE

▸ Alexandru Maftei
4., Kühnplatz 6
Tel.: 581 70 23
Mo–Do 8–18, Fr 8–17
Einer der wenigen noch existierenden Schuhmacher in Wien repariert nicht nur die Lieblingsfußbekleidung, sondern fertigt auch Maßschuhe an.

Ein Budapester in Wien. (Foto: Gina Baschant)

S

▸ Materna Georg
1., Mahlerstraße 5
Tel.: 512 41 65
www.schuhe.at/materna
Mo–Fr 10–18, Sa 11–16
Werkstatt: Mo–Fr 8–12.30 u. 14–18, Sa 8–12
Der international ausgezeichnete Schuhmacher fertig jede Art von klassischen und exklusiven Modellen von Straßen-, Sport- und Abendschuhen – für Damen und Herren – an. Die Qualität wurde in den vergangenen zehn Jahren bei Wettbewerben oftmals mit Gold- und Silbermedaillen bewertet.

▸ Scheer & Söhne
1., Bräunerstraße 4
Tel.: 533 80 84
Fax: 532 98 92
E-Mail: office.scheer@aon.at
Mo–Fr 10–18
Die Firma Rudolf Scheer & Söhne hat Kunden nicht nur in Wien, sondern weltweit. Aber für einen Maßschuh von Scheer lohnt sich das Warten. Luxus pur.

SPORT, TANZ UND OUTDOOR

▸ Foot Locker
7., Mariahilfer Straße 104
Tel.: 524 33 45
Mo–Mi, Fr 9.30–19.30, Do 9.30–21, Sa 9.30–18
Das Sportschuhparadies für Sportler und Freizeitturnschuhträger. Angebotene Marken: Reebok, Nike, Adidas, Puma und viele mehr.

▸ Footsteps
1., Fleischmarkt 12
Tel.: 513 73 77
E-Mail: office@footsteps.at
www.footsteps.at
Mo–Fr 10–18.30, Sa 10–18
Tennis, Laufen, Basketball, Skaten, Fitness – bei Footsteps gibt es für jede Sportart die passenden Schuhe. Streetware, Freizeit- und Kinderschuhe sowie Nike-Uhren ergänzen das Sortiment. Online-Einkaufmöglichkeit. Filiale:
3., Landstraßer Hauptstraße 93, Tel.: 713 70 81, Mo–Fr 10–18, Sa 10–17

▸ Jump In
7., Neubaugasse 49
Tel.: 523 13 36
E-Mail: info@jumpin.at
www.jumpin.at
Mo–Fr 10–18, Sa 9.30–14.30
Bekleidung und Schuhe für Ballett, Jazztanz, Gymnastik, Aerobic, Step und Flamenco.

▸ Mörtz
6., Windmühlgasse 9
Tel.: 587 57 87
E-Mail: riedl.schuhe@telering.at
Mo–Fr 8.30–13 u. 14–18, Sa 8.30–12
Berg- und Wanderschuhspezialist.

This boots are made for walking. Mörtz. (Foto: Archiv)

▸ Nike Store
6., Mariahilfer Straße 77–79
Tel.: 585 59 14
www.nike.com
Mo–Mi, Fr 10–19, Do 10–21, Sa 10–18
Das komplette Nike-Sortiment.

▸ Timberland
1., Trattnerhof
Tel.: 535 22 19
Mo–Mi, Fr 10–19, Do, 10–21, Sa 10–18
Der Outdoor-Spezialist hat auch einen Store in Wien. Neben Schuhen gibt es Jacken, Hosen, Rucksäcke, Taschen, Gürtel, Handschuhe und jede Menge weiterer Accessoires.

ÜBERGRÖSSEN

▸ Fußzentrum Daldosch
18., Gentzgasse 135–137
Tel.: 479 34 45
www.daldosch.at
Mo–Fr 8.30–18, Sa 8.30–12.30
Exzellente orthopädische Beratung. Übergrößen. Berufsschuhe. Birkenstock, Clarks sowie Designerwaren aus Österreich, Deutschland, Italien und Frankreich sind hier zu finden. Auf Wunsch werden auch Maßschuhe angefertigt.

▸ Humanic
7., Mariahilfer Straße 1b
Tel.: 585 23 40
www.humanic.at
Mo–Mi, Fr 9.30–19, Do 9.30–21, Sa 9.30–18
Auch wenn fast alle Humanic-Läden das Gleiche zu bieten scheinen: Dieser Laden ist spezialisiert auf Übergrößen. Ob fürs Theater, den Alltag, den Sport, für Herren, Damen oder Kinder – in dem neu gestalteten Humanic gibt es Markenschuhe in allen Größen zu günstigen Preisen.

▸ Jean-Paul Schuhmoden
9., Porzellangasse 14–16
Tel.: 319 73 96
Fax: 310 79 66
Mo–Fr 9–18.30, Sa 9–13, 1. u. 2. Sa im Monat 9–17
Pumps, Mokassins, klassische Schuhe, Straßenschuhe, Schnürschuhe in Normal- und Übergrößen. Damenschuhe bis Größe 46, Herrenschuhe bis Größe 50. Filialen:
9., Porzellangasse 14–16
12., Reschgasse 24–26
15., Hütteldorfer Straße 101
20., Wallensteinstraße 42

SCHULEN

▸ Aktion Kritischer SchülerInnen
5., Amtshausgasse 4
Tel.: 523 12 43
Fax: 523 12 43-85
www.aks.at

▸ Bund der Freien Waldorfschulen in Österreich
23., Endresstraße 100
Tel.: 888 74 61
E-Mail: bund@waldorf.at
www.waldorf.at
Der Bund ist der Zusammenschluss der österreichischen Rudolf-Steiner- und Freien Waldorfschulen und ein Organ des Dachverbandes. Freie Bildungsstätten auf anthroposophischer Grundlage in Österreich. Vielfältige Beratungs- und Serviceangebote für PädagogInnen und Eltern.

▸ Montessori-Zentrum Wien
14., Hüttelbergstraße 5
Tel.: 911 69 69
E-Mail: institut@montessori.at
www.montessori.at
Mo–Do 8–16, Fr 8–13.30
Vorträge, Seminare, Workshops, Montessori-Diplomlehrgänge für PägagogInnen und Eltern. Buch- und Lehrmittelhandlung.

▸ **Österreichische Schülerunion (UHS)**
2., Blumauergasse 20/3
Tel.: 0699/11 44 09 73
Schulrecht Hotline: 0699/21 44 09 73
www.uhs.at

▸ **Stadtschulrat für Wien**
1., Wipplingerstraße 28
Tel.: 525 25-0
www.magwien.gv.at/ssr

SCHWULE

Die Gay Community in Wien ist eher klein (im Vergleich zu den Metropolen Berlin, London oder Paris), dafür aber sehr nett. In den letzten Jahren tut sich sehr viel, und das „schwule" Viertel an der Wienzeile und um den Naschmarkt herum wächst und wächst. Damit der Durchblick noch erhalten bleibt, gibt es zwei sehr gute Online-Dienste, die dem schwulen Mann zeigen, wo es langgeht, wenn er was sucht: www.gay.or.at, das ist rainbow-online mit Nachrichten, vielen Hinweisen zu Veranstaltungen und Adressen, und www.gayguide.at, der schwule Stadtplan, den man online auch gleich bestellen kann.

ANTIDISKRIMINIERUNG

▸ **Antidiskriminierungsstelle für gleichgeschlechtliche Lebensweisen**
8., Friedrich-Schmidt-Platz 3, Magistrat der Stadt Wien
Tel.: 4000-814 49
E-Mail: pos@gif.magwien.gv.at
Di 14–18
Homo-, bi- und transsexuelle Menschen erleben auch heute noch Diskriminierungen und/oder Demütigungen. Die Antidiskriminierungstelle gibt Hilfe und Unterstützung und schaltet sich – wenn nötig und gewünscht – auch in einer vermittelnden Funktion ein.

S

Foto: Lomographen

CLUBBING

▸ **Heaven Gay Night im U4**
12., Schönbrunner Straße 222
Tel.: 815 83 07
Do 22–5
Ein Klassiker in der schwulen Club-Szene Wiens. Miss Candy und ihre (DJ-)Freunde sorgen jeden Donnerstag für beste Stimmung auf zwei Dancefloors, in drei Bars und im Darkroom.

▸ **Why Not**
1., Tiefer Graben 22
Tel.: 925 30 24
www.why-not.at
Fr, Sa u. vor Fei ab 22
Das Wochenende beginnt bekanntlich Freitag abends. Was gäbe es also Besseres zu tun, als das zu feiern? Zum Beispiel bei House-Rhythmen im Why Not. Wer sich dann am Samstag ausschläft, kann abends gleich wieder weitermachen.

CRUISING BAR

▸ **Eagle**
6., Blümelgasse 1
Tel.: 587 26 61
www.eagle-vienna.com
tgl. 21–4
Men-only Cruising-Bar, die vor allem am Wochenende nach ein Uhr gesteckt voll ist. Mit Darkroom.

▸ **Stiefelknecht**
5., Wimmergasse 20 / Stolberggasse
Tel.: 545 23 01
So–Do 22–2, Fr, Sa 22–4
Der Stiefelknecht ist die einzige richtige Men-only-Lederbar in Wien (wo einmal im Jahr eine Ausnahme gemacht wird). Mit Darkroom.

GRUPPEN

▸ **Common!motion!**
6., c/o Rosa Lila Villa, Linke Wienzeile 102, 1. Stock
Tel.: 585 43 43
Beratung: Fr 19–20 , ab 20 Treffen
Irgendwann steht jeder junge Schwule vor seinem Coming-out. Damit das leichter fällt, gibt es in der Rosa Lila Villa die Gruppe common!motion!

▸ **LMC Vienna**
1., Postfach 34
www.lmc-vienna.at
LMC steht für Leather & Motorbike Community und ist Österreichs schwuler Lederclub, der schon seit 1985 besteht. Monatliche Ausfahrten, Biktouren und das jährlich stattfindende Fetischtreffen „Wien in Schwarz" stehen auf dem Programm.

▸ **Wiener Runde – Austrian Bears**
17., Postfach 190
Tel.: 0664/273 64 01
E-Mail: austrianbears@rainbow.or.at
www.austrianbears.at
Schwule und bisexuelle Bären und Bärchen-Liebhaber sind in der Wiener Runde gut aufgehoben. Natürlich geht es hier nicht um Teddybären-Fans, sondern um gemütliche, mollige und bärtige Männer sowie all jene, die auf sie stehen.

HAUS

▸ **Rosa Lila Villa**
6., Linke Wienzeile 102
Tel.: 585 43 43
Fax: 587 17 78
www.villa.at
Die Rosa Lila Villa, das Wiener Lesben- und Schwulenhaus, ist Beratungszentrum und Informationsstelle für homosexuelle Frauen und Männer. Schwulenberatung: Mo–Fr 17–20 im 1. Stock. Bibliothek: Mo–Fr 17–20 (Rosa Lila Tip).

Foto: Lomographen

LOBBYING

▸ **Homosexuelle Initiative Wien (HOSI)**
2., Novaragasse 40
Tel.: 216 66 04
www.hosiwien.at
Unentwegt sind die AktivistInnen der HOSI unterwegs, um für Akzeptanz und rechtliche Gleichstellung Homosexueller zu werben. Im HOSI-Zentrum ist stets was los: Di 19: „Im Zentrum", der allgemeine Treffpunkt, Mi 19: Lesbenabend, Do 17: „Newcomer", die Coming-out-Gruppe, Do 19: „Junge Herzen", der Jugendabend sowie weitere Veranstaltungen am Fr oder Sa. Die „Lambda Nachrichten", das viermal im Jahr erscheinende Magazin der HOSI-Wien, ist das älteste deutschsprachige Schwulen-/Lesben-Magazin im deutschsprachigen Raum.

▸ **Rechtskomitee Lambda**
6., Linke Wienzeile 102
Tel.: 876 30 61
www.rklambda.at
„Die Menschen werden geboren und bleiben frei und gleich an Rechten", heißt es in der allgemeinen Erklärung der Menschenrechte. Dafür will auch das Rechtskomitee Lambda sorgen. Kostenlose Beratung und Hilfe für Lesben und Schwule sowie die Zeitschrift „Ius Amandi".

MEDIEN

▸ **Pink Voice**
9., Schubertgasse 10
www.pinkvoice.com
Das schwule Radiomagazin mittwochs von 22 bis 23 Uhr auf Radio Orange (UKW 94,0, Kabel 92,7).

▸ **XTRA!**
4., Postfach 77
Tel.: 0676/530 30 00
www.rainbow.or.at/xtra/
XTRA! ist das größte Schwulen- und Lesbenmagazin des Landes. Es erscheint monatlich, informiert über aktuelle Themen aus der LesBiSchwulen Community, ausführlicher Service-Teil.

SAUNA

▸ **Apollo City Sauna**
7., Wimbergergasse 34
Tel.: 523 08 14
Mo–So 14–2
Finnische Sauna, Dampfbad, Swimmingpool, Duschen, Solarium, Videoraum, Kabinen, Bar und ein Parkplatz für Saunagäste umfasst das Angebot der Apollo City Sauna.

▸ **Kaiserbründl**
1., Weihburggasse 18–20
Tel.: 513 32 93
www.gaysauna.at
Mo–Do 14–24, Fr 14–24, Sa, So 0–24
Das Kaiserbründl, die wohl schönste und geschichtsträchtigste Sauna Wiens, verwöhnt seine Besucher auf drei Etagen mit Fitnessstudio, Sauna, Biosauna, Dampfbad.

▸ **Sportsauna**
8., Lange Gasse 10
Tel.: 406 71 56
www.sportsauna.at
tgl. 15–1
Mit Finnischer Sauna, Dampfbad, Duschen, Bar, Cruising-Bereich, Videozimmer, Darkroom und Kabinen bietet die Sportsauna alles für einen entspannenden oder aufregenden Saunabesuch.

SEILE

▸ Haanl
21., Brünner Straße 82
Tel.: 292 12 96
www.haanl.at
Mo–Do 7–12.30, 13.30–16, Fr 7–12.30
In der 1889 gregründeten Seilerei werden nicht nur Seile aller Arten erzeugt, sondern auch Spielgeräte (Kletternetze, Netzbrücken, Netztunnel …).

SELBSTHILFEGRUPPEN

Selbsthilfegruppen stellen heute eine wichtige Ergänzung zum Gesundheitssystem dar. Nützliche Tipps, Ratschläge oder einfach der Austausch mit Gleichgesinnten und Gleichbetroffenen sollen unterstützend in der persönlichen Situation sein. Weitere Adressen für Selbsthilfegruppen können Sie unter folgenden Internetadressen finden: www.wien.gv.at/ma53/selbsthilfe/ und www.gesundesleben.at

AUSKUNFT

▸ Servicestelle für Selbsthilfegruppen
2., Schiffamtsgasse 14/E4
Tel.: 531 14-855 15
E-Mail: selbsthilfe@m12.magwien.gv.at
Informationsstelle: telefonische Terminvereinbarung. Hier bekommen Sie Informationen über alle Selbsthilfegruppen.

BERATUNG

▸ Alzheimer Angehörige Austria
2., Obere Augartenstraße 26–28
Tel.: 332 51 66t
www.alzheimer-selbsthilfe.at/
Bürozeiten: Mo, Mi, Fr 10–12

S

▸ Anonyme Alkoholiker
3., Barthgasse 5
Tel.: 799 55 99
www.anonyme-alkoholiker.de

▸ Hepatitis Hilfe Österreich
1., Salvatorgasse 10/5/5
Tel.: 533 40 19
www.gesundeleber.at
Termine: Jour fixe jeweils am 2. Dienstag im Monat ab 19 Uhr in 2., Obere Donaustraße 26–28 im Zentrum für med. Selbsthilfegruppen, Clubraum. Info-Point-Gesunde-Leber: jeweils am 4. Donnerstag im Monat 14 bis 17 Uhr in den Räumen der Wiener Gebietskrankenkasse, Kundencenter Gasometer, U3 – Gasometer, 11., Guglgasse 8.

▸ Lebenshilfe Wien
12., Schönbrunner Straße 179
Tel.: 812 26 35-0
Fax: 812 26 35-30
E-Mail: info@dielebenshilfe.at
www.dielebenshilfe.at/
Elternselbsthilfeorganissation: Menschen mit geistiger Behinderung und ihre Familien.

▸ Multiple Sklerose
17., Hernalser Hauptstraße 15–17
Tel.: 409 26 69
E-Mail: office@msges.at
www.ms-ges.or.at/
Online: Adressen der vier Selbsthilfegruppen.

▸ Wiener Krebshilfe
15., Theresiengasse 46
Tel.: 408 70 48
Fax: 408 22 41
E-Mail: beratung@krebshilfe.com
www.krebshilfe.com/
Mo, Mi 9–14, Di, Do 14–19

SENIORiNNEN

GESCHÄFTE

▸ Bständig
1., Freyung 5
Tel.: 533 73 04
www.bstaendig.at
Mo–Fr 9–18, Sa 9–13
Bständig ist die Adresse für Produkte zu den Themen Gesundheit, Wellness, Krankenpflege und Altersbehelfe. In der Filiale an der Freyung bekommen Sie alles, was mit Schuhen zu tun hat. Kompetente Beratung. Filialen in fast allen Bezirken.

INSTITUTIONEN

▸ Österreichischer Seniorenrat
15., Sperrgasse 8–10/3
Tel.: 892 34 65
www.seniorenrat.at/index.html
Gesetzlich anerkannte Vertretung der älteren Menschen Österreichs.

▸ Pensionistenverband Wien
9., Alserbachstraße 23
Tel.: 319 40 12-0
E-Mail: beratung@pvoe.at
www.wien.pvoe.at
Mo–Do 8–12 u. 12.30–15.30, Fr 8–12
Sozial-, Pensions-, Rechts- und Steuerberatung. Finanzielle Hilfen auch für Nichtmitglieder ab 55/60 Jahren.

▸ Senioren-Schutz-Verband Graue Panther
7., Stiftgasse 8
Tel.: 523 64 75
www.amerlinghaus.at
Di, Mi 15–17
Treffpunkt: Dienstag und Mittwoch 15 bis 17 Uhr.

▸ Wiener Seniorenbund
1., Biberstraße 9
Tel.: 515 43-131, -132, -135
www.ab5zig.at
Mo–Do 8–16, Fr 8–12
Interessenvertretung für Menschen ab 50. Mitgliedsbeitrag. Angebote: Rat und Hilfe, SeniorInnenrechte, organisierte Reisen, Sportkurse etc.

MOBILE PFLEGE UND BETREUUNG

▸ Essen auf Rädern
Tel.: 910 23-310
Für Menschen, denen die Selbstverpflegung in den eigenen vier Wänden schon zu beschwerlich ist, gibt es „Essen auf Rädern". Dazu muss man einen Antrag stellen, dafür gibt es dann den Mittagsmenüdienst, und der liefert frei Haus: Normalkost, Diabetikerkost oder fleischarme Vitalkost gegen einen pensionsabhängigen Beitrag.

▸ Mobile Gesundheits- und Krankenpflege
1., Neutorgasse 15 / Mezzanin
Tel.: 531 14-8500
Betreuung durch eine mobile diplomierte Krankenschwester oder einen diplomierten Krankenpfleger für Kranke, Behinderte und alte Menschen zur Pflege in deren eigenen vier Wänden. Der mobile Krankenpflegedienst kann lediglich in Anspruch genommen werden, wenn eine Verordnung des behandelnden Arztes vorliegt. Die Stützpunkte der Hauskrankenpflege sind in der Zentrale zu erfragen.

NACHBARSCHAFTSHILFE

Wenn man nicht mehr alles alleine machen kann oder einfach nur überlastet ist, dann ist dies die richtige Adresse, an die man sich wenden kann. Sie hilft dort, wo Not herrscht. Die Nachbarschaftszentren des Wiener Hilfswerks sind in Wien insgesamt neunmal vertreten. Ambulante und teilstationäre Dienste bilden zusammen mit einem vielfältigen Beratungsdienst ein enges Netz von Pflege-, Betreuungs- und Begleitangeboten.

▸ Nachbarschaftszentren Wiener Hilfswerk
7., Schottenfeldgasse 29
Tel.: 512 36 61
www.wiener.hilfswerk.at

SOZIALHILFE

▸ Sozialberatung
1., Gonzagagasse 21
Tel.: 531 14-8012, Fax: 531 14-99-8012
E-Mail: service@m12.magwien.gv.at
www.wien.at/ma12/
Mo–Fr 8–15, Do 9–18
Kostenlose Beratungs- u. Informationsstelle für in Wien wohnhafte Bürger; Bereiche: Sozialhilfe, Behindertenhilfe, Landespflegegeld, Wohnungslosenhilfe, Sozialarbeit; persönlicher, schriftlicher oder telefonischer Kontakt.

SPIELZEUG

▸ Bannert
1., Werdertorgasse 14
Tel.: 533 25 30
www.bannert.com
Mo–Fr 9.30–18, Sa 9.30–17
Riesenauswahl an Spielsachen auf mehreren Etagen. Kinderbücher, Plüschtiere, Puppen, Baukästen, Spielzeug für Kleinkinder, Autos- und Eisenbahnen, Spielzeugküchen, Kinderfahrzeuge, Schaukeltiere, Lernspiele und Partyartikel.

▸ Das Spielzeug
1., Kärntner Ring 9–13 (Ringstraßen Galerien)
Tel.: 512 56 10
www.dasspielzeug.at
Mo–Mi, Fr 10–19, Do 10–21, Sa 10–18
Spielzeug für den Sommer (Planschbecken), für den Herbst (Drachen), für den Winter (Schlitten) und den Frühling (Fahrrad). Besonderes Service der Homepage: Hier kann nachgelesen werden, welche Spielzeuge welchem Alter entsprechen. Filiale: 16., Thaliastraße 78

Verspielte Luft. (Foto:Beate Wagner)

Luftspiele. (Foto:Beate Wagner)

▸ Fürnis Spielwelt
9., Servitengasse 4a
Tel.: 968 62 33
www.handpuppen.at
Mo–Fr 10–18, Sa 10–14
Ein Puppen-Eldorado nicht nur für Kinder: Handpuppen wie der Elefant George oder die Kuh Matilde, Fingerpuppen vom Marienkäfer bis zum Krokodil, Anziehpuppen für die Größeren und Greiflinge, Mobiles, Musikengel für die ganz Kleinen.

▸ Heinz
2., Taborstraße 27
Tel.: 214 23 86
www.spielwarenheinz.at
Mo–Fr 9–18, Sa 9–17
Puppen, Stofftiere, Spiele, Bücher … Filialen:
14., Hütteldorfer Straße 84–86, Tel.: 982 55 87, Mo–Fr 9–18, Sa 9–17
15., Lugner City, Top 13, Tel.: 982 37 09, Mo 9–21, Di–Fr 9–19, Sa 9–18
18., Währinger Straße 81, Tel.: 405 53 74, Mo–Fr 9–18, Sa 9–17
20., Wallensteinstraße 38–40, Tel.: 330 53 56, Mo–Fr 9–12.30 u. 14–18
Vösendorf, SCS, Top 265, Tel.: 699 51 00, Mo–Mi, Fr 9.30–19, Do 9.30–21, Sa 9–18

▸ Kober
1., Graben 14–15
Tel.: 533 60 18
E-Mail: office@kobertoys.com
www.kobertoys.com
Mo–Mi, Fr 9.15–18, Do 9.15–20, Sa 9.30–18
Von Lego über Zinnfiguren, Steiff-Bären bis zu Modelleisenbahnen alles für Kinder und vielleicht auch die Eltern …

▸ Pachisi
1., Kärntner Ring 9–13 (Ringstraßen Galerien)
Tel.: 512 71 50
Mo–Fr 10–19, Sa 10–18
Sehr ästhetischer Spielzeugladen mit bemaltem Boden und altem Trödelspielzeug. Verkauft wird hauptsächlich Holzspielzeug.

▸ Piatnik-Spieleboutique
7., Schottenfeldgasse 19
Tel.: 524 04 37
www.piatnik-spielkarten.at
Mo–Fr 9–18, Sa 9–13
Seit 1824 versorgt das Familienunternehmen Groß und Klein mit Gesellschaftsspielen. Und wer kennt sie nicht und spielt sie noch heute: Mühle, Mensch ärgere Dich nicht, Acitivity und jüngst auch die Millionenshow.

▸ Robbe Modellsport
22., Hosnedlgasse 25
Tel.: 259 66 52
Fax: 258 11 79
E-Mail: office@robbe.at
www.robbe.at
Mo–Do 8–12 u. 12.30–17, Fr 8–12
Modellflugzeuge, Schiffe, Hubschrauber, Fernsteuerungen, Ersatzteile etc.

▸ Rumpelstilzchen
8., Lange Gasse 72
Tel.: 406 35 69
www.rumpelstilzchen.cc
Mo–Fr 10–18, Sa 10–13
Originelles wie traditionelles Spielzeug und zauberhaft Schönes aus Holz.

▸ Spielebox
8., Albertgasse 35
Tel.: 408 69 33
Fax: 406 65 55-89
Mo, Mi, Fr 12–19, Di, Do 9–13
Spielefeste, Spielseminare, Workshops. Über 2.000 Brettspiele – auch zum Ausleihen.

▸ Spielerei – Spieleversand
7., Mariahilfer Straße 88a
Tel.: 523 64 34
E-Mail: office@spielerei.at
www.spielerei.at
Überwältigendes Sortiment an Spielen, und zwar aller Genres: Brettspiele, Würfelspiele, Kartenspiele, Rollenspiele, Rätselspiele, Geduldsspiele, Geschicklichkeitsspiele usw. Dazu das ehrliche Bestreben, aus allen Kunden glückliche Kunden zu machen.

▸ Spielwurm
7., Westbahnstraße 20
Tel.: 523 93 56
Mo–Fr 10–18.30, Sa 10–17
Nicht nur Kinderträume werden hier wahr, auch Erwachsenenherzen schlagen höher beim Anblick der vielfältigen Auswahl an Spielzeug, das vornehmlich aus Holz besteht. Spielsachen für jedes Alter, und das passende Geschenkpapier mit lustigen Motiven gibt's auch gleich dazu. Außerdem: tolle Beratung.

▸ Spielzeugschachtel und Kinderbuchladen
1., Rauhensteingasse 5
Tel.: 512 44 94
E-Mail: office@spielzeugschachtel.com
Mo–Fr 9.30–18.30, Sa 9.30–18
Pädagogisch wertvolles Spielzeug. Lernspielsachen, Spieltisch zum Austesten, Leseecke. Gute Auswahl an Kinder- und Jugendbüchern.

▸ Steiff in Wien
1., Bräunerstraße 3
Tel.: 512 48 96
E-Mail: steiffinwien@24on.cc
www.steiffinwien.at
Mo–Fr 9.30–18, Sa 9.30–17
Alles rund um den Teddy mit dem Knopf im Ohr! Bereits für Babys gibt's die passenden Steiff-Bären, und dem Alter ist nach oben keine Grenze gesetzt – versetzen sich doch auch Erwachsene gerne in ihre Kinderzeit zurück.

▸ Teddy & Co
7., Schottenfeldgasse 2–4
Tel.: 523 09 62
E-Mail: mail@teddy-co.at
www.teddy-co.at
Mo–Fr 9.30–18, Sa 9.30–12.30,
1. Sa im Monat 9.30–17
Die Bären sind los bei Teddy & Co – von Teddybären (wie wär's zum Beispiel mit einem Steiff Österreichbär „Schönbrunn" oder „Kristall"?) über Bärengeschirr bis zu Bärenbüchern oder Bäreneinzelteilen, um sich seinen ganz persönlichen Teddy selbst zu basteln. Sollten einmal Wehwehchen auftreten und der kleine Bär seine Stimme verloren oder sich verletzt haben, sorgt der Teddydoktor für eine komplette Gesundung.

▸ Toys 'R' Us
11., Landwehrstraße 6
Tel.: 769 37 87-0
Mo–Mi, Fr 9–19, Do 9–21, Sa 9–18
Weitere Filialen in der SCS Vösendorf und im Gewerbepark Stadlau.

SPORT

AMERICAN FOOTBALL

American Football: Das Spiel mit den undurchschaubarsten Regeln ever erfreut sich auch in Österreich großer Beliebtheit. Offense, Defense, Touchdown: Die Wiener Vereine erklären, wie's geht.

▸ American Football Bund Österreich
11., Hasenleitengasse 73
Tel.: 263 71 10
E-Mail: office@afboe.at
www.afboe.at
Mo–Fr 9–13
Dachverband der österreichischen Football-Vereine. Veranstaltet Trainingslager, Regelseminare und die österreichische Meisterschaft.

BADMINTON

▸ Badminton Verband Österreich
18., Witthauergasse 13/13
Tel.: 0664/433 13 32
E-Mail: andreas.nolze@aon.at
www.badminton.at

▸ Club Danube Erdberg
3., Franzosengraben, Parkhaus U3
Tel.: 798 84 00
www.clubdanube.at
Mo–Fr 8–22, Sa, So, Fei 8–21
Eine Stunde kostet 12 Euro tagsüber und 14,20 Euro nach 16 Uhr und am Wochenende. Platzreservierung wird angeraten. Schläger können ausgeborgt werden, die Bälle muss man kaufen.

▸ Europahalle
23., An den Steinfeldern 2a
Tel.: 869 86 63
www.europahalle.at/
Tennis: tgl. 7–23, Badminton: tgl. 7.15–22.15
Einzelstunden (ca. 7 bis 11 Euro), Kleinabo mit Fixstundenanzahl, 10er-Block.

BALLON FAHREN

▸ Österreichischer Ballonfahrer Club
23., Endresstraße 79/4
Tel.: 889 82 22
www.ballonfahren.at
Sie wollen jemanden mit einer Ballonfahrt überraschen oder das nächste erfolgreiche Businessmeeting mit einer Fahrt mit dem Ballon feiern – alle Infos dazu gibt's hier. Außerdem: Informationen zur Ausbildung zum Ballonfahrer, Ballonwerbung etc.

Wenn die Kletterwand in die Stadt kommt. (Foto:Lomographen)

BASEBALL

▸ Österreichischer Baseball-Softball-Verband
3., Baumgasse 28/1
Tel.: 774 41 14
Fax: 774 41 15
E-Mail: office@baseballaustria.com
www.baseballaustria.com
Auskunft: Mo, Mi, Do 14–18
Auch wenn die meisten Baseball hierzulande nur von Bart Simpson, Charlie Brown oder von den Bären, die los sind, kennen, so besteht doch – fast unter Ausschluss der Öffentlichkeit – ein reges Baseball-Treiben. Pitcher, Catcher, Batter und Run ist nur der Anfang des umfangreichen Fachvokabulars, das sich hinter für den Laien unverständlich anmutenden Regeln versteckt. Der Dachverband und seine Vereine in Wien sind aber bemüht, die Geheimnisse des Sports zu lüften und Interessierte in die Kunst des Homeruns einzuweihen.

S

BASKETBALL

▸ Wiener Basketballverband
1., Dominikanerbastei 22
Tel.: 512 74 18
Fax: 512 44 96
E-Mail: office@basketballwien.at
www.basketballwien.at
Mo–Fr 9–12
Dachverband der Wiener Basketballvereine. Infos zu Trainigszeiten, Vereinen, Streetball und diversen Meisterschaften. Fortbildung für TrainerInnen, Kurse für Mini-Schiedsrichter.

BERGSPORT UND KLETTERN

▸ Austria Kletterhalle
1., Rotenturmstraße 14
Tel.: 513 10 03
Fax: 513 10 03-17
Mo–Fr 9–21, Sa, So 14–20
Neben der tollen Vorstiegswand (11 Meter hoch, 200 Quadratmeter Kletterfläche) gibt es auch einen Boulderraum sowie einen Aufwärmraum und Duschen. Leihausrüstung. Kurse für Erwachsene, Jugendliche und Kinder (während der Kurszeiten kein öffentlicher Betrieb).

▸ Boulder Center Edelweiss
1., Walfischgasse 12
Tel.: 513 85 00
Fax: 512 28 74
E-Mail: office@edelweiss-center.at
www.edelweiss-center.at
Mo–Fr 10–23, Sa, So, Fei 12–20
In der Wiener Walfischgasse befindet sich die größte Boulderhalle Österreichs. Bietet Kletter-Kurse (Basic, Advanced, Expert), Fitnesstraining (speziell für Bergsteiger und Kletterer) sowie Kurse für Kinder und Schulklassen.

▸ Kletteranlage Flakturm
6., Esterházypark
Tel.: 585 47 48
www.oeav-events.at/flakturm
April bis Ende Okt: Mo–Fr 14 bis zur Dämmerung,
Sa, So, Fei 13 bis zur Dämmerung,
bei Schlechtwetter u. im Winter geschlossen
Die bis zu 34 Meter hohe Hauptwand bietet über 20 Routen (4. bis 8. Schwierigkeitsgrad) auf einer Fläche von 700 (!) Quadratmetern. Am unteren Teil der Wand befindet sich ein Boulderbereich. Kletterkurse von Mini (4 bis 6 Jahre) bis zu Erwachsenen. In der Hauptwand herrscht Helmpflicht (Gratisverleih).

▸ Klettercenter der OEAV-Sektion Österreichischer Gebirgsverein
8., Lerchenfelder Straße 28
Tel.: 405 26 57
Fax: 402 49 26
E-Mail: oeav@gebirgsverein.at
www.kletterzentrum.at/
Okt bis Mai: Mo–Fr 10–22, Sa, So, Fei 14–20,
Juni u. Sept: Mo–Fr 10–22,
Juli u. Aug: Di, Do 10–22, Mo, Mi, Fr 10–18
Eine 17 Meter hohe Vorstiegswand mit ca. 120 Quadratmeter Kletterfläche machen das Indoor-Klettern zum Erlebnis. Die Routen reichen vom 4. bis zum 9. Schwierigkeitsgrad. Kletterkurse für Erwachsene, Kinder und Schulklassen.

▸ Naturfreunde Österreich
15., Viktoriagasse 6
Tel.: 892 35 34-0
Fax: 892 35 34-48
E-Mail: info@naturfreunde.at
www.naturfreunde.at
Die Naturfreunde sind mit ca. 150.000 Mitgliedern Österreichs größte Freizeit- und Naturorganisation. Die über 3.000 Lehrwarte bieten Kurse in den verschiedensten Sportarten an. Weiters engagieren sich die Naturfreunde in den Bereichen Umwelt- und Naturschutz.

▸ Österreichischer Alpenverein – Sektion Gebirgsverein
8., Lerchenfelder Straße 28
Tel.: 405 26 57
Fax: 402 49 26
E-Mail: oeav@gebirgsverein.at
www.oeav-events.at/gebirgsverein/
Geschäft: Mo–Fr 9–18.30
Kletterzentrum: 9–22, Sa, So, Fei 14–22
Wenn man öfter mal Wandern, Bergsteigen oder Klettern geht, zahlt sich die Mitgliedschaft beim Österreichischen Alpenverein schon aus. Neben Ermäßigungen auf Alpenvereinshütten (Mahlzeiten, Übernachtung) bietet der Verein seinen Mitgliedern auch Hilfestellung bei der Tourenplanung und verleiht Bergausrüstung, Literatur und Karten.

BOXEN

▸ Wiener Amateurboxverband
10., c/o Heinz Hladecek, Passinigasse 9
Tel.: 689 31 49

DARTS

▸ Wiener Darts Verband
21., Almgasse 21
Tel.: 292 33 28
Fax: 726 75 09
E-Mail: vorstand@wdv-dart.at
www.wdv-dart.at

EISSPORT

▸ 48er-Platz
14., Hanuschkrankenhaus / Müllverbrennungsanlage / Friedhof
Tel.: 914 33 26
Mo–Fr 14–18, Sa, So 10–12 u. 14–18
Der 48er-Platz, im Sommer ein Tennisplatz, wird im Winter – sobald es die Temperaturen zulassen – mit Wasser bespritzt und zum Eislaufplatz umfunktioniert. Je nach Wetterlage kann man hier in der kalten Jahreszeit gegen einen geringen Eintritt (um die 2 Euro) nach Herzenslust Eis laufen.

▸ Albert-Schulz-Eishalle
22., Attemsgasse 1
Tel.: 204 85 80
Mo 9–17.30, Mi 9–21.30, Do 9–13, Sa 13–18, So 8–16.30, am 24. u. 31. Dez kein Betrieb
Die Albert-Schulz-Eishalle wurde 1995 erbaut und zählt somit zu den modernsten Eishallen Wiens. Sie beherbergt zwei getrennte Plätze und ist Heimstätte des Eishockey Vereins Vienna Capitals. Beim Publikumseislaufen gibt es spezielle Zeiten für Senioren (Mi von 9 bis 12 Uhr) und Familien (Mi von 17 bis 21.30 Uhr) sowie eine Eisdisco (Sa von 13 bis 18 Uhr).

Kufenflitzer. (Foto:Archiv)

▸ Engelmann
17., Syringer Gasse 6–8
Tel.: 405 14 25-0
Altehrwürdige Eislaufanlage in Hernals, am Dach unter freiem Himmel gelegen.

▸ Natureislaufplatz
8., Buchfeldgasse 7a
Tel.: 408 44 77
tgl. 9–20
Für 1 Euro (Erwachsene) bzw. 50 Cent (Kinder) kann man, sofern die Witterung es zulässt, den ganzen Tag Eis laufen.

▸ Natureislaufplatz
16., Gallitzinstraße 4
Tel.: 485 58 34
Mo–Sa 14–22
Im Sommer ein Basketball- bzw. Inline-Hockey-Platz, wird der Asphaltplatz im Winter zum Eislaufen genützt (Temperaturabhängig). Eislaufen ist hier bis in die späten Abendstunden möglich. Geringer Eintritt (50 Cent bzw. 1 Euro).

S

▸ **Natureislaufplatz**
19., Osterleitengasse 14
Tel.: 368 71 81
tgl. 8–19 (bei Gefriertemperaturen)
Basketballplatz mit Flutlichtanlage. Eislaufen im Winter je nach Temperatur um 50 Cent (Kinder) bzw. 1 Euro (Erwachsene). Nautureislaufbahn.

▸ **Sportanlage Windtenstraße**
10., Windtenstraße 2
Tel.: 604 44 43
Mo–Fr 8–17.30, Sa 9–20, So, Fei 9–19
Auf dem ehemaligen Eisring Süd ist heute nur noch die Eishalle und eine kleine Freifläche in Betrieb, die zwar mit einer Kühlanlage ausgestattet ist, aber nur bei entsprechender Witterung in Betrieb genommen werden kann. Die Saison dauert von Mitte Oktober bis Ende März.

▸ **Wiener Eislaufverein**
3., Lothringerstraße 22
Tel.: 713 63 53
www.wev.or.at
Mo 9–20, Di, Do, Fr 9–21, Mi 9–22, Sa, So, Fei 9–20
Seit 1912 gibt es die Kunsteisbahn zwischen Konzerthaus und Hotel Intercontinental. Sie ist mit 6000 Quadratmetern ein der größten offenen Kunsteisbahnen der Welt.

▸ **Wiener Eistraum**
1., Rathausplatz
Tel.: 409 00 40 (Mo–Fr 9–12)
www.wienereistraum.com
tgl. 9–23
Ende Jänner bis Anfang März bietet die Stadt Wien eine Besonderheit für Eisfreaks: Eislaufen am Wiener Rathausplatz. Neben einer 1.800 Quadratmeter großen Eisfläche für den Publikumseislauf kann man hier auch Eisstockschießen oder sich einfach an den Gastronomie-Standeln erfreuen. Kinderbetreuung, Schlittschuhverleih, Special Events …

S

▸ **Wiener Stadthalle, Halle C**
15., Vogelweidplatz 14
Tel.: 981 00-0
www.stadthalle.com/de/stadthalle/halle_c
1. Jan 14–18, 24. u. 31. Dez geschlossen
Auch die Wiener Stadthalle bietet in der Halle C eine Eisfläche zum Publikumseislaufen. Die Publikumssaison dauert grundsätzlich jeweils von Mitte Oktober bis Anfang März. Außerhalb dieser Zeit kann man aber Di und Do von 20 bis 22 Uhr (März bis Juni) bzw. Di von 20 bis 22 Uhr (Juli bis September) zum „Happy Ice Dancing" vorbeischauen.

FECHTEN

Fechten ist eine olympische Zweikampfsportart. Drei Waffen sind beim Sportfechten bekannt: Florett, Degen und Säbel. Gefochten wird auf der Fechtbahn (auch Planche genannt), die 14 m lang und 2 m breit ist. Punkte gibt es für Treffer auf Kopf, Oberkörper bzw. Arme beim Säbelfechten, den Oberkörper beim Florettfechten und den gesamten Körper beim Degenfechten.

Die vier Musketiere. (Foto: Fechtclub Balmung)

▸ **Wiener Landesfechtverband**
19., Hammerschmidtgasse 18/29/2
Tel.: 476 34-185 81
www.8ung.at/wlfv

FUSSBALL

▸ **Hanappi-Stadion**
14., Keisslergasse 6
Tel.: 914 55 19

▸ **Happel-Stadion**
2., Meiereistraße, Prater
Tel.: 728 08 54

▸ **Hohe Warte Casino Stadion**
19., Klabundgasse
Tel.: 368 31 06

▸ **Horr-Stadion**
10., Fischhofgasse 12
Tel.: 688 01 50

▸ **Wiener Fußball-Verband**
10., Fischhofgasse 12
Tel.: 60 15 10
www.wfv.at
Ist Ihr Club endlich in Topform, und Sie wollen als Verein in einer geregelten Liga spielen? Hier sind Sie an der richtigen Adresse.

Der ÜBERBLICK
ist immer und überall.
KURIER
UNABHÄNGIGE TAGESZEITUNG FÜR ÖSTERREICH
Die richtige Zeitung
KURIER
Herr K.
KURIER
www.kurier.at

GOLF

Seit die elitären Golfclubs ihre Pforten auch für Otto Normalverbraucher geöffnet haben, liegt der ehemalige Freizeitsport der Upperclass total im Trend. In den letzten 15 Jahren ist die Zahl der Golfplätze enorm gestiegen. Golf ist inzwischen zu einem echten Breitensport geworden – vielen prototypischen Filzkäppchen-Golfern wird das zwar nicht recht sein, die Entwicklung lässt sich aber nicht mehr aufhalten. Der Platz in der Freudenau bietet schöne Fairways und den Vorteil, dass man ohne Startzeit anfangen kann. Allgemeine Informationen zum Thema Golf in Österreich gibt's beim ÖGV.

▸ Österreichischer Golf-Verband (ÖGV)
4., Prinz-Eugen-Straße 12
Tel.: 505 32 45-0
www.golf.at
Mo–Do 9–17, Fr 9–15.30

▸ Wiener Golf-Verband
2., Freudenau 65a
Tel.: 728 95 64
Fax: 728 95 64-20

HOCKEY

▸ Österreichischer Hockeyverband
2., Prater Hauptallee 123a
Tel.: 728 18 08
www.hockey.at
Mo–Fr 8.30–17.30

Schlenzen, Heben, Kurze und Lange Ecke, Siebenmeter und Bully, das mag für viele wie Wörter einer Fremdsprache klingen – sind es aber nicht, handelt es sich dabei doch um Spielsituationen im Landhockey. Hockey, das sich vom Eishockey vor allem durch das Fehlen von Eis und Eislaufschuhen und durch den runden Ball unterscheidet, ist immerhin schon seit 1913 auch in Österreich heimisch. Der damals gegründete Hockey-Verband kümmert sich noch heute um die Koordination und Organisation der Feld- und Hallenmeisterschaften.

S

KAMPFSPORTARTEN

▸ Aikido Union Wien
12., Bonygasse 31/5/1
Tel.: 920 03 43
www.aikido.or.at

▸ Budoten – Verein zur Förderung der Kampfkünste
10., Alxingergasse 94
Tel.: 0676/627 33 88
www.budoten.at
Di–Sa 18–21

▸ Jiu Jitsu Verband Österreich
21., Prager Straße 20
Tel.: 707 89 42 od. 0664/452 89 84
E-Mail: jjvoe@a1.net
www.jjvoe.at.tf
nach tel. Vereinbarung

▸ Judo Verband Wien
12., Theresienbadgasse 1/1/16
Tel.: 813 41 65
E-Mail: office@judo-vienna.at
members.aon.at/judo
Mo 12.30–19.30, Di, Mi 8–15, Do 13–20

▸ Karate-Do Verband
21., Ruthnergasse 172/33
Tel.: 290 37 31
members.habla.at/karateverband-wien

LEICHTATHLETIK

▸ Wiener Leichtathletikverband (WLV)
2., Ernst-Happel-Stadion
Tel.: 720 19 53
Fax: 729 67 03
www.vienneseathletics.com
Di 8–11, Mi 17–19, Fr 14–17

Foto: HC Traun

RADSPORT

▸ Radsport Verband Österreich
16., Hasenleitengasse 73
Tel.: 768 16 91
Fax: 768 16 91-20
E-Mail: office@radsportverband.at
www.radsportverband.at
Mo–Do 8–16.30, Fr 8–15

REITEN

▸ Florid-Sport-Reiterstadl
21., Angerer Straße 5b
Tel.: 271 51 06
www.reiterstadl.at
Mo–Fr 9–18, Sa 9–12.30, 1. Sa im Monat 9–17
Individuelle Sattelanpassung im Stall des Kunden; Reinigung von Pferdedecken; Besticken von Pferdedecken und Schabracken; ab 22 Euro Einkaufssumme gibt's eine Parkgutzeitkarte für das gegenüberliegende Parkdeck.

▸ Landesfachverband für Reiten und Fahren in Wien
1., Hofburg, Batthyanystiege, Mezzanin
Tel.: 533 70 46
www.reitenwien.at
Di 13–17, Mi, Fr 9.30–14.30
Der Landesfachverband ist selbst Mitglied des Bundesfachverbandes; auch hier bekommt man Informationen zu Reitclubs, Reitvereinen und Züchtern in Wien.

▸ Reitstall Donauhof
2., Hafenzufahrtstraße 63
Tel.: 728 36 46
Fax: 728 36 46
www.reitstall-donauhof.at
nach tel. Vereinbarung
Neben einer Reithalle und einem Viereck (Dressur) können auch die nahegelegenen Praterauen beritten werden. Reitkurse und Prüfungen bis zur Lizenz. Miet-Fiaker für feierliche Anlässe sowie Ausbildung zum Wiener Fiaker. Einstellboxen.

RINGEN

▸ Wiener Amateur Ringer Verband
21., Holetschekgasse 26
Tel.: 292 96 47
Fax: 292 96 47
E-Mail: warv@ringen.at
www.ringen.at/warv/
Der Wiener Amateur-Ringer-Verband trainiert im Wiener Praterstadion.

RUDERN

Früher war Rudern eine elitäre Sportart, vergleichbar mit Golf oder Segeln, doch diese Abgrenzung besteht schon seit einigen Jahrzehnten nicht mehr. Heute ist Rudern ein Breitensport. Ruderer haben schmale Boote mit einem beweglichen Sitz und meinen ihr Ruder, wenn sie vom „Skull" oder „Riemen" reden. Man unterscheidet grundsätzlich Skull-Boote (zwei Ruder), Riemen-Boote (ein Ruder), gesteuerte und ungesteuerte Boote. Rudern darf man in Wien auf der gesamten Donau.

▸ Österreichischer Ruderverband
3., Blattgasse 4
Tel.: 712 08 78
www.rudern.at
nach tel. Anmeldung

▸ Wiener Ruderdachverband
21., Anton-Bosch-Gasse 27/16
Tel.: 278 66 50

RUGBY

▸ Rugby Verband Österreich
18., Haltzingergasse 35 (c/o Andreas Schwab)
Tel.: 470 68 24

SKIFAHREN

Skifahren in Wien? Ob Sie's glauben oder nicht, in Wien gibt es zwei Skipisten samt Lift und allem, was dazugehört. Wenn Sie also nächsten Winter die neuen Ski ausprobieren möchten, aber keine Lust haben, am Semmering im Stau zu stehen, probieren Sie's doch einfach aus.

▸ Skianlage Dollwiese
13., Ghelengasse 44
Tel.: 812 12 01
Mo–Fr 9–21.30, Sa, So, Fei 9–22
Die älteste FIS-taugliche Skipiste Österreichs ist 400 Meter lang und verfügt über einen Schlepplift sowie eine Beschneiungsanlage. Die Flutlichtanlage ermöglicht Skifahren bis 21.30 Uhr. Tageskarte: 13 Euro (Kinder: 6 Euro).

▸ Skianlage Hohe Wand
14., Mauerbachstraße 172–174
Tel.: 979 10 57
Mo–Fr 12 bis zur Dämmerung,
Sa, So, Fei u. schulfreie Tage: 10 bis zur Dämmerung
Mangels einer eigenen Beschneiungsanlage ist der Schlepplift nur bei ausreichender Schneelage in Betrieb. Mäßige Hangneigung. 10er-Block: 4 Euro (Kinder 2,50 Euro).

SCHWIMMEN

▸ Landesschwimmverband Wien
20., Hellwagstraße 18a/3/4/14
(c/o DI Bernhard Holzer)
Tel.: 330 57 97
E-Mail: praesident@wlsv.at
www.wlsv.at

▸ Verband Österreichischer Schwimmvereine
11., Braunhubergasse 21/G6/2
Tel.: 749 81 94-0
www.voes.or.at
Mo–Fr 7.30–16

SEGELN

Wer glaubt, in Wien nicht segeln zu können, der irrt gewaltig. Wien verfügt über ganze zwei Gewässer, auf denen Freizeitsegeln betrieben werden kann: die Obere Donau und die Untere Donau. Zudem sorgen insgesamt acht Segelvereine und drei Segelschulen dafür, dass ihren rund 1.500 SeglerInnen eine Rundumbetreuung offeriert wird. Dass Wien nicht ganz ohne ist und schon gar nicht ohne ambitionierte SegelsportlerInnen, beweist zudem auch Roman Hagara, der sich in Sydney 2000 den Olympiasieg holte ... Für all jene, die schon einmal Lust verspürt haben sollten, dem Segeln zu frönen, dies aber bislang nicht gewagt haben, ist vielleicht die Mittwochs-Regatta auf der Alten Donau der richtige Vorgeschmack.

▸ **Landessegelverband für Wien**
21., Morelligasse 1/8/15
Tel.: 270 51 36
members.chello.at/lsvw33

▸ **ÖSV – Österreichischer Segelverband**
23., Zetschegasse 21
Tel.: 662 44 62
www.sailing.or.at

▸ **Vereinigung österreichischer Yachtsport- und Windsurfingschulen**
16., Zöchbauerstraße 4/54
Tel.: 982 70 95
Fax: 982 70 96

SQUASH

▸ **Wiener Squash Racketsverband**
16., Rumplerweg 10
Tel.: 4277-519 08
www.wsrv.at
Sämtliche Infos rund ums Squash-Spielen. Links zu Squash-Hallen und -Vereinen.

TAUCHEN

Die Unterwasserwelt wirkt heutzutage für immer mehr Großstadtmenschen als Anziehungspunkt Nummer eins. Kein Wunder, entdecken doch viele Menschen im Medium Wasser die Möglichkeit, Alltag und Stress für ein paar Stunden vollends abzustreifen. Denn was man unter der Wasseroberfläche vorfindet, ist eine Welt voller Leben und Faszination. Damit das auch so bleibt, sollte man sich noch vor einem Besuch einer Tauchschule einer genauen ärztlichen Untersuchung unterziehen.
Tauchunfälle: Tel.: 540 90
Tauchmedizinische Auskünfte: Tel.: 54 98 61

▸ **Tauchsportverband Österreich TSVÖ**
www.tsvoe.or.at
Der TSVÖ ist der Fachverband der mehr als 100 in Österreich aktiven Tauchsportvereine. Ziel ist es, den Unterwassersport und die Unterwasserforschung auf nationaler und internationaler Ebene zu fördern. Der TSVÖ zeichnet sich als dafür verantwortlich, stets die neuesten Erkenntnisse rund um den Tauchsport aufzubereiten und in Form von Publikationen, Seminaren, Fortbildungskursen und sonstigen Veranstaltungen den einzelnen TSVÖ-Mitgliedern zugänglich zu machen.

TENNIS

▸ **Wiener Tennisverband**
2., Wehlistraße 320
Tel.: 726 26 26-10
www.tenniswien.at
Mo–Do 8–16, Fr 8–14.30

TISCHTENNIS

▸ **Tischtennisverband Wien**
5., Nikolsdorfer Gasse 8
Tel.: 548 10 10 od.0650/548 10 10
www.wttv.at
Mo–Do 10–12
Informationen zum Thema Tischtennis in Wien, Regeln zur Mitgliedschaft, Auskunft über Vereine, Turniere und Ergebnisse und die neuesten Nachrichten aus der Welt des Tischtennis.

Ins Netz gegangen. (Foto: Archiv)

TURNEN

▸ **Wiener Fachverband für Turnen**
16., Erdbrustgasse 4
Tel.: 486 11 70
www.oeft.at
Der Wiener Fachverband gibt Auskunft über alle Turnverein, die im Wiener bzw. Österreichischen Turnverband aktiv sind.

VOLLEYBALL

▸ **Wiener Volleyball Verband**
2., Praterstraße 47/2/15
Tel.: 968 23 62
www.volleyball-wien.at
Mo 17.30–19
Vereine, Tabellen, Spieltermine – alles aus erster Hand.

WRESTLING

▸ **Wrestling School Austria**
10., Alxingergasse 94
Tel.: 983 26 77

SPORTFACHGESCHÄFTE

BERGSPORT UND OUTDOOR

▸ **Alpenfritz**
7., Burggasse 110
Tel.: 526 38 84
Mo, Mi, Fr 10–18.30, Do 10–20, Sa 8.30–13.30
Alles rund ums Wandern, Bergsteigen und Klettern. Neben erfahrenen Beratern erleichtert die Indoor-Kletterwand (samt Klettersteig) die richtige Wahl bei Kletterschuhen und Co. Die 90 Quadratmeter große Zeltstadt bietet die Möglichkeit, das Zelt noch vor dem Kauf in aufgebautem Zustand zu begutachten.

▸ **Alpin Aktuell**
7., Westbahnstraße 56–58
Tel.: 522 67 57
www.alpin-aktuell.at
Mo–Fr 10–13 u. 14–18.30, Sa 9–13
Wer nach Wanderkarten für den nächsten Urlaub sucht, ist hier bestens aufgehoben. Neben Atlanten, Straßen- und besagten Wanderkarten gibt es aber auch alles rund um Canyoning, Kanus, Trekking u. v. m.

Bücherberg. (Foto: Archiv)

▸ **Bergfuchs**
7., Kaiserstraße 15
Tel.: 523 96 98
E-Mail: wien@bergfuchs.at
www.bergfuchs.at
Mo–Fr 9–18, Sa 9–17
Komplettes Programm rund um Skitouren, Klettern, Wandern und andere Outdoor-Aktivitäten.

▸ **Hof & Turecek**
15., Markgraf-Rüdiger-Straße 1
Tel.: 982 23 61-0
E-Mail: mail@turecek.at
www.turecek.at/
Mo–Fr 9–18.30, Sa 9–13
Hof & Turecek ist Spezialist, wenn es um Ausrüstung für Globetrotter und Outdoorer sowie um Expeditionsausstattung geht. Das Sortiment reicht vom Campingkocher bis zum Dachzelt fürs Auto. Besonderes Special: Satellitentelefon, Verkauf und Verleih.

▸ **Jack Wolfskin**
1., Kärntner Ring 5–7 (Ringstraßen Galerien)
Tel.: 512 73 57
E-Mail: info@wolfskin.at
www.wolfskin.at
Mo–Mi, Fr 10–18, Do 10–21, Sa 10–18
Funktionelle Wander- und Outdoor-Bekleidung, Trekkingschuhe, Rucksäcke; sowohl für Sommer als auch Winter. Weiters Zelte für jeden Zweck (Camping, Expedition …), Schlafsäcke, Moskitonetze, Kocher, Trinkflaschen usw.

▸ **Northland**
8., Auerspergstraße 3
Tel.: 402 77 10
E-Mail: office@northland-pro.com
www.northland-pro.com
Mo–Fr 9–18.30, Sa 9–14, 1. Sa im Monat 9–17
Professionelle Ausrüstung für Outdoor-Aktivitäten über Climbing bis hin zu High-Tech-Expeditionen: Kleidung, Zelte, Schuhe, Zubehör, Ruck- und Schlafsäcke. Auch für Kinder!

▸ **Schwanda**
1., Bäckerstraße 7
Tel.: 512 53 20
E-Mail: office@schwanda.at
www.schwanda.com
Mo–Fr 9–18, Sa 9–15
Seit mehr als 50 Jahren bietet Schwanda alles für den Bergsport. Von Wander- über Kletter- bis hin zu Eisausrüstung. Beratung im Geschäft – toller Online-Shop im Netz. Der Klassiker in Wien, wenn es um Outdoor geht.

▸ Steppenwolf
7., Kirchengasse 34
Tel.: 523 40 55
Fax: 522 33 78
E-Mail: info@steppenwolf.at
www.steppenwolf.at
Mo–Fr 10–18.30, Sa 10–17
Bietet Outdoor-Bekleidung und Ausrüstung von Jack Wolfskin, Mammut, The North Face sowie anderen Qualitätsmarken. Große Auswahl an Rucksäcken (Bach, Lowe Alpine u. a.) und Kinderbekleidung. Verleih von Zelten, Rucksäcken, Radtaschen, Kindertragen, Schneeschuhen, Teleskopstöcken und vielem anderen.

BILLARD

▸ Heinrich Weingartner
15., Neubaugürtel 11
Tel.: 985 21 50
E-Mail: billard@weingartner.co.at
Mo–Fr 9–18, Sa 9.30–12.30
Fachgeschäft für Billardzubehör. Eigene Erzeugung.

Eine ruhige Kugel schieben. (Foto: KDM/Dillon)

FUSSBALL

▸ Fanshop Strobl
8., Strozzigasse 22
Tel.: 406 06 18
www.fan-shop.co.at
Mo–Fr 9.30–18, Sa 9.30–15
Dressen aller europäischen Spitzenmannschaften, vieler nationaler Teams, aller österreichischen Mannschaften. Fahnen, Babystrampler, Wimpel, Bücher, CDs …

S

GOLF

▸ Golf Löwe
1., Marc-Aurel-Straße 3
Tel.: 533 21 79
Fax: 533 21 79
E-Mail: office@golfloewe.at
www.golfloewe.at
Mo–Fr 10–18, Sa 9.30–17
Alles, was man zum Golfsport benötigt, bekommt man hier. Und auf der Hompage gibt es eine Secondhandbörse. Filiale:
19., Silbergasse 7, Tel.: 368 44 11

▸ Golf Shop
8., Laudongasse 12
Tel.: 408 04 22
Fax: 408 04 22-25
E-Mail: office@golfshop.at
Mo–Fr 10–18.30, Sa 9–13

KAMPFSPORTARTEN

▸ Fighter's World Kampfsportartikel
17., Neubaugürtel 17/2
Tel.: 786 21 50
www.fightersworld.at
Mo–Fr 9–12 u. 14–18, Sa 10–13
Hier bekommt man Ausrüstung für die folgenden Kampfsportarten: Aikido/Iaido, Judo, Karate, Kick- und Thaiboxen, KungFu/WuShu, Taekwondo. Von der Bekleidung über Schutzausrüstung bis hin zu Gürtel, Schuhen und Zubehör.

LAUFEN

▸ Laufsport Blutsch
6., Liniengasse 24
Tel.: 597 06 40
www.laufsport-blutsch.at
Mo–Fr 8–18, Sa 8–13
Orthopädisches Equipment, Beratung und Bewegungstests. Elektronische Fußanalyse. Alle gängigen Marken von Laufschuhen, funktionale Bekleidung und Accessoires wie Pulsmesser, Literatur, Laufmaschinen von Tunturi und Pro Form.

▸ Runningshop
10., Favoritenstraße 76
Tel.: 604 33 24
www.runningshop.at
Mo–Fr 10–18, Sa 10–13
Laufschuhberatung, Fußtypanalyse, Testung von Laufschuhen und Videoanalysen am Laufband. Alle gängigen Laufschuhmarken. Zubehör. Professionelle Beratung von aktiven LäuferInnen. Eigenes Marathontraining mit Long Training Runs im Schlosspark Laxenburg (genaue Trainingszeiten auf der Homepage).

▸ Tony's Laufshop
2., Praterstraße 21
Tel.: 216 62 88
www.tonys-laufshop.at
Mo–Fr 10–18, Sa 10–16
Fußtypenanalyse und Sportschuhtest. Alle gängigen Marken. Sportbekleidung und Zubehör.

Foto: Archiv

REITEN

▸ Pedigree Reitsport
3., Wassergasse 6
Tel.: 715 18 28
www.reitshop.at
Mo–Fr 9–18.30, Sa 9–17
Groß- und Einzelhandel mit Reitsportartikel, Sattlerwaren und Reitbekleidung; Stall-Zustellservice; Online-Shop; Gratis-Parkscheine im Geschäft.

▸ Reitsport Cheval
10., Landgutgasse 33
Tel.: 603 93 38
www.cheval.at
Mo–Fr 10–18, Sa 10–12
Große Auswahl an sämtlichem Reitzubehör bei gemäßigten Preisen; gute Beratung.

▸ Reitsportartikel Horse Point
23., Breitenfurter Straße 457
Tel.: 889 41 58
www.horse-point.co.at
Mo–Do 9–12 u. 15–18, Fr 9–18, Sa 9–13
Komplettes Sortiment rund ums Pferd.

▸ Tuar Reitsport
15., Sechshauser Gürtel 11
Tel.: 895 59 51
www.tuar.at
Mo–Fr 8–19, Sa 8–14
Neben Reitsportartikeln bietet die Firma Tuar auch spezielle Services wie etwa den Verleih von Schermaschinen, Pferdeanhängern und das Waschen von Pferdedecken an; tolle Beratung; firmeneigener Parkplatz.

TENNIS

▸ Tennis Stramitzer
1., Bösendorferstraße 1
Tel.: 504 00 92
www.stramitzer.at
Mo–Fr 9–18, Sa 9–13
Seit 1928 Fachgeschäft für Tenniszubehör.

VOLLSORTIMENT

▸ Hervis Sports
9., Alserstraße 20
Tel.: 406 42 52-0
Fax: 406 42 57-723
E-Mail: hm25_wien_alserstr@hervis.at
www.hervis.at
Mo–Fr 9–18.30, Sa 9–17
Online: weitere 6 Standorte in Wien.

▸ Intersport Eybl
15., Mariahilfer Straße 138
Tel.: 895 73 70
Fax: 895 73 70-4501
E-Mail: office.eybl.mh@intersport.at
www.intersporteybl.at
Mo–Mi 9–18.30, Do 9–21, Fr 9–19, Sa 9–18
Der riesige Intersport Eybl auf der Mariahilfer Straße, nahe dem Westbahnhof, hat neben dem Standardprogramm großer Sportartikelketten auch eine gut sortierte Outdoor-Abteilung. Immer wieder billige Angebote und Einzelstücke bei Rucksäcken, Bergschuhen und sonstiger Ausrüstung. Zweiter Standort: Vösendorf.

▸ Intersport XL
15., Gablenzgasse 5–13 (Lugner City)
Tel.: 982 58 17-0
E-Mail: office.0804@intersport.at
www.intersport.at
Mo–Do 9–19, Fr 9–21, Sa 9–18
Die so genannten City-Stores von Intersport gibt es noch weitere sechs Mal in Wien.

▸ Riebl Sport
5., Schönbrunner Straße 63
Tel.: 544 75 34
Mo–Fr 9–18, Sa 9–17

▸ Sport 2000
14., Albert-Schweitzer-Gasse 6
Tel.: 577 27 72
Mo–Do 9–19.30, Fr 9–20, Sa 9–18

▸ Sports Experts
7., Kirchengasse 6
Tel.: 526 51 55-0
Mo–Fr 8.30–19, Sa 9–17

WASSER UND SCHNEE

▸ **Seeh Vienna**

1., Sonnenfelsgasse 3
Tel.: 512 52 19
Mo–Fr 10–18, Sa 10.30–17
Farbenfrohe Surf- und Snowboardwear der Marke Billabong. Sonnengebrannte VerkäuferInnen beraten bei der Wahl. Weitere Filiale:
8., Lange Gasse 65, Tel.: 409 22 96

Yetis Schuhwerk. (Foto: Archiv)

▸ **Surfinsel**

5., Margaretengürtel 126
Tel.: 544 61 61
Fax: 544 61 61-15
E-Mail: office@surfinsel.at
www.surfinsel.at
Nov bis Jan: Mo–Fr 10–13 u. 14–19, Sa 9–15,
Feb bis Okt: Mo–Fr 9.30–13 u. 14–18, Sa 9–13
Großes Fachgeschäft für Surfen und Snowboarding. Sportequipment und Mode. Professionelle Beratung.

WASSERSPORT

▸ **Arwex-Sport**

21., Am Rollerdamm 2
Tel.: 263 71 11
Fax: 263 98 78
E-Mail: office@arwex.at
www.arwex.at
Mo–Fr 14–18, Sa 9–12
Spezialfachgeschäft für Kanu und American Football Sport. Boote können auch geliehen werden.

SPRACHEN

DEUTSCH

▸ **Alpha Sprachinstitut Austria**

1., Schwarzenbergplatz 16
Tel.: 503 69 69
www.alpha.at
Mo–Do 9–18, Fr 9–14
Monatlich beginnende Intensivkurse für Deutsch und Englisch.

▸ **Deutschakademie**

1., Opernring 1/E/3
Tel.: 585 73 13
www.deutschakademie.at
Mo–Fr 9–12 u. 12–15 u. 15–18 u. 18–21
Deutschkurse auch mit Unterkunft, direkt gegenüber der Oper.

▸ **IKI – Deutschkurse Internationales Kulturinstitut**

1., Opernring 7
Tel.: 586 73 21
www.ikivienna.at
Mo–Fr 9–18
Ganzjährig Deutschkurse für Erwachsene und Jugendliche ab 16 im Zentrum von Wien.

▸ **Wiener Internationale Hochschulkurse**

1., Ebendorferstraße 10
Tel.: 42 77-241 01
www.univie.ac.at/wihok/
Juli bis Sept: Mo–Fr 8.30–16,
Okt bis Juni: Mo, Mi–Fr 9–16, Di 9–18.30
Ganzjährig Deutschkurse für unterschiedliche Berufsgruppen und alle Altersstufen.

FREMDSPRACHE

Neben den in der Folge genannten Unternehmen kann man Sprachkurse einerseits auch an den Volkshochschulen und andererseits an den Kulturinstituten des jeweiligen Landes (siehe Abschnitt „Kulturinstitute") besuchen.

▸ **Austro-American Institute of Education**

1., Operngasse 4
Tel.: 512 77 20 od. 512 43 30
E-Mail: amerika-institut@nextra.at
www.amerika-insitut.at
Büro: Mo–Do 8–19, Fr 8–16
Englischkurse sowohl in Gruppen als auch spezielle Schulungsangebote für Firmen und Einzelunterricht. Zudem betreut das Amerika-Institut ein Sprachprogramm für SchülerInnen, Studierende und Berufstätige an der San Diego State University in den USA.

▸ Berlitz
1., Graben 13
Tel.: 512 82 86 od. 0820/82 00 82 (Hotline)
www.berlitz.at
je nach Kurs
Sprachkurse für alle Altersstufen (privat und Business) für Englisch, Französisch, Italienisch, Spanisch, slawische Sprachen und Deutsch als Fremdsprache, sowie Sprachkurse in vielen Ländern mit vielen unterschiedlichen Sprachen. Weitere Standorte in Wien:
6., Mariahilfer Straße 27, Tel.: 586 56 93
10., Troststraße 50, Tel.: 604 39 11
21., Schloßhofer Straße 13–15/DG, Tel.: 272 84 00

▸ Inlingua
1., Neuer Markt 1
Tel.: 512 22 25
www.inlingua.at
Büro: Mo–Fr 9–18
Verschiedene Kurse für Englisch, Französisch, Italienisch, Spanisch, Russisch und Deutsch. Weiterbildungsservice für Firmen.

▸ Institut Venetia
4., Große Neugasse 8
Tel.: 586 82 57
E-Mail: office@venetia.at
www.venetia.at
nach tel. Vereinbarung
Sprachkurse in Kleingruppen für die Sprachen Englisch, Spanisch, Französisch, Italienisch und Deutsch als Fremdsprache. Auch EDV-Anwenderkurse und Persönlichkeitsbildung.

▸ SI – Sprachinstitut
1., Biberstraße 26
Tel.: 512 15-81
E-Mail: sprachinstitut@surfeu.at
www.sprachinstitut.at
Büro: Mo–Fr 10–13 u. 14–18
Einzelunterricht und firmeninterne Gruppenkurse in allen Sprachen, egal, ob Englisch, Italienisch, Hindi oder Puniabi. Auch Übersetzungen und Dolmetsch.

▸ Società Dante Alighieri
8., Trautsongasse 2/1
Tel.: 408 58 94
Fax: 408 30 65-14
E-Mail: info@dante.at
www.dante.at
Büro: Mo–Do 9–18, Fr 9–12
Der Verein bietet Kleingruppenkurse (vier bis acht Personen) in Italienisch sowie Studienreisen und Sprachkurse in Italien.

▸ Sprachenzentrum der Universität Wien
8., Alser Straße 23/12
Tel.: 42 77-182 77
Fax: 42 77-182 79
E-Mail: sprachenzentrum@univie.ac.at
www.univie.ac.at/sprachenzentrum/
Büro: Mo–Fr 9–15 u. Do 16–18
Sprachkurse in Arabisch, Chinesisch, Englisch, Französisch, Italienisch, österreichische Gebärdensprache, Polnisch, Russisch, Spanisch, Tschechisch und Ungarisch für Studierende, Universitätsangehörige, Privatpersonen und Firmen.

▸ The Cambridge Institute
6., Mariahilfer Straße 97
Tel.: 595 61 11
www.thecambridgeinstitute.at
Mo–Fr 8.30–21, Sa 9–13
Kurse in britischem und amerikanischem Englisch (privat oder Business). Kursbeginn jederzeit möglich. Sprachreisen.

SPEZIALANGEBOT

▸ Business Language Center
1., Trattnerhof 2
Tel.: 533 70 01-0
Fax: 532 85 21
E-Mail: blc@blc.co.at
www.blc.co.at
Büro: Mo–Fr 9–15, Kurse: Mo–Fr 7.15–20
Englischkurse speziell für Kunden aus der Wirtschaft.

▸ SPIDI Spracheninstitut
7., Mariahilfer Straße 32
Tel.: 524 17 17-0
E-Mail: office@mdi-spidi.at
www.spidi.at
je nach Kurs
Auf Unternehmen spezialisierte Sprachschule, die Kleingruppenkurse, Einzelunterricht sowie Sommerkurse bietet.

SPRACHREISE

▸ AFS – Austauschprogramme für interkulturelles Lernen
9., Maria-Theresien-Straße 9
Tel.: 319 25 20-0
Fax: 319 25 31-32
E-Mail: office@afs.at
www.afs.at
Mo–Fr 9–17
AFS bietet SchülerInnen die Möglichkeit, ein Jahr, ein Semester oder ein Trimester in einem anderen Land Europas, in Asien, Australien, Nord- oder Südamerika zu leben.

▸ **Carpe diem Sprachreisen**
18., Leitermayergasse 43/3
Tel.: 817 37 80-0 od. 0800/102 03 30
www.carpe.at
Hotline: Mo–Fr 9–17
Sprachreisen für Jugendliche, Erwachsene, Schülergruppen und Firmen: Englisch (Großbritannien, Irland, Malta, USA, Kanada, Australien, Neuseeland, Südafrika), Spanisch (Spanien und Südamerika), Französisch (Frankreich, Belgien, Kanada) und Italienisch.

▸ **FSTS – Gesellschaft für Studienreisen**
8., Pfeilgasse 1a
Tel.: 403 32 51
www.fsts.at
Büro: Mo–Fr 8.30–17
Sprachreisen für Schüler (Englisch, Französisch und Spanisch) und Erwachsene (Englisch, Französisch, Griechisch, Italienisch, Portugiesisch und Spanisch) sowie Praktika, Langzeitkurse und Schüleraustausch.

▸ **Pierre und Sprachferien**
5., Grüngasse 9
Tel.: 587 05 18
Fax: 587 04 30
E-Mail: pierre.overall@aon.at
www.pierre-overall.com
Mo–Fr 9–17
Sprachreisen für Jugendliche und Familien nach Frankreich, Spanien und Italien.

▸ **SFA Sprachreisen**
4., Schmöllerlgasse 5
Tel.: 505 73 41
E-Mail: infowien@sfa-sprachreisen.at
www.sfa-sprachreisen.at
Mo–Fr 9–15.30
Sprachwochen und Sprachferien für Jugendliche und für Erwachsene (Englisch, Französisch, Italienisch, Spanisch) sowie Lehrerkurse, Au-pair-Aufenthalte und Schüleraustausch.

Kommt Ihnen das Spanisch vor? (Foto: Archiv)

STADTFÜHRUNGEN

▸ **Arge Wiener Spaziergänge**
14., Einwanggasse 17
Tel.: 894 53 63
www.wienguide.at
Interessante Erkundungstouren, für Wiener und Nicht-Wiener gleichermaßen. Der thematische Bogen der Spaziergänge erstreckt sich von „Wegen der Lust im alten Wien“ über „Mörder, Hexen, Justitia“ bis zu „Kommissar Rex“ oder „Highlights der Wiener Innenstadt“.

▸ **Frauenspuren**
Petra Unger
6., Mollardgasse 48a/16
Tel.: 0664/421 64 44
nach tel. Vereinbarung
E-Mail: p.unger@nextra.at
Frauen und Männer haben die Wiener Stadtgeschichte geprägt. Aber an die Leistungen und die Arbeit der Frauen erinnert „man“ sich kaum. Die Frauensparziergänge, die Petra Unger leitet, sollen dem entgegenwirken.

▸ **Per Pedes**
5., Einsiedlergasse 6
Tel.: 544 96 68
www.perpedes.at
Stadtführungen ins mittelalterliche, barocke, moderne, kulinarische, rätselhafte, berittene Wien.

▸ **Vienna City Bike Tours**
2., Ausstellungsstraße 3
Tel.: 729 72 34
E-Mail: office@pedalpower.at
www.pedalpower.at
Warum Wien nicht einmal mit dem Rad erkunden? – Viele Stadttourenbeschreibungen und Radpläne für die, die auf eigene Faust den Drahtesel besteigen und sich Wien ansehen möchten, es gibt aber auch geführte Touren.

▸ **Vienna Sightseeing Tours**
4., Graf-Starhemberg-Gasse 25
Tel.: 712 46 83
Fax: 714 11 41
E-Mail: vst@viennasightseeingtours.com
www.viennasightseeingtours.com
tgl. 9.45 u. 10.30 u. 14.45, Winter: tgl. 9.45 u. 14.00
Eine Tour durch die Stadt im gelb-grünen Bus. Halbtagesfahrten (Bsp.: Historische Stadtrundfahrt), Ganztagesfahrten (etwa ins Donautal), romantische Abendfahrten nach Grinzing u. v. m. Bieten auch eine Hop-on–hop-off-Fahrt.

STADTINFORMATION

▸ **Stadtinformation Wien**
1., Rathaus Wien
Tel.: 525 50
www.magwien.gv.at/ma55
Mo–Fr 8–18, Sa, So, Fei 8–16
Zentrale Informations- und Auskunftsstelle der Stadt Wien. Daher werden sowohl Fragen nach der Stadtverwaltung, nach Gebietskörperschaften, nach Einrichtungen der Stadt und des Bundes beantwortet als auch solche nach Freizeiteinrichtungen. Außerhalb der Geschäftszeiten können die Fragen auf dem Anrufbeantworter deponiert werden.

▸ **Tourist-Info Wien**
1., Albertinaplatz / Maysedergasse
Tel.: 245 55
www.wien.info
tgl. 9–19
Stadtinformationslokal des Wiener Tourismusverbandes.

STUDIEREN

AUSLANDSSTUDIUM

▸ **Büro für Internationale Beziehungen**
1., Dr.-Karl-Lueger-Ring 1
Tel.: 4277-182 08, -182 09
www.univie.ac.at/international
Okt bis Juni: Mo–Mi, Fr 9–12, Do 14–18,
Juli bis Sept: Mo–Mi, Fr 10–12, Do 14–16
Institution, die Studierende – in den Belangen Studium und Mobilität – berät und informiert. Auskünfte über Auslandsaufenthalte und deren Finanzierung.

▸ **ÖAD – Österreichischer Austauschdienst**
9., Alser Straße 4/1/3/8
Tel.: 4277-281 01
www.oead.ac.at
Mo–Do 9–16, Fr 9–14
Agentur für internationale Bildungs- und Wissenschaftskooperation: Beratungs- und Servicestelle zu Förderungsoptionen für Studierende bei Studium oder Forschungstätigkeiten im Ausland. Online: Sehr informative Stipendiendatenbank.

HOCHSCHÜLERiNNENSCHAFT

▸ **Österreichische HochschülerInnenschaft**
9., Liechtensteinstraße 13
Tel.: 310 88 80-0
E-Mail: oeh@oeh.ac.at
www.oeh.ac.at

StudentInnenfutter? (Foto: Archiv)

MENSEN

▸ **Angewandte**
1., Oskar-Kokoschka-Platz 3
Mo–Fr 10–15

▸ **Katholische Hochschulgemeinde**
1., Ebendorfer Straße 8
www.univie.ac.at/khg
Mo–Fr 11.30–14

▸ **Mensa im Afro-Asiatischen Institut**
9., Türkenstraße 3
Mo–Fr 11.30–14.30

▸ **Mensa Markt (WU)**
9., Augasse 2–6
www.mensen.at

▸ **Neue Boku**
19., Muthgasse 18
Mo–Fr 8.30–18

▸ **NIG**
1., Universitätsstraße 7
Mo–Fr 11–14

▸ **TU Wien**
4., Wiedner Hauptstraße 8–19
Mo–Fr 11–15

▸ **Veterinärmedizinische Universität**
21., Josef-Baumann-Gasse 1
Mo–Fr 8.30–18

STUDIENBEIHILFE

▸ Studienbeihilfenbehörde

10., Gudrunstraße 179
Tel.: 601 73, Fax: 601 73-240
E-Mail: studien.beihilfen@stbh.gv.at
www.studienbeihilfe.bmbwk.gv.at
Mo, Di, Do, Fr 9–12

Auf der Internetsite finden sich alle Informationen zu Studienbeihilfen und Stipendien. Nicht alle der hier angeführten Förderungen können in der Gudrunstraße beantragt werden, sondern müssen in den jeweiligen Bildungseinrichtungen, Institutionen … eingereicht werden.

WOHNHEIME

▸ StudentInnenwohnheime

Akademikerhilfe – Studentenheim:
4., Mayerhofgasse 3, Tel.: 505 53 84, www.akademikerhilfe.at, Mo–Do 7–16, Fr 7–13
Akademikerhilfe – Studentenheim Pfeilgasse:
8., Pfeilgasse 3a, Tel.: 401 76-62
Dr.-Rudolf-Kirchschläger-Studentenheim:
4., Schelleingasse 36, Tel.: 501 52-705
Friedrich-Funder-Studentenheim:
8., Strozzigasse 6–8, Tel.: 404 93
Haus Burgenland 1:
9., Wilhelm-Exner-Gasse 4, Tel.: 403 91 22-607, www.oejab.at, Mo, Mi, Fr 10–12, Di, Do 19–20
Haus Burgenland 2:
6., Mittelgasse 18, Tel.: 599 79-801, www.oejab.at
Haus Döbling:
19., Gymnasiumstraße 85, Tel.: 369 55 89
Haus Dr. Schärf:
20., Lorenz-Müller-Gasse 1, Tel.: 331 09
Haus Niederösterreich 1:
2., Untere Augartenstraße 31, Tel.: 331 14-88
Haus Salzburg:
6., Mollardgasse 16, Tel.: 597 65 25-340, www.studentenwohnheim.at
Marianisten Hochschülerheim:
18., Gersthofer Straße 37, Tel.: 479 85 04
Österreichische Studentenförderungsstiftung:
1., Führichgasse 10/7, Tel.: 512 24 66, www.studentenfoerderung.at, Mo–Do 10–13
Porzellaneum Studentenheim:
9., Porzellangasse 30, Tel.: 317 72 82
Studentenhaus des Wiener Jugendherbergwerkes:
7., Neustiftgasse 83, Tel.: 524 88 77
Studentenheim Auge Gottes:
9., Nußdorfer Straße 75, Tel.: 319 44 88-100
Studentenheim Währing:
18., Hasenauerstraße 29, Tel.: 479 05 99
Studentenwohnheim der Universität für Musik:
1., Johannesgasse 8, Tel.: 514 84
Tiroler Studentenheim:
17., Neuwaldegger Straße 18–18a, Tel.: 488 00

S

SUCHT

▸ Ambulanzen und Beratungsstellen des Anton-Proksch-Institutes Wien

3., Radetzkystraße 31/6
Tel.: 713 37 88
E-Mail: info@api.or.at
www.api.or.at/
Mo, Mi 16–19

Beratung und Betreuung, Drogentherapie, ambulante und stationäre Behandlung …
Weitere Ambulanzen in Wien:
5., Wiedner Hauptstraße 105, Tel.: 544 43 76, Mo, Di, Do 16–19
9., AKH, Währinger Gürtel 74–76 Tel.: 404 00-3547, Di, Do 15.30–18.30
Beratungsstelle in Wien:
21., Schöpfleuthnergasse 20, Tel.: 270 16 25, Di, Do 16–18.30 Uhr

▸ Der Grüne Kreis

7., Hermanngasse 12
Tel.: 522 15 10, Fax: 526 94 89-4
E-Mail: gruener.kreis@netway.at
www.gruenerkreis.at
Di 10–19, Mi 9–17, Do 13–18, Fr 9–17
(nur nach tel. Vereinbarung)

Ambulantes Betreuungszentrum, Selbsthilfegruppen, Kurzzeit- und Langzeittherapiestation.

▸ Ganslwirt

6., Esterházygasse 18 / Gumpendorfer Straße
Tel.: 586 04 38, Fax: 586 04 38-9
E-Mail: ganslwirt@vws.or.at
Tageszentrum: Mo 16–20.30, Di, So 14–20.30
Krisenintervention: tgl. 0–24

Der Ganslwirt ist eine sozialmedizinische Drogenberatungsstelle, besteht aus einem Tageszentrum, einem Ambulatorium und einer Krisenübernachtungsmöglichkeit. Das Angebot ist niederschwellig ausgerichtet, auf freiwilliger Basis und kostenlos.

Foto: Archiv

TANZEN

BALLETT

▸ Ballettratten
17., Rupertusplatz 1
Tel.: 0699/11 63 64 90
E-Mail: esther.kainz@ballettratten.com
www.ballettratten.com
Administration: Mo 15–18

▸ Ballettzentrum Monika Nader
3., Ziehrerplatz 9
Tel.: 712 44 85
E-Mail: office@ballettzentrum.at
www.ballettzentrum.at
Neben Kinder- und klassischem Ballett (Schwerpunkt der Schule) werden auch Kurse in Flamenco, Bauchtanz und Jazz angeboten.

▸ Dance & Fun
18., Währinger Straße 125
Tel.: 408 46 35
E-Mail: elisabethpadalewski@msn.com
www.danceandfun.at
Mo–Fr 14–21, Büro: Mo–Fr 14–19
Ballettklassen.

▸ Schachtner Wilhelm
18., Edelhofgasse 6
Tel.: 479 54 89
Mo, Di, Do, Fr 9–12 u. 14–18, Mi 9–12, Sa 9–13, Juli u. Aug: Sa geschlossen
Erste österreichische Ballettschuherzeugung.

▸ Vienna Dance Center
3., Franzosengraben 2–4
Tel.: 796 38 28
E-Mail: midu.vdc@aon.at
www.vdc.at
Neben Ballettkursen werden auch Kurse in Flamenco, Salsa, Step und Bauchtanz abgehalten.

FLAMENCO

▸ Centro Flamenco
9., Alserbachstraße 33
Tel.: 315 76 99
Spanische Tanzschule.

LATIN

▸ Capoeira – Meia Lua Inteira Wien
17., Geblergasse 78
www.capoeiravienna.at
Mo–Do 18–20.30
Permanente Trainings von brasilianischen Mestres des Capoeira Regional, für AnfängerInnen und Fortgeschrittene. Einstieg jederzeit möglich. Offene Rodas im Votivpark, am Heldenplatz und auf der Donauinsel. Unterricht im Spiel, Gesang, auf Birimbau und Pandero.

Brasilianischer Tanzkampf. (Foto: Capoiera)

MODERN, JAZZ UND AFRO

▸ Kreadance
23., Kargergasse 15–17/1
Tel.: 0664/441 99 99
www.kreadance.com
Kinderballett- und Jazzdanceschule. Angebot: Gratisschnupperstunde. Diese Schule hat Räume gemietet im Club Danube.

▸ Tanzstudio Manhardt
7., Neubaugasse 38
Tel.: 523 61 36
www.tanzstudio-manhardt.com
Programmangebot: HipHop, Steptanz, Modern Dance, Flamenco, Modern Ballett, Ballett, Flamenco, Musical Jazz etc.

ORIENTALISCH

▸ Amun Tanzatelier
12., Grünbergstraße 33
Tel.: 812 55 00
www.amun.at
Wöchentliche Kurse und Workshops in orientalischen Tänzen für Anfänger und Fortgeschrittene sowie Salsa und Trommeln. Ausbildung zur Bauchtanzlehrerin möglich.

▸ Asiram
10., Landgutgasse 45
Tel.: 0699/10 32 79 55
www.asiram.com, www.bauchtanzlernen.at
Studio für orientalischen Tanz (Bauchtanz).

▸ Mänada Tanzstudio
5., Diehlgasse 52
Tel.: 548 72 73
E-Mail: tanzstudio@maenada.at
www.maenada.at
Das Zentrum für Bewegung und Tanz bietet neben seinen orientalischen und Bauchtanzkursen auch Ausbildung in anderen traditionellen tänzerischen Ausdrucksformen wie Flamenco, indischer Tanz, afrikanischer Tanz oder Qigong.

▸ Orientalisches Tanzstudio Al Ahram
15., Palmgasse 8
Tel.: 894 05 94
www.8ung.at/alahram/
Das Tanzstudio Al Ahram bietet wöchentliche Kurse für Anfänger und Fortgeschrittene. Die Tanzlehrerinnen und Nabil Barsoum, der Gründer des Studios, bilden gemeinsam die Tanzgruppe Al Ahram, die zahlreiche Auftritte und Shows absolviert.

▸ Studio Chiftetelli
7., Neubaugasse 40a
Tel.: 526 47 77
www.chiftetelli.at
Büro: Mo 10–12, Mi 12–15
Das Studio Chiftetelli bietet neben seinen Bauchtanz-, Rhythmus- und Raqs-Sharqi-Kursen auch spezielle Tanzübungen für Schwangere und Mütter mit Babys an. Dabei handelt es sich um offene Gruppen, die nicht regelmäßig besucht werden müssen.

SWING

▸ „Cool & Crazy"
11., Mautner-Markhof-Gasse 17–21/12/5
Tel.: 971 81 330
Modetänze der Swing-Ära: Shag, Balboa, Shim Sham, Stroll.

TANZSCHULEN

▸ Dance for Fun
22., Kagraner Platz 9
Tel.: 202 14 15
www.danceforfun.at
tgl. 15–22
Kursangebot: Standardtänze, Lateinamerikanische Tänze, HipHop, Breakdance, Cheerleader, Disco Fox.

▸ Demel
15., Sechshauser Straße 9
Tel.: 892 81 80
www.tanzschule-demel.at
Mo–So 17–22
Konventionelle Tanzkurse.

▸ Dorner bei der Karlskirche
4., Gußhausstraße 15
Tel.: 505 06 12-0
www.dorner.co.at
tgl. ab 16
Tanzkurse: Singles, Jugend, SeniorInnen, Spezial und Crash, Step und Riverdance, Breakdance …

Der Weg zum guten Benehmen. (Foto: Archiv)

▸ Elmayer
1., Bräunerstraße 13
Tel.: 512 71 97 od. 798 68 67
www.elmayer.com
Mo–Sa 15–20
Nobeltanzschule für höhere Töchter und betuchte Söhne.

▸ Heidenreich
10., Erlachplatz 2–4
Tel.: 602 33 13
www.heidenreich.at
tgl. ab 16
Kursangebot: Kinder, Dance 4 Fans, Jugend, Paare, Boogie, Rock 'n' Roll, Singles, Sonderkurse, Privatstunden.

▸ Immervoll
1., Weihburggasse 17
Tel.: 877 66 96
www.tanzschule-immervoll.at
Kursangebot: Standardtänze, Boogie-Woogie, Dance 4 Fans, Rock 'n' Roll …

▸ Kopetzky
7., Neubaugasse 7/9
Tel.: 523 62 06
www.kopetzky.at
Mo–Fr 16–21, Sa 18–21
Kursangebote: Jugendliche, Singles, Paare, lateinamerikanische Tänze, Kindertanz, Tanzleistungsabzeichen, Irish Dance, Linedance und Squaredance, Tango Argentino …

▸ Mikl
11., Geiselbergstraße 26–32/3a
Tel.: 749 04 47
www.tanzschule-mikl.at
Mo–Fr ab 17, Sa, So ab 15
Kursangebot: Standardtänze, lateinamerikanische Tänze, sonstige Tänze.

▸ Performing Center Austria
7., Zieglergasse 7
Tel.: 523 56 56
www.performingcenter.at
Mo–Fr 9–21
Angebot: Tanzausbildung für Kinder zwischen vier und 18 Jahren; Einstudierung (Kinder) von (Musical-)Produktionen: Tanz, Gesang, Schauspiel; klassische Tänze …

▸ Schwebach
3., Erdbergstraße 200
Tel.: 796 20 77
www.schwebach.at
tgl. 17–20, Mo–Fr 9.30–12

▸ Tanzschule Hernals Grossmann
17., Kalvarienberggasse 28a
Tel.: 405 41 77, 0664-110 91 46
www.tanzschule-hernals.at
Mo–Fr 17–21
Konventionelles Kursangebot. Die Formation „IndepenDance" tritt bei Wettkämpfen im Rahmen des Austria-Cup für Tanzschulformationen an.

▸ Watzek
1., Salzgries 12
Tel.: 535 37 11
www.watzek.at
Kinderbetreuung, während die Eltern tanzen.

▸ Wiater
18., Martinstraße 96
Tel.: 406 57 09 od. 0699/10 66 81 41
www.tanzschule-wiater.at
Mo–Fr ab 17
Konventionelle Tänze, auch Breakdance, Showdance etc.

TASCHEN & LEDERWAREN

Das absolute Must bei Taschen (super-cool, super-trendig und praktisch unzerstörbar) kommt aus der Schweiz und trägt den Namen Freitag. Shop gibt es keinen eigenen, man bekommt sie bei Blackmarket und bei Be a good girl.

▸ Bree
1., Freyung 3
Tel.: 533 12 33
www.bree.de
Mo–Fr 10–19, Sa 10–18
Alles aus Leder: Taschen, Gürtel, Handschuhe, Schuhe, Portemonnaies, Rucksäcke.

▸ Engel & Hoff
1., Bäckerstraße 7
Tel.: 513 11 84
www.engelhoff.com
Mo–Fr 10–18, Sa 10–14
Handtaschen und Shopper aus wasserfestem Material. Tolle Farben: Cognac-Rot, Cognac-Blau usw. – Muss man einfach haben.

Taschen von Engel & Hoff. (Foto: Engel & Hoff)

▸ Kitz
1., Weihburggasse 7
Tel.: 512 86 48
www.susannekitz.com
Mo–Fr 10–18, Sa 10–17
Wer sie gesehen hat, will sie haben – die Taschen der Designerin Susanne Kitz. Ungewöhnliche Formen, traumhaftes Material, wunderschöne Farben. Modelle: „Cannes", „Capri", „Siena" oder „Santorini".

▸ **Koffer Kraus**
6., Mariahilfer Straße 77–79
Tel.: 586 28 87
E-Mail: info@koffer-kraus.at
www.koffer-kraus.at
Mo–Fr 10–19 Do 10–21 Sa 10–18
Koffer für sportliches oder elegantes Reisen, Handtaschen, Portemonnaies, Rucksäcke, pfiffige Sommerhandtaschen, Sporttaschen und sogar Bowlingtaschen – alle führenden Marken.

▸ **Kofferzentrale**
6., Mariahilfer Straße 3
Tel.: 587 01 03
Fax: 587 01 03-20
Mo–Fr 9.30–18.30, Sa 9.30–18
Alles, was man sich umhängen kann oder zum Reisen braucht sowie diverse andere Lederwarenartikel und Accessoires wie Handschuhe, Schirme, Schals.

▸ **Mandarina Duck**
1., Trattnerhof 2
Tel.: 533 09 42
www.mandarinaduck.com
Mo–Fr 10–18.30, Sa 10–18
Italienische Handtaschenmode jetzt auch in Wien: umwerfende Damenhandtaschen in allen Farben, Aktentaschen, Geldbörsen. Außerdem: Uhren, Brillen und kleine Accessoires, wie ausgefallene Schlüsselanhänger und edles Schreibmaterial.

▸ **Musterkoffer Hrdlicka**
15., Kranzgasse 8
Tel.: 893 65 31
Fax: 893 65 31-11
E-Mail: hrdlicka.wien@aon.at
www.musterkoffer-hrdlicka.at
Mo–Do 9–12 u. 13–16.30, Fr 9–12
Ein spezialisiertes, außergewöhnliches Geschäft: man bekommt hier unterschiedlichste Musterkoffer für diverse Musikinstrumente, Schmuck, Getränke und dazugehörige Gläser, Gürtel, Silberwaren, Werkzeug u. a.

T

▸ **Pitti**
6., Mariahilfer Straße 31
Tel.: 586 34 83
Fax: 586 34 83
E-Mail: furla.taschen@aon.at
Mo–Fr 10–19.30, Do 10–21, Sa 10–18
Klein, aber oho. Schon die Auslage verheißt das, was man drinnen vorfindet: Markentaschen in trendigen Farben, nur leider nicht allzu preiswert, dafür aber von langer Dauer.

▸ **R. Horn's**
1., Bräunerstraße 7
Tel.: 513 82 94
Fax: 513 82 96
E-Mail: rhorns@rhorns.com
www.rhorns.com
Mo–Fr 10–18, Sa 10–17
„Form follows function" – so lautet die Philosophie des Unternehmens. Umgesetzt wird das Credo durch schlichte Eleganz der wunderschönen Taschen im Stil der Wiener Avantgarde. Zu haben sind: Brieftaschen, Aktentaschen, Agendas und Damenhandtaschen in tollen, auch bunten Farben.

Horn's Tasche. (Foto: Archiv)

▸ **Samsonite**
7., Mariahilfer Straße 38–48 (Gerngross)
Tel.: 523 55 02
www.samsonite.com
Mo–Fr 9.30–19, Do 9.30–21, Sa 9–18
Das Qualitätslabel führt funktionelle Koffer und Taschen. Wer einmal in den Genuss gekommen ist, bleibt dabei.

▸ **Vuitton**
1., Kohlmarkt 16
Tel.: 533 61 51
Fax: 535 16 58
www.vuitton.com
Mo-Fr 9.30–18.30, Sa 10–17
Internationales Topdesign für Taschen, Kleidung, Accessoires wie Uhren, Schmuck, Manschetten usw. Der letzte Schrei für die Frau von Welt ist Dhanura, eine Tasche mit integrierter Yogamatte für unterwegs.

TAXI

▸ Airport Service Wien
5., Wehrgasse 9
Tel.: 586 75 45
E-Mail: office@airportservice.at
www.airportservice.at
Mo–Fr 8–18
Bestellungen sollte man ein bis zwei Tage vor der geplanten Reise vornehmen. Es gibt auch die Möglichkeit, Mietwagen zu reservieren.

▸ Flughafentaxi Neudeck
20., Petraschgasse 3
Tel.: 334 31 00
Fax: 330 63 83
E-Mail: neudeck@taxidirekt.at
www.taxidirekt.at
nur nach Voranmeldung
Flughafenfahrten zu Fixpreisen.

▸ Frauentaxi
Die folgenden Wiener Taxifunkdienste schicken auf Wunsch auch Lenkerinnen: 81 400, 40 100, 31 300 und 60 1 60.

▸ Funk Taxi 31 300
18., Edelhofgasse 27
Tel.: 31 300
Fax: 470 23 55
E-Mail: zentrale@taxi31300.at
www.taxi31300.at
Spezielles Service für Stammkunden. Wunschtaxi. Botenfahrten.

▸ ÖBB BahnTaxi
10., Laaerbergstraße
Tel.: 1718
Fax: 600 10 22
E-Mail: callcenter@taxi60160.at
www.taxi60160.at
Sie können sich und Ihr Gepäck entweder vom Bahnsteig oder vom Wohn- bzw. Urlaubsort abholen lassen. Der Chauffeur erwartet Sie mit einem „BahnTaxi 1718“-Schild, auf dem Ihr Name steht, und hilft auch beim Tragen.

▸ Funktaxi 40 100
23., Pfarrgasse 54
Tel.: 40 100
E-Mail: 40100@dastaxi.co.at
www.taxi40100.at/
Die Internetseite bietet ein Online-Bestellservice für registrierte User. Besondere Leistungen: Tiertransporte, Besorgungsfahrten.

THEATER

▸ Akademietheater
3., Lisztstraße 1
Tel.: 514 44-4740
E-Mail: info@burgtheater.at
www.burgtheater.at
Abendkassa: 1 Stunde vor Vorstellungsbeginn
Das Akademietheater wurde zwischen 1911 und 1913 unter der Leitung der Architekten Fellner und Hellmer und Ludwig Baumann erbaut und als Kammerspielbühne dem Burgtheater angegliedert. Ausstattung: 500 Sitzplätze, 32 Stehplätze, vier Rollstuhlplätze.

▸ Akzent
4., Theresianumgasse 18
Tel.: 501 65 33-06
Fax: 501 65 33-99
E-Mail: akzent@akzent.at
www.akzent.at
Abendkassa: 1 Stunde vor Vorstellungsbeginn
Theater, Musik, Lesungen. Tageskassa: 4., Argentinierstraße 37, Mo–Fr 8–18 Uhr.

▸ Ateliertheater
7., Burggasse 71
Tel.: 524 22 45
www.kpc.server101.com/ateliertheater
Vorstellungen: Di–Sa 19.30, Kassa: ab 16
Uraufführungen und Pflege von Klassikern. Ausstattung: 88 + 2 Plätze.

▸ Burgtheater
1., Dr.-Karl-Lueger-Ring 2
Tel.: 514 44-4140
Fax: 514 44-4143
E-Mail: info@burgtheater.at
www.burgtheater.at
Abendkassa: 1 Stunde vor Vorstellungsbeginn
1741 von Maria Theresia als leerstehendes Ballhaus zur Pacht für Schauspieltruppen freigegeben. Heutzutage das Prestigetheater im Lande. Ausstattung: 1.175 Sitzplätze, 85 Stehplätze, 12 Rollstuhlplätze.

▸ dietheater Konzerthaus
3., Lothringerstraße 20
Tel.: 587 05 04
Fax: 587 87 74-31
E-Mail: dietheater@gmx.net
www.dietheater.at
Kassa: tgl. 16.30–19
Theateraufführungen der freien Szene. Ausstattung: 86 Sitzplätze.

▸ **dietheater Künstlerhaus**
1., Karlsplatz 5
Tel.: 587 05 04
www.dietheater.at
Abendkassa: tgl. 16.30–19
Freie Szene. Theater, Tanz, Performances. Ausstattung: je nach Bühnenaufstellung 80 bis 200 Sitzplätze.

▸ **Drachengasse**
1., Fleischmarkt 22
Tel.: 512 13 54
www.drachengasse.at
Abendkassa: Di–Sa ab 19
Kartenreservierung: Di–Sa 15.30–19 (Tel.: 513 14 44)
Modernes Sprechtheater. Late-Night-Specials um 22.30 Uhr. Ausstattung: 80 bis 100 Plätze.

▸ **Ensemble Theater (am Petersplatz)**
1., Petersplatz 1
Tel.: 535 32 00 (Büro)
www.ensembletheater.at
Vorverkauf: tgl. 14–18
Kassa: 1 Stunde vor Vorstellungsbeginn
Zeitgenössisches Theater.

▸ **Experiment am Liechtenwerd**
9., Liechtensteinstraße 132
Tel.: 319 41 08

▸ **Gloria Theater**
21., Prager Straße 9
Tel.: 278 54 04
www.gloriatheater.at
Vorverkauf: Mo–Sa 13–19
Abendkassa: 1 Stunde vor Vorstellungsbeginn
Schwänke und Unterhaltungstheater, Kabarett.

▸ **Gruppe80**
6., Gumpendorfer Straße 67
Tel.: 586 52 22 (Kartenreservierung)
gruppe80.at
Büro: Mo–Fr 10–18
Vorverkauf: Di–Sa 18–20
Im Programm Klassiker des Volkstheaters, zeitgenössische österreichische AutorInnen. (Wieder-)Entdeckung internationaler AutorInnen. Ausstattung: max. 150 Sitzplätze.

▸ **Interkulttheater**
6., Fillgradergasse 16
Tel.: 587 05 30 (Tonbandreservierung)
www.interkulttheater.at
Abendkassa: Mo–Fr ab 18
Generalmotto: Theater als Begegnungsstätte verschiedener Kulturen.

▸ **International Theatre**
9., Porzellangasse 8
Tel.: 319 62 72
www.internationaltheatre.at
Büro u. Vorverkauf: Mo–Fr 11–15
Abendkassa: 18–19.30
Die Theaterstücke werden in englischer Sprache aufgeführt. Dependance „The Fundus“: 9., Müllnergasse 6a.

▸ **Kammerspiele Wien**
1., Rotenturmstraße 20
Tel.: 427 00-300
www.josefstadt.com
Kassa: Mo–Fr ab 10, Sa, So, Fr ab 13
(bis Vorstellungsbeginn)
Die Wiener Kammerspiele wurden im Jahre 1910 von den Architekten Schweinburger und Schwadron erbaut. Auf dem Programm stehen Klassiker der Unterhaltungsliteratur. Gehört zum Theater in der Josefstadt. Ausstattung: 512 Sitzplätze.

▸ **Kasino am Schwarzenbergplatz**
3., Am Schwarzenbergplatz 1
Tel.: 514 44-4830
www.burgtheater.at
Abendkassa: 1 Stunde vor Vorstellungsbeginn
Seit den siebziger Jahren nutzt das Burgtheater den ehemaligen Festsaal des Wiener Militärkasinogebäudes am Schwarzenbergplatz. Ausstattung: 200 Plätze.

▸ **Kleine Komödie**
1., Walfischgasse 4
Tel.: 512 42 80
www.kleinekomoedie.com
Großartiges Boulevardtheater. Bei Redaktionsschluss: geschlossen und unklar, wie's weitergeht.

▸ **Komödie am Kai**
1., Franz-Josefs-Kai 29
Tel.: 535 34 01
www.members.aon.at/komoedie.am.kai
Kartenverkauf: Mo 10–19, Di–Sa 10–20.15,
Fei 16–20.15
Boulevardtheater.

▸ **KosmosTheater**
7., Siebensterngasse 42
Tel.: 523 12 26
www.kosmostheater.at/
Das Kunst- und Kulturveranstaltungszentrum am Spittelberg wird aus subventionspolitischen Gründen seit Anfang 2003 ausschließlich als Theater betrieben. Und so wurde aus dem kosmos.frauenraum auch das KosmosTheater.

▸ Metropoldi
17., Geblergasse 50
Tel.: 40 77 74-07
www.wiener-metropol.at
Vorverkauf: Mo–Sa 10–20
Teil des Metropol. Wird mit Kabarett, Kleinkunst und Theaterveranstaltungen bespielt. Ausstattung: 100 Sitzplätze.

▸ Odeon
2., Taborstraße 10
Tel.: 216 51 27
www.odeon-theater.at
Tanz- und Musiktheater, klassische Konzerte.

▸ Pygmalion
8., Alserstraße 43
Tel.: 929 43 43
E-Mail: pygmalion@chello.at

▸ Rabenhof
3., Rabengasse 3
Tel.: 712 82 82
www.rabenhof.at
Tageskassa: Mi–Fr 15–18
Musik, Kabarett, Kleinkunst.

▸ Renaissancetheater – Theater der Jugend
7., Neubaugasse 36
Tel.: 521 10 od. 521 10-230 (Kartenreservierung)
Fax: 521 10-500
www.tdj.at
Abendkassa: 1 Stunde vor Vorstellungsbeginn
Kinder- und Jugendtheater.

▸ Scala
5., Wiedner Hauptstraße 108
Tel.: 544 20 70
Kartenreservierung: Mo–Fr 9.30–15

▸ Schauspielhaus
9., Porzellangasse 19
Tel.: 317 01 01-18 (Kartenreservierung)
www.schauspielhaus.at
Tageskassa: Mo–Fr 15–18
Abendkassa: 2 Stunden vor Vorstellungsbeginn
Modernes unkonventionelles Theater.

▸ Spielraum
7., Kaiserstraße 46
Tel.: 713 04 60-60
www.theaterspielraum.at
Abendkasse: 1 Stunde vor Vorstellungsbeginn
Stücke rassisch verfolgter AutorInnen, Neuinterpretationen von Klassikern und Realisierung von nicht für die Bühne geschriebenen Texten.

▸ Theater am Alsergrund
9., Löblichgasse 5–7
Tel.: 310 46 33
www.alsergrund.com
Vorverkauf: tgl. 18–19
Vorstellungsbeginn: 15 (Kindertheater) u. 19.30
Kleinkunstbühne.

▸ Theater am Schwedenplatz
1., Franz-Josefs-Kai 21
Tel.: 535 79 14
www.lederer-theater.at
Mo, Do–So 20
Kassa: an Spieltagen ab 16
Einmanntheater von Herbert Lederer seit 1970. Stücke österreichischer wie internationaler AutorInnen.

▸ Theater am Spittelberg
7., Spittelberggasse 10
Tel.: 526 13 85 od. 0676/303 03 02
www.theateramspittelberg.at
Di–Sa 19–22, So 11–12 u. 19–22
Kassa: 1 Stunde vor Vorstellungsbeginn
Sommerbühne. Die Spielsaison dauert vom 15. Mai bis 15. September. Vorstellungen gibt es täglich, außer am Montag. Sonntags Kinderkulturtag.

▸ Theater Brett
6., Münzwardeingasse 2
Tel.: 587 06 63
www.theaterbrett.at
Kartenvorbestellung: Mo–Fr 10–17 Uhr
Abendkassa: 1 Stunde vor Vorstellungsbeginn
Theater von Nika Brettschneider und Ludvík Kavin. Zeitgenössisches Theater.

Foto: Archiv

T

▸ Theater des Augenblicks
18., Edelhofgasse 10
Tel.: 479 68 87
www.theaterdesaugenblicks.net
Mo–Fr 9.30–16.30
Kassa: 1 Stunde vor Vorstellungsbeginn
Internationales Theater-Laboratorium.

▸ Theater im Werkraum
16., Ludo-Hartmann-Platz 7
Tel.: 786 40 19
Amateurtheater, Improvisationstheater.

▸ Theater im Zentrum
1., Liliengasse 3
Tel.: 521 10-230 (Kartenreservierung)
www.tdj.at
Spielstätte des Theaters der Jugend.

▸ Theater in der Josefstadt
8., Josefstädter Staße 26
Tel.: 427 00-300
www.josefstadt.com
Mo–Fr ab 10, Sa, So, Fei ab 13
(bis Vorstellungsbeginn)
Großes österreichisches Unterhaltungstheater.

▸ TheatermbH
7., Zieglergasse 25
Tel.: 0699/12 48 85 75 (Kartenreservierung)
www.theatermbh.at
Eigenproduktionen, österreichische und deutschsprachige Erstaufführungen.

▸ Theater-Center-Forum I + II
9., Porzellangasse 50
Tel.: 310 46 46
www.theater-center-forum.com
Schauspiel und Kleinkunst.

▸ Vienna's English Theatre
8., Josefsgasse 12
Tel.: 402 12 60
www.englishtheatre.at
Tageskassa: Mo–Fr 10–17, Sa, Fei 17–19.30,
Das älteste fremdsprachige Theater in Europa – gegründet 1963.

▸ Volkstheater
7., Neustiftgasse 1
Tel.: 524 72 63
www.volkstheater.at
Tageskassa: Mo–Sa ab 10 bis Vorstellungsbeginn
Abendkassa: 1 Stunde vor Vorstellungsbeginn
Großes Theater: Klassiker und Neuentdeckungen von zeitgenössischen AutorInnen.

T

TICKETS

TICKETS

▸ Kartenbüros
1., Mediaprint Kurier-Shop, Opernpassage
1., Theaterservice, Goethegasse 1
1., American Express, Kärntner Straße 21–23
1., Ticket Express, Kärntner Straße 19
1., Elite Tours – Reisebüro, Operngasse 4
1., Teleticket, Börseplatz 4
1., NÖ Landesreisebüro, Heidenschuß 2
1., Kartenbüro Lienerbrünn, Augustinerstraße 7
2., Praterstraße 42 und 48
3., Österreich Kartenservice Ungargasse 59–61
3., Stadtkino, Schwarzenbergplatz 73
4., Radiokulturhaus, Argentinierstraße 30a
6., Club Ö3 beim Virgin Megastore, Mariahilfer Straße 37–39
7., Kunsthalle, Museumsplatz 1
7., Filmhaus – Kino, Spittelberggasse 3
8., Kartenbüro Jirsa, Lerchenfelder Straße 1
9., All Event Ticket, Alserbachstraße 23
9., WUK Werkstätten- und Kulturhaus, Währinger Straße 59
10., Kurhalle Oberlaa, Kurbadstraße 14

TICKETS ONLINE

Entweder es gibt keine mehr, oder die Schlange an der Abendkasse ist so lang wie die beim Billa am Sonntag, oder man hat keine Zeit, irgendwo hinzufahren und die Tickets abzuholen ... Wem das alles auf die Nerven geht, der sollte es mal mit Online-Bestellung versuchen.

▸ Clubticket
www.clubticket.at
Tickets für alle Veranstaltungen.

▸ Ticketline
www.ticketline.cc
Tickets für alle nur erdenklichen Veranstaltungen ... Egal ob Ausstellungen, Sport, Oper, Pop, Rock oder Kaberett. Ihre Tickets werden für Sie bei der Veranstaltung an der Abendkassa hinterlegt.

TICKETTELEFON

▸ Clubticket Callcenter
Tel.: 249 24
Kreditkarte ist notwendig, die Karten werden per Post zugestellt.

▸ Ticketline-Callcenter
Tel.: 880 88
Kreditkarte ist notwendig, die Karten werden per Post zugestellt.

Last Minute reinkommen geht auch einfacher.

A1 SMS TICKET

Sende ein SMS an 0664 660 6000

A1 SMS TICKET – der schnellste Weg zu den besten Events.
Auf den letzten Drücker zu den Stars – Tickets für die besten Konzerte und Events gibt's per Knopfdruck direkt aufs Handy. Ohne Stress, ohne Anstellen, ganz bequem. Einfach den Namen des Stars per SMS an **0664 660 6000** senden. Detailinformationen unter **www.A1.net/smsticket**

Gilt für BenutzerInnen aller Mobilfunknetze. Bestellungen solange der Vorrat reicht.

Ideas inside: A1.net

A1
mobilkom austria

EMSA

TIERE

AMT

▸ Veterinäramt der Stadt Wien
3., Viehmarktgasse 5–7
Tel.: 795 14-0
www.wien.gv.at/veterinaer/
Hier erfährt man alles Wissenswerte zur Haustierhaltung in Wien. Einige Arten wie Schlangen, viele Echsen, Krokodile, bestimmte Spinnentiere usw. dürfen überhaupt nur mit Bewilligung gehalten werden. Informieren Sie sich lieber vorher.

AQUARISTIK

▸ Aquarium Wien – Terraristik
9., Liechtensteinstraße 139
Tel.: 317 26 60 (Terraristik u. Zierfische)
www.zierfische.at, www.terraristik.at
Mo–Do 9–18, Fr 9–19, Sa 9–17
Komplettes Programm rund ums Aquarium; führt alle gängigen Zierfische; die Terraristik-Abteilung bietet Vogelspinnen, Schlangen, Insekten, Chamäleons, Land- und Wasserschildkröten und Geckos sowie Futtertiere. Gute Beratung.

▸ Heintz
22., Nauschgasse 6a
Tel.: 263 37 55
www.aquariumheintz.at
Mo–Fr 9–12 u. 14–18, Sa 8–12
Mitten in einer Kleingartensiedlung liegt das Fachgeschäft für Aquaristik und Teiche. Neben tollen Fischen hat Heintz jede Menge „hausgemachter" Lösungen für das Aquarium: billigstes, qualitativ hochwertiges Futter, Dünger bis hin zu selbstgemachten CO_2-Reaktoren. Ausgezeichnete Beratung.

„Ich bin auch ein Tier." (Foto: Archiv)

▸ Zierfisch Zentrum Austria
13., Fichtnergasse 12
Tel.: 879 59 79
E-Mail: info@zierfisch.at
www.zierfisch.at
Mo, Mi, Do 14–19, Di, Fr 10–19, Sa 10–17
Selbst wenn Sie selbst kein Aquarium besitzen: geh'n Sie doch das nächste Mal statt ins Haus des Meeres ins Zierfisch Zentrum Austria, und schauen Sie sich die unglaubliche Auswahl an Süßwasserfischen an. Österreichs größtes Aquaristikfachgeschäft bietet neben einer sagenhaften Anzahl an Fischen auch alles Drumherum vom Becken bis zur Osmoseanlage. Gute Pflanzenauswahl, ausgezeichnete Beratung.

HILFE

▸ Tierschutz-Helpline
3., Viehmarktgasse 5–7
Tel.: 4000-8060
Fax: 795 14-99-97619
tgl. 0-24
Rat und Tat rund ums Tier.

▸ Tierschutzverein
2331 Vösendorf, Triester Straße 8 (368)
Tel.: 699 24 50-0
Fax: 699 24 50-98
E-Mail: office@wr-tierschutzverein.org
www.wiener-tierschutzverein.at
Di–So 13.30–17.30
Wenn Sie sich ein Haustier anschaffen wollen, sollten Sie vor dem Züchter oder der Tierhandlung einmal das Wiener Tierschutzhaus besuchen. Neben Hunden und Katzen warten dort auch jede Menge Kleintiere auf ein neues Zuhause. Obendrein wird man hier unabhängig und vor allem fachkundig beraten. Der Tierarzt vor Ort untersucht alle Tiere, bevor sie an die neuen BesitzerInnen übergeben werden.

▸ Vier Pfoten
15., Sechshauser Straße 48
Tel.: 895 02 02-0
Fax: 895 02 02-99
E-Mail: office@vier-pfoten.at
www.vier-pfoten.at
Mo–Do 11–15
Amnesty für Tiere, viele Aktionen im Dienste der Tierwelt. Diese Arbeit wird ausschließlich aus Spendengeldern finanziert. Das Engagement reicht von Bildungsarbeit und Hilfsprojekten bis hin zu spektakulären Aktionen gegen Massentierhaltung, Labortierhaltung, Pelztierfarmen und überall dort, wo Tiere nicht mehr als Lebewesen behandelt werden.

▸ WHU – Heim- und Tierbetreuung
10., Davidgasse 76–80/7/2/9
Tel.: 600 59 53 od. 0664/200 08 07 (Hotline)
Fax: 961 13 88
E-Mail: fesl.wolfgang@chello.at
www.whu.at
tgl. 0–24, Journaldienst: So, Fei 19–7
Hausbetreuung sämtlicher Haustiere: vom Gassigehen mit dem Hund und dem Säubern des Katzenklos bis hin zum Füttern aller nur erdenklichen Tiere (Hasen, Kaninchen, Meerschweinchen, Hamster, Ratten, Chinchillas, Vögel, Schildkröten, Fische ...) – nebenbei wird die Wohnung mitbetreut (Zimmerpflanzen gießen, Wohnung lüften, Postkasten ausleeren). Für alle, die keine Tiere haben, gibt es auch eigene Heimservices: Putzen, Einkaufen, Anwesenheitsdienste (Gas, Strom, Rauchfangkehrer) bis hin zum Rasenmähen

HUNDE

▸ Hundesteuer
1., Ebendorfer Straße 2/407
Tel.: 4000-863 64
www.wien.gv.at/finanzen/abgaben/hund.htm
Vierzehn Tage nach Kauf des Hundes bzw. wenn dieser das Alter von drei Monaten erreicht hat, muss der Halter das Tier bei der Magistratsabteilung 4 anmelden und in Folge jährlich den Hundebeitrag entrichten. Billig ist das Ganze nicht, kostet es doch für den ersten Hund 43,60 Euro und für jeden weiteren 65,40 Euro pro Jahr. Die Entrichtung der Hundeabgabe erfolgt über die Wiener Stadtkassen oder neuerdings auch online. Tipps für Hundehalter gibt's unter www.wien.gv.at/amtshelfer/hund/

▸ Hundezonen
Manche meinen, Hundehaltung in der Stadt sei an sich schon Tierquälerei. Dabei verfügt gerade Wien über ein riesiges Netz an Hundezonen, wo die Vierbeiner sowohl Auslauf finden als auch ihre sozialen Kontakte pflegen können. Wenn Ihr Hund ab und zu mal gerne abhaut, eignen sich besonders die eingezäunten Zonen. Hier eine Auswahl der unzähligen, insgesamt 817.070 Quadratmeter großen Hundezonen Wiens.
www.wien.gv.at/ma42/hundez.htm

▸ Mon Ami
6., Theobaldgasse 9
Tel.: 920 67 07
Fax: 587 03 92
E-Mail: monami@chello.at
Hunde- und Katzen-Wellness und Schönheitspflegeinstitut.

▸ Österreichischer Kynologenverband
2362 Biedermannsdorf, Siegfried-Marcus-Straße 7
Tel.: 02236/71 06 67
E-Mail: office@oekv.at
www.oekv.at
Mo–Do 9–12.30 u. 13.30–17, Fr 9–12
Der Österreichische Kynologenverband ist der Dachverband von rund 100 österreichischen Hundevereinen, die sich mit allen Belangen rund um Hunde beschäftigen.

KATZEN

▸ Miau Mio
1., Seilerstätte 8
Tel.: 512 85 87
Mo–Fr 10–18, Sa 11–17
Hier gibt es Kunst und originelle Dinge rund um die Katze.

▸ Österreichischer Katzenschutzverein
2., Freudenau, Katzenheim
Tel.: 728 95 67
www.katzenheim-freudenau.at
So 14–17 u. nach tel. Vereinbarung
Herrenlose, verwaiste und streundende bzw. verletzte oder ausgesetzte Katzen landen, wenn sie Glück haben, im Katzenheim des Katzenschutzvereins. Dort werden sie gepflegt und finden unter Umständen letztendlich ein neues Heim.

TERRARISTIK

▸ Reptile City
19., Heiligenstädter Straße 7
Tel.: 958 70 58
Mo–Fr 11–18.30
Wie der Name schon sagt ein Reptilienspezialist. Großes Angebot an (Gift-)Schlangen, Echsen, Schildkröten, Chamäleons, Spinnen und Skorpionen. Futtertiere vom Heimchen bis zur Ratte.

„Ich bin auch aus Plastik." (Foto: Beate Wagner)

T

TIERFACHGESCHÄFT

▸ Cats & Pets
11., Simmeringer Hauptstraße 98a (EKZ)
Tel.: 748 31 66
www.cats-pets.at
Mo–Fr 9–19, Sa 9–17
Die Fachmarktkette fürs Haustier. Neben Futter und Zubehör für alle nur erdenklichen Tiere bekommt man auch die herzigen Haustiere selbst: Hunde, Katzen, Nager, Vögel, Fische. Filialen:
20., Wallensteinstraße 6
21., Ignaz-Köck-Straße 1, SCN

▸ Dog & Cat Styling Suyin
9., Fuchsthallergasse 9
Tel.: 0664/502 37 56
www.dogsalon.at
nach Vereinbarung
Suyin Orlowski leitet das erste Tierwellnesscenter. Hundefriseur, Fell- und Körperpflege, Tiermassage, Zahnbehandlung, Badetherapie u. a.

▸ Fressnapf
21., Leopoldauer Straße 47
Tel.: 271 65 94
www.fressnapf.at
Mo–Fr 9–18.30, Sa 9–17
Das Franchise-Unternehmen Fressnapf bietet derzeit drei Filialen in Wien und versteht sich als kompetenter Partner in Sachen Haustierzubehör und Futter. Kein Tierverkauf. Filialen:
21., Seyringer Straße 8; 22., Gewerbeparkstraße 2

▸ Hund & Katz'
1., Naglergasse 7
Tel.: 533 18 85
Mo–Fr 10–14 u. 15–18, Sa 10–13
Großes Sortiment an Katzenutensilien. Kein Verkauf von Tieren.

▸ Katzenwelt
2., Taborstraße 65
Tel.: 968 63 80
www.katzenwelt.at
Mo–Fr 9–18.30, Sa 9–13
Verkauft keine Tiere, dafür aber alles rundherum. Neben erstklassiger Qualität bietet die Katzenwelt auch exquisite Dienstleistungen zum Wohle Ihres schnurrenden Lieblings.

▸ Tier & Wir
1., Singerstraße 11
Tel.: 512 77 44
www.tierundwir.at
Mo–Fr 9–18, Sa 9–17
Katzen, Vögel und Nagetiere sowie Zubehör.

TONTRÄGER

Wie wahrscheinlich bekannt, hat unter anderem die zunehmende Dichte der Großmärkte in den letzten Jahren immer mehr kleine Platten- und CD-Shops verdrängt. Zum Glück nimmt aber auch die Nachfrage nach Vinyl und speziellen Importen zu, und so können Liebhaber von Langspielplatten nach wie vor ihre Tonträger in kleinen spezialisierten Läden mit freundlicher, heimeliger Atmosphäre kaufen. Die Vorteile liegen auf der Hand: Einerseits ist das jeweilige Sortiment überschaubar, die Verkäufer haben meist Insiderwissen und informieren über bevorstehende Releases, bestellen auch mal auf Wunsch exotischere Interpreten und plaudern einfach gerne über Musik.

ALL AROUND ROCK

▸ Rave Up
6., Hofmühlgasse 1
Tel.: 596 96 50
E-Mail: office@rave-up.at
www.rave-up.at
Mo–Fr 10–18.30, Sa 10–17
Indierock/-pop, Alternative – speziell aus Großbritannien und Amerika. Wer seinen Vinyl-Fetischismus ausleben will, ist hier richtig. Neben zahlreichen Importen und Neuheiten aus dem Gitarrenbereich gibt's auch Retro-Raritäten sowie HipHop und Elektronik. Die freundliche Atmosphäre des Ladens wird durch die hilfsbereiten Verkäufer, die auch Unentschlossenen und Uninformierten jederzeit mit Rat und Tat zur Seite stehen, noch verstärkt. Online-Shop mit Bestellmöglichkeit in alle Bundesländer.

Gute Töne. (Foto: Archiv)

▸ Substance
7., Westbahnstraße 16
Tel.: 523 67 57
www.substance-store.com
Mo–Fr 11–19.30, Sa 11–18
Umfangreiches Angebot an Indierock, Posthardcore und Emo – vieles auf Vinyl und auch CD. Zudem gibt's verschiedene Elektronikrichtungen und HipHop. Im Secondhandbereich finden sich immer wieder einige sehr interessante Liebhaberstücke. T-Shirts, Bücher, Buttons, DVDs.

Ton um Ton
7., Lindengasse 32
Tel.: 524 67 15
Mo–Sa 11–19
Das geteilte Geschäftslokal bietet im Keller eine unfassbare Menge an 60er- und 70er-Jahre-Raritäten-Vinyl. Im Erdgeschoss gibt's neue und Secondhand-CDs jüngeren Jahrgangs. Vor allem Importe, die man sonst in Wien nicht erhält. Was nicht lagernd ist, wird auch ohne Murren bestellt. Superkompetente Beratung, viele StammkundInnnen.

BÖRSEN

▸ B72 – Plattenflohmarkt
8., Hernalser Gürtel, Stadtbahnbogen 72
www.b72.at
So 16–21
Von privaten Plattensammlern und DJs. Hier kann jede/r ohne Anmeldung, Standgebühr und Eintritt einmal im Monat seine/ihre alten Platten und CDs verkaufen. Aufgrund der begrenzten Räumlichkeiten ist das Angebot klein, aber meistens fein.

▸ Musik-Raritäten-Börse
15., Ullmannstraße 55
Tel.: 0664/263 20 04
So 12–19
Jeden ersten Sonntag im Monat ist im Sloppy Joes ein neuer Treffpunkt für Musiksammler. Privatpersonen verkaufen hier CDs, Platten und Videos.

▸ Schallplatten- und CD-Börse
15., Hütteldorfer Straße / Stadthalle
Tel.: 967 75 50
www.discpoint.at
Sa, So 10–17
Fünfmal im Jahr blüht hier das Geschäft mit den begehrten Silberlingen und Vinyl. Für ausdauernde Suchende sind hier immer wieder Wühlkisten mit Platten ab 1 Euro pro Stück zu finden. Sammlerherzen schlagen höher beim umfangreichen Raritätenangebot. Eintritt 3 Euro.

JAZZ, SOUL, ETHNO

▸ Audio Center
1., Judenplatz 9
Tel.: 533 68 49
Fax: 533 68 49
E-Mail: audiocenter@goto.at
Mo–Fr 10–19, Sa 10–17
Liebhaber der schwarzen Vinylscheiben finden Jazz, Rare Grooves und World Music – auch seltene Importe. Für Unentschlossene gibt's hilfreiche und kompetente Mitarbeiter, die jederzeit gerne Beratung beisteuern.

▸ Dum Dum Records
1., Opernring 1
Tel.: 587 01 96
E-Mail: dumdum@nextra.at
Mo–Fr 11–18
Jazz, Klassik, World Music und vereinzelt Pop und Rock.

▸ Extraplatte
9., Währinger Straße 46
Tel.: 310 10 84
Mo–Fr 10–19, Sa 10–13
www.extraplatte.at
Haben auch ein eigenes Label. Blues, Ethno, Jazz, Rock und Pop … Abseits der ausgetrampelten Pfade.

▸ Record Shack
5., Reinprechtsdorfer Straße 60/11
Tel.: 544 95 87
www.recordshack.org
„Records with the best beat". Experte für Sixties, Soul, Soul, Soul und Jazz. Schallplatten und CDs, An- und Verkauf, Musikzubehör. DJ-Booking. Kompetente Beratung … Fein und gemütlich.

Foto: Archiv

▸ Red Octopus
8., Josefstädter Straße 99
Tel.: 408 14 22
Fax: 402 49 78
Das Geschäft wirkt bereits von außen wie ein schummrigers Jazz-Lokal, und jeder, der dieser Musikrichtung verfallen ist, ist hier bestens aufgehoben.

KLASSIK

▸ Arcadia Opera-Shop
1., Kärntner Straße 40
Tel.: 513 95 68-0
Fax: 513 98 86
E-Mail: arcadia@arcadia.at
www.arcadia.at
Mo–Sa 9.30–19, So, Fei 10–19
Solides, kompetentes Musikgeschäft, direkt in der Oper gelegen und – wie könnte es anders sein – auf klassische Musik spezialisiert. Ganz tolle Öffnungszeiten.

▸ Gramola
1., Graben 16
Tel.: 533 50 34
Fax: 505 39 97
www.gramola.at
Mo–Mi 9.30–18.30, Do–Fr 9.30–20, Sa 10–17
Das Klassik-Spezialhaus. Gramola bietet neben dem Verkauf auch Eigenproduktionen und einen Vertrieb für andere Labels. Filialen:
3., Landstraßer Hauptstraße 2a,
Mo–Fr 10–21, So, Fei 11–21

SECONDHAND

▸ Disc-Point
6., Otto-Bauer-Gasse 16
Tel.: 967 75 50
Fax: 967 75 50
E-Mail: info@discpoint.at
www.discpoint.at
Mo–Fr 10–19, Sa 9–17
Zahlreiche CDs und eine umfangreiche Vinylsammlung – alles aus zweiter Hand.
Filiale: 6., Linke Wienzeile 64

▸ Record Tom
7., Lindengasse 14
Tel.: 0676/450 30 58
Mo–Fr 14–18
In dem Secondhandladen bleibt die Zeit stehen. Mal schnell vorbeischauen macht hier kaum Sinn, aber das intensive Stöbern lohnt sich dafür. Immer wieder sind hier seltene Maxisingles und Longplayer – speziell aus den 80er Jahren – zu günstigen Preisen zu finden.

▸ Teuchtler
6., Windmühlgasse 10
Tel.: 586 21 33
Fax: 586 21 33
E-Mail: teuchtler@gmx.at
Mo–Fr 13–18, Sa 10–13, 1. Sa im Monat 10–17
In dem etwas düster wirkenden Secondhandladen wird Ausdauer belohnt. Bei dem umfangreichen CD-Angebot, darunter immer wieder zahlreiche Promos, sowie der unüberschaubaren Anzahl an Vinyls finden sich immer wieder einige interessante Stücke, um die eigene Plattensammlung aufzubessern. Rock, Pop, Jazz, Elektronik, Klassik, World/Folk.

Foto: Archiv

▸ The Record Store
4., Operngasse 28
Tel.: 586 33 12
Mo–Fr 13–19
Gebrauchte LPs, Singles, Musikzubehör. Gute Beratung, nette Atmosphäre.

SONSTIGE SPEZIALISTEN

▸ 33 & 45
3., Krummgasse 1
Tel.: 713 69 04
Fax: 713 69 05
E-Mail: office@recordstore.at
www.recordstore.at
Mo–Fr 14–19, Sa 11–17
Techno, House, Electronic, Dub. Alles für DJs. Filiale:1., Kärntner Straße 19, BOF im Steffl.

T

► **Bounce Records**
1., Faulmanngasse / Operngasse 26
Tel.: 585 75 20
www.bouncerecords.biz
Mo–Fr 12–19.30, Sa 12–18
Spezialisiert auf HipHop, Dancehall, Ragga, R 'n' B, Drum 'n' Bass, Breakz und UK Garage. Der etwas steril wirkende Shop ist servicemäßig bei weitem nicht so kühl, denn die Inhaber, alle in der einschlägigen Wiener Szene bekannt, geben auch dem/r Uninformierten stets freundlich Auskunft.

Coole Beats. (Foto: Archiv)

► **Cheap Records**
1., Museumsplatz 1
shop.cheap.at
Di–Fr 12.30–19, Sa, So 13–18
Der Shop von Cheap Records ist im Museumsquartier angesiedelt und bietet, ähnlich wie die eigenen Releases, Elektro aus dem In- und Ausland auf CD und Vinyl. Spezialitäten: Importe aus Japan und den USA sowie die ungewöhnliche Öffnungszeit am Sonntag.

► **Dynamic Record Store**
6., Esterházygasse / Mariahilfer Straße
Mo–Fr 11–19.30, Sa 11–17
HipHop, speziell aus Deutschland. Elektronik und DJ-Zubehör wie Plattentaschen etc.

► **Tolle Töne DJ-Shop**
10., Davidgasse 7
Tel.: 600 93 13-0
E-Mail: office@tolletoene.at
Mo–Fr 10–19, Sa 11–14
House, ProgHouse, Progressive, Trance.

► **Totem**
7., Zollergasse 18–20
Tel.: 524 05 52
E-Mail: totem@totem-records.com
Mo–Mi 12–18, Do, Fr 12–19, Sa 11–16
Schwarz ist in diesem Shop die Trendfarbe. Der Shop biete vor allem Dark Wave, Metal und Artverwandtes.

► **Wonderland**
6., Bauergasse 2
Mo, Di 10–18, Mi–Fr 10–18.30, Sa 10–14
Schwarz, Dunkel, Gothic. Alles zwischen Marilyn Manson und Nine Inch Nails.

VOLLSORTIMENT

► **Black Market**
1., Gonzagagasse 9
Tel.: 533 76 17-0
www.blackmarket.at
Mo–Fr 10–19.30, Sa 10–17
Der House-, Techno- und Electro-Spezialist bietet für die ausdauernden Musikhörer auch eine Kaffee-Ecke, wo während des Einkaufens immer wieder entspannt werden kann. Um das Angebot abzurunden, sind auch noch T-Shirts, Sweater, Plattentaschen und ähnliches Zubehör zu finden. Online-Shop.

► **Bock's Music Shop**
13., Glasauergasse 14/3
Tel.: 877 89 58
www.bocksmusicshop.at
CDs, Vinyls, DVDs, Noten und auch Literatur zu den Bereichen Jazz, Klassik, World/Folk sowie Rock/Pop der 60er, 70er und 80er. Außerdem sind hier HiFi-Geräte, Ersatznadeln, Reinigungsmittel und anderes Zubehör zu bekommen. Online-Shop.

► **EMI Store**
1., Kärntner Straße 30
Tel.: 512 36 75-0
Mo–Fr 9.30–18.30, Sa 9.30–18
Auch wenn EMI draufsteht, ist hier nicht nur EMI drin. Das Angebot umfasst vor allem Jazz, Klassik und World/Folk, aber auch am Rock-/Pop-Sektor ist einiges zu finden.

► **Virgin**
6., Mariahilfer Straße 37–39
Tel.: 588 37
Groß, größer, am größten. Von allem etwas ... Aber vor allem Mainstream.

TÖPFERN & KERAMIK

▸ Heraeus Schauer GmbH
23., Wiegelestraße 4
Tel.: 804 15 43
Fax: 804 15 46
Mo–Do 8–12 u. 15–18, Fr 8–12
Produkte: Töpferbedarf. Brennofenservice.

▸ Keramikbedarf Ing. Skokan
12., Rauchgasse 33
Tel.: 817 56 56
www.skokan.at
Mo–Fr 9–18 u. nach Vereinbarung
Sehr gutes Fachgeschäft für Keramikutensilien jeglicher Art: Gießformen, Massen, Glasuren, Werkzeuge, Bücher etc. Service: Brennöfen, Töpferscheiben, Maschinen wie z. B. Rohde, Pyrotec, Cromartie, Scandia, Nabertherm, Hofmann, Shimpo usw., auch Einschulungen für den Gebrauch von Brennöfen und Maschinen. Online: Katalogbestellung.

▸ Made by you
4., Schleifmühlgasse 9 / Operngasse
Tel.: 585 47 90
www.madebyyou.at
Mo–Sa 10–18
Es ist ganz einfach: Hingehen, ein Keramikteil aussuchen (mehr als 200 verschiedene Stücke) stehen den geneigten Damen und Herren zur Verfügung und anmalen. Alles, was Sie zum Bemalen brauchen, wird Ihnen ebenfalls gestellt. Dann wird es glasiert, gebrannt und spätestens drei Tage später können Sie Ihr Stück abholen. Ein großes Häferl kostet 11,9 Euro, Teller gibt's ab 14 Euro. Im Preis ist alles – das Stück, Bemalen, Brennen – beinhaltet.

▸ Studio Seiser
6., Mollardgasse 85a/2
Tel.: 961 71 28
nach tel. Vereinbarung
Das Studio Seiser baut Gießformen jeglicher Art auf Bestellung. Die Anfertigung erfolgt den individuellen Wünschen entsprechend.

▸ Studio Weinzierl
16., Hasnerstraße 145
Tel.: 493 91 41
Fax: 493 91 41-75
www.keramikbedarf.at
Mo–Fr 9–18, Sa 9–12, Mai bis Aug: Sa geschlossen
Fachgeschäft für professionelle und Hobby-Keramiker, für Schulen und Kindergärten. Produkte: Keramikbedarfsartikel wie Keramikfarben, Glasuren, Rohstoffe, Werkzeuge, Tone und Fachbücher. Brennservice: Die Brenntermine sind im Geschäft zu erfragen bzw. der Homepage zu entnehmen.

▸ Töpfereibedarf Ing. Lehrer
14., Schanzstraße 25
Tel.: 786 22 37
Mo, Di, Do, Fr 9–13, 14.30–18, Mi 9–13, Sa 9–13,
Juli u. Aug: Sa geschlossen
Erhältich ist alles, was man zum Töpfern benötigt: Massen, Glasuren, Drehscheiben etc. Extras: Töpferofen im Geschäft.

▸ Voit-Zak & Co
4., Wiedner Hauptstraße 65
Tel.: 505 26 74
www.farben-voit.at
Mo–Fr 8–18, Sa 8.30–12
Farbenfachgeschäft (Familienbetrieb) mit großer Hobbyabteilung: Zubehör für Artglass, Tontechnik, Tonbrennen, Acrylcollage, Mosaiktechnik, Kerzenverarbeitung, Craquelieren u. a.

Made for you and me. (Foto: Archiv)

U

UMWELTSCHUTZ

BERATUNG UND SERVICE

▸ Die Umweltberatung Wien
14., Linzer Straße 16/3
Tel.: 803 32 32-0
E-Mail: service@umweltberatung.at
www.umweltberatung.at
Mo–Do 9–12 u. 13–16, Fr 9–13
Persönliche fachliche Beratung sowie umfassende Unterlagen zu Themen des Umweltschutzes wie Reinigungsmitel im Haushalt, Windeldienst als ökologische Alternative, Mehrwegsysteme etc.

▸ Institut für Baubiologie und -ökologie (IBO)
9., Nußdorfer Straße 5/8
Tel.: 319 20 05
www.ibo.at
Mo–Fr 9–12 u. Mo–Do 13–16
Der Verein ist im Bereich umweltgerechtes Bauen und Wohnen aktiv und vergibt Prüfzeichen für ökologisch und baubiologisch empfehlenswerte Baustoffe. Innenraum-Messdienst zur Überprüfung bei Schadstoffbelastung oder elektromagnetischem Smog.

▸ Österreichisches Ökologie-Institut für angewandte Umweltforschung
7., Seidengasse 13
Tel.: 523 61 05-0
E-Mail: oekoinstitut@ecology.at
www.ecology.at
Gemeinnütziger, wissenschaftlicher Verien, der Projekte und Forschung im Spannungsfeld Umfeld, Wirtschaft und Gesellschaft durchführt. Betreibt die Gamma-Messstelle, wo die Strahlenbelastung von Lebensmitteln und Materialien überprüft werden kann.

▸ Umweltmedizinische Beratungsstelle
8., Feldgasse 9
Tel.: 404 13-878 00
www.wien.gv.at/ma15/um_berat.htm
Di 10–12, Do 15.30–17.30
Erstellung von ärztlichen Umweltgutachten (Luftschadstoffe, Lärm, elektromagnetische Felder, Wasserverschmutzung).

BILDUNG

▸ Forum Umweltbildung
9., Alser Straße 21
Tel.: 402 47 01
E-Mail: forum@umweltbildung.at
www.umweltbildung.at
Umsetzung von Projekten im Umweltbildungsbereich; Zielgruppen: Schulen, LehrerInnen, Universitäten, ÖkopädagogInnen, Gemeinden, Jugendliche und interessierte Personen. Bibliothek Do 9–17.

▸ Umweltspürnasen
6., Mariahilfer Straße 89/13
Tel.: 581 11 50
E-Mail: cluboffice@umweltspuernasen.at
www.umweltspuernasen.at/
Di, Do 10–16
Der Club für Nachwuchsforscher von acht bis 16 Jahren. Diverse Themen im Bereich der Natur werden von fachlich ausgebildeten Betreuern in Form von Abenteueraktionen an Kindergruppen und Schulklassen spielerisch übermittelt. Für die kleinen Wissenschaftler werden Entdeckungsreisen in zahlreichen Bundesländern durchgeführt.

GRUPPEN

▸ Anti Atom International
1., Volksgartenstraße 1
E-Mail: aai@blackbox.net
www.aai.at/
Dachverband aller österreichischen Anti-Atom-Initiativen sowie jener aus benachbarten Ländern.

▸ ARGE Gentechnik frei
7., Schottenfeldgasse 20
Tel.: 379 11-634
E-Mail: info@gentechnikfrei.at
www.gentechnikfrei.at/
nach tel. Vereinbarung
Hier können Sie Informationen über die Kennzeichnungsvorschriften für Lebensmittel (Anbau, Herstellung, Lebensmitteleinkauf) finden, die ohne genetische Manipulation erzeugt wurden.

▸ Eurosolar
3., Arsenal Objekt 219 C / Faradaygasse 3
Tel.: 799 28 88
E-Mail: info@eurosolar.at
www.eurosolar.at
Mo, Mi 10–12 u. 13–15
Gemeinnützige Vereinigung mit dem Ziel, atomare und fossile Energieträger in der Enregieproduktion vollständig durch erneuerbare Energieträger zu ersetzen.

▸ Global 2000
12., Flurschützgasse 13
Tel.: 812 57 30-0
E-Mail: office@global2000.at
www.global2000.at
Mo–Do 9–17, Fr 9–13
Riesengroße Protesttransparente an den ungewöhnlichsten Stellen und Orten der Welt. Klimaerwärmung, mit Pestiziden oder sonstie kontaminiertes Gemüse und Obst, Atomenergie, Abholzung der Regenwälder sind nur einige Schwerpunkte, die sich die bekannte österreichische Umweltschutzorganisation zu Herzen nimmt.

▸ Greenpeace
5., Siebenbrunnengasse 44
Tel.: 545 45 80
E-Mail: office@at.greenpeace.org
www.greenpeace.at/
nach tel. Vereinbarung
Regionale und weltweite Öffentlichkeitsaktionen decken schwerwiegende Umweltprobleme auf. Themen: Meer, Gentechnik, Atom, Klima.

Wiener Wasser. (Foto: Rathaus Korrespondenz/MA 49)

▸ Ökobüro Koordinationsstelle österreichischer Umweltorganisationen
1., Volksgartenstraße 1
Tel.: 524 93 77
E-Mail: office@oekobuero.at
www.oekobuero.at/
Das Ökobüro umfasst mehrere österreichische Umweltorganisationen; Aufgaben: Informationsaustausch und Umsetzung von Strategien zwischen den Mitgliedsorganisationen zum Thema Umwelt.

▸ Österreichische Gesellschaft für Umwelt und Technik ÖGUT
2., Hollandstraße 10/46
Tel.: 315 63 93
E-Mail: office@oegut.at
www.oegut.at
Die ÖGUT befasst sich mit Problemstellungen im Themenbereich „Umwelt und Technik" zur Vermeidung bzw. Bearbeitung von Konflikten im Umweltbereich (Stichwort: Mediation) sowie der Stärkung des Interessenausgleichs zwischen allen AkteurInnen.

▸ Österreichischer Naturschutzbund
7., Museumsplatz 1, Stiege 13
Tel.: 522 35 97
E-Mail: wien@naturschutzbund.at
www.naturschutzbund.at/
Bürozeiten: Di 9–11 u. 17–18.30, Mi 9–11
Die Erhaltung wertvoller Landschaften und Lebensräume der Fauna und Flora ist das zentrale Thema dieser ältesten österreichischen Umweltschutzorganisation.

▸ WWF – Österreichischer Umweltverband
16., Ottakringer Straße 114–116
Tel.: 488 17-0
E-Mail: wwf@wwf.at
www.wwf.at/home/index.html
Mo–Do 9–17.30, Fr 9–15
Ein zentrales Anliegen dieses internationalen Umweltverbandes ist die Unterbindung der weltweiten Naturzerstörung. Zahlreiche Schutzprojekte mit Schwerpunkten im Artenschutz und in der Lebensraumerhaltung werden konzipiert und durchgeführt.

INSTITUTIONEN

▸ Wiener Umweltanwaltschaft
19., Muthgasse 62
Tel.: 379 79-0
E-Mail: post@wua.magwien.gv.at
Hauptaufgabe ist es, Interessen der Wiener Bevölkerung im Umweltschutz zu wahren. Informations- und Beratungstätigkeit bei Anfragen oder Beschwerden.

▸ Wiener Umweltschutzabteilung (MA 22)
1., Ebendorfer Straße 4/4
Tel.: 4000-882 19
E-Mail: post@m22.magwien.gv.at
www.wien.gv.at/ma22/
nach tel. Vereinbarung
Klimaschutz, Lärmschutz, Luftreinhaltung, Naturschutz, Landschaftspflege und viele andere Umweltthemen werden behandelt.

UMZIEHEN

▸ **Aktion Trans**
10., Sonnwendgasse 21
Tel.: 924 62 10 od. 0699/11 17 87 32
E-Mail: aktiontrans@gmx.at
www.aktiontrans.at
nach tel. Vereinbarung
In- und Ausland, Klaviertransporte, kostenlose Leihkartons. Ab 40 Euro pro Stunde (zwei Mann und ein Lkw).

▸ **Fast Freight Service**
13., Auhofstraße 186C
Tel.: 02239/5034 od. 0676/542 26 00
E-Mail: ffs.office@aon.at
nach tel. Vereinbarung
Möbel und Kleintransporte Europaweit.

▸ **Fida & Schüch**
21., Shuttleworthstraße 19
Tel.: 480 30 60
E-Mail: expresstransporte@fida.at
www.fida.at
Büro: Mo–Fr 7.30–18
Neben Übersiedlungen auch Gefahrenguttransporte, Nachtexpress-Fahrten und Sondertransporte für High-Tech-Produkte.

▸ **Fuchs**
10., Sonnwendgasse 21
Tel.: 641 41 41
E-Mail: office@sped-fuchs.at
www.spedition-fuchs.at
nach tel. Vereinbarung
Betriebs- und Privatumzüge sowie Spezialtransporte. 24-Stunden-Telefonhotline zur Beratung.

▸ **Krischan**
23., Halban-Kurz-Straße 5
Tel.: 604 01 84
www.krischan.com
Büro: Mo–Fr 7–12, 13–18
Internationale Möbeltransporte und Speditionen. Regelmäßiger Sammelverkehr nach Deutschland.

▸ **Montscher & Partner**
2., Seitenhafenstraße 11–13
Tel.: 203 58 85
www.mupsped.at
Mo–Fr 8–17
Spezialist für internationale Umzüge via Lkw, Bahn, Luftfracht und Schiff. Zollformalitäten werden von der Spedition erledigt.

UNIS & FACHHOCHSCHULEN

FACHHOCHSCHULEN

▸ **Fachhochschule des bfi**
2., Wohlmutstraße 22
Tel.: 720 12 86
www.fh-vie.ac.at
Sekretariat: Mo–Do 8–19.30, Fr 8–19, Sa 8–12
Bank- & Finanzierungswissenschaft, Europäische Wirtschaft & Unternehmensführung, Projektmanagement & Informationstechnik, Logistik & Transport Management, MBA – Risk Management.

▸ **Fachhochschule Modul**
19., Peter-Jordan-Straße 78
Tel.: 476 70-121
E-Mail: office@fh-modul.at
www.fh-modul.at
Sekretariat: Mo–Fr 8–17
Fachhochschulstudiengang Tourismus-Management.

▸ **FH Finanz-, Rechnungs- & Steuerwesen u. Marketing & Sales**
4., Lothringerstraße 6
Tel.: 503 64 77
www.fachhochschule.at
Mo–Fr 8–21
Intensive Sprachausbildung, Spezialisierung in den Bereichen Marketing und Verkauf, oder Richtung Wirtschaftsprüfer und Steuerberaters, oder Finanzmärkte.

▸ **FH-Campus**
10., Ettenreichgasse 45a
Tel.: 606 68 77-100
www.fh-campuswien.ac.at
Sekretariat: Mo–Fr 9–17
Bauingenieurwesen, Baumanagement, Technisches Projekt- und Prozessmanagement, Biotechnologie, Bioengineering, Informationstechnologien und Telekommunikation, Sozialarbeit.

▸ **FHW – Fachhochschule der Wirtschaft**
18., Währinger Gürtel 97 (Wifi)
Tel.: 476 77-0
E-Mail: office@fhw.at
www.fhw.at
Sekretariat: Mo–Fr 9–12
Unternehmensführung, Produktions- und Automatisierungstechnik, Kommunikationswirtschaft, Immobilienwirtschaft, Wissensmanagement, Journalismus, Content- und Medienmanagement.

► **Technikum Wien**
20., Hochstädtplatz 3
Tel.: 333 40 77-0
www.technikum-wien.at
Sekretariat: Mo–Fr 9–12
Elektronik, Elektronische Informationsdienste, Betriebliche Anwendungsentwicklung und Informationssysteme, Verkehrstechnologien/Transportsteuerungssysteme, Biomedical Engineering, Mechatronik/Robotik, Sportgerätetechnik, Informations- und Kommunikationssysteme und -dienste, Produkttechnologie.

Akademie der bildenden Künste. (Foto: Archiv)

UNIVERSITÄTEN

► **Akademie der bildenden Künste Wien**
1., Schillerplatz 3
Tel.: 588 16-0
www.akbild.ac.at
Künstlerische Studien wie Architektur, Bildhauerei, Bühnengestaltung, Malerei und Graphik sowie Bildnerische Erziehung, Textiles Gestalten und Werkerziehung.

► **Technische Universität Wien**
4., Karlsplatz 13
Tel.: 588 01-0
www.tuwien.ac.at
Sämtliche technischen Wissenschaften: Architektur, Bauingenieurswesen, Maschinenbau, Elektro- und Informationstechnik sowie technische Naturwissenschaften und Informatik.

U

► **Universität für angewandte Kunst**
1., Oskar-Kokoschka-Platz 2
Tel.: 711 33-0
www.angewandte.at
Sechs Institute mit künstlerischer Schwerpunktsetzung auf Architektur, Design, experimentellem Gestalten und Raumkunst, bildender Kunst, Kunst- und Kulturwissenschaften und Kunstpädagogik sowie Konservierungswissenschaften und Restaurierung.

► **Universität für Bodenkultur**
18., Gregor-Mendel-Straße 33
Tel.: 476 54-0
www.boku.ac.at
Studien in Landschaftsplanung und -pflege, Kulturtechnik und Wasserwirtschaft, Landwirtschaft, Forst- und Holzwirtschaft sowie Lebensmittel- und Biotechnologie.

► **Universität für Musik u. darstellende Kunst Wien**
3., Anton-von-Webern-Platz 1
Tel.: 711 55-0
www.mdw.ac.at
Institute für sämtliche musikalische Studien, von Gesang, Instrumenten bis zu Popularmusik, Musikpädagogik, Musiktheorie und musikalische Stilforschung. Auch Schauspiel und Schauspielregie (das Max Reinhardt Seminar) und Film und Fernsehen (die Filmakademie Wien) sind hier untergebracht.

► **Universität Wien**
1., Dr.-Karl-Lueger-Ring 1
Tel.: 4277-0
www.univie.ac.at
Geistes- und Kulturwissenschaften, Sozial- und Humanwissenschaften, Naturwissenschaften, Rechtswissenschaften, Theologie und Medizin.

► **Veterinärmedizinische Universität Wien**
21., Veterinärplatz 1
Tel.: 250 77-0
Fax: 250 77-1090
www.vu-wien.ac.at
Studien der Veterinärmedizin, Biomedizin und Pferdewissenschaften.

► **Webster University**
22., Berchtoldgasse 1
Tel.: 269 92 93-0
Fax: 269 92 93-13
E-Mail: info@webster.ac.at
www.webster.ac.at
Mo–Fr 9–18
Undergraduate- und Graduate-Studien (mit Abschluss als Bachelor bzw. Master) im Wirtschaftsbereich.

► **Wirtschaftsuniversität Wien**
9., Augasse 2–6
Tel.: 313 36-0
Fax: 313 36-740
www.wu-wien.ac.at
Die Universität für sämtliche wirtschaftlichen Studien: Betriebs- und Volkswirtschaft sowie Wirtschaftspädagogik.

Gute Unterhaltung. Bank Austria Creditanstalt

VERANSTALTUNGSORTE

KABARETT

Wiens Kabarettszene hat es in sich. Namen wie Alfred Dorfer, Josef Hader, Roland Düringer oder Alf Poier sind schon längst über Österreich hinaus bekannt. Und es sind nicht nur etablierte KünstlerInnen, die in den Kabaretts von Wien ständig präsent sind, sondern auch vermehrt junge KabarettistInnen, die hier ihr Publikum finden.

▸ **Gruam**
22., Wagramer Straße 109/28 (im Hof links)
Tel.: 0699/19 22 42 72
E-Mail: office@gruam.at
www.gruam.at

▸ **Kulisse**
17., Rosensteingasse 39
Tel.: 485 38 70
Fax: 485 44 02
E-Mail: office@kulisse.at
www.kulisse.at

Gute Unterhaltung. Bank Austria Creditanstalt

▸ **Niedermair**
8., Lenaugasse 1a
Tel.: 408 44 92
Fax: 402 07 87
E-Mail: kabarett@niedermair.at
www.niedermair.at

▸ **Orpheum**
22., Steigenteschgasse 94b
Tel.: 481 17 17
Fax: 202 61 20
E-Mail: office@orpheum.at
www.orpheum.at
ab 18, Kartenabholung früher

▸ **Simpl**
1., Wollzeile 36
Tel.: 512 47 42
www.simpl.at
Mo–Sa 14–20

▸ **Spektakel Bar & Bühne**
5., Hamburgerstraße 14
Tel.: 587 06 53
www.spektakel.biz
an Spieltagen: 18–24

▸ **Stadnikow**
1., Biberstraße 2
Tel.: 512 54 00
www.stadnikow.at
Kassa: ab 15

▸ **Vindobona**
20., Wallensteinplatz 6
Tel.: 332 42 31 (Karten), 330 09 34 (Restaurant), 333 25 15 (Büro)
E-Mail: office@vindobona.at
www.vindobona.at
tgl. 17–1

Gute Unterhaltung. Bank Austria Creditanstalt

MUSIK

▸ **Arena**
3., Baumgasse 80
Tel.: 798 85 95
www.arena.co.at
Sommer: tgl. ab 14, Winter: tgl. ab 16
Es begann 1976, als der Wiener Auslandsschlachthof von Aktivisten besetzt wurde. Seit 1977 wird die Arena in Selbstverwaltung und Autonomie vom Verein „Forum Wien Arena" betrieben. Auf insgesamt fünf Bühnen gibt's die Möglichkeit zu Konzerten für 30 bis 3.000 Besucher. Im Beisl kann man sich gemütlich gehen lassen oder eine Partie Tischfußball spielen. Legendär das alljährlich stattfindende Fußballspiel.

▸ Bockkeller
16., Gallitzinstraße 1
Tel.: 416 23 66
www.wvlw.at
Veranstaltungsraum des Wiener Volksliedwerks.

▸ Flex
1., Abgang Augartenbrücke
Tel.: 533 75 24
Fax: 533 75 89
E-Mail: office@flex.at
www.flex.at
tgl. 23–4, Café: tgl. 20–3
Silvester 1990 eröffnete das „alte" Flex in der Arndtstraße im 12. Bezirk, von einem Haufen Musikfreaks gegründet. Dann kam nach Anrainerproblemen der Umzug an den Donaukanal. Dort hat sich das Flex nicht nur als bester Club der Stadt, sondern auch als international renommierter Veranstalter von allem, was gerade hip ist oder hip werde könnte etabliert. Echt coole Sache. PS: Soda nach wie vor gratis. Danke.

Gute Unterhaltung. Bank Austria Creditanstalt

▸ Konzerthaus
3., Lothringerstraße 20
Tel.: 24 20 02
www.konzerthaus.at

▸ Planet Music
12., Adalbert-Stifter-Straße 73
Tel.: 332 46 41-0
Fax: 332 46 41-40
E-Mail: office@planet.tt
www.planet.tt
Das Planet Music wird von ca. 150.000 Besuchern pro Jahr besucht. Das Spektrum der Veranstaltungen reicht von HipHop-, Rock- und Metal-Konzerten bis zu Technopartys. Abseits der Hauptbühne bietet das „Marshall Live Café" Nachwuchsbands Platz für Auftritte vor einem kleineren Publikum.

▸ Porgy & Bess
1., Riemergasse 11
Tel.: 512 88 11
E-Mail: porgyundbess@porgy.at
www.porgy.at
Mo–Sa 20–4, So 19–4
Jazz- & Musicclub mit einem pluralistischen Programmangebot. Neben dem regulären Clubbetrieb mit Konzerten österreichischer und internationaler Musiker, gibt es auch immer wieder spezielle Events wie Porträts oder Länderschwerpunkte.

▸ Szene Wien
11., Hauffgasse 26
Tel.: 749 33 41
Konzerte quer durch den Gemüsegarten: Pop, Indie, Ethno. Und Feste. Lokal mit Schanigarten.

Gute Unterhaltung. Bank Austria Creditanstalt

▸ Wiener Musikverein
1., Bösendorferstraße 12
Tel.: 505 81 90
Fax: 505 81 90-94
E-Mail: tickets@musikverein.at
www.musikverein.at
Der Wiener Musikverein zählt zu den führenden Häusern weltweit in der Aufführung von Kammer- und Orchesterkonzerten von alter Musik bis zur Moderne. Hier geben sich die besten Orchester, Solisten und Interpreten der E-Musik die Klinke in die Hand. Das Haus wird von den Künstlern und Besuchern gleichermaßen für seine herausragende Akustik gerühmt.

OPER, OPERETTE, MUSICAL

▸ Jugendstiltheater
14., Baumgartner Höhe 1
Tel.: 911 24 92
Fax: 911 24 92-15
E-Mail: jugendstiltheater@ows.magwien.gv.at
www.jugendstiltheater.co.at
Neben Erstaufführungen und Kinderopern werden auch Musiktheaterprojekte realisiert.

▸ L.E.O. – Letztes Erfreuliches Operntheater
3., Baumanngasse 2
Tel.: 712 14 27
Das „L.E.O. – Letztes Erfreuliches Operntheater" wurde 1993 vom Sänger und Regisseur Stefan Fleischhacker und dem Maler und Bühnenbildner Leo Mayer gegründet. Seit 1998 finden die Veranstaltungen – von Opern aller Epochen bis hin zu Operetten – im Kellertheater in der Baumanngasse statt.

► **Raimundtheater**
6., Wallgasse 18–20
Tel.: 599 77
Fax: 599 77-77
E-Mail: info@vbw.at
www.musicalvienna.at
tgl. 10–13 u. 14–18
Ausstattung: 1.172 Sitzplätze.

► **Ronacher**
1., Seilerstätte 9
Tel.: 514 11
Fax: 514 11-511
E-Mail: info@vbw.at
www.musicalvienna.at
tgl. 10–13 u. 14–18
Ausstattung: 1.037 Sitzplätze.

► **Theater an der Wien**
6., Linke Wienzeile 6
Tel.: 588 30
Fax: 588 30-33
E-Mail: info@vbw.at
www.musicalvienna.at
tgl. 10–19
Ausstattung: 1.061 Sitzplätze.

► **Volksoper**
9., Währinger Straße 78
Tel.: 514 44-30 od. 514 44-3318 (Vorverkauf)
Fax: 514 44-3215
E-Mail: office@volksoper.at
www.volksoper.at
Vorverkauf: tickets@volksoper.at
Tageskassa: Mo–Fr 8–18, Sa, So 9–12

► **Wiener Kammeroper**
1., Fleischmarkt 24
Tel.: 512 01 00
Fax: 512 01 00-30
E-Mail: ticket@wienerkammeroper.at
www.wienerkammeroper.at

► **Wiener Staatsoper**
1., Opernring 2
Tel.: 514 44-2250
E-Mail: information@wiener-staatsoper.at
www.wiener-staatsoper.at
Telefonischer Kartenvorverkauf: Tel.: 513 15 13, Mo–So 10–21 Uhr
Tageskassen: 1., Hanuschgasse 3, Tel.: 514 44-7810; Info unter den Arkaden (Oper), Mo–Fr 9.30 bis 1 Stunde vor Vorstellungsbeginn, Sa 9.30–12
Abendkassa: 1 Stunde vor Vorstellungsbeginn
Stehplätze: Verkauf an der Abendkassa am Vorstellungstag

SONSTIGE

► **Aera**
1., Gonzagagasse 11
Tel.: 533 53 14
www.aera.at
So–Mi 10–01, Do–Sa 10–02
Aera Bühne mit monatlichem Programm: Konzerte, Theater, Feste, Kabarett, Kinderevents. Kann samt technischen Einrichtungen angemietet werden.

► **Depot**
7., Breitegasse 3
Tel.: 522 76 13
E-Mail: depot@depot.or.at
www.depot.or.at
Ort der Reflexion über zeitgenössische bildende Kunst. Veranstaltungsprogramm (Diskussionen, Gespräche mit KünstlerInnen, Vortragsreihen, Symposien ...), Bibliothek.

► **Kunsthalle Exnergasse (WUK)**
9., Währinger Straße 59
Tel.: 401 21-41, -42
www.kunsthalle.wuk.at
Di–Fr 14–19, Sa 10–13
Ausstellungen sowie interdisziplinäre Veranstaltungen wie Symposien, Vorträge, Lesungen, Konzerte, Buch- oder Katalogpräsentationen gehören zum Programm der Kunsthalle Exnergasse. Sie widmet sich zeitgenössischer Kunst aus den unterschiedlichsten Sparten.

► **Metropol**
17., Hernalser Hauptstraße 55
Tel.: 407 77 40
www.wiener-metropol.at
Konzert, Theater, Musical, Kabarett, Gschnas ... Was auch immer es ist, im Metropol findet's statt.

Stattliche Oper. (Foto: Archiv)

V

▸ Tanzquartier Wien
7., Museumsplatz 1/5, Halle G
Tel.: 581 35 91
Fax: 581 35 91-12
E-Mail: tanzquartier@tqw.at
www.tqw.at
Das Tanzquartier Wien wurde 2001 gegründet und damit gibt es in Österreich erstmals eine Institution, die sich ausschließlich den Genres zeitgenössischer Tanz und Performance widmet.

▸ Tanztheater homunculus
8., Pfeilgasse 21/12
Tel.: 409 37 74
Fax: 409 37 74
E-Mail: tanztheat.homunculus@chello.at
www.tanztheater-homunculus.at
Proberaum: 2., Praterstraße 25/8, office.homunculus@aon.at.

▸ Vorstadt
16., Herbststraße 37
Tel.: 493 17 88
E-Mail: vorstadt@hannahs.at
tische@vorstadt.at
www.vorstadt.at
Mo–Fr 10–2, Sa, So, Fei 10–2
Gasthaus, Beisl und Veranstaltungslokal … Vor allem Kleinkunst.

Gute Unterhaltung.
Bank Austria Creditanstalt

▸ WUK
9., Währinger Straße 59
Tel.: 401 21
E-Mail: info@wuk.at
www.wuk.at
Kartenbüro: tgl. 16.30–19.30, Beisl: tgl. 11–1
12.000 m² groß ist das WUK. 130 Gruppen, Initiativen und Einzelpersonen arbeiten in verschiedensten Kunst- und Kulturbereichen. Beisl, Schule, Ateliers, Kindergarten, sozialer Treffpunkt und und und … vor allem ein wichtiger Veranstaltungsort (Konzerte, Theater etc.).

Gute Unterhaltung.
Bank Austria Creditanstalt

VERKEHR SANFT

▸ VCÖ Verkehrsclub Österreich
5., Bräuhausgasse 7–9
Tel.: 893 26 97
Fax: 893 24 31
E-Mail: vcoe@vcoe.at
www.vcoe.at
Der VCÖ setzt sich seit Jahren erfolgreich für eine sichere, ökologisch verträgliche und ökonomisch effiziente Mobilität ein. Die VCÖ-Forschung erarbeitet Verkehrslösungen mit Gegenwart und Zukunft.

VIDEOTHEKEN

Natürlich wissen wir, dass es noch ein paar mehr Videotheken in Wien gibt. Und die liegen praktischerweise gleich um die Ecke. Deshalb stehen hier nur die Viedeotheken, für die man auch kreuz und quer durch die Stadt fährt (wegen des besonderen Angebots). Übrigens: Man kann sich Videos auch bei den Büchereien und in einigen Kulturinstituten ausborgen.

▸ Alphaville – International Video Store
4., Schleifmühlgasse 5
Tel.: 585 19 66
Fax: 585 19 66
E-Mail: alphaville@blackbox.at
www.alphaville.at
Mo–Sa 10–22, So, Fei 14–19
Mit 7.500 Filmen in Originalfassung auf Video und 3.500 auf DVD in einer Mischung aus Klassikern sowie aktuellen Filmen und Blockbustern ist Alphaville die bestsortierte Videothek in ganz Wien. Jahresmitgliedsbeitrag: 11 Euro.

▸ Pickwick's Video Store
1., Marc-Aurel-Straße 10–12
Tel.: 533 01 82
Fax: 535 11 56
E-Mail: videostore@pickwicks.at
www.pickwicks.at
Mo–Fr 11–22, Sa 10–22, So, Fei 14–20
Internationale Spielfilme und Dokumentationen in ihrer Originalsprache. Verleih von Videorecordern. Jahresmitgliedsbeitrag: 18 Euro.

▸ Polyfilm video
5., Reinprechtsdorf Straße 38
Tel.: 546 66-66
Fax: 546 66-68
www.video.polyfilm.at/
Mo–Fr 9–18.30, Sa 9–13

VÖLKERVERSTÄNDIGUNG

▸ A. C. A. B.
9., Alserstraße 52
Tel.: 0664/523 09 48
www.acab.at.tf
Do–So 15–18
Associação Cultural Austro-Brasileira fördert die interkulturelle Beziehung zwischen Brasilien und Österreich und unterstützt die Integration von Brasilianern in die österreichische Gesellschaft.

▸ Afghanischer Kulturverein in Österreich
21., Pastorstraße 39/51/4
Tel.: 0699/11 06 77 54
Der afghanische Nationalfeiertag im August, Neujahr und religiöse Feste wollen gefeiert werden, auch in Österreich.

▸ Ägyptischer Kulturverein
22., Anton-Sattler-Gasse 115/16/5
Tel.: 0699/11 03 76 87
Der Ägyptische Kulturverein organisiert Vorträge und kulturelle Veranstaltungen und hält Kontakt zu allen arabischen Volksgruppen im Land.

▸ Jedinstvo
2., Praterstraße 9
Tel.: 216 02 34
www.jedinstvo.at
Mo–Do 18–21, Fr, Sa 18–24, So 14–23.30
Der serbisch-montenegrinische Verein organisiert Kultur- und Sportveranstaltungen. Freitag und Sonntag Jugendclub, Samstag Volkstanz.

▸ Kulturen in Bewegung
4., Möllwaldplatz 5
Tel.: 713 35 94
www.vidc.org
Ein Veranstalter, der integrative Kulturprojekte mit KünstlerInnen aus Afrika, Asien und Lateinamerika fördert und organisiert. Bühne, Bildung und Begegnung stehen im Vordergrund.

▸ KulturKontakt Austria
7., Spittelberggasse 3
Tel.: 523 87 65
www.kulturkontakt.or.at
KulturKontakt Austria arbeitet im Auftrag und mit Unterstützung des Bundesministeriums für Bildung, Wissenschaft und Kultur und des Staatssekretariats für Kunst und Medien. Seine Aufgabe ist die Unterstützung und Förderung innovativer künstlerischer Projekte in und mit Mittel-, Ost- und Südosteuropa.

▸ Kulturni Centar
8., Schlösselgasse 20
Tel.: 407 87 04
Fax: 407 87 04-14
Der Österreichisch-Bosnisch-Herzegowinische Kulturverein organisiert kulturelle Veranstaltungen, die österreichische Menschen und jene der Balkanregion zusammenbringen sollen.

▸ Kulturverein Österreichischer Roma
19., Devrientgasse 1
Tel.: 310 64 21
Fax: 310 64 21-12
E-Mail: office@kv-roma.at
www.kv-roma.at
Mo–Fr 8–16
Das Dokumentations- und Informationszentrum dokumentiert in einer ständigen Ausstellung die Geschichte der Roma, organisiert Vorträge und kulturelle Events.

▸ Lateinamerika-Institut
9., Schlickgasse 1
Tel.: 310 746 520
Fax: 310 74 65-21
E-Mail: office@lai.at
www.lai.at
Di 15–19, Mi u. Do 9–12
Das Österreichische Lateinamerika-Institut (LAI) will den Dialog zwischen Österreich und Lateinamerika intensivieren. Die Palette der Aktivitäten umfasst Sprachkurse, eine umfangreiche Bibliothek, Veranstaltungen, Lehrgänge für Lateinamerika-Studien, Lateinamerikaforschung, die Betreuung von Studierenden aus Lateinamerika sowie Publikationen.

▸ Österreichisch-Slowakischer Kulturverein
6., Otto-Bauer-Gasse 23/11
Tel.: 596 13 15
E-Mail: office@oeskv.at
www.oeskv.at
Ein Musikkindergarten für Kinder im Vorschul- und Schulalter und ein Spiel- und Theaterkindergarten gehören zu den Serviceleistungen des Österreichisch-Slowakischen Kulturvereins, zu denen auch ein Sport-, Musik- und Kulturprogramm zählt.

▸ Tibeter Gemeinschaft Österreich
7., Kandlgasse 47/19
Tel.: 0676/618 42 26
Gerade einmal 21 Personen zählt die Tibetische Gemeinschaft in Österreich. Umso stärker ist sie dabei, ihre Kultur den ÖsterreicherInnen näher zu bringen.

WANDMALEREI

▸ Erlebnisagentur Wagner
5., Margaretenstraße 79/8
Tel.: 545 20 72
E-Mail: erlebnis.agentur.wagner@utanet.at
www.erlebnisagentur.com
nach tel. Vereinbarung
Die Künstlerin Mag. art. Beate Wagner hat Kunden wie das K.u.K. Hofmobiliendepot, die Erlebnisgastronomie der Cineplexx Palace Kinos und viele Privatpersonen, die mit einem feinfühligen Farbkonzept besser wohnen. Das Angebot reicht von bemalten Wänden (Illusionsmalerei und Materialimitationen) bis hin zu eigenem Dekor für Porzellan. Passend zum Ambiente sind auch Fliesenbemalungen möglich. Rechtzeitig bestellen ist wichtig! Auch Sonderwünsche für Hochzeiten und diverse Anlässe möglich. Onlineshop für Porzellan und Malerei. Das Gemeinschaftsatelier befindet sich in der Margaretenstraße 91/2. Auch hier ist telefonische Kontaktaufnahme nötig: 0676/412 74 89

„Liebespaar" von Beate Wagner. (Foto: Beate Wagner)

WASCHEN & PUTZEN

PUTZEREI

▸ Goebel
5., Rüdigergasse 20
Tel.: 587 82 34
Mo–Fr 8–12.30 u. 13.30–18
Putzerei, Färberei, Wäscherei. Vorhänge werden nicht nur gereinigt, sondern auf Wunsch auch montiert. Filiale:
1., Teinfaltstraße 3, Tel.: 535 80 28, Mo–Do 8–12.30 u.13–17, Fr 8–13

▸ Hartmann
6., Linke Wienzeile 164
Tel.: 597 02 08
E-Mail: textilpflege-hartmann@aon.at
www.textilpflege-hartmann.at
Mo–Fr 8–18, Sa 9–14
Größere Putzerei, mit Hemdenservice, Textilreinigung, Teppichreinigung und Vorhangreinigung. Spezialist in Reinigung von Lederkleidung (Motorrad). Filiale:
1., Jasomirgottstraße 6, Tel.: 533 15 84, Mo–Fr 9–18

▸ Pavlov
6., Schönbrunner Straße 93
Tel.: 545 48 06
Fax: 545 48 06
E-Mail: office@putzen.at
Mo–Do 8–18.30, Fr 8–18, Sa 9–12
Waschen, Trocknen, Bügeln. Imprägnieren – eine nachträgliche Veredelung. Auch Teppiche, ab 11 Euro pro Quadratmeter.

▸ Puschacher
3., Ungargasse 50
Tel.: 713 83 57
Mo–Fr 8–18, Sa 9–12
Matratzenreinigung. Die Firma kommt ins Haus, bringt die notwendigen Geräte (irgendwas mit Ultraschall und Vakuum) mit und reinigt innerhalb von 25 Minuten um 45 Euro eine Matratze (90 x 200 cm).

▸ Superclean
11., Simmeringer Hauptstraße 357
Tel.: 769 83 77
E-Mail: superclean@wienwork.at
Mo–Do 7–16, Fr 7–12
Egal, ob Bett-, Tisch-, Hotel-, Privatwäsche oder Berufsbekleidung… Superclean ist ein Projekt der Volkshilfe Österreich und wurde für hervorragendes Umweltmanagement ausgezeichnet.

WASCHSALON

Waschsalons sind eine eigene Welt, mit der man – so man nicht auswärts Wäsche waschen muss, weil die eigene Waschmaschine entweder nicht existiert, kaputtgegangen ist oder Betriebsurlaub macht – eigentlich kaum in Berührung kommt. Dabei könnte man doch gerade hier interessante Menschen kennen lernen. Haben doch alle Anwesenden nicht viel mehr zu tun als darauf zu warten, dass die Wäsche wieder sauber wird, und vom Entertainingangebot her ist meistens nicht wirklich viel los. Wie heißt es doch so schön: „Beim Red'n kumman d'Leit z'samm."

Foto: Beate Wagner

▸ Schnell & Sauber Waschcenter
5., Margaretenplatz/Strobachgasse, tgl. 6–23
5., Schönbrunner Straße 103, tgl. 6–23
7., Westbahnstraße 60, tgl. 0–24
9., Nußdorfer Straße 80, tgl. 6–23
15., Sechshauser Straße 79, tgl. 6–23
16., Koppstraße 38, tgl. 6–23
17., Ottakringer Straße 52, tgl. 6–23
20., Rauscherstraße/Karl-Meisl-Straße, tgl. 7–24

WEICHKNETEN

▸ Ayurveda Studio Liptay
16., Adolf-Czettel-Gasse 3/9
Tel.: 786 87 84
nach tel. Vereinbarung
Verwendung von speziellen Kräuteressenzen: Ölmassage und Kräutermassage.

▸ Girg
4., Weyringergasse 40
Tel.: 505 85 82
www.massage-girg.at
Mo–Fr 9–19, Sa nach Vereinbarung
Rückenspezialist: klassische Massage, Wirbelsäulenbehandlung, Fußreflexmassage. Keine Krankenscheinbehandlungen.

▸ Hansbauer Massagefachinstitut
12., Arndtstraße 87/5
Tel.: 812 44 71
E-Mail: hansbauer.rissi@bbbb.at
www.bbbb.at
Mo–Fr 8–20 nach Voranmeldung
Klassische Massage, Lymphdrainage, Reflexzonen- und Mobilitätsmassage.

▸ Haus des Auges
14., Hägelingasse 3
Tel.: 981 89-227
E-Mail: massage@braille.at
Mo–Fr 8–19.30
Das Massagefachinstitut des Braillehauses ist umgezogen. Qualifizierten HeilmasseurInnen, die entweder blind oder sehbehindert sind, bieten von der klassische Massage über Lymphdrainage, Fußreflexzonenmassage, Segmenttherapie, Bindegewebsmassage bis zur Akupunkturmassage alles an, was den geschundenen Körper wieder aufrichtet.

▸ Herricht
1., Herreng 14
Tel.: 533 15 76
Großes Institut, klassische Massage.

▸ Institut Löbel
18., Thimiggasse 39
Tel.: 479 27 72
www.institutloebel.at
Mo 9–15, Di, Mi, Fr 9–18, Do 9–20
Massage und ganzheitliche Therapie, Praxis und Privatschule.

▸ Manus Massage
19., Hofzeile 3
Tel.: 368 30 00
E-Mail: office@manus.at
www.manus.at
Mo–Fr 9–18
Diplomkurse in allen Massagetechniken.

▸ Nuad – passives Yoga
9., Berggasse 8/15
Tel.: 317 10 61
Fax: 317 10 61
E-Mail: office@nuad.at
www.nuad.at
nach Vereinbarung
In Yoga-Positionen werden die Gelenke mittels passiver Bewegungen, Druck und Zug mobilisiert. Meditation, Therapie, Wohlbefinden mit einer 25.00 Jahre alten Methode aus Nordindien; Einzelsitzungen, Ausbildung.

WEIN & SCHNAPS

SCHNAPS & CO

▸ Pot Still
8., Strozzigasse 37
Tel.: 0699/10 05 31 42
Fax: 480 38 53
Mo–Fr 14–19
Wiens feinster Whiskyshop. Irische und schottische Single Malts, und für Bourbonfreunde gibt es eine Auswahl an Canadians und amerikanischen Whiskeys. Gute Sache.

▸ Ruziczka
4., Naschmarkt 57
Tel.: 585 73 18
www.uhudler.com
Mo–Fr 9–18, Sa 8.30–17
Spezialgeschäft für Schnäpse, vor allem von den sehr guten österreichischen. Daneben noch einige Kuriositäten (Uhudler-Grappa) und ausländische Spezialitäten.

▸ Schnapsmuseum
12., Wilhelmstraße 19–21
Tel.: 815 73 00
Fax: 815 73 00-10
E-Mail: office@schnapsmuseum.com
www.schnapsmuseum.com
Mo–Fr 9–17
Spezialist für Brände und Liköre. Schauraum, Museum und Brennerei. Hier wird der legendäre Absinth Mata Hari produziert.

▸ Spirituosen Diskont
2., Hollandstraße 18
Tel.: 214 59 96
Mo–Fr 9.30–12.30 u. 15–18, Sa 9–12.30
Ein Spirituosensupermarkt. Hochprozentiges aus aller Herren Länder zu günstigen Preisen.

▸ Vom Fass
7., Siebensterngasse 46
Tel.: 526 94 00
Fax: 526 94 01
Mo–Fr 10–18.30, Sa 10–17
Eigentlich kein ausgesprochenes Spirituosengeschäft, aber sind wir mal nicht so. Der Clou ist: Alles kommt direkt aus dem Fass. Neben den Schnäpsen und Likören auch Wein, Essig und Öl.

▸ Waldland
1., Petersplatz 11
Tel.: 533 41 56
Waldviertler Whiskey.

WEIN

Bio Wein & Spezialitäten
1., Wipplingerstraße 1
Tel.: 533 22 10
Fax: 533 24 69
E-Mail: office@bioweinshop.at
www.bioweinshop.at
Mo–Mi, Sa 13–14, Do–Fr 17–18.30
Spezialisiert auf Produkte aus kontrolliert biologischer Landwirtschaft. Neben Weinen aus Frankreich, Italien, Portugal, Spanien und Österreich werden auch Spirituosen und Lebensmittelspezialitäten verkauft.

▸ Burgenland Vinothek
3., Baumannstraße 3
Tel.: 718 25 73
Fax: 718 71 74
E-Mail: office@burgenland-vinothek.at
www.burgenland-vinothek.at
Di–Fr 13–19, Sa 10–17
Weißweine, Rotweine, Uhudler und Edelbrände aus dem Burgenland. Wirklich umfassendes Sortiment. Alle großen und kleinen Winzer des Burgenlands. Sensationelles Preis-Leisungs-Verhältnis (zum Teil Ab-Hof-Preise). Kompetente Beratung.

WEINBAR UND GOURMANDISENHANDLUNG

Contor

Leopoldsgasse 51, 1020 Wien, Tel.: 21963 16, www.contor.co.at

Öffnungszeiten: tägl. (außer Sonn- & Feiertag) von 17-01 und Samstag von 11-01 Uhr

▸ Dr. Vino
4., Prinz-Eugen-Straße 58
Tel.: 505 40 69
Fax: 505 40 69
Mo–Fr 12–21, Sa nach Vereinbarung
Weine vorwiegend aus Europa und hier speziell aus Österreich, Italien und Spanien. Große Auswahl aber auch bei den Bordeaux. Edelbrände und eigens importierte Portweine sowie Champagner. Zweigstelle:
4., Kettenbrückengasse, Tel.: 586 37 07, Mo–Fr 14–23, Sa 10–17

▸ Grams & Co
1., Singerstraße 26
Tel.: 512 74 37-0
Fax: 512 74 37-5, -6
E-Mail: vienna@grams.at
www.grams-wein.at
Mo–Fr 9–18.30, Sa 10–15
Der Familienbetrieb befindet sich in den 700 Jahre alten Gewölben des ehemaligen Franziskanerkellers zu Wien. Ein toller Rahmen für die mehr als 900 Weine, Sekt und Spirituosen aus der ganzen Welt. Jubliäums-Jahrgänge ab 1923 (!), Geschenk-Sets, Etiketten-Druck, tolle Beratung. Gratis-Info-Hotline innerhalb Österreichs: 0800/ 20 76 77.

▸ Jacques' Weindepot
3., Landstraßer Hauptstraße 146/15/1
Tel.: 713 25 16
E-Mail: depot504@everyday.com
www.jacques-wein-depot.at
Di–Do 16–19, Fr 14–19, Sa 10–16
Das deutsche Franchise-Unternehmen hat in Wien drei Filialen. Bei Weiß- und Roséweinen hat sich Jacques auf aktuelle Jahrgänge spezialisiert. Rotwein gibt's auch bis Jahrgang 1996. Das Sortiment umfasst um die 200 Weine, die man natürlich vor dem Kauf ausgiebig verkosten kann. Filiale:
19., Neustift am Walde 89, Tel.: 440 78 15, Di–Do 16–19, Fr 13–19, Sa 11–16

▸ Jeroboam
4., Schleifmühlgasse 1
Tel.: 585 67 73
E-Mail: office@jeroboam.at
www.jeroboam.at
Di, Sa 10–15, Mi–Fr 15–20
Bei der Gründung 1999 das erste Fachgeschäft für Schaumweine im deutschsprachigen Raum. Das Sortiment umfasst neben Champagner, Cidre und Edelbränden auch einige Weiß- und Rotweine sowie andere Spezialitäten.

▸ La Cave
5., Bacherplatz 12
Tel.: 544 73 83
E-Mail: vinothek@lacave.at
www.lacave.at
Di, Mi, Fr 15–19.30, Do 15–21, Sa 10–15
Die Vinothek, wenn es um französische Weine und Spezialitäten geht. Auch Raritäten und Großflaschen.

▸ Meinl's Weinbar
1., Am Graben 19
Tel.: 532 33 34 46
E-Mail: weinbar@julius.meinl.com
www.meinlamgraben.at
Mo–Sa 11–24
Tolle Weine und Antipasti in stilvoller Umgebung und mit zum Teil hochkarätigem Publikum. – Ist längst zu einer Institution geworden! Einmal im Monat: Weinverkostungen. Für private Zwecke kann die Bar übrigens auch gemietet werden.

▸ Quendler's feine Weine
8., Schmidgasse 8
Tel.: 403 57 25
E-Mail: mail@quendler.at
www.quendler.at
Mi, Do 15–18.30, Fr 15–20, Sa 10–12
Seit vielen Jahren ist Franz Quendler als Spezialhändler für Weine aus Frankreich aktiv. Heute sind es besonders die Weinbauregionen Provence, Languedoc-Roussillon, Bourgogne, Sud-Ouest und Loire, die er in seinem Sortiment hat. Auch bei Bordeaux wird man fündig, wenngleich Quendler hier die berühmten und entsprechend unbezahlbaren Chateâus auslässt und stattdessen einige preislich interessantere Geheimtipps führt. Ergänzt wird das Angebot durch Winzerchampagner und verschiedene Spirituosen.

Champagner. (Foto: Jeroboam)

W

▸ Rioja Club
4., Paulanergasse 7
Tel.: 0676/534 90 50
Fax: 479 82 64
E-Mail: wienothek@rioja.at
www.rioja.at
Mo 17–23, Di 11–23, Mi–Fr 11–21, Sa 11–17,
Juli u. Aug: Mo 17–23, Di 11–23,
Mi–Fr 11–19.30, Sa 11–15
Der Spezialist in Österreich für spanische Weine. Montag und Dienstag sind Buffet-Tage mit einer großen Auswahl an Tapas sowie anderen spanischen warmen, kalten und süßen Spezialitäten. Den Rest der Woche gibt's nur einige Tapas. Übrigens: Dienstag ist Nichtrauchertag.

▸ Sankt Urban
1., Am Hof 11
Tel.: 532 28 36
Fax: 532 28 36-14
E-Mail: amhof@gottardi.at
www.sankt-urban.at
Mo–Fr 9–19, Sa 10–13, Juli u. Aug: Sa geschlossen
Vielseitiges Angebot, vor allem Italien, bei dem auf ein gutes Preis-Leistungs-Verhältnis Wert gelegt wird.

Weine aus Italien, Spanien, Frankreich … (Foto: Gottardi/Apolt)

▸ St. Stephan
1., Stephansplatz 6
Tel.: 512 68 58
E-Mail: info@ststephan.at
www.ststephan.at
Mo–Fr 9.30–18.30, Sa 9.30–17
Wiens erste Weinhandlung. Weine aus Österreich, Italien, Spanien, Portugal, Frankreich sowie der Neuen Welt. Edelbrände. Geschenksets in Original-Holzkisten.

▸ Tintorosso
1., Dr.-Karl-Lueger-Platz 4b
(Durchgang zur Bäckerstraße)
Tel.: 513 04 80
Fax: 513 04 80
E-Mail: dg@tintorosso.at
www.tintorosso.at
Mo–Fr 16–24
Vinothek und Weinbar mit edlen Tropfen aus Österreich, Spanien und Italien. Regelmäßig findet ein Verkostungstraining für Gruppen von sechs bis zehn Personen statt (Preis: 33 Euro).

▸ Unger & Klein
1., Gölsdorfgasse 2
Tel.: 532 13 23
Fax: 532 13 23
E-Mail: uuk@aon.at
www.ungerundklein.com
Mo–Fr 15–24, Sa 17–23
Weinhandlung und Bar mit ausgezeichnetem Sortiment aus Österreich, Frankreich, Italien, Spanien und der neuen Welt sowie Edelbränden und Champagner. Kleine Snacks nach Saison. Regelmäßige Verkostungen. Auch architektonisch ein herausragender Platz.

Weine aus der weiten Welt. (Foto: Archiv)

▸ Vinissimo
6., Windmühlgasse 20
Tel.: 586 48 88
www.vinissimo.at
Mo–Sa 11–23, Juli u. Aug: Sa geschlossen
Küche: 12–14 u. 18–22
Weine, Schaumweine und Edelbrände aus der ganzen Welt mit Schwerpunkt Österreich. Kulinarisch bietet das Vinissimo verfeinerte österreichische Küche und internationale Schmankerln.

▸ Vino del Collio
10., Gudrunstraße 143
Tel.: 600 32 67
E-Mail: vinodelcollio@vinodelcollio.at
www.vinodelcollio.at
Mo–Fr 10.30–18.30, Sa 10.30–16
Ganz der italienischen Lebenskultur hat sich die Vinothek Vino del Collio verschrieben. Neben Weinen aus Friaul, dem Piemont, der Toskana, Österreich und Ungarn gibt es auch Pasta, Balsamico-Essig und Olivenöle aus Italien. Mittags werden kleine italienische Speisen serviert, die man auch mitnehmen kann. Sehr persönliche Atmosphäre.

▸ Vinoe
8., Piaristengasse 35
Tel.: 402 09 61
Fax: 402 48 89
E-Mail: vinoe@aon.at
www.vinoe.at
Mo–Fr 16–19.30, Sa 9.30–12.30
Rund 300 Weine von mehr als 90 Winzern aus Niederösterreich. Weiters Sekte (komplette Palette vom Steininger aus Langenlois), Edelbrände, Öle und Fruchtsäfte aus dem Mostviertel.

▸ Vinophilia & Cigarrophilia
18., Währinger Straße 145
Tel.: 470 01 11 od. 470 54 50
Fax: 470 01 11-15
E-Mail: vinophilia@aon.at
www.vinophilia.at
Mo–Do 9.30–12.30 u. 13.30–18, Fr 9.30–18, Sa 9–12
Fachgeschäft für Wein- und Zigarrengenießer. Weine aus der ganzen Welt mit Schwerpunkt auf Österreich, Frankreich, Italien und Spanien sowie sämtliches Zubehör von der Karaffe bis zum Korkenzieher. Große Anzahl an Humidoren und Accessoires rund ums Zigarrenrauchen. Keine Zigarren. Seminare.

▸ Wein & Co
1., Jasomirgottstraße 36
Tel.: 535 09 16-11 (Shop) od. 535 09 16-12 (Bar)
Fax: 532 10 34
E-Mail: jas@weinco.at
www.weinco.at
Mo–Sa 10–2 (Shop bis 24), So 11–24
Die Wein & Co Shops bzw. Bars sind zum Fixpunkt österreichischer Weinliebhaber geworden. Und das mit Recht: Das Motto „wining, dining, shopping, every day, every night“ ist Programm. Weine kosten, eine Kleinigkeit dazu essen und die eine oder andere Flasche mit nach Hause nehmen. Oder sich einfach nur von der tollen Auswahl und dem fachkundigen Personal inspirieren lassen. Besonderer Tipp: Die fünf Weine des Monats sind im Shop gratis zu verkosten.
Filialen:
6., Getreidemarkt 1 / Linke Wienzeile,
Mo–Fr 10–24, Sa 9–24, So 11–24
7., Mariahilfer Straße 32–34
19., Muthgasse 56–88
22., Donauzentrum, Top 185
22., Hermann-Gebauer-Straße 8 (Versandfiliale: Gratis-Hotline: 0800/80 20 80 20)
Vösendorf, SCS, Eingang 3

▸ Wein & Wasser
8., Laudongasse 57
Tel.: 403 53 45
E-Mail: info@weinundwasser.at
www.weinundwasser.at
Mo–So 17–1
Nomen est omen – Wein und Wasser in großer, qualitativ hoher Auswahl. – Und das in einem der schönsten Kellergewölbe der Stadt. Nationale und internationale Weine, ergänzt durch Raritäten aus Bordeaux. Regelmäßige Verkostungen. Kleine Happen, Wurst- und Schinkenspezialitäten vom Biofleischhauer.

Die mit den Korken tanzen. (Foto: Archiv)

▸ Weinberater
12., Wehlistraße 64 (Millennium City)
Tel.: 986 39 86
www.weinberater.at
Mo–So 16–24
Inländische und internationale Weine und Edelbrände zu teilweise äußerst günstigen Preisen. Weinseminare. Consulting-Lösungen zum Aufbau und zur Bestückung eines „perfekten Weinkellers“.

W

▸ **Weinpunkt**
9., Frankhplatz 4
Tel.: 403 89 32
Fax: 403 31 37
E-Mail: weinpunkt@chello.at
www.weinpunkt.at
Mo–Fr ab 15
Die Vinothek Weinpunkt wird vom ehemaligen Sommelier des geschlossenen Haubenrestaurants „Vier Jahreszeiten", Adi Heinrich geführt. Um die 100 sorgfältig ausgewählte Weine, die auch jeweils auf die Saison abgestimmt werden, warten darauf, in gemütlicher Atmosphäre verkostet zu werden. Erstklassige Beratung.

▸ **Wine Company**
19., Heiligenstädter Straße 50–52
Tel.: 0810/00 88 79
Fax: 0810/00 88 76
E-Mail: outlet@winecompany.at (shop), bestellung@winecompany.at (Versand)
www.winecompany.at
Mo–Do 14.30–18.30, Fr 12–18.30, Sa 10–14
Weinversand mit Outlet-Ladengeschäft im 19. Bezirk. Im Outlet-Shop befinden sich mehr als 3/4 des Sortiments aus rund 2.000 Weinen aus der ganzen Welt und sind dort neben Restflaschen um bis zu 50 Prozent verbilligt zu haben. Der Weinversand liefert gratis in ganz Österreich ab einem Warenwert von 160 Euro. Parkgarage. Katalog erscheint zweimal im Jahr. Filialen:
1., Tuchlauben 21, Tel.: 532 49 80

WELTLÄDEN

▸ **EZA Weltladen Wien**
1., Lichtensteg 1
Tel.: 535 28 86
E-Mail: weltladen.1010wien@eza3welt.at
www.eza3welt.at
Mo–Fr 10–18.30, Sa 10–17
Weltläden verstehen sich als Fachgeschäfte für fairen Handel. Sie handeln also mit Produkten, die ohne Ausbeutung der Arbeitskräfte in den ärmeren Ländern der Welt produziert wurden. Entgegen allen möglichen Klischees ist das Geschäft im 1. Bezirk ein modern gestyltes Lokal – der gelungene Versuch, fair gehandelte Produkte nicht nur als politisch korrekt, sondern auch als trendig zu vermarkten. Weltläden der „EZA Dritte Welt" gibt es auch an folgenden Adressen:
8., Lerchenfelder Straße 18–24, Tel.: 408 39 96, Mo–Fr 10–13 u. 14–18, Sa 10–13
3., Rennweg 85, Tel.: 718 14 14, Mo–Fr 9–18 (Abhollager für Lebensmittel)

▸ **Fairtrade**
4., Wohllebengasse 12–14/7
Tel.: 533 09 56
www.fairtrade.at
Mo–Do 9–16, Fr 9–13
Trans Fair, eine gemeinnützige Initiative, wird von zahlreichen Trägerorganisationen (z. B. Caritas, WWF, Unicef, Dreikönigsaktion, Care), der Europäischen Kommission und der Österreichischen Entwicklungszusammenarbeit im Außenministerium unterstützt. Sie kontrolliert fairen Handel mit den Ländern der Dritten Welt und stattet diese Produkte, bevor sie bei Billa, Spar und Co in die Regale kommen, mit dem „Fairtrade"-Siegel aus. Die Homepage informiert darüber, welche Artikel Fairtrade sind und wo man sie kaufen kann.

EZA Weltladen. (Foto: Archiv)

▸ **Südwind-Buchwelt**
9., Schwarzspanierstraße 15
Tel.: 405 44 34t
www.suedwind.at
Mo–Fr 9–18, Sa nur an den Vorweihnachtstagen
Wer Bücher zu Entwicklungsarbeit, Bücher über andere Kulturen und so genannte Entwicklungsländer sucht, ist bei Südwind genau richtig. CDs und andere Weltwaren runden das Angebot ab.

▸ **Südwind-Weltmusik**
7., Mariahilfer Straße 8
Tel.: 522 38 86
E-Mail: weltmusik@suedwind.at
www.suedwind.at
Mo–Fr 10–18.30, Do 10–21, Sa 10–18
Der Südwind-Laden in der Mariahilfer Straße ist auf Weltmusik spezialisiert, was nicht heißen soll, dass hier nicht auch Bücher und andere Weltwaren erhältlich wären.

W

WIENERWALD

▸ Hameau
Ein herrlicher Ausflug in den Wienerwald, genauer gesagt zu der bewaldeten Kuppe des Hameau. Startpunkt und Routenverlauf: Endstelle Straßenbahnlinie 43 (Neuwaldegg), Dreimarkstein. Weglänge: 10,5 km; Gehzeit: ca. 3 bis 4 Stunden.

▸ Hermannskogel
Nutzen Sie diese klassische Wanderroute, und suchen Sie Ihren persönlichen Lebensbaum am Cobenzl. Startpunkt und Routenverlauf: Endstelle Autobuslinie 39A (Sievering), Habsburgwarte, Jägerwiese, Lebensbaumkreis am Cobenzl. Weglänge: 10 km; Gehzeit: ca. 3 bis 4 Stunden.

▸ Jubiläumswarte
Bei der Jubiläumswarte wird man mit einem schönen Fernblick belohnt. Startpunkt und Routenverlauf: Straßenbahnlinie 49 (Haltestelle Rosentalgasse), Dehnepark, Hüttelberg, Jubiläumswarte, Wilhelminenberg, Dehnepark. Weglänge: 7,2 km; Gehzeit: ca. 2,5 bis 3 Stunden.

▸ Kahlenberg
Natürlich könnte man bequem mit dem Bus (Linie wird nicht verraten) den Kahlenberg erklimmen, doch die Aussicht wird gleich um vieles schöner mit kleinen Anzeichen von Muskelkater in den Beinen. Startpunkt und Routenverlauf: Endstelle Straßenbahnlinie D (Nußdorf), Sulzwiese, Stefaniewarte, Josefinenhütte. Weglänge: 11 km; Gehzeit: ca. 3,5 bis 4 Stunden.

▸ Naturlehrpfad Nikolaitor
Über die Nikolaikapelle und die Hackingerwiese zur Grünauer Teichwiese. Von dort können Sie weiter in Richtung Rohrhaus und Hirschgstemm oder den Weg entlang der Lainzer Tiergartenmauer zurück zum Nikolaitor (ca. 2,5 Kilometer, eine Stunde Gehzeit). Insgesamt fünf Stationen informieren über den Lainzer Tiergarten, seine Geschichte, seine Pflanzen und Tiere.

▸ Ottakring
16., Kendlerstraße 38b
So richtig grün und ruhig wird es bei diesem Wanderweg erst nach dem Passieren des Erholungsgebietes Steinhof. Dafür gibt es aber zahlreiche Möglichkeiten, über die Dächer Wiens zu blicken. Startpunkt und Routenverlauf: Endstation der U3-Ottakring, Ottakringer Bad, Jubiläumswarte, Schloss Wilhelminenberg. Weglänge: 10 km; Gehzeit: ca. 2,5 bis 3 Stunden.

▸ Sophienalpe
Die Natur spüren auf dem Hochplateau der Sophienalpe! Startpunkt und Routenverlauf: Gasthaus „Zum Grünen Jäger“ (14., Mauerbachstraße 47), Bus 449, Franz-Karl-Fernsicht, Sofienalpe, Rieglerhütte, Spitalwiese; Weglänge: 11 km; Gehzeit: ca. 3 bis 4 Stunden.

Die Hülle des Baums. (Foto: Archiv)

▸ Zugberg – Maurer Wald
Ein erholsamer und ausgedehnter Spaziergang ist garantiert. Besichtigen Sie auch die Wotruba-Kirche und den Sternengarten am St.-Georgen-Berg. Startpunkt und Routenverlauf: Endstelle Straßenbahnlinie 60 (Rodaun), Zugberg, Wiener Hütte, Maurer Wald; Weglänge: 12,5 km; Gehzeit: ca. 4 bis 4,5 Stunden.

WISSENSVERMITTLUNG

▸ Jüdisches Institut für Erwachsenenbildung
2., Praterstern 1
Tel.: 216 19 62
Fax: 214 89 18
E-Mail: office@jud-institut-wien.at
www.jud-institut-wien.at
Mo–Do 9–13 u. 17–19, Fr 9–12

▸ Urania Wien – Volksbildungshaus
1., Uraniastraße 1
Tel.: 712 61 91
Fax: 712 61 91-53
E-Mail: office@urania-wien.at
Mo–Fr 9–20

▸ **Verband Wiener Volksbildung – Wiener Volkshochschulen**
15., Hollergasse 22
Tel.: 891 74 od. 893 00 83 (Bildungstelefon)
www.vhs.at, www.vwv.at
Mo–Fr 8–18
Das Kursangebot der 18 Wiener Volkshochschulen reicht von EDV-, Sprach- und Musikkursen über berufsbildende und berufsbegleitende Kurse bis hin zu Unterricht in Ausgefallenerem, wie etwa dem fachgerechten Schneiden eines Bonsais oder chinesischer Tuschmalerei. Auskunft über die mehr als 15.000 Kurse erhält man via Bildungstelefon des Verbands Wiener Volksbildung oder per Internet.
Volkshochschulen:
Landstraße
3., Hainburger Straße 29, Tel.: 715 08 00
Polycollege
5., Stöbergasse 11–15, Tel.: 546 66-0, www.polycollege.ac.atWien West
6., Damböckgasse 4, Tel.: 586 55-77, -99, www.vhs-wien-west.at, Mo–Do 9–12 u. 15–19.30, Fr 15–18
Künstlerische
9., Lazarettgasse 27, Tel.: 405 43 29–0, www.kvh.at
Alsergrund
9., Galileigasse 8, Tel.: 317 52 43
Favoriten
10., Arthaberplatz 18, Tel.: 603 40 30-0, www.vhsfavoriten.at
Simmering
11., Drischützgasse 1, Tel.: 749 53 73, www.vhs11.at
Meidling
12., Längenfeldgasse 13–15, Tel.: 810 80 67, www.meidling.vhs.at
Hietzing
13., Hofwiesengasse 48, Tel.: 804 55 24-0
Penzing
14., Linzer Straße 146, Tel.: 914 22-55, -56
Rudolfsheim-Fünfhaus
15., Schwendergasse 41, Tel.: 893 60 85
Ottakring
16., Ludo-Hartmann-Platz 7, Tel.: 492 08 83-0, www.ottakring.vhs.at
Brigittenau
20., Raffaelgasse 11, Tel.: 330 41 95
Floridsdorf
21., Angerer Straße 14, Tel.: 271 32 36, www.vhs21.ac.at
Donaustadt
22., Bernoullistraße 1, Tel.: 202 82 34, www.donau-vhs22.ac.at
Liesing
23., Liesinger Platz 3, Tel.: 869 43 30

▸ **VWV Kunst und Kommunikation**
16., Gallitzinstraße 1
Tel.: 419 26 16-0
Fax: 419 26 16-16
E-Mail: kunst@vwv.at
www.kusntberufe.vwv.at
Mo–Fr 9–15

▸ **Wissensbörse**
5., Vogelsanggasse 36
Tel.: 544 73 34
Fax: 544 99 57
E-Mail: info@wissensboerse.at
www.wissensboerse.at
Wer noch ungelöste Fragen hat, aber auf keine Antworten kommt, der wird vielleicht bei der Wissensbörse, einer Non-Profit-Organisation, die den Tausch von Wissen und Erfahrung kostenlos organisiert, fündig. Eine/r stellt die Frage in den virtuellen Raum, und wenn jemand eine Antwort weiß, kann der Tausch beginnen. Wie der Tausch erfolgt, liegt im Ermessen der jeweils Tauschenden.

WOHNEN & EINRICHTEN

EINRICHTUNGSHAUS

▸ **Ikea**
22., Sverigestraße 1a
Tel.: 732 22
www.ikea.at
Mo–Mi, Fr 9.30–19.30, Do 9.30–21, Sa 8.30–18
Weiterer Standort: Vösendorf, SCS, Tel.: 690 00

▸ **Interio**
21., Brünner Straße 73a
Tel.: 292 65 05
E-Mail: info@interio.at
www.interio.at
Mo–Mi, Fr 9–19.30, Do 9–21, Sa 9–18
Wohnboutique:
6., Mariahilfer Straße 19–21, Tel.: 585 17 30
1., Ringstraße (ehem. Marché), Tel: 513 99 36

▸ **Kika**
22., Wagramer Straße 246
Tel.: 250 05
E-Mail: info@kika.at
www.kika.at
Mo–Fr 9.30–18.30, Sa 9–18
Weitere Standorte:
10., Laxenburger Straße 145, Tel.: 601 30
14., Hadikgasse 256, Tel.: 415 80
16., Sandleitengasse 26–30, Tel.: 488 48
22., Donauzentrum, Donaustadtstraße 1, Tel.: 203 35 39

▸ Leiner
7., Mariahilfer Straße 10
Tel.: 521 53
www.leiner.at
Mo–Mi, Fr 9.30–18.30, Do 9.30–19.30, Sa 9–18
Weitere Standorte:
22., Hermann-Gebauer-Straße 4, Tel.: 288 40,
Vösendorf, SCS, Tel.: 690 70

▸ XXXLutz
15., Hütteldorferstraße 23
Tel.: 982 94 26
www.lutz.at
Mo–Mi 9–18.30, Do–Fr 9–19, Sa 9–18
Filialen:
3., Dr.-Bohr-Gasse 1–7, Tel.: 799 25 45
3., Kelsenstraße 9, Tel.: 798 65 00
11., 7. Haidequerstraße 4, Tel.: 769 63 16
14., Deutschordenstraße 6, Tel.: 416 52 27
15., Hütteldorfer Straße 23, Tel.: 982 94 26
21., Brünner Straße 57a, Tel.: 278 75 30

KÜCHE

▸ Bosch Küchenstudio
6., Gumpendorfer Straße 115
Tel.: 596 10 48
E-Mail: bosch-kuechenstudio@chello.at
www.bosch-kuechenstudio.at
Mo–Fr 9–12 u. 13.30–18, Sa 9–12

▸ Bulthaup
7., Siebensterngasse 1
Tel.: 523 95 31
E-Mail: bulthaup@chello.at
www.pichler-reisinger.at
Mo–Fr 10–13 u. 14–18.30, Sa 10–15
Supermoderne, super designte, superteure Küchen.

▸ Dan Küchen
9., Alserstraße 38
Tel.: 403 41 00
Fax: 403 41 41
E-Mail: dan_megastore@utanet.at
www.dan.at
Mo–Fr 9–18, Sa 9–12

▸ Ewe Küchenzentrum
8., Piaristengasse 16
Tel.: 409 65 83
Fax: 409 65 84
E-Mail: office@ewe-kuechenzentrum.at
www.ewe-kuechenzentrum.at
Mo–Fr 9–18, Sa 9–12.30

▸ Haka Küchenstudio
16., Ottakringer Straße 58
Tel.: 407 14 70
Fax: 407 14 70
E-Mail: studio@haka.kilic.at
www.haka.kilic.at
Mo–Fr 10–18, Sa 9–12

▸ Poggenpohl Wien
1., Schottenring 18
Tel.: 535 12 32
Fax: 535 12 32-22
E-Mail: office@poggenpohl-wien.at
www.poggenpohl-wien.at
Mo–Fr 9.30–18, Sa 10–13

LAMPEN UND LEUCHTEN

▸ Bodo Vieth
5., Schönbrunner Straße 145
Tel.: 544 61 63
Fax: 544 61 63-14
E-Mail: bodo_vieth@hotmail.com
www.bodo.at
Mo–Fr 14–18, Sa 10–1
Luster, Lampen aller Art, Möbel; Beleuchtungskonzepte für Hotels, Restaurants, Büros, Wohnungen; auf Wunsch werden kleine Änderungen und Variationen an den Objekten vorgenommen.

▸ Franke Leuchten
7., Westbahnstraße 5
Tel.: 319 72 02-0
Fax: 31 97 202-14
Mo–Fr 10–18, Sa 10–17
Egal ob hängend, stehend oder wo auch immer ... alles leuchtet.

Es werde Licht ...
(Foto: Wien Energie)

▸ Leuchtenzentrum
7., Neubaugasse 23
Tel.: 523 17 06
Mo–Fr 9–18, Sa 9.30–16.30
Geschäft der Lampenerzeuger Orion, die seit 50 Jahren in Wien Leuchten produzieren. Der Inbegriff der Biederkeit.

▸ Licht & Glas – Kunst
3., Haidingergasse 27
Tel.: 713 48 50-0
Fax: 713 48 50-25
Mo–Fr 10–12, 13–18, Sa 10–13
Seit 1990 die Beleuchtungssysteme und Lichtobjekte für Wohnraum und Objektbereich. Von gestalterisch verspielten Lichtvariationen bis hin zu klassisch-einfachen Beleuchtungskörpern reicht die vielfältige Produktpalette.

▸ Lichtforum
1., Jasomirgottstraße 3–5
Tel.: 532 10 47-0
E-Mail: lifwien@zumtobelstaff.co.at
Mo–Do 8–17, Fr 8–13
Showraum der Forma Zumtobel-Staff. Die weltweit führende Leuchtenfirma. Auch kulturelle Veranstaltungen finden im Lichtforum Wien regelmäßig statt. Die Begegnung von Licht, Architektur, Design und Kunst beschränkt sich dabei nicht nur auf Fachkreise. Vielmehr steht das Zumtobel Staff Lichtforum Wien allen Interessierten offen.

▸ Vest
8., Piaristengasse 21
Tel.: 406 43 66-0
E-Mail: info@vest-leuchten.at
Mo 13–18, Di–Fr 9.30–18, Sa 9.30–16
Leuchten und Lichtsysteme in Kleinserien, in zeitgenössischem Design. Dekorative Leuchten für den Wohnbereich, -jedoch mit technischem, innovativem Charakter, mit klaren, einfachen Formen.

MÖBEL

▸ Barwig
16., Neulerchenfelder Straße 28
Tel.: 405 41 26
www.barwig.at
Mo–Fr 9–18, Sa 9–17
Im Möbelviertel Wiens angesiedelt, bietet die Firma Barwig drei Schau- und Verkaufsräume in der Neulerchenfelder Straße 28, 42 u. 45. Dort können Designermöbel für Vor- und Wohnzimmer, Küche, Ess-, Schlaf- und Jugendzimmer besichtigt und gekauft werden. Persönliche Beratung ist hier selbstverständlich.

▸ Cento Design
7., Karl-Schweighofer-Gasse 14
Tel.: 523 36 64
www.cento-design.at
Mo–Fr 9–12 u. 14–18, Sa nach Vereinbarung
Vor allem Produkte aus Italien, aber auch aus Deutschland, den Niederlanden, Spanien und Amerika sind hier zu finden. Das Angebot umfasst Polstermöbel, Stühle, Tische, Lampen, Regale und Zubehör.

▸ Country House
1., Auerspergstraße 11
Tel.: 403 24 93
Mo–Fr 10–18, Sa 9–17
Klassisches Interieurs. Klassisch britisch.

▸ Der Graue Rabe fliegt
8., Piaristengasse 1
Tel.: 406 94 89
E-Mail: dergrauerabefliegt@aon.at
Designermöbel erlesener Qualität. Vielleicht das schönste Regal der Welt.

Der Tisch fliegt nicht?! (Foto: Archiv)

▸ Designfunktion
1., Bauernmarkt 12
Tel.: 533 29 87-0
E-Mail: wien@designfunktion.de
www.designfunktion.at
Mo–Fr 9–18
Wohnen, Büro, Ordnungssysteme. Designfunktion bietet zu den drei Bereichen Möbel, Beleuchtung, Stoffe und Accessoires.

▸ Es brennt …
1., Freisingergasse 1
Tel.: 532 09 00
E-Mail: esbrennt@lichterloh.com
www.lichterloh.com
Mo–Fr 15–18.30, Sa 11–16
Wohndesign von 1900–1970; die Schwerpunkte liegen bei den 50er-, 60er- und 70er-Jahren.

Er brennt lichterloh. (Foto: Lichterloh)

▸ Gordis Büro & Objekt
9., Porzellangasse 9
Tel.: 319 13 82
www.gordis.at
Mo–Fr 9–18, Sa 10–17
Wollen Sie etwas Ausgefallenes mit Stil? Dann sind Sie bei Gordis richtig. Hier gibt's Designermöbel für Büro und Home-Office.

▸ Grünbeck
5., Margaretenstraße 93
Tel.: 544 83 39-0
Mo–Fr 9–18, Sa 10–17
Internationale Topmarken: Die Collection, Fasem, Interlübke, Niklas, Porada, Rimadesio, Tisettanta, Treca, Ullmann, Wittmann u. a.

▸ Grüne Erde
6., Mariahilfer Straße 11
Tel.: 07615/720 34 10 (Zentrale in Scharnstein)
www.grueneerde.at
Mo–Fr 10–19, Sa 10–17
Schöne Vollholzmöbel in preislicher Upperclass.

▸ Interiors – Lisa Tomas
1., Herrengasse 14 (Palais Ferstel)
Tel.: 535 24 88
www.lisatomas.com
Mo–Fr 10–18.30, Sa 10–17
Wunderschöne Möbel und Wohnaccessoires in italienischem Stil. Außerdem: Stoffe, Vorhänge nach Maß, Restaurierung antiker Möbel, Polstermöbel ganz nach den Wünschen des Kunden.

▸ Lichterloh
6., Gumpendorfer Straße 15–17
Tel.: 586 05 20
www.lichterloh.com
Mo–Fr 11–18.30 u. Sa 11–16
Desigerware 1900 bis 1970 ... Ganz, ganz tolle Stücke, um nicht zu sagen, sensationell schöne Stücke.

▸ Möbel Corso
9., Währinger Straße 65
Tel.: 406 12 01
Mo–Fr 10–18, Sa 10–13, 1. Sa im Monat 10–17
Designermöbel, chinesische Schränke und Indonesisches fürs One-World-Feeling.

▸ Möbelviertel
16., Ottakring
www.moebelviertel.at
Die Page informiert über News, Events und Aktionen der Firmen Thalia Möbel, Odo Dvorak, Barwig und Kraus, die alle im Möbelviertel Ottakring angesiedelt sind. Eine umfangreiche Markenliste zeigt, wo welche Designerstücke zu bekommen sind.

▸ Silenzio
1., Salzgries 2 / Morzinplatz
Tel.: 535 67 50
E-Mail: info@silenzio.at
Mo–Fr 10–18, Do 10–19, Sa 10–17
Schlafen Wohnen, Essen, Beleuchtung, Accessoires ... vom Feinsten.

▸ Symptomatic
4., Schleifmühlgasse 1
Tel.: 920 44 32
Mo, Di, Do, Fr 12–19, Mi 12–20, Sa 11–17
Retro-Einzelstücke, zusammengetragen von den großen Modestädten der Welt wie New York und Berlin. Besonders erwähnenswert ist die umfangreiche Auswahl an Lederwaren und Trainingsjacken. Zudem findet sich hier Mode der Wiener Designerin Saperlipopette und CDs aus den Bereichen Latin und House.

▸ Taus Hans
9., Porzellangasse 9
Tel.: 319 42 31-0
www.hans-taus.at
Mo–Fr 10–18, Sa 10–17
Fühlen Sie sich nicht mehr wohl in den eigenen vier Wänden? Bei Hans Taus finden Sie alles, um Ihr Heim neu zu gestalten. Möbel, Beleuchtung und Textilien namhafter Designer aus der ganzen Welt.

▸ Team 7
1., Dr.-Karl-Lueger-Ring 10
www.team7-wien.at
Mo–Fr 10–18, Sa 10–17
Natur und Holz stehen im Vordergrund, was sich auch mit schönem Design verbinden lässt. Mehr Team-7-Möbel:
6., Gumpendorfer Straße 20, Tel.: 597 17 12-0

▸ Thonet Vienna
1., Hegelgasse 11
Tel.: 310 20 02-0
www.thonet-vienna.at
Mo–Fr 10–18, Sa 10–14
Fürst Metternich holte den Firmengründer Michael Thonet nach Wien, wo dieser durch die Verbindung handwerklicher Tradition mit industriellen Fertigungsmethoden neue Maßstäbe in der Möbelherstellung setzte. Bekannt wurde Thonet schließlich durch Bugholzmöbel. Der Name Thonet steht in Österreich und international für klassisches Design und handwerklich hervorragende Verarbeitung. Filiale: 9., Berggasse 31

▸ Wohncontact
6., Mollardgasse 54
Tel.: 597 41 34
www.wohncontact.at
Mo–Fr 9.30–18,Sa 9.30–14
Individuelle Wohnkultur, auf die persönlichen Bedürfnisse abgestimmt – dafür sorgen die kompetente Planungsabteilung und die hauseigene Tischlerei. Erstellung kompletter Einrichtungskonzepte inklusive Beleuchtung.

SCHLAFEN HARDWARE

Sie schlafen unruhig? Sie schwitzen in der Nacht? Kleine Kinder weinen und schreien, wenn sie unausgeschlafen sind, und auch die Erwachsenen leiden bei Schlafmangel. Gesunder Schlaf hängt oft mit der richtigen Matratze zusammen. Hinzu kommen Wasseradern, Erdstrahlen und elektromagnetische Störfelder, die bewirken, dass man sich in der Früh wie gerädert fühlt – von Erholung keine Spur. Wie man sich bettet, so liegt man.

▸ Bettenstudio Zeissel
2., Rotensterngasse 28
Tel.: 214 27 45
www.ergonomiestudio.com
Mo–Fr 10–12 u. 15–18
Angeboten werden ausschließlich österreichische Produkte in ergonomischer Form. Neben Bettgestellen, -systemen und Matratzen gibt's hier auch Nachtkästchen, Schranksysteme, Herrendiener und Regalständer.

▸ Dänisches Bettenlager
22., Gewerbeparkstraße 3
Tel.: 734 82 16-0
www.daenischesbettenlager.at
Mo–Fr 9–18 u. Sa 9–17
Wie der Name schon sagt, wurde das Unternehmen in Dänemark gegründet und betreibt heute über 600 Filialen auf der ganzen Welt. Die Leiter des Bettenlagers definieren die gute Qualität nicht nur über die Produkte, sondern vielmehr auch über die Kompetenz und Freundlichkeit des Verkaufspersonals.

▸ Futonstudio Gerhard Friedrich
7., Burggasse 106
Tel.: 526 49 64
Di–Fr 14–18.30 u. nach tel. Vereinbarung
Alles zum Thema Futon und dazu erstklassige Beratung.

▸ Gea
1., Himmelpfortgasse 26
Tel.: 512 19 67
www.gea.at
Mo–Fr 10–18, Sa 10–17
Großartige Betten und wahnsinng feine Matratzen. Echt super, aber nicht billig. Qualität hat ihren Preis. Hat auch andere Möbel wie Regale, Tische … und die allseits bekannten, bequemen Waldviertler (Schuhe).

▸ Glocken Studio
2., Glockengasse 5
Tel.: 216 51 12
Wasserbetten, Zubehör, Sitzmöbel, Möbeltransporte.

Somnifer. (Foto: Somnifer)

W

▸ Hüsler Nest
7., Neubaugasse 47
Tel.: 522 58 88
www.besser-schlafen.at
Di, Mi, Fr 10–18, Do 10–20, Sa 10–17
Eine Verkaufsfiliale des Schweizer Naturbettenherstellers Hüsler. Bettgestelle, Schlafsofas, Matratzen, Decken, Polster. Speziell für Kinder gibt es das Merlin-Bett, das aus natürlichen Materialien hergestellt und völlig metallfrei ist.

▸ Lucas Naturschlafräume
20., Wallensteinplatz 3–4
Tel.: 726 09 72
www.bettenmanufaktur.at
Mo–Fr 10–12 u. Mo, Di, Do, Fr 14–18, Sa 11–14
Die Produkte bieten individuellen Liegekomfort aus natürlichen Materialien. Bei der Planung und Fertigung wurden auch Ärzte, Körpertherapeuten, Feng-Shui-Spezialisten und Innenarchitekten miteinbezogen. Rosshaarmatratzen, ergonomische Betteinsätze, Sitzmöbel, Liegesysteme, Naturbettwaren und biologische Waschmittel.

▸ Matzek
9., Kinderspitalgasse 11
Tel.: 405 46 75
Fax: 408 65 49
www.matzek.at
Mo–Fr 9–18, Sa 10–14, 1. Sa im Monat 10–17
Seit beinahe hundert Jahren beschäftigt sich die Firma Matzek mit der Konzeption, der Herstellung und dem Verkauf von Betten, Betteinsätzen und Matratzen. Möbel nach Maß.

▸ Schano
9., Nußdorfer Straße 50
Tel.: 317 12 40
www.schano.at
Gesundheitsbetten der Firma Lattoflex, Gleittür-Einbauschränke, Schrankräume, ergonomische Sitzmöbel.

▸ Somnifer
5., Franzensgasse 25
Tel.: 587 33 24
E-Mail: info@somnifer.at
www.somnifer.at
Mo–Fr 9–13 u. 14–18, Sa 10–17
Neben Naturmatratzen, Massivholzbetten und orthopädischen Betteinsätzen gilt die 1986 gegründete Firma Somnifer (Lateinisch: „Schlafbringer") mittlerweile auch als Geheimtipp für maßgefertigte Schiebetüren und -wände. Weiters: Tische, Stühle und Wohnaccessoires wie Vorhänge, Rollos, Decken, Houssen.

SCHLAFEN SOFTWARE

▸ Gaertner & Co
6., Barnabitengasse 7
Tel.: 587 91 89
Mo–Fr 9.30–18.30, Sa 10–16
Die Firma Gaertner & Co ist eine Daunenmanufaktur. Das heißt, die reinigen Ihre Daunenbettwäsche und machen aus einem dünnen, zusammengepressten Polster wieder ein kuscheliges großes. Aber der wirkliche Geheimtipp sind die Daunenschlafsäcke. Was Besseres wird man wohl nirgends finden. Es gibt sogar Leute, die behaupten, diese seien überhaupt die besten der Welt.

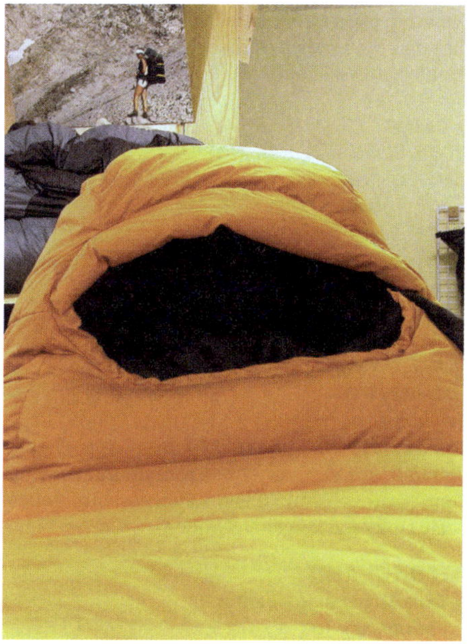

Die beste Daune im Sack. Gaertner & Co. (Foto: Archiv)

▸ Gans
1., Brandstätte 1–3
Tel.: 533 35 60
www.gans.at
Mo–Fr 10–18.30, Sa 10–17
Wer wirklich gut schlafen will, soll erstens spät ins Bett gehen und sich zweitens mit einer Daunendecke zudecken. Seit 1882 stellt die Firma Gans mit Daunen gefüllte Produkte her. Die haben hier also einige Erfahrung mit dem guten, wohligen Schlafgefühl, das einem Daunen bereiten können. Filialen:
13., Hietzinger Hauptstraße 20, Tel.: 877 71 37
18., Währinger Straße 118
Daunenwaschcenter: 14., Ameisgasse 65,
Tel.: 912 62 84, Mo–Fr 9–12 u. 13–18

SCHNICKSCHNACK

▸ Arco Citta
1., Naglergasse 17
Tel.: 532 83 54
Mo–Fr 10–18, Sa 10–16
Von Bilderrahmen, Servietten, Dekorgegenständen für die Wand, lustigen Küchenuhren, Gläsern bis zu Polstern, Decken …

▸ Blaulicht
1., Marc-Aurel-Straße 3
Tel.: 532 41 36
Mo–Fr 10–19, Sa 10–18
Tolle Sachen fürs Zuhause: Lampen, Schüsseln, Vasen in allen Größen und aus den unterschiedlichsten Materialien, Kaffee- und Espressotassen, kleine Schüsselchen …

▸ Gunkel
1., Tuchlauben 11
Tel.: 533 63 01
www.gunkel.at
Mo–Fr 9.30–18, Sa 9.30–17
Wohnaccessoires, Bad-, Bett- und Tischwäsche vom Feinsten.

▸ Pots & Pieces
1., Naglergasse 9
Tel.: 533 86 78
www.pots-pieces.com
Mo–Fr 10.30–18.30, Sa 10–17
Keramik aus Vicenza – bunt bemalt und zum Teil von Hand geformt: Teller, Kaffeegeschirr, Krüge, viele Duftkerzen in allen Größen.

SECONDHAND

▸ Carla Mittersteig – Caritas
5., Mittersteig 10
Tel.: 505 96 37
www.caritas-wien.at
Mo 9–20, Di–Fr 9–18, Sa 9–12
Möbel, Lampen, Geschirr, Elektrogeräte, Bücher und auch Mode. Ausdauernde Schnäppchenjäger können hier das eine oder andere günstige Retro-Design-Stück ergattern. Carla Nord (21., Steinheilgasse 3, Tel.: 259 99 69, Mo–Fr 9–18, Sa 9–13) ist die große Halle mit den großen Möbeln.

▸ Werkstatt Gabarage
4., Schleifmühlgasse 6
Tel.: 585 76 32
www.gabarage.at/
Mo–Do 8.30–17, Fr 8.30–12.30
Vasen, Teppiche und viele andere brauchbare Dinge werden von ehemaligen Drogenabhängigen aus recyclebaren Materialien kreativ gestaltet.

SPEZIAL

▸ Korbflechterei
6., Mollardgasse 39–41
Tel.: 597 18 41
E-Mail: wst.mollardg@fachwerk.oehtb.at
www.korbflechterei.at
Spezialisiert auf die Anfertigung von Körben nach Maß. Unter anderem werden erzeugt: Wäschetruhen, Regalkörbe, Einkaufswagen und -taschen, Kleinkorbmöbel, Heizkörperverkleidungen, Geschenkartikelkörbe, Tischaccessoires, div. Kleinkorbwaren und vieles mehr. Kleiner Schauraum!

▸ Lobmeyr
1., Kärntner Straße 26
Tel.: 512 05 08
www.lobmeyr.at
Mo–Fr 9–19, Sa 10–18
Scherben bringen Glück. Wenn es sich allerdings um ein Sück von Lobmeyr handelt dann bringen Scherben nur große Trauer … weil kaputt ist kaputt. Die Luster finden Sie zum Teil im Schauraum, 3., Salesianergasse 9.

STOFFE

▸ Backhausen
1., Mahlerstrasße 14
Tel.: 514 04-0
Mo–Fr 9.30–18.30,
Sa 9.30–17
Feinste Stoffe, designt von den Künstlern der Wiener Werkstätte. Aber auch moderne Muster (Koglers Ameisen).

▸ Laura Ashley
1., Weihburggasse 5
Tel.: 512 93 40
Mo 10–18.30, Di–Fr 9.30–18.30, Sa 9.30–17
Very british. Tapeten, Polster, Stoffe … Blümchen über Blümchen. Daneben gibt's auch englische Stilmöbel …

Der Stoff, aus dem die Träume sin
(Foto: Archiv)

TEPPICHE

▸ Adil Besim
1., Am Graben 30
Tel.: 533 09 10
www.adil-besim.co.at
Mo–Sa 9.30–18
Der größte Orientteppichhändler Wiens. Seit sechzig Jahren im Teppichbusiness.

W

▸ China Teppich Shams
1., Walfischgasse 13
Tel.: 513 27 48
Möbel, Accessoires und natürlich Teppiche aus China. Anderes Design, andere Wolle und andere Knüpftechnik als die Perserteppiche.

▸ Efes
4., Schönbrunner Straße 9
Tel.: 587 46 23
Mo–Fr 9–13 u. 14.30–18.30, Sa 9–14
Kelims aus der Türkei.

▸ Gebrüder Vartian
1., Rotenturmstraße 15,
Tel.: 533 63 96
www.vartian.at
Mo–Fr 9.30–18.30, Sa 9.30–17
Traditionshaus, das auch Teppiche mit neuerem Design anbietet.

▸ Issakides
1., Fleischmarkt 13–15
Mo–Do 9–18, Fr 9–13
Traditionsbewusstes Teppichhaus einer griechischen Familie, direkt neben der Griechisch-Orthodoxen Kirche. Hervorragende Qualität, angenehme Beratung.

▸ Kabul
1., Herrengasse 6–8
Tel.: 535 34 80
Ein Geschäft wie ein Bazar ... fast schon eine Zeitreise.

▸ Pa-re
12., Längenfeldgasse 29
Tel.: 813 64 73
Di, Mi, Fr 8.30–17, Do 8.30–18
Handgewebte Teppiche aus Schafschurwolle, bis drei Meter Breite und in hoher Qualität nach althergebrachten Handwerksmethoden. Die Teppiche werden vom Rohmaterial bis zum fertigen Stück in der Werkstatt gemacht, daher ist man bei Sonderwünschen sehr flexibel.

▸ Vachutta
3., Ungargasse 23
Tel.: 712 57 93
Beschäftigt sich ausschließlich mit Teppichreinigung. Egal, ob Spann- oder Orientteppiche: Vachutta ist der Richtige. Zusatzdienste sind Milbenbeseitigung, antistatische oder Flammschutzimprägnierung, Teppichreparaturen. Die Teppiche werden bei Ihnen abgeholt, sofern Sie das wünschen.

WUZELN

Das „Wuzeln" (in Wien die gebräuchlichste Bezeichnung für Tischfußballspielen) ist längst kein reiner Wirtshaussport mehr. Das behauptet zumindest der Tischfußballbund Österreich und veranstaltet im August 2003 eine offizielle „Garlando Tischfußball WM" im Shopping Center Nord. Ballbeherrschung beim Wuzeln ist nicht nur die Erkenntnis, dass der Ball rund ist, sondern kann zu einer echten Herausforderung werden. Deshalb treffen sich regelmäßig die besten Drehstangenzauberer in diversen Cafés und Clublokalen, um Turniere abzuhalten.

Viel Wuzeln. (Foto: TFPO)

▸ A.u.S. Spielgeräte
21., Scheydgasse 48
Tel.: 271 66 00
Fax: 271 66 00-75
www.garlando.at
Mo–Fr 9–12 u. 13–17
Die bei uns üblichen „Garlando"-Tische werden von dieser Firma vertrieben.

W

▸ Franz Tutsch
5., Wiedner Hauptstraße 87
Tel.: 545 43 92-0
Mo–Fr 9–18, Sa 9.30–12
Fachgeschäft für Darts und Tischfußball.

▸ Heumühle
4., Heumühlgasse 14
Tel.: 0699/19 45 59 91
tgl. 17–2
Das Café verfügt über drei gute Wuzeltische, auf denen regelmäßig Turniere gespielt werden.

▸ KuKu
6., Linke Wienzeile 94
www.kuku.sil.at
Mo–Sa 20–4
Verein zur Förderung von Kunst, Kultur und Kommunikation. Das Lokal befindet sich in einem Untergeschoss und hat einen Wuzeltisch. Hier ist die „Funwuzzeltour Austria" entstanden. Infos unter www.wuzzeln.com.

▸ Pandoras Box
6., Kurzgasse 6
www.pandoras-box.at
tgl. 17–4
Zweimal monatlich – an jedem 1. und 3. Samstag – finden hier Turniere statt.

▸ Tischfußballbund Österreich – TFBO
21., Meistergasse 3
Tel.: 0676/519 89 51
E-Mail: winfried.neuhaus@tfb.at
www.tischfussball.at

XXX

SEX-SHOPS

▸ Art-X
22., Perlostraße 3
Tel.: 258 04 44
www.art-x.at
Mo–Fr 10–20, Sa 10–18
Der Supermarkt unter den Sexshops. Auch Online-Bestellungen und Katalogversand.

▸ Beate Uhse
18., Währinger Gürtel
Tel.: 317 40 29-64
www.beate-uhse.at
Der allumfassende Shop der verstorbenen deutschen Sex-Päpstin.

▸ Love & Fun
7., Lerchenfelder Straße 59
Tel.: 523 17 20
www.loveandfun.at
Mo–Sa 9–22
Filialen:
10., Laxenburger Straße 26
15., Gablenzgasse 5–13, Lugner City

▸ Man for Man
5., Hamburgerstraße 8
Tel.: 585 20 64
Mo–Sa 11–23
Der erste Wiener Erotikshop für Schwule führt neben einschlägigen Spielsachen auch Literatur und Videos. Eine Auswahl davon ist auch gleich vor/in den Videokabinen zu bestaunen.

▸ Orion
10., Triester Straße 1b
Tel.: 600 88 99
www.orion.at
Mo–Fr 10–19, Sa 10–17
Großer Shop mit vollem Programm.
Filialen: 3., Gugelgasse 43; 21., Brünner Straße 105

▸ Sexworld
6., Mariahilfer Straße 49
Tel.: 587 66 56
www.sexworld-wien.at
Mo–Sa 10–22
Im Keller große und tolle Schwulenabteilung.

xxx xxx xxx xxx. (Foto: Archiv)

▸ Wiscot Sex Shop
16., Lerchenfelder Gürtel 45
Tel.: 402 78 22
www.wiscot.com
Mo–Sa 10–24, So, Fei 12–24
Sex-Toys, Poppers, Videos und alles, was sonst noch für einen aufregenden Fernsehabend notwendig ist, ist bei Wiscot erhältlich. Wenn der Videorecorder zu Hause fehlt, der kann auch gleich vor Ort die Wunschfilm-Videokabinen nutzen.

STRIPTEASE UND GO-GOS

▸ Agentur Nacktschwärmer
15., Hütteldorfer Straße 3–5/2
Tel.: 984 77 77
www.eroticartmodel.com
Männer- und Frauenstrip. Die Aktmodelle kommen auch als Eyecatcher für Shows, Fotoshootings, Partys usw. Auch fertige Shows können gebucht werden: Dessous, Lack & Leder, Latex, „Cyber Metall Night", Feuershow.

▸ Menstrip.at
Tel.: 786 20 90
www.menstrip.at
tgl. 13–1
Der Spezialist für strippende Männer. Jede Art von Outfit (Uniformen, Kostüme) sind auf Wunsch möglich. Die Auftritte werden flexibel an die Wünsche der KundInnen angepasst. Der Richtpreis für einen Striptease in Wien beträgt inklusive Anfahrtskosten 210 Euro.

▸ Striptease Academy
10., Arthaberplatz 12–15
Tel.: 603 21 08
Die 1. Österreichische Striptease- und Go-Go-Schule bietet KünstlerInnenvermittlung und Kursangebote für Laien mit Tanzdiplom.

STUNDENHOTEL

▸ Hotel Orient
1., Tiefer Graben 30
Tel.: 533 73 07
www.hotelorient.at
tgl. 0–24
Wie jeder weiß, war Orson Welles gern gesehener Gast im Orient. Nicht zuletzt, da Wiens berühmtestes Stundenhotel auch als Kulisse im „Dritten Mann" zu sehen ist. Noch heute ziehen die einzelnen Suiten mit ihrem unverkennbaren Fin-de-siècle-Stil KünstlerInnen und IndividualistInnen in ihren Bann. Wer also in seinen eigenen vier Wänden so gar nicht in Stimmung kommen will, lässt sich hier berauschen. Zimmerschlüssel gibt's ab einem Stundensatz von 52 Euro.

SWINGERCLUBS

▸ Clubbing Tempel
9., Boltzmanngasse 13
Tel.: 319 23 13
www.clubbingtempel.at
Mi–Sa ab 21

▸ Fitness-Saunaclub Traumland
8., Schlösselgasse 11
Tel.: 405 66 94 od. 408 79 04
www.traumland.at
gemischte Abende: Mo–Fr 11–18, Mo, Di, Do, Fr 19–3
Single-Damen- & Pärchenabende: Mi, Sa 19–3
Seit 16 Jahren als der beste Swingerclub Österreichs bekannt. Auf 1.000 m^2 bietet das Traumland alles, was zum modernen Swingertum dazugehört: zwölf themenspezifische Erotikräume, einen Rittersaal, Sauna, Dampfbad, Liebesschaukel, Restaurantbetrieb, Bars und Buffets.

▸ Frivoli
7., Halbgasse 11
Tel.: 524 66 26 od. 524 66 25
www.frivoli.at
Mo–Fr 10.06–18.06, Mo–Do, So 19.06–2.06, Fr u. Sa 19.06–4.06

▸ Kore Palast
7., Schottenfeldgasse 39
www.korepalast.at
tgl. ab 18

▸ Le Swing
20., Hannovergasse 5
Tel.: 332 16 70
Mo–Fr 11–20, Mo–Do u. So 21–2, Fr u. Sa 21–4

▸ Paradies-Sauna
2., Untere Augartenstraße 36
Tel.: 214 67 74 od. 214 86 84
tgl. ab 18

▸ Sauna Papillon
9., Müllnergasse 5
Tel.: 0676/933 69 24
www.papillon.at
tgl. 18–4
Wiens erste Bi-Sauna.

▸ Suspekt
7., Kaiserstraße 95
Tel.: 990 28 68
www.suspekt.at
Mo–Mi 21–2, Do–Sa 21–4
Eine intime Mischung aus erotischer Cocktailbar und Swingerclub.

YACHTEN

▸ **Alles Yacht**
16., Neulerchenfelder Straße 50
Tel.: 403 50 03
www.allesyacht.at
Mo–Fr 8.30–18, Sa 9–12
Sie brauchen eine Ankerwinde, die Rettungswesten sollten auch mal wieder gewartet werden, oder gleich einen neuen Außenborder? Alles Yacht bietet auf 200 m² Ausstellungsfläche, was ein richtiger Popeye so braucht. Außer Spinat.

▸ **Ing. Schmidt**
9., Berggasse 18
Tel.: 317 71 54-0
Mo–Fr 9–18, Sa 9–12
Es ist schon ein wenig eigenartig, wenn man mitten durch die Stadt geht, in einer Straße, die Berggasse heißt, durch ein Schaufenster sieht, und darin dümpeln Boote herum. Im Wasser wohlgemerkt. Die Rede ist vom Bootsgeschäft Schmidt. Nun ja, Wien liegt halt doch an der Donau.

Ein Schiff wird kommen... (Foto: Archiv)

▸ **Yachthafen Marina**
2., Handelskai 269
tgl. 9–19
16 Euro kostet es, wenn Sie ihre Yacht einen Tag lang im modernsten Yacht-Club Wiens parken wollen. Wenn Sie einen ganz Jahresplatz haben, dann können Sie mit Auto auf dem Parkplatz des nahe gelegenen Hilton Vienna Danube anlegen.

ZAUBEREI

CLUBS

▸ **Magischer Cercle Wien**
4., Große Neugasse 35
Tel.: 587 24 93
www.mcw.cc
Der Magische Cercle Wien ist ein Verein, der es sich zum Ziel gesetzt hat, gehobene Zauberkunst zu pflegen und zu fördern. Für die Gästeabende Tischreservierung unter Tel.: 0664/505 04 08.

▸ **Magischer Klub Wien**
6., Stiegengasse 9/1
Tel.: 587 41 79
Regelmäßige Klubabende im Hotel Stefanie, 2., Taborstraße 12, mit magischem Progamm. Kartenreservierung notwendig.

GESCHÄFTE

▸ **Bix**
3., Lechnerstraße 1
Tel.: 0664/33 79 018
www.jimmybix.de.vu
Di, Mi 14–18, Do 14–20, Fr 11–16
Der Produktkatalog hat 312 Seiten. Zauberhaft, wie man sagt.

▸ **Sinaro**
11., Favoritenstraße 169
Tel.: 603 55 30
www.sinaro.at
Über 1.000 Artikel für Zauberprofis und Anfänger. Sinaro ist auch aktiv vorführender Zauberer, (Zaubershows für Kinder und Erwachsene), was sich bei der Beratungskompetenz im Geschäft äußerst positiv auswirkt.

▸ **Viennamagic**
3., Marxergasse 7
Tel.: 713 47 20
www.viennamagic.at
Mo–Fr 9–18, Sa 9–13
Das einzige Echte hier ist der Laden selbst, der Rest ist Zauberei. Im Geschäft gibt es ein kleines Café und eine Bühne für Veranstaltungen. Nicht ganz billig.

ZAUBERER

▸ Comedymagic – Michael Schuller
7., Neustiftgasse 16/1/54
Tel.: 0699/10 49 08 34
E-Mail: michael@comedymagic.at
www.comedymagic.at
Der junge Zauberer bietet Stand-up-Comedy, Close-up-Magie und Zauberett, die perfekte Symbiose von Zauberkunst und Kabarett.

▸ Freitag
2., Rotensterngasse 17–19
Tel.: 726 55 52 od. 0664/300 65 66
www.kurtfreitag.cc
nach tel. Vereinbarung
Große Zauberkunst eines Altmeisters vom Fach.

▸ Magic Christian
6., Stiegengasse 9
Tel.: 587 41 79
E-Mail: magicchristian@zaubern.at
www.magicchristian.com
Der sicherlich bekannteste österreichische Zauberer. Seine Shows reichen von der Tischmagie für 10 Personen bis zu abendfüllenden Zauberveranstaltungen mit Großillusionsshows in großen Theatern.

▸ Swoboda
1., Kohlmarkt 7/39
Tel.: 533 90 57 od. 0699/11 36 77 08
E-Mail: dorisminich@aon.at
www.gerhardswoboda.com
Der mehrfach preisgeehrte Gerhard Swoboda zaubert auch auf Geburtstags-, Familien-, Firmen- und allen anderen Arten von Festen. Tisch- und Bühnenzauberei für Erwachsene und Kinder ab 6 Jahren.

Weggezaubert. (Foto: Archiv)

ZIGARREN & PFEIFEN

▸ Cigar World
1., Tiefer Graben 7–9
Tel.: 535 66 50
E-Mail: vienna@cigar-world.at
Mo–Fr 10–12 u. 13–18
In nobler Atmosphäre bekommt man hier sämtliches Zubehör zum Zigarrenrauchen und vor allem zur gebührenden Präsentation der Zigarren (Hauptkunden sind Restaurants und Trafiken): Humidore in allen Größen, Aschenbecher, Cutter … Keine Tabakwaren.

▸ Cigarrenreiter
9., Nußdorfer Straße 75
Tel.: 317 24 87
E-Mail: cigarrenreiter@vcpoe.at
Mo–Fr 6.30–18, Sa 7–12
Begehbarer Humidor; über 500 Zigarrensorten.

▸ Daniel
2., Lassallestraße 4
Tel.: 728 30 99
Fax: 728 30 99
E-Mail: karl.daniel@trafiknet.at
Mo–Fr 6.30–18, Sa 8–12
Schöne Trafik mit guter Zigarrenauswahl.

▸ Josef Ostermann
1., Am Hof 5
Tel.: 533 42 42
E-Mail: office@pipes.at
www.pipes.at
Mo–Fr 9.30–18, Sa 9–17
Neben einer riesigen Auswahl an Pfeifen und Pfeifenaccessoires bietet das winzige, 1811 gegründete Geschäft auch Feuerzeuge sowie Zigarrenzubehör. Ausgezeichnete Beratung. Etwas umständlicher Online-Shop.

▸ Michael Mohilla
1., Kohlmarkt 6
Tel.: 533 74 88
Fax: 533 74 88
Mo–Fr 9.30–18.30, Sa 9.30–18
Seit mehr als hundert Jahren begibt man sich, wenn's um Rauchwaren geht, zum Mohilla am Kohlmarkt. Der neue begehbare Humidor ist einer der größten Österreichs. Neben 90 Prozent aller in Österreich (legal) erhältlichen Zigarren führt Mohilla auch alles andere, was man zum Tabakgenuss benötigt: Zigarillos, Zigaretten, Pfeifen und Wasserpfeifen. Tolle Pfeifen- und Wasserpfeifen-Tabake.

▸ **Nancy Friedenthal**
15., Westbahnhof – Kassenhalle
Tel.: 892 35 00
Mo–So 5.30–11.30
Toller Zigarrenladen am Westbahnhof. Begehbarer Humidor.

▸ **Pfeifen Fischer**
12., Meidlinger Hauptstraße 42
Tel.: 815 52 27
Mo–Fr 7–18, Sa 8–17
Über 2.500 Pfeifen, von günstigen Einsteigermodellen um 22 Euro bis hin zu fast unerschwinglichen Einzelstücken. Großes Pfeifentabaksortiment mit offenen Geruchsproben. Klimaschrank mit Longfillern sowie Shortfillern. Sämtliches Zubehör. Ausgezeichnete Beratung.

▸ **Pfeifenshop Hernals**
17., Hernalser Hauptstraße 26
Tel.: 403 18 49
Mo–Fr 5.30–12.30 u. 14–18.30, Sa 6–12.30
Zirka 1.500 Pfeifen fast aller Marken sowie Zubehör. Großer Humidor mit gutem Sortiment.

▸ **Rauchwaren E. Gärm**
3., Landstraßer Hauptstraße 105
Tel.: 713 85 36
www.geschenke-wien.at
Mo–Fr 9–18, Sa 9–16
Das Rauchwarenfachgeschäft im 3. Bezirk führt so ziemlich alles, was das Raucherherz höher (und schneller) schlagen lässt. Schöne Pfeifen, Feuerzeuge, Humidore, Aschenbecher, Tabakdosen … Reparaturen, Füllungen und Reinigung sämtlicher Markenfeuerzeuge; Gravuren.

Weggeraucht. (Foto: Archiv)

▸ **Vacano – Alte Wiener Tabaktrafik**
5., Kettenbrückengasse 21
Tel.: 586 16 42
Mo–Fr 6–18.30, Sa 6–13
Große Auswahl an allen gänigen Zigarren. Begehbarer Humidor. Davidoff-Depot.

▸ **Verband der Cigarren & Pfeifen Fachhändler Österreichs**
1., Eschenbachgasse 11
Tel.: 810 33 31
www.vcpoe.at
Der VCPÖ umfasst 65 Tabakfachgeschäfte, deren erklärtes Ziel es ist, den Pfeifen- und/oder Zigarrenliebhaber optimal zu betreuen. Der Verein bietet Wissenswertes für Einsteiger und Kenner sowie aktuelle Neuigkeiten.

ZIVILDIENST

▸ **Arbeitsgemeinschaft für Zivildienst, Wehrdienstverweigerung und Gewaltfreiheit**
1., Schottengasse 3a/1/59
Tel.: 535 91 09 od. 533 12 38 od. 533 72 71
verweigert.mediaweb.at,
www.deserteursberatung.at
Mo–Fr 10–13
Beratung: Mo 18 (Zivildienst),
Mi 18 (Deserteure/Flüchtlinge)
Informationen und individuelle Beratungen zu Fragen rund um Zivildienst und Wehrdienstverweigerung. Außerdem kostenlose Rechtsberatung in Asyl- und Fremdenrecht mit Schwerpunkt auf Desertion und unbegleitete minderjährige Flüchtlinge (Deserteurs- und Flüchtlingsberatung).

ZOO

▸ **Haus des Meeres**
6., Fritz-Grünbaum-Platz 1 (Esterházypark)
Tel.: 587 14 17
www.haus-des-meeres.at
tgl. 9–18, Do 9–21
Hier gibt es eine Österreich etwas ferne Welt zu bestaunen. Fische in allen nur erdenklichen Variationen, Farben und Formen, Korallen, Krebse und sonst noch so manch Meeresgetier. In der Terrarienabteilung geht es wieder an Land zu Krokodil, Echsen und Schlangen. Ganz neu ist das Tropenhaus mit frei fliegenden Vögeln und unherturnenden Äffchen. Eintritt: 8,40 Euro für Erwachsene, 6,40 Euro ermäßigt, 2,70 bzw. 4 Euro für Kinder.

▸ Safaripark Gänserndorf
2230 Gänserndorf, Siebenbrunnerstraße
Tel.: 02282/702 61
Fax: 02282/702 61-27
E-Mail: office@safaripark.at
www.safaripark.at
April, Mai, Juni, Sept, Okt: Mo–Fr 9.30–15.30, Sa, So 9.30–16,
Juli u. Aug: Mo–Fr 9.30–16.30, Sa, So 9.30–17,
27. Okt bis 2. April: Mo–So 9.30–15.30
Ein Abenteuer nicht nur für Kinder. Verschiedene Habitate (Afrika: Löwen, Giraffen, Nashorn; Asien: Sibirischer Tiger, Elefanten; Primaten, Haustiere) können während der Fahrt durch das Areal lebensnah bestaunt werden. Keine Durchfahrt mit Weichdächern, Hunden und Haustieren! Darüber hinaus gibt es ein Affenhaus, Streichelzoo, einen Mach-mit-Zirkus, Ponyreiten u. v. m. Preise: 12 bis 14 Euro. Anreise mit der Bahn: Schnellbahn vom Praterstern (Züge gehen jede halbe Stunde), Besucher werden kostenlos vom Bahnhof abgeholt (Infos unter: 02282/702 61-25).

▸ Schmetterlinghaus im Palmenhaus
1., Burggarten
Tel.: 533 85 70
E-Mail: schmetterling@netway.at
www.schmetterlinghaus.at
April bis Okt: Mo–Fr 10–16.45, Sa, So, Fei 10–18.15, Nov bis März: Mo–So 10–15.45
Haben Sie Lust auf 26 Grad Celsius und ungefähr 80 Prozent Luftfeuchtigkeit? In einem beeindruckenden Jugendstil-Glashaus sind unzählige lebendige, frei fliegende, exotische Schmetterlinge zu beobachten.

▸ Tiergarten Schönbrunn
13., Maxingstraße 13b
Tel.: 877 92 94-0
www.zoovienna.at/
März bis Okt: tgl. 9–17.30, Okt bis Feb: tgl. 9–16.30
Tiere, deren Lebensräume normalerweise über die ganze Erde verstreut sind, treffen Sie direkt in Wien an. Aquarien- und Terrarienhaus, Regenwaldhaus, Wüstenhaus und vieles mehr.

(Foto: Archiv)

Ohne Worte.

ZUCKERLN & SÜSSES

CONFISERIE UND SCHOKOLADE

▸ **Altmann & Kühne**
1., Graben 30
Tel.: 533 09 27
Fax: 216 54 02
Mo–Fr 9–18.30, Sa 10–17
Handgefertigte Bonbons nach alten Originalrezepten. Ganz winzig kleine Pralinen, Liliput genannt. Fantastisch, einzigartig und weltberühmt. Verpackt in Schachteln, die von den Wiener Werkstätten designt wurden.

▸ **Eibensteiner**
1., Friedrichstraße 8
Tel.: 587 28 67
www.confiserie-eibensteiner.at
Mo–Fr 10.30–18.30, Sa 10.30–13.30
Hausgemachtes Konfekt und Schokolade. Patisserie vom Feinsten. Ganz ausgezeichnete Trüffelstangen. Filiale: 18., Währinger Straße 135

▸ **Fabienne-Chocolaterie**
1., Wollzeile 5
Tel.: 512 34 22
Mo–Fr 9–18.45, Sa 10–17
Schokolade und Schokolade und Schokolade ...

Schwarzes Gold. Grand Cru. (Foto: Archiv)

▸ **Grand Cru**
7., Kaiserstraße 67
Tel.: 524 13 10
E-Mail: office@grandcru.at
www.grandcru.at
Di–Mi 10–18, Do–Fr 10–19, Sa 10–17
Seit fünf Jahren werden hier nur die allerbesten und feinsten Schokoladen angeboten (Scharffenberger, USA, mit Kakaogehalt von 99 Prozent).

▸ **Heindl**
1., Rotenturmstraße 16–18
Tel.: 512 85 22
www.heindl.co.at
Mo–Fr 9–18, Sa 9–17, So 10–18
Seit 1953 bietet das österreichische Familienunternehmen feinste Wiener Confiseriespezialitäten an: „Johann Strauss Taler“, „Sissi Taler“, „Sissi Veilchen“ sowie die Mozart-Liqueur-Pralinen.

▸ **Neuhaus Chocolatier**
1., Kärntner Ring 5–7 (Ringstraßen Galerien)
Tel.: 512 54 04
Mo–Mi, Fr 10–18, Do 10–21, Sa 10–18
Feinstes belgisches Konfekt in einem schönen Wiener Konfektladen.

▸ **United Chocolates**
1., Stephansplatz 11
Tel.: 535 85 19
Mo–Mi, Fr 9–21, Do 9–22, Sa 9–21, So 11–21
Schokolade-Vollsortiment. Aufgrund der guten Lage immer gut besucht, viele Touristen, was einen von einem Einkauf ruhig abhalten darf.

▸ **Xocolat**
1., Freyung 2
Tel.: 535 43 63
Mo–Sa 10–18, So 12–17
Schokolade aus aller Welt ... Dutzende Sorten und Marken. Großartige Sachen.

FABRIKSVERKAUF

▸ **Manner Fabriksverkauf**
17., Wilhelminenstraße 6
Tel.: 488 22
Mo–Do 9–17, Fr 9–14
Günstige Saisonartikel und Bruchware zum kiloweise nach Hause Schleppen.

▸ **Pischinger Fabriksverkauf**
10., Himberger Straße 2
Tel.: 523 25 71-22
Mo–Fr 9–18, Sa 9-17
Bruchware und diverse Großpackungen aus dem famosen Pischinger-Sortiment.

KEKSE UND SCHNITTEN

▸ **Karlsbader Oblaten**
4., Rechte Wienzeile 25–27
Tel.: 586 67 84
E-Mail: o-sacher@inode.at
www.karlsbader-oblaten.at
1912 in Karlsbad gegründet, dem Kurort der k. u. k. Monarchie. Die böhmischen Knabbereien sind heute noch ein beliebter Leckerbissen.

ZUCKERLN

▸ Jaul
5., Reinprechtsdorfer Straße 39
Tel.: 954 12 42
Fax: 954 12 42
E-Mail: eduard.motlik@chello.at
Mo–Do 9–20, Fr 9–19, Sa, So, Fei 10–20

▸ Lollipop Bonbon
7., Burggasse 57
Tel.: 526 33 38
Mo–Fr 7.30–20, Sa 8–20, So 10–20

▸ Schokothek
3., Landtstraßer Hauptstraße (Galleria)
Tel.: 712 98 97
E-Mail: schokothek@eunet.at
www.schokothek.at
Mo–Fr 9–18.30, Sa 9–18
Vollsortiment-Zuckergeschäft.

▸ Zuckerltante
22., Klosterneuburger Straße 30
Tel.: 330 31 21
Fax: 330 3121
Mo–Fr 9–18.30, Sa 9–17

▸ Zum süßen Eck
9., Währinger Straße 65
Tel.: 402 79 74
Fax: 402 79 74
E-Mail: confiserie@suesseseck.at
www.suesseseck.at
Mo–Sa 10–19.30, So 13–20
Schokolade, Lakritze, Pralinen, Trüffel und vieles mehr. Auch Veganer und Diabetiker werden hier fündig.

Süßes ums Eck. (Foto: Archiv)

ZU GUTER LETZT

Ja, das für mich – nein, ich … Am Schluss wusste dann niemand mehr, wer den Tipp recherchieren sollte, und natürlich hat es dann keiner gemacht. Ganz am Ende neigen die Redakteurinnen und Redakteure schließlich dazu, den Schreibtisch aufzuräumen. Dann hört man manchmal so ein halblautes „Scheiße, den Zettel such' ich schon so lange", und dann ein ganz leises „Ich hab' da noch was gefunden!" Und dann haben wir noch die Rubrik „Nach Redaktionsschluss".

FAST VERGESSEN

▸ Cartier
1., Kohlmarkt 1
Tel.: 533 22 46
www.cartier.at
Mo–Fr 10–18, Sa 10–17
Nachdem es in Wien keinen Tiffany's gibt, würde Audrey Hepburn in Wien natürlich hier frühstücken.

▸ Eva Blut
7., Schottenfeldgassee 41–43/28a
Tel.: 524 05 95
www.evablut.org
nur nach Terminvereinbarung
Accessoires und Taschen für die Menschen, die in der Stadt zu Hause sind. Jung, funktional und witzig.

▸ Fluc
2., Praterstern
Tel.: 925 56 37
E-Mail: m.g.wagner@gmx.net
www.fluc.at
tgl. 19–4
... kommt schräg, kommt gut ...U-Charme in der Nordstadt.

▸ Gucci
1., Kohlmarkt 5
Tel.: 532 40 88
Mo–Fr 10–18.30, Sa 10–18
Italien de Luxe.

▸ Henn
1., Naglergasse 29
Tel.: 533 83 82
E-Mail: info@henn-design.com
Mo–Fr 9–18.30, Sa 9–17
Großartiger Designerschnickschnack. Lauter Dinge, die man eigentlich nicht braucht, aber ohne die man auch nicht leben kann.

▸ Hermès
1., Graben 22
Tel.: 532 56 56
Fax: 532 56 56-33
E-Mail: hermes@jonak.at
Mo–Fr 10–18.30, Sa 10–18
Luxus, Luxus, Luxus.

▸ Hofbauer
22., An der Oberen Alten Donau 191
Tel.: 204 34 35
www.hofbauer.at
Bootsverleih am Abend (19 bis 23 Uhr): Ausgestattet mit Picknickkorb (Prosecco, Prosciutto-ciabatta, Mozzarella-Tomaten-Ciabatta, Mineralwasser und Mannerschnitten) dem Sonnenuntergang entgegenfahren. An den Mittwoch-Nachmittagen finden regelmäßig Segelregatten statt.

▸ Homoriental
3., im Club Massiv, Untere Weißgerberlände 37
monatlich
Das beste Clubbing zur Zeit: mit Dance-Music aus dem sehr Nahen bis Ferneren Osten und House, dass die Hüften nur so wackeln.

▸ Ligne Roset
1., Opernring 10
Tel.: 512 60 84
E-Mail: ligne.roset@chello.at
Mo–Fr 10–19, Sa 10–17
Flagshipstore mit Komplettausstattung für die Wohnung. Französisch-elegant, schlicht und zeitlos.

▸ ME design
9., Kinderspitalgasse 1
Tel.: 405 82 95
Mo 14–18, Di, Mi, Fr 10–13 u. 14–18,
Do 10–13 u.14–20, Sa 10–16
Alles von Alessi, Ritzenhoff und anderen namhaften Designern.

▸ Musisches Zentrum
8., Zeltgasse 7
Tel.: 408 32 50
Fax: 408 32 504
E-Mail: Musisches-Zentrum@Jugendzentren.at
www.musisches-zentrum.at
tel. Anfrage bei Proben und Veranstatungen:
Mo, Di, Do, Fr 13–18, Mi 17–19
Das Musische Zentrum Wien unterstützt tatkräftig und durch sehr günstige Konditionen künstlerische Arbeit. Hier finden regelmäßig wöchentlich Proben (Probenarbeit) und auch Veranstaltungen (Programmvorschau) statt.

▸ Quiksilver
1., Franz-Josefs-Kai 31–33
Tel.: 532 56 71
www.quiksilver.com
Mo–Fr 10–19, Sa 10–17
Alles, was Boarder brauchen, Sommer wie Winter.

▸ Rauminhalt
4., Schleifmühlgasse 13
Tel.: 409 98 92
E-Mail: design@rauminhalt.com
www.rauminhalt.com
Mo–Fr 12–19, Sa 10–16
Retrofuturismus im Schaufenster der Schleifmühlgasse. Austin Powers für daheim!

▸ René Lezard
1., Tuchlauben 7
Tel.: 532 29 39
www.rene-lezard.de
Kleidung, Schuhe, Parfum und Accessoires.

▸ Segel- u. Surfschule Wolfgang Irzl
22., An der Unteren Alten Donau 29
Tel.: 203 67 43
www.irzl.at
Bootsvermietung: Mitte Apr bis Ende Sept tgl.9–20

▸ Shambala
8., Lammgasse 6
Tel.: 929 13 29
www.shiatsu-schule.at
Mo, Di, Do 9–12, Mi 15–18
Das gesamte ostasiatische Ich-finde-zu-mir-selbst-Programm und noch mehr.

▸ Sonja Picolin
1., Hoher Markt 3
Tel.: 522 63 95
E-Mail: shop@sonja-picolin.com
www.sonja-picolin.com
Di–Fr 11–18, Sa 10–14
Die feinste Auslese an Damenmode & Accessoires. Von Armani, Gucci, Prada, Jil Sander, Kayiko u. v. m.

▸ Sturm
1., Tegetthofstraße 3
Tel.: 512 69 24
E-Mail: info@sturm-silber.at
www.sturm-silber.at
Mo–Fr 9.30–18, Sa 9.30–17
Feine Silberwaren – vom klassischen Tafelsilber, Tabletts bis zu Schalen und Tellern. Das Besteck kann natürlich auch mit dem eigenen Monogramm versehen werden.

▸ WineStorage
17., Wattgasse 40–44
Tel.: 481 90 50
www.selfstorage.at
Zutritt: Mo–So 6–22
Büro: Mo–Fr 8.30–17.30, Sa 9–13
Falls Sie gerne Wein trinken, aber keinen Platz zur Weinlagerung haben: WineStorage garantiert Ihnen optimale Bedingungen für die Lagerung Ihrer Weine. Ab ungefähr 38 Euro pro Monat können Sie ein Abteil mieten, zu dem Sie fast rund um die Uhr (elektronisch gesichert) Zugang haben. Für die Sicherheit Ihrer Weine garantieren ein nächtlicher Sicherheitsdienst und Videoüberwachung rund um die Uhr.

▸ Zur Schwäbischen Jungfrau
1., Graben 26
Tel.: 535 53 56
E-Mail: office@schwaebische-jungfrau.at
www.schwaebische-jungfrau.at
Mo–Fr 9.30–18, Sa 9.30–17
Seit der Gründung vor 280 Jahren ist die Jungfrau ein Begriff für erlesene Wäsche. Bietet Tisch-, Bett- und Frotteewäsche, einen Reparaturservice und Wäsche Total, das heißt, die Firma kommt zu Ihnen nach Hause, um ein Wäsche-Gesamtkonzept zu erarbeiten. Filiale: 8., Hamerlingplatz 7, Tel.: 402 63 02.

EIGENTLICH NACH REDAKTIONSSCHLUSS

▸ Laudamotion
www.laudamotion.com
Niki Lauda ist jetzt unter die Autovermieter gegangen. Das Konzept ist so einfach wie brillant: Sie können für nur 1 Euro am Tag einen Smart mieten. Der Trick dabei: Das Auto ist mit Werbung vollgepflastert.

▸ Le Bol
1., Neuer Markt 14
Tel.: 0699/10 30 18 99
Mo–Sa 8–20, So 10–20
Brote und französisches Frühstück gibt es in dem netten und schlicht eingerichteten Lokal.

▸ Ra'an
9., Währingerstraße 6–8
Tel.: 319 35 63
Mo–Sa 8–4
Selbstbedienungscafé, Asia-Restaurant und Club.

▸ Buddha Club
9., Währinger Gürtel, Stadtbahnbogen 172–175
Tel.: 479 88 49
tgl. 18–24, Bar: tgl. 18–4
Hervorragendes Essen (Meinrad Neunkirchner ist Chefkoch) im neuen, hippen, dem französischen Buddah Club nachempfundenen Lokal.

Foto: Archiv

Index

Sag zum Abschied leise Servus ... (Foto: Archiv)

NIGHTLINE NIGHTLINE NIGHTLINE

Linienführung in den Nächten vor Samstagen, Sonn- und Feiertagen

(von Freitag auf Samsatg und Samstag auf Sonntag)

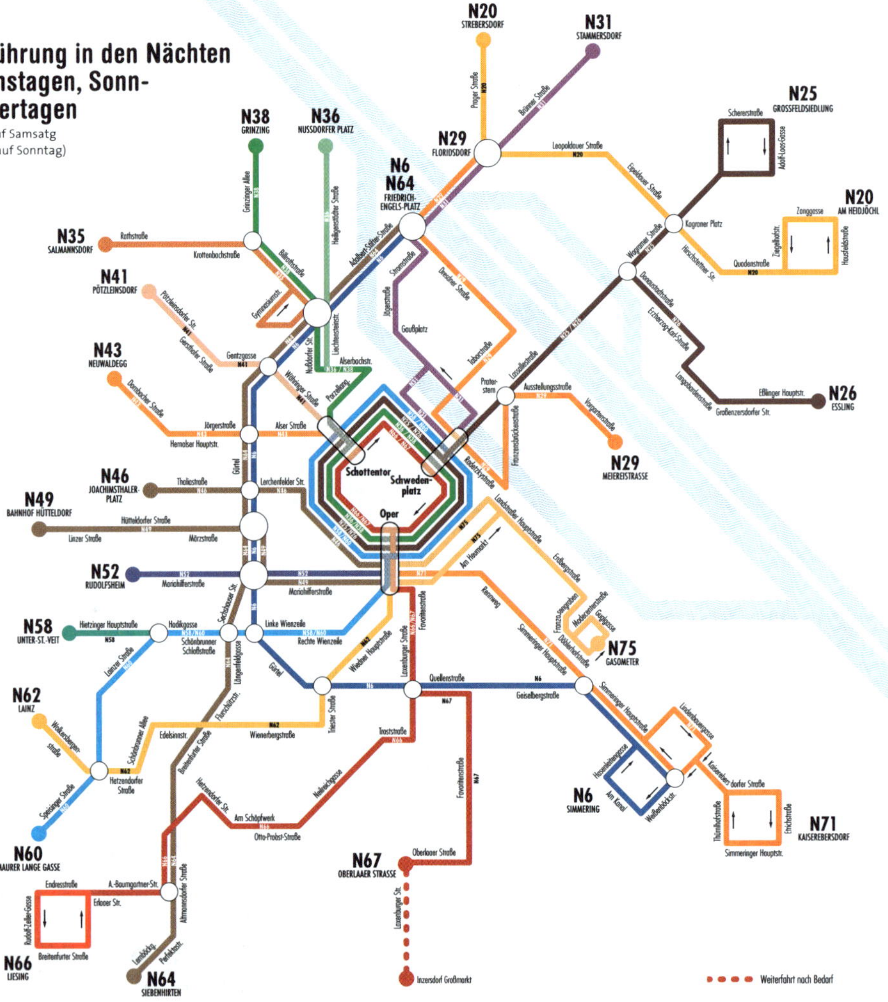

NIGHTLINE NIGHTLINE NIGHTLINE

nienführung
den Nächten
r Werktagen

Sonntag auf Montag
Donnerstag auf Freitag)

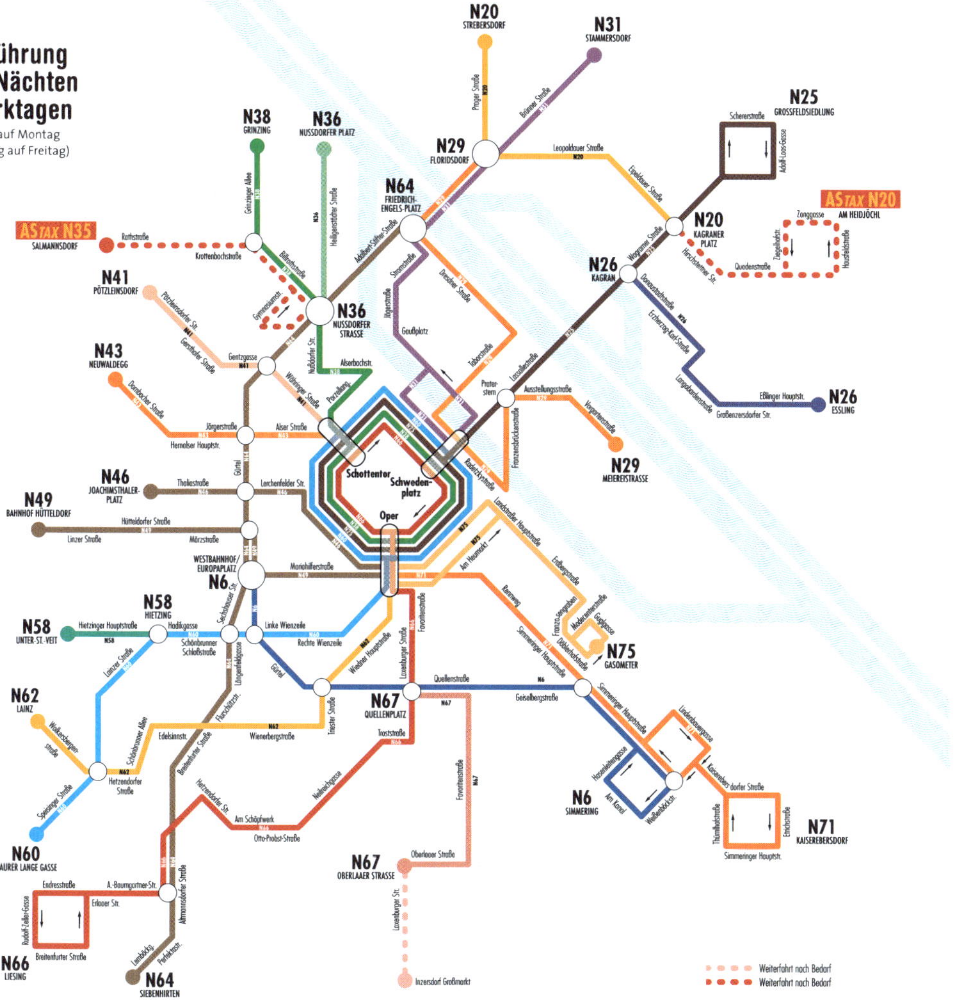

Der Plan der schnellsten Wege.

www.wienerlinien.at

WIENER LINIEN

Die Stadt gehört Dir.